BASTEI
LÜBBE
TASCHENBUCH

Weitere Titel der Autorin:

... und dann treiben sie's noch heute

Titel in der Regel auch als E-Book erhältlich

Kristina Wright (Hg.)

HÖHEPUNKTE

Erotische Storys

Aus dem Englischen übersetzt von
Markus Berg

BASTEI
LÜBBE
TASCHENBUCH

BASTEI LÜBBE TASCHENBUCH
Band 16 886

1. Auflage: November 2013

Dieser Titel ist auch als E-Book erschienen

Vollständige Taschenbuchausgabe

Deutsche Erstausgabe

Für die Originalausgabe:
Copyright © 2011 by Kristina Wright
Titel der amerikanischen Originalausgabe:
»Best Erotic Romance«
Originalverlag: Cleis Press

Für die deutschsprachige Ausgabe:
Copyright © 2013 by Bastei Lübbe AG, Köln
Titelillustration: © shutterstock/Sean Nel
Umschlaggestaltung: Manuela Städele
Satz: Urban SatzKonzept, Düsseldorf
Gesetzt aus der Palatino
Druck und Verarbeitung: GGP Media GmbH, Pößneck
Printed in Germany
ISBN 978-3-404-16886-6

Inhaltsverzeichnis

Vorwort

Shayla Black

Erotische Liebesgeschichten. Der Begriff beschwört Bilder herauf von Seidenlaken, heißem Atem, leidenschaftlichen Nächten, feuchter Haut und Freuden, die unser Vorstellungsvermögen übertreffen. Aber darüber hinaus verraten uns erotische Liebesgeschichten etwas über unsere tiefsten Wünsche. Es geht nicht nur um Sex. Diese Storys verbinden unsere Hoffnungen mit unseren Fantasien, unsere Träume mit unseren Sehnsüchten. Erotische Erzählungen öffnen uns durch ihre körperbetonte Ausdrucksweise ein Tor zu anderen Menschen.

Geschichten von erotischer Liebe vereinen unser sexuelles Selbst mit der romantischen Ader in uns. Dabei stoßen wir auf zwei etablierte literarische Genres: Liebesroman und Erotika. Der Liebesroman steckt voller Hoffnungen auf Erfüllung. Wir lesen diese Bücher, weil wir hoffen, irgendwann den perfekten Partner zu finden. Wir wünschen uns das Beste für die Zukunft und träumen von einem emotional erfüllten Leben. Liebesromane sind wie eine Reise, in deren Verlauf sich Menschen kennenlernen. Es ist eine Fantasie, die uns zeigt, dass die wahre Liebe letzten Endes gewinnt, ganz gleich wie trist die Umstände sind. Der Leser gelangt zu der Erkenntnis, dass es für jeden den vom Schicksal vorbestimmten Partner gibt und dass niemand für immer allein sein braucht.

In der klassischen erotischen Literatur erfahren wir, wie eine Person durch das Ausleben ihrer Sexualität und sexuellen Neugier zur Selbsterfüllung findet. Es werden neue Sachen mit neuen Leuten ausprobiert, Grenzen überschritten und neue Normen gesetzt, das ist der Grund für die starke Faszination von Erotika. Jedes Szenario ist offen für eine neue Auslegung, eine neue emotionale Ausdrucksweise. Der Himmel und die menschliche Erfahrung (und das Ganze mit ein wenig Fantasie ausgeschmückt) sind das Limit.

Wenn diese zwei Genres zusammentreffen, entsteht ein Leseerlebnis, bei dem Hoffnung und Sinnlichkeit zueinanderfinden. Es ist wie eine Reise durch Körper und Geist, die uns sowohl zur Sehnsucht unseres Herzens als auch zur Selbstverwirklichung führt. Und zwar deshalb, weil wir mit der Person, die wir lieben, unser tiefstes sexuelles Selbst zum Ausdruck bringen und ein Band schaffen können, das für die Dauer einer bedeutsamen Begegnung hält oder sogar für den Rest unseres Lebens.

Erotische Liebesgeschichten führen uns zu den Tiefen unseres Selbst und bringen uns dazu, in uns hineinzuhorchen und uns zu fragen, was wir wirklich möchten. Was sind wir bereit zu überwinden, um erfüllten Sex zu haben? Um Liebe zu bekommen? Um etwas zu erhalten, wonach wir uns schon immer gesehnt haben. Erotische Liebesgeschichten gestatten es uns, diese tiefen Sehnsüchte und in uns liegenden Konflikte zu erforschen. Erst dann können wir Grenzen überschreiten, die wir sonst nie überschreiten würden, und vergessen das Alltägliche.

Begleiten Sie die Autoren auf ihren Reisen, und tauchen Sie ein in die Geschichten. Lassen Sie Ihrer Fantasie freien Lauf. Staunen Sie. Erotische Liebesgeschichten eröffnen uns neue Welten. Wir lernen, nach Dingen zu greifen, die uns unerreichbar erscheinen. Genießen Sie den Kampf, den Konflikt und die Entwicklung der Charaktere, denen Sie beim

Lesen begegnen werden. Liebesgeschichten werden oft als Luftschlösser der Fantasie bezeichnet, als das Genre, in dem man sich verliert. Doch in Liebesgeschichten liegt eine Wahrheit, die dem Guten dient. Wir brauchen eine Möglichkeit, unserem Alltag entfliehen zu können. Wir brauchen unsere Happy Ends. Wir brauchen die Überzeugung, dass wir vollständig sein können.

Begleiten Sie uns auf dieser Reise, und lassen Sie Ihre Fantasie die tiefere Wahrheit finden. Wir sind nicht allein, und wir sind nur dann mit uns im Reinen, wenn wir nicht nur uns selbst lieben, sondern auch einen anderen Menschen.

Die Reise hört nie auf. Genießen Sie sie.

Einleitung

Nur das Beste

Was ist nötig, um der oder die Beste zu sein? Diese Frage hatte ich immer im Hinterkopf, während ich den Band *Best Erotic Romance* zusammenstellte. So kam es, dass ich viele der Geschichten zwei- oder dreimal las. Es ist ein recht komplizierter Vorgang, festzulegen, was eine Story zur besten ihres Genres macht. Natürlich sind ein exzellenter Schreibstil und die Fähigkeit zum Geschichtenerzählen der Schlüssel zum Erfolg, aber ich hielt auch Ausschau nach Geschichten, die glaubwürdige Charaktere haben, für die ich mich begeistern kann. Charaktere, in die ich mich verlieben könnte, genau wie sie sich ineinander verlieben (oder Wege finden, ihre Liebe zu erhalten).

Ich freue mich, die Sammlung *Best Erotic Romance* präsentieren zu können, eine Sammlung, die – so hoffe ich – einen hohen Maßstab für weitere Veröffentlichungen setzt. Dies sind die Geschichten, die mein Herz rührten und meine Lust entfachten. Sie veranlassten mich, über das Wesen der Begierde und die Unvorhersehbarkeit der Liebe nachzudenken. Jede dieser siebzehn Storys verbindet Liebe und Leidenschaft so eng miteinander, dass das eine nicht ohne das andere auskommt. Und ist es nicht genau das, was eine dauerhafte Beziehung ausmacht? Der Wunsch nach Zusammenhalt, Hingabe und einer gemeinsamen Geschichte – und heißer, hemmungsloser Sex mit einem Partner, der uns besser kennt, als wir selbst es tun.

Angefangen bei den Erzählungen von Liebe (und Lust) auf

den ersten Blick – wie etwa in Delilah Devlins *Bring mich um den Verstand* und Nikki Magennis' *Refrain in der Morgendämmerung* – bis hin zu den Geschichten von Paaren, bei denen die Partner noch voller Leidenschaft füreinander brennen, wie in Andrea Dales *Erinnerungen zum Verkauf* und Kate Pearces *Vertraute Fremde*, zeigen uns die Geschichten in dieser Sammlung, dass wahre Liebe von Dauer ist, wahre Leidenschaft nie wankt und die Liebenden, die zusammengehören, immer wieder zueinanderfinden werden. Diese Liebenden haben keine Angst, sich das zu holen, was sie wollen, sei es die verloren geglaubte Liebe in *Gib Facebook die Schuld* von Kate Dominic oder ein heißer Dreier mit einem verheirateten Paar und einer Freundin in Erobinticas *Bis der Sturm vorüber ist*.

Die Autoren in diesem Band wissen, dass es mit großen Risiken verbunden ist, wenn man sein Herz öffnet, aber auch sehr lohnenswert sein kann. Sie wissen auch, dass offene Kommunikation und Abenteuerlust der Schlüssel zu einem erfüllten Sexleben sind. Sie haben Figuren erschaffen, die davon überzeugt sind, dass in der Liebe und im Krieg alles erlaubt ist, und die bei ihrer Suche nach emotionaler und sexueller Erfüllung keine Gefangenen machen.

Hier finden Sie Liebende, die in Schlafzimmern ihrer Lust nachspüren, die es in der Küche heiß zugehen lassen, die sich in der Badewanne räkeln, mit Sexspielzeugen spielen, Champagner trinken, es in Hotelzimmern treiben, es sich im Winter schön warm machen, in Trucks und Bars flirten und im Freien herumknutschen – alles im Namen der größten aller menschlichen Sehnsüchte: der wahren Liebe.

Ich lade Sie also ein, geneigter Leser, diese köstliche Sammlung erotischer Liebesgeschichten zu erkunden, die eigens für Sie ausgewählt wurde. Sie werden sicher feststellen können, woran es liegt, dass eine Geschichte zur besten ihrer Art zählt. Es ist der gleiche Grund, aus dem Menschen sich ineinander verlieben: Es ist etwas Magisches, denke ich. Und wenn es um Liebe und Krieg geht, so weiß ich eines mit Sicherheit: Die Liebe gewinnt. Die Liebe gewinnt *immer*.

Kristina Wright
Verliebt in Chesapeake, Virginia

Was in Vegas geschah

Sylvia Day

Es war über vierzig Grad Celsius in Las Vegas, aber Paul Laurens hätte schwören können, dass der kühle Blick seiner früheren Geliebten die Temperatur absacken ließ.

Robin Turner wehte in die Lounge des Mondego Hotels wie eine eiskalte Windbö. Das lange, blonde Haar hatte sie sich hochgesteckt, ihre üppigen Formen in ein hellblaues Kleid gehüllt, das ihre Rundungen betonte und auf Taillenhöhe gebunden wurde. Ihre nudefarbenen Absätze vermittelten den Eindruck, dass sie barfuß lief, während sich die Steine ihrer Aquamarin-Halskette wie Eiswürfel um ihren Hals legten.

Paul schloss die Finger fester um die Bierflasche, die er in der Hand hielt, und spürte, wie sein Schwanz in der Jeans anschwoll. Wie er mit ihr im Bett gelandet war, konnte er sich immer noch nicht erklären. Sie hatten den gleichen Fahrstuhl genommen, und im nächsten Augenblick hatte er sie auch schon gevögelt. Die Anziehungskraft war so gewaltig und unvorhersehbar gewesen, dass Paul sich nicht mal mehr erinnerte, wie sie sein Zimmer betreten und die Kleidung ausgezogen hatten.

Er nahm einen großen Schluck aus der Bierflasche und sah, wie Robin durch die Bar stolzierte. In einer der Nischen stand ein Typ auf und begrüßte sie. Der Mann – Anzug und Krawatte – gab ihr zwei Küsschen auf die Wangen, ehe beide sich setzten. Paul wusste sofort, dass er nicht in demselben Raum bleiben würde, wenn er Robin nicht haben konnte. Daher gab er dem Barkeeper ein Zeichen und bestellte einen Martini, um ihn zu Robin an den Tisch bringen zu lassen.

»Ihre Biere sind beliebt«, sagte eine der Kellnerinnen, als sie das Getränk auf ihr Tablett stellte. Ihr Lächeln war eine Einladung. Mit dem Blick, den sie folgen ließ, wollte sie sichergehen, dass Paul die Botschaft auch verstand.

»Freut mich zu hören«, erwiderte er und unterbrach den Blickkontakt, um ihr klarzumachen, dass er kein Interesse an ihr hatte. In Vegas hatte Paul nur deshalb einen Fuß in die Tür bekommen, weil er das Mondego Hotel davon überzeugen konnte, die Biersorten aus seiner kleinen Privatbrauerei auf die Karte zu setzen. Das Hotel finanzierte ihm, wie vertraglich vereinbart, alle zwei Wochen die Fahrt nach Vegas, damit Paul seine Produkte anderen Etablissements in der Region schmackhaft machen konnte. Dieses Geschäft wiederum hatte es ihm ermöglicht, Robin für ein Jahr zu haben. Die Wochenenden mit ihr gehörten zu den wertvollsten in seinem Leben.

Bis vor vier Monaten, als alles schiefgegangen war und er sie verloren hatte.

Paul warf ein paar Scheine auf die Theke, rutschte von seinem Barhocker und nahm sein Bier mit zu den Fahrstühlen. An der Rezeption hatte er Blumen für Robin hinterlegt, dazu noch seine Zimmernummer auf einen Zettel gekritzelt. Er wusste, dass sie am Vortag eingecheckt hatte, aber bislang hatte sie sich noch nicht bei ihm gemeldet. Immer wieder redete er sich ein, dass sie sich bestimmt auf die Schmuckausstellung vorbereiten musste, die an diesem Tag im Hotel eröffnet werden sollte. Aber nach dem Blick, mit dem sie ihn vorhin gestraft hatte, wusste er, dass er sich selbst etwas vormachte. Sein einziger Trost war, dass er ihr nicht ganz gleichgültig zu sein schien. Daher hoffte er, dass sie noch nicht über

16

ihn hinweg war. Alles hätte er jetzt von ihr hingenommen – eine Szene, eine Ohrfeige, alles. Solange sich ihm nur eine Gelegenheit bot zu sagen, was gesagt werden musste.

Kaum hatte er den Fahrstuhl betreten, als er ihren Duft wahrnahm. Paul sog die Mischung aus Vanille und irgendeinem Blumenduft tief in seine Lungen. Ein Prickeln lief ihm über den Rücken. Seine Eier spannten sich an, und sein sexuelles Verlangen regte sich nach all den Monaten ohne Robin. Er drückte den Knopf für seine Etage, ehe er sich umdrehte. Als Robin sich neben ihn stellte, pochte gespannte Erwartung durch seine Adern. Kurz fragte er sich, welche Ausrede sie für ihren Begleiter erfunden haben mochte, doch dann schob er den Gedanken beiseite. Es interessierte ihn einen Dreck. Ihm war nur wichtig, dass sie ihm folgte.

Ein älteres Paar und drei Herren in Anzügen stiegen zu und drehten sich allesamt mit dem Gesicht zur Tür. Als der Fahrstuhl losfuhr, wippte Robin leicht auf ihren Stöckelschuhen und zog Pauls Blick auf sich. Er sah, wie sie ihren Slip nach unten schob, erst mit einem Fuß heraussteig, dann mit dem anderen.

Gott. Sein Schwanz pulsierte wie verrückt. In seiner Fantasie trat er hinter sie, hob ihren Rock an und drang in sie ein.

Ein leiser Gong kündigte den ersten Halt an. Die Geschäftsleute stiegen aus, und vier Teenager in Badesachen kamen herein. Paul richtete den Blick geradeaus, streckte unauffällig die Hand aus und schob sie unter die luftig fallenden Falten von Robins Rock. Sie rückte ein Stückchen näher zu ihm, sodass er fast vor ihr stand, und hieß seine Berührung willkommen. Mit der Hand umschloss er ihre weiche, rasierte Pussy. Er erkundete sie mit den Fingern und stellte fest, dass sie heiß und feucht war. Sein Schwanz schwoll stärker an, und um sich nicht mit einem Stöhnen zu verraten, nahm er schnell einen Schluck Bier.

Der Aufzug hielt wieder an, und das ältere Paar stieg aus. Als die Teenager Platz machten, warf das Mädchen in der kleinen Gruppe einen Blick auf Paul. Interesse flammte in ihren mit schwarzem Kajal umrandeten Augen auf. Sie checkte ihn auf seine Vorzüge, sah das Brauerei-Logo auf seinem T-Shirt und entdeckte das Tattoo, das unter seinem Ärmel hervorlugte. Während ihr Blick seinen Arm entlangwanderte, nahmen die Jungs der Gruppe den Platz des älteren Paars ein und verstellten dem Mädchen die Sicht. Daher konnte sie nicht mehr sehen, dass Paul mit seinen Fingern Robins Pussylippen teilte.

Robin holte scharf Luft, als er seinen Mittelfinger in ihre Spalte schob. Ihr enger, weicher Tunnel hieß ihn gierig willkommen. Paul warf ihr einen Blick unter halb gesenkten Lidern zu und spürte, wie die Lust ihn überwältigte. Mit dem Handballen drückte er gegen Robins Klitoris, massierte sie und machte sie bereit für die harten Stöße seines Schwanzes. Eigentlich wollte er erst noch mit ihr reden, aber sie war so verdammt heiß, und er wusste, dass er es nicht mehr lange aushalten würde. Ohne Robin durchs Leben zu stolpern war qualvoll genug gewesen. Manchmal hatte er geglaubt, den Verstand zu verlieren, so sehr hatte er sich nach dem Klang ihrer Stimme gesehnt oder nach dem Gefühl, ihren Körper an seinem zu spüren.

Die Teenager stiegen beim nächsten Halt aus. Als der Aufzug weiter zum 45. Stock fuhr, waren nur noch Paul und Robin übrig geblieben.

»Ich habe dich vermisst«, sagte er schroff.

Als Antwort drückte sie ihm die vor Sehnsucht nasse Pussy gegen die Hand. »Du hast das hier vermisst.«

Ihre betont kühle Stimme ließ ihn zusammenfahren, aber ihr Körper verriet ihm, wie es wirklich in ihr aussah. Sie war brennend heiß und herrlich nass. Während er ihre zerfließende Muschi mit dem Finger fickte und die Geräusche der Bewegung zu hören waren, verlor Robin die Fassung. Sie krallte sich an den Handlauf aus Messing, stellte schamlos die Beine auseinander und stöhnte laut.

Als der Aufzug Pauls Etage erreichte, zog Paul seine Hand zurück, hob Robin hoch und legte sie sich über die Schulter. Schnell warf er noch die leere Bierflasche in den Abfalleimer, der direkt vor den Aufzugtüren stand. Ehe er seine Suite erreichte, hatte er schon ein Kondompäckchen zwischen den Zähnen und die Schlüsselkarte in der freien Hand. Er stieß die Tür auf, setzte Robin ab und hatte seine Hose aufgeknöpft, bevor die Tür wieder ins Schloss fiel.

Seine Jeans sackte auf die Fliesen im Eingangsbereich, und mit einem dumpfem Laut schlug das Portemonnaie samt Kette auf. Während er seinen Schwanz in Latex hüllte, schob sie ihr Kleid hoch, um ihn in sich aufzunehmen. Paul gönnte sich einen Moment, um sie anzuschauen, und konnte kaum Luft bekommen. Ihr Anblick bot stilvolle Eleganz oberhalb der Taille und alles, was man für einen feuchten Traum brauchte, unterhalb der Taille. Ihre Beine waren lang und geschmeidig, ihre Muschilippen geschwollen und feucht.

Als sie in sein Leben platzte, war er halb tot gewesen, erstarrt in seinem Kummer über den Tod seines Sohnes und das Ende seiner ohnehin angeschlagenen Ehe. Bei der allerersten Fahrstuhlfahrt mit Robin war ein Schalter umgelegt worden, der Paul aus seinem Koma gerissen hatte. Sie hatte ihm wieder Luft zum Atmen geschenkt und das Blut zurück in seine Adern geschickt. Paul hatte auf die Wochenenden hingelebt, die er mit ihr verbrachte, sehnte sich nach ihrem

Lachen und ihrem Lächeln, ihren Berührungen und ihrem Duft.

Aber als sie vorschlug, die Beziehung zu vertiefen, bekam er Panik, sodass Robin ihn erhobenen Hauptes verließ – und sein Herz gleich mitnahm.

Als Paul sich jetzt klarmachte, was für ein verdammtes Glück er hatte, dass sie noch immer bereit und willig war, drückte er ihren schlanken Körper gegen die Tür und eroberte Robins Mund mit einem heißen Kuss. Seine Lippen versiegelten ihre, mit der Zunge zeichnete er ihre Unterlippe nach, ehe er die Weichheit ihres Mundes erkundete. Zuerst war Robin etwas steif und abwartend, worauf er vorsichtig wurde. Denn bei allen Intimitäten hatte es bislang keine Zurückhaltung zwischen ihnen gegeben.

Während er mit ihrer Zunge spielte, streckte Robin die Hand nach seinem Schwanz aus und schlang ein Bein um seine Taille. Dann massierte sie ihn mit beiden Händen und machte ihn so hart und groß, dass Paul an ihrem Mund stöhnte. Sie befeuchtete ihre Fingerkuppen mit seinen Glückstropfen. Mit seiner prallen Eichel rieb sie sich über ihren Kitzler und machte sich selbst scharf.

Voller Ungeduld schob er ihre Hände beiseite und presste seine Spitze zwischen ihre Sexlippen. Sie war so heiß, dass er zwei Zentimeter tief in ihrer Nässe versank. Er merkte, dass er die Kontrolle verlor, als ihre Sexmuskeln sich um seinen Schwanz spannten. Am liebsten hätte er sie mit harten Stößen gegen die Tür gerammt. Sie hingegen wollte wissen, ob ihm an ihrer Beziehung etwas lag.

»Schnell«, zischte sie.

Ehe er reagieren konnte, umschloss sie seinen Hintern mit beiden Händen und stieß ihn in ihre Muschi. Er sank überraschend tief in ihren Tunnel. Mit den Handflächen stützte er sich zu beiden Seiten ihres Kopfes an der Tür ab, und ein Fluch entwich ihm.

»Robin, Baby«, stieß er mit kehliger Stimme hervor. »Das geht mir zu schnell.«

Aber da kam sie schon. Sie hatte den Kopf in den Nacken geworfen und stöhnte aus purer Lust, und ihre Sexmuskeln umschlossen seinen Schwanz wie eine zarte Faust. Je länger sie seinen Schaft mit kleinen Reizen stimulierte, desto schneller verlor er die Kontrolle.

»Ah, Mist«, keuchte er und spürte, dass sich seine Eier anspannten und ihm der Saft in die Schwanzspitze stieg. Mit den Händen umschloss er jetzt ihren Po und fickte ihre zuckende Pussy wie ein Verrückter, bumste sie mit hämmernden Stößen. Niemals hatte er einen heftigeren Orgasmus gehabt. Die Lust durchzuckte ihn so heiß, dass er sein tiefes Stöhnen nicht unterdrücken konnte. Oder die Worte, die ihm über die Lippen kamen: »Robin ... verdammt ... ich liebe dich, Baby. Liebe dich ...«

Schweißnass und zitternd sank er gegen sie, als die glühende Ekstase sich legte, doch immer noch stieß er seine Hüften vor und pumpte weiter in sie.

Sie erschauerte in seinen Armen, und ein leiser Schluchzer entwich ihr. »Gott ... du bist doch ein Esel, Paul. Weißt du das?«

Na, toll! Da hatte er ihr einmal gestanden, was er fühlte, doch ohne jegliche Anmut und Romantik in den Worten. Sie hatte ihn sitzen lassen, weil sie glaubte, er wolle nur das eine, und da war es wohl kaum angemessen, dass er seine Gefühle während eines hemmungslosen Ficks gestöhnt hatte. Wahrscheinlich hatte man ihn auf dem ganzen Flur hören können.

Seine Stirn berührte die ihre.

Robin ließ die Arme sinken, und ihr Atem strich kühlend über die schweißnasse Haut an seinem Hals. »Ich muss los.«

Paul spürte, wie es sich in seiner Bauchgegend verkrampfte. Sie konnte ihn doch nicht wieder einfach so verlassen! Ein zweites Mal würde er es nicht überleben, wenn sie sich von ihm abwandte. Die Hände an ihren Oberschenkeln, hob er sie noch einmal an und entledigte sich seiner Schuhe und der weiten Jeans. Nur noch in Socken und T-Shirt, den harten Schwanz in der süßesten Pussy der Welt, trug er sie auf zittrigen Beinen ins Schlafzimmer. »Erst wenn du mir zuhörst.«

»Ich habe dich beim letzten Mal laut und deutlich vernommen.«

Zähneknirschend zog er sich aus ihr zurück und ließ sie aufs Bett sinken. Ehe sie die Matratze verlassen konnte, packte er sie bei den Fußknöcheln, hob ihre Beine an und spreizte sie. Sein Blick haftete auf ihrer saftigen, rosafarbenen Pussy, auf den Lippen, die vor Lust glänzten. »Ich war noch nicht so weit. Ich bin noch nicht fertig.«

»Ich schon.«

Er leckte sich die Lippen, wollte sie schmecken. »Das wird sich zeigen.«

Robin kannte diesen hungrigen Blick in Pauls braunen Augen und versuchte, sich aus seinem Griff zu befreien, ehe Paul sie ein zweites Mal zerstörte. Sie liebte einen Mann, der voller Verletzungen war. Damit könnte sie umgehen, wenn Paul bereit wäre, seine Wunden heilen zu lassen. Aber das wollte er nicht. Als sie vorgeschlagen hatte, sie könnten sich in seiner Heimatstadt Portland treffen, hatte ihr der Ausdruck in seinen Augen genug verraten – sie war sein Fick alle vierzehn Tage, sein heißes Luder in Vegas. Und jeder wusste: Was in Vegas passiert, bleibt in Vegas.

An jenem Abend hatte sie sein Hotelzimmer in der festen Absicht verlassen, sich nicht noch einmal umzudrehen. Sie redete sich ein, Paul Laurens sei nichts weiter als eine kurze verrückte Episode in ihrem Leben.

Dass er aber vorhin die Bar verlassen hatte, weil sie dort war, das war zu viel des Guten gewesen. Ohne ein weiteres Wort zu verlieren, hatte sie ihren Bruder am Tisch zurückgelassen und war dem Mann nachgelaufen, über den sie einfach nicht hinwegkommen konnte.

Ein letzter Fick, hatte sie sich gesagt. Dann wäre alles vorbei.

Was für ein Blödsinn. Sie brauchte ihn wie ein Junkie seinen Stoff, und ein Schuss war nie genug.

Paul sank zwischen ihren Schenkeln auf die Knie, und ihr Bauch verkrampfte sich. Ihre Pussy zuckte bei der Aussicht, seinen Mund auf ihrer heißen Spalte zu spüren. Ihre Klitoris pulsierte unter dem Verlangen, mit Zungenstrichen verwöhnt zu werden. Weiterhin hielt er ihre Schenkel geöffnet und starrte auf ihre intimste Stelle.

»Ich habe mich die ganze Zeit darauf gefreut, dich zu schmecken«, stieß er atemlos hervor. »Ein Dutzend Mal habe ich es mir selbst besorgt und an deine Muschi gedacht. Mach es dir bequem, Baby, wir werden noch eine Weile hier sein.«

»Ich muss zum nächsten Meeting!«, protestierte sie. »Ich kann doch nicht . . . o Gott!«

Der erste seiner Zungenstriche raubte ihr glatt den Verstand. Es war ein weiches, langsames Lecken, das jedes empfindliche Nervenende erregte. Dann strich er mit seinem Zungenpiercing über ihren Kitzler. Sie spürte, wie sein Stöhnen alles in ihr vibrieren ließ. Ihre Pussy zuckte vor Verlangen, von seinem Schwanz ausgefüllt zu werden.

Ihre Fäuste gruben sich in die Bettdecke.

»Du bist so süß«, sagte er mit heiserer Stimme und strich ihr mit den Händen über die Innenseiten der Schenkel. »Deine Muschi ist so weich.«

Robin entwich ein leises Seufzen.

Heiß umschloss er mit seinen Lippen ihre Klitoris und ließ seine gepiercte Zunge über ihre Knospe flattern. Ohne ihr Zutun stießen ihre Hüften vor, und sie streckte und windete sich auf der Jagd nach dem nächsten Höhepunkt. Früher hatte sie sich glücklich schätzen können, wenn sie bei ihrem Partner einmal kam. Bei Paul war es anders: Je länger er sie berührte, desto empfindlicher wurde sie. Jeder Orgasmus kam schneller als der vorige, bis sie in Wellen der Erregung unterzugehen drohte, die weder Anfang noch Ende kannten.

»Fick mich mit deiner Zunge«, stöhnte sie und legte ihm ein Bein über die kraftvolle Schulter, um ihn näher zu sich zu ziehen. Sie bog den Rücken durch, als er ihrer Bitte nachkam und ihre bebende Spalte mit hungrigen Lippen verschlang. Schließlich grub sie ihm die Finger ins lange Haar und ritt seinen Mund, schamlos und getrieben von ihrem Verlangen.

Des Öfteren hatte sie erlebt, dass Leute Paul allein wegen seiner äußeren Erscheinung ablehnten. Diejenigen, die nur Stereotypen im Kopf hatten, dachten gleich an Wohnwagen und Biker-Gangs, wenn sie Paul sahen. Kaum einer blickte hinter den Dreitagebart oder die Tattoos. Doch unterhalb des Körperschmucks, der eingespritzten Tinte und dem wuscheligen Haar verbarg sich ein tolles Gesicht, das schöne und geradezu klassisch geschnittene Züge hatte. Pauls Antlitz hätte eine antike Münze oder eine Statue in einem heidnischen Tempel zieren können. Außerdem war er wohlhabender, als die Leute bei seinem Äußeren vermuteten.

Er umschloss ihren Po, hob ihre Hüften an und legte den Kopf schräg. Seine Zunge stieß tiefer vor, drang immer wieder rhythmisch in sie ein, und ihre Pussy krampfte sich hilflos zusammen.

Robin drückte die sehnsüchtig wartenden Brüste in ihrem BH zusammen und zwickte ihre Nippel, um die Spannung zu mindern. Mit bebenden Hüften flehte sie ihn an: »Lass mich kommen.«

Sacht sog er an ihren Sexlippen, küsste ihre Muschi und strich weiter mit der Zungenspitze über ihren Kitzler. Sie schmolz unter seinem weichen, fordernden Mund dahin, stöhnte und schrie ihre Lust auf ihrem Höhepunkt heraus, zerfloss förmlich.

»Ich liebe dich.« Er stand auf und warf das Kondom in den Mülleimer.

»Du liebst es, mich zu bumsen«, wisperte sie, ahnte sie doch, dass er sich wieder zurückziehen würde, sobald die Leidenschaft abebbte und die Wirklichkeit ihn einholte.

Paul beugte sich über sie und drückte seine Hände rechts und links von ihrer Taille in die Matratze. »Ich sehe das als etwas Langfristiges.«

»Und du denkst, es ist ein Bekenntnis, wenn wir uns alle vierzehn Tage zur selben Zeit am selben Ort treffen?« Sie hasste den bitteren Unterton in ihrer Stimme. Er hatte ihr nie Versprechungen gemacht, hatte nie mehr angedeutet als das, was ihnen die Vegas-Liaison bot. Daher war es wohl kaum fair, wenn sie jetzt sauer auf ihn war, nur weil er ihr nicht mehr geben wollte. Aber sie konnte nun mal nicht anders, sie sprach nur aus, was sie fühlte.

»Das reicht mir nicht.« Er richtete sich auf und zog sich das T-Shirt über den Kopf aus. Hungrig glitt ihr Blick über seinen Oberkörper, und sie bewunderte die flachen Bauchmuskeln, die sich bei jeder Bewegung unter der Haut regten. Er war so männlich. Er konnte einer Frau den Atem rauben. Tätowierungen zogen sich auf beiden Oberarmen von den Schultern bis zu den Ellenbogen wie farbenprächtige Ärmel. Seine Brust war breit, leuchtete bei diesem Licht fast golden, und oberhalb seines Herzens prangte ihr Namenszug in fein gestochenen Lettern. »Es war mir nie genug.«

Robin sog die Luft ein und war verblüfft, weil das Namens-Tattoo beim letzten Mal noch nicht dagewesen war. Ihr Blick klebte an den Buchstaben, Tränen verschleierten ihr die Sicht. »Paul...«

»Aber es stimmt, ich liebe es, dich zu bumsen.« Er holte ein neues Kondom aus der Nachttischschublade und streifte es sich über. »Wenn ich nicht in dir sein kann, stelle ich es mir vor.«

Mit beiden Händen auf den Innenseiten ihrer Schenkel stieß er sich in ihre Spalte. Sie keuchte, da ihre Pussy noch immer angespannt war.

»Gott, das fühlt sich geil an«, raunte er. »Ich habe dich so sehr gebraucht.«

Seine Größe, lang und dick, war perfekt. Als sei er nur für sie gemacht. Robin stützte sich auf den Ellenbogen ab und sah, wie sein glänzender Schaft wieder zum Vorschein kam. Sie sah die aufliegenden Adern und dachte, dass sein harter Schwanz genauso wild wirkte wie der ganze Mann. Der Anblick seines männlichsten Stücks machte sie nur noch mehr an. Sie fühlte sich unglaublich weiblich und kam sich wie irgendeine freakige Sexgöttin vor, die die wilde Lust eines Mannes entfachte, der seine Sexualität kraftvoll ausleben wollte.

Mit der Zunge strich sie über die Konturen seiner Unterlippe. »Bitte«, flüsterte sie, denn sie fühlte sich leer ohne ihn. Sie hatte sich von dem Moment an leer gefühlt, als sie ihn hatte sitzen lassen, war körperlich wie emotional ausgelaugt gewesen.

Er sank wieder in sie und zischte leise vor Vergnügen. »Du bist so sexy, Baby. So verdammt vollkommen und wunderschön. Ich habe zwar keine Ahnung, was du mit einem Typen wie mir willst, aber ich bin dir dankbar. Jeden verdammten Tag.«

O Gott, sie liebte ihn so sehr.

Er öffnete ihren BH und befreite ihre Brüste für seine wartenden Hände. Ihre Pussy spannte sich um ihn, als er ihre Nippel zwischen seinen Fingern rollte.

»Es tut mir leid.« Seine Wangen waren gerötet, Schweiß glänzte auf seiner Haut, und seine schönen, haselnussbraunen Augen funkelten. »So verdammt leid, dass ich dich in dem Glauben ließ, du wärst nichts weiter für mich als ein willkommener Nachmittagsfick. Schon als ich dich das erste Mal sah, habe ich mich in dich verliebt. Ich hätte dir das schon früher sagen sollen.«

»Ich brauche noch was von dir.« Sie schloss ihre Finger um seine Handgelenke und suchte Halt, während die Lust sie fortzuspülen drohte.

»Ich weiß.« Seine Hüften stießen in einem langsamen Tempo. »Ich brauche auch noch was von dir.«

Damit hatte er sie. Sie wünschte sich, dass er sie brauchte. Sie wollte, dass sie ihm etwas bedeutete und seinem Leben einen Sinn gab. Sie wollte Teil seines Lebens sein. »Und das wäre?«

»Ich brauche deinen Terminkalender.« Seine Lippen verzogen sich zu einem Lächeln, als er sah, dass sie die Stirn kraus zog. »Denn dann kann ich meine Fahrten mit deinen Terminen abstimmen. Und ich will, dass du bei mir einziehst. Kannst du deinen Schmuck überall entwerfen?«

Robin nickte und war nicht in der Lage, darauf zu antworten, denn er sagte ihr endlich all das, was sie immer schon von ihm hatte hören wollen. Und das, während er sie so perfekt fickte. Die geschmeidigen, rhythmischen Stöße seines Schwanzes brachten sie fast um den Verstand. Ihr ganzer Körper spannte sich unter dem Verlangen an, endlich wieder zu kommen. Sie schob ihm ihre Hüften entgegen. Er war so hart, und es fühlte sich so gut an, wieder mit ihm zusammen zu sein. Ihn zu riechen, seine Haut zu spüren.

»Im Augenblick habe ich in der Brauerei in Portland zu tun.« Er nuschelte ein bisschen, da die Lust in ihm anschwoll. »Aber wenn du die Stadt oder das Haus nicht magst, dann gehe ich mit dir dorthin, wo du glücklich bist. Ich brauche nur etwas Zeit. Zeit, die ich nicht ohne dich vergeuden möchte.«

»Fester!«, drängte sie ihn und griff nach seinem muskulösen Hintern. Sie legte den Kopf in den Nacken, und ihr Hinterkopf grub sich in die Bettdecke, als der Orgasmus in greifbare Nähe rückte. »Fick mich hart!«

Paul packte Robin bei der Taille und gab ihr, was sie brauchte. Seine harten Stöße trieben sie im Nu über die Klippe.

»Ich bin gleich bei dir«, stöhnte er und pumpte sich kräftig in sie. Er stieß diesen Laut aus, den sie so sexy fand und der sie richtig scharf machte – eine Mischung aus Stöhnen und Summen, die ihr mehr als alle Worte zeigte, wie viel Lust sie ihm bereiten konnte. »Bin gleich ... da!«

Sein Blick verschmolz mit ihrem, als er kam und sie ihre Lust teilten.

»Ich liebe dich«, stieß er keuchend hervor und zitterte unter der Wucht seines Orgasmus.

Sie konnte den Blick nicht von ihm wenden und wollte an seine Worte glauben.

Paul hatte ihr alles ausgezogen. In ihrer Euphorie nach dem Höhepunkt hatte sie gar nicht mitbekommen, dass er sie ganz entkleidet hatte. Aber sie war ihm dankbar dafür. Eng angeschmiegt lag sie neben ihm, ihre Beine mit seinen verwoben. Ihr Kopf ruhte auf seiner Brust, und mit den Fingerspitzen zeichnete sie den Namen nach, der in seine Haut tätowiert war.

»Ich wollte mit dir bumsen und dann wieder gehen«, bekannte sie.

»Hab ich mir gedacht.« Er drückte ihr einen Kuss auf die Stirn. »Aber ich hätte dich nicht so einfach fortgelassen. Ich wäre dir gefolgt und hätte dich zurückgeholt, wenn es nötig gewesen wäre.«

Sie hob den Kopf leicht an. »Als ob ich je zugelassen hätte, dass andere Frauen sich an dir sattsehen können.«

Paul lächelte. »Ich gehöre dir allein, Schätzchen. Mit meinen Fehlern, meinem Gepäck, mit allem.«

Ihre Hand schwebte über seinem Herzen. »Du bist noch nicht so weit, Paul. Ich wünschte, es wäre so.«

»Der Therapeut, mit dem ich spreche, sieht das anders.«

Robins Herz setzte einen Schlag aus. »Therapeut?«

Er nickte. »Ich werde ihn noch für eine Weile sehen müssen, aber ich weiß inzwischen gut genug, was der Verlust von Curt in mir ausgelöst hat, um wieder geradeaus denken zu können.«

Sie verspürte ein Stechen im Herzen, wenn sie an seinen Schmerz dachte. Sie konnte sich nicht vorstellen, wie es sein musste, wenn man das eigene Kind überlebte.

Er verschränkte seine Finger mit ihren. »Ich hätte schon viel früher mit jemandem sprechen sollen, erst recht nachdem ich dich kennengelernt hatte. Es war nicht fair dir gegenüber, dass ich es nicht getan habe.«

»Du kannst dir doch nicht die ganze Schuld allein geben«, sagte sie leise. »Als wir uns trafen, schien unsere Vereinbarung auch für mich perfekt. Keine Verpflichtungen, heißer Sex, und ein Typ, der mir zuhörte, wenn ich von meinem Schmuck erzählte. Die Dinge liefen gut, bis sich meine Erwartungen änderten.«

Er streckte die Hand aus und öffnete die Nachttischschublade. Sie dachte, er suche nach einem neuen Kondom, und ihr Puls beschleunigte sich. Doch dann sah sie, wie eine dunkelblaue Samtschatulle zum Vorschein kam, und ihr blieb das Herz stehen.

Paul stellte die Schachtel auf seinen Waschbrettbauch und holte hörbar Luft. »Hast du überhaupt eine Vorstellung davon, wie schwer es ist, einen Verlobungsring für eine Schmuckdesignerin zu kaufen, die dir einen Tritt in den Arsch verpasst hat?«

Unwillkürlich streckte sie die Finger nach der Schatulle aus.

»Moment«, sagte er und hielt ihre Hand fest. »Um noch mal auf die Dinge zu sprechen zu kommen, die ich von dir brauche ... Ich möchte, dass du mich heiratest, Robin. Wenn wir diesen Raum verlassen, dann möchte ich, dass wir ihn erst wieder als Mann und Frau betreten. Ich verspreche dir, dass du eine Traumhochzeit erleben wirst, mit unseren Freunden und Familien und Tauben und Schwänen und was auch immer du dir wünschst. Aber ich will, dass wir uns das Eheversprechen schon jetzt – heute – geben, und wenn wir hier in Vegas heiraten, dann passt das irgendwie zu uns.«

Zu uns. Mit großen Augen sah sie ihn an, und ihr Verstand sagte ihr, wie verrückt das alles war. Sie übersprangen so viele Schritte einer wachsenden Beziehung. Was sie bislang in ihrem gemeinsamen Jahr gehabt hatten – die vier jämmerlichen Monate, in denen sie einander nicht gesehen hatten, nicht mitgerechnet –, waren E-Mails, Telefonate und sechs Tage pro Monat der schärfste Sex ihres Lebens.

Und ein klares, reines Gefühl der Zusammengehörigkeit, das wie ein Blitzschlag eingeschlagen hatte, als sie sich zum ersten Mal begegnet waren.

»Ich weiß, wie verrückt das ist«, sagte er, denn er las ihre Gedanken, wie er es oft tat. »Aber wir sind doch verrückt aufeinander, von Anfang an. Ich bin ganz krank vor Liebe nach dir, Baby. Ich schwöre dir, du wirst es nie bereuen, dass du dich auf mich eingelassen hast. Ich werde dich glücklicher machen, als du es je in deinem Leben gewesen bist.«

Sie schluckte schwer und öffnete den Deckel der kleinen Schatulle.

»Oh, Paul«, hauchte sie, und ihre Hände zitterten.

»Gefällt er dir?« In seine tiefe, volltönende Stimme mischten sich Besorgnis und Unsicherheit. »Wir können ihn umtauschen, wenn du ihn nicht magst. Du kannst dir irgendwas anderes aussuchen. Vielleicht etwas, was traditioneller ist . . .«

»Ach, halt den Mund.« Der Ring war perfekt. Ungewöhnlich zwar, fast abgefahren, mit einem riesigen Diamanten – um die vier Karat, vermutete sie mit erfahrenem Blick –, eingefasst in ein unregelmäßiges Muster aus unterschiedlich großen Rubinen.

»Wenn ich den Ring betrachte«, sagte er leise, »dann muss ich daran denken, was ich für dich empfinde.«

Auch sie entdeckte es in diesem Ring, dessen ungewöhnliches Design leidenschaftliches Chaos offenbarte. Sein Anblick festigte ihre Überzeugung, dass Paul der perfekte Ehemann für sie war.

Robin setzte sich rittlings auf ihn und hielt die Hand von sich gestreckt. »Setz ihn mir auf.«

Das Gefühl, das der kühle Reif erzeugte, als Paul ihn ihr über den Finger schob, war so erhaben und einzigartig, dass Robin eine Gänsehaut am ganzen Körper bekam. Sie hatte all dies so sehr gewollt, wollte *ihn*: Ihren Braumeister mit seinen Ecken und Kanten, mit seinen sanften Händen und seinem unersättlichen Hunger nach ihrem Körper. Den Mann, der ihr zuhörte, wenn sie über die Reinheit von Edelsteinen sprach und über Design-Theorien, und der ihr geduldig den Unterschied zwischen *Lager* und *Ale* erklärte.

»Ja«, antwortete sie und legte ihm ihre Hand auf die Brust, unmittelbar neben den Namenszug.

Paul umfasste ihre Taille mit beiden Händen und streichelte mit den Daumen über die Unterseite ihrer Brüste. »Und was brauchst du von mir?«

»Ich brauchte das hier.« Sie zeigte auf ihn und auf sich. »Ein Bekenntnis von dir. Ich brauche aber auch ein Zimmer, das mir allein gehört, und dann noch ein Atelier mit Licht und Platz.«

»Abgemacht.«

»Und du musst mir versprechen, dass du deinen Stil nicht ändern wirst.«

Verwundert hob er die Brauen. »Ich habe einen Stil?«

»Ich liebe dich so, wie du bist. Schneid dir also nicht die Haare ab.«

Er drehte sich so, dass er nun auf ihr lag. »Sag das noch mal.«

Lachend schaute Robin in sein gut aussehendes Gesicht. »Dass du dein Haar nicht schneiden sollst?«

Er schnaubte. »Was du davor gesagt hast.«

»Du sollst deinen Stil nicht ändern?«

Paul beugte sich vor und nahm ihre Brustspitzen zwischen die Zähne. Bei dem unerwarteten Schmerz gab sie einen leisen Laut von sich und bog dann den Rücken durch, als seine Zunge das leichte Stechen dämpfte. Als er an ihren Nippeln sog, seufzte sie seinen Namen und gab ihm das, was er wollte.

»Ich liebe dich, Paul. Du bedeutest alles für mich.«

Als er den Kopf hob, wusste sie, dass sie diesen feurig-zärtlichen Blick in seinen Augen für immer in Erinnerung behalten würde.

Aber natürlich könnte sie ihn auch dazu bringen, ihr wieder und wieder einen Blick zuzuwerfen, in dem so viel Feuer lag. Ihr blieb ja nun ein Leben lang Zeit dafür.

Die erste Nacht

Donna George Storey

Es war ein Fehler.

Sophie schaute in Justins schlafendes Gesicht, das sich im Dämmerlicht blass vom Kissen abzeichnete. Ihr wurde ganz eng in der Brust. Er sah so hübsch aus, als sie seine dichten Wimpern, die schön gebogene Nase und die Rundung seiner Schulter in Ruhe betrachtete.

Ja, er sah einfach toll aus, aber trotzdem war es ein Fehler.

Sophie warf einen Blick auf den Wecker, dessen Ziffern in einem eisigen Blau aufleuchteten. 06:08. In ungefähr sechs Stunden erwartete man von ihr und diesem jungen Mann, den Bund fürs Leben zu schließen.

Aber sie konnte es einfach nicht tun.

Im Geiste hakte sie die Liste ab: Kleid, Blumen, Fotograf, Zeremonie, Empfang, Sitzordnung bei Tisch, Musik, Torte. Doch diesmal ging sie diese Dinge nicht durch, um sich zu vergewissern, dass alles in Ordnung war, sondern um den Schaden zu beziffern, wenn die Braut am Morgen der Hochzeit alles abblies. Die entsetzten Gesichter, die Dollars, die in den Sand gesetzt wurden ...

Genau in diesem Moment seufzte Justin und rollte näher zu ihr. Sein Steifer strich an ihrem Oberschenkel entlang.

Sophie beugte sich vor und sog die Luft ein, denn sie liebte den Duft seiner Haut – Sahne und Erde vermischt mit einem Hauch von Kreuzkümmel. Auf das beharrliche Verlangen in ihrem Bauch war ebenso Verlass wie auf Justins morgendlichen Ständer. Sie war in Versuchung, unter die Decke zu fassen und ihn dort zu streicheln, dabei war *sie* es gewesen, die vorgeschlagen hatte, in der Woche vor der Hochzeit abstinent zu sein. Aber jetzt wünschte sie sich nichts sehnlicher, als seinen harten Schwanz in sich zu spüren.

Das Problem hatte nichts mit Justin selbst zu tun. Es war dieses dämliche Stück Papier, das alles ruinieren würde.

Plötzlich verzog Sophie den Mund zu einem Grinsen. Sie war noch nicht ganz klar im Kopf und hatte in der Nacht kaum geschlafen, aber womöglich hatte sie eine Lösung für das Problem gefunden. Genau wie geplant, würde sie sich in ihr perfektes, weißes Kleid hüllen und zu dem historischen Landhaus entschweben, um sich fotografieren und bewundern zu lassen. Ja, sie sah sich schon in Begleitung ihrer Brautjungfern durch den Blumengarten in Richtung des Hochzeitspavillons gleiten, um sich dort bei Justin unterzuhaken. Und dann würde sie sich den versammelten Gästen zuwenden und würdevoll anheben:

»Ich möchte euch allen danken, dass ihr gekommen seid. Ich weiß, dass die Einladung den Eindruck erweckt, ihr würdet Zeuge einer Hochzeitszeremonie zwischen Mr. Justin Trevor Phillips und meiner Wenigkeit werden. Tatsächlich habe ich euch alle aus einem anderen Grund kommen lassen. Ich möchte euch nämlich mitteilen, dass ich fantastischen Sex mit Justin habe. Es läuft so toll, dass ich mir einredete, ich müsste Justin heiraten, um diese überwältigenden Orgasmen für den Rest meines Lebens zu haben. Jetzt habe ich erkannt, dass wir es auch ohne ein dummes Stück Papier wie die wilden Tiere treiben können. Die Statistiken sagen sogar, dass wir besseren Sex ohne eine Heiratsurkunde haben werden. Aber vertraut mir, die Wahnsinns-Nummern, die Justin und ich haben, sind es wert, öffentlich mit Freunden und Verwandten gefeiert zu werden. Also genießt den gegrillten Lachs und das Salsa-Tanzen, und vielleicht könnt ihr euch ja den Nachmittag auch mit ein bisschen Sex vertreiben. Im Gartenschuppen oder in der Bambuslaube ...«

Sophie kicherte in sich hinein. Wenn sie doch so ehrlich sein könnte. Aufrichtigkeit war eine tolle Sache. Ausgenommen die Art von Ehrlichkeit, die ihre Freundinnen zwei Abende zuvor auf dem Junggesellinnenabschied zum Besten gegeben hatten.

Die Mädels waren bereits bei ihrem zweiten Krug Sangria, als Sophias Mitbewohnerin Ashlyn auf Sex in der Ehe zu sprechen kam.

»Hochzeitsnächte sind auch nicht mehr das, was sie mal waren. Sean und ich waren nach all den Festlichkeiten so erledigt, dass er mich kaum noch über die Schwelle unserer Flitterwochen-Suite tragen konnte. Im nächsten Moment sackten wir auf dieses große, breite Bett und waren auch schon eingeschlafen. Natürlich war der Morgen danach prima, weil wir ausgeruht waren. Ich liebe Sex am Tag, aber manchmal frage ich mich, ob das Nickerchen danach nicht doch das Beste daran ist.«

Die anderen Frauen kicherten – nur Sophie nicht.

Nina, ihre beste Freundin aus Highschool-Tagen, beugte sich zu ihr herüber. »Der Sex ist definitiv nicht mehr so scharf, wenn er gesetzlich abgesegnet ist, aber Jasper und ich versuchen, einmal im Monat für ein Wochenende wegzufahren. Dann tue ich so, als hätten wir eine Affäre, und wir bleiben so lange im Hotelbett liegen, bis uns das Zimmermädchen aufscheucht.«

Die anderen Frauen zwinkerten sich zu und murmelten anerkennende Worte.

»Man muss sicherlich was dafür tun, damit es scharf

bleibt«, fügte ihre Freundin Megan hinzu. »Aber ich mag auch die Nähe. Die Ehe hat meine Beziehung zu Brian verändert. Manchmal wird uns regelrecht schwindlig im Kopf, wenn wir uns in den Armen liegen und die Hauseinrichtung planen.«

»Aber ganz anders wird es ja erst, wenn du Kinder hast. Wir machen es nicht mehr so oft wie früher und müssen leise sein, aber die Bindung ist viel tiefer, irgendwie spiritueller«, meinte ihre College-Freundin Jenny. Sophies ältere Schwester Elena nickte wissend und lächelte stumm.

Sophie, die bereits angenehm betrunken von dem Wein war, sank tiefer in ihren Stuhl. »Sagt mir die Wahrheit. Gebe ich den scharfen Sex für immer auf, wenn ich Justin heirate?«

»Justin ist ein toller Typ, Sophie, also willst du doch bestimmt sichergehen, dass er dir nicht abhaut«, sagte Ashlyn mit ernster Miene. »Und eure Beziehung hat doch mehr zu bieten als nur Sex, oder?«

Sophie nickte. Natürlich hatte ihre Beziehung mehr zu bieten. Sie brachten sich oft gegenseitig zum Lachen. Justin konnte eine erstklassige Pasta Primavera zubereiten. Und nach einem harten Tag im Büro gab es für sie keinen schöneren Ort als in seinen Armen zu liegen. Aber würde all dem nicht irgendwann der Glanz fehlen, wenn es keinen wilden, feuchten und ungemein befriedigenden Sex mehr gab?

Solche Gedanken beschäftigten sie, während sie neben ihrem Freund lag und sich vorstellte, dass das wunderbare Sexleben in wenigen Stunden vorbei sein könnte.

Justins Lider flatterte und öffneten sich, als habe er ihre Zweifel gespürt. Er lächelte und schlang einen Arm um sie. Sie kuschelte sich an ihn. Ihr Kopf ruhte an seiner Schulter, und ihre Beine waren miteinander verwoben wie die Linguini-Nudeln seines Leibgerichts. Insgeheim nannte sie diese

Position die »Alles ist in Ordnung«-Position, denn wenn sie so dahinschwebten wie jetzt, konnte sich Sophie nichts Schöneres vorstellen. Insbesondere nach einer tollen Runde Schrei-so-laut-du-kannst-Sex.

Aber wenn sie nun nach der Heirat weniger Sex hätten, würde dieses Gefühl der Zufriedenheit ihr dann reichen? Sie war im Begriff, Justin von ihren Befürchtungen zu erzählen, aber inzwischen ging sein Atem ganz ruhig und gleichmäßig, und daher wollte sie ihn nicht stören. Später würde er seine ganze Kraft brauchen.

Wenn sie ihm nämlich sagte, dass die Hochzeit abgeblasen sei.

Und überhaupt, was bedeutete heutzutage noch so ein blödes Stück Papier?

Vielleicht war das auch Teil des Problems. Tief in ihrem Innern wünschte sie sich eine traditionelle Hochzeitsnacht, was bedeutete, dass sie sich in einer Weise berühren würden, wie sie es noch nie getan hatten. Aber im Verlauf der zwei Jahre, die sie sich jetzt kannten, hatten sie sich bereits in jeder erdenklichen Weise gegenseitig geleckt und ihre Körperöffnungen erkundet. Wie sollten sie da in dieser bedeutenden Nacht noch irgendetwas Neues oder Überraschendes zustande bringen?

Hätten sie sich vor hundertfünfzig Jahren ineinander verliebt, also noch in der Zeit von Königin Viktoria, wäre sicherlich alles anders gewesen. Als echter Gentleman hätte Justin ihr jeden Sonntag nach dem Gottesdienst den Hof gemacht und dann zu gegebenem Anlass bei ihrem Vater um ihre Hand angehalten. Ja, er hätte sie auf dem Parkett herumgewirbelt, bis ihr schwindelte, und ihr beim Aussteigen aus der Kutsche geholfen, und seine kräftigen Hände hätten Sophies schmale, geschnürte Taille umfasst. Und all die Empfindungen *dort unten*, unter den vielen Schichten ihrer Röcke, würden unerwähnt bleiben und sich höchstens in einem zarten Erröten oder einem schnelleren Atmen andeuten, wenn Justin ihr galant die Hand küsste.

Später, in der Hochzeitsnacht, würden all die Entbehrungen und zurückgehaltenen Berührungen einem befreienden Fest weichen. Mit der Zunge würde Justin die Weichheit ihres Mundes erkunden, mit den Händen würde er ihre zarten Brüste liebkosen, und seine Männlichkeit würde zum allerersten Mal in ihr intimstes Inneres sinken.

Was für ein Gefühl wäre das?

Ihre besten Freundinnen würden ihr im Brautzimmer behilflich sein, anstatt sie in irgendeine Tapas-Bar oder einen Club abzuschleppen. Sie würden sie zu dem Himmelbett geleiten, ihr das lange Haar bürsten und in den Ausschnitt ihres fließenden weißen Nachthemds eine frische Rose stecken, die nur Justin entfernen durfte – er würde sie also buchstäblich *deflorieren*, wenn er seiner ehelichen Pflicht nachkäme. In jenen Tagen besaß ein Mann den Körper seiner Ehefrau so absolut wie Ländereien oder Pferde.

Sophie fragte sich, was sie verspürt hätte, wenn Justin als ihr erster und einziger Liebhaber all die Schätze seines neuen Besitzes erkundet hätte: Mit den Fingern führe er ihr über die empfindlichen Spitzen, ehe er ihr eine Hand zwischen die Schenkel schöbe. Wäre ihr Gemahl sanft, oder würde er sich unter dem Ansturm der Lust roh zeigen? Würde sie in Tränen ausbrechen, weil sie sich ihm mit ihrem Herzen, ihrem Körper und ihrem Namen hingab? Würde sie schreien, wenn er sie bestieg, und vor Schmerz zusammenzucken, wie es ihre Pflicht war ... und doch gleichzeitig ein geheimes Vergnügen?

Sophie seufzte. Justin war ihr achter Liebhaber, obwohl er

der Erste war, wenn es um einige der exotischeren Sexprakti-
ken ging, die sie als abenteuerlustiges Paar gelegentlich genossen: Sex von hinten oder leichte Fesselspiele. Doch war
die erste Nacht in den Armen des Mannes, den sie von Herzen liebte und der sie erotisch entdecken würde, ein ersehn-
tes Vergnügen, das sie nie kennenlernen würde.

»Hey.«

Sie schrak aus ihren Träumereien aus der viktorianischen
Ära hoch, schaute auf und sah in die blauen Augen ihres Ver-
lobten.

»Oh, guten Morgen, Mr. Phillips. Sie sehen glücklich aus.«

»Bin ich auch. Heute ist der glücklichste Tag meines Lebens.«

»Wieso?«, wollte sie wissen. Immer noch halb versunken in
ihre Gedankenspiele war sie wirklich überrascht von seiner
Antwort.

»Dummerchen! Weil ich die wunderbarste und hüb-
scheste Frau auf der ganzen Welt heiraten werde.«

Oh genau, da wir gerade von unserer Hochzeit reden ...

»Tante Sophie!« Elenas vierjährige Tochter Madison platzte ins Zimmer und stürmte geradewegs zum Bett. »Ihr hei-
ratet heute.«

»Ja, stimmt. Und du wirst das beste Blumenmädchen sein,
das es je gab«, meinte Justin, ohne dabei herablassend zu
klingen. Er wäre ein prima Vater, machte Sophie sich bewusst
und erschrak.

»Mein Kleid ist so schön. Ich kann's gar nicht abwarten,
deins zu sehen.« Die Kleine wollte gerade zu ihnen ins Bett
krabbeln, als Elena im Türrahmen erschien und ihre Tochter
wieder ins Gästezimmer mitnahm.

Sie warf Sophie einen verschmitzten Blick zu. »Ich hoffe,
sie hat euch nicht gestört. Übrigens, Mom und Dad wollen

gegen acht vom Hotel herüberkommen. Der Termin mit der Friseurin war doch um neun, richtig?«

»Genau«, erwiderte Sophie mit einem schwachen Seufzer und spürte, dass ihr inzwischen die Furcht wie ein Korsett die Luft abschnürte. Mochte sie auch keine echte viktorianische Braut sein, sollte ihr Sexleben offenbar dennoch von Kräften bestimmt werden, auf die sie keinen Einfluss hatte.

Auch wenn sie nun einen furchtbaren Fehler machte, war es inzwischen zu spät, um jetzt noch umzuschwenken.

Der Tag verging so schnell, dass Sophie fast vergaß, dass sie einen Fehler machte. Die Hochzeitszeremonie im Garten rührte sie zu Tränen, aber nicht weil sie wegen der befürchteten Flaute im Schlafzimmer frustriert gewesen wäre. Es hatte etwas seltsam Bewegendes, in Anwesenheit so vieler herausgeputzter und über das ganze Gesicht strahlender Menschen ihre Liebe für Justin zu bekennen. Und alle Gäste schienen ihnen beiden nur das Beste zu wünschen. Im Trubel des Empfangs und der Party später im Haus wich der Tag dem Abend. Es war schon sechs Uhr, als sie sich endlich in die bezaubernde Frühstückspension aufmachten, die sie für die erste Nacht ihrer Flitterwochen gebucht hatten.

Erst da, als Justin sie über die Schwelle des Landhauses trug, fiel ihr wieder ein, dass diese Nacht womöglich das Ende ihres erfüllten Liebeslebens einläutete.

Doch Justin wirkte kein bisschen müde oder gar desinteressiert, sondern setzte Sophie mit einem schelmischen Zwinkern mitten auf das Himmelbett. Dann streckte er sich neben ihr aus und zog sie eng an sich. »Den ganzen Tag habe ich mich schon auf diesen Teil der Zeremonie gefreut.«

»Bist du sicher, dass du nicht früh schlafen möchtest? Wir

haben ja noch den Rest unseres Lebens Zeit, unserer ehelichen Pflicht nachzukommen.«

»Hey, nein, verdammt. Nicht wenn du mich eine ganze Woche hast warten lassen«, platzte es aus ihm heraus, ehe er sich auf seine Manieren besann. »Sorry, Süße, ich weiß, dass du gestern Nacht lange wach gelegen hast. Wenn du früh zu Bett gehen willst, dann ist das okay für mich«, log er höflich.

Obwohl sie während der letzten vierundzwanzig Stunden kaum geschlafen und nur wenig gegessen und getrunken hatte, verspürte Sophie ein Prickeln am ganzen Körper. »Eigentlich sollten wir die Ehe so schnell wie möglich vollziehen, damit alles seine Ordnung hat.«

Justin runzelte die Stirn. »Da wir gerade von den Formalitäten sprechen, ich wollte dich da noch was fragen.«

Sophies Herz hämmerte. Die Tinte auf der Heiratsurkunde war kaum getrocknet, und schon lief die Sache merkwürdig. »Was denn, Süßer?«

»Heute Morgen habe ich einen Blick in deine Unterlagen geworfen und eine Checkliste entdeckt. Und da steht, dass ich dir ein Hochzeitsgeschenk machen soll. Perlen oder so was. Ich habe aber nichts besorgt, aber wenn es da etwas gibt, was du gern hättest ...«

»Ich habe dir doch auch nichts geschenkt. Empfohlen werden Manschettenknöpfe oder eine Uhr. Tiefster 50er-Jahre-Mief.« Sie drehte sich ihm zu und umschloss mit einer Hand die Erektion, die den Stoff seiner Baumwollhose wie ein Zelt spannte. »Aber das hier, das könntest du mir mit einer Schleife drum schenken.«

»Gehört dir. Wenn ich das hier bekommen kann.« Mit einer Hand stahl er sich unter ihren Rock und strich über ihren Venushügel. »Ich verspreche auch, gut darauf aufzupassen.«

Sie lachte. »Abgemacht.«

Mit den Fingern streichelte er sie durch den dünnen Stoff des Slips.

»Früher hättest du mich jetzt zu deinem Besitz rechnen können«, murmelte sie und spreizte die Beine. »Und ich wäre als Jungfrau zu dir gekommen. Zum ersten Mal würden wir jetzt etwas tun, was über bloßes Händchenhalten hinausgeht.«

»Wenn ich dich jetzt zum ersten Mal berühren könnte, würde ich wahrscheinlich in meiner Shorts kommen«, sagte er leise. Mit der freien Hand begann er, ihre Bluse aufzuknöpfen.

»Aber du wärst keine Jungfrau mehr«, sagte sie mit einem Schmunzeln. »Dein Onkel hätte dich in ein Haus von üblem Ruf mitgenommen, um dich anzulernen. Und nun würdest du *mich* anlernen.«

»Wusste gar nicht, dass du im Grunde deines Herzens so ein altmodisches Mädchen bist.« Justin hatte den letzten Knopf geöffnet und streifte ihr die Bluse über die Schultern. Nahm sie da einen gewissen Besitzanspruch in seiner Berührung wahr?

»Ich bin froh, dass ich keine Jungfrau mehr bin«, fuhr sie fort, »aber irgendwie ist die Vorstellung sexy, dass die Hochzeitsnacht das erste Mal ist.«

Er legte Sophie einen Arm um die Schulter und zog sie zu sich, sodass sie rittlings auf ihm saß. Nachdem er ihr mit erfahrener Hand den BH aufgemacht hatte, zog er ihn ihr aus. Das Leuchten in seinen Augen, während er auf ihre nackten Brüste starrte, kam ihr definitiv neu vor.

»Ich bin froh, dass es nicht unser erstes Mal ist«, sagte er.

»Wieso?«

Justin sah ihr geradewegs in die Augen, und für die Dauer

eines Herzschlags kam Sophie sich wie sein Eigentum vor. Gleichzeitig fühlte sie sich eigenartig frei und heiter.

»Weil ich weiß, dass du es genießen wirst«, sagte er mit Überzeugung in der Stimme. »Ich weiß, dass ich dich zum Höhepunkt bringe.«

»O Gott«, wisperte sie, und eine heiße Welle der Erregung durchfuhr ihren Körper von ihrer Pussy bis in ihre Brust. Wieder stieß sie seufzend hervor: »O Gott, tut mir leid ...«

»Was ist denn?«

»Das ist mir noch nie passiert. Ich habe ... meinen Slip ganz nass gemacht. Ich bin so geil. Deine Worte ...«

Justin schob einen Finger unter das Bündchen ihres Slips, tastete sich vor und zog dann seinen feucht glänzenden Finger wieder zurück. Mit durchtriebenem Lächeln verteilte er ihre Feuchtigkeit auf ihren Nippeln.

Sophie wand sich und nagte an ihrer Unterlippe.

»Ich sehe, du magst es, wenn ich ein paar schmutzige Sachen erzähle und deinen Saft auf deinen Titten verteile«, fuhr er in heiserem Ton fort.

Sie spürte, wie sie zwischen den Schenkeln zerfloss. Ihre Erregung war noch nie so offensichtlich gewesen, und auch noch nie so stark. »Sorry noch mal«, stotterte sie, »ich glaube, jetzt sind wir beide nass von meinem Saft.«

»Dann sollten wir unsere feuchten Sachen ausziehen. Ich will dich sowieso nackt haben«, erwiderte er. In seinem Tonfall klang ein neues Selbstvertrauen, ganz so, als wäre ihre Fügsamkeit selbstverständlich und notwendig.

Natürlich wollte auch Sophie nackt sein. Schnell entledigte sie sich ihres Rocks und schlüpfte aus dem feuchten Slip. Justin hatte derweil seine Hose und Unterhose in Rekordzeit ausgezogen. Mit einem schamvollen Zittern sah sie, dass sie ihm einen Fleck vorn auf die Hose gemacht hatte.

Ihr Mann zog sie wieder auf seinen Bauch, und sein harter Schwanz drückte gegen ihre Pobacken. »Und jetzt reib deine nasse Spalte an mir, und mach es noch mal.«

»Ich weiß nicht, ob ich das kann.«

»Du bist jetzt meine Frau, Sophie. Du musst das tun, was ich im Bett will. Und es geht nicht nur um dieses Stück Papier. Du selbst hast mir deine Pussy zum Geschenk gemacht. Also will ich, dass du meinen Bauch nass machst, damit du mir zeigst, wie scharf du schon bist.«

Sie wollte seiner Aufforderung nachkommen, aber die seltsame, neue Reaktion ihres Körpers entzog sich ihrer Kontrolle. Dennoch war es ihre Pflicht, ihr Bestes zu geben, um die fleischlichen Gelüste ihres Ehemanns zu befriedigen. Daher begann sie, mit ihren geschwollenen Sexlippen über seinen Bauch zu gleiten, um einen weiteren geheimnisvollen Erguss des Verlangens zu erreichen.

Justin grub seine Hände in ihren Po. »Ich mag es, wenn du so geil bist, dass du auf mir masturbieren musst, aber ich weiß nicht, ob du dich genug anstrengst. Muss ich dich erst noch spanken, damit du mir gehorchst? Jetzt, da du mir gehörst, kann ich dich bestrafen, wenn du mir nicht gefällst.«

Sophie versteifte sich, als hätte sie wirklich einen Schlag erhalten. Augenblicklich strömten ihre heißen Säfte erneut auf Justins Bauch.

Justin drückte sich tiefer in die Matratze. »Verdammt, ich mag das. Wie machst du das nur?«

»Das liegt an dir«, bekannte sie. »Du machst das.«

»Und dir gefällt es auch, oder?«

»Ja, aber ich will dich viel lieber in mir haben. Was dagegen, wenn ich dich besteige?«

Nie zuvor hatte er ein solches Angebot ausgeschlagen, aber an diesem Abend verengten sich seine Augen. »Weißt du nicht, dass eine gefügige Frau so lange wartet, bis ihr Gemahl solche Dinge entscheidet? Außerdem, wenn wir zum ersten Mal als Mann und Frau beieinanderliegen, hast du unter mir zu liegen, wo du hingehörst. Hast du das verstanden?«

Sophie wollte schon protestieren – wie, um alles in der Welt, kam er eigentlich auf diesen ganzen patriarchalischen Mist? –, aber ihr Aufbegehren verwandelte sich in ein hilfloses Wimmern, als sie merkte, dass sie erneut zerfloss.

»Verstanden«, hauchte sie und senkte demütig den Blick.

»Dann dreh dich auf den Rücken und zieh die Knie bis zur Brust an, damit deine nasse Muschi schön eng bleibt.«

Zitternd gehorchte Sophie. Sie fühlte sich so nackt und ausgeliefert, spreizte die Schenkel für ihn und wusste nicht, was für ein grobes, herrisches Verhalten auf sie wartete. Trotzdem schien ihr Körper ihm voll und ganz zu vertrauen. Jede Faser ihres Leibes erbebte unter dieser köstlichen Vorfreude.

Derweil kniete Justin zwischen ihren Beinen und nahm ihren Körper mit wachen Augen in sich auf. »Ich werde jetzt die Ehe vollziehen. Dann bist du mein.« Sein Ton war schroff und wenig liebevoll, aber in diesem Moment hatte Sophie das Gefühl, als habe er direkt nach ihrem Herzen gegriffen. Atemlos wartete sie, dass ihr Ehemann seinen Schwanz in die Hand nahm und sich in sie stieß. Aber er glitt nicht in sie. Stattdessen drückte er seine Eichel gegen ihren Kitzler. Sie stöhnte. Justin rieb über ihre empfindlichste Stelle wie mit einem großen, geschwollenen Daumen und eroberte sie zunächst dort. Sie war so nass, und sein Rohr glitt mit schlüpfrigen Geräuschen über ihre harte Perle.

»Bitte, nimm mich«, stieß sie hervor.

Während er weiter rieb, führte er seinen Schwanz zu ihrem Tunnel und grub sich bis zum Anschlag in sie.

Sie stöhnten wie aus einem Munde.

Dann begann er, sich in ihr zu bewegen, langsam, aber kraftvoll, damit sie es gut spüren konnte.

»Jetzt gehörst du mir, und ich werde dich kommen lassen«, zischte er an ihrem Ohr.

Ihr Saft tröpfelte bis zu ihrem hinteren Loch. Justins Eier schlugen gegen ihre Spalte, als er sich in sie trieb und sie weiter erregte. Gleichzeitig nahm er ihren Nippel in den Mund und sog daran.

Der Bund fürs Leben – diese Worte hatten sie erschreckt und verwirrt, aber jetzt spürte sie nur, wie die Lust durch ihren Bauch pulsierte, während sie ihre Beine um Justins Hüften schlang. Bei jedem Stoß schien er tiefer in sie einzudringen und unbekanntes Terrain zu erobern. Denn niemand hatte sie je zuvor so berührt, nicht einmal der süße Justin, den sie noch am Morgen betrachtet hatte, während er schlief. Niemand hatte sie zuvor in dieser Weise geöffnet – ihre Pussy, ihr Herz, ihren Kopf, alles gleichzeitig – und verborgene Sehnsüchte freigelegt, die sie selbst nicht gekannt hatte.

»Komm für mich, Sophie«, keuchte er. »Ich will, dass du jetzt kommst.«

Gehorsame Frau, die sie war, stieß sie sich gegen ihn – ein-, zwei-, dreimal –, und dann spürte sie, wie sie kam: Schübe purer Lust überwältigten sie und entlockten ihr heisere Schreie. Justin stützte sich mit beiden Händen auf der Matratze ab, bog den Rücken durch und bumste Sophie mit harten Stößen wie ein Pornostar, bis er seinen eigenen Höhepunkt mit tiefem Stöhnen ankündigte.

Dann sank er auf sie, und sie hielten einander in den Armen. Sie atmeten schwer und waren sich so nah, dass Sophie glaubte, seinen Herzschlag in ihrem Körper zu spüren.

»Ich weiß auch nicht, was über mich gekommen ist«, bekannte Justin freimütig. »Ich hoffe, dieser Herr-und-Gebieter-Ton war kein Fehler.«

»Überhaupt nicht. Ich glaube, ich habe einen Fleck auf dem Laken hinterlassen, der größer nicht sein könnte.« Dichter an seinem Ohr raunte sie: »Du herrischer Bastard. Das war superscharf.«

»Du bist scharf, Baby. Gott, habe ich ein Glück. So sexy ist keine Frau auf der ganzen Welt.« Er drehte sich auf den Rücken, und sie kuschelten sich aneinander. Ihr Kopf ruhte auf seiner Schulter, ihre Beine waren miteinander verwoben.

Sophie lächelte. Es war ein furchtbarer Fehler gewesen, dass sie sich den ganzen Tag über verrückt gemacht hatte, weil sie glaubte, ein blödes Stück Papier könnte ihr Sexleben gefährden. Doch in dieser Nacht hatte sie gelernt, dass die Heiratsurkunde auch die Eintrittskarte für eine Welt ungeahnter Möglichkeiten sein konnte.

Noch ein Trumpf im Ärmel

Heidi Champa

»Und du bist dir wirklich sicher, Daisy?«

»Na klar. Wieso auch nicht?«

Seine Arme waren mit zwei alten Krawatten an das Kopfende des Betts gefesselt, und ich hatte mich in mein Vinyl-Outfit gezwängt, das ich nach seinen Vorstellungen angefertigt hatte. Jetzt, da der Augenblick endlich gekommen war, wirkte er irgendwie unbeeindruckt, und ich fing an, in dem engen schwarzen Plastik zu schwitzen. Er verdrehte die Augen und seufzte. Fast gelangweilt lehnte er mit dem Rücken am Kopfende, seine Muskelspannung ließ nach.

Allmählich verlor ich den Mut, aber ich machte trotzdem weiter und ließ die pinkfarbene Reitgerte aus Leder in meine offene Handfläche klatschen. Blake sah überhaupt nicht verängstigt aus, und in seinem Blick konnte ich kein bisschen Verlangen entdecken. Bislang hatte ich kerzengerade dagestanden, um mit meiner ganzen Haltung dominant und sexy zu wirken, aber jetzt spürte ich, dass meine Schultern ein wenig hingen. Nichts lief so, wie ich es mir vorgestellt hatte.

»Blake, ich dachte, du wärst voll bei der Sache. Was ist bloß los mit dir?«

Er zog ein wenig an den Fesseln und wand sich, aber nicht in der Weise, die ich mir erhofft hatte. Er versuchte, sich aufzusetzen, konnte es aber nicht und sackte in eine seltsam hilflose Position, über die ich fast lachen musste.

»Ich weiß auch nicht, Daisy, aber heute Abend ist mir irgendwie nicht danach.«

Ich setzte mich auf die Bettkante und ließ meine schicke Reitgerte zu Boden fallen. Meine Füße schmerzten schon in den kniehohen Lacklederstiefeln, und ich kam mir so lächerlich vor wie noch nie.

»Das ist alles deine Schuld, Blake. Ich hoffe, dass ist dir klar?«

»Ich weiß, Baby, ich weiß.«

Er hatte die Bemerkung nebenbei fallen lassen, nach einem dämlichen Abend, als wir mit ein paar Freunden ein Trinkspiel gespielt hatten. Blake hatte es bestimmt nicht beleidigend gemeint, zumindest hatte er das hinterher beteuert. Seine Stimme hatte keinen bösen Unterton gehabt, er hatte eher neutral gesprochen, als er nach der Heimfahrt vor die Garage fuhr.

»Ich glaube, unser Sexleben ist langweilig geworden.«

Ich war nicht grundsätzlich anderer Meinung, aber ich hob schnell hervor, was für verrückte Sachen wir in der Vergangenheit gemacht hatten. Als wir uns kennenlernten, waren unsere nonstop Sexsessions aus dem Stoff, aus dem Legenden sind, und wir konnten kaum die Finger voneinander lassen. Deshalb betonte ich, dass unser Sexleben alles andere als langweilig war. Blake entgegnete daraufhin, dass unser letztes wirklich gewagtes Stelldichein schon Jahre her sei.

Ich wollte es mir nicht eingestehen, aber ich wusste, dass er recht hatte. Er verbiss sich einen Kommentar, dass alles zur Routine verkommen sei, aber ich konnte es mir auch so denken. Abenteuer und Lust waren Bequemlichkeit und dem täglichen Trott gewichen, und so war immer weniger Zeit für guten Sex geblieben. Ich dachte, das wäre normal für Leute, die sich schon so lange kennen, und wollte einfach nicht zugeben, dass mich unsere Aktivitäten im Schlafzimmer auch nicht mehr vom Hocker rissen. Aber im Grunde meines Herzens war es mir bewusst. An jenem Abend sagte er nichts mehr dazu, aber seine Worte hatten mich wachgerüttelt. Daher nahm ich mir vor, dass fortan im Bett keine Langeweile mehr herrschen sollte.

Was Blake da noch nicht ahnen konnte: Er hatte ein Ungeheuer von der Kette gelassen. Ich schaute in jeden Sexshop im Umkreis von achtzig Kilometern auf der Suche nach sexy Vergnügen und schmutzigen Freuden. Ob in Form von Sexspielzeug oder Büchern oder DVDs war mir egal. Ich nahm alles mit. Es gab mehr Stellungen des *Kama Sutra* als ich dachte, und wir probierten eine Vielzahl von ihnen aus und hatten danach oft heftigen Muskelkater. Bei einer Stellung, der »Zange«, wären wir beinahe in der Notaufnahme gelandet.

Einige Sexspielzeuge, die ich gekauft hatte, machten Blake Angst, aber trotzdem fand er den Glasdildo genauso toll wie ich. Wir liehen uns Pornos aus, und nicht nur die mit den »frauenfreundlichen« Handlungen. Blake war erst ganz begeistert und konnte, genau wie ich, nicht genug kriegen von der heißen Girl-on-Girl-Action. Später stellte er dann fest, dass er sich die DVDs am liebsten allein anschaute, wie er es auch schon zuvor gemacht hatte. Inzwischen lagen die Filme übereinandergestapelt neben dem Fernseher, und keiner von uns sah sich noch einen der Pornos an.

Unser Ausflug ins Rollenspiel brauchte etwas länger, bis er Fahrt aufnahm, und fand seinen Höhepunkt auf einer Halloween-Party. Noch nie hatte ich Dracula besonders sexy gefunden, aber Blake überzeugte mich schließlich, ihm in das Gästezimmer meiner Schwester zu folgen, und schließlich machte er aus mir in meinem Katzen-Outfit im Nu ein heißes, lüsternes Raubtier. Nach diesem Erlebnis kaufte ich verschiedene Outfits, um alle möglichen Fantasien ausleben zu können. Zuerst entschied ich mich für die ungezogene Krankenschwester. Blake stand jedoch mehr auf Lady-Cops, und so behalfen wir uns mit einem selbstgebastelten Schlagstock und trieben es auf der Rückbank unseres Autos auf einem einsamen Schotterweg. Es ging wirklich leidenschaftlich zur Sache und machte Spaß. Wir kamen beide auf unsere Kosten, und die Mühe hatte sich gelohnt. Über Monate gab es keine langweilige Sexnacht mehr, und wir schienen beide voll auf unseren neuen Kurs abzufahren.

Das mit der Domina war eigentlich meine Idee, und Blake schien wirklich interessiert zu sein. Das Outfit war bislang das teuerste, aber ich zog es wirklich gern an und fühlte mich mächtig, wenn ich die Reitgerte durch die Luft sausen ließ. Ich hatte gehofft, Blake wäre zumindest ein klein bisschen unterwürfig, aber letzten Endes ließ mir sein entschlossener Blick keine andere Wahl, als ihn loszubinden.

»Entschuldige, Blakey, ich dachte, es würde dir Spaß machen, aber wenn du nicht willst ... Vielleicht heben wir es uns für einen anderen Zeitpunkt auf.«

Nachdem ich ihn befreit hatte, kam ich mir in meinem Aufzug noch alberner vor als zuvor. Er rieb sich die Handgelenke, während ich aufstand und im Begriff war, aus meinem Kostüm zu schlüpfen. Kopfschüttelnd hockte Blake auf dem Bett, ehe er mich packte, um mich zu sich zu ziehen.

»Daisy, tut mir leid, ehrlich. Aber ich weiß auch nicht. Glaubst du, wir können heute Abend einfach nur Sex haben?«

»Wir wollten doch Sex haben, Blake. Das war doch Sinn und Zweck der ganzen Übung.«

Er starrte mich an, bis ich wegschaute und spürte, dass ich vor Scham rot anlief.

»Nein. Ich meine Sex, wie es sonst immer war. Nur du und ich, in unserem Bett. Du weißt schon, Sex. Ich hasse den Begriff *normal*, aber irgendwie passt er jetzt.«

»Du meinst langweiligen Sex?«

»Gott, verdammt! Hätte ich das doch bloß nie gesagt. Darum ging es also die ganze Zeit, oder? Nur weil ich gesagt habe, es wäre langweilig im Bett.«

»Nein.«

Blake brauchte darauf nicht einzugehen. Ich sah es in seinem Blick. Er wusste, dass ich log.

»Okay, Blake, also gut. Ja. Ich habe versucht, unser Sexleben weniger langweilig zu gestalten, und dir schien das zu gefallen. Was hast du denn jetzt auf einmal?«

»Nichts. Mir gefiel das meiste ja auch. Aber ich vermisse es, bei dir zu sein. Ich war immer schon verrückt danach, dich zu spüren, bei dir zu sein und zu sehen, wie du kommst. Ohne Sexspielzeuge, Peitschen und den ganzen Kram. Nur du und ich.«

Insgeheim hatte ich mir seit dem Beginn unserer Spielchen diese Worte aus seinem Mund gewünscht. Und als Blake jetzt bekannte, was er wirklich wollte, stand uns eigentlich nichts mehr im Wege.

»Wenn es das ist, was du wirklich willst. Wie könnte ich zu so einer Idee Nein sagen?«

Blake stand auf und zog mich hoch auf meine Füße. Dann griff er um mich herum und öffnete mein Outfit. Er pellte mich aus dem engen Vinylzeug, bis meine Brüste aus dem Top hervorquollen. Während er mich weiter auszog, nahm er einen meiner Nippel in den Mund, ließ seine Zunge darum kreisen und sog daran, wie ich es von ihm kannte. Doch viel zu früh ließ er wieder von mir ab, worauf ich ihm beim Rest meines Kostüms half. Ich zog es über meine glänzenden Stiefel aus und schleuderte es fort.

Inzwischen war Blake auf den Knien und begann, meine Stiefel zu öffnen, wobei er meine Beine küsste. Als er fertig war, setzte er sich wieder aufs Bett und rutschte zurück bis zum Kopfende, an das ich ihn zuvor festgebunden hatte. Offenbar wartete er darauf, dass ich aktiv wurde, und ich ließ ihn nicht lange warten.

Ich versuchte gar nicht erst, mit etwas Ausgefallenem zu kommen, sondern setzte mich einfach auf ihn. Die Beine um seine Taille geschlungen küsste ich ihn leidenschaftlich und wippte rhythmisch leicht vor und zurück. Unter den Händen fühlte ich seine bloße Brust und spürte, wie die Hitze seines Körpers auf mich überging. Er beugte sich vor, leckte über mein Schlüsselbein und hinterließ eine Spur aus Küssen bis zu meinen Brüsten. Seine Finger neckten mich und kneteten meine Nippel zu harten Perlen, doch mit dem Mund blieb er mir fern, worauf ich nur noch schärfer auf seine Küsse wurde. Ich bog den Rücken durch, aber Blake trieb sein Spielchen weiter. Bis ich anfing, mich an seinem anschwellenden Schwanz zu reiben. Erst da wurde er großzügiger mit seinen Zuwendungen. Dicht an meiner Haut murmelte er etwas, und seine Worte kitzelten mich.

»Das ist es, Daisy. Bist du nicht froh, dass ich endlich was gesagt habe?«

Er widmete sich wieder meinen Brüsten und wartete meine Antwort gar nicht erst ab. Sein heißer Mund auf meinem Nippel ließ mich dahinschmelzen, und mein Körper spannte sich bei jedem saugenden Kuss weiter an. Ehe ich michs versah, lag ich schon auf dem Rücken und erduldete die süßen Qualen, die Blake mir mit Händen und Mund an den Brustspitzen bereitete. Hilflos lag ich auf dem Bett und ließ zu, dass er abwechselnd meine Spitzen mit seiner heißen Zunge umkreiste und mich dabei langsam aber sicher um den Verstand brachte.

Endlich fuhr er mit seinen Lippen tiefer nach unten und leckte über meinen Bauch, sodass ich unter seinen Liebkosungen zitterte. Ich spürte, wie er seine Finger im krausen Haar meines Venushügels vergrub und mich dort kraulte, wobei er mir bewusst vorenthielt, was ich wirklich wollte. Schon der leichteste Druck seiner Finger schürte die Hitze in mir, und ich zerfloss unter ihm. Inzwischen ließ ich leicht meine Hüften kreisen und sehnte mich nach mehr. Also zog ich Blake zu mir, damit ich ihm in die Augen blicken konnte, und sah, dass er wie ein glücklicher Junge strahlte.

»Blakey, hör auf, mich zu necken. Ich brauche dich.«

»Tut mir leid, aber es ist schon länger her, dass ich das tun konnte. Gib mir ein bisschen Zeit, ja?«

Er war halb auf mir und eroberte meinen Mund mit einem Kuss. Seine Finger tänzelten über meinem prallen Nippel und berührten ihn dennoch kaum. Seine Hand kam mir so groß vor, als er sie um meine Hüfte legte und mich an sich zog. Mit beiden Händen umfing ich sein Gesicht, weil ich diesen Moment so lange wie möglich festhalten wollte. Als ich mit einem Finger über seine Lippen strich, nahm er ihn in den Mund und sog daran. Mein Bauch begann sich zu drehen, und eine neue Hitzewelle durchrollte mich. Dann ließ er von meinen Händen und verteilte Küsse auf meinem Hals. Jeder Zentimeter meiner Haut fing Feuer, jeder kleine Kuss entfachte neue Flammen. Ich grub ihm meine Finger ins Haar und bedeutete ihm, dass er meinen Körper weiter unten erkunden sollte.

Aber wieder ließ Blake sich nicht drängen. Erneut schob er

seinen Mund über meinen Nippel, sog ihn tief in den Mund und ließ seine Zungenspitze über ihn zucken. Ich bog vor Verlangen den Rücken durch. Mein einziger Gedanke war, dass ich mehr wollte. Ganz gleich, was Blake mir noch zu bieten hatte – ich wollte es. Unter der Hitze seines Mundes spürte ich, wie seine Hand langsam über meine Schenkel strich. Je näher er meiner Muschi kam, desto intensiver nahm ich das Kribbeln an meinen Beinen wahr. Absichtlich schien Blake meine empfindlichste Stellen zu meiden und neckte mich stattdessen woanders.

Schließlich schob er meine Beine auseinander, und ich spürte, wie seine Finger sich meiner Pussy näherten. Leise stöhnende Laute entwichen meinem Mund, während Blakes Lippen immer noch meine Brustspitzen verwöhnten, bis ich vor Erregung fast geschrien hätte.

»Blake, ich halte das nicht länger aus.«

»Nur noch ein bisschen, versprochen.«

Sein Mund war auf meinem und erstickte jeden weiteren Protest. Endlich hatte seine Hand meine feuchte Hitze gefunden. Mit einer Fingerkuppe umkreiste er meine empfindliche Perle, bis ich merkte, dass ich unwillkürlich meine Hüften kreisen ließ, um Blake zu einem schnelleren Tempo zu drängen. Doch er behielt den langsamen Rhythmus bei und brachte mich damit an den Rand des Wahnsinns. Und die ganze Zeit über wendete er seinen Blick nicht von meinem Gesicht.

»Gott, du bist so schön, wenn du erregt bist, weißt du das?«

Ich konnte nur den Kopf schütteln, weil ich keine Worte mehr herausbrachte. Seine Worte lösten eine neue Woge aus Hitze und Lust in mir aus. Sein Finger glitt an meiner Klitoris entlang, drang in mich ein, und zum ersten Mal öffnete er die Blütenblätter meiner Pussy.

»Öffne deine Augen. Bitte, Daisy, öffne deine Augen.«

Ich tat, was er wollte. Seine grünen Augen leuchteten mir entgegen, intensiv und glitzernd.

»Blake, bitte, ich brauche dich.«

Er küsste mich, hart und fordernd, und es war, als ob all seine Energie auf mich überging. Ohne uns eine kleine Pause zu gönnen, wanderte er mit dem Mund über meinen Unterleib, verteilte Küsse auf meinen Hüften und widmete sich schließlich den Innenseiten meiner Schenkel. Ich spürte seinen Atem zwischen meinen Beinen, fühlte, wie er mir mit den Fingern über meine Sexlippen streichelte. Keinen Moment ließ er mich aus den Augen und nahm in sich auf, wie ich mich unter ihm wand und darauf wartete, dass er meine Perle mit dem Mund umschloss. Ich spürte, wie er meinen Kitzler mit der Spitze seiner Zunge umspielte, und hatte das Gefühl, vollends den Verstand zu verlieren. Mit sanften, langen Zungenstrichen verwöhnte er meine Pussy und spielte mit mir, bis ich beide Hände in das Laken krallte. Seine langen Finger, in die ich mich schon vor so langer Zeit verliebt hatte, öffneten mich endlich, füllten meine enge Pussy aus und verschafften mir noch mehr Lust. Die Empfindungen waren so intensiv, dass ich nicht wusste, wie lange ich sie noch aushalten würde.

Langsam spielte er weiter mit mir, schmeckte mich und steigerte mein Verlangen, brachte mich dichter an den Rand der Ekstase. Seine Fingerspitzen tanzten in kleinen Kreisen auf meinem Kitzler. Ich keuchte unter seiner erfahrenen Hand, wusste ich doch, dass der Druck gerade richtig war, um mich weiter zu erregen, aber nicht ausreichte, um mich kommen zu lassen. Mit einem Finger drang er in mich, und meine Pussymuskeln spannten sich an, zogen ihn tiefer in mich.

»Gott, wie ich dich vermisst habe, Daisy. So sehr.«

Dann verstummte er und fuhr fort, mich zu verwöhnen. Doch ich wollte Blake etwas von den Wonnen, die er mir bereitete, zurückgeben. Ich packte ihn und zog ihn zu mir, bis sein Gesicht wieder dicht bei meinem war. Seine Küsse schmeckten nach mir, seine Lippen waren noch heiß von meiner nassen Spalte. Es war unglaublich.

»Ich habe es auch vermisst, Blake, wirklich.«

Ich drehte ihn auf den Rücken und bestieg ihn sofort.

Mit beiden Händen strich ich über seine Brust und spürte seine Muskeln, zeichnete die Haare nach, die sich den Bauch entlangzogen. Meine Daumen spielten an Blakes Nippeln, und ich grinste, als er die Luft zwischen den Zähnen einsog. Dann beugte ich mich vor und küsste seine Brust, nahm seinen Duft in mich auf, schmeckte das Salz auf seiner Haut. Leicht leckte ich über seine Brustspitze und nahm sie zwischen die Zähne. Sein Stöhnen machte mich noch schärfer, als ich abwechselnd seine Nippel in den Mund nahm. Sein flacher Bauch reizte mich, und daher glitt ich ein Stück tiefer. Als ich meine Zungenspitze über seinen Bauchnabel zucken ließ, spürte ich Blakes harten Schwanz zwischen meinen Titten. Sein Schaft drückte gegen meine weiche Haut, und ich fühlte, wie er pulsierte und drängte. Sein Schwanz wollte meine Aufmerksamkeit erregen. Ich schenkte Blake ein Lächeln und sah das Verlangen in seinen Augen. Sein Blick folgte mir, als ich mit einem leichten Zungenstrich über seine Eichel fuhr.

Dann schob ich meine Lippen über seine samtene Spitze und nahm sie ganz in den Mund. Sein Keuchen ging mir bis in die Muschi und löste wieder diese Hitzeschübe aus. Ich lutschte ihn langsam, bis ich sah, dass er die Augen schloss und sich mit dem Hinterkopf in das Kissen drückte. Langsam erkundete ich die Unterseite seines Schafts, ehe ich wieder bis zur Spitze leckte und sie erneut in den Mund nahm. Diesmal ließ ich seinen Schwanz tiefer in meinen Hals.

»O Gott, Daisy. Bitte, lass mich dich ficken.«

Ich kicherte und spürte, wie die Bewegungen auf seinen Schwanz übergingen. Blake stöhnte hilflos. Ich nahm ihn noch ein Stück tiefer in den Mund, und Blake strich über meinen Hals und wühlte mit seinen Fingern durch mein Haar. Mein hartnäckiges Blasen raubte ihm den Verstand. Ich spürte seine Hüftknochen unter meinen Händen, doch dann wollte mich Blake nicht weitermachen lassen. Vorsichtig schob er mich von sich und küsste mich dann so fordernd, dass es mir den Atem verschlug. Jedes Mal, wenn ich dachte, er hätte genug von meinen Lippen, küsste er mich erneut. Unsere Zungen spielten miteinander, forschten … bis ich so über Blake zu schweben schien, dass sein Schwanz nur noch Zentimeter von meiner nassen Pussy entfernt war.

»Ich liebe dich, Daisy.«

»Ich liebe dich auch, Blake.«

Kaum hatte ich seinen Namen ausgesprochen, als ich die dick geschwollene Spitze seines Schwanzes zwischen meinen sehnsüchtig wartenden Sexlippen spürte. Langsam ließ er mich auf sich sinken und zog mich Stück um Stück näher an sich. Als er sich bis zum Anschlag in mich grub, war ich kaum in der Lage, mich noch zu bewegen. Ich hatte das Gefühl, mein Körper würde mir nicht mehr gehorchen. Die Hände fest um meine Taille geschlossen stieß er sich rhythmisch in mich. Als ich endlich wieder wusste, wie mir geschah, begann ich, auf seinem harten Penis auf und ab zu gleiten. Und jedes Mal spürte ich, wie er mich ausfüllte. Ich konnte den Blick nicht von seinen Augen wenden. Er nahm die Hände von meiner Taille, streichelte mich überall und löste ein heißes Prickeln an den Stellen aus, die er verwöhnte. Ich hatte alles, was ich begehrte. Sein Schwanz dehnte mich und schien sich bei jeder Bewegung tiefer in mich zu stoßen. Blake zog meinen Kopf zu sich und verschlang meinen Mund mit heißen Küssen. Mein Kitzler rieb gegen seinen Schaft, und ich bewegte die Hüften, um jeden Stoß voll auszukosten.

Dann fühlte ich, wie sich mein Körper anspannte, jeder Muskel schien vor Lust zu beben. Mit Daumen und Zeigefinger knetete er meine Nippel. Inzwischen zitterte ich und spürte, wie sich ein gewaltiger Orgasmus tief in mir aufbaute. Blake wanderte mit dem Daumen tiefer und strich über meine feuchte Perle, bis ich explodierte. Mein Körper wurde geschüttelt, während ich Blakes Schwanz mit meinen Sexmuskeln umschloss und die Kontraktionen im ganzen Körper spürte.

Meine Schreie erfüllten das Zimmer, und ich ließ die Lust raus, die sich die ganze Zeit in meinem Körper aufgebaut hatte. Ich ritt Blake und spürte, wie die Wellen des Vergnügens kein Ende zu nehmen schienen. Blake griff mit seinen Hände fest um meine Hüften, bis ich spürte, wie sein Körper sich anspannte und er seinen Orgasmus mit einem tiefen Stöhnen ankündigte und dann kam, während die Wogen meiner Lust allmählich abebbten.

Erschöpft sackte ich auf Blake, rollte mich dann auf die Seite und spürte, wie mein Körper unter der Anstrengung pulsierte. Ich hatte das Gefühl, mich überhaupt nicht mehr bewegen zu können, selbst wenn ich es gewollt hätte. Blake zog mich in die Geborgenheit seiner Umarmung.

»Das war unglaublich, Daisy. Genau das, was wir gebraucht haben.«

»Absolut. Und ich verspreche dir: ab jetzt keine DVDs, Sexspielzeuge oder Peitschen mehr.«

Blake lachte und küsste mich, ehe er mich mit durchtrieben hochgezogener Braue musterte. »Überstürzen wir nichts, Daisy. Vielleicht behalten wir die Peitsche vorerst.«

Bring mich um den Verstand

Delilah Devlin

Nur ein kurzer Blick auf ihn, wie er mit seinem festen, knackigen Arsch am Tresen lehnte, die Arme vor der stattlichen Brust verschränkt, und mir sein Profil zuwandte, genügte schon, um mich in meinem schwächelnden Entschluss zu bestärken. Mit seinen verwaschenen Jeans, dem schwarzen, eng anliegenden T-Shirt und der Baseballmütze, die er verkehrt herum auf seinem dunklen, zotteligen Haar trug, war er der Traum jeder Frau, die auf taffe Arbeiter steht. Mein Mund wurde ganz trocken, je länger ich seinen großen, kräftigen Körper betrachtete. Welche Frau, die bei Verstand ist, würde eine Nacht mit so einem scharfen Typen ausschlagen?

Mehr könnte es auch nicht sein – eine Nacht. Ich hatte bis zum letzten Moment gezögert, den ersten Schritt zu machen.

Auf der mitternächtlichen Fahrt zur Abfertigungsstelle hatte ich Zeit genug gehabt, Argumente gegen mein Vorhaben zu finden. Dabei hatte mein Plan zuerst so verheißungsvoll ausgesehen. Doch dann wurde mir bewusst, dass mir die Planeten in ihrer günstigen Konstellation die einmalige Möglichkeit boten, meine seit Langem bestehende Fantasie auszuleben.

Nie hatte es zeitlich gepasst. Bis vor Kurzem war ich verheiratet gewesen. Aber als mein Mann mich sitzenließ, lebte Danny noch mit einer Frau und zwei Kindern zusammen und schien geradewegs auf den Stand der Ehe zuzuhalten.

Klar, wir flirteten, und ab und zu machte er halbherzige Andeutungen, wir könnten uns im Motel 6, ein paar Kilometer die Straße runter, auf einen Quickie treffen. Aber nie konnte ich bei ihm Anzeichen von echtem Interesse entdecken. Wenn also etwas passieren sollte, dann würde ich den ersten Schritt machen müssen. Heute war mein letzter Tag bei Henderson Transport. Jetzt oder nie.

Alle Gründe, aus denen es verrückt wäre, überhaupt über eine heiße Affäre nachzudenken, lösten sich in Luft auf, als ich sie im Geiste wie auf einer Liste abhakte.

Er ist zu jung: Egal, er wird nichts dagegen haben, weil ich keine Erwartungen an ihn habe, sagte ich zu mir selbst. *Ich will einfach nur meinen Spaß haben.*

Ich komme aus der Verwaltung, er ist einer der Fahrer. Es war schon nach Mitternacht, also war das jetzt auch egal. Wir haben beide unseren freien Willen. Uns steht es frei, einzuwilligen ... oder abzulehnen. Jetzt musste er nur noch Ja sagen.

»Du siehst ihn doch sowieso nicht wieder«, murmelte ich vor mich hin, während ich meine kalten Hände rieb. »Wenn er dich abblitzen lässt, dann brauchst du dir wegen seines überheblichen Grinsens keine Gedanken zu machen.«

Ich atmete noch einmal tief durch, zupfte den Kragen meines roten Lycra-Tops zurecht, um meine Brüste zur Geltung zu bringen, und drückte die Glastür auf.

Als er die Tür hörte, drehte er den Kopf in meine Richtung. Dann löste er sich vom Tresen und ließ die Arme langsam sinken. »Willst du mir meine Tour wegnehmen, Angela?«

Ich schenkte ihm ein schiefes Lächeln. »Glaubst du, ich tue das und bitte dich dann, mitten in der Nacht hier auf mich zu warten?«

Danny zog die Brauen zusammen, und Neugierde lag in

seinem Blick, ehe er auf meine Titten starrte. Unter dem roten, dehnbaren Gewebe meines Tops zeichneten sich meine Nippel ab, und sie waren groß, weil ich sie ein bisschen gezwickt hatte, als ich aus meinem Auto gestiegen war.

Sein Stirnrunzeln vertiefte sich. »Was hat das alles zu bedeuten, Angela?«

Ich räusperte mich und versuchte, eine verführerische Miene aufzusetzen.

Er legte den Kopf etwas zur Seite und musterte mich erneut vom Scheitel bis zur Sohle. »Du brauchst einem Mann nicht erst die Schlüssel zu klauen, um seine Aufmerksamkeit zu bekommen, Süße.«

Ich stemmte die Hände in meine ausgeprägten Hüften. »Offensichtlich muss ich es doch tun, weil du keine von deinen Einladungen in die Tat umgesetzt hast.«

Seine Mundwinkel zuckten. »Ich dachte, du flirtest mit allen Typen hier.«

»Hast du je gesehen, dass ich das tue? Irgendwann mal?«

Er presste die Lippen aufeinander. Müde Schatten lagen unter seinen Augen. Bartstoppeln zogen sich über Kinn und Wangen.

Ich hatte plötzlich fast so etwas wie Schuldgefühle, weil ich ihm seine Nachtruhe vorenthalten wollte, doch das verdrängte ich. Er war noch jung und wahnsinnig scharf. Wenn er so dringend seinen Schlaf brauchte, dann könnte er das bei nächster Gelegenheit seiner Tussi sagen. Doch heute Nacht gehörte er mir.

»Meine Schlüssel waren nicht im Spind. Ich weiß aber, dass ich sie hiergelassen habe.«

»Stimmt ja auch«, sagte ich und nickte. Dann ließ ich meinen Blick über seinen Körper gleiten, um sicherzustellen, dass Danny meine Absichten nicht missverstand. »Tatsache ist, ich habe noch was vor und dachte, dass du mir dabei helfen könntest.«

Ich versuchte, Selbstvertrauen auszustrahlen, obwohl mich Dannys kraftvoller Körper ganz durcheinanderbrachte. Ich schluckte und hüstelte schließlich, um den Frosch im Hals loszuwerden. Als mein Blick auf Dannys Mund fiel, sah ich, dass er grinste.

Mist.

»Angela, gibt es da etwas, was du möchtest?«

Ja, dich, und zwar am liebsten nackt und festgebunden auf einem Bett, damit du mich nicht daran hindern kannst, dich von oben bis unten anzuknabbern.

»Angela?«

»Ob ich etwas möchte? Ja, ganz bestimmt.«

»Dann heraus damit.«

Aber mir fehlten die Worte. Ich kam mir schon dämlich genug vor. Also fasste ich in meine Handtasche und holte seinen Schlüsselanhänger hervor. »Hier, tut mir leid. Ich hätte es nicht so weit kommen lassen dürfen.«

»Dafür lässt du mich hier eine halbe Stunde lang warten? Ich könnte längst zu Hause sein und nach einer Dusche im Bett liegen. Du weißt doch, wie lange ich heute unterwegs war.«

»Klar, schließlich habe ich die Fahrten koordiniert.«

Doch er griff nicht nach dem Schlüsselbund.

Ich machte einen Schritt in seine Richtung, wobei ich den Kopf in den Nacken legen musste, um ihm in seine grauen Augen schauen zu können.

Er legte die Hände um meine Taille. »Du möchtest etwas, Süße?«, wiederholte er, und seine dunkle Stimme klang noch tiefer.

Ich kniff die Augen zusammen, hoffte auf mehr Mut und darauf, dass die Röte wieder aus meinen Wangen schwand.

»Ich will dich«, brachte ich schließlich hervor und machte die Augen wieder auf.

Sein Grinsen wurde breiter. »Und, war das denn jetzt so schwer?«

»Wenn du es genau wissen willst, ja.«

Er beugte sich zu mir hinab, sein Blick lag schon auf meinen Lippen, aber ich drehte den Kopf zur Seite. »Nicht hier. In deinem Truck.«

Seine Augenbrauen schnellten hoch, und er schob mich sacht zurück. »Nach dir. Du weißt ja, wo ich parke, und du hast einen Schlüssel. Steig ruhig schon ein, und mach es dir bequem. Bin kurz noch in der Dusche im Spindraum. Rieche nach Diesel.« Er machte auf dem Absatz kehrt und wandte mir den Rücken zu, sodass ich in den Genuss seines knackigen Hinterns kam, auf den ich schon seit über einem Monat scharf war.

Mir entwich ein Stöhnen, und ich hörte noch, wie er leise lachte, als er durch die Tür verschwand und mich mit weichen Knien zurückließ.

Knappe zwanzig Minuten musste ich warten, bis die Tür zur Fahrerkabine aufging und er einstieg. Der Duft von Seife wehte herein und mischte sich mit dem Geruch der Kabine, in der er jeden Tag saß. Aber da er nicht rauchte und offenbar auch nicht dort aß, roch es für eine Truckerkabine ganz gut. Das Licht einer einsamen Laterne auf dem Parkplatz beleuchtete den Truck. Sicherheitskameras zeichneten auf, wer in die Wagen stieg, und ich hoffte, dass auf dem Film nicht zu sehen sein würde, was wir im Innern machten. Noch ein Grund, warum ich bis in die Nacht mit der Umsetzung meines Plans gewartet hatte. Tagsüber hätten alle getuschelt.

Ich saß auf dem Veloursledersitz des Beifahrers und schaute zur Seite, als Danny einstieg.

»Hast du's dir noch mal anders überlegt?«, fragte er leise.

»Nein«, entgegnete ich ein wenig verärgert, weil er alles hinterfragte. Ich wollte, dass er die Initiative ergriff, anstatt bei jedem Schritt meine Einwilligung abzuwarten.

»Warum bist du dann nicht auf der Rückbank?«

»Hey, du brauchst dich nicht verpflichtet zu fühlen«, sagte ich und suchte seinen Blick. »Wenn du lieber schlafen möchtest ...«

»Ich habe es mir in der Dusche besorgt.«

Ich dachte zuerst, ich hätte mich verhört. »Warum erzählst du mir so was?«, fragte ich ungläubig.

»Weil du wissen sollst, wie scharf ich auf dich bin. Dachte, ich nehme einen Gang raus, ehe ich zu dir komme. Ich wollte dich nicht unbefriedigt zurücklassen, Darling.«

Ich schluckte schwer, sah die markanten Konturen seines Kinns und die Erregung in seinem Blick glitzern. Vielleicht war es nur das, was ich hatte sehen wollen, doch als er die Hand nach mir ausstreckte, wich ich nicht zurück.

Er rückte näher an mich heran. Er strich über meinen Rücken und wühlte eine Hand in mein Haar. Dann hielt er meinen Kopf fest, während er mich leidenschaftlich küsste. Seine Lippen rieben über meine, seine Zunge spielte fordernd mit meiner. Er schmeckte nach Minzzahnpasta. Seine Hände waren kräftig, als er mich vom Sitz hob. Ich zögerte keinen Augenblick und ließ mich von ihm auf seinen Schoß ziehen.

Mein Rock schob sich bis zu meinen Hüften, und die kühle Luft erfasste meinen bloßen Hintern, aber es störte mich nicht. Das Lenkrad im Rücken, ließ ich mich auf ihn sinken, hielt mich an seinen Schultern fest und spürte endlich die Muskelpartien, die ich schon so lange bewundert hatte und die sich nun unter meinen forschenden Händen bewegten.

Ich fuhr über seinen Rücken, strich mit den Fingernägeln über seinen Kopf.

Er unterbrach den Kuss und drückte mich ein Stück von sich. Dann schob er seine Finger unter den Bund meines Tops und zog den Stoff so weit nach unten, dass der Ausschnitt unter meinen Brüsten lag.

»Interessanter BH«, murmelte er.

Ich schaute an mir herab. Meine Nippel und das meiste meiner vollen Brüste schimmerten im Mondlicht. »Ich hatte gehofft, dass es dir gefällt«, sagte ich und merkte, dass meine Stimme kratzig war.

Mit Daumen und Zeigefingern zupfte er an meinen Nippeln, zwickte und knetete sie leicht, ehe er fester zufasste. Mein Pulsschlag beschleunigte sich, als ich spürte, wie die Knospen unter seiner Berührung erblühten.

Mit beiden Händen umfasste ich seinen Hinterkopf und zog Dannys Mund an eine meiner Brustspitzen. Ich stöhnte, als sich seine Lippen über sie schoben. Er knabberte und leckte.

Derweil drückte ich mich fester in seinen Schoß und rutschte auf der anschwellenden Wölbung seiner Jeans herum. Ich rieb mich an seinem Steifen und spürte, wie es zwischen meinen Beinen immer heißer wurde.

Mit einer Hand griff er an meinen Po und stöhnte, als sich seine Finger in die Haut drückten, die mein Stringtanga freiließ. »Steig nach hinten.«

Schwer atmend starrte ich ihn an. In seinem Blick lag etwas Wildes und eine Härte, mit der man Diamanten hätte schneiden können, und wieder zögerte ich nicht, sondern kletterte zwischen den Sitzen in die Fahrerkoje. Es störte mich auch nicht, dass ich meinen Po dabei quasi in Dannys Gesicht streckte.

Das schmale Bett mit dem Laken in einer Ecke war zerwühlt. Ich legte mich auf die Seite, rutschte bis nach hinten durch und wartete, dass Danny über die Sitze kletterte und sich neben mich legte.

Seine Beine waren zu lang, daher lag er schräg auf der Matratze und halb über meinen Knien. Ich schob einen Oberschenkel zwischen Dannys Beine und kletterte auf ihn.

Als ich auf seinen Hüften saß, strich er mir mit den flachen Händen über den Oberkörper und schob das Top nach oben. Kaum war es über die Sitzlehne geflogen, öffnete er geschickt meinen BH. Ohne ihn hatte ich Bedenken, dass meine schweren Brüste zu sehr hängen würden, aber da hatte Danny sie bereits mit beiden Händen umschlossen. Sein Atem ging schneller.

»Ich wollte schon immer an ihnen saugen.«

Ich stieß ein kurzes, heiseres Lachen aus. »Ich hätte nicht Nein gesagt.«

»Warum hast du dann so lange gewartet?«

»Wieso hast du nicht den ersten Schritt gemacht? Bist du wirklich so arrogant, dass du wartest, bis die Frau zu dir kommt?«

»Ich hätte nie gedacht, dass du Ja sagst.«

»Echt?«

Er stieß einen kehligen Laut aus und ließ seine rauen Daumen weiter über meine gespannten Nippel kreisen. »Du siehst toll aus. Bist klug. Und ich kenne keinen, der nicht auf dich scharf wäre.«

»Aber du bist ein gut aussehender Typ. Ich wette, es gibt nicht viele Frauen, die dir einen Korb geben.«

Er zog eine Braue hoch.

»Okay«, meinte ich, »vielleicht nicht so gut aussehend wie ein Filmstar. Aber du hast dieses gewisse Etwas, bist tough und hast einen göttlichen Körper. Ich hätte nie gedacht, dass du auf mich stehst. Ich bin doch zu alt für dich.«

»Sind doch nur elf Jahre Unterschied.«

Meine Brauen schnellten hoch. »Woher weißt du das?«

»Ich hab auch von deiner Geburtstagstorte genascht und dabei die Kerzen gezählt.«

Als er meine Nippel drückte, stieg die Anspannung in mir und meine Lider senkten sich. »Ich schätze, elf Jahre sind nicht so schlimm«, keuchte ich, »wenn wir nichts weiter tun als bumsen.«

Er zwickte mich jetzt fester, hielt meinen Blick und richtete sich so auf, dass er sich auf den Ellenbogen abstützen konnte. Langsam nahm er eine meiner Brustspitzen in den Mund. Sein Stöhnen war tief und erdig. Der Ton schwang bis in meine Zehen.

Meine andere Brust kribbelte, und ich umfasste sie mit einer Hand, um die Spannung zu lindern. Doch da zog er meine Hand fort und schüttele den Kopf.

Ich lachte leise. »Also nicht sexy.«

Er ließ meine Brust los. »Irgendwelche Klagen wegen meiner Technik?«

»Vielleicht wegen des Tempos.« Ich rieb mich an seiner Erektion. »Du schaffst mich noch.«

»Zieh deine Sachen aus«, grummelte er.

»Erst du.«

»Kein Stück. Ich bin der Mann. Mich macht es scharf, wenn ich dir zusehe.«

Ich schluckte, aber genau so wollte ich es ja. Er sollte die Initiative übernehmen, und das hatte er längst, wenn ich seinen harten Blick richtig interpretierte.

Ich legte mich wieder neben ihn und rollte mich auf den Rücken, ehe ich ziemlich umständlich meine Schuhe auszog und zwischen die Vordersitze schleuderte. Dann wand ich mich aus meinem Rock, wobei ich Acht gab, das kleine bisschen Spitze nicht zu lösen, das meine Muschi noch vor Dannys hungrigem Blick verbarg.

Er fuhr mit einem Finger unter das Bündchen meines Tangas und zog daran, sodass das Gummi zurück gegen meine Haut schnellte.

»Nicht gerade nett von dir«, sagte ich in gespieltem Ärger.

»Ich hab dir nicht gesagt, dass du aufhören sollst.«

»Willst du mir jetzt dauernd irgendwas vorschreiben?«

»Ich denke schon«, murmelte er. »Wenn ich sehe, wie dich das anmacht.« Mit dem Finger strich er über die Spitze und zeichnete die Konturen meiner Venuslippen nach. Die Feuchtigkeit, die den zarten Stoff tränkte, war ihm sicher nicht entgangen.

Als er sich den Finger in den Mund steckte, um mich zu schmecken, streifte ich mir den Tanga nach unten und sah, wie Danny den Anblick genoss.

Langsam zeichnete er meine äußeren, blanken Sexlippen nach. »Hast du das extra für mich gemacht?«

Ich schüttelte den Kopf. »Mir gefällt es besser so.«

»Spreiz die Lippen für mich.«

Ich fasste mir zwischen die Beine, öffnete meine Blütenblätter für ihn, worauf er die inneren Lippen befingerte und schließlich einen kräftigen Finger in meinen Tunnel schob.

Meine Pussy schloss sich um ihn und gab ihn wieder frei. Ein Rinnsal meines Safts hieß sein Eindringen willkommen, und er zog den Finger wieder heraus und hockte sich auf dem engen Raum neben mich, weil er sich das T-Shirt über den Kopf ziehen wollte. Dann knöpfte er seine Jeans auf und schob sie sich über die Hüften. Gerade weit genug, um seinen Steifen zu befreien, der sofort auf und ab pendelte und schräg zur Kabinendecke zeigte.

Ich wartete gar nicht erst ab, dass er mir sagte, was er wollte. Sein schneller Atem sagte alles. Ich positionierte mich so, dass ich seinen Schwanz bequem in den Mund nehmen konnte. Seine Finger fuhren durch mein Haar, ehe sie sich um mein Gesicht legten.

Ich fand meinen Rhythmus, lutschte seinen Schwanz, leckte mit langen Zungenstrichen über seine Eichel und fand den schmalen Spalt, den ich mit der Zungenspitze kitzelte. Schließlich lutschte ich ihn wieder ausgiebig und nahm ihn tiefer in den Mund.

Als er es kaum noch aushielt, griff er in mein Haar und zog meinen Kopf hoch. »Hast du es dir so vorgestellt?«

»Natürlich habe ich es mir vorgestellt. Wie es sich anfühlt. Wie dick und lang er wohl ist. Ich lerne ihn ja gerade erst kennen.«

»Verdammt. Komm hierher.«

Ich schob mich über ihn, glitt mit meinen Brüsten über seinen Bauch. Doch er hatte dafür nur ein Kopfschütteln übrig. »Nein, setz dich mit deiner rasierten Pussy auf meinen Mund.«

Ich musste mein Lachen unterdrücken.

»Nicht cool genug?«, stieß er hervor.

»Es klang bloß ein bisschen schmutzig.«

»Hab ich es nicht mit genug Knurren gesagt?«

»Mit genau dem richtigen Knurren, als wärst du der König.«

»Der wer?«

»Ach, egal«, murmelte ich. *Baby.*

»Ich will es so, wie ich es sage. Du hast mich erobert, jetzt geht es eben andersherum. Und jetzt rutsch nach oben, Mädchen.«

»Ich bin kein Mädchen mehr«, entgegnete ich und schob die Unterlippe vor.

Er verdrehte die Augen. »Wann hörst du endlich mit diesem Alterskram auf? Ich will diese Pussy auf meinem Mund.«

Er sagte es mit so viel Nachdruck und mit einer Miene, die keinen Zweifel daran ließ, dass er mich am liebsten übers Knie legen würde, wenn ich nicht endlich gehorchte. Daher rutschte ich so weit nach oben, dass ich ganz auf seinem Gesicht saß. Mit den Händen stützte ich mich an einem kleinen Fach ab, damit ich nicht das Gleichgewicht verlor.

Seine Finger spreizten mich. Er drückte meinen Arsch mit beiden Händen und schob mich so, dass meine Pussy direkt auf seinem Mund war. Seine Lippen schlossen sich über meiner Spalte, sogen erst an einer Lippe, dann an der anderen. Mein Atem kam stoßweise, weil es sich so verdammt gut anfühlte. Wie ein Traum, der endlich in Erfüllung ging. Ständig hatte ich es mir vorgestellt, und nun wurde es endlich wahr.

Danny verschlang mich förmlich.

Mit langen Zungenstrichen und in kürzeren Intervallen leckte er über meine empfindlichen Lippen. Dann konzentrierte er sich auf meine Perle und ließ die Zunge um sie kreisen.

Da ich nicht still sitzen bleiben konnte, fing ich an, mich vor und zurück zu bewegen, doch er kontrollierte mich mit festem Griff. Ich stöhnte, als er mir fester über den harten Kitzler leckte.

»Gott, Danny, das ist geil.«

»Gefällt's dir?«

»Yeah.«

Er schmatzte einen Kuss auf mein Geschlecht, kniff mir in

den Hintern und schob mich dann über seinen Körper nach unten.

Ich hörte, wie er eine Kondompackung aufriss und das Gummi über seinem Schwanz abrollte. Dann richtete er sich auf, drehte mich auf den Rücken und schob mir seine Arme unter die Knie, um meinen Po anzuheben. »Jetzt nimm mich in dich auf.«

Mit beiden Händen umschloss er seinen Schaft und stieß sich nach vorn. Ich spürte seine geschwollene Spitze an meinem Eingang und schob mich ihm entgegen, wobei ich mich mit der linken Hand an der Wand abstützte und die andere auf Dannys Hüfte legte, als er in mich drang.

Er war groß. Perfekt. Sacht drängte er vorwärts und füllte meine Pussy, die seit Längerem keinen Schwanz mehr gesehen hatte. Stöhnend presste ich den Atem durch die zusammengebissenen Zähne und drehte den Kopf zur Seite.

»Nein«, sagte er leise. »Du wolltest es. Jetzt musst du es dir ansehen.« Er tastete nach einem Schalter und machte Licht an. Von oben brannte die Lampe und erfasste uns mit ihrem grellen Schein.

Ich bedeckte meine Brüste, musste aber nach unten schauen, weil ich sehen wollte, wie unsere Körper miteinander verschmolzen. Er stieß sich in mich, hielt inne und zog sich wieder zurück. Sein Schaft glänzte von meinen Säften. Er umschloss seinen Schwanz mit einer Hand und drückte fest zu. »Wenn du weiter so guckst, explodiere ich.«

Ein Lächeln zuckte um meine Mundwinkel, und ich wusste, dass ich wie ein Kätzchen ausgesehen haben musste, das die ganze Milch aufleckt. Ich war diejenige, die seinen Körper so hart hatte werden lassen, dass sein Bauch zu zittern begann.

»Angela«, brachte er atemlos hervor. »Verdammt.« Er lockerte seinen Griff, suchte mit dem Schwanz meinen Eingang und stieß sich hart in mich.

Mein Stöhnen vermischte sich mit den Geräuschen, die seine Kolbenstöße in meiner nassen Spalte erzeugten, und mit seinem tiefen Keuchen. Die Liege knarrte, als Danny sich rhythmisch immer tiefer in mich trieb.

Als die Woge der Befriedigung über mir zusammenschlug, spreizte ich die Schenkel, so weit es nur ging, schob mein Becken vor und krallte meine Fingernägel in seinen Rücken. Ich wollte den Moment einfangen, weil sich alles so verdammt perfekt anfühlte.

Als mein Gipfelsturm allmählich nachließ, wurden seine Stöße schneller und schneller, bis er abspritzte. Sein Kopf sank in den Nacken, und aus seinem Mund drang ein lautes, tiefes Stöhnen.

Dieser Anblick purer Männlichkeit war herrlich: Seine Brust und sein Bauch bebten, sein Schwanz war noch tief in mir.

Mit einem tiefen Seufzen sackte er auf mich. Ich musste lachen, weil seine Arme noch in meinen Kniekehlen eingezwängt waren.

Er fing meinen Blick ein, und ein Lächeln umspielte seine Lippen. »Dachtest du, das wäre keine Absicht gewesen?«

»Sind deine Arme noch nicht taub?«

Er senkte den Kopf zu mir, und unsere Lippen verschmolzen. Dann war er wieder auf den Knien. Seine Arme kamen frei, und ich streichelte über sie.

»Wie ich hörte, verlässt du uns?«

»Spricht sich wohl rum.«

»Ziehst du weg?«

Ich nickte. »Nach Prescott. Ich habe dort einen neuen Job. Aber woher weißt du das? Ich hab Cooter doch gesagt, er soll den Mund halten.«

Er grinste. »Dein neuer Job. Auslieferung für Ragland?«

Ich beäugte ihn abwartend. »Genau. Hast du nur geraten?«

Langsam schüttelte er den Kopf, ohne dass sein Lächeln schwand.

Wärme strömte durch meine Brust. Ich strich mit den Handinnenflächen über seinen Bauch und hinterließ mit den Nägeln eine Spur bis hinab zu seinem Schritt. Er zog sich aus mir zurück, worauf ich das feuchte Latex langsam von seinem Schaft rollte. »Lass mich raten. Du fährst für Ragland.«

»Der Besitzer hat mir erzählt, dass diese verdammt scharfe Frau von Henderson Transport bei ihnen unterschrieben hat, und ob ich dich kennen würde.«

Ich zog fest an seinem Schwanz, weil Danny mir zuhören sollte. »Und das hättest du mir nicht früher sagen können?«

Er beugte sich über mich, stützte sich mit den Händen zu beiden Seiten meines Körpers ab, und wieder schlich sich ein durchtriebenes Glitzern in seine grauen Augen. »Damit du mir dieses verdammt geile Auf Wiedersehen verdirbst?«

Es war einmal eine Essenseinladung

Saskia Walker

Samuel stellte die dampfende Platte mit schwungvoller Geste auf den Tisch, um seinen Gast zu beeindrucken.

»Das sieht köstlich aus«, sagte Cassie mit hungrigem Blick.

Er wollte sich gerade vom Tisch entfernen, als sie seine Hand ergriff.

»Ist das jetzt ein richtiges Date?« Ihre Finger verschränkten sich mit seinen, als sie die Frage stellte.

Samuel blickte in ihr Gesicht und war für einen Moment sprachlos. So sehr genoss er den physischen Kontakt, und die Frage kam ihm fast zu direkt vor – dabei hatte er das Gespräch während des Hauptgangs genau auf dieses Thema lenken wollen. Als sie ihm ihr unvergleichliches Lächeln schenkte, begann sich die Anspannung in seinem Bauch langsam zu lösen.

»Ja, das war meine Absicht«, antwortete er und nutzte die Intimität des Augenblicks, um ihre Hand an seine Lippen zu ziehen und einen Kuss auf ihren Handrücken zu hauchen. Dann beugte er sich zu Cassie herab, um sie zu küssen. Ihre weichen Lippen öffneten sich unter dem sanften Druck seines Mundes, hießen ihn willkommen. Und als sie die Hand um seinen Hinterkopf legte und Samuel zu sich zog, wuchs das körperliche Verlangen in ihm. Er spürte, dass sein Schwanz hart wurde. Wie lange hatte er sie schon küssen wollen? Und jetzt wusste er, dass sie es auch wollte.

»Lass es nicht kalt werden«, sagte sie, als sie sich voneinander lösten. Durchtriebenheit leuchtete in ihrem Blick auf.

Das ist unmöglich, dachte er, als er sich gegenüber von ihr an den Tisch setzte. Er wollte sie so sehr, und ihr so nah zu sein machte ihn ganz verrückt. Sie war eine sinnliche, ausdrucksstarke Frau mit einer warmherzigen, verspielten Art. Und genau das hatte er schon von dem Moment an so anziehend gefunden, als sie vor mehr als einem halben Jahr in die Wohnung gegenüber von ihm eingezogen war.

Er hatte sich sofort zu ihr hingezogen gefühlt, aber aufgrund des Altersunterschieds hatte er gedacht, er hätte keine Chance bei ihr. Außerdem wusste er, dass sie frisch geschieden war. Samuel war Mitte zwanzig und Forschungsstudent. Cassie war Anfang dreißig und leitende Angestellte einer Werbeagentur. Warum, um alles in der Welt, hatte sie überhaupt Zeit für ihn? Aber sie hatte Zeit, und so saßen sie jetzt am Tisch.

»Also, wie lange wolltest du mich schon nach einem Date fragen?«, hakte sie nach, während er ihr die Speise von der Servierplatte vorlegte.

»Seit du eingezogen bist.« Er lächelte.

Ihre Augen blitzten. »Und ich dachte die ganze Zeit, du wärst an Kyle interessiert.«

Samuel zog eine Schulter hoch. »Hey, der ist bloß ein guter Kumpel.«

Das stimmte, aber es war nicht die ganze Geschichte. Vor einem halben Jahr hatte er begonnen, jeden Morgen mit Cassie und ihrem siebenjährigen Sohn Kyle am PC zu chatten. Und montags hatte er ihr geholfen, den Müll an die Straße zu bringen. Sie war dankbar und plauderte viel mit ihm. Bald darauf hatte er Kyle eingeladen und mit ihm am Computer gespielt, und Cassie schaute vorbei, um sie dabei anzuspornen. Zu dritt trafen sie sich häufig im Park, und Samuel und Cassie genossen es, ausgiebig über das Leben zu reden, während sie Kyle beim Spielen zusahen. Langsam, aber stetig hatte Samuels Interesse an ihr zugenommen, bis er immer unruhiger schlief und wusste, dass er den ersten Schritt wagen musste.

Schließlich ergab es sich, dass sein Mitbewohner genau an dem Wochenende außer Haus war, als Kyle seinen Dad besuchte. Samuel nahm sich ein Herz und lud Cassie ein. Sie hatte gestrahlt, die Einladung sofort angenommen und Wein und Knabberzeug zum Essen mitgebracht.

Jetzt saß sie also in seiner kleinen Küche und sah aus wie das bezauberndste Date, das ein Mann sich nur wünschen konnte. Als sie zur Tür hereingekommen war, hätte er fast die Pfanne fallen lassen. Ihr Kleid war schlicht und doch elegant, mit tiefem Ausschnitt und einem Rocksaum, der auf den Oberschenkeln endete. Dazu trug sie glänzende Schuhe und Seidenstrümpfe, und als sie sich hinsetzte, schlug sie ein Bein elegant über das andere. Samuel bekam gleich einen Steifen, musste sich abwenden und holte sich ein Glas Wasser, weil er seiner Fantasie keinen freien Lauf lassen wollte.

»Tut mir leid, das konnte man vielleicht falsch verstehen«, sagte er und versuchte, den Schaden zu begrenzen. »Es war nicht meine Absicht, Zeit mit Kyle zu verbringen, um an dich ranzukommen.«

»Keine Sorge, habe ich auch nicht so verstanden.« Sie nahm einen Schluck Wein und spießte dann ein Stück von dem gewürzten Thai-Hühnchen mit der Gabel auf. Genüsslich schloss sie die Augen und ließ sich den Geschmack auf der Zunge zergehen.

Doch das half ihm auch nicht dabei, vernünftige Sätze zu bilden. Es fiel ihm schwer, die richtigen Worte zu finden, und diese Sache war verdammt wichtig. Er musste ihr zeigen, dass er es ernst meinte, und er musste wissen, ob sie ihn auch ernst nahm – obwohl er Jahre jünger war als sie. »Ich mag es, wenn ich Kyle um mich habe. Ist ein toller Bursche, aber ich habe natürlich auch gehofft, dich besser kennenzulernen.«

»Das wirst du auch.« Mit der Serviette tupfte sie sich den Mund ab.

Die Verheißungen in ihren Worten lösten in ihm den Wunsch aus, das Dinner entweder schnell durchzuziehen oder ganz zu überspringen.

Während sie mit der Gabel auf ihren Teller deutete, zeichnete sich in ihren Zügen echter, orgiastischer Genuss ab. »Hm, ich liebe Thaigerichte.«

»Das sehe ich.« Es kam ihm wie die Untertreibung des Jahrhunderts vor. Es war ein großes Kompliment für seine Kochkünste, doch ihr Gesichtsausdruck machte es Samuel schwer, sich zu konzentrieren. Und wenn ihn nicht alles täuschte, sah er, wie ihre Brustspitzen sich unter dem Stoff ihres Kleids abzeichneten. Eins stand für ihn fest: Wann immer er von nun an den Duft von Zitronengras roch, würde er sich an ihren Gesichtsausdruck erinnern.

»Warum hast du mich nicht schon viel früher auf ein Date eingeladen?«

Samuel starrte sie über den Tisch hinweg an, und seine Gabel verharrte auf halbem Weg zwischen Teller und Mund. »Ich war mir nicht sicher, ob du mich ernst nimmst, also habe ich gewartet.«

Sie nickte und sah ihm tief in die Augen. »Zuerst war ich vorsichtig, was dich betrifft, weil ich mir erst noch klar darüber werden musste, wie weit ich mit meiner Trennung bin und wie tief die Enttäuschung noch sitzt. Mein Mann hat mich wegen einer Jüngeren verlassen, und da wollte ich sicher sein, dass ich aus dem richtigen Grund zu dir komme.«

Genau das hatte er vermutet, und jetzt wusste er, dass sie sich auf das Date gefreut und nur aus Vernunft abgewartet hatte.

»Und als die Zeit verging«, fuhr sie fort, »war ich mir sicher. Ich muss mich nicht erst über irgendeinen Trennungsschmerz hinwegtrösten. Ich hatte gehofft, du würdest mich zu dir nach Hause einladen.«

Am liebsten hätte er sie in die Arme geschlossen und sie ins Schlafzimmer getragen, um zu feiern.

Als hätte sie seine Gedanken erraten, zwinkerte sie ihm lächelnd zu. »Ich bringe dich doch nicht in Verlegenheit, oder?«, fragte sie, als Samuel das Essen auf seinem Teller von einer Seite zur anderen schob. Ihr Blick war zweideutig, und ihre Lippen glänzten.

Wie sollte ein Mann ans Essen denken, wenn sie ihm auf diese Weise grünes Licht gab? Die Frau, von deren Nähe er während der zurückliegenden Wochen geträumt hatte, machte ihm mehr oder weniger eindeutig klar, dass sie Sex haben würden. »Ich mag deine direkte Art.«

Samuel legte seine Gabel neben den Teller. Er wollte nichts mehr essen. Er wollte in Cassies Gegenwart baden.

»Und ich mag deine Kochkünste, neben anderen Dingen«, antwortete sie und gluckste. Der Laut war sinnlich, wie alles an ihr.

»Ich fühle mich geehrt.« Das war er wirklich. Sie aß sein Thaigericht, als wäre es eine himmlische Speise, als wäre es die beste Mahlzeit, die sie je probiert hatte – als wäre sie mit dem Mann zusammen, den sie sich immer schon gewünscht hatte. Wusste sie eigentlich, wie sehr ihn das berührte? Samuel bezweifelte es. Ein spielerisches Leuchten lag in ihren Augen, und sie schien ihn auf ihre Weise abzuschätzen. Er fühlte, wie Hitze in ihm aufstieg.

»Deshalb nehmen sie bei der Arbeit immer mich, wenn es um Werbekampagnen für Nahrungsmittel geht«, erklärte sie. »Es sind die Geschmacksnoten, die meine Vorstellungskraft befeuern.« Ihr Blick ließ ihn nicht mehr los.

Das Gespräch führte dazu, dass sich sein Blut in den unteren Körperregionen sammelte, aber er hatte keinen Grund zur Klage. »Kann ich nachvollziehen«, murmelte er.

»Ich verrate dir ein Geheimnis.« Sie beugte sich leicht vor und sah ihn verschwörerisch an. »Ich glaube, meine Geschmacksknospen gehören zu meinen erogensten Zonen.«

Diesmal bestand kein Zweifel, dass sie ihn herausforderte. Er zog eine Braue hoch, als er sagte: »Oh, ist das so?«

»Hm. Wenn ich das Gericht mag, und ich liebe scharf gewürzte Gerichte, dann macht mich das richtig an.«

Samuel starrte sie wieder stumm an und merkte, wie ihre Worte sich erst langsam setzten. Er begann sich zu fragen, in welcher Weise sich diese Erregung zeigen mochte. Wurde Cassie feucht? Wollte sie dann sofort hemmungslosen Sex? Die Fragen verflüchtigten sich, als Cassie ihn unverwandt ansah, nach der Gabel griff und sich noch einen Bissen von dem Thai-Hühnchen in den Mund schob.

Sprachlos beobachtete Samuel, wie ihre glänzenden Lippen sich beim genüsslichen Kauen bewegten. Wieder entwich ihr ein langes *Hmmm*. Erst da fiel ihm auf, dass sie auf ihrem Stuhl leicht vor- und zurückrutschte – eine sehr körperlicher Reaktion auf das Geschmackserlebnis. Seine Erektion nahm zu, als er sich fragte, wie es wohl wäre, wenn sie beim Kosten auf seinem Schoß sitzen würde – oder wie sie wohl reagierte, wenn *er* ihr die Gabel in den Mund schob.

»Mein Ex-Mann hasste es«, fügte sie hinzu. »Kaum zu glauben, dass wir es neun Jahre miteinander ausgehalten haben.« Sie kicherte wieder.

»Im Ernst?« Samuel war froh, dass sie anscheinend ohne Reue oder Bedauern auf die Beziehung zu ihrem Ex zurückschaute. Damit schien ihm die Gefahr einer erneuten Annäherung gebannt, denn mit dieser Möglichkeit hatte er zumindest gerechnet, als er zum ersten Mal daran gedacht hatte, Cassie einzuladen. Komisch war nur, dass er sich während des Kochens dauernd daran erinnern musste, keine dummen Fragen zu ihrer Scheidung zu stellen. Doch das Thema hatte sich in dem Moment in Luft aufgelöst, als diese unvergleichliche Göttin erschienen war und sich zu ihm an den Küchentisch gesetzt hatte – als wäre es für sie selbstverständlich, mit einem jüngeren Mann zu essen und ihm von erogenen Zonen zu erzählen.

Ein Glitzern lag in ihren Augen. »Wenn ein Gericht so toll schmeckt wie dieses, ist das für mich wie ein gutes Vorspiel.«

Samuel verzehrte sich längst nach ihr. »Ich muss zugeben, die Art und Weise, wie du dieses Essen genießt, macht wirklich schlimme Sachen mit mir.«

Sie tupfte sich mit dem Finger einen Tropfen Soße aus dem Mundwinkel. »Mir ist aufgefallen, dass du nichts mehr isst.«

Als sie sich den Finger dann in den Mund schob und die Soße ableckte, musste Samuel sich auf seinem Stuhl zurücklehnen. Sein Schwanz drückte fest gegen den Reißverschluss seiner Jeans. Er konnte an nichts anderes mehr denken als an Sex. »Ich genieße es, wie du isst«, sagte er. »Darüber habe ich mein Essen längst vergessen.«

Sie nickte, als stellte seine Antwort sie zufrieden.

»Ich bin wirklich neugierig, wie sehr dich das Essen anmacht«, fügte er hinzu. *Schoss er jetzt über das Ziel hinaus?*

Seine Bemerkung schien sie nicht aus der Fassung zu bringen, im Gegenteil: Cassie lächelte. »Fragst du dich das als Forschungsstudent der Biologie, oder gibt es dafür persönliche Gründe?« Sie nippte wieder an ihrem Wein und sah ihm tief in die Augen. »Nicht schüchtern sein, Samuel. Ich bin neun oder zehn Jahre älter als du. Wir sind beide erwachsen und fühlen uns zueinander hingezogen. Mir war von Anfang an klar, dass du mich nicht zu dir eingeladen hast, nur um mir dein Thaigericht vorzusetzen.«

Ungläubig schüttelte er den Kopf und atmete aus. Er war es nicht gewohnt, dass Frauen so offen und direkt waren. Er grinste. »Acht Jahre, du bist genau acht Jahre älter als ich.«

»Ich frage jetzt nicht, woher du das so genau weißt.«

»Ich habe unsere Vermieterin gefragt.«

Das amüsierte sie. »Du hast also Forschung betrieben.«

Er nickte. »Ja, stimmt. Ich wünschte, ich könnte meine Doktorarbeit über dich und deine erogenen Geschmacksknospen schreiben.«

Sie warf den Kopf in den Nacken und lachte. »Das wäre doch mal ein tolles Forschungsthema, oder nicht?«

»Absolut.«

»Was bräuchtest du, um dir als Biologiedoktorand ein umfassendes Bild zu verschaffen?« Mit einem Finger strich sie über den Träger ihres Kleids.

»Beweise«, antwortete er. »Körperliche Beweise.«

»In diesem Fall solltest du besser zu mir kommen und bei mir nach … Beweisen suchen, meinst du nicht?« Sie schob ihren Teller beiseite und rückte mit ihrem Stuhl vom Tisch ab, sodass die Lehne an den Herd stieß.

Samuel konnte sein Glück kaum fassen. Sie lud ihn ein, sie anzufassen, hier und jetzt.

Cassie beobachtete, wie Samuel aufstand, und der Puls in ihrem Schritt pochte wie verrückt. Er war wirklich ein attraktiver junger Mann, und von Anfang an war er scharf auf sie gewesen. Bislang hatte sie Vorsicht walten lassen, aber letzten Endes hatte alles so kommen sollen. Längst hatte er sie mit seiner ganzen Art für sich gewonnen, mit seinen grünen Augen, seinem äußeren Erscheinungsbild. Nicht zu vergessen, wie fit er war, muskulös und groß. Aus jeder seiner Bewegungen sprach Vitalität.

»Ich bin so froh, dass ich ein Thaigericht gekocht habe«, sagte er, als er vor ihr auf die Knie sank und ihr eine Hand auf das Knie legte. »Für mich wird ein Traum wahr.«

»Geht mir auch so.« Sie legte ihre Hand auf seine, ehe sie die Beine spreizte. »Ich will dich, Samuel. Schon oft habe ich daran gedacht.«

»Ich auch.« Sein Blick glitt nach unten. Mit zwei Fingern strich er über den Saum ihrer Seidenstrümpfe und seufzte hörbar. »Du bist so schön.«

»Und du sollst jetzt endlich mit deiner Forschungsarbeit beginnen.« Cassie sehnte sich danach, dass er sie anfasste, und wenn er es nicht bald täte, würde sie die Sache selbst in die Hand nehmen müssen.

Also schob sie ihren Rock ein Stück nach oben, sodass ihr Slip sichtbar wurde. Sie wusste, dass sie feucht war, und als sie an sich herabschaute, konnte sie sehen, dass sich entlang ihrer Spalte eine nasse Stelle abzeichnete.

Samuel gab einen stöhnenden Laut von sich.

»Würdest du das als Beweis akzeptieren?«, fragte sie.

Vernünftiger junger Mann, der er war, ließ er sich mit seiner Antwort einen Moment Zeit. Das war etwas, was sie an ihm von Anfang an reizvoll gefunden hatte. Er war ehrgeizig und ging Risiken ein, aber er überlegte es sich zweimal, bevor er ein Wagnis einging.

»Ich brauche einen etwas deutlicheren Beweis«, meinte

er schließlich. Ein Hauch von Humor huschte über seine Züge.

»In dem Fall solltest du dir das näher ansehen, findest du nicht?«

Er nickte, und seine Augen schimmerten dunkel, als sein Blick durchdringender wurde. Cassie spitzte den Mund, und das Blut rauschte in ihren Schläfen, während sie darauf wartete, dass er sie endlich berührte.

Er rutschte weiter zwischen ihre gespreizten Beine und strich mit einem Finger am Saum ihres Stringtangas entlang. Ihre Haut zwischen Pussy und Schenkel begann zu prickeln, ehe er mit dem Finger unter den Stoff glitt und geradewegs auf ihre Spalte zuhielt.

Seine Hand zitterte leicht, als er mit einer Fingerspitze ihre äußeren Sexlippen erforschte und ihren Kitzler kurz berührte. Als Cassie ihm mit wohligen Lauten bedeutete, dass ihr dies gefiel, wiederholte er die Zärtlichkeiten. Sie beugte sich vor und küsste ihn, ihre Hände ruhten fest auf seinen Schultern. Er erwiderte den Kuss, und ihre Zungen umspielten einander hungrig. Sie konnte ihn schmecken, und sie wollte ihn.

Sie schlang die Beine fester um seine Taille. Dadurch glitt sein Finger weiter nach unten. Samuel schob den zarten Stoff zur Seite und drang mit dem Finger in sie.

»Oh ja, das ist wirklich gut«, stöhnte sie, als sie den harten Finger in sich spürte. Gierig umschloss sie den Eindringling und lehnte sich genüsslich auf dem Stuhl zurück. Langsam bewegte sie ihre Hüften, verlagerte den Druck auf seinen Finger und stützte sich mit den Schultern am Herd ab.

»Iss etwas«, wisperte er und deutete mit einem Nicken auf den Tisch.

Cassie tauchte die Fingerspitze in die Soße am Rand ihres

Tellers, nahm den Finger in den Mund und leckte ihn ab, wobei sie Samuel keinen Moment aus den Augen ließ. Die Gewürze erweckten ihre Geschmacksknospen erneut zum Leben und riefen ein wahres Feuerwerk der Empfindungen in ihr hervor. Ihre Haut prickelte, und ihre Nippel rieben über den Stoff ihres Kleids. Rhythmisch zog sie die Sexmuskeln zusammen, und der harte Finger in ihrem Tunnel fühlte sich noch besser an als zuvor. »Oh, du bist wirklich ein Experte!«

»Du musst wissen, dass ich meine Forschungsarbeit immer sehr genau nehme.« Kaum hatte er die Worte gesagt, da stöhnte er und blickte auf ihre Pussy, die sich um seinen Finger schloss. »Du bist einfach toll«, flüsterte er.

Cassie schob ihre Hüften vor und ritt seinen Finger. In Wirklichkeit wünschte sie sich seinen Schwanz, und ein Blick in Samuels Gesicht genügte, um zu sehen, dass er mehr als bereit war. »Hast du nicht gesagt, es gäbe noch Nachtisch?«

»Ja, exotische Früchte in einer Amaretto-Marinade.«

Sie ließ ein Schnurren folgen, wand sich auf dem Stuhl und geilte sich immer weiter auf. »Füttere mich doch damit, während du in mir bist ...«

Der Vorschlag hing in der Luft.

Mit Verzögerung schien er zu begreifen. Er zog den Finger aus ihr, griff zur Kühlschranktür und holte einen großen, abgedeckten Teller hervor. Derweil erhaschte Cassie einen Blick auf die Wölbung unter seiner Jeans. Es gab keinen Zweifel, dass er bereit war, und so zog sie schnell ihren G-String aus, weil sie mehr von allem wollte.

Mit einer Hand hielt Samuel die Schale in der Hand, die andere legte er ihr auf die Pussy. Ein besitzergreifender Ausdruck kam in seine Augen. Er übte leichten Druck aus, als wollte er testen, wie reif sie war. Dann nahm er ein saftiges Stück Mango aus der Schale und hielt es ihr vor den Mund.

Sie nahm es und leckte ausgiebig über seinen Finger. Er nickte lächelnd. Das Gefühl des Fruchtfleisches und sein Geschmack vollführten einen verführerischen Tanz auf ihrer Zunge, und das saftige Obst setzte Cassies eigene Säfte frei. »Du machst mich unersättlich.«

Samuel sah sie unter halb gesenkten Lidern an, und das Lächeln, das seine Mundwinkel umspielte, ließ ihn nur noch attraktiver erscheinen. »Und du machst mich glücklich.«

Er klammerte sich förmlich an die Schale, als hätte er Angst, er könnte etwas Verbotenes tun, wenn er losließe.

Sie musste leise lachen. »Stell die Schale weg, und gib mir etwas Härteres.« Mit einem Nicken deutete sie auf seinen Hosenbund.

Samuel musste nicht lang nachdenken. Kaum hatte er die Schale auf den Tisch gestellt, war die Hose auch schon auf und sein Schwanz ragte heraus, lang und hart.

Cassie rutschte auf dem Stuhl nach vorn und spreizte ihre Schenkel noch weiter. Mit den Fingern einer Hand hielt sie ihre Sexlippen geöffnet und hieß ihn willkommen.

Samuel starrte auf das Angebot. Er griff in seine Hosentasche und holte eine Kondompackung hervor. Schnell riss er sie auf und streifte sich das Gummi über.

Cassies Knie schoben sich über seine Hüftknochen, als er die pralle Spitze seines Schwanzes gegen ihre Öffnung presste. Cassie stöhnte laut. Als er zögerte, feuerte sie ihn an und tippte ihm mit einer Hacke ihres Schuhs in den Hintern »Samuel, ich will dich unbedingt. Du hast mich mit deinem köstlichen Gericht geneckt und gelockt. Sieh, in was für einen Zustand du mich versetzt hast. Du musst mich aus diesem Elend erlösen und mich nehmen.«

Samuel brachte kein Wort heraus, aber seine körperliche Reaktion war perfekt. Er umfasste ihre Pobacken mit beiden Händen und ließ Cassie in den Genuss seines Steifen kommen, langsam, Stück für Stück. Dann zog er sich fast ganz aus ihrer Spalte zurück, ehe er sich bis zum Anschlag in sie stieß.

Cassie brachte ihr Vergnügen lautstark zum Ausdruck. Sie legte den Kopf in den Nacken, als Samuel ihre Pussy dehnte und ausfüllte.

Er küsste ihren Hals, während er in seinen Rhythmus fand. Zwischen den feuchten Küssen flüsterte er ihren Namen und stöhnte.

»Oh, das ist so geil!«, rief sie.

»Ich wollte dich die ganze Zeit.« Als er den Kopf hob, um ihr in die Augen zu sehen, griff sie nach einer Litschi in der Obstschale und steckte sie ihm in den Mund. Dann küsste sie ihn und stahl die Frucht mit ihrer Zunge von seiner. Sein Verlangen wuchs ins Unermessliche, und er trieb sich schneller in sie, sodass seine Hüften gegen ihre stießen.

Als sie in die Litschi biss und den Amaretto auf der Zunge schmeckte, hob sie die Knie weiter an, sodass sich für Samuel der Winkel änderte. Der Stuhl knarrte und hob mit den vorderen Beinen vom Boden ab. Cassie war froh, dass die Lehne gegen den Herd drückte.

»Oh ja«, rief sie, als sie seinen Schwanz noch tiefer in sich spürte. »Versprich mir, dass wir beim nächsten Mal das ganze Essen auf diese Weise genießen.«

Samuel verlangsamte seine Stoßbewegung, nahm Cassies Kinn in die Hand und suchte ihren Blick. Sie konnte sich seinen durchdringenden Augen nicht entziehen. »Nur wenn du mir versprichst, dass es noch viele nächste Male gibt.«

Ihr Körper schien in der Ekstase des Moments gefangen, und ihre Gefühle überwältigten sie. Seine Worte berührten sie, und plötzlich spürte sie Tränen in den Augen. Eine Zeit-lang hatte sie geglaubt, diese tiefen Gefühle nie wieder erle-ben zu können, nie wieder jemanden so zu begehren. Doch dann hatte Samuel all diese Zweifel einfach weggewischt. Sie nickte und klammerte sich noch fester an ihn. »Verspro-chen.«

Er legte ihr eine Hand über den Venushügel, streichelte ihre Klitoris mit dem Daumen und stieß sich wieder in sie. Hart. »Ich will dich mit allem füttern.«

»O Gott, ja!« Seine Daumenstriche auf ihrer in Flammen stehenden Perle entlockten ihr lautes Stöhnen. Mit beiden Händen hielt sie sich an seinen Schultern fest und wiegte sich in den Hüften. Endlich erreichte sie ihren Höhepunkt und spürte, wie eine unglaubliche Woge der Lust ihren Schoß durchflutete. Heiße Säfte flossen über die Stelle, an der sie miteinander verbunden waren, benetzten ihren Hintern und die Sitzfläche des Stuhls.

Samuel kam unmittelbar nach ihr, spannte sich an und spritzte seine Ladung ab. Ehe er sich zurückzog, nahm er noch eine Litschi und schob sie Cassie zwischen die Lip-pen. Sie biss auf die Frucht, kaute und genoss das intensive Aroma. Zärtlich strich er ihr einen Tropfen des Safts vom Mundwinkel.

»Bist du sicher, dass du das willst?«, fragte sie. »Du bringst mich noch einmal auf Touren.«

»Das ist genau meine Absicht.« Sein Lächeln war durch-trieben.

Sie konnte nicht anders und musste ihn necken. »Bist du sicher, dass du das schaffst?«

»Klar, jede Nacht habe ich an dich gedacht, seit ich dich das erste Mal sah, und deshalb habe ich noch einige Erektionen abzuarbeiten.«

Cassie zeigte auf die Obstschale. »In diesem Fall halte ich es für besser, wenn wir uns ins Bett verziehen. Du nimmst die Obstschale mit, ich den Wein.«

Samuel grinste. »Einverstanden.«

Als sie aufstanden, lachend und ein bisschen wacklig auf den Beinen, zog sie ihn an sich. »Ich mag dich, Samuel. Ich mag dich wirklich.«

Er legte die Hand um ihren Hinterkopf und küsste sie leidenschaftlich. »Und ich mag dich auch sehr. Ich glaube, ich habe mich schon vor Wochen in dich verliebt. Macht dir das Sorgen ...?«

Etwas Herausforderndes lag in seinem Blick. Er war ein Mann, der zu seinen Gefühlen stand, und das zündete bei ihr. »Nicht mehr.« Sie zeichnete die Konturen seines Kinns mit einem Finger nach und seufzte glücklich. »Aber eins wollte ich noch sagen«, fügte sie hinzu.

Bedenken schlichen sich in seinen Blick.

»Du musst mich auch mal kochen lassen ... denn sonst wirst du nie wissen, welche Speisen mich am meisten anmachen.«

Seine Bedenken verschwanden, und er grinste. »Es wird besser und besser.«

Sie stupste ihn an die Nasenspitze. »Und wenn ich etwas so sehr mag, wie das hier, werde ich immer zurückkehren, um mehr davon zu bekommen.«

Er umsorgt mich

Justine Elyot

Er hasst es, wenn ich krank bin.

Zwar verbirgt er es gut – kauft Zeitschriften und Taschentücher, läuft für mich zur Apotheke, erfindet neue Rezepturen für heißen Grog –, aber ich weiß, dass ihn jegliche Störung in seiner unmittelbaren Umgebung aus dem Gleichgewicht bringt. Denn Matthews Welt muss vor allem eins sein: perfekt geordnet.

Meine Halsentzündung stand für diesen Monat nicht auf der Tagesordnung, und deshalb lief alles schief. Für mich ist es natürlich am schlimmsten. So musste ich zum Beispiel einige Konzerte absagen. Aber Matthew hat die Kontrolle über das Universum verloren, was ihn gewöhnlich demonstrieren lässt, wie er zumindest zu Hause das Leben im Griff behält. An meinem Krankenbett.

Matthews Verhalten auf der Bettkante ist mir bestens vertraut. Als ich eines verregneten Winterabends mit ungewöhnlich geröteten Wangen nach Hause kam und ihn mit krächzender Stimme begrüßte, wusste ich deshalb, was kommen würde.

Er sprang von seinem Schreibtisch auf und legte mir eine kühle Hand auf die Stirn. Dann schüttelte er den Kopf und brummte irgendetwas vor sich hin.

»Du hast Fieber«, stellte er dann fest. »Ins Bett mit dir. Sofort.«

Normalerweise reichen diese Worte, um mein verdorbenes Herz zum Jauchzen zu bringen, aber wenn er sie ohne sexuelle Hintergedanken sagt, haben sie eine noch größere Wirkung auf mich.

Ich gehorchte gerne, kroch unter die Decke und zitterte dort, bis er neben mir mit einem Thermometer auftauchte – zum Glück nicht das Thermometer, das wir manchmal bei unseren Doktorspielen benutzen – und mir ein Glas mit heißem Wasser reichte. Die weiteren Zutaten waren Honig, Zitrone und ein Schuss Brandy.

»Was hast du dir bloß wieder zugemutet?«, forschte er streng nach. Wann immer ich krank werde, schlägt er diesen anklagenden Ton an, als hätte ich die Infektion begeistert zu mir gerufen.

»Nichts, wieso?«, verteidigte ich mich. »Den Keimen ist es egal, was man macht. Wenn sie es auf dich abgesehen haben, dann kriegen sie dich auch.«

»Und du bist sicher, dass du nicht mit ihnen geflirtet hast?«, meinte er, und in den strengen Klang seiner Stimme schlich sich eine scherzhafte Note.

Ich musste den Mund aufmachen, damit er mir das Thermometer unter die Zunge schieben konnte. Eine halbe Minute konnte ich nichts sagen und musste warten, bis das Quecksilber gestiegen war.

»Denn wenn ich erfahre, dass du diese Streptokokken extra zu dir einlädst, wäre ich äußerst enttäuscht. Und du weißt, was passiert, wenn du mich enttäuschst, nicht wahr?«

Ich nickte und wollte schuldbewusst an meiner Unterlippe nagen, konnte es aber nicht, weil das kleine Glasröhrchen noch in meinem Mund steckte. Ich wusste, was passierte, wenn Matthew ungehalten wurde. Aber das würde er einer Person mit Streptokokken nicht zumuten, und deshalb wähnte ich meinen Hintern für den Augenblick in Sicherheit.

Er las das Thermometer mit gerunzelter Stirn ab.

»Ich erkläre dich offiziell für krank«, diagnostizierte er. »Mein aktueller Unmut wird allerdings Folgen haben müssen. Ich gebe dir drei Tage, Schätzchen. Für jeden Tag, den du länger schniefst oder hustest oder fast den ganzen Tag über schläfst, wird es eine Strafe geben.«

»Das ist nicht fair.« Meine Stimme klang fremd und kratzig.

Er gab ein schnalzendes Geräusch von sich, nahm meine heißen Hände in seine und streichelte mir über die Finger.

»Wann bin ich je fair gewesen?«

Da hatte er recht.

»Daher solltest du dafür sorgen, dass du möglichst schnell wieder gesund wirst«, fügte er hinzu. »Und bis dahin nicht einfach ohne meine Erlaubnis aufstehen. Keine Sprechversuche machen, solange deine Stimme noch nicht mitspielt. Die Anweisungen von Dr. Rossington werden befolgt.«

»Also keinen Spaß«, flüsterte ich und zog einen Schmollmund, worauf Matthew mir einen tadelnden Klaps auf die Hand gab.

»Erst wenn es dir wieder besser geht. Und jetzt versuche, ein bisschen zu schlafen.«

Während ich erst in einen leichten Schlaf fiel und dann in fiebrigem Zustand vor mich hindämmerte, hörte ich, wie Matthew telefonierte, Engagements absagte und meine Unpässlichkeit erklärte.

Ab und zu brachte er mir kalte Umschläge für meine Stirn und Lutschtabletten für den Hals. Er war so effizient, wie man sich eine Krankenschwester nur wünschen kann. Vielleicht sogar ein bisschen übereifrig.

Als ich ins Badezimmer taumelte, ohne seine Erlaubnis abgewartet zu haben, machte er mir unmissverständlich klar, dass ich eine Regelüberschreitung begangen hatte. Er wartete vor der Badezimmertür auf mich, packte mich, als ich herauskam, an den Schultern und schob mich gleich wieder in Richtung Bett.

»Da man dir nicht trauen kann, dass du das machst, was man dir sagt«, meinte er, »sollte ich dich vielleicht besser ans Bett festbinden. Hm? Wie wäre das?«

»Nein«, hauchte ich. »Beim nächsten Mal frage ich erst um Erlaubnis.«

»Du hast ja dein Handy. Wenn ich irgendwo anders im Haus sein sollte, schickst du mir eine SMS.«

»Mach ich.«

Ich sank wieder ins Bett und hüllte mich in die Hitze der Decke.

Zwei Tage lang litt ich vor mich hin, aber am dritten Tag ging es mir wieder besser. Meine Stimme klang zwar immer noch wie die eines pubertierenden Jungen und nicht wie die einer professionellen Sopranistin, aber meine Lebensgeister waren wieder erwacht, ebenso wie meine Libido. Da störte es mich auch nicht, dass mein Kopf sich anfühlte, als wäre er mit Watte ausgestopft.

Ich nahm mein Handy und schrieb eine SMS. Ich wusste, dass Matthew im Nebenraum komponierte, aber das tat er inzwischen seit zwei Tagen ununterbrochen. Bestimmt konnte die Kunst ihn für eine Weile erübrigen.

»Ich brauche einen Arzt«, tippte ich und schickte die Textnachricht ab.

Sekunden darauf erschien er im Türrahmen, sein Gesicht war fahl.

»Bist du okay, Schätzchen? Wieso brauchst du einen Arzt? Geht es dir schlechter?«

Ich schüttelte den Kopf und hatte ein schlechtes Gewissen.

»Ich meinte dich«, trällerte ich. »Ich brauche Dr. Rossington.«

Da kehrte die Farbe zurück in seine Wangen, und er zog missbilligend eine Braue hoch.

»Soll das heißen, dass du mich aus einer Laune heraus unterbrochen hast?«

»Das war nicht meine Absicht. Ich hatte nur das dringende Verlangen nach . . . medizinischer Versorgung.« Ich gab mir Mühe, sexy auszusehen, was mir in meinem alten Oma-Nachthemd und Socken nicht gelingen wollte, aber es schien trotzdem zu wirken, weil Matthew ein Stück in den Raum trat und sich am Bettende aufbaute. Die Arme hatte er vor der Brust verschränkt, und die Stirn zog er kraus, wie ich es an ihm liebte.

»Medizinische Versorgung? Nun, dafür könnte ich sorgen. Zieh dein Nachthemd aus.«

Ich streifte mir das unförmige Baumwollding über den Kopf und zog auch die Socken aus, weil Matthew auf so etwas nicht stand. Unterdessen hatte er den Raum verlassen.

Als er zurückkam, brachte er eine Schüssel mit Seifenlauge und einen Schwamm mit.

»Fangen wir damit an, dich im Bett zu waschen. Okay?«

Er zog die Gummiunterlage unter dem Bett hervor und wies mich an, mich ausgestreckt darauf zu legen. Die kühle Oberfläche erinnerte mich sofort daran, dass diese Matte bei anderen Gelegenheiten zum Einsatz gekommen war, und das brachte meinen Sexhunger zu neuer Blüte.

Ich rollte meine Zehen ein und spannte meine Muschimuskeln an. Ich genoss den Anblick, den er bot. Er krempelte seine Ärmel hoch, ehe er nach dem Schwamm griff.

Schließlich hielt er ihn über mich, worauf ich zusammenzuckte, als kaltes Wasser auf meine bloßen Brüste tropfte.

»Nicht bewegen«, befahl er. »Oder ich binde dich fest. Bleib schön still sitzen.«

Es war kaum möglich, völlig reglos dazusitzen, während die Tropfen ohne Unterlass und präzise auf meine härter werdenden Nippel und meinen Bauch fielen. Ich bekam eine Gänsehaut, ballte die Hände zu Fäusten und versuchte, die Luft anzuhalten – darin bin ich wirklich gut –, bis er endlich Mitleid zeigte und nachgab. Endlich füllte er etwas wärmeres Wasser in das Bassin und tauchte den Schwamm in den Schaum.

Als Matthew begann, mich vom Hals abwärts mit dem Schwamm zu waschen, hinterließ der Schaum eine weiße Spur auf meiner Haut. Mit kundigen Händen verwöhnte er mich mit dem Schwamm zwischen meinen Brüsten, widmete sich in kreisenden Bewegungen meinem Bauch und fuhr tiefer.

»Damit wir dich schön sauber bekommen, was?«, sagte er leise und mehr zu sich selbst. »Und damit du bereit bist. Bereit für die Behandlung.«

Meine Muschi hätte den Schwamm nicht gebraucht, um feucht zu werden. Matthews Stimme und seine ruhige, autoritäre Art hatten meine Säfte bereits zum Fließen gebracht. Dennoch wusch er mich gründlich zwischen den Beinen und übte mehr und mehr Druck aus, bis sich meine Sexlippen öffneten. Schließlich tupfte er mir den Schaum auf meinen Kitzler und fuhr mit leichten Strichen darüber.

Ich sog die Luft ein und begann, mit den Hüften zu wackeln.

»Oje! Du hast dich bewegt. Bitte die Beine weiter spreizen. Ich denke, wir müssen uns diesem Bereich etwas gründlicher widmen.«

Ich wollte eigentlich nicht noch mehr Seife auf meinem

Kitzler, aber ich gehorchte dennoch und ließ die weiteren, quälenden Waschungen über mich ergehen. Doch ich glaube, dass ich nicht so still blieb, wie er es sich wünschte.

»Ich hoffe, ich brauche dir nicht erst noch zu sagen«, fuhr er fort und nahm einen Rasierer zur Hand, um sich meinen seit drei Tagen nicht rasierten Schoß vorzunehmen, »dass es dir nicht erlaubt ist, deine Stimme zu überanstrengen. Und wenn du aufschreist oder überhaupt irgendeinen Laut von dir gibst, wirst du bestraft.«

Ich verfluchte meine Geilheit im Krankenbett. Dass Matthew ein furchtbarer Arzt war, hätte ich mir schließlich denken können. Doch trotz meiner Befürchtungen gab es diese Spannung in meinen Bauch, dieser Knoten lustvoller Erregung.

»Also«, sagte er ziemlich schroff und legte den Rasierer zur Seite, »auf den Bauch.«

Dies war immer eine gefährliche Position für mich, wenn ich in Matthews Nähe war, aber ich drehte mich gehorsam auf den Bauch und präsentierte meinem »Arzt« mein Hinterteil. Das jetzt warme Wasser lief mir angenehm seifig von den Schulterblättern bis zu den Hüften und sammelte sich schließlich zwischen meinen Pobacken. Matthew ließ sich Zeit beim Waschen meines Hinterns und zog den Schwamm abschließend durch meine Ritze.

Ich hörte, wie der Schwamm wieder in die Schüssel plumpste, und verspannte mich erschrocken, als ich spürte, dass Matthew meine Pobacken mit seinen Fingern spreizte.

»Was das Fieber anbelangt«, erklärte er leise, »müssen wir uns vergewissern, dass die Temperatur runtergegangen ist, ehe wir weitermachen.«

Ich unterdrückte ein Wimmern. Ein eingeölter Finger umkreiste mein hinteres Loch und bereitete mich auf das kühle Glasthermometer vor.

»Die meisten Patienten lesen die Temperatur von einem digitalen Ohrthermometer ab«, fuhr er sachkundig fort und drückte das Thermometer tiefer in mein Loch, Stück für Stück, wobei er es langsam in mir drehte. »Aber bei dir machen wir es anders. Du bist anders, Schätzchen. Du brauchst eine extra Behandlung. So steht es in den Patientenunterlagen.«

»Tatsächlich?«, wisperte ich.

»Ja, tatsächlich.« Er hielt das Thermometer fest und drückte meine Pobacken weiterhin mit Daumen und Zeigefinger auseinander. »Dort steht nämlich: ›Patientin braucht stets eine strikte Behandlung. Für eine rasche Genesung sind häufige rektale Untersuchungen und strenge Disziplin vonnöten.‹ Der beratende Facharzt ist sich sicher, dass du genau das brauchst.«

»Dummer Facharzt«, flüsterte ich ins Laken, doch meine Worte waren trotzdem zu hören.

»Wie war das?« Schnell zog Matthew das Thermometer heraus, worauf mein Schließmuskel zu kribbeln anfing. »Dem Thermometer entnehme ich, dass du nicht zu krank für ein Spanking bist, junge Dame. Respektlosigkeit gegenüber dem Facharzt rechtfertigt jedenfalls gewisse Maßnahmen. Ich denke sogar, dass er anwesend sein sollte ... aber er wird bei einem anderen Patienten sein. Wie dem auch sei. Stell dir einfach vor, er sei hier, und ich schreibe dann die Strafmaßnahmen in meinen Bericht, damit der Facharzt davon erfährt.«

Ich drehte meine Hand- und Fußgelenke, die auf der Gummiunterlage ganz kribbelig geworden waren. Ich fürchtete mich vor dem Spanking und freute mich gleichzeitig darauf und machte mich schon auf den ersten Hieb gefasst. Stattdessen nahm Matthew wieder den Schwamm und wrang ihn über meinem Po aus, sodass mir das Wasser über die Hüften lief und auf das Laken tropfte.

Als seine Hand dann doch auf mein Hinterteil sauste, wäre ich fast aufgesprungen. Ich dachte immer, ich würde seine Hand genau kennen – die Form, die Größe, die Wucht des Schlags –, aber dies hier war irgendwie anders. Es brannte viel mehr, als ich es in Erinnerung hatte.

»Ha, ha«, gluckste er erfreut. »So fühlt es sich auf einem nassen Hintern an. Ich habe gehört, dass es schmerzhafter ist. Es stimmt also.«

Er schlug mir weiter auf den tropfnassen Hintern, bis kein Wasser mehr da war – eine lange und intensive Prozedur, in deren Verlauf es mir nicht gestattet war, mich zu winden, um mich zu treten oder jämmerliche Klagelaute von mir zu geben.

»Na also«, meinte er schließlich und strich mit einer Hand über den Ort seiner Missetaten. »Ein geröteter, wunder Hintern hilft, damit kleine Luder wie du rascher genesen. Ich denke, wir sollten diese Verschreibung dreimal täglich anwenden.«

»Dreimal?«, stöhnte ich. »Aber das tut weh.«

»Die beste Medizin ist eben schwer zu schlucken«, klärte Matthew mich auf. »Da wir gerade davon sprechen ... aber nein, lassen wir das. Ich kann nicht mit Sicherheit sagen, ob die Infektion ganz abgeklungen ist. Wir müssen einen anderen Weg finden, um die Dosis zu verabreichen.«

»Die Dosis?« Ich wollte schon lachen. So konnte man es auch ausdrücken, wenn ich mitten im Orgasmus keuchen würde: »Gib mir die volle Dosis, Doktor.«

»Die Arznei, die du brauchst«, flüsterte er und beugte sich zu mir herab, bis sein Mund dicht an meinem Ohr war. »Und die du bekommen wirst.«

»Kann ich nicht erst eine zweite Meinung einholen? Autsch!«

Mein Hintern zitterte unter den Nachwehen des unerwarteten Hiebs. Ich ging davon aus, dass es »Nein!« bedeutete.

Jetzt schaute er abermals unter das Bett, offenbar auf der Suche nach weiteren teuflischen Instrumenten.

»Übrigens ist es eine unkonventionelle Behandlung«, sagte er und tauchte wieder neben mir auf. »Ich halte meine Ergebnisse dann für das medizinische Journal fest. Die Methode gilt als recht effektiv, aber sie ist nicht so leicht anwendbar, wenn der Patient zu viel Bewegungsfreiraum hat. Deshalb ...«

Schon hatte er ein Lederband um mein linkes Handgelenk geschlungen und fesselte mich an den Bettpfosten am Kopfende.

»... denke ich, dass Fesseln angezeigt sind. Aber keine Sorge ...«

Auch meine rechte Hand wurde auf diese Weise an den Bettpfosten gefesselt.

»Alles in bester Ordnung. Vertrau mir. Ich bin Arzt. Jetzt aber: Auf die Knie und Beine auseinander.«

Ich gehorchte aufs Wort, rutschte auf dem feuchten Gummi nach hinten, bis ich mich in der optimalen obszönen Stellung darbieten konnte.

»Wenn du einen Laut von dir gibst«, warnte er mich, » wird die Behandlung wirkungslos sein, und ich müsste etwas Härteres für deinen wunden Hintern finden. Also schön den Mund halten, verstanden?«

Ich nickte, erfüllt von freudig-ängstlicher Vorahnung.

»Die Methode heißt Orgasmus-Therapie«, ließ er mich wissen. Ein glattes Etwas in der Form einer Glühbirne drückte gegen meine Spalte. »Heilung durch Orgasmen.«

»Oh, das ist schrecklich«, stöhnte ich und quiekte im nächsten Moment, als sich der gewölbte Kopf des Vibrators unangekündigt weiter vorschob und meine Lippen spreizte.

»Ich sagte Mund halten! Dafür gibt es nachher fünf Schläge mit dem Lederriemen!«

Ich hielt den Atem an und konzentrierte mich darauf, wie der Silikon-Eindringling geschmeidig und der Länge nach in mich drängte. Nach einer kurzen Pause begann er zu vibrieren.

Matthews Finger, die inzwischen in OP-Handschuhen steckten, stimulierten meine Klitoris und brachten sie an einen Punkt, von dem es kein Zurück mehr gab. Derweil musste ich mein Keuchen unterdrücken und begehrte gegen die Fesseln auf. Es machte mir manchmal Angst, wie gut sich Matthew mit meinen intimsten Stellen auskannte. Hitze sammelte sich rund um meine Perle, während ich kurz vor einem überhasteten Höhepunkt stand. Gleichzeitig bekam ich Panik, weil ich mich fragte, ob ich beim Orgasmus leise bleiben sollte. Wieso hatte er mich nicht auch noch geknebelt? Dann wäre alles so viel einfacher gewesen.

Ich presste die Lippen aufeinander, zerrte an meinen Fesseln und spürte, wie sich die Wogen der Lust in mir aufbauten und schließlich über mir zusammenschlugen. Tapfer konzentrierte ich mich auf mich selbst im Zentrum dieser Lust, anstatt in mein übliches Keuchen und Stöhnen auszubrechen.

»Du kommst, nicht wahr? Das ist gut. Sehr gut sogar. Lass es alles raus. Ganz genau. Aber wir sind ja noch nicht fertig.«

Er erhöhte die Frequenz des Vibrators, platzierte einen Buzzer an meiner Klitoris und suchte dann mit seinem nassen, behandschuhten Finger den Eingang zu meinem hinteren, noch unbenutzten Loch. Am liebsten hätte ich laut geschrien, als Matthew damit begann, akribisch und ganz ohne Hast mein Loch zu befeuchten, aber ich hielt mich zurück. Meine Oberschenkel bebten, meine Pussy war in Aufruhr ... und mein entzündeter Hals längst vergessen. Die ganze Zeit über ließ er seinen Finger um meinen hinteren Eingang kreisen, ließ ihn kurz hineingleiten, dann wieder kreisen. Es nahm kein Ende.

»Ich denke, dass ich die Dosis hier verabreichen werde«, kündigte er an.

Ein kehliger Laut wollte mir entweichen, doch mein kratziger Hals rettete mich. Mein Kopf war Sklave meines Körpers, und jeden Augenblick lief ich Gefahr, die Instruktionen und meine eigenen Vorsätze in den Wind zu schlagen. Dabei musste ich unbedingt den Mund halten, damit die Behandlung auch anschlug.

Seine Finger öffneten mein gekräuseltes Loch, bereiteten es vor und untersuchten es mit aller gebotenen wissenschaftlichen Genauigkeit.

»Ja«, sagte er. Er hatte Mühe, gefasst zu bleiben, das merkte ich, während ich mich anstrengte, nicht zu kommen. Denn ich wollte es mir aufsparen für den Augenblick der Inbesitznahme.

Über das Summen des Vibrators und das Rauschen meines Bluts in den Schläfen hinweg hörte ich, wie sich eine Gürtelschnalle öffnete und dann eine Hose und eine Unterhose abgestreift wurden. Im nächsten Moment war er hinter mir, umfasste meine Taille, stieß leicht gegen den Vibrator und teilte meine Pobacken.

»Nimm deine Medizin«, keuchte er, und schon verblüffte mich sein enorm dicker Schwanz aufs Neue, als Matthew langsam in mein hinteres Loch glitt und viel von dem Gleitmittel mitnahm.

Ich stieß die Luft aus, krampfte meine Hände zu Fäusten und versuchte, mich nicht zu widersetzen. Ganz im Gegenteil wollte ich mich ihm total unterwerfen, denn ich fühlte und wusste, dass ich mit jeder Faser meines Körpers ihm gehörte. Die einzige Körperöffnung, die Matthew nicht penetrierte, war mein Mund, den ich unter Kontrolle halten musste, und so zog ich mich im Geist ganz in mich zurück und wurde zu einem Geschöpf der Unterwerfung und des Sex. Eine hilflose Patientin, die sich damit abfinden musste, dass ihr Arzt es besser als sie wusste.

Die Dosis war stark, und die Nebenwirkungen brachten kleine Unannehmlichkeiten und leichte Schmerzen mit sich, aber die beste Medizin ist eben oft auch bitter. Daher akzeptierte ich die Maßnahme bereitwillig und schob Matthew meine Hüften entgegen, um seinen Schwanz tiefer in mich aufzunehmen und meinem »Arzt« zu zeigen, dass ich ihm vertraute.

»So ist es gut«, sagte er, fand in einen langsamen Rhythmus und stieß bei jeder Vorwärtsbewegung gegen den Vibrator in meiner Pussy.

Ich kam schon wieder, mein Körper war besiegt und eingenommen, dann ein drittes Mal, ehe Matthew mir die lebenswichtige Spritze verabreichte. Er nahm mich hart ran, hinterließ Fingerspuren auf meinen Hüften. Aber die Erschöpfung, die ich spürte, als er sich aus mir zurückzog, fühlt sich seltsam lebendig an – es war nicht mehr die Mattigkeit des Krankseins, sondern die wohlige Erschöpfung nach körperlicher Betätigung.

Während ich ausgepowert auf der Gummimatte lag und darüber nachdachte, was mit mir womöglich nicht stimmte, hinterließ er eine Spur aus Küssen auf meinem Rücken, erhob sich dann und verschwand für einen Moment.

Als er zurückkam, trocknete er mich mit einem Handtuch ab, ehe er mich losband. Er half mir beim Aufstehen und zog die Gummimatte fort.

»Du solltest dir noch etwas Bettruhe gönnen«, sagte er dann, nahm mich in den Arm und zog mich an sich. »Wenn wir diese Behandlung weiter durchführen wollen.«

Ich lehnte mich an ihn, kraftlos und wohlig erschöpft, während er meinen Hals und meine Schultern mit Küssen überzog. Kurz darauf lag ich wieder im Bett und ließ noch einmal Fieber messen.

»Es ist runter«, sagte er. »Warum auch immer. Ich hätte gedacht, dass es bei einer solchen Behandlung steigen würde. Aber woher soll ich das wissen? Ich bin ja schließlich kein Arzt.«

»Hey«, krächzte ich. »Du bist keiner? Was . . . war denn das Ganze dann?«

Er schenkte mir sein durchtriebenstes Lächeln.

»Das war nur zu deinem Besten«, meinte er. »Und jetzt rufe ich deinen Arzt an und frage ihn, was er empfiehlt für Mädchen, denen es gut genug geht, um heftig in den Arsch gefickt zu werden, die aber beteuern, sie könnten noch nicht wieder zur Arbeit.«

»Das wirst du nicht tun, du Ferkel!«

»Ja, das bin ich wohl. Oder doch eher nicht. Denn ich weiß schon, was er sagen wird. Ich ahne, was er auf das Rezept schreiben wird. Etwas Schmerzhaftes für deinen Hintern und meine Hand, denke ich. Daher solltest du dich lieber ein bisschen ausruhen, während ich neue Kraft tanke.«

Ich setzte einen Schmollmund auf, fühlte mich aber schwerelos und dämmerte vor mich hin.

»Danke dir«, gähnte ich. »Du bist vielleicht kein Arzt, aber ich fühle mich geheilt.«

Er beugte sich zu mir herab und gab mir einen Kuss auf die Stirn. Ein ernster Ausdruck lag in seinen Augen.

»Freut mich wirklich zu hören«, sagte er. »Mehr, als du denkst.«

Ich weiß, dass er es hasst, wenn ich krank bin, aber ich glaube nicht, dass es bei ihm nur darum geht, die Kontrolle zu verlieren oder Unannehmlichkeiten ausgesetzt zu sein. Ich glaube, hauptsächlich geht es um Liebe.

Gästeservice

Angela Caperton

Joanna Danvers schaute noch einmal auf die Uhr, zum dritten Mal in einer Stunde. Vielleicht hatte er erst spät abgesagt. Schlechtes Wetter im Nordosten hatte mehr als einen Gast von *Suite Rewards* veranlasst, seine Reisepläne zu ändern und die Reservierung zu stornieren.

Verdammt. Ihr Herz krampfte sich zusammen bei dem Gedanken, dass Thomas Wolburn an diesem Tag womöglich nicht eincheckte. Aber dies war Joannas letztes Wochenende im *Suite Rewards* Miami. Am Mittwoch würde sie all ihre Sachen in ihren Focus schleppen, die Möbel den Möbelpackern überlassen und nach Norden fahren – zur Zentrale von *Suite Rewards* in Atlanta. Sie hatte es geschafft. Nach sechs Jahren Schufterei, zuerst als Concierge und dann als Managerin des Gästeservice im trubeligen *Suite Rewards Executive Hotel Miami*, war sie zur Bezirksmanagerin befördert worden. Ja, sie würde auch wieder nach Miami zurückkehren, aber eben auch in Savannah, Jacksonville, Tampa, Mobile, Orlando und vielen anderen Metropolen des Südens sein, doch die meiste Zeit würde sie in ihrem Büro in Atlanta verbringen.

Thomas Wolburn wäre dann nicht länger das Zentrum ihrer lustvollen Träume. Seine Aufenthalte im *Suite Rewards* Miami – dreimal pro Jahr in den vergangenen vier Jahren – hatten dazu geführt, dass inzwischen zwei Vibratoren in Joannas Nachttischchen kaputt waren. Ein Teil von ihr liebte ihn wirklich, liebte sein Lächeln, selbst nach einer sechsstündigen Flugverspätung. Ja, sie liebte seinen Esprit und seine Intelligenz, und dazu hatte er noch einen Hintern, nach dem die Frauen lechzten.

Sie wusste, dass er nicht dem gängigen Schönheitsideal entsprach: Seine Nase war etwas schief, und von seiner Stirn bis zum Kiefer zog sich eine Narbe über sein linkes Augenlid, das ein wenig hing. Doch Joanna hätte bereitwillig ihre Seele verkauft, um zu erleben, wie Tom sie lustvoll aus seinen minzgrünen Augen ansah. Oder sie malte sich aus, wie er sie küsste, wobei seine Lippen so voll und geschwungen waren, dass sich Joanna manchmal fragte, ob er beim Arzt nachgeholfen hatte. Schon oft hatte sie sich in ihrer Fantasie vorgestellt, wie diese vollen Lippen sich um ihre Brustspitzen schlossen oder über ihre Klitoris strichen.

Aber auch der Job in Atlanta hatte bislang nur dem Reich der Fantasie angehört. Immer noch ärgerte es Joanna, dass Les Grinion beim letzten Vorstellungsgespräch zu ihr gesagt hatte: »Joanna, Sie hätten diesen Job schon viel früher haben können, wenn Sie den Mut gehabt hätten, ihn anzunehmen.«

Den Mut gehabt hätte! Es zog sich wie ein roter Faden durch ihr Leben. Wann hatte sie sich je irgendetwas einfach genommen? Nie war sie aus ihrer Komfortzone herausgetreten, nie hatte sie alle Vorsicht in den Wind geschlagen und irgendetwas *für sich* beansprucht.

Das Leben war ihr einfach so passiert. Sie hatte geheiratet, weil Mark sie gefragt hatte und weil sie befürchtete, dass sie nie ein anderer fragen würde. Fünf Jahre später war sie wieder geschieden und über beide Ohren verschuldet gewesen. Also hatte sie den Job als Rezeptionistin im *Suite Rewards* angenommen, da es der erste Job gewesen war, den man ihr angeboten hatte. Sie arbeitete fleißig, und als der alte Concierge ging, übernahm sie dessen Aufgaben, solange es keinen Nachfolger gab. Fünf Monate später erfuhr Joanna, dass die Stelle nie neu ausgeschrieben worden war. Man hatte sie befördert, aber nie hatte sich jemand die Mühe gemacht, ihr das offiziell mitzuteilen. Ihr Gehalt änderte sich erst, als Joanna bei Gelegenheit leise auf die neuen Umstände hinwies.

Sobald sie wusste, dass sie nicht bloß ein Platzhalter war, identifizierte sie sich mit ihrem neuen Job als Concierge. Sie knüpfte neue Kontakte zu Restaurants und Clubs in South Beach, Little Havana, und zu anderen angesagten Lokalen in Miami. Sie sorgte dafür, dass das Hotel als Ausrichter für Veranstaltungen jeder Art in allen örtlichen Verzeichnissen stand, sie pflegte die hoteleigene Website und stellte die jeweiligen Events rund um das Hotel ins Netz. Die Gäste erhielten schon vorab per E-Mail alle wichtigen Details. Sie hatte ihre Quellen, wenn es darum ging, einem Gast die besten Platzkarten für ein Basketball-Playoff-Spiel der Miami-Heat zu besorgen. Ja, sie war gut in ihrem Job. Und sie mochte ihn.

Und sie liebte es, wenn Thomas Wolburn sich bei seinen regelmäßigen Aufenthalten nach Dienstschluss auf einen Drink zu ihr an die Hotelbar setzte. Es war ein Ritual geworden, auch nachdem man sie zur Leiterin des Gästeservice befördert hatte. Sie schloss das Restaurant um ein Uhr morgens und blieb dann mit Thomas dort an der Bar, schenkte ihm und sich nach. Beim ersten Mal war es mehr oder weniger Zufall gewesen. Joanna hatte kurzfristig den Rezeptionisten ersetzt, als Tom bei Restaurantschluss hereinkam und müde aussah. Von da an hatten sich die nachmitternächtlichen Treffen zu einem erfreulichen Ritual entwickelt.

Jene ruhigen Gespräche über einem guten Bourbon hatten Joannas Vernarrtheit und ihre Lust entfacht. Sie betrachtete Toms Aufenthalte als bezahlte Ferien in Hollywood. Er war mit Abstand ihr Lieblingsgast und, so seltsam das auch war, ihr bester Freund.

Er mochte Josh Ritters Musik und rauchte Zigarren zu besonderen Anlässen. Er hasste es, eine Woche vor Weihnachten Geburtstag zu haben, und an einem extrem langen Abend – sie hatten eine Flasche Russell's Reserve geleert – erzählte er ihr, wie es zu der Narbe gekommen war. Fast wäre seine Schwester bei dem Autounfall ums Leben gekommen. Er hatte am Steuer gesessen und sich mit ihr um den Radiosender gestritten.

In jener samtenen und beschwingten Nacht hatte Joanna seine Hand in ihre genommen, und seine Haut hatte ein Kribbeln in ihr ausgelöst. Sie wollte sich selbst in sein Zimmer einladen, wollte ihn unbedingt bumsen, aber sie brachte kein Wort heraus. In ihrem Kopf waberten vage Bedenken, sie fing an, Risiken abzuwägen, und befürchtete, sich zu demütigen. Außerdem hatte sie keine Kondome bei sich. Ob er welche hätte? Nein, nein, keine Kondome, kein Sex. Morgen. Ja, morgen würde sie eine extragroße Packung mitbringen, und dann würden sie die Nacht durchficken. Ja, genau. Sie würde noch warten und ihm morgen einen exklusiven Hotelservice anbieten.

Ja.

Nein. Während Joanna am nächsten Abend an ihrem Concierge-Pult saß und vordergründig die Liste mit den Gästewünschen durchging, sah sie, wie Tom das Hotel mit einer großen, schlanken Frau verließ, die die aktuelle Miss Brasilien hätte sein können – langes, schwarzes Haar, atemberaubende Wimpern, dunkle Augen und volle Lippen, die bestimmt in irgendeinem Modemagazin zur Geltung kamen. Hätten nicht Kartons unter ihrem Pult gestanden, Joanna wäre am liebsten unter dem Tisch verschwunden.

Die Kondompackung wanderte in die unterste Schublade, verdeckt von wattierten Umschlägen und einer abgegriffenen Taschenbuch-Ausgabe von *Das Delta der Venus*.

Als Tom das nächste Mal vorbeischaute, setzte sie sich zwar für einen Drink zu ihm, aber sie dachte nicht einmal mehr daran, ihn zu verführen. Nein, sie wollte ihn nur noch in ihrer Fantasie anmachen, ihm die Sachen vom Leib reißen und seinen Schwanz lutschen, bis Tom sie anflehte, sie endlich ficken zu können. Dann würde sie ihn gnadenlos reiten, bis sie kurz vor ihrem Höhepunkt stand. Vielleicht würde sie ihn zuerst kommen lassen, vielleicht. Ach, zur Hölle mit den Brasilianerinnen.

Von da an empfand sie seine Besuche als angenehm, und ihr Verlangen nach ihm war ebenso ungebrochen wie unerfüllt, aber sie dachte nicht mehr daran, über die Grenzen der Freundschaft hinauszugehen und das Reich der Fleischeslust zu betreten. Außerdem lief ihr die Zeit allmählich davon.

Der Mut, es anzugehen. Was bedeutete das eigentlich? Sie schaute auf die Uhr in der Ecke ihres Bildschirms. *Der Mut, es sich zu nehmen.* Mut, der nicht garantieren konnte, dass sie auch bekam, was sie wollte, sondern ihr nur zeigte, dass sie sich traute, nach etwas zu greifen.

Ja, sie würde Mut gebrauchen können, wenn sie Les Grinion den Job unterm Hintern wegreißen wollte. Die Zentrale in Atlanta war ein Haifischbecken. Sie würde gewieft sein müssen, mutig und bräuchte ein Gefühl fürs richtige Timing. Pläne *zu machen*, war eine Sache. Es war aber etwas anderes, die Pläne auch *umzusetzen*, und da waren Versagensängste keine akzeptable Entschuldigung. So etwas in der Art hatte Les Grinion ihr doch zu verstehen geben wollen. Doch Joanna würde dafür sorgen, dass er sie ein letztes Mal mit seiner herablassenden Besserwisserei gedemütigt hatte.

Genau wie der neue Job, so war auch Tom Wolburn etwas, jemand, den sie haben wollte, und bald würde sie ihn womöglich nicht mehr sehen. Sie musste jetzt handeln. Sie musste die Hand ausstrecken, musste die Distanz zu ihm überbrücken, musste ein Gefühl von Vertrautheit und Behaglichkeit in Sex verwandeln. Sie musste es einfach tun, auch auf die Gefahr hin, dass er sie höchstwahrscheinlich zurückweisen würde. So lautete doch wohl Les' Botschaft: Führungskräfte gingen Risiken ein. Sicher, sie wägten Profite gegen Verluste ab, und manchmal lagen sie in ihren Berechnungen auch falsch, aber die Führungskräfte, die auf Dauer Erfolg hatten, *gingen Risiken ein!*

Eins wusste Joanna mit Bestimmtheit: Wenn sie Miami verließ, ohne versucht zu haben, mit Tom anzubandeln, dann würde sie das ein Leben lang bereuen, und der Managerposten in Atlanta wäre die letzte Station auf ihrer Karriereleiter.

Die leisen Geräusche von Schuhen im Marmorfoyer rissen Joanna aus ihren Gedanken. Tom! Da kam er. Sein Jackett war vom langen Sitzen hinten zerknittert, und er sah aus, als wäre er einige Zentimeter geschrumpft. Besorgnis durchzuckte sie, die stärker war als ihr geheimer Herzenswunsch. Sie hatte einen Blick für ihre wiederkehrenden Gäste. Manchmal sah sie ihnen nach längerer Abwesenheit an, wie sehr sie sich aus gesundheitlichen Gründen oder aufgrund von Fehlschlägen verändert hatten. Nein, Tom war keiner von ihnen.

Sie wartete geduldig, während er eincheckte, und bevor er die Rezeption verlassen konnte, stellte sie sich ihm buchstäblich in den Weg. Ihr Rock war schlicht und einfarbig, ihre Bluse ein wenig durchscheinend, damit das verzierte Bustier unter der schwarzen Seide zur Geltung kam.

»Was für ein Anblick für meine müden Augen!« Es schien so, als meinte er seine Worte ehrlich, als er Joannas Arm ergriff und ihr dann einen Kuss auf die Wange gab, dann einen auf den Mund, warm und keusch.

»Und hier bin ich, nur für dich«, flüsterte Joanna und erwiderte den Kuss. »In all den Jahren im Gästeservice habe ich gelernt, dass man die Wünsche des Kunden am besten erfährt, wenn man direkt danach fragt.« Sie schmiegte sich an Thomas, achtete nicht weiter auf den Rezeptionisten, der Toms Reservierung bearbeitete, und wisperte an seinem Ohr: »Was möchten Sie, Sir?«

Sie registrierte, wie sich sein Körper anspannte. Jeden Moment rechnete sie mit einer unbeholfenen Antwort, mit einem Nein und einer gestammelten, höflichen Ablehnung. Schnell würde er die Distanz wiederherstellen. Vielleicht würde er auch betonen, dass er sie als Freundin schätzte, dass Sex jedoch alles ruinieren würde. Oder er bekannte, dass er verheiratet oder verlobt oder schon mit jemandem zusammen war ... oder – sie musste an seiner Schulter grinsen – er gestand ihr, dass er schwul war. Die Zurückweisung würde kommen, aber das wäre schon in Ordnung. Sie war das Wagnis eingegangen, und das allein zählte.

Er zog sie eng an sich, und sie stellte sich vor, wie seine an Geschäftszahlen gewöhnten Gedanken ins Schleudern gerieten, als sie ihre Pussy gegen seinen Oberschenkel drückte und sein Schwanz steif wurde.

»Ich will dich«, flüsterte er an ihrem Ohr.

Sie blinzelte und erstarrte, ihre Haut schien dort, wo seine Finger sie berührten, in Flammen zu stehen. Das war ein Ja.

Er hatte Ja gesagt! Das hätte doch eigentlich gar nicht passieren dürfen.

Wäre sie in der Lage, die Kondome im Nu wieder hervorzukramen, und was zum Teufel bedeutete dies in dem großen Plan ihres ... Plans?

»Komm mit mir«, hauchte sie an seinem Kinn. Sie würde ihn mit in ihr Büro nehmen, möglichst elegant die Kondome hervorholen, und dann würden sie auf ihrem Schreibtisch bumsen. Dafür bräuchte sie nur die beiden Ablagekästen mit ihren persönlichen Memos auf den Boden zu fegen, und schon hätten sie eine schöne große Spielwiese. Vielleicht drückte er sie bäuchlings auf den Tisch und nahm sie hemmungslos von hinten. Was, wenn er ihr vorher noch ein paar Klapse auf den Hintern gab?

Ihre Pussy zerfloss.

»Nein«, antwortete er ebenso leise, und seine Stimme wurde zu einem tiefen Raunen. »Ich möchte, dass mein Bett gemacht wird. Von Ihnen persönlich.«

Sie nickte und glaubte, dass bestimmt jeder ihr eifriges Nicken gesehen hatte. Aber das war ihr Job. Gästeservice. Yep, Betten machen war eine ihrer leichtesten Übungen.

»Sicher«, schnurrte sie.

»Nackt.«

Ihr Pulsschlag ging vor Erregung so heftig, dass sie bis ins Innerste erbebte. Fast wäre sie auf die Knie gesunken, was ihr insofern gefallen hätte, als dass sie dann auf Augenhöhe mit Toms Schwanz gewesen wäre. Aber sie wusste, dass ein gewisses Maß an Anstand gewahrt bleiben musste.

»Nach Ihnen, Sir«, sagte sie, und ihr Hals war ganz trocken, während ihre Muschi immer feuchter wurde.

Er grinste, und sein schiefes Gesicht schnürte ihr das Herz zusammen. Er legte Joanna einen Arm um die Taille und

114

geleitete sie zum Fahrstuhl. Joanna warf einen Blick zurück zur Rezeption. Martin, der Collegejunge, den sie im Frühjahr eingestellt hatten, starrte ihr nach, als wäre sie ein Alien mit drei Köpfen.

Da sie sich nicht anders zu helfen wusste, schenkte sie dem jungen Mann ein Lächeln.

Toms Zimmer befand sich im obersten Stockwerk. Sie hatten den Fahrstuhl für sich allein, und als sich die Türen schlossen, schmiegten sich ihre Körper aneinander. Tom verschlang sie mit seinem Mund, mit drängender, heißer Zunge, die sich fordernd und verspielt mit ihrer vereinte. Joanna verlor sich in den Empfindungen, die der Kuss in ihr auslöste. Sie spürte die Hitze, die sich in ihr ausbreitete, genoss Toms festen und kräftigen Körper. Sein Schwanz drückte fest gegen ihr Bein, und sie konnte es nicht erwarten, ihn endlich in sich zu spüren.

Er drückte sie gegen die Wand, schob ihren Rock hoch, strich ihr mit feurigen Fingern über die Oberschenkel, ertastete ihren Slip und fand jenseits der dünnen Spitze seinen Weg zu ihrer nassen Spalte.

Stöhnend vertiefte er den Kuss, während Joanna seiner Erregung mit forschenden Händen begegnete, seinen Hintern umfasste und sich wünschte, dass sein harter Schaft endlich aus der Hose befreit wäre. Boxershorts oder Slip, was erwartete sie?

Fast hätten sie bei ihrer wilden Fummelei das Klingeln des Fahrstuhls überhört, und als die Türen aufgingen, stöhnte Joanna an Toms Mund und drängte ihn raus auf den Flur.

Derweil ließ er nicht von ihrer Pussy und spielte mit seinen Fingern an ihrer Klitoris.

Joanna drängte ihn weiter, bewegte die Hüften, rieb sich an seiner Hand und rang nach Luft, weil der Kuss ihr den

Atem raubte. Als Tom einen Schritt zurücktrat, stolperte er über die Leiste bei den Fahrstuhltüren, verlor das Gleichgewicht und zog Joanna mit sich. Sie stürzten nur deshalb nicht zu Boden, weil Tom mit den Kniekehlen gegen das Sofa im Aufenthaltsbereich vor dem Fahrstuhl stieß. Eine in Goldtönen gehaltene und mit Lilien verzierte Tapete beherrschte die Wände. Zu dem Sofa gesellten sich gepolsterte Stühle, Couchtische und zwei große Vasen, in denen frische Blumen standen.

Tom drehte sich halb um die eigene Achse, und als Joanna mit dem Po die Sitzfläche berührte, spürte sie auch schon Toms schweren Körper auf sich. Ihre Lippen fanden seinen Mund, gierig und hungrig, und sogen an seinen Lippen, während er mit den Fingerspitzen über ihre Spalte streichelte und leicht in sie glitt. Reine Lust durchzuckte ihre Nervenenden wie ein Stromschlag, und sie spürte die Hitze in ihrem Leib. Wie eine Katze rieb sie sich weiter an seiner forschenden Hand, die so unersättlich und neugierig war.

Tom drückte sie gegen die Sofalehne, schob den Rocksaum weiter hoch und ihren Slip nach unten. Dann befreite er ihre Bluse aus dem Bund des Rocks, tastete sich bis zu ihrem BH hoch, fuhr darunter und umschloss die Brüste, als wollte er sie wiegen. Er strich über ihre harten Nippel und umspielte die Spitzen, bis Joanna keuchte. Schließlich gab er sie gerade so weit frei, dass er sie umdrehen konnte. Sein Schwanz drückte jetzt gegen ihren Po. In dieser Position hielt er sie fest, und als er sie dann losließ, kam sie sich fast allein gelassen vor … wie ein brodelnder Kessel, den man vom Feuer genommen hatte.

Joanna verlor sich in der Lust der Vorfreude, und daher registrierte sie das Knistern von Plastik mit Verzögerung. Doch da waren seine Hände auch schon wieder auf ihrer

Haut. Mit einer Hand strich er ihr über die äußeren Schenkel, mit der anderen fuhr er zwischen ihren Beinen über die Lippen ihrer Pussy und spreizte neckend ihre Blütenblätter.

Als sie die Spitze seines Steifen an ihren Sexlippen spürte, die nass von ihren Säften waren, wäre sie fast aus dem Stand gekommen. Schon drückte er sich von hinten in sie, füllte sie mit seinem dicken, harten und herrlichen Schwanz aus. Sein Atem kam schwer und ähnelte einem Stöhnen, und als seine Eier gegen ihren Hintern stießen, verharrte er für einen Moment tief in ihr.

Joanna sog die Luft ein und wähnte sich in einem ihrer Träume. Sie machten es. Sie wurde von Tom Wolburn gebumst. Jeden Moment könnte sich die Fahrstuhltür wieder öffnen oder jemand aus seinem Zimmer kommen, aber das war Joanna gleich.

Seine ersten Stöße waren langsam, fast zurückhaltend und erstaunlich sanft. Sie genoss jeden Zentimeter seines Schafts, den sie in sich spürte. Ihre Nerven waren überreizt, sodass es Joanna fast unwirklich vorkam, was sie da taten. Sie wähnte sich in einem Rausch, der alle alltäglichen Sorgen dämpfte und die Freuden verdoppelte. Der Rhythmus wurde schneller, sein Schwanz bohrte sich in sie, nahm sie, ergriff von ihr Besitz: eine Mischung aus Empfindungen und beißender Lust, die sie willenlos machte. Ihr blieb nichts anderes übrig, als den Kopf auf die verschränkten Arme zu legen und es geschehen zu lassen.

Ihr Kitzler rieb immer wieder über die Sofakante und erhöhte noch die Schübe der Lust, als sich der Orgasmus in ihr aufbaute. Sie kniff die Augen zu und biss sich auf die Unterlippe, um ihren Schrei zu unterdrücken.

Die goldene Tapete verschwamm zu einem glänzenden Etwas. An Joannas Ohren drang das rhythmische Quietschen des Sofas und ein dumpfer Ton, als das Sofa unter Toms Stößen gegen das Kaffeetischchen prallte. Der Schauer setzte auf Kniehöhe ein und überspülte ihren Körper, als der Orgasmus sie durchpulste.

Sie hatte das Gefühl, als könne man ihre gedämpften Schreie bis unten in die Lobby hören.

Tom hatte ihre Taille umfasst, zog Joanna an sich und pumpte sich noch dreimal kräftig in sie, ehe er ein kehliges Stöhnen von sich gab und mit dem Oberkörper auf ihren Rücken sank, keuchend und verausgabt.

Sie konnte sich kaum bewegen und wollte es auch gar nicht. Er küsste sie auf den Rücken, unter den Saum der verrutschten Bluse, und schlang einen Arm von hinten um sie. Eine zufriedene und zugleich besitzergreifende Geste, die Joanna wahrnahm, während sie den letzten Ausläufern ihres Höhepunkts nachspürte.

Er lachte leise.

»Fuck.«

Sie grinste in das Kissen. »Exakt.«

»Nein. Ich habe meinen Koffer unten an der Rezeption stehen lassen.« Er zog sich aus ihr zurück, und im gleichen Moment vermisste sie seinen Schwanz auch schon.

Sie stand auf und streckte sich, um ihre Muskeln zu lockern. Sie drehte sich um, zog sich Rock und Bluse nach unten und sah zu, wie er das benutzte Kondom in ein Taschentuch wickelte.

Sie strich sich das Haar aus der Stirn und grinste.

»Kein Problem. Gehen Sie nur schon in Ihr Zimmer. Ich bringe Ihnen Ihr Gepäck.«

Sie trat einen Schritt vor und gab ihm einen spielerischen Kuss. »Und dann kümmere ich mich natürlich auch um Ihr Bett.«

Er kniff ihr in die Taille und erwiderte das Grinsen. »Aber beeil dich.«

Und das tat sie. Sie fuhr nach unten in die Lobby, spürte ihr Herzklopfen und wie sie von innen leuchtete, was nicht nur das Ergebnis von gutem Sex war. Vielleicht fühlte sich Mut so an: wie das Austesten von Möglichkeiten und eine Belohnung, die jedes Risiko wert war. Sie fand seinen Koffer vor der Rezeption, zwinkerte Martin zu und nahm wieder den Fahrstuhl nach oben.

Bis ganz nach oben.

Erinnerungen zum Verkauf

Andrea Dale

Bella wusste, dass es eine schlechte Idee war.

Sie hatte es schon gewusst, als sie vom Highway in Richtung See abgebogen war. Sie hatte es gewusst, als sie am Ende der Auffahrt durch den Wald das »Zu verkaufen«-Schild sah. Ja, sie hatte es geahnt, als sie aus dem Auto stieg und einen Hauch von Herbstluft wahrnahm – jenes untrügliche Anzeichen dafür, dass die Jahreszeit sich änderte, dass die Zeit verging und die Vergangenheit unwiederbringlich verloren war.

Sie hatte es gewusst, als sie den Schlüssel im Schloss drehte und die Tür öffnete.

Die Grundstücksmaklerin hatte sich nicht die Mühe gemacht, ein Sicherheitsschloss anzubringen. Am kommenden Tag würden jede Menge Interessenten kommen, und das Ferienhaus in den Bergen würde an den Meistbietenden verkauft werden.

Bella hatte den Ort einfach noch ein letztes Mal aufsuchen wollen.

Nein, nicht *einfach*. An einer Scheidung war nichts *einfach*. Sie und Ethan hatten vereinbart, das Haus zu verkaufen und das Geld aufzuteilen.

Soweit Bella es einschätzen konnte, wollte Ethan das Haus sowieso nicht. Sie übrigens auch nicht, Gott bewahre! Zu viele Erinnerungen. Zu viele Dinge, die sie daran erinnerten, wie das Glück dahinging – wie Blätter, die im Herbst von den Bäumen fallen und zu Staub werden.

Als sie eintrat, fiel das Licht des späten Nachmittags schräg vom See durch die Glasfront des Wohnraums, die auf die Veranda ging, und erfüllte den Raum mit einem warmen Schimmer. Der Holzboden leuchtete wie frischer Honig. Bella war immer gern zu dieser Tageszeit hier gewesen. Sie liebte es, wenn die Sonnenstrahlen gegen Abend ein letztes Mal auf der Wasseroberfläche spielten. Stundenlang hatte sie im Liegestuhl auf der Veranda sitzen können, ein Glas Chardonnay in der Hand, und dem fernen Summen der Motorboote auf dem See oder den Rufen der begeisterten Skitouristen im Winter lauschen können. Wenn sie die Augen schloss, hörte sie das Rascheln des Windes in den Bäumen, das Zirpen der Eichhörnchen und Vogelgezwitscher. Es war eine friedvolle Stille.

Wenn die Schiebetüren zur Veranda offen waren, hörte sie oft Ethan in der Küche mit Töpfen und Pfannen klappern. Er mochte es, ein aufwendiges Abendessen zuzubereiten. Doch wenn sie an den Wochenenden hierher fuhren, gab es eher schlichte Mahlzeiten: Nudeln mit Olivenöl und Knoblauch, dazu Tomatensalat und frischer Parmesankäse. Oder Omelette, gefüllt mit Feta und Basilikum. Gelegentlich gegrilltes Hähnchenfleisch und Steak. Zum Nachtisch Obst und Käse.

Bella versuchte, die Erinnerungen mit einem Kopfschütteln loszuwerden. Nein, sie hätte nicht hierherkommen sollen.

Trotzdem trat sie ein und schloss die Tür hinter sich.

Der Wohnraum war nicht zu klein und perfekt für ein behagliches Wochenende zum Ausspannen. Man hatte einen herrlichen Blick auf den See. Im Wohnraum selbst standen bequeme Sessel um den Kamin. Über dem Kaminsims hing ein Gemälde, das einen stolzen Hirsch zeigte (im Scherz hat-

ten sie gesagt, sie würden sich ein riesiges Geweih dorthin-
hängen, aber zum Glück war es dazu nie gekommen). Auf
dem Sofa und den Sesseln lagen bunt gestreifte Decken, die
Indianer gewebt hatten.

Rechter Hand befand sich die Tür zum Hauptschlafzim-
mer und zum Bad, und eine breite Holztreppe führte nach
oben ins Dachgeschoss, wo es weitere Schlafzimmer und ein
Bad für Gäste gab.

An den Wohnraum schloss sich die offene Küche an. Ihre
Fenster gingen ebenfalls zum See hinaus, der hinter stattlichen Kiefern, Pappeln und Birken zu erahnen war. Wenn sie
vor Ethan wach war, genoss Bella immer die Stille des frühen Morgens, kochte Kaffee und beobachtete, wie die Schatten kürzer wurden. Meistens jedoch war sie die Nachteule,
saß spät abends noch draußen auf der Veranda, schaute zu
den Sternen hinauf oder betrachtete die schillernde Spur
des Monds auf dem Wasser. Dazu genoss sie oft noch einen
Brandy.

Bella stellte ihre Handtasche auf das kleine Tischchen am
Eingang und hängte ihren Blazer an den Haken.

Alles war ihr so vertraut.

Trotz der kleinen Veränderungen, die die Maklerin vorgenommen hatte, fühlte sich alles wie ihr Zuhause an. Nur
wirkte alles etwas nackt: Auf dem Kaffeetisch lagen keine
Zeitschriften mehr, die sie für gewöhnlich von zu Hause mitbrachten, und dann doch kaum lasen. Es standen keine leeren
Weinflaschen für den Glascontainer herum, und auch die
Badehandtücher auf dem Geländer der Veranda fehlten, die
sie nach dem Schwimmen am späten Vormittag dort ablegten.

Oder nach einem Mitternachtsbad.

Sie ließ sich schwer aufs Sofa sinken, kam sich fast wie ein
Eindringling vor, verloren und sehr, sehr klein.

Sie erinnerte sich noch, wie sie bei Vollmond runter zum See geschlichen waren. Sie schlüpften aus den paar Sachen, die sie am Leib trugen – ihre Garderobe war hier so viel einfacher als in der Stadt und auf der Arbeit – und tauchten ins Wasser, das selbst im Hochsommer kühl war. Sie lachten ausgelassen und atemlos, unterdrückten ihre Schreie.

Ethan beklagte sich dann oft, er habe kein Gefühl mehr zwischen den Beinen, aber es dauerte nie lange, bis klar wurde, dass sein Gefühl sehr wohl da war. Sein Schwanz schwoll an, heiß im kalten Wasser.

Sie konnten von Glück reden, wenn sie es dann bis zum Floß schafften, ehe das Gefummel ernst wurde. Manchmal kehrten sie bloß zum Ufer zurück und legten sich auf das weiche Gras oberhalb des Strandgürtels. Das Mondlicht fing sich in Ethans dunklem Haar. Meist konnte sie nicht seinen Gesichtsausdruck erkennen, dafür aber seine Stimme hören, die rau klang vor Leidenschaft. Er sagte ihr, wie schön sie sei, wie sexy, und dann folgte er mit der Zunge den perlenden Tropfen auf ihrer hellen Haut.

Angefangen an ihrem Hals bis zu ihrem Schlüsselbein. Er sog die Feuchtigkeit auf, kitzelte ihre empfindliche Haut. Seine Zunge verharrte länger dort, als nötig gewesen wäre, um alle Tropfen aufzulecken, denn er genoss, wie willig sie sich an ihn schmiegte, ihm ihre Nägel in den Rücken bohrte und ihm unverständliche Dinge ins Ohr raunte.

Erst dann wanderte er mit der Zungenspitze weiter nach unten, wobei er aber ihre Brustspitzen ausließ, bis Bella vor unerfülltem Verlangen stöhnte.

Erst dann nahm er eine ihrer festen Knospen, ganz hart und dunkel umrandet, zwischen die Lippen. Gott, ja. Sie bog den Rücken durch, als er anfing, mit den Zähnen an ihren Nippeln zu knabbern. Sie war dann bereits ganz feucht und heiß und bereit, aber Ethan widmete sich weiter ihren Brüsten, ganz fasziniert davon, wie sehr sich ihre Nippel aufrichteten, wie reif und saftig sie waren (etwas in der Art murmelte er oft an ihrer Haut, als wäre er betrunken, trunken von Lust).

Dann ein kurzes Zucken seiner Zungenspitze in ihrem Bauchnabel, und schon wanderte er weiter nach unten. Ein kurzes Verweilen auf ihrem Hüftknochen, ein Besuch auf der Innenseite ihres Schenkels. Mit den Fingern tastete sie über die Stellen, an denen seine Zunge bereits war, und es trieb ihn weiter an, wenn er sah, wie sehr er Bella erregen konnte. Endlich fand er die wahre Quelle ihrer Lust, wie Galahad nach langer Suche den Gral fand. Er kostete von ihrem Saft, mit einem leisen Stöhnen, das sie erschauern ließ, ehe er ihre Lippen öffnete und sie endlich erlöste.

Seine kundigen Zungenstriche auf ihrem Kitzler. Er wusste einfach, wie er sie berühren musste, um sie mehr und mehr zu erregen und dann quälend lange in einem Schwebezustand zu halten, bis ...

Über ihnen zogen die Sterne ihre Bahnen und verschwammen, während Bella nichts mehr als Gefühl war. Sie wähnte sich frei im All, wenn ihr Höhepunkt sie mit sich riss, und nur Ethans Hände hielten sie dann noch am Boden, sein gieriger Mund, seine Finger auf ihrer Haut.

Als Bella jetzt auf dem Sofa saß (ja, auch da hatten sie sich geliebt, denn es gab keinen Ort im Haus, an dem sie ihrer Leidenschaft nicht nachgegeben hätten), schob sie ihre Hand unter den Rocksaum und ertastete ihre feuchten Sexlippen, ihre pralle Klitoris. Erfüllt von all den Erinnerungen, brachte sie sich selbst zum Höhepunkt.

Feuchtigkeit benetzte ihre Finger, während ihr Tränen übers Gesicht liefen.

Als sie sich zum letzten Mal hier geliebt hatten, hatte sie noch nicht wissen können, dass es nie wieder so sein würde.

Und jetzt stand das Wochenendhaus zum Verkauf.

Erinnerungen günstig zu verkaufen.

Bella hatte nicht vor, auf dem Sofa einzuschlafen. Sie hielt ein Kissen fest umschlungen, befeuchtete ein zweites mit ihren Tränen.

Vielleicht hatte sie auch nicht alles so gemeint, wie sie es am letzten gemeinsamen Tag im Zorn gesagt hatte. Bittere, hässliche Vorwürfe hatten sie sich gegenseitig gemacht und dabei gnadenlos alte Wunden aufgerissen. Auf die bösartigen Schmähungen folgte ein unerträgliches Schweigen, das schließlich in ein letztes, angespanntes und unterkühltes Gespräch mündete: das Totengeläut ihrer Ehe.

»Ich denke, es wäre besser, wenn wir uns trennen.«

»Ja, das denke ich auch.«

Bella wusste nicht mehr im Einzelnen, wer nun was gesagt hatte. Aber das war jetzt auch vollkommen egal.

Sie wachte von einem Geräusch auf. Desorientiert blinzelte sie in das Halbdunkel und war sich nicht sicher, was sie überhaupt gehört hatte. Das Kissen, das sie sich an die Brust drückte, war feucht. Hastig tastete sie nach einer Lampe und machte sie an. Erst da wurde ihr wieder bewusst, dass sie im Wochenendhaus war und alten Erinnerungen nachgehangen hatte.

Die Tür ging auf, und Bellas Adrenalinspiegel stieg an. Unwillkürlich sprang sie auf, um sich der Gefahr zu stellen.

Ihr Herz krampfte sich zusammen.

Ethan.

»Oh.« Er blieb auf der Schwelle stehen, das Licht von der Veranda im Rücken. Bella erkannte ihn trotzdem, seine Gestalt, die Art, wie er sich bewegte. »Ich habe gar nicht damit gerechnet . . .«

»Tut mir leid, ich hätte dir vielleicht . . .«

Ihnen fehlten die Worte. Schon seit Längerem hatten sie sich nichts mehr zu sagen gehabt. Wieso sollte es jetzt anders sein?

Bella brach das Schweigen.

»Ich bin nur kurz vorbeigekommen, weil ich ein letztes Mal hier sein wollte. Bin gleich wieder weg.«

Er ließ die Einkaufstüte vor- und zurückpendeln, die er in einer Hand hielt. »Nein, du brauchst dich nicht zu beeilen. Tut mir leid, wenn ich dich gestört habe. Ich wusste nicht, dass du hier sein würdest.«

Sie hob hilflos die Achseln. »Mit dir habe ich auch nicht gerechnet.«

Er sieht blass aus, dachte sie. Hatte er Gewicht verloren? Sein blondes Haar war gekämmt, aber ihr kam es so vor, als sei es an den Schläfen dünner geworden. Mit seinen Haaren war er sehr empfindlich. Daher hatte sie nie eine Bemerkung darüber gemacht, auch nicht auf dem Höhepunkt ihrer Wut. In ihren Augen hatte er immer gut ausgesehen.

Sogar jetzt noch.

Das Schweigen empfand sie als belastend. Aber wieso fühlte man sich plötzlich in Gegenwart eines Menschen unwohl, den man geliebt, mit dem man geschlafen und neun Jahre lang alles geteilt hatte?

»Ich geh dann mal besser«, sagte er schließlich.

»Nein«, meinte sie, als er sich schon zum Gehen wandte. »Das Haus gehört dir genauso wie mir.«

Während der letzten Monate hatten sie sich fast gestelzt und übertrieben höflich miteinander unterhalten. Jegliche Gefühle waren aus ihren Worten gewichen. Seither ging es um offizielle Dokumente und Termine beim Anwalt, und alles unterlegt mit kühlen Höflichkeitsfloskeln.

Wie war es eigentlich so weit gekommen?

Er betrachtete sie einen Moment lang, als forschte er nach, ob sie ihre Worte ehrlich meinte. Dann nickte er. »Also gut. Danke.«

Sie beobachtete stumm, wie er die Einkaufstüte zur Küchenzeile trug und zurück auf die Veranda ging, um einen Schlafsack zu holen.

»Ich sollte jetzt gehen«, sagte sie und merkte erst im Nachhinein, dass sie seine Worte kopierte.

Er schob die Unterlippe vor, wie er es immer tat, wenn er über etwas nachdachte. Das hatte sie fast schon vergessen.

»Nein, ist schon okay«, meinte er. »Du bist hier immer noch genauso zu Hause wie ich. Machen wir die Sache nicht schlimmer. Möchtest du vielleicht . . . ein Glas Wein?«

Das wollte sie wirklich gern. Mehr, als sie zugeben würde.

»Ein Schluck wäre nett, ja. Was für einen hast du mitgebracht?«

Es war ein kräftiger Merlot aus Südafrika. Ihr lief das Wasser im Munde zusammen, schon beim Gedanken an den samtenen Geschmack. »Ein Glas also.«

»Ich habe Steak geholt. Ich gestehe, dass ich einen Trosteinkauf für Männer gemacht habe«, erklärte er, während er einschenkte. »Frauen kaufen Schokolade, Männer Fleisch. Ich habe auch an Kartoffeln gedacht und alles für einen Salat dabei. Ist genug für zwei.«

Sie schwenkte das Weinglas in der Hand und beobachtete, wie der Wein an der Glasinnenseite hinablief.

Sie wusste auch nicht, warum es ihr gerade in diesem Moment in den Sinn kam, aber sie musste darüber nachdenken, dass sie nie der Typ gewesen war, Anweisungen zu befolgen. Manchmal vermutete sie, dass genau das der Grund für ihr Scheitern war ... ihre Starrköpfigkeit.

»Warum bist du noch einmal rausgefahren?«, wollte sie wissen.

Er salzte und pfefferte das dicke Stück Fleisch und mied ihren Blick. »Sentimentalität, denke ich. Noch eine letzte Nacht im Wochenendhaus. Und bei dir?«

»Bin aus dem gleichen Grund hier. Aber eigentlich wollte ich nur kurz vorbeischauen.« Sie erhob sich, lehnte sich an die Anrichte und schüttelte den Kopf. »Ich glaube, ich konnte mich noch nicht damit abfinden, dass es zum Verkauf steht. Dass es nicht mehr länger uns gehört. Richtig klar wurde mir das erst, als ich das Schild der Maklerin sah.«

»Ja, ging mir auch so.« Er ließ Wasser über das Gemüse laufen. »Schau, Bella, ich ...«

»Ich weiß«, antwortete sie. »Mir auch.« Sie schaute in ihr Weinglas, aber auch dort fand sie keine leichten Antworten. Wahrscheinlich gab es keine. Sie schaute wieder auf. »Ich würde gern zum Essen bleiben. Was kann ich tun, um mich nützlich zu machen?«

Sie putzte zwei Backkartoffeln und atmete das erdige Aroma ein. Erst da merkte sie, wie hungrig sie war.

Erstaunlich, wie schnell man wieder in die alte Routine verfiel. Beide standen sie in der Küche, sie als rechte Hand des Küchenchefs. Gleichzeitig war die Situation seltsam. Sie bewegten sich nicht mehr so ungezwungen wie früher auf engem Raum. Manchmal waren sie aus Versehen zusammengestoßen, hatten gelacht, sich geküsst und dann wieder der Küchenarbeit gewidmet.

Irgendwann hatten sie auch diese unbeschwerte Leichtigkeit verloren.

Der Übergang war langsam geschehen. Wenn Bella jetzt

zurückblickte, so konnte sie sich nicht an den *einen* Moment erinnern, an dem sich alles abrupt geändert hätte. Es war vielmehr eine Serie von Fehltritten gewesen, und ehe sie beide das Stolpern gemerkt hatten, war es auch schon zu spät gewesen, um sich wieder aufzurappeln und die Ehe zu retten.

Ethans Firma war pleite gegangen, und obwohl Bella noch ihren guten Job hatte, drehte sich für ihn fortan alles nur noch ums Geld. Er zog sich von ihr zurück, vertraute sich einer anderen Frau an. Zwar hatte es sich dabei nur um eine Freundin gehandelt – ohne jeglichen Sex –, aber Bella hatte sein Verhalten tiefer verletzt, als es eine Affäre getan hätte.

Schließlich hatte sie den Fehler begangen, mit jemand anders im Bett zu landen. Sie und Ethan hatten sich wieder einmal gestritten, daraufhin war sie länger auf der Arbeit geblieben und schließlich in eine Bar gegangen, wo sie sich mehr als nur einen Drink genehmigt hatte. Zufällig hatte sie einen alten Bekannten getroffen. Bella hatte nicht die Entschuldigung, dass sie beschwipst gewesen war, denn es war ein paar Mal passiert, bis ihr Liebhaber wieder zu seiner Frau zurückkehrte.

Es war ein Fehler gewesen und zudem der Sargnagel für ihre Beziehung.

Danach hatten sie und Ethan zwar versucht, sich noch einmal auszusöhnen, waren aber letzten Endes gescheitert. Sie wollten sich irgendwo in der Mitte treffen, hatten sich aber schon so weit auseinandergelebt, dass sie diese Mitte gar nicht mehr sehen konnten. Sie nahmen sich gegenseitig kaum wahr.

Jetzt schnitt sie Gemüse klein, krümelte Blauschimmelkäse darüber und mischte den Salat. Kurz darauf saßen sie auf der Veranda und warteten darauf, dass die Backkartoffeln im Ofen gar waren. Die Steaks wollte Ethan ganz zum Schluss braten.

Ein Seetaucher rief, leise und unheimlich.

»Ich habe erst vorhin richtig gemerkt, wie sehr ich das hier vermisst habe«, bekannte sie und deutete mit dem Weinglas in Richtung See. »Es war immer so friedlich hier.«

»Nur nicht als Jo und Kent ihren Neffen mitbrachten«, meinte Ethan. »Gott, war der anstrengend!«

»Ich weiß nicht, wie wir dieses Wochenende überstanden haben, ohne ihn zu erwürgen«, stimmte Bella lachend zu. »Er hat die Toilette verstopft, die Streifenhörnchen gequält ...«

»... und er wollte nichts essen außer Puffreis und Unmengen von Spaghetti ...«

»... und Kent musste extra noch mal in die Stadt fahren, um einzukaufen ...«

»... während Jo Kent leise verfluchte, weil er sie mit dem Bengel allein gelassen hatte.«

Sie lachten beide, locker und entspannt. Bella konnte sich kaum erinnern, wann sie zuletzt so befreit aufgelacht hatte, und sie hatte das Gefühl, als hätte sich eine Blockade in ihrem Hals gelöst.

»Jetzt können wir wenigstens darüber lachen«, sagte sie.

»Seltsam, nicht?«, fragte er. »Dinge, die man ganz schrecklich fand, sind im Rückblick gar nicht so schlimm.«

»Muss wohl an der Gnade der verschwommenen Erinnerung liegen«, meinte sie.

»Ein natürlicher Abwehrmechanismus des Gehirns. Weißt du, Bella, ich –«

Der Kuchenwecker piepste.

»Ich muss die Steaks braten«, sagte er.

Sie deckte den Tisch, verließ dann die Veranda und ging barfuß durch das kühle Gras zu den Stellen, wo Wildblumen standen, und pflückte einige. Als Ethan die Teller brachte, deutete er mit einem Nicken auf den kleinen Strauß, den sie in ein altes Einmachglas gestellt hatte. »Hübsch.«

Es musste an der klaren Bergluft liegen, dachte sie, dass sie so hungrig war. Das Steak war perfekt gebraten, die Kartoffeln nicht zu weich, der Salat die ideale Ergänzung zum Essen. Dazu passte der Wein ausgezeichnet.

Die Schatten wurden länger, der Himmel färbte sich tiefblau. Bella musterte Ethan, der ihr gegenüber am Tisch saß, und sah die Ringe unter seinen Augen.

Erstaunt stellte sie fest, dass sie diese Ringe am liebsten mit ihren Fingern geglättet und Ethan für einen erholsamen Schlaf gebettet hätte.

Aber woher kam diese fürsorgliche Ader? Sicher war der Wein daran schuld.

Doch der Wein vermochte nicht zu erklären, warum sie zum Dinner geblieben war und warum sie Blumen auf den Tisch gestellt hatte.

Nichts ergab noch Sinn.

Schweigend räumten sie den Tisch ab und spülten. Auch das brachte das alte Gefühl von Zweisamkeit wieder. Noch vor dem Essen hatte er den Timer der Kaffeemaschine eingestellt, sodass das Aroma jetzt den Wohnraum erfüllte.

Er reichte ihr eine Tasse, als Bella sich auf das Sofa setzte. Natürlich wusste er noch, wie sie den Kaffee mochte – wenig Milch, zwei Würfel Zucker. Ehe er sich zu ihr gesellte, zündete er die dicke, rote Kerze auf dem Kaffeetischchen an.

»Das wird Jane aber gar nicht gefallen«, sagte sie und spielte damit auf die Maklerin an.

Er blinzelte, als wäre ihm der Gedanke noch gar nicht gekommen. Dann zuckte er mit den Achseln. »Dann kaufe ich eben eine neue.«

Typisch Ethan. Seine Fähigkeit, Nebensächlichkeiten einfach vom Tisch zu fegen, hatte sie oft genug rasend gemacht.

Aber so war es nicht immer gewesen, oder? Hatte sie es nicht am Anfang ihrer Beziehung toll gefunden, wie konsequent er alles Unbedeutende beiseiteschob, um zum Kern einer Sache vorzudringen?

Die Melancholie, die sie nun überkam, konnte sie auch nicht nur auf den Wein schieben.

»Ethan, ich –«

»Bella, ich –«

Sie sprachen wie aus einem Munde, unterbrachen sich, lachten, diesmal jedoch zögerlicher. Die unbeschwerte Laune vom Abendessen war verflogen.

»Ladies first«, sagte er.

Sie nahm einen Schluck heißen Kaffee, drehte die Tasse in den Händen und zwang sich, Ethan anzusehen, anstatt zu Boden zu schauen.

»Ich . . . ich wollte bloß sagen, dass es mir leidtut.« Sie hatte nicht genau gewusst, was sie eigentlich sagen wollte, doch jetzt war ihr vollkommen klar, was sie es loswerden musste. »Die Affäre, meine ich. Das war dumm. Die dümmste Sache, die ich je gemacht habe. Ich habe nicht darüber nachgedacht, ich war nur sauer, weil du dich jemand anders anvertraut hast und nicht mir.«

Sie saßen nicht eng beieinander, aber als er sich ein wenig anders hinsetzte, um sie besser ansehen zu können, war sein Knie nur noch ein kleines Stück von ihrem entfernt. Beide starrten sie einen Moment lang auf die kleine Lücke.

»Ich dachte, es hätte damit zu tun, dass ich versagt habe«, erwiderte er schließlich.

»Was?«

»Ich dachte, du hättest dich in eine Affäre geflüchtet, weil

132

ich versagt habe. Ich weiß, dass du genug verdienst, um uns beide durchzubringen, aber ich kam eben nicht damit klar, nichts mehr zu unserem Lebensunterhalt beisteuern zu können.« Er schüttelte den Kopf. »Ich lag nachts wach, machte mir Gedanken wegen des Geldes und fragte mich, warum du mit jemandem zusammen bist, der kein Geld mehr verdient. Als du dann ...«

»Wieso hast du mir das nicht gesagt?«, wollte sie wissen. »Ich zog mich zurück, weil du dich zurückgezogen hast. Du hast dichtgemacht und mich nicht mehr an dich rangelassen, und es tat so weh, als du dann nicht mit mir, sondern mit einer anderen Frau über deine Gefühle gesprochen hast. Ich hatte das Gefühl, dir nicht mehr wichtig zu sein, dir keinen Halt mehr geben zu können.«

»Es tut mir so leid«, sagte er. »Ich hätte dich nicht ausschließen dürfen. Damals war mir gar nicht bewusst, dass ich es getan habe.«

Sie stellte die Kaffeetasse ab. »Wir waren verdammte Idioten.«

Er schnaubte.

»Das meine ich wirklich«, betonte sie. »Warum haben wir nicht darüber gesprochen?«

»Wir haben uns lieber gegenseitig Vorwürfe gemacht«, sagte er. »Wenn ich mich recht erinnere, gab es jede Menge Schreierei.«

Sie sah, dass er zögerte, und hatte eine Vermutung, was er als Nächstes tun würde. Sie betete, dass er es tun würde ...

Und er tat es. Er nahm ihre Hände in seine.

»Die Gnade der verschwommenen Erinnerung«, sagte er. »Wir sind beide ganz schön dickköpfig. Man hätte erwarten können, dass uns der Eheberater zu dieser Aussprache hätte bringen können, aber nein ...«

Sie zog eine Hand zurück und griff nach der Kaffeetasse. Doch das Koffein half ihr nicht, den leichten Schwindel zu vertreiben, den sie vom Wein und auch vom Verlauf ihrer Unterhaltung hatte.

»Weißt du noch, als wir das erste Mal hier übernachteten?«, fragte Ethan.

»Du meinst, als wir es nicht mal mehr bis ins Schlafzimmer geschafft haben?«

Er nickte. Sein Blick ruhte auf ihr. Dann nahm er ihr die Tasse aus der Hand und stellte sie zurück auf den Tisch.

Sie wartete gar nicht erst ab, dass er sich ganz zu ihr herüberlehnte, und kam ihm auf halbem Weg entgegen.

Der Kuss war zögerlich, was eigentlich nicht zu Ethan passte, und daher hätte sie fast den Kopf zurückgezogen. Aber ihn wieder zu schmecken, war zu verlockend. Beinahe hätte sie das Gefühl vergessen, seine Lippen auf ihren zu spüren, obwohl sie es gleichzeitig vermisst hatte. Sie konnte sich seinem Kuss nicht entziehen.

Genau das, so vermutete sie, war die Reaktion, auf die er gewartet hatte. Sowie sie auf die Zärtlichkeit ansprach, wurden seine Berührungen sicherer. Bereitwillig ließ sie sich von seinem Kuss verführen und spürte das warme Glühen der Erregung, das seine spielerische Zungenspitze in ihr frei setzte – eine Hitze, die sie, weiter angefacht, beide verzehren würde.

Alles war so vertraut und dennoch fremd. Jeder kleine Schritt auf dem unbeleuchteten Weg brachte Blitzlichter der Erinnerung mit sich, wie herrliche Déjà-vu-Erlebnisse.

Mit einer Hand strich sie über Ethans Bizeps, streichelte seinen Rücken und spürte, wie sich seine Muskeln bewegten. Zärtlich biss er sie in die Unterlippe, und sie stöhnte leise auf, als sich das Prickeln zwischen ihren Beinen ausbreitete. Sie war bereits feucht, sogar noch feuchter als zuvor, als sie masturbiert hatte. Seine Berührungen hatten sie immer schon zerfließen lassen.

Wie hatte sie nur so lange ohne ihn auskommen können?

Mit den Zähnen fuhr er ihr über den Hals, während sie an seinen Hemdknöpfen nestelte. Sie bekam nicht alle auf, konnte aber nicht länger warten und strich ihm mit den Händen über die glatte Brust. Leicht zog sie die Fingernägel über seine Brustwarzen, bis er stöhnte. Er nahm ihre Hand und führte sie zwischen seine Beine, presste ihre Handfläche gegen seine Wölbung, um ihr zu zeigen, wie sehr sie ihn erregte. Ihr Kitzler zuckte als direkte Antwort darauf.

Flüchtig dachte sie darüber nach, wohin das führen mochte. Zu Sex offensichtlich, aber war Sex mit dem Ex nicht tabu? Abgeschmackt? Aber im Grunde war er ja noch nicht ihr Ex, wenn auch so gut wie. Schließlich ignorierte sie diesen Gedanken, und kurz darauf auch alle anderen.

Sie ließ keine Bedenken mehr an sich herankommen. Alles, was jetzt noch von Bedeutung war, waren seine Hände und Lippen und seine Zunge auf ihrer Haut – und ihr gegenseitiges Verlangen.

Er zog sich das Hemd über den Kopf, und als er es wegschleuderte, hatte Bella bereits ihren BH geöffnet und ausgezogen. Im Licht der Kerze blieben seine Augen dunkel, aber sie konnte sich das hungrige Glimmen in seinem Blick vorstellen, als sich sein Mund auf ihre Brust senkte.

Es fühlte sich so gut an. Sie bog den Rücken durch, während Ethan sie mit der Zunge verwöhnte, abwechselnd ihre beiden Knospen in den Mund sog, die Zunge kreisen ließ und sacht an ihnen knabberte, sodass Bella sich wand und um mehr bettelte.

Sie flehte ihn an, nicht aufzuhören.

Mit einer Hand griff sie sich zwischen die Schenkel, schob die Finger unter den Slip und badete sie in ihren Liebessäften. Dann verteilte sie die Nässe auf ihren Nippeln, damit er davon kosten konnte.

»So herrlich«, murmelte er. »Bella . . . ich muss dich richtig schmecken.«

Sie nahmen sich nicht mal die Zeit, ihren langen, locker fallenden Rock auszuziehen. Sie schob ihn einfach hoch, während Ethan ihr den Slip über die Hüften und Beine nach unten zog. Das Gefühl der zarten Spitze auf ihrer Haut war fast mehr, als sie ertragen konnte.

Sie legte die Füße auf den Kaffeetisch, damit Ethan sich zwischen ihre Schenkel knien konnte. Genüsslich sog er ihren Duft ein, bis sie glaubte, vor Ungeduld schreien zu müssen. Sie grub ihre Finger in sein Haar, zog aber nicht daran – es war eine alte Angewohnheit zwischen ihnen, fast schon ein Witz. Sie drängte ihn zwar immer, überließ ihm dann aber trotzdem das Tempo. Denn er entschied stets, wann er sich ganz zu ihr herabbeugte und seine Zunge über ihre Pussylippen zog, in die Spalte schob oder sich an ihrer Klitoris rieb.

Als er es jetzt endlich tat, stieß sie einen langen Seufzer aus und hatte das Gefühl, endlich wieder ganz zu Hause zu sein.

Und schon vollführte er mit der Zunge seine Zaubertricks, schnellte mit ihr über Bellas geschwollene Perle und schürte das Feuer. Bella drückte ihren Kopf so fest gegen die Sofalehne, wie sie nur konnte, während sich ihre Erregung wie in einer Spirale immer höher schraubte. Als die Flammen der Lust sie dann verzehrten, schrie sie ihre Erlösung in die Stille des Raums.

Ethan ließ ihr kaum Zeit, zu Atem zu kommen, und es war ihr recht. Als er seine Hose und Unterhose abstreifte, sah

Bella, wie hart er war. Sie schmeckte die Glückstropfen, die sich an der Spitze seines Schwanzes bildeten. Er stöhnte, während sie ihn lutschte, zog dann aber ihren Kopf weg und raunte, er müsse jetzt endlich in ihr sein.

Sie hatte nichts dagegen einzuwenden.

Er zog sie halb hoch und drehte sie so, dass sie mit dem Gesicht zur Sofalehne schaute. Er vergeudete keine Zeit, als er in sie glitt, und sie hieß ihn willkommen, ganz gleich, was zwischen ihnen geschehen war. Denn sie wusste, wie sehr sie ihn vermisst hatte. Seine Hände umschlossen ihre Brüste, während er sich in sie stieß.

Sie spürte, wie die Stöße hart und staccatoartig wurden, und wusste, dass er kurz vorm Kommen war. Auch das war ihr nur recht, da sie selbst vor dem nächsten Höhepunkt stand. Das Gefühl, das sein Schwanz tief in ihr auslöste, und der Druck seiner Finger auf ihren Nippeln taten ihr Übriges. Sie spürte, wie sie sich anspannte, ehe sie sich ihrem Orgasmus ergab und ihre Hüften nach vorn stieß, um Ethans ganze Länge zu genießen. Wie von Ferne hörte sie sein Keuchen, als er kam.

Danach sah Ethan nach, ob die Flasche Brandy, die sie immer in einem kleinen Wandschrank versteckt hatten, noch da war. Und er fand sie tatsächlich.

Entspannt nippten sie an ihren Brandygläsern bis tief in die Nacht und sahen, wie der Mond auf dem See schillerte. Spät taumelten sie ins Schlafzimmer, wo Ethan den Schlafsack auf der Matratze des Bettes ausbreitete. Dort liebten sie sich wieder. Langsamer diesmal und mit viel Gefühl. Bella umschloss seinen Kopf mit beiden Händen, und Ethan vergrub sein Gesicht an ihrer Schulter, als sie kamen.

Am nächsten Morgen wurden sie nicht etwa vom einfallenden Sonnenlicht geweckt, sondern weil sich ein Schlüssel im Schloss der Haustür drehte. Ethan stieg rasch in seine Hose, streifte das Hemd über und ließ Bella ins Badezimmer huschen.

Sie war überrascht, dass sie keinen Kater hatte. Und sie verspürte auch keinen Schmerz mehr im Herzen.

Im Badezimmerspiegel sah sie ihr zerzaustes Haar, die von Küssen geschwollenen Lippen und ihre Augen, die trotz der Schatten darunter vor Freude strahlten. Sie riss sich zusammen, so gut es ging. Wo ihr BH geblieben war, wusste sie nicht, also mussten Bluse und Rock reichen.

Als sie das Bad verließ, fiel ihr Blick auf Jane, die Maklerin. Sie hielt eine Brotbackmischung in der Hand (weil der Duft von frisch gebackenem Brot potenzielle Käufer angeblich positiv beeinflusste) und einen Strauß Blumen. Ethan hatte derweil Bellas BH gefunden und hielt ihn hinter seinem Rücken verborgen.

Gott sei Dank.

»Bella!« Janes Verblüffung war nicht gespielt. »Du bist also auch hier.«

Bella winkte verhalten. »Morgen, Jane.«

»Nun.« Die Maklerin schlug ihren professionellen Ton an. »Dann müssen wir hier wohl noch aufräumen, bevor die ersten Interessenten kommen. Unten bei der Auffahrt habe ich schon ein paar Autos gesehen. Ich kümmere mich um das Brot. Die Sofakissen müssen drapiert werden, und die Kerze dort drüben ...«

»Wir wissen zu schätzen, was Sie für uns getan haben, Jane«, sagte Ethan. »Aber wir haben es uns noch einmal anders überlegt. Wir haben beschlossen, doch nicht zu verkaufen.«

»Haben wir das?«, fragte Bella. Ihr Herz machte einen Sprung, während sie gleichzeitig ein dumpfes Ziehen in der Magengegend verspürte. Ihre Gefühle fuhren Achterbahn.

»Ich jedenfalls bin noch nicht bereit zu verkaufen«, fuhr Ethan fort und nahm Bellas Hand. »Es würde bedeuten, dass wir alle Erinnerungen verkaufen, die uns mit diesem Haus verbinden. Ich denke, wir haben jetzt die Chance, für weitere Erinnerungen zu sorgen. Wenn du es noch einmal versuchen möchtest.«

»Es wird nicht einfach sein«, sagte sie vorsichtig. »Es gibt noch viel zu tun. Wie wir miteinander reden und das alles.«

Ethan zog sie in seine Arme. »Ich habe etwas erkannt. Wann immer wir hier waren, hatten wir nie Probleme. Wir waren in der Lage, unsere Probleme hinter uns zu lassen. Hier waren immer nur wir von Bedeutung, sonst nichts.«

Bella holte hörbar Atem. »Nimm das ›Zu verkaufen‹-Schild draußen ab und sag den Interessenten ab«, sagte sie zu Jane gewandt. Aber es war Ethan, den sie ansah, als sie fortfuhr: »Unser Haus steht nicht mehr zum Verkauf.«

Gib Facebook die Schuld

Kate Dominic

Ich strich meinen roten Seidenrock glatt und blickte aus den Panoramascheiben meines Hotelzimmers im zwölften Stock. Boote glitten unten im Jachthafen vorbei. Ich hatte mir geschworen, nie wieder nach San Diego zurückzukehren. Doch hier war ich, allein wie eh und je, als wäre ich draußen inmitten der blauen Weite des Pazifiks, die jenseits der Wellenbrecher zu ahnen waren.

Verdammt, war ich nervös. Trotz der täglichen Facebook-Einträge, E-Mails, SMS und Anrufe hatte ich Eric zuletzt vor zwanzig Jahren gesehen. Ich hatte mich verändert. Und ich ging fest davon aus, dass auch er sich verändert hatte. Meine Tochter, die inzwischen auf dem College war, hatte mich überredet, einen Wonderbra zu kaufen, der mir jetzt zu einem Ausschnitt verhalf, den ich nie für möglich gehalten hätte. Gott, wieso war Melissa plötzlich in dem Alter, mir Ratschläge für ein Date zu geben?

Nicht, dass ich jemals viele Dates gehabt hätte. Und daran würde sie sich ohnehin nicht mehr erinnern können. Außerdem hatte ich immer meine Beine für mein bestes Aushängeschild gehalten. Ich trug Seidenstrümpfe, die etwas dunkler als meine leichte Sonnenbräune waren, und dazu acht Zentimeter hohe Absätze. Meine Rundungen waren inzwischen weicher, aber ich hielt mich immer noch mit jeder Menge Aerobic fit.

Melissas Vater hatte immer gern gesehen, wenn ich in nuttigen Strümpfen durchs Zimmer stolzierte, am Leib nichts als ein aufreizendes Top ohne BH und einen erschreckend kurzen Rock. Jerry stand auf visuelle Reize und liebte es, mir die Kleider vom Leib zu reißen. Unsere gemeinsame Zeit war ein Rausch aus heißer Lust und jugendlicher Spontanität gewesen. Verdammt, waren wir jung gewesen. Es war alles so lange her, dass die Einzelheiten in meiner Erinnerung verschwammen.

Aber manche Sachen vergesse ich nie. Nach dem Gedenkgottesdienst für Jerry wollte ich keinen Kontakt mehr zu den Jungs aus der Spezialeinheit. Mich von den Frauen und Freundinnen der Jungs loszusagen, war mir noch schwerer gefallen, aber auch das hatte ich geschafft. Wir waren wie eine Familie gewesen, zusammengeschweißt durch eine gemeinsame Geschichte, die wir niemandem sonst begreiflich machen könnten, der das alles nicht selbst durchgemacht hat. Und wir durften nicht über den Job unserer Männer sprechen. Es gab Tage, da dachte ich, dass man selbst unsere Einkaufslisten als »streng geheim« einstufen würde.

Wenn die Jungs fort waren, halfen wir Frauen uns gegenseitig über Schwangerschaftsübelkeit oder Baby-Koliken hinweg, bei Autoreparaturen oder Sorgen mit den Kindertagesstätten, die nie lange genug geöffnet hatten. Einsamkeit und Angst waren unsere ständigen Begleiter. Ich gehörte zu einem Kreis von Frauen, die alle wussten, dass es jederzeit einen plötzlichen Bedarf an nächtlichem Babysitten geben konnte, weil die Jungs unerwartet nach Hause zurückgekehrt waren. Und wenn dann einer von ihnen seiner Frau oder Freundin eine Hand auf die Hüfte legte und ihr in die Augen sah, wusste man bei den Blicken, die das Paar tauschte, dass die beiden erst am nächsten Morgen wieder zu Atem kommen würden.

Gott, was waren wir jung gewesen damals. So naiv und mit der absoluten Gewissheit, unsterblich zu sein.

Acht Monate nach Saddams Einmarsch in Kuwait war der schnelle, hart geführte erste Krieg am Golf vorüber. Jerry war tot, und auf dem Stützpunkt zog ich als Witwe mit zwei kleinen Kindern an der Hand aus unserer Wohnung. Die Jungs kehrten gerade vom Einsatz zurück. Eric kam direkt zu unserem Haus, sein Haar war noch nass vom Duschen. Er nahm mich in den Arm und drückte mich. »Oh, Baby, es tut mir so leid«, flüsterte er an meinem Ohr, und der Klang seiner Worte hallte in meinem Innern nach.

Ich klammerte mich an ihn, atmete den Duft seines warmen, kräftigen Körpers ein und wusste in diesem Moment, dass ich zwar Jerrys Tod irgendwie verwinden würde, dass ich aber einen zweiten tragischen Verlust wie diesen nicht überleben könnte. Die Einheit der *Special Forces* ist klein und überschaubar, und die Frauen, die mit ihr zu tun haben, kennen das Risiko. Gelegentlich schauten Eric und andere Jungs in meinem neuen zivilen Apartment vorbei und wollten mich überreden, mich wieder ihrer Welt anzuschließen. Sie sagten, sie würden warten, bis ich bereit wäre, wieder ein Teil von ihnen zu sein.

Aber ich wusste, dass ich nie dazu bereit sein würde. Ich packte alles in mein Auto, zog mit den Kindern und dem Hund in mein altes Zuhause in Minnesota, machte einen Abschluss in Betriebswirtschaftslehre und stürzte mich ganz in meine Arbeit und meine Rolle als Mutter. Und nie schaute ich zurück. Ich hatte alle alten Verbindungen abgebrochen. Die einzige Person, zu der ich noch Kontakt hatte, war meine beste Freundin Janelle, und selbst das hatte ich mir nicht ausgesucht. Sie wollte mein beharrliches Schweigen einfach nicht hinnehmen, und sie kannte die Anschrift meiner Eltern.

In dem Jahr, als Melissa in die Mittelstufe ging, schickte ich zu Weihnachten und an Geburtstagen Karten. Und schließlich, nach einer tränenreichen Wiederannäherung, meldeten Janelle und ich uns wieder regelmäßig beim jeweils anderen.

Zu jener Zeit waren wir beide online, daher schrieben wir uns E-Mails. Selten tauschten wir uns über ihren Mann Chris aus, und einer unausgesprochenen Regel folgend, spielte Janelle nie auf irgendwelche Ereignisse von früher an. Stattdessen plauderten wir über unsere Jobs und die Kinder und über die Bücher, die wir gerade lasen.

Letztes Jahr dann schickte sie mir völlig unerwartet eine Facebook-Einladung. In dem Moment, als ich begriff, was eine Freunde-Liste war, ahnte ich, dass meine Tage der friedvollen Isolation vorüber waren.

Oh, Süße, ich habe dich so vermisst! Kann ich bitte dein Facebook-Freund sein? Die Anfrage kam von der Frau, die auf meinen Jungen aufgepasst hatte, als ich mit Melissa in den Wehen lag.

Hey, Schätzchen! Schön, von dir zu hören!, schrieb Janelles Chris, der Jerry früher geholfen hatte, Motorräder zu reparieren, und dann seinen Leichnam zurückgebracht hatte. Doch davon erfuhr ich erst, als Melissa schon auf der Highschool war.

Herzliche Grüße und so viele Freunde, so viel stille Akzeptanz. Doch einige vermisste ich. Ich fragte nicht im Detail nach, was mit ihnen war. Die Jungs waren früher alle Adrenalin-Junkies gewesen, und manch einer hatte eine echte Karriere beim Militär angestrebt. Aber im Laufe der nachfolgenden Jahre war es zu vielen Konflikten gekommen. Ich wollte es alles gar nicht so genau wissen. Selbst bei all den Online-Wiedersehen sagte ich mir immer, dass ich mich auf das Hier und Jetzt konzentrieren musste. Um diese Haltung rüberzubringen, benutzte ich ein echtes Foto von mir – und war dann überrascht, dass viele der alten Freunde auch ihre Fotos ins Netz gestellt hatten. Es durchzuckte mich, doch dann machte ich mir bewusst, dass ihnen ihr aktuelles Leben so etwas inzwischen erlaubte. Auch ihr Leben war weitergegangen.

Eric hatte eine Comic-Figur als sein Profil-Foto gewählt. *Ich vermisse dich.*

Seine Freundschaftsanfrage schien mich kalt zu erwischen, aber in der Rückschau hatte ich insgeheim mit ihr gerechnet. Ich bildete mir schon ein, das warme Schnurren seiner Stimme zu hören, als ich auf »annehmen« klickte. Uns hatte immer schon eine lockere Freundschaft verbunden. Und wenn ich ehrlich war, musste ich mir eingestehen, dass er eine echte Augenweide war. Eric war groß und schlank, hatte dunkelblonde Locken und tanzende blaue Augen. Er hatte immer viel gelacht, verstand nie, warum man sich zurückhalten sollte, und hatte wirklich einen tollen Arsch, den man einfach zwicken musste. Nicht, dass ich ihn je dort gezwickt hätte, aber Janelle und die Mädels bestimmt. Ich erinnerte mich an die Momente, in denen ich sauer auf Jerry gewesen war und mich gefragt hatte, was gewesen wäre, wenn ich nicht geheiratet hätte ... und wenn Eric nicht dauernd irgendwelche neuen Freundinnen gehabt hätte. Aber, verdammt, meine Fantasien waren nie über unschuldige Tagträumereien hinausgegangen.

Jetzt fragte ich mich, wie Eric aussehen mochte. Allgemeine Statusupdates gingen nahtlos über in private Nachrichten. Ich war überrascht, als ich erfuhr, dass er nie geheiratet hatte. Über Janelle hatte er gehört, dass ich immer noch Single war, was ihn erstaunte.

Die Kinder waren im Haus. Meine Wangen wurden heiß, als

ich das tippte. *Ich wollte kein schlechtes Beispiel abgeben und mir mit einem Typen die Nacht um die Ohren schlagen, für den ich dann doch nicht so viel übrig hatte – und das wussten die Kids.*

Ich konnte förmlich hören, wie Eric vor dem Bildschirm lachte und die Augenbrauen hochzog.

Sind die Kids denn jetzt zu Hause?

Er wusste, dass sie nicht da waren. Wie immer, schlug er auch hier einen leichten, unverfänglichen Ton an. Aber die gelegentlichen humorvollen Andeutungen in seinen Statusupdates und die respektvollen, aber unverblümten Kommentare in seinen privaten Postings ließen keinen Zweifel daran, dass er genauso gut wie ich wusste, dass es zwischen uns allmählich immer stärker knisterte.

Eine Hitze wie von glühenden Kohlen, dachte ich und wunderte mich über meine dumme romantische Ader. *Glühende Kohlen, die von jedem gewisperten Wort angefacht werden.* Ich wurde via Internet umworben und war erschrocken, als ich merkte, dass ich es genoss. Ein paar Monate später, als man mich dann geschäftlich unerwartet nach San Diego schickte, wusste ich, dass ich eine schwierige Entscheidung zu treffen hatte – und ich wusste nicht recht, ob ich schon bereit war, sie zu treffen. San Diego war die Realität und nicht die Welt des Internets.

Der Bastard schickte mir Rosen. Rosen, verdammt! Ein Dutzend langstielige, dunkelrote Rosen, die ihren Duft in meinem Wohnzimmer verströmten. Die Nachricht auf der Karte war schlicht, die elegant geschwungenen schwarzen Buchstaben hoben sich von dem Weiß der Karte ab. *Trag Rot für mich. Eric*

»Das ist nicht fair«, wisperte ich, und Tränen liefen mir übers Gesicht. Ich konnte mir nicht erklären, woher er von meiner Geschäftsreise wusste. Zweifellos hatte es irgendwie mit dem Job zu tun, den er inzwischen ausübte und wegen dem er eine Comic-Figur als Profilfoto verwendete. Aber insgeheim wusste ich, dass das ohnehin egal war. Ich buchte meinen Flug und reservierte ein Zimmer in einem der Tower-Hotels unten beim Jachthafen. Danach ging ich shoppen, auf der Suche nach einem passenden Kleid und Schuhen ... und Dessous, in denen ich mich sexy fühlen würde, auch wenn ich nicht plante, Eric die Unterwäsche zu zeigen. Denn eigentlich war mir das alles zu viel Wirklichkeit, um damit klarzukommen. Dennoch ließ ich mir die Haare schneiden und kaufte ein neues Parfüm und – Gott steh mir bei – Kondome. Und als es Zeit war, den Koffer zu packen, steckte ich noch eine dieser verdammten Rosen in den Koffer. Dann machte ich mich auf den Weg zum Flughafen.

Ist er schon da?, textete Melissa, als ich schon wieder meinen Lippenstift zückte.

Gehe jetzt runter in die Lobby. Ich hielt inne und fügte hinzu: *Stelle mein Handy auf Vibration, Miss Neugierig. Ich will heute Abend PRIVATSPHÄRE.*

Schmollmund! Freu mich aber für dich. Genieße es, Mom. Ich hab dich lieb!

Ich dich auch, gute Nacht.

Ich stellte das Handy auf stumm und steckte es in meine Handtasche. Dann holte ich tief Luft, legte die Rose auf das Bett und ging zum Aufzug.

Kaum hatten die Fahrstuhltüren sich geöffnet, sah ich ihn auch schon. Eric wartete gegenüber von den Fahrstühlen und lehnte lässig an der Wand – genau so hatte ich es mir vorgestellt. Denn von dort aus konnte er problemlos (und unauffällig) alles überblicken und jeden sehen, der rein- und rauskam. Eine alte Angewohnheit aus früheren Tagen? Oder arbeitete er immer noch für irgendein Sicherheitsunternehmen?

Er hatte mich natürlich auch gleich entdeckt. Lächelnd löste er sich von der Wand und kam auf mich zu. Sein Gang war mir vertraut, und seine Muskeln bewegten sich geschmeidig unter dem dunklen Anzugstoff. Eric war immer noch schlank. Sein Haaransatz mochte ein wenig zurückgegangen sein, und er trug das Haar zwar kurz, aber nicht mehr so stoppelig wie zu Armeezeiten. Das hellblaue Hemd passte zur Farbe seiner Augen, die an den Winkeln von kleinen Falten umspielt wurden. Und natürlich lächelte er, wie immer. Oh, wie ich sein Lächeln vermisst hatte!

Ich ging ihm entgegen, hatte die Arme zur Begrüßung ausgestreckt. Und als er mich umarmte, fühlte es sich gleich irgendwie richtig an. Ich sank an seine Brust, als wären wir uns immer nah gewesen, und so standen wir da, mitten in der Hotellobby. Tränen liefen mir über die Wangen, während wir uns einfach nur in den Armen hielten.

»Oh, Baby, ich habe dich vermisst. Es ist so schön, dich wiederzusehen.«

Seine Stimme klang brüchig, und ich lächelte in sein Hemd hinein. »Ich habe dich auch vermisst.« Meine Stimme klang zittrig. »Gut, dass ich mir nicht die Wimpern getuscht habe, denn sonst hätte ich jetzt dein Hemd ruiniert.«

Er hatte bereits eine Antwort auf den Lippen – ich konnte die Worte förmlich zwischen uns spüren: *Dann müsste ich das Hemd eben ausziehen.*

Doch keiner von uns sagte etwas. Stattdessen führte er mich in eine stille Ecke, wo ich mir in Ruhe die Tränen fortwischen und die Nase putzen konnte. Ich wollte eigentlich zur Damentoilette gehen und mir kaltes Wasser ins Gesicht spritzen, aber Eric schüttelte den Kopf und strich mir mit einer Hand über die Wange.

»Du bist schön so, wie du bist. Ich möchte keine weitere

Minute ohne dich verbringen.« Er deutete mit einem Nicken zur Tür. »Draußen steht mein Auto. Lass uns essen gehen.«

Er hielt mir seine Hand hin. Sein Blick lag auf mir, und in diesem Moment wusste ich, dass ich eine Entscheidung getroffen hatte. Ich straffte die Schultern, legte meine Hand in seine und verließ mit ihm das Hotel.

Das Restaurant war nur ein paar Blocks entfernt und befand sich noch am Wasser. Die Sonne ging gerade unter. Lichter blinkten auf den Booten, die langsam an den großen Panoramafenstern des Restaurants vorbeiglitten. »Hat mir ein Freund empfohlen«, sagte Eric, als er Schwertfisch und köstliche Pasta bestellte. Dazu gab es gedünstetes Gemüse und einen leichten Weißwein. Wir tranken beide ein Glas und hatten Spumoni-Eis zum Nachtisch.

Ich wusste, dass das Dinner köstlich war. Aber meine ganze Aufmerksamkeit gehörte der fesselnden Stimme jenes Mannes, dessen Abwesenheit – wie ich mir jetzt bewusst machte – seit zwanzig Jahren eine Lücke in meinem Leben hinterlassen hatte. Jedes Mal, wenn er lachte, und jedes Mal, wenn er mit seinen langen Fingern über meinen Handrücken streichelte, war es wie Balsam und schien die Leere in mir zu vertreiben und mich mit Farbe und Klängen zu erfüllen. Selbst der Duft der Vorspeisen, die er mir auf seiner Gabel anbot, betörte meine Sinne. Gott, wie ich ihn vermisst hatte.

Wir saßen lange in dem Restaurant, tranken Kaffee nach dem Essen und genossen die Unterhaltung im dreidimensionalen Raum – abseits der Online-Kommunikation am Bildschirm. Ganz gleich, um welches Thema es gerade ging, verlor ich mich immer wieder in den blauen Augen des Mannes, der mir gegenübersaß. Und allmählich wurde mir klar, dass jedes Posting, jedes Statusupdate und jede private Nachricht für uns eine Art Vorspiel gewesen waren.

Jetzt steigerte jede Berührung, jedes Lächeln und Flüstern unsere Vertrautheit noch. Meine Pussy kribbelte, und meine Nippel waren so groß, dass es Eric einfach auffallen musste. Mehr als einmal glitt seine Hand unter den Tisch. Ich stellte mir seine dicke, harte Erektion vor, die ich früher gelegentlich als Wölbung in seiner Jeans wahrgenommen hatte und die jetzt gegen den Stoff seiner schicken blauen Anzugshose aufbegehrte. Mir wurde noch heißer und ich war noch nervöser, als ich mir vorstellte, wie sein Schwanz mich ausfüllte.

»Gott, selbst diese Schokolinsen sind göttlich!« Ich lachte, um mich abzulenken, als er mir eine dieser Köstlichkeiten in den Mund schob.

Seine Augenbrauen zuckten schelmisch. »Janelle wird wissen wollen, ob dir ihr Lieblingsrestaurant gefällt.«

Ich neigte den Kopf zur Seite und strich mit einem Finger über die Hand, die er an mein Gesicht gelegt hatte. »Sie wusste, dass du mich hierherbringen würdest«, sagte ich leise.

Seine Augen suchten meinen Blick. »Ja. Ich erzählte ihr, dass ich dich an einen besonderen Ort ausführen wollte – ein Lokal, in dem wir beide noch nicht waren.« Eric war immer schon direkt gewesen. Kein Getue. Kein Drumherum. Ich nickte und hauchte einen Kuss auf seine Hand.

»Danke.«

Der Kellner brachte uns noch einen Kaffee, aber Eric wendete den Blick nicht von mir. »Hast du Lust, nach all dem Koffein tanzen zu gehen?«

Die Frage war nur eine Formsache, daran ließ sein eindeutiger, aber keineswegs drängender Blick keinen Zweifel. In seiner Stimme klangen Vorfreude und Geduld. Eine Geduld, die vielleicht schon viel zu lange andauerte und jetzt im Begriff war, sich in etwas anderes zu verwandeln.

Ich holte tief Luft, schüttelte dann den Kopf und ließ Erics Hand los. »Nein. Ich möchte zurück ins Hotel. Mit dir.«

Seine Augen hafteten auf mir, während er seine Brieftasche herausholte und dem Kellner ein paar Scheine gab. Dann geleitete er mich nach draußen, wobei er mir eine Hand auf den Rücken legte, während wir warteten, dass der Page uns das Auto brachte. Die laute Musik, die von der Tanzfläche zu uns herüberwehte, war eine gute Entschuldigung, nicht sprechen zu müssen. Ich spürte, wie ich ziemlich nervös wurde. Meine Handflächen waren nicht die einzigen Stellen meines Körpers, die feucht waren.

Wir hatten die Parkfläche kaum verlassen, als Eric rechts ranfuhr. Er wandte sich mir zu und sah mich an, sein Arm wanderte hinter die Kopfstütze des Beifahrersitzes.

»Bist du sicher?«, fragte er leise. »Ich habe Jahre auf dich gewartet. Ich kann auch noch etwas länger warten, wenn du es möchtest.«

Kurz fragte ich mich, ob er es sich noch einmal anders überlegt hatte. Unser Online-Austausch war eben doch etwas anderes, als den anderen in Fleisch und Blut vor sich zu haben. Aber seine Hand zitterte leicht, und seine Stimme klang weniger fest. Also war nicht nur ich an diesem Abend nervös.

Ich fuhr mir mit der Zunge über die Lippen und lehnte mich an die Tür, wodurch ich meinen Ausschnitt gut zur Geltung bringen konnte. Dann streckte ich ein Bein vor und öffnete meine Schenkel ein wenig unter dem eng anliegenden Seidenstoff des Rocks. Ich war so feucht, dass ich schon befürchtete, Eric könnte meinen Duft wahrnehmen.

»Willst du mich nicht?«

Seine Pupillen wurden größer und seine Nasenflügel bebten, als sein Blick kurz zu meinen Brüsten huschte. Dann warf er den Kopf zurück und lachte.

»Verdammt, Frau! Ich will dich so sehr, dass ich fast aus dem Stand komme.« Seine Stimme klang heiser. »Willst du mich denn?«

Ja. Die Antwort war natürlich Ja. Ich fing seinen Blick ein und wusste in diesem Moment, dass ich Eric in den Genuss meiner Dessous kommen lassen würde.

»Ich trage einen Slip ouvert, nur dass du es weißt.« Ich wurde rot, ohne etwas dagegen machen zu können. »Allerdings hatte ich gar nicht vor, dir das zu erzählen.«

Er schloss die Augen und stöhnte. Seine Fingerknöchel wurden weiß, als er sich die geballte Faust vor den Mund hielt, um seinen Atem zu beruhigen. Als er mich dann ansah, lag ein Brennen in seinen Augen, und er schenkte mir ein schiefes Lächeln.

»Fahr endlich!« Ich lachte, und er fuhr los.

Mein Handy vibrierte. Melissa. Ich stellte es aus. Erics Handy vibrierte. Er zog es aus der Tasche und schnitt eine Grimasse, als es ihm aus den Fingern glitt und neben mir auf den Sitz rutschte.

»Könntest du bitte das verdammte Ding ausmachen?«

Ich warf einen Blick auf das Display, als ich das Handy ausschaltete. »J C zu Hause?«, forschte ich nach.

»Janelle und Chris. Das wird Janelle gewesen sein. Chris würde mich jetzt nicht anrufen.«

Ich kicherte wie ein Schulmädchen. »Weiß etwa die ganze Welt, dass wir heute Abend ausgehen?«

»Ja, verdammt!« Er warf mir einen Blick zu, und wir wurden beide ernst. »Tut mir leid, wenn dich das stört. Gott, ich hoffe nicht! Ich liebe dich schon so lange. Ich komme mir wie ein Teenager vor, der keinen ganzen Satz herauskriegt.«

Er atmete tief ein und ließ die Luft lange entweichen, als ihm klar wurde, was er da eben gesagt hatte.

»Mist. Ich wollte das eigentlich gar nicht sagen. Das L-Wort, meine ich. Aber es stimmt, verdammt, und ich nehme es nicht zurück. Ich liebe dich. Ich möchte dich heiraten. Und ich versaue gerade diesen Abend!« Er schlug mit der Faust aufs Lenkrad. »Verdammt!«

Wir fuhren die Hotelauffahrt hinauf, und Eric hielt auf den Parkplatz zu. Als er den Motor ausgestellt hatte, öffnete ich meinen Gurt, legte Eric eine Hand aufs Bein und beugte mich zu ihm rüber, bis meine Lippen fast die seinen berührten.

»Ich liebe dich auch. Ja, und ich werde dich heiraten. Vielleicht habe ich völlig den Verstand verloren, aber so ist es. Und ich habe eine Riesenangst. Bring mich also endlich nach oben und liebe mich, bis ich keine Angst mehr zu haben brauche.«

Ich sank in meinen Sitz zurück, zitternd wie Espenlaub. Wenn der Hotelpage mich in diesem Moment sah, musste ich ihm wie ein verschrecktes Reh im Scheinwerferlicht vorkommen.

»Also gut«, kam es leise von Eric, der schon aussteigen wollte, bevor er sich abgeschnallt hatte.

Ich weiß nicht mehr, wie wir zum Aufzug kamen. Jedenfalls war ich in Erics Armen, als sich die Türen schlossen, und wir küssten uns leidenschaftlich, während mir Erics Erektion gegen den Bauch drückte.

»Sicherheitskameras«, sagte er schwer atmend.

Ich schlang ein Bein um seins, und mein Seidenrock rieb gegen meine feuchte Pussy. »Egal.« Schon verschmolzen unsere Lippen wieder.

Die Glocke klingelte. Eric löste sich von mir und keuchte fast, als die Türen aufgingen. Er zog mich über den leeren Flur und drückte mich gegen die Wand, als er die Schlüsselkarte durch den Schlitz zog. Plötzlich fuhr er mit der Hand am Rücken unter sein Jackett. Der Griff einer Pistole war auf Taillenhöhe sichtbar.

»Warte hier.« Leise und in geduckter Haltung schlich er ins Zimmer, ließ den Blick kurz durch den Raum gleiten, ehe er das Bad überprüfte und unters Bett schaute. Erst dann holte er mich herein. Die Tür fiel zu, und Eric schloss ab.

»Was hast du für einen Job, verdammt?«, wollte ich wissen. Und war gleichzeitig erschrocken, als ich merkte, dass ich es eigentlich gar nicht wissen wollte.

»FBI, seit fünfzehn Jahren«, raunte er und legte das Jackett ab. Dann schnallte er den Waffengurt ab, prüfte, ob seine Pistole gesichert war, und warf alles zusammen auf das Jackett. »Kommst du damit klar?«

»Besser als Löcher in den Wüstensand zu schießen«, antwortete ich mit einem Seufzen. »Aber ich mache mir trotzdem Sorgen. Kommst *du* damit klar?«

»Yep. Aber ich arbeite auch nicht mehr so viel vor Ort. Ich erzähle dir bald, was ich dir erzählen darf. Es ist anders als früher bei den *Special Forces*.«

Eric schaute aus dem Fenster. Sein Atem ging noch immer schnell, und sein Blick war der eines Profis. Dann rückte er einen Stuhl am Schreibtisch zurecht und stellte ihn vor das Fenster. Ich habe keine Ahnung, woher plötzlich das Kondom kam, aber es lag auf dem Stuhl. Er dimmte das Licht vor dem Fenster und streckte mir seine Hand entgegen.

»Ich möchte dich bei diesem ersten Mal sehen. Dich wirklich *sehen*. Ist das okay für dich?«

Ich nickte und fasste an den Reißverschluss meines Kleids.

»Lass das.«

Ich zog eine Braue hoch, ließ aber von dem Reißverschluss ab und ging auf Eric zu, um seine Hand zu ergreifen. Beim Schein der Lampe wirkten die gläsernen Balkontüren wie

Spiegel, in denen sich der Raum reflektierte, obwohl man durch sie gleichzeitig die blinkenden Lichter vom Jacht- hafen unten in der Dunkelheit sehen konnte. Eric strich mir über den Arm, umschloss meinen Kopf mit beiden Händen und zog mich zu sich, um mich zu küssen. Seine Lippen waren weich, und trotzdem lag in diesem Kuss ein verzwei- feltes Verlangen, sodass ich mit der Zunge über Erics Lip- pen fuhr. Als ich seine Zunge in meinen Mund sog, stöhnte er, und sein Steifer drückte so hart gegen mich, dass ich glaubte, meine Säfte an den Innenseiten meiner Schenkel zu spüren.

»Mach meine Hose auf«, raunte er und umfasste meine Brust mit einer Hand. Als ich den Reißverschluss öffnete, saß mein Rock plötzlich lockerer. Eric strich über meine Haut und hinterließ auf ihr eine feurige Spur mit seinen Fingern. Sein Gürtel fiel zu Boden, seine nackte Hüfte drückte gegen meine Hand. Keine Unterwäsche. Ich hatte auch mit keiner gerechnet.

»Ich kann nicht mehr länger warten«, brummte er an mei- nen Lippen.

»Jetzt«, keuchte ich. »Schnell.« Ich griff nach dem Kondom und streifte Erics Hand.

»Das mache ich. Wenn du mich anfasst, komme ich.«

Er stieg aus seiner Hose und streifte sich das Gummi über, unterbrach den Kuss, um sich hinter mich zu stellen. Dann setzte er sich und wollte mich so auf seinen Schoß ziehen, dass ich mit dem Rücken zu ihm saß. Meine Beine waren weit gespreizt, die offene Spalte in meinem Slip nicht zu überse- hen. Mein Rock rutschte zwischen uns, als Eric mich langsam auf seinen Schoß senkte.

»Wir haben da noch ein Problem«, sagte ich außer Atem und musste lachen.

»Unsinn«, keuchte er. Die Seide meines Rocks rieb über meine Pussy, als Eric mich die heiße Spitze seiner Erektion spüren ließ. Sein Stöhnen war lang und laut. Ich schloss die Augen und genoss das Gefühl, als er das Oberteil meines Kleids nach unten zog und meine Brüste aus der Enge des Wonderbras befreite. In der kühlen Luft und unter Erics kundigen Fingern wurden meine Nippel schnell steinhart.

»Sieh zum Fenster.«

O mein Gott. In dem bodenlangen Fensterglas waren wir beide klar zu sehen. Mein Kopf ruhte an Erics Schulter, sein Gesicht war neben meinem, meine Brust war leicht vorgestreckt, sodass sich meine Titten perfekt präsentierten. Ich sah, wie Erics Finger an meinen Spitzen zogen. Während er mit der freien Hand langsam meinen Rock über meine Oberschenkel bis zum Saum der Seidenstrümpfe hochschob, versuchte ich, das Gleichgewicht auf den hohen Absätzen zu halten.

»Verdammt.« Erics Hand zitterte, als er die schillernde rote Seide über mein kurz geschorenes Pussydelta schob, das unter einer hauchdünnen Schicht Spitze lag. Mit den Fingern fuhr er über den feuchten Stoff, glitt mit einem Finger zwischen meine geschwollenen Lippen, tauchte in meine rosafarbene Spalte und erkundete meine Pussy. »Verdammt! Ich muss dich jetzt spüren! Heb ihn hoch.«

Ich gehorchte und riss den Rock zwischen uns fort. Eric stützte sich mit einer Hand ab, die andere legte er mir um die Taille und führte mich sacht auf seinen Schaft.

Heiß. Prall. Er füllte mich so perfekt aus. Sein dicker Schwanz dehnte mich, erfüllte mich, wie ich es so lange vermisst hatte. Ich schnurrte vor Vergnügen, fasste mit beiden Händen in Erics Haar, während er unter mir seine Hüften hochstieß.

»Ich komme jeden Moment«, keuchte er. Sein Körper war angespannt, sein Schwanz drang tief in mich, während er mir von hinten den Arm um den Leib schlang. »Verdammt! Ich komme!« Mit einer Hand spreizte er meine Pussylippen, mit der anderen rieb er über meine Klitoris, in herrlichen stimulierenden Kreisbewegungen, wie ich es noch nicht erlebt hatte. Ich schrie, als ich kam, und in meiner Ekstase schlossen sich meine Muschimuskeln rhythmisch um seinen Schaft, während Eric sich unter lautem Stöhnen in mich stieß. Meine Säfte flossen über seine Hand, und ich musste wieder schreien, während ich ihn und seinen harten Schwanz ritt.

Er blieb hart. Ich zitterte am ganzen Körper, während seine Finger mich weiter streichelten und mich gleich wieder auf Touren brachten.

»Noch mal«, raunte er. »Nimm deine Hüften zurück.«

Ein Schauer durchlief mich, als sich sein Schwanz vor- und zurückbewegte und hart über Stellen rieb, die meine Lust weiter entfachten.

»Ich will noch mal kommen«, keuchte ich und rieb mich an ihm.

»Wirst du, Baby«, rief er, »so oft, wie du willst!« Er tastete nach meinen Nippeln, umfasste sie und knetete die harten Knospen zwischen Daumen und Zeigefinger. »Verlagere dein Gewicht ein bisschen mehr auf deine Absätze, Baby, nur ein Stück, mit deinen schönen, kräftigen Beinen.« Ein Zittern durchlief ihn, als ich seiner Anweisung Folge leistete. »Nicht zu viel. So ist's gut. Nur so weit, dass wir beide spüren können, wie deine heiße kleine Pussy meinen Schwanz reitet.«

Es fühlte sich traumhaft an. O Gott, es war einfach nur geil!

»Fass meinen Kitzler an«, stieß ich atemlos hervor, spannte

meine Pussymuskeln an und melkte ihn rhythmisch beim Auf- und Abgleiten.

»Gleich, Baby.« Seine Stimme war ein tiefes, sexy Knurren, bei dem meine Pussy nur noch mehr zerfloss. »Ich fasse dich wieder an, wenn deine Muschi so weit ist. Wenn deine Perle so empfindlich ist, dass du schreist, sobald ich sie berühre.«

Er hielt, was er versprach. Immer wieder senkte er mich auf seinen Schwanz, grub sich in mich und spielte gleichzeitig mit meinen Nippeln, bis mein ganzer Körper so aufgeheizt war, dass ich fast so gekommen wäre.

»Bitte«, jammerte ich. »Bitte, jetzt!«

Er zog mich auf seinen Schaft, stieß die Hüften vor und teilte meine Sexlippen mit einer Hand.

»Schau zum Fenster«, flüsterte er mit rauer Stimme. »Siehst du uns?«

Endlich berührte er meine Perle. Ich schrie in meiner Lust und spürte, wie mich die Wucht des Orgasmus erfasste. Ich stöhnte immer weiter, während sein Finger an meiner Klitoris kreiste. Ich sah zur Scheibe, suchte dort Erics Blick, bis er stöhnte und sich so fest in mich trieb, dass der Stuhl vom Boden abhob.

»Ich liebe dich«, keuchte er, als ich in seinen Armen erschauerte. »Schon immer, Baby, gehöre ich dir.«

»Ich liebe dich auch.« Das Sprechen fiel mir schwer. Ich hörte einfach nicht auf zu zittern. Erics Schwanz zuckte in mir. Die Schauer nahmen kein Ende, und ich kam wieder und wieder.

Als ich schließlich nicht mehr zitterte und meine Pussy nicht mehr krampfte, stand Eric auf und hob mich dabei hoch. Schnell zog er mich ganz aus und trug mich zum Bett. Dort strich er mir mit der Rose über meine Nippel und leckte meine Muschi, bis ich es nicht mehr aushielt. Ich schlief in seinen Armen ein, und als wir aufwachten, nahm ich ihn in den Mund und liebte ihn mit meinen Lippen und meiner Zunge und lutschte ihn, bis Eric so erschöpft war wie ich zuvor.

Wir liebten uns die ganze Nacht. Und am nächsten Morgen riefen wir Melissa und Janelle an und erzählten ihnen, dass wir uns verlobt hatten. Alle anderen erfuhren davon in den Statusupdates auf Facebook, denn Eric und ich strichen alle anderen Termine für die Woche, machten unsere Laptops und Handys aus und verbrachten die meiste Zeit im Bett, um uns noch besser kennenzulernen.

Im kommenden Jahr wollen wir heiraten, sobald Eric im Büro in Minnesota arbeitet. Wir bevorzugen traditionelle Einladungen, doch auf Melissas Anraten hin haben wir auch an eine »um Antwort wird gebeten«-Option auf Facebook gedacht, für all, die sich einfach nicht von ihren Rechnern trennen können. Denn, Gott stehe uns bei, wir laden einfach jeden ein.

Wir planen sogar eine traditionelle Hochzeitsnacht, auch wenn das nur Eric und ich wissen. Als wir nämlich am Ende unserer Ferienwoche das Hotel verließen, meinte Eric: »Hattest du je Analsex?«

Mein Erröten gab ihm die Antwort, noch bevor ich stammelte: »Äh, nein.«

»Ich auch nicht.« Er grinste. »Sollten wir uns das nicht für unsere Hochzeitsnacht aufheben? Ich weiß, was für Sachen wir in der Zwischenzeit machen könnten, um uns darauf vorzubereiten.«

Ich schaute bewusst auf seinen Hintern. »Okay.«

Er verdrehte die Augen und erröte ganz süß, doch dann lachte er wieder und zuckte mit den Achseln. »Also gut. Das gilt für beide. Wir könnten uns Sexspielzeug bestellen. Verdammt. Ich schicke dir eine Facebook-Nachricht.«

Ich zweifelte nicht daran, dass er es tun würde. Und ich konnte es kaum abwarten, seine Anspielung auf unser Vorhaben zu entdecken – auch wenn selbstverständlich nur ich sie in seiner Nachricht verstehen würde.

Einsatzbefehl

Craig J. Sorensen

Sarah hätte es leichter haben können, wenn sie sich einen VW Käfer gekauft hätte. Preiswert, leicht zu reparieren, außerdem gab es jede Menge davon.

Aber irgendetwas reizte sie an dem Armaturenbrett des knallroten britischen MG TC, Baujahr 1948. Als sie allerdings später damit durch die Sierra fuhr, hatte sie bei den merkwürdigen Geräuschen, die der zwanzig Jahre alte Motor von sich gab, den Eindruck, dass der Wagen die Rundfahrt nicht schaffen würde. Der MG röhrte, als Sarah in der Nähe von Reno auf die asphaltierte Fläche eines Truckstops fuhr. Widerwillig machte sie den Motor aus. Dann wollte sie den MG wieder starten, aber aus der Motorhaube drang nur ein hässliches Geräusch. Das war's dann wohl.

Sarah raffte ihren mitternachtsblauen, gepunkteten Rock und stieg aus der kleinen Fahrertür rechts. Als sie die Motorhaube öffnete, entwich der schwarze Qualm wie eine tanzende Kobra. Mit den Fingern der rechten Hand formte Sarah eine Pistole, richtete die imaginäre Waffe auf den Motorblock und gab dem Auto den Gnadenschuss, wobei sie sich mit der freien Hand die Augen zuhielt. »Leb wohl, altes Mädchen.« Sie ahmte den Pistolenschuss nach.

Plötzlich hörte sie Klänge, die an eine Art Zapfenstreich erinnerten, und drehte sich um. Ein Mann mit breitem Brustkorb und leichtem Bauchansatz pfiff die bekannte Melodie des militärischen Trauerzeremoniells. Sarah fasste sich an die

Herzgegend und lauschte auf die Stimme des Mannes, der die Melodie mit einem übertriebenen Vibrato ausklingen ließ. »Verstehen Sie was von Autos?«, fragte sie hoffnungsvoll.

»Von Autos auf jeden Fall. Von diesen Dingern allerdings nichts.«

»Ihnen gefällt mein Baby also nicht?«

»Oh, sie sieht nett aus.« Der Mann warf einen Blick unter die Motorhaube und schnaubte. »Es war richtig, dass Sie ihm den Gnadenschuss gegeben haben und es von seinen Qualen erlöst haben.«

»So bin ich eben, ein echter Gutmensch.«

»Nicht jede junge Lady denkt so vernünftig.« Seine Gesichtszüge erinnerten an einen Adler, und die gebogene Nase unterstrich diesen Eindruck noch. Klare, schelmische Augen glitzerten im Licht der Parkplatzbeleuchtung. »Kann ich Ihnen was zum Frühstück besorgen?«

»Ich komme schon selbst klar.«

»Wie Sie meinen.« Er entfernte sich.

»Kann man denn hier gut essen?« Sie beeilte sich, mit dem Mann Schritt zu halten, als sie ihm folgte.

»Noch nie davon gehört, dass man am besten dort isst, wo die Trucker essen?« Er deutete auf die vielen Sattelschlepper auf dem Platz.

»Doch, schon.« Endlich hatte sie ihn eingeholt. »Ich bezahle selbst, aber das heißt nicht, dass ich unbedingt allein essen möchte.« Dabei störte es sie sonst nie, wenn sie allein essen musste. Er hielt ihr die Tür auf. Doch Sarah bedeutete ihm, dass er zuerst eintreten sollte. Achselzuckend betrat er das Restaurant.

»Ich bin übrigens Sarah.« Sie streckte ihm die Hand entgegen, als sie sich einander gegenüber auf die knallroten Bänke in einer Nische setzten.

»Ich heiße Dave.« Mit leichtem Druck umschloss seine Hand die ihre. Sarah spürte die Schwielen an seinen Fingern, die wie Sandpapier über ihre Haut rieben. In seiner leder-weichen Handfläche verschwand ihre kleine Hand fast völ-lig. Sarah hatte das Gefühl, fest zudrücken zu müssen. »Guter Händedruck, Lady.« In gespieltem Ernst schüttelte er seine Pranke. »Du bist also immer so früh unterwegs, Sarah?«

Die Frage brachte sie zum Lächeln. »Mir war nach einem frühen Start.«

Ein breiter, blonder Schnurrbart zog sich ein wenig unge-pflegt über seine Oberlippe. Seine Wangen waren voll. Das Haar trug er kurz, und in seinem breiten Kinn hatte er ein auffallendes Grübchen.

Eine Kellnerin Mitte dreißig kam an den Tisch. Sie sah ziemlich gut aus mit ihrer schwarzen Hornbrille. In ihrer Schürze erinnerte sie an Popeyes Freundin Olivia und trug ihre Dienstkleidung mit einer eigenartigen Anmut. »Dave, wie er leibt und lebt«, flötete sie. »Wie geht's dir denn, Dar-ling?«

Er antwortete mit einem warmen Südstaatenakzent. »Ganz gut, Mary Jo. Und was machst du so?«

»Alles bestens, Dave. Hab dich ja schon ewig nicht mehr gesehen.«

»Hatte viel in Kalifornien zu tun. Bin froh, wieder in Rich-tung Osten auf Achse zu sein. Die Leute hier sind irgendwie netter.« Er zwinkerte ihr zu.

Mary Jo steckte sich den Bleistift hinter das Ohr, wo er unter ihrem hellblonden Haar kaum zu sehen war. »Einmal das Übliche, Honey?«

»Du weißt ja, was ich mag!«

Mary Jo wandte sich Sarah zu. »Und für deine Freundin hier?«

»Wir haben uns gerade erst draußen kennengelernt«, sagte Sarah, um Missverständnissen vorzubeugen. »Einen Kaffee, bitte, zwei pochierte Eier und dazu Toast ohne alles. Und getrennte Rechnungen, bitte.«

Mary Jo blies ihr Kaugummi auf und ließ es platzen. »Aber sicher, Honey.« Sie entfernte sich wieder vom Tisch.

»Ist aber ein mageres Essen, kleine Lady.« Dave zog fragend eine Braue hoch.

»Mir schmeckt's.« Sie hatte das Gefühl, sich rechtfertigen zu müssen. Sie warf einen Blick in Mary Jos Richtung. »Alte Freundin?«

»Wenn man unterwegs ist, trifft man jede Menge Leute, auch nette.« Daves Blick huschte kurz zu der Kellnerin.

»Eure Freundschaft geht über Schinken und Ei hinaus.«

»Wenn es so wäre, würde es dich nichts angehen, kleine Lady.«

»Ich heiße Sarah und nicht ›kleine Lady‹.«

»Nun, groß bist du nicht gerade, Sarah.«

Sarah verbarg ihr Lächeln hinter ihren verschränkten Fingern. »Ich bin ein klein wenig pummelig.«

»Du bist wie eine Frau gebaut.«

Sarah schob die Unterlippe vor.

»Magst du es nicht, eine Frau zu sein?«

»Eine Frau zu sein, macht mir nichts aus.«

»Wohin soll die Reise gehen, kleine . . . Sarah?«

»Nach Idaho.«

»Tolle Gegend. Und in welche Stadt?«

»Nampa.«

»Nettes Städtchen. Ich könnte dich bis nach Winnemucca mitnehmen.« Dave deutete auf einen neuen Peterbilt Sattelschlepper mit Schlafkabine, den man durch das Fenster des Restaurants sehen konnte.

Sarah hatte vorgehabt, noch im Lauf des Morgens ein Travelodge-Hotel und eine Werkstatt zu finden. Aber sie hatte kaum noch Geld, deshalb wäre es vernünftiger, sich auf den Rückweg zu machen. Es wäre nicht ihr erstes Mal, per Anhalter zu fahren. »Glaubst du, mein Auto taugt nichts?«

»Es ist jedenfalls nicht gut.«

Sarah wusste, dass er recht hatte. »Wenn du nichts dagegen hast, nehme ich das Angebot an.« Sie schielte auf das große Omelette, die Pommes frites und die Toasts mit Kirschmarmelade, die Mary Jo Dave auf einem Teller servierte.

»Ich kann bezahlen.« Sie stocherte in ihrem bescheideneren Frühstück herum.

Zwischen zwei großen Bissen fragte er kauend: »Für was bezahlen?«

»Für die Fahrt.«

»Unsinn. Ich fahr doch sowieso in die Richtung.«

Nachdem sie das Restaurant verlassen hatten, hielt Dave ihr die Beifahrertür des Trucks auf. Sarah wartete, bis Dave um den Truck herumging. Erst dann kletterte sie hinein und zog die Tür zu.

Dave sang bei Hank Williams' Song *Hey Good Lookin'* mit, wobei seine Stimme sich ziemlich genau wie die des alten Country-Stars anhörte. Als das Lied zu Ende war, tippte Sarah mit einem Finger auf das Armaturenbrett. »Ich habe gar kein Radio. Was dagegen, wenn ich mal die Sender durchgehe? Vielleicht laufen gerade irgendwo die Nachrichten.«

»Fühl dich wie zu Hause, Darling. Ein Song vom alten Hank, und ich bin zufrieden.«

Mehrmals drehte sie den Sendersuchlauf von links nach rechts und entschied sich schließlich für einen Sender. Ein Song begann.

Dave runzelte die Stirn. »Was ist das denn?«

»Jimi Hendrix. *Voodoo Child*.«

»Und dieser Sound da?«

»Wie?«

Dave versuchte, die ersten Gitarrenriffs nachzuahmen.

Sarah grinste. »Das ist ein Wah.«

»Ein was?«

»Ein Wah-Wah. Wird bei Gitarren eingesetzt und hört sich eben an wie wah-wah.«

»Wah-Wah.«

»Yeah. Magst du das?«

»Nicht besonders.«

Sarah suchte einen anderen Sender, aber Dave legte seine Hand auf ihre und stellte den alten Sender ein. Seine dicken Finger lösten ein eigenartiges Kribbeln in ihrer Hand aus. »Lass ruhig.«

»Aber es gefällt dir doch nicht.«

»Kann ich erst sagen, wenn ich's mir ganz angehört habe.« Er hob ihre Hand vom Radio, als halte er eine Rose zwischen Daumen und Zeigefinger. Nach einigen lausigen örtlichen Werbesprüchen begann der Song *Bluebird*.

Dave nickte. »Den hier finde ich gut.«

»Ich habe Buffalo Springfield mal in San Francisco gesehen. Tolle Show!«

»Kommst du aus der Gegend?«

»Yeah. Eine Protesthochburg.«

»Gegen irgendwas speziell?«

»Wie?«

»Der Protest. Protestiert ihr gegen irgendwas Spezielles?« Ein dünnes Lächeln. Zum Beat des Songs trommelte er mit den Daumen auf das Lenkrad.

Sarah unterdrückte ein Lächeln. »Rate mal.«

»Nun, man kann gegen alles Mögliche protestieren. Könnte

um BHs gehen, die verbrannt werden. Hab mal gehört, dass manche Mädchen das machen, oder nicht?« Daves Wangen wurden ein wenig rot. Sarah mochte das.

Sie knetete ihr gepunktetes Kleid zwischen ihren vollen Brüsten. »Bei meinen Titten ist ein BH kein Statement, sondern absolut notwendig.«

Daves Röte nahm zu. Er musste lachen. »Okay, wogegen habt ihr also protestiert?«

»Gegen den Krieg in Vietnam natürlich.« Schweigen. Nur der Song lief im Hintergrund. »Ich schätze, du bist da anderer Meinung?«

»Denke nicht groß drüber nach.«

»Solltest du aber.«

Der Sender kam schlecht rein. Sarah drehte am Suchlauf.

»Hier ist die Verbindung immer schlecht. Ist nicht viel los hier.« Dave deutete auf die immer noch im Dunkeln liegende Wüstenlandschaft von Nevada.

»Yeah, ich hasse das. Immer alles gleich. Es ist so langweilig.«

»Nein, nein, du musst nur wissen, wonach du suchen musst. Du kannst nicht erwarten, dass dich nach jeder Kurve grüne Weideflächen oder atemberaubende Berge begrüßen. Die Wüste ist schön. Und diese langen, geraden Straßen, nun, sie sind vorhersehbar und führen dich immer irgendwohin. Eine lange, bequeme Strecke von A nach B. Man sollte auf die Wüste anstoßen, sie ist unvergleichlich.«

»Zum Thema Krieg bekomme ich kein Wort aus dir heraus«, meinte sie. »Aber wenn ich die Wüste erwähne, kommst du aus dem Schwärmen gar nicht mehr raus.«

»Ist eben etwas, was mir gefällt, kleine ...« Er zog eine Braue hoch. »... Sarah.«

»Es macht dir also nichts aus, wenn unsere Jungs für nichts dort verrecken?« Sie hatte die Stimme erhoben.

Er hob eine Hand. »Hey, nun mal nicht so schnell.«

»Was soll das nun wieder bedeuten?«

»Es war nicht böse gemeint. Schau, ich denke darüber nach, meine Ladung ans Ziel zu bringen. Ich muss darauf achten, dass ich gute Reifen drauf habe und dass der Tank voll ist. Ach ja, und mit den Cops will man es sich auch nicht verscherzen. Es gibt klügere Leute, die über so wichtige Dinge nachdenken. Dazu brauchen die mich nicht.«

»Aber es betrifft doch jeden, wenn Leute ohne Grund sterben, Dave.«

»Ja, okay, ich werde drüber nachdenken.«

Die Andeutung eines Lächelns um seine Mundwinkel machte sie wütend. Daher schaute sie aus dem Fenster der Beifahrertür.

Kurz darauf suchte sie wieder einen Sender und ballte die Hand zur Siegerfaust, als sie fündig wurde. »Hab einen!« Johnny Cash sang *Folsom Prison Blues*. Sie klopfte auf Daves Knie. »Das magst du doch bestimmt.«

Dave blickte starr geradeaus und nagte an seiner Unterlippe.

»Soll ich lieber einen anderen Sender suchen?«

»Nein, lass nur. Der Song gefällt mir.«

Sie beugte sich in seine Richtung, das Kinn auf die Finger gestützt, ein leises Lächeln auf den Lippen.

»Wolltest du noch was sagen, Sarah?«

»Deine Leidenschaft sind die Wüste und Country-Musik.«

»Leidenschaft? Ich mag das eben.«

»Und trotzdem kümmert dich der Krieg kein bisschen?«

»Tut mir leid, Darling. Ich hab mir nur noch nicht so viel Gedanken darüber gemacht.«

»Mein Bruder ist jetzt in Kanada.«

Eine lange Pause trat ein. »Soll klasse sein da oben, um diese Jahreszeit«, meinte er.

»Er verweigert den Wehrdienst, Dave.«

»Hab ich schon kapiert, Sarah.«

»Ehrlich, bei dir weiß ich nicht, wann du's ernst meinst.« Sie wischte sich ein Haar von der Schulter.

Er schielte zu ihr hinüber, sodass ihre Blicke sich trafen. »Ist das so?« Der Radioempfang war wieder schlechter geworden. Erneut herrschte Schweigen in der Fahrerkabine, zu hören war nur das immer gleiche Brummen des Dieselmotors. Am östlichen Horizont wurde es heller.

»Wenn ich ein Mann wäre und eingezogen werden sollte, würde ich auch nach Kanada abhauen. Was sagst du dazu?« Sarah wandte sich ihm zu, als wolle sie es auf ein Streitgespräch ankommen lassen.

»Ich würde sagen ›Grüß deinen Bruder von mir‹.«

Sarah hielt sich die Hand vor den Mund, weil sie lachen musste.

»Warum machst du das?«

»Was?«

»Du hältst dir beim Lachen den Mund zu.«

»Ach, nur so.« Nach einer Pause setzte sie hinzu. »Ist wegen der Zähne.«

»Du hast doch schöne Zähne.«

»Die unteren stehen schief.«

»Yeah, ist das nicht toll?«

»Jetzt nimmst du mich auf den Arm.«

»Nope.«

Sarah strich sich von der Taille zu den fülligen Hüften über ihr Kleid.

Wieder schwiegen sie beide. »Als ich noch ein Junge war«,

sagte Dave dann, »prügelte ich mich dauernd. Machte meine Ma und meinen Pa rasend. Eines Tages fragt meine Mama: ›Davey, warum hast du dich jetzt wieder geprügelt?‹, und ich sage: ›Johnny hat was Böses über dich gesagt, Ma.‹ Meine Mutter fragt: ›Was denn?‹, und ich antworte: ›Dass du fett bist.‹ Darauf sie: ›Ich bin fett. Bist du dumm, Junge? Prügelst dich, weil einer die Wahrheit sagt?‹. Dad las mir gar nicht erst die Leviten. Er verhaute mich ordentlich. Johnny schlug mich, Dad schlug mich, Ma war sauer auf mich.« Dave nickte, um damit das Ende seiner Story anzuzeigen.

»Willst du mir damit sagen, dass man sich seine Kämpfe aussuchen sollte?«

»Hör zu. Ein paar Tage später sagt Johnny wieder, dass Mama fett ist. Inzwischen hatte ich rausgefunden, warum er mich besiegt hatte, und diesmal verprügelte ich ihn. Von dem Tag an ist der gute alte Johnny immer auf die andere Straßenseite gegangen, wenn er mich kommen sah, obwohl er größer war als ich.«

»Versteh nicht, was du mir damit sagen willst, Dave.«

»Ich muss mich nicht mehr beweisen. Meine Kampftage sind vorüber.«

Sie beobachtete seine Körpersprache, die Art und Weise, wie er sie aus den Augenwinkeln musterte. »Ich wette, du warst in Vietnam. Und du wurdest nicht mal eingezogen. Bist freiwillig hin.«

Seine Mundwinkel bogen sich leicht nach oben. Seine Stimme blieb weich wie zuvor. »Glaubst du, es war falsch von uns, im Zweiten Weltkrieg gegen Deutschland und Japan zu kämpfen?«

»Krieg ist immer schlecht.«

»Hätten wir uns also Leuten wie Hitler und den Japsen

beugen sollen? Hätten wir uns friedlich verhalten und aus dem Krieg raushalten sollen?«

»Nun ...«

»Und was ist mit Korea? War es okay, den Süden fallen zu lassen?«

»Du weißt, dass es dazu nicht gekommen wäre.«

»Aber konnte man absehen, wie es ausgehen würde? Nehmen wir an, der Süden hätte verloren.«

»Es war nicht unser Kampf.«

»Stell dir vor, dein Bruder gerät in einen Kampf. Jemand fängt einen handfesten Streit mit ihm an. Und du siehst, dass der Typ, der ihn angreift, eine Pistole hinten im Hosenbund hat. Aber die kann dein Bruder nicht sehen. Du kannst leicht an die Waffe kommen. Schnappst du sie dir? Warnst du deinen Bruder? Oder hältst du dich zurück und hoffst, dass nichts passiert?«

»Mein Bruder schlägt sich nicht mit anderen.«

»Aber diesmal hat er keine Wahl.«

Sie holte hörbar Luft. »Das ist ... das ist nicht dasselbe.«

»Bist du sicher?«

»Ich dachte, du hättest dir über diese Dinge noch nicht viele Gedanken gemacht.«

»Du hast meine Frage nicht beantwortet.«

Sie schnaubte und schaute zur Seite.

»Beantworte meine Frage.«

»Okay, ich würde mir die Waffe schnappen. Aber das ist etwas anderes.« Sie blickte immer noch aus dem Beifahrerfenster.

»Wusste ich's doch.« Er stupste sie mit dem Ellenbogen an.

»Nicht so überheblich, ja? Jetzt beantwortest du mir eine Frage.« Sie wandte sich ihm wieder zu.

»Schieß los.« Dave zeigte mit einem Finger in die Wüstenlandschaft und ahmte einen Schuss nach.

Sarah hielt sich beim Lachen wieder die Hand vor den Mund, ließ sie dann sinken und lächelte. »Okay. Nehmen wir an, dein Haus brennt. Du bist in deinem Zimmer im ersten Stock, deine Kinder schlafen in ihrem Zimmer im dritten Stock, während sich unten im Erdgeschoss ein paar Erwachsene aufhalten.«

»Ich hab keine Kinder und keine Frau, Sarah.«

»Schön mitspielen, Dave. Es gibt am Ende auch einen Preis zu gewinnen.«

Er schnaubte. »Ich mag Preise.«

»Rettest du nun die Gäste oder deine Kinder?«

»Vielleicht rette ich die Erwachsenen, denn die könnten mir helfen, die Kinder zu retten.«

»Aber was ist, wenn du ins Erdgeschoss kommst und merkst, dass das Feuer außer Kontrolle gerät? Du schaffst es vielleicht, die Erwachsenen zu retten, aber zu welchem Preis?«

»Okay, dann stellen die Erwachsenen und ich uns unten vor dem Haus auf und rufen zu den Kindern rauf, dass sie uns in die Arme springen sollen.«

»Deine Kinder sind zweiundzwanzig und neunzehn Jahre alt und kommen nach ihrer Mutter. Sie wiegen also jeder hundertdreißig Kilo.«

Dave lachte aus vollem Halse. Es hallte so laut in der Fahrerkabine wider, dass Sarah um ihr Trommelfell bangte. Zwischen den Lachanfällen sagte er: »Nun, ich bin ziemlich kräftig.«

»Ihr seid alle zusammen nicht stark genug.«

»Okay, ich würde meine Kinder retten.«

»Wusste ich's doch!«

»Jetzt mal nicht so überheblich.« Dave warf einen Blick in den Außenspiegel. »Gott verdammt. Ich hasse das. Entschuldige mein Fluchen.«

»Hab schon Schlimmeres gehört. Was ist denn los?«

»Der Typ fährt in meinem Windschatten.«

»Und das heißt?«

»Er ist so dicht hinter mir, dass er sich praktisch an mich heransaugt. Macht mich immer total nervös, so was.«

Sarah schaute zur Seite.

»Jetzt sag nicht, dass du so was auch machst«, sagte er.

Sie zuckte mit den Achseln.

»Du weißt doch hoffentlich, was passiert, wenn ich plötzlich bremsen muss, oder? Hab das mal bei einem anderen Truck gesehen, auf dem Weg nach Stockton. War ein größeres Auto als deins, und es war nicht nur die Fahrerin im Auto. Sie hatte ihr . . .« Dave biss sich auf die Unterlippe. »Da war noch ein Kind im Wagen.« Er schaute zur Seite und wischte sich kurz mit dem Daumen über die Wangen.

»Ich . . . es tut mir leid.« Sie tätschelte seine Schulter.

»Bleib bloß aus dem Windschatten eines Trucks, Sarah.«

Sarah rutschte auf dem Sitz zur Seite, sodass ihre Beine näher zu Dave zeigten, während er immer wieder in den Außenspiegel schaute. »In Ordnung, hab verstanden.«

Er streckte die Hand nach der Kupplung aus und streifte dabei Sarahs bloßes Knie. Erschrocken zog er die Hand fort. »Pardon.«

»Wieso?«

»Dein Bein. Ich meine, es ist . . . äh, echt glatt und so. Aber ich hatte nicht vor . . . ach, verdammt.« Die Röte schoss ihm in die Wangen. Sofort schaute er wieder in den Außenspiegel und schaltete, bis das Auto hinter dem Truck hervorkam und endlich überholte.

»Ist schon okay.« Sarah rutschte noch etwas dichter an ihn heran. Ihr Knie drückte nun gegen Daves Hüfte.

Daves Hand umklammerte den Schaltknüppel.

Nach einer langen Pause meinte Sarah: »Ich glaube, wir vergeuden zu viel Zeit, indem wir uns Gedanken über die Gärten anderer Leute machen. Und die eigenen vernachlässigen wir.«

Dave seufzte. »Yeah, ich sehe dich schon da draußen auf dem Highway, wie du im Windschatten fährst.«

»Ich wette, du denkst, dass man Frauen sehen sollte, anstatt sie zu hören.«

»Nein, aber ich sehe manche Dinge eben anders.«

»Wirklich?« Ein Anflug von Sarkasmus klang in ihrer Stimme.

Dave beobachtete die Straße aufmerksam. »Fragst du einen Mann, der durch die Hölle gegangen ist, ob er gern in einem Garten ist, in dem Unkraut wächst, dann sagt er bestimmt Ja.«

»Durch was für eine Hölle bist du denn gegangen, Dave?«

»War nur so eine Feststellung. Und wieder kommt eine Gegenfrage von dir.«

»Es geht um mehr.«

Sarah legte ihre Hand auf Daves Sitz, unmittelbar hinter seiner Schulter. »Du hast ein hübsches Gesicht.«

Dave errötete heftig und schaute zur Seite.

Sarah musste grinsen. »Und du hast die Brauen hochgezogen, weil ich mir beim Lachen die Hand vor den Mund halte. Du bist wohl eher für das Traditionelle.«

»Glaubst du?«

»Kannst du mir nicht mal eine direkte Antwort geben?«

»Du hast mir doch gar keine Frage gestellt?«

»Stimmt, hab ich wohl nicht.«

»Es ist gut, wenn man für seine Überzeugungen eintritt. Ich bin in diesem Leben bloß schon ein bisschen mehr herumgekommen als du. Vielleicht hab ich das ein oder andere gesehen, dies und das gemacht und sehe daher einiges in einem anderen Licht. Da ich gerade von Licht spreche, wir werden gleich einen tollen Sonnenaufgang erleben. Ich halte fast immer an, wenn die Sonne aufgeht. Fahre immer nachts, damit ich die Sonne früh morgens genießen kann.« Dave steuerte den nächsten Truckstop an. Dort parkte er und sorgte dafür, dass die Fahrerkabine genau nach Osten zeigte. Ein zartes Rosarot ergoss sich über die karge Wüste.

»Wo bist du gewesen, dass Sonnenaufgänge für dich so wichtig geworden sind, Dave?«

»Wie meinst du das mit ›geworden sind‹?«

»Jetzt halt mich nicht hin.«

Er schüttelte den Kopf. »Du kannst ganz schön anstrengend sein.«

»Stimmt. Also beantworte meine Frage.«

Eine lange Pause trat ein. »Ich war an einem Ort, an dem man über alle Fehler nachdenken kann, die man gemacht hat. Es war ein Ort, an dem man lernt, seine eigene Stimme wie eine Tonbandaufnahme zu benutzen. Ein Ort, an dem man ein Steak in Gedanken auf der Zunge schmeckt, während man klebrigen, verdorbenen Reis zwischen den Fingern hat. Man geht im Geiste alles durch, was man versäumt hat, während man sich lieber zum Affen gemacht hat.«

Sarahs Knie drückte fester gegen Daves Hüfte. Mit den Fingern strich sie ihm über die Schulter. »Wo warst du?«

Die Antwort kam leise. »Im Gefangenenlager des Vietcong.«

»Oh, tut mir leid ... das muss ja ...«

»Das wird ein herrlicher Sonnenaufgang.« Dave streckte

174

seine Hand aus, bis seine Finger unmittelbar vor Sarahs Gesicht schwebten, doch er wartete. Als sie nickte, streichelte er ihr über die vollen Wangen und strich ihr mit den schwieligen Daumen über die schmalen Lippen. »Vielleicht gucke ich doch nicht auf die Sonne, wenn sie aufgeht«, flüsterte er. »Du bist viel zu schön.«

Sarah war im Begriff, ihr Lächeln zu verbergen, unterließ es aber und lehnte ihren Kopf an seine Schulter. Sie hob Dave ihren Mund entgegen. Einen Moment später tauchte Dave mit seiner süß-sauren Zunge in ihren Mund. Er strich über ihre Zähne, spielte mit ihrer Zungenspitze. »Du schmeckst so toll, Sarah.«

Noch nie hatte sie einen Kuss so tief in ihrem Körper gespürt. »Darf ich?« Sie deutete mit dem Kopf auf die Schlafkoje hinter den Sitzen.

»Fühl dich wie zu Hause.«

Sie zog ihre Schuhe aus und kroch in die Koje. Dann fasste sie sich an die Schleife an ihrer Taille. »Weißt du noch? Ich habe gesagt, dass es einen Preis gibt?«

Schnell hatte er ihre Hand gepackt. »Das ist mehr als ein Preis.«

Als er sie so durchdringend ansah und mit dieser tiefen, leicht heiseren Stimme sprach, hatte sie Mühe, ein Keuchen zu unterdrücken. Es war die Zeit der freien Liebe, der sexuellen Befreiung, und wenn man es in diesem Licht betrachtete, war es ein Preis, schlicht und einfach. Sie war sich da ganz sicher. Sie ließ die Schleife los und hielt locker seine Hand in ihrer. »Du hast also noch keinen Sex nur so zum Spaß gehabt, Dave?«

Er schaute aus der Frontscheibe auf den heller werdenden Streifen am Horizont. »Das geht dich nichts an.«

»Also hast du es schon mal gemacht.«

»Ein Mann kann ganz schön Appetit kriegen, wenn er nichts zu beißen bekommt. Manchmal ist es schwer, nicht einfach alles herunterzuschlingen. Wenn man nicht aufpasst, hat man hinterher Bauchschmerzen.«

Sarah richtete sich so weit auf, dass sie Daves Gesicht in die Hand nehmen konnte. Sie drehte seinen Kopf zu sich. »Ich will aber gierig sein und schlingen, zur Hölle mit den Bauchschmerzen.« Wieder tastete sie nach ihrer Schleife. Diesmal hielt er sie nicht davon ab. Sie knöpfte ihr Kleid auf.

Dave räusperte sich. Erneut streckte sie die Finger aus, um sein Gesicht zu sich zu drehen.

Er nahm ihre Hand. »Du weißt, dass wir in Winnemucca sind? Hier sollten sich eigentlich . . . unsere Wege trennen.«

»Weiß ich.« Geschmeidig bewegte sie den Oberkörper, sodass ihr das Kleid von den Schultern rutschte. Zum Vorschein kamen der weiße BH und die Unterhose. »Schon mal Sex bei Sonnenaufgang gehabt?«

Dave schüttelte den Kopf. »Kann ich nicht gerade behaupten.«

»Dann hast du noch nicht richtig gelebt, Dave.« Sie hob sein Kinn mit einem Finger an, sodass er ihr in die Augen sehen musste.

Hungrig glitt sein Blick über ihren Leib. »O Gott.«

»Komm zu mir.« Sie öffnete ihren BH, streifte ihn ab und befreite ihre vollen Brüste. Mit zwei Fingern strich sie sich aufreizend über den Bund ihres Slips.

»O Gott, Sarah.«

Obwohl er schräg vor ihr saß, konnte sie die Wölbung in seiner Hose sehen. Langsam schob sie ihre Höschen nach unten.

Die Sonne erschien als Feuerball am Horizont. Dave schaute nicht nach Osten. Sein Blick haftete auf Sarah, dann kletterte er hastig hinter die Sitze. Wie ein Teenager, der sein erstes Date hat, hantierte er mit seinen Klamotten herum. Ihre Beine und Arme warfen Schatten an die Rückwand der Schlafkabine.

»Ich hab Hunger.« Dave kniete am Ende der Koje und beugte den Kopf nach unten, nachdem er noch einmal Sarahs Blick eingefangen hatte. Dann drückte er sein Gesicht zwischen ihre Schenkel, suchte ihre Klitoris.

»Oh!« Das hatten schon einige Männer bei ihr gemacht, aber sie hatte sich immer ein bisschen sonderbar dabei gefühlt. Die Empfindungen waren so intensiv, die Stelle war so intim. Sie stieß ein Stöhnen aus, als Dave mit der Zungenspitze über ihre Perle leckte, und grub ihre Hände in das weiße Laken. Ihre Stimme überlagerte das Dröhnen der Dieselmotoren auf dem Parkplatz.

Daves glänzendes Kinn tauchte zwischen ihren Schenkeln auf, ein Grinsen lag auf seinem Gesicht. »Du schmeckst köstlich, Sarah.«

»Ich hab aber auch Hunger.« Sie bedeutete ihm, er solle sich neben sie legen, mit dem Kopf nach unten. Dann zog sie seinen Schwanz zu ihrem Mund. Die Kuppe war rund und angenehm weich. Die Adern zogen sich wie Weinranken über den harten Schaft. Sie konnte nicht genug von diesem Anblick bekommen und nahm seinen Steifen so tief wie möglich in den Mund, leckte über jede Stelle. Jedes Mal wenn ihre Zunge über seine Eier fuhr, zuckte er zusammen.

Kurz darauf setzte sie sich auf seine Brust und rutschte mit gespreizten Beinen zurück bis zu seinem Mund. Seine Zunge war drängend und unnachgiebig. Es dauerte nicht lange, bis sie von einem heftigen Orgasmus geschüttelt wurde, während sie weiter seinen aufragenden Schwanz lutschte. Ihre Arme und Beine zitterten, und durch ihre Taille lief ein

Zucken. Sie schmeckte ihn und verlor sich dann in einem zweiten Orgasmus.

Sie gab sich Mühe, ihn mit dem Mund zu befriedigen. Tief nahm sie ihn in sich auf. Dave verharrte einen Moment lang, doch dann erkundeten seine Finger und sein Mund sie weiter, sodass Sarah es einfach geschehen lassen musste. Seine Worte schossen ihr durch den Kopf. *Ein Ort, an dem man ein Steak in Gedanken auf der Zunge schmeckt* … Oh, an was für Dinge wird Dave noch alles gedacht haben, als er im Lager saß!

Sie lutschte ihn gieriger, und seine Schwanzspitze hatte die Farbe dunkelroten Weins, doch noch wollte er nicht kommen. Sie selbst hatte ihren dritten Höhepunkt. Dann musste sie plötzlich an die Schwertschlucker im Zirkus denken. Sie kämpfte gegen ihren Würgreflex an. Ein paar Versuche brauchte sie, doch dann hatte sie ihn geschluckt, und ihre Nase kitzelte an seinen Eiern.

Dave stöhnte, und seine Arme hingen schlaff, während sie seinen Schwanz mit verzweifelter Hingabe bearbeitete. Zunge, Finger, Handflächen, Lippen, noch ein paar Mal tief in ihren Rachen, und Dave drückte den Rücken durch und hob sie hoch, als wäre sie leicht wie eine Feder. Sie hörte keinen Laut, als er die ersten Spritzer in ihren Rachen schickte, und fast hätte sie die Kontrolle über ihren Schluckreflex verloren. Doch sie rang ihn nieder. Dann schrie Dave seine Lust heraus. Aus seinem Schwanz spritzte es immer weiter. Wieder schluckte sie ihn, und fast hätte er sie wie beim Rodeo abgeschüttelt.

Doch sie klammerte sich an ihm fest, wie eine erfahrene Reiterin, die sich auf dem Mustang im Sattel hält.

Stumm lagen sie dann übereinander, erschöpft. In der Stille waren nur ihre schnellen Atemzüge zu hören.

Sonnenlicht erhellte die Kabine. »Was zum Teufel hast du da mit mir gemacht, Sarah?«

Ihre Antwort war nur: »Keine Bauchschmerzen.«

Er lachte und streichelte sie am ganzen Körper. Noch nie hatte sie sich so bei einem Mann gefühlt. Sie hatte sich überhaupt noch nie so gefühlt. Und sie wollte nicht, dass es aufhörte.

Später verschlang Sarah ein großes Omelette zum zweiten Frühstück in der Trucker-Bar. Das Essen in Reno hatte ihr Körper schon auf der halben Strecke durch Nevada verbrannt. Dieses Frühstück sollte etwas länger anhalten.

Dave trank seinen Kaffee, knabberte an einem Toast und hielt Sarah nicht davon ab, alles auf eine Rechnung setzen zu lassen und zu bezahlen. Doch es fiel ihm nicht leicht. »Ich denke schon, dass du per Anhalter bis nach Nampa kommst. Ich würde dich ja hinfahren, aber ich muss meinen Fahrplan einhalten.« Kurz darauf machte er sich auf den Weg zurück zu seinem Truck. Er schaute sich noch einmal um.

»Danke, Dave.« Ja, sie war schon fast zu Hause. Irgendjemand würde sie abholen, und falls nicht, wollte sie per Anhalter weiter nach Norden.

Seine Abschiedsworte hörte sie kaum. »Ich werde dich vermissen, kleine Sarah.«

Sie rief ihm nach: »Du hast mir nie gesagt, wohin du eigentlich fährst.«

»Nächster Halt: Lincoln, Nebraska. Danach, nun ja, Straßen ohne Ende. Gibt noch jede Menge zu entdecken.«

Sie lief ihm nach. »Lincoln wollte ich immer schon mal kennenlernen.« In Wahrheit hatte sie noch nie einen Gedanken an diese Stadt verschwendet. Sie packte ihn beim Arm. »Weißt du was, Dave? Mir ist gerade eingefallen, dass wir noch gar nicht unsere Standpunkte zum Vietnam-Krieg ausdiskutiert haben.«

»Du wärst überrascht, was ich –« Sarah legte ihm einen Finger auf die Lippen. Er musste grinsen. »Hast recht. Du weißt schon, was du tust . . .« Er nahm ihr den Koffer ab und öffnete die Beifahrertür.

». . . und du auch, großer Dave«, meinte sie, lächelte und stieg ein. Ihre Hände ruhten in ihrem Schoß. Dave schloss die Tür für sie.

Knietief im Klee

Shanna Germain

Dustan kniete im Klee, wickelte den Draht um die Isolierung und zog ihn stramm. Im Feld nebenan strich der Wind über das Korn, sodass die Ähren raschelten. Mit etwas Fantasie hörte es sich an, als würde sich eine Frau ausziehen. Und sobald Dustan an eine Frau dachte, die sich auszog, kam ihm immer Maddy in den Sinn.

Er lauschte, den Kopf leicht zur Seite gelegt. An diesem Tag ging überhaupt kein Wind. Die Sonne schien, und kein Lüftchen regte sich an diesem Sommertag, als halte der Tag abwartend den Atem an. Aber wenn das Getreide und der Wind nicht dieses Rascheln erzeugten, dann gab es nur eine Erklärung: Es war Maddy.

Im nächsten Augenblick hörte er sie, hörte, wie ihr das leichte Sommerkleid um die Beine strich. Dustan blieb bei dem Zaun und lauschte. Wie in kleinen Wellen und im Rhythmus ihrer Schritte wehte das Geräusch, das der Stoff an ihren Beinen erzeugte, zu ihm herüber. Und dann nahm er auch ihren Duft wahr. In den Geruch seines Schweißes und das Blütenaroma des Klees schlich sich ihr Morgenduft: Wie Strauchtomaten, wie Zucchini-Blüten. Der Geruch der Tagetes, die sie für die Schädlingsbekämpfung einsetzten.

Sie trat hinter ihn und hielt ihm die Augen zu. Er tat so, als habe sie ihn überrascht, als habe er ihr Kommen gar nicht bemerkt und ihr Rascheln im Feld nicht gehört. Ihre Hände fühlten sich ein wenig rau an. Er spürte die kleinen Schnitt-

181

wunden – denn sie trug nie Handschuhe – und genoss den Druck ihrer Finger auf seinen Lidern und den kurzfristigen Verlust des Augenlichts. Ja, er genoss es, wie ihre Geräusche und ihr Duft die Welt um ihn herum ausblendeten. Ihr Lachen kitzelte in seiner Ohrmuschel.

Manchmal war es gefährlich, was sie anstellte. Wenn sie ihm zum Beispiel die Augen zuhielt, während er mit dem Freischneider arbeitete oder mit Elektrodraht hantierte. Aber er brachte es einfach nicht fertig, sie in ihrem Enthusiasmus zu bremsen, in ihrer kindlichen Freude. Zumindest nicht, wenn es nur um seine eigene Sicherheit ging.

Sie lachte immer noch, als er sich zu ihr umdrehte und sie ein kleines Stück hochhob. Sie war kräftig und ein ganzes Stück kleiner als er. Eine Hand auf ihrem Hintern, hielt er sie hoch. Er liebte es, ihre herrlichen Rundungen und die süßen Halbmonde ihres Hinterteils zu spüren.

Sie küsste ihn und rieb sich an seinem Körper, während er sie hielt. Ihr Mund schmeckte nach Himbeeren und Sahne. Sie wand sich in seinem Griff, bis er nicht mehr konnte und sie absetzen musste, außer Atem und die Hand ins Kreuz gestemmt. Ihre bloßen Füße – die Zehennägel wie Minisonnen bemalt – sanken in den Klee.

»Maddy, du solltest hier nicht barfuß laufen.« Seine Stimme hatte einen anklagenden Ton, den er nicht verhindern konnte. »Du trittst noch in einen Dorn. Oder auf eine Biene oder Schlimmeres.«

»Alles bestens«, sagte sie. »Außerdem bin ich nur daran interessiert, von diesem speziellen Dorn gestochen zu werden.« Wie so oft, fragte er sich auch jetzt, ob Maddys Vater eigentlich wusste, was für ein wildes Geschöpf sie doch war. Er bezweifelte es.

Ihre Hand tastete sich bis zu seinem Hosenbund vor, ihre

Finger fuhren über den Reißverschluss. Im Sonnenlicht blitzte ihr Ring auf, als sie ihm über seine Wölbung strich. Sie hob den Kopf und lachte.

»Maddy«, sagte er.

»Was denn?« Ihr Blick war voller Unschuld, als sie ihn ansah – mit ihren großen dunklen Augen, die gesprenkelt waren mit goldenen Tupfern. Ihre langen schwarzen Wimpern bildeten einen Kontrast zu ihren helleren Haaren.

Bei einer ihrer ersten Begegnungen hatte er zu ihr gesagt: »Du hast Augen wie ein Jersey-Kalb.« Er hatte es gar nicht sagen wollen, denn Worte waren eigentlich seine Feinde, oft jedenfalls. Vieles bekam er nicht über die Lippen oder spürte dann eine feurige Röte in den Wangen. Aber Maddy hatte ihn nicht ausgelacht. Sie war nicht verärgert gewesen, dass er sie mit einer Kuh verglich. Stattdessen sagte sie: »Aber ich muss nicht muhen, wenn wir zum ersten Mal Sex haben, oder?«

Nie hätte er gedacht, dass eine Frau so etwas sagt. Aber sie sagte dauernd solche Sachen. Die Worte flogen ihr nur so zu. Und da wusste er, dass er sie allein deswegen lieben würde.

Verrückt war nur, dass sie es erlaubte und ihn gewähren ließ. Madeline O'Hara, Tochter des Brandmeisters O'Hara, Königin des Jahrmarkts . . . die mit der guten Erziehung, dem goldbraunen Haar und den Kälbchen-Augen.

Dustan hatte sie immer schon gekannt, wie übrigens auch all die anderen Mädchen aus dem Städtchen, in dem er aufgewachsen war. Aber er war kein Städter. Genqua war im Grunde auch keine große Stadt, aber groß genug, um einen Unterschied zu machen zwischen den Farmern und Ranchern einerseits und den Leuten, die in der Stadt einen Job hatten, andererseits. Maddy O'Hara war nicht nur eine Nummer zu groß für ihn, sie spielte in einer ganz anderen Liga.

Offiziell waren sie sich zum ersten Mal auf einem Baseball-platz begegnet. Dustan spielte für das Farmteam, Maddys Bruder für die Städter. Das Farmteam hatte am Endes die Nase vorn, und die Jungs zogen los, um ihren Sieg zu feiern, als dieses Mädchen in ihrem weiß-gelben Sommerkleid mit weißen Sandalen über das Spielfeld lief und Dustans Namen rief.

»Dustan«, sagte sie, obwohl ihn sonst jeder Dusty nannte, und daher wusste er zunächst gar nicht, ob er überhaupt gemeint war. Doch sie eilte ihm nach und tippte ihm auf die Schulter.

»Kann ich mit dem Siegerteam ausgehen?«, fragte sie. Es war das erste Mal gewesen, dass er ihr Lächeln gesehen hatte. Auf der linken Wange hatte sie ein auffälliges Grübchen, das wie ein eingedrücktes Blütenblatt aussah.

Seine Teamkameraden standen zwar neben ihm, aber er nahm keinen von ihnen wahr. Alles, was er sah, waren die Sommersprossen in ihrem Ausschnitt und die Träger ihres dünnen Sommerkleids, die sich von Maddys blassen Schultern abhoben und schmale rote Striemen hinterließen.

»Ich, äh ...« Sein Stottern ärgerte ihn. Die Worte fehlten ihm oft, waren wie ein Feind für ihn, wie der Tritt einer Kuh, dem man nicht ausweichen konnte.

»Oh, ist schon okay, bin alt genug«, antwortete sie, als hätte er all die Dinge tatsächlich gesagt, die sich nur in seinem Kopf abspielten. Das *Was* und das *Warum* und die Art und Weise, wie die Jungs sich benahmen, diese Farmersöhne, wenn sie betrunken waren und wilder wurden, als sie sich das vorstellen konnte. Und die ganze Zeit über wisperte der andere Teil in ihm: *Bitte, ja, komm mit.*

»Außerdem«, hatte sie damals gesagt und extra laut in Richtung der Verlierer gesprochen, »sind die Jungs aus der Stadt *sooo* langweilig.«

Später meinte sie einmal, dies wäre ihr erstes gemeinsames Date gewesen, obwohl er die Begegnung nicht dazuzählte. Inmitten der Jungs war sie wie ein exotisches Insekt herumgeschwirrt, aber eines, das die Jungs wirklich mochte. Und offensichtlich gefiel ihr vor allem Dustan.

Doch er wusste eigentlich immer noch nicht, was sie damals an jenem Nachmittag und Abend in ihm gesehen hatte, auch wenn sie es ihm schon ein Dutzend Mal gesagt hatte. »Es war dieser Farmerjunge-Muskel in der Baseballhose«, sagte sie dann immer, mit der Betonung auf *Muskel*. Singular.

Sie ließ zu, dass er sie liebte, und sie ließ sich immer noch von ihm lieben. Sie überquerte barfuß eine Wiese voller Kleeblüten und Bienen, um ihm ihre Liebe zu bringen, um auf seinen Stiefelspitzen zu stehen und sich an seinem Körper zu reiben.

»Und, haben Sie Zeit für einen Quickie, Mr. Zaunausbesserer?« Während sie fragte, zog sie am Saum von Dustans T-Shirt. »Oder muss ich verschwitzt und unbefriedigt zum Haus zurückkehren?«

»Was denn, hier?« Die Worte kamen ihm nun besser über die Lippen, ohne Stottern, aber immer noch langsam. Ein, zwei Silben gegenüber Maddys ausgefeilten Sätzen.

Sie knabberte an seiner Halsbeuge und kicherte. »Hm, du schmeckst lecker nach Schweiß. Und nach Sonne. Mehr davon, bitte.«

Er wollte sich ihr widersetzen. Schließlich hatte er noch zu tun. Die Wiese war flach und einsehbar, der Klee wuchs nicht einmal kniehoch. Es war nicht so wie einmal, als sie ihn in das hohe Maisfeld gedrängt hatte, um vor ihm auf die Knie zu gehen und ihm einen zu blasen. Oder wie damals, als sie es unter den Apfelbäumen getrieben hatten, während der Duft der Blüten und das frische Frühlingsgras ihre Sinne umnebelt hatten.

Er wollte ablehnen, aber da hatte sie ihm schon das T-Shirt ausgezogen und strich mit ihren kühlen Handflächen über seinen Bauch, ehe sie die Finger unter den Hosenbund schob. »Komm runter zu mir.« Sie zog ihn mit sich zu Boden, und so lagen sie beide auf einem Kissen aus Klee und blühenden Blumen, umgeben von fleißigen Honigbienen.

Im letzten Moment dachte er noch an seine Drahtschere und warf sie ein Stück weit zur Seite. Maddy umschloss seinen Hinterkopf mit beiden Händen und gab Dustan einen honigsüßen, leidenschaftlichen Kuss, unterbrochen von Kichern.

Lachend rollten sie durch den Klee, bis Dustan wieder auf ihr lag und sich auf ihrem Gesicht weiß-rosa Blütensprengsel befanden. Allein ihr Anblick machte ihm Vergnügen und bereitete ihm eine Art von Schmerz, der Dustan in die Brust und bis hinab in den Schwanz fuhr. Sie war so schön und gehörte ihm, aber gleichzeitig spürte er eine leise Angst, Maddy wieder zu verlieren.

»Fick mich, Dustan.« Maddys Augen leuchteten zu ihm auf, durch ihn hindurch. »Bitte.«

Dann geschah das, was immer geschah, wenn das Kichern versiegte und ihre Münder sich öffneten und fanden, während ihre Körper – noch bekleidet – aneinander rieben. Als wäre ein Schalter umgelegt worden, lief die Hitze durch ihre Leiber, gleich einer Welle aus Verlangen und Lust. Dustan spürte dieses Gefühl überall – an der Spitze seines Schwanzes, an den Mundwinkeln, wenn er Maddys Lippen auf seinen spürte, sogar bis in die Fingerspitzen fühlte er es.

»Gern«, sagte er. »Ich habe schon den ganzen Morgen daran gedacht, dich zu vögeln.« Und in diesem Augenblick konnte er ungehindert sprechen. Er konnte all das aussprechen, was ihm im Kopf herumschwirrte, ohne über seine Zunge zu stolpern, ohne dass die Worte ihn einengten. Seine Wangen brannten, wenn er solche Dinge sagte, doch sein Gesicht stand ja für eine gute Sache in Flammen, eine sichere und trotzdem gefährliche Sache. »Aber ich glaube, ich lasse dich warten ...«

Ihr unterdrücktes Stöhnen bedeutete ihm alles. Er schob ihr den Rock bis zu den Hüften hoch und sah, wie ihre blasse Haut über dem Teppich aus grünem Klee zum Vorschein kam. Sie trug nichts darunter, ihr golden-braunes Haar kräuselte sich auf ihrem Venushügel. Er tauchte einen Finger in ihre Spalte, hörte das leise Stöhnen, als Maddy ihm ihre Hüften entgegenhob, fühlte, wie sein Schwanz noch härter wurde, weil sie sich so schön feucht und bereit anfühlte.

Er schob einen Finger in ihre Pussy, und wie immer staunte er, dass ihr Tunnel sich so heiß und eng um ihn schloss. Mit dem Daumen fand er die kleine Kuppe ihrer Klitoris, ließ die Fingerspitze dort kreisen, bis Maddy noch ein tiefes Seufzen entfuhr. Er konnte ihren Duft riechen, die süße Erregung zwischen ihren Schenkeln, als sie mit den Hüften gegen seine Hand drückte und zurücksank.

»Bitte«, flehte sie. Ihre Stimme klang heiser und leicht brüchig. Da hatte also auch sie einmal keine Worte mehr, und für diesen Moment lebte er, diesen Moment liebte er. »Du lässt mich ... hm ... absichtlich ... warten.«

»Stimmt«, antwortete er und beugte sich zu ihrem Mund herab. Noch immer waren seine Finger in ihrer Pussy, während er mit der anderen Hand Maddys Oberteil nach unten zog, um ihre Brüste zu befreien. Einen Nippel nahm er in den Mund und ließ die Zunge dort genauso genüsslich kreisen wie den Daumen weiter unten an Maddys Perle.

»Dustan ...«

Ihre Händen suchten seinen Gürtel. Zunächst wollte Dustan sich ihr entziehen, aber sie blieb hartnäckig, und daher gab er nach. Sie brauchte zwei Anläufe, doch schließlich bekam sie den Gürtel auf, sodass Dustan sich aus seiner Jeans winden konnte.

Maddy versuchte, sich hinzusetzen. Sie wollte ihn lutschen, das sah er an ihren Bewegungen, an der Hand, die sie nach seinem Schwanz ausstreckte. Aber er hielt sie fest, unten im Klee.

»Später«, sagte er. »Ich will in dir sein.«

Ihr Schmollmund war so niedlich, dass Dustan fast nachgegeben hätte, aber er wollte ihre Wärme spüren. Nicht die forschende Hitze ihres Mundes und ihrer Zunge, sondern die Wärme ihres Leibes, wenn sie die Beine um ihn schlang und ihm mit den Händen über den Rücken fuhr.

Er richtete sich ein Stück weit auf und strich sich ein-, zweimal über den Schwanz. Was kümmerte es ihn, wenn irgendjemand sie sah? Jedenfalls sagte das Maddy jeden Tag zu ihm. Er achtete in diesem Moment nur auf Maddys Augen, die jede seiner Bewegung verfolgten, auf diesen hungrigen Blick in ihren braunen Augen. Ganz so, als könnte sie ihm allein mit diesem Blick *bitte, bitte, bitte* zuraunen, wie ein verlangendes Wispern im Wind.

Sie hob ihm die Hüften entgegen, und er glitt in ihre Tiefe, langsam, forschend. Er liebte es, wie sie den Rücken gegen den Boden drückte und die Füße aufsetzte, um ihre Hüften zu heben und die Wirbelsäule zu dehnen. Er ließ sich Zeit, beobachtete Maddy, schob eine Hand zwischen ihre Schenkel und strich bei jedem Stoß über ihren Kitzler.

Sie fand keine Worte mehr und stieß nur noch leise, stöhnende Laute aus. Mit beiden Händen umfasste sie seinen

Hintern und zog Dustan tiefer in sich. Ihr Verlangen fachte seine Begierde an, doch er hielt sich zurück.

Bald verlangsamte er seine Stöße und beugte sich zu ihr hinab, um sie zu küssen. Mit der Zungenspitze strich er über ihre Unterlippe und über die Rundung ihres Kinns. Dann sog er abwechselnd ihre Brustspitzen in den Mund und lutschte fest daran, ohne seine langsamen Stöße zu unterbrechen.

Maddy grub ihre Finger in sein Haar und hob seinen Kopf an. »Hör auf, mich hinzuhalten. Bitte.« Ihre Augen wirkten vor Lust noch dunkler, und in ihrer Ungeduld zog sie ihre Stirn in Falten. Allein das reichte, um ihn kommen zu lassen ... er wäre auch ohne ihre Hüftstöße gekommen und spürte, wie sein Schwanz immer und immer wieder in ihre samtene Tiefe sank.

Er streichelte sie weiter mit dem Finger, während er sie fickte. Mal sachte, mal fester rieb er über ihre geschwollene Kuppe, bis Maddys Atem stoßweise kam, bis sie keuchte und sich unter ihm wand. Ein letztes Mal glitt sein Daumen über ihren heißen Punkt, worauf sie ihrer Lust freien Lauf ließ, sich anspannte und seinen Schwanz mit ihren Kontraktionen melkte.

Er brauchte nicht lange zu warten. Er wusste nicht, ob er hätte warten müssen. Stotternd brachte sie seinen Namen heraus, und schon im nächsten Moment wurde er belohnt, als sie scharf die Luft einsog ... denn dies war meist der einzige Laut, den sie von sich gab, wenn sie zum Höhepunkt kam. Alles andere hielt sie in ihrem Leib zurück, in den angespannten Muskeln, hinter den geschlossenen Lidern, in den Fingernägeln, die sich in seine Haut bohrten.

Er folgte ihr nach in jene Höhen, wisperte ihren Namen an ihrem Ohr. Ihrem Hals. *Madeline, Madeline.* Hauchte ihren Namen in den Klee und den Boden und in das Feld und in den Wind, der gar nicht wehte. Er flüsterte ihren Namen über ihren Körper hinweg, zu all den Stellen, die ihren Leib mit seinem verbanden.

So blieben sie liegen, eng umschlungen, verausgabt und schwer atmend. Erst ganz allmählich gingen ihre Atemzüge langsamer. Er wollte seine Stirn auf ihrer ruhen lassen, berührte sie dabei jedoch etwas zu hart, sodass sie beide »Aua« sagten und schließlich in Lachen ausbrachen.

Als er sich dann von ihr rollte, schien es ihm, als habe die Sonne sich kein bisschen bewegt, als wäre die Zeit mitten in dieser Kleewiese stehen geblieben.

Plötzlich verspürte er ein Stechen an der Hüfte, und er fluchte vernehmlich. Das konnte nur eine Biene oder ein Dorn sein, bei der Intensität des Brennens wahrscheinlich beides.

»Ah, Baby.« Sie hatte Mühe, ihr Lachen zu unterdrücken, als er sich auf die Seite rollte. Beide beobachteten sie die rosafarbene, anschwellende Stelle an seiner bloßen Hüfte.

»Das war es wert«, sagte er, als er sich Maddy wieder zuwandte und sie in den Arm nahm. Die Zäune konnten warten. Der Klee würde von allein wachsen. Die Bienen machten das, was sie immer machten. Und die Dornen auch.

Was auch immer geschah, es war es wert, hier zu sein ... umgeben von Bienen und süßen Düften.

Honig ändert alles

Emerald

Kim zwängte sich mit den vollen Einkaufstüten durch die Hintertür und machte sie mit dem Absatz zu. Sie stellte die Tüten auf die Küchenanrichte, warf einen Blick auf den blinkenden Anrufbeantworter und drückte auf Wiedergabe.

»Kim, ich bin's, Maria. Wollte dich schon die ganze Zeit anrufen. Drake hat mir von Terry erzählt, und es tut mir so leid – uns beiden. Lass was von dir hören, und wenn ich etwas für dich tun kann, dann sag Bescheid.« Sie unterbrach die Nachricht. Kim konnte Marias blaue Augen förmlich vor sich sehen und wie Marias feine Gesichtszüge von Sorge beherrscht wurden. »Wie du ja vielleicht weißt, fühlt sich auch Drake mit seinem Job nicht so sicher. Wie dem auch sei, du kannst mich jederzeit anrufen, Kim. Pass auf dich auf.«

Kim seufzte. Sie erinnerte sich an den Tag, als sie Maria zum ersten Mal begegnet war, vor einigen Jahren auf dem jährlichen Fest der Firma. Sie war die Frau eines Kollegen ihres Mannes, obwohl Drake ja nun nicht mehr bei der Firma war. »O mein Gott, dein Mann sieht ja aus wie Denzel Washington!«, war das Erste, was Maria überhaupt zu ihr gesagt hatte, kurz nachdem sie sich begrüßt hatten und die beiden Ehemänner zu einer informellen Besprechung gerufen worden waren. Maria hatte gekichert und einen Schluckauf gehabt, als sie sich Kim mit großen Augen zugewandt hatte. »Ich hoffe doch, dass du nichts dagegen hast, wenn ich das sage.«

Kim hatte lachen müssen. Sie mochte Maria auf Anhieb, und zu der ausgelassenen Stimmung trug nicht zuletzt der Sekt bei, der an diesem Abend reichlich floss und den Maria sich wiederholt nachschenkte. Natürlich wusste Kim, wie Maria die letzten Worte gemeint hatte: Denn sie hatte sich mit ihnen quasi dafür entschuldigen wollen, dass sie Kims Mann ein wenig zu auffällig beäugt hatte. Aber Kim störte das nicht weiter, und daher hatte sie ihr bloß zugezwinkert und geantwortet: »Ich weiß.«

Jetzt klebte Kim einen Zettel neben das Telefon, weil sie nicht vergessen wollte, Maria zurückzurufen, und machte sich daran, die Einkaufstüten auszupacken. Es war Dienstag. Eine Woche war es her, dass Terry nichtsahnend zur Arbeit gefahren war und Stunden später ohne Job dagestanden hatte. Die Entlassung traf ihn als Angestellten überraschend, aber angesichts der Wirtschaftslage war so etwas zu erwarten gewesen.

Kim war ruhig geblieben. Es war nicht ihre Art, gleich in Panik auszubrechen. Doch Terry traf die Sache fiel härter. Sie vermutete, dass es nicht in erster Linie mit ihrer finanziellen Situation zu tun hatte. Viel schlimmer war es für ihn, dass er den Posten in der unteren Managementebene verloren hatte, den er sich so hart erarbeitet hatte. Da war etwas in ihm zerbrochen.

Ein Ziehen in der Magengegend machte sich bemerkbar, als sie die Einkäufe wegräumte. Die finanziellen Auswirkungen würden sie schon bald zu spüren bekommen. Für den kommenden Monat kämen sie noch über die Runden, vielleicht auch noch den darauf folgenden. Aber spätestens dann sah es düster aus. Ihr eigenes Catering-Unternehmen, das sie von zu Hause aus leitete, hatte auch schon unter der Wirtschaftslage zu leiden. Sie war zwar seit drei Jahren ganz gut im Geschäft, aber der Gewinn reichte nicht, um sie beide zu ernähren.

Kim ging zum Kühlschrank, und ihre schwarzen Locken spiegelten sich wie ein stummes Windspiel auf der glänzenden Oberfläche. Sie entdeckte einen Fleck auf der Tür und griff gerade nach einem Tuch, als sie Terry die Treppe herunterkommen hörte.

Sie drehte sich um und sah, wie er das Wohnzimmer betrat. Sie wusste, dass er oben am Rechner gesessen hatte, auf der Suche nach Jobangeboten. Vermutlich hatte er auch an seinem Lebenslauf gefeilt.

»Möchtest du etwas essen?«, fragte sie.

Terry schüttelte den Kopf und mied ihren Blick, während er einen Stapel Zeitschriften neben dem Telefon durchging. Kim beobachtete ihn und wusste nicht, was sie sagen sollte. Einfach zu behaupten, dass alles wieder gut würde, reichte nicht, denn sie ahnte, dass es nicht stimmte. Sie konnte ihm nicht sagen, er solle sich keine Sorgen machen, weil sie sich selbst welche machte.

Stirnrunzelnd senkte sie den Kopf und vermutete, dass sie den Dämon, mit dem Terry rang, nicht so einfach würde vertreiben können. Etwas in ihm hinterfragte die Dinge, die über ihre gewöhnlichen Alltagssorgen hinausgingen. Er hinterfragte keine Begleitumstände, keine Gefühle, keine Ergebnisse.

Er stellte sich selbst infrage.

Kim legte den Salatkopf, den sie inzwischen aus dem Kühlschrank geholt hatte, zur Seite und ging zu ihrem Mann. Als sie ihn mit ihren dunklen Augen fixierte, schaute er auf. Fast zuckte sie zusammen, als sie die Leere in seinem Blick sah, aber sie straffte die Schultern und war bereit, den zerstörerischen Stimmen in seinem Kopf zu sagen, sie sollten sich zum Teufel scheren. Sie holte tief Luft.

»Ich liebe dich.«

Sie hatte gar nicht vorgehabt, diese Worte zu sagen, aber nun blieb sie stehen, ohne den Blick von ihm abzuwenden.

Terrys Blick wirkte stumpf, doch er sah ihr in die Augen. »Ich liebe dich auch.« Dann schaute er zur Seite und auf die Zeitschriften, die neben ihm lagen.

Kim atmete leise aus, als Terry wieder ins Wohnzimmer ging. Rasch schob sie die Zeitschriften zusammen, die er kurz studiert hatte, ging zur Küchenanrichte und nahm den Salatkopf, der merkwürdig schwer in ihrer Hand lag.

Dank ihrer inneren Uhr wachte Kim am Samstagmorgen genau um die Zeit auf, zu der sie aufstehen wollte. Sie warf einen Blick auf Terry, um sicherzugehen, dass er noch fest schlief, und schlich sich aus dem Bett. Auf dem Weg zur Treppe schlüpfte sie schnell in ihren kurzen roten Morgenmantel aus Satin und ging dann nach unten.

Seit drei Wochen war Terry nun schon ohne Job. Seine Stimmung war noch trüber als seine berufliche Perspektive. Kim wusste sehr wohl, dass ihr Mann einen eindrucksvollen Lebenslauf vorzuweisen hatte: Er hatte studiert, verfügte über ausreichend Berufserfahrung und hatte sich in seinem Arbeitsbereich hervorragend bewährt. Doch gegen die aktuelle Lage auf dem Arbeitsmarkt war er machtlos.

Sie öffnete den Kühlschrank, nahm 2 Eier heraus und legte sie auf die Arbeitsplatte. Terry schien seine Vorzüge ausgeblendet zu haben. Wenn sie ihm in Erinnerung rief, wie kompetent er auf seinem Gebiet war oder wie sehr seine berufliche Situation mit der desolaten Wirtschaftslage zu tun hatte, kam es ihr so vor, als lösten sich ihre Worte in Luft auf, bevor sie in sein Bewusstsein dringen konnten.

Kim unterdrückte ein Gähnen und holte so leise wie möglich Mixer, Rührschüssel und Messbecher aus den Schränken hervor. Auf der Arbeitsplatte sammelten sich nach und nach allerhand Zutaten, als Kim Dosen und andere Behälter aus den Schubladen nahm. Auf diese Weise wurde die bis dahin makellose Anrichte zu Kims Leinwand, auf der sie ihrer Kreativität freien Lauf lassen konnte. Deutlich spürte sie, wie die Vorfreude sie mit Wärme erfüllte, denn das Kochen war ihre Leidenschaft.

Sie nahm eine Pfanne, verteilte Öl darin, schob sie auf den Herd und stellte eine niedrige Temperatur ein. Terrys Niedergeschlagenheit setzte ihr im Augenblick mehr zu als die finanzielle Situation. Manchmal konnte er nur schwer seine Wut unterdrücken, dann wieder verlor er sich in seiner Verbitterung oder schien fast in seiner Verzweiflung zu ertrinken. Am Abend zuvor hatte er die Küche mit den leisen Worten verlassen: »Es tut mir leid, dass ich uns im Stich gelassen habe.« Daraufhin hätte sie im Zorn beinahe einen Teller an die Wand geworfen.

Kim streckte die Hand nach dem Behälter mit Bio-Vollwertmehl aus und schraubte den Deckel auf. Sie griff in den Behälter, schloss die Augen und holte tief Luft, während sie mit den Fingern über das kühle, weiche Pulver strich. Sie liebte das Gefühl von Mehl an den Händen. Mehl gehörte zu den Zutaten, die sie am liebsten anfasste.

Solange sie denken konnte, hatte sie darauf geachtet, die Zubereitung der Speisen mit möglichst allen Sinnen zu erleben. Für Kim war das Kochen nie nur Mittel zum Zweck gewesen. Nein, für sie bedeutete es Verwandlung. Es war ein wundersamer Prozess, in dem unterschiedliche Elemente zusammenfanden – oft in kleinen Mengen – und sich dann noch einmal vollkommen anders präsentierten, als die einzelnen Zutaten es für sich geschafft hätten. Jede Zutat, die sie benutzte, angefangen beim Olivenöl bis hin zu Sirup und Salz, erachtete Kim als unerlässlich für das große Ganze, das sie kreierte. Nichts war dabei unwichtig oder zu vernachlässigen.

Sie zog die Hand aus dem Mehl und nahm einen Messbecher. Fast ehrfürchtig waren ihre Bewegungen, als sie die Zutaten genau abmaß und dann in die große Rührschüssel gab. Danach holte sie den Bio-Rohrzucker, gab die abgemessene Menge zu dem Mehl und leckte die restlichen Zuckerkrümel von ihrem Daumen. Als Nächstes kam das Backpulver. Zwei Löffelportionen landeten in kleinen weißen Wölkchen oben auf der trockenen Masse. Schließlich nahm sie den Zimtstreuer, denn Zimt tat sie an fast alles, was sie backte.

Mit den Gedanken wanderte sie wieder zu ihrem Mann, als sie zu den Eiern kam. Die Mutlosigkeit, die Terry seit seiner Entlassung an den Tag legte, schlug sich auf fast alle Lebensbereiche nieder, und er verlor das Interesse an Dingen, die ihn für gewöhnlich fesselten, leider auch das Interesse am Sex. Kim nahm das nicht persönlich. Sie wusste, dass Terrys Selbstwertgefühl eng mit seinem beruflichen Erfolg verknüpft war. Als er seinen Job verlor, versetzte ihm das einen schweren Schlag, der ihn grundsätzlich an sich zweifeln ließ. Es hätte sie daher nicht überrascht, wenn Terry sich insgeheim fragte, ob er die Zuneigung seiner Frau noch verdient hatte.

Kim öffnete das Röhrchen mit den Vanilleschoten, kratzte das Mark heraus und sog das Aroma ein, als sie es in die Schüssel gab. Sie beobachtete, wie das dunkle Mark sich raupenförmig auf das hellere Mehl, legte, und verschloss das Röhrchen wieder. Eigentlich war Kim gar nicht so sehr daran interessiert, das Selbstbild, das Terry von sich hatte, wiederherzustellen. Er bedeutete ihr so viel mehr als sein beruflicher Erfolg. Und während sie nichts dagegen hatte, stolz auf das zu sein, was er beruflich erreicht hatte, so zeigte ihr Terrys Reaktion nach der Entlassung deutlich, dass er sich bislang viel zu sehr mit seinem Job identifiziert hatte und zu viel Selbstbestätigung daraus zog. Sein Erfolg im Job war für ihn gleichbedeutend mit seinem Wert als Mensch geworden.

In der Pfanne begann es zu knacken, und Kim hob die schwere Schüssel mit dem Teig an und kippte sie, bis ein Klecks Teig zischend in das Öl plumpste. Dann ließ sie einen weiteren Klecks folgen. Nach zwei weiteren Portionen stellte sie die Schüssel wieder auf die Anrichte.

Die blassen Kreise leuchteten wie vier Vollmonde auf dem dunklen Pfannenboden, während Kim begann, die Zutaten wegzuräumen, wobei sie ihr Werk stets im Auge behielt. Ihrer Liebe zum Kochen folgte an zweiter Stelle gleich die Liebe zu einer sauberen Küche. Ihre Küche brauchte nur dann nicht makellos auszusehen, wenn sie sie benutzte. Meistens war es sogar so, dass die Küche schon wieder blinkte und blitzte, sobald die Speisen oder das Gebäck zubereitet waren.

Hier und da stiegen Blasen auf dem Teig auf, als ob etwas gähnte und langsam erwachte. Kim drehte die Kreise mit einem Wender um, und die Blasen verschwanden. Sie machte einen Schrank auf und griff tief hinein. Da sie nicht fand, wonach sie suchte, machte sie die Klappe weiter auf und spähte in das Fach. Mit Verzögerung wurde ihr bewusst, dass sie keinen Sirup mehr hatte.

»Mist«, murmelte sie, als sie die Klappe zumachte und ratlos mit den Fingern auf die Anrichte trommelte. Sie konnte jetzt nicht schnell losfahren und neuen Sirup kaufen, denn schließlich mussten die Pfannkuchen bald vom Herd. Und Terry konnte sie auch nicht wecken, weil sie ihn doch mit einem Frühstück im Bett überraschen wollte. Sie zog die Stirn kraus.

Auf der Suche nach einer Lösung machte sie erneut den Küchenschrank auf. Ihr Blick blieb auf dem großen Glas Honig haften: Die Wabe steckte noch mittig in der goldgelben Flüssigkeit, frisch vom örtlichen Imker. Kim überlegte einen Augenblick, nahm dann das Glas und machte den Schrank wieder zu.

Langsam schraubte sie den Deckel ab und beugte sich weit über die Anrichte, als sie nach dem gedrechselten Honigspender griff. Tief tauchte sie ihn in das Honigglas. Kurz darauf zog sie den Spender aus dem Glas, drehte ihn und beobachtete, wie der Rest der fast durchsichtigen und zähen Flüssigkeit zurück ins Glas floss. Dann führte Kim den Spender an die Lippen und öffnete den Mund, ehe der Honig wieder tropfen konnte. Die süße Flüssigkeit landete auf ihrer Zunge, worauf Kim ein leises, wohliges Seufzen entfuhr. Honig gehörte zu ihren Lieblingsnahrungsmitteln, nicht zuletzt weil es sich um ein faszinierendes Naturprodukt handelte.

Sie wandte sich wieder dem Herd zu und nahm die Pfannkuchen aus der Pfanne. Vier weitere Vollmonde entstanden, dann stellte Kim die Schüssel ab und nahm einen Teller aus dem Schrank. Sie legte einen der Pfannkuchen darauf und tauchte den Honigspender wieder in das Glas. Die bernsteinfarbene Flüssigkeit legte sich um das gedrechselte Stück Holz, das Kim drehte. Dann hielt sie den Spender über den ersten Pfannkuchen und wartete, bis die zähflüssige Masse auf ihn tropfte.

Kim tauchte den Spender wieder ins Glas, nahm eine Gabel, stach in den Pfannkuchen und führte ein Stück zum Mund. Sie spürte die Hitze der Speise, je näher sie sie an ihre

Lippen führte. Plötzlich hielt sie inne, denn aus dem Augenwinkel sah sie Terry hereinkommen. Er trug nur seine graue Jogginghose.

»Was machst du hier?«, fragte sie ihn ein wenig enttäuscht, weil jetzt ihre Überraschung hin war.

Verschlafen rieb Terry sich die Augen. »Ich bin aufgewacht, und du warst nicht da. Also bin ich los, um dich zu suchen.« Er versuchte, über ihre Schulter hinweg zur Anrichte zu schielen. »Was machst du denn hier so früh am Morgen?«

Kim schaute sich enttäuscht um. »Ich bin dabei, Frühstück zu machen, das ich dir ans Bett bringen wollte.«

Erstaunen zeichnete sich auf seinem Gesicht ab. »Oh.« Als er dann die Lippen zu einem Lächeln verzog, lag ein Strahlen in seinen Augen. »Danke.«

Auch Kim lächelte, spürte sie doch, wie sehr ihr Mann ihr Vorhaben zu schätzen wusste. Auch wenn es nun nichts mehr wurde mit der Überraschung. Gleich beim Aufwachen hatte sie Terry versichern wollen, dass zwischen ihnen alles okay war und dass mit ihm alles okay war und dass er sich nicht einzureden brauchte, er sei wertlos, nur weil er seinen Job verloren hatte. Er verdiente es immer noch, Wertschätzung zu erfahren, und er durfte seine Selbstachtung nicht verlieren. Aber im Grunde wollte sie ihm nur zeigen, dass sie ihn liebte, ganz gleich, was geschehen war.

Je länger sie Terry nun ansah, desto sicherer war sie sich, dass ihr Plan sich letzten Endes auszahlen würde, auch wenn sie ihre ursprüngliche Absicht nicht in die Tat umsetzen konnte. Sie konnte ihren Mann jetzt zwar nicht mehr wecken und ihm all diese Dinge sagen, aber sie spürte, dass Terry ihre Absicht erahnte – denn er begriff, was die Pfannkuchen bedeuteten, die auf dem Herd zum Leben erwachten. Kim brauchte nichts zu sagen, die Wärme des Herds und der Duft von Zimt und Vanille sagten alles.

»Ich hatte ganz vergessen, dass wir keinen Sirup mehr haben.« Kim trat wieder an den Herd, drehte die Pfannkuchen um und griff nach dem Honigglas. »Ich wollte gerade probieren, wie sie mit Honig schmecken.« Ein Tropfen war auf die Arbeitsplatte gefallen, der einzige Makel in der tadellos aufgeräumten Küche.

Ein Lächeln spielte um Terrys Mundwinkel, als er Kim zur Anrichte folgte. »Ein Fleck auf der Arbeitsfläche!«, neckte er sie und zeigte auf den Klecks. Kim grinste und nahm ein Küchentuch, um den Fleck wegzuwischen. Terry lachte, worauf Kim herumwirbelte und ihm erstaunt in die Augen sah. Es war ein magischer Laut – seit Wochen hat sie ihn nicht mehr lachen gehört.

Terry nahm ihr das Honigglas weg. Sie beobachtete, wie er den Honigspender langsam herauszog und den Blick nicht von der goldenen Flüssigkeit wendete, die wie ein fließender Faden zurück ins Glas lief. Dann bedeutete er ihr mit einem Nicken, zu ihm zu kommen. Kim zögerte, doch da trat er bereits zu ihr und löste den Gürtel ihres Morgenrocks, sodass ihr dieser von den Schultern rutschte und zu Boden glitt. Es ging so schnell, dass sie nichts dagegen tun konnte. Terry hatte bereits den Herd ausgemacht und drängte Kim nun gegen die Anrichte, wobei er den Honigspender an ihren Hals hielt.

Sie wollte protestieren, als die bernsteinfarbenen Tropfen auf ihre Haut fielen, doch dann hielt sie inne bei dem Gefühl, das der Honig in ihr auslöste, und ließ es geschehen. Als ein Tropfen danebenging, wand Kim sich beinahe empört, aber Terry drückte gegen ihre Schulter und ließ nicht zu, dass seine Frau sich wegdrehte. Sie war im Begriff, das Wort zu ergreifen, aber was immer sie hatte sagen wollen verflüchtigte sich, als Terry ihr mit dem Mund über die Halsbeuge fuhr, um den Honig aufzulecken. Seine warme Zunge glitt über ihre Haut, als er die süße, klebrige Flüssigkeit aufsog.

»Terry.« Kim wollte tadelnd klingen, als er sich von ihrer Schulter löste. Ihr entwich ein Keuchen, als der nächste Klecks Honig auf ihrer Brust landete – sie hatte gar nicht mitbekommen, dass er den Spender wieder ins Glas getaucht hatte. Mit offenem Mund schaute sie zu, wie Terry in aller Seelenruhe den Honig in einer geraden Linie verteilte, die genau über Kims Brüste verlief.

Die klebrige Flüssigkeit floss langsam nach unten und erreichte Kims Nippel. Sie wollte erneut protestieren, doch da beugte Terry sich schon vor und nahm eine der Brustspitzen in den Mund. Kim hielt den Atem an, als sie sah, wie die Knospe langsam zwischen seinen Lippen verschwand, und sie blieb stumm, als er ihre Brüste mit beiden Händen umschloss und mit der Zunge die Süße von den Spitzen leckte.

Ehe sie sichs versah, hatte er eine neue Honigspur auf ihrer Haut hinterlassen und folgte dem Verlauf mit heißen, gierigen Lippen. Kim stöhnte leise und gab sich ganz dem Gefühl hin, dass Terrys Hände und Lippen in ihr auslösten und das umso intensiver wurde, je langsamer der Honig auf ihrer Haut zerfloss. Bald vermochte sie nicht mehr zu sagen, wo genau Terrys Hände waren und an welchen Stellen der Honig als Nächstes landen würde. Dann hob Terry sie hoch und setzte sie auf die Anrichte, wobei er nicht aufhörte, ihr mit der Zunge über die Brüste, die Nippel, den Hals bis hinab zum Bauch zu lecken.

Sie keuchte leise, als sie merkte, wie der Honig von ihrem Bauch aus weiter nach unten sickerte. Terry umfasste ihre Schenkel und öffnete sie, während er wartete, dass der Honig den Weg dorthin fand. Kim vergaß fast zu atmen, ihre Pussy begann zu pulsieren. Sie wagte kaum, sich zu bewegen, und war erfüllt von der Vorfreude, Terrys Mund weiter unten zu spüren. Erwartungsvoll schaute sie an sich hinab und sah, wie die Flüssigkeit wie Glas auf ihrer dunklen Haut glänzte und wie ein schmelzender Gletscher in Richtung ihrer heißen Mitte lief.

Als der zähe Honigstrom ihre Klitoris erreichte, tauchte Terry zwischen ihre Schenkel ab. Kim sog scharf die Luft ein und warf den Kopf in den Nacken. Sie wühlte ihre Finger in sein Haar, als er begann, an ihrer Perle zu saugen und zu lecken, um den letzten Rest vom Honig aufzunehmen. Erstaunt spürte sie, dass sich bereits ein Orgasmus in ihr aufbaute, als Terrys Zunge über ihren Kitzler schnellte. Normalerweise kam sie nicht so schnell, doch jetzt stand sie kurz davor.

Schnell atmend sank sie zurück auf die Ellenbogen. Gerade als die Welle der Lust heranrollte, richtete Terry sich auf, hob Kim schwungvoll von der Anrichte und setzte sie auf dem mit Honig gesprenkelten Fußboden ab. Kims Protest angesichts des klebrigen Linoleums flaute ab, als Terrys Lippen sich wieder ihrer Pussy widmeten. Dann packte er ihre Fußknöchel, legte sich ihre Beine über die Schultern und knetete Kims Brüste, während er nicht aufhörte, sie mit seiner Zunge zu verwöhnen.

Hitzewellen rasten durch ihren Körper, und als sie den Höhepunkt erreichte, schrie sie befreit auf, während es ihren honigverschmierten Körper schüttelte. Sie wand sich auf dem klebrigen Boden, versank in süßer Lust und spürte, wie sie das Chaos in ihrer Küche genoss. Tief in ihr wurde etwas freigesetzt, von dem sie nicht einmal gewusst hatte, dass es sie umklammert hielt. Jetzt badete ihr Körper in den Honiglachen, während Terry ihre Beine fest umfasste. Von ihrer Perle waren die letzten Tropfen Honig längst aufgeleckt, doch Terry hatte seinen Mund immer noch dort.

Kim atmete schwer, riss die Augen auf und schaute hoch zu ihrem Mann. Das Chaos und die Unordnung spiegelten sich in seinem Blick wider, als er ihr tief in die Augen sah.

Ungewissheit. Durcheinander. Hingabe. Das waren die Zutaten des Rezepts. Etwas war in Bewegung gesetzt worden, und es ging über das hinaus, was Kim ihrem Mann hatte begreiflich machen wollen, als sie in ihrem kurzen Morgenrock aus dem Schlafzimmer geschlichen war. Denn auch in ihr hatte sich etwas verändert, in Bewegung gesetzt. Wie beim Kochen und Backen so hatte auch hier etwas zusammengefunden, was in seiner Einheit stärker wirkte als die einzelnen Zutaten für sich.

Die Küche war nicht sauber. Aber so musste es aussehen, wenn etwas Kreatives entstehen sollte. Kim schmeckte Honig, als Terry sie küsste, und sie schlang die Arme um ihn. Ihre Körper waren entspannt, als sie sich inmitten all der klebrigen Unordnung räkelten.

Vertraute Fremde

Kate Pearce

Als Jodi ihr Handy aufklappte und die Adresse überprüfte, war das Taxi schon wieder losgefahren, sodass ihr nichts blieb, als in die Bar zu gehen oder ein anderes Taxi zu rufen. Sie entschied sich für die billige Neon-Leuchtschrift. Die Hälfte der Buchstaben waren defekt, und so war von dem Logo-Schriftzug nur die Endsilbe »mingo« übrig geblieben. Das fluoreszierende Pink und die Umrisse eines einbeinigen Vogels oberhalb des Schriftzugs legten den Schluss nahe, dass die Bar sich als tropisches Paradies anpries und somit nicht recht zu einem kalifornischen Provinznest passte.

Ein Schauer durchlief sie, als sie einen Blick auf die halb eingetretene Tür warf. Es war bestimmt kein Paradies, aber Jodi hatte längst beschlossen, die Sache durchzuziehen. Der Typ, mit dem sie sich für ein Date verabredet hatte, hatte ihr genau beschrieben, wo sie sich treffen würden, und daher wollte sie es nicht vermasseln. Zeit war kostbar. Schon bevor sie ihn sah, begann ihr Herz schneller zu schlagen, und ihr Körper krampfte sich an den intimsten Stellen zusammen.

Die Tür schwang auf, und ein biergeschwängerter Luftzug wehte Jodi entgegen. Das dumpfe Dröhnen einer Jukebox war zu hören. Zwei Typen zwängten sich an ihr vorbei und begafften sie auffällig. Einer von ihnen zwinkerte ihr zu, aber sie war viel zu aufgeregt, um darauf zu reagieren. Sie klammerte sich förmlich an ihre Handtasche. Wäre das okay für ihn? Was genau erwartete er eigentlich an diesem Abend von ihr? Sie hätte wissen müssen, dass es schlecht war, Versprechungen zu machen, wenn man angetrunken war.

Zweifel dämpften ihren Wagemut, und fast hätte sie einen Rückzieher gemacht. Jemand näherte sich ihr von hinten, und daher betrat sie die Bar und fand sich im lauten Gedränge der Gäste wieder, die den Samstagabend genossen. Sofort schaute sie sich nach ihm um, aber da waren mehrere Typen, die Cowboyhüte trugen, und einige schienen echte, gestandene Cowboys zu sein, mit ihren abgestoßenen Stiefeln, den Jeans und den wettergegerbten Gesichtern. Der Fußboden bestand aus breiten Dielenbohlen, und trotz des Schriftzugs draußen erinnerte die Inneneinrichtung eher an Westernstädte als an karibische Atolle.

Die Jukebox legte wieder los, und Jodi musste sich bewegen, weil etliche Leute zur Tanzfläche drängten. Sie schaute auf ihre Sandalen und die frisch lackierten Fußnägel, die vorn herauslugten, und zuckte bei dem Gedanken zusammen, dass ihr irgendein Typ mit seinen schweren Boots auf die Füße trampeln könnte. Aber schließlich hatte er sie wissen lassen, was sie an diesem Abend tragen sollte, und sie hatte seine Anweisungen bis ins Detail befolgt. Ein rotes Seidentop, einen kurzen Jeansrock, einen Tanga aus roter Spitze, der gerade jetzt feucht war, weil sie so aufgeregt war.

Sie schob sich an den Tänzern vorbei und strebte in Richtung Theke, die sich weiter hinten an der Wand entlangzog. Von den sechs Barhockern mit rissigen Ledersitzflächen war nur noch einer frei. Jodi zögerte einen Moment, und der Cowboy, der unmittelbar neben dem freien Platz saß, drehte sich zu ihr um. Sie hätte sich fast verschluckt, als sie den Mann erkannte, mit dem sie verabredet war. Er musterte sie aus verengten himmelblauen Augen, und nur langsam verzog er den Mund zu einem Lächeln, doch dieses Lächeln barg dunkle Versprechen.

»Hier ist noch ein Platz frei.«

»Danke.«

Jodi schwang sich auf den Hocker und schob den kurzen Rock zurecht, weil der Jeansstoff ein wenig steif war. Sein Blick haftete auf ihren bloßen Schenkeln, und mit einem Mal fand sie es schwierig, Luft zu bekommen. Sollten sie also an diesem Abend wie eine Fremde sein? Wollte er es so haben? Sie nahm ihren ganzen Mut zusammen.

»Möchtest du was trinken?«, fragte sie.

Er betrachtete sie genauso eingehend wie zuvor. »Du bestellst?«

Sie zuckte mit den Schultern, wobei ihr ein Spaghettiträger verrutschte. »Wir leben im einundzwanzigsten Jahrhundert. Es gibt gleiche Rechte für Männer und Frauen.«

»Dann nehme ich ein Bier.« Er fing den Blick der hektisch beschäftigten Barkeeperin ein, die kurz darauf zu ihnen kam. Jodi hielt zwei Finger hoch. »Zwei Bier, bitte.«

»Geht klar.«

Sie wollte gerade ihre Handtasche öffnen, als er seine Hand auf ihre legte. Die Kraft und die Wärme, die von seiner Berührung ausgingen, ließen sie in der Bewegung innehalten. »Lass mal. Ich habe schon einen Deckel. Das können wir später noch klären.«

»Eigentlich wollte ich bloß mein Handy checken.«

Er verstärkte den Griff. »Hast du schon unseren Deal vergessen? Kein Handy und keine SMS. Diese Zeit hier gehört nur uns.«

»Okay«, flüsterte Jodi und wartete darauf, dass er seine Finger wegzog, doch stattdessen hob er ihre Hand an.

»Hübsche Fingernägel.«

»Ich trage sie am liebsten kurz«, bekannte sie. »Aber das hier ist eine besondere Verabredung.«

Er zog ihren Handrücken an seine Lippen und hauchte einen Kuss darauf. »Ich mag es, wenn eine Frau mir über den Rücken kratzt oder mir ihre Nägel in den Arsch drückt.«

»Ja?« Ihre Stimme klang leise. Seine Zunge schnellte hervor, und er leckte über ihren Zeigefinger, ehe er ihn sacht in den Mund sog. Jodi hätte beinahe aufgestöhnt und spürte, wie ihre Nippel hart wurden. Dann merkte sie, dass der Mann ihre Brustspitzen durch das Seidentop sehen konnte.

Als die Kellnerin ihnen die eisgekühlten Bierflaschen herüberschob, zuckte Jodi zusammen. Er ließ ihre Hand los. Hastig nahm Jodi einen Schluck und sah, wie er genüsslich die ganze Flasche leerte. Ihr Blick wanderte zu seinem Hals, und die Bewegungen seines Kehlkopfs steigerte ihre Aufregung noch. Dann stellte er die leere Flasche ab und wischte sich mit dem Handrücken über den Mund.

Er deutete auf ihr Bier, das sie kaum angerührt hatte. »Möchtest du vielleicht lieber ein Glas haben?«

»Nein, ist prima so mit der Flasche.«

Ein Lächeln schob seine Mundwinkel nach oben. »Ist für einen Mann immer ein schöner Anblick, wenn sich die Lippen einer Frau um den Hals einer Flasche schließen.«

Jodi suchte seinen Blick. »Ist auch eine gute Übung.«

»Yeah.« Er schaute zur vollen Tanzfläche hinüber, wo die Musik inzwischen langsamer und lasziver geworden war. »Möchtest du tanzen?«

»Mit dir?« Jodi gelang es nicht, ihre Überraschung zu überspielen.

»Yeah, ich kann tanzen.«

Sie spürte, dass sie errötete, als er ihr die Hand reichte und ihr vom Hocker half. Er blieb dicht bei ihr, sodass sie seinen Körper spüren konnte.

Das Licht war weiter gedimmt worden, und er führte sie durch die Menge, eine Hand an ihrer Taille. Dann schlang Jodi ihm die Arme um den Hals und atmete den Duft von Leder und seinem Calvin-Klein-Aftershave ein. Gemeinsam bewegten sie sich zur Musik. Ihre Brüste drückten gegen sein kariertes Hemd, und ihr Bauch rieb über seine Erregung, die gegen den Jeansstoff drängte.

Er schob seine Finger unter Jodis Rocksaum und streichelte über den Ansatz ihrer Pobacken.

»Trägst du den roten Tanga für mich?«

»Ja.«

»Gut.« Er knabberte an ihrem Ohrläppchen, und sie stöhnte leise. »Dann wird er mir nicht im Weg sein.«

Sein schwieliger Daumen wanderte weiter nach oben und strich über die Spitze zwischen ihren Pobacken. Jodi schloss die Augen, als sie spürte, dass ihre Knie nachzugeben drohten. Er hatte immer noch diese Wirkung auf sie. Eine Berührung, und sie zerfloss wie warmer Honig in seinen Händen. Die Musik ging in einen weiteren langsamen Titel über. Er beugte den Kopf und eroberte ihren Mund. Seine Zunge drang tief ein, während er ihre Muschi mit einem langen Finger penetrierte.

Sie keuchte an seinem Mund, konnte sich ihm aber nicht entziehen, weil ihr Körper viel zu gierig darauf war, in jeder nur erdenklichen Weise von ihm erobert zu werden. Als er schließlich den Kopf hob, konnte sie nur mit einem stummen Flehen zu ihm aufschauen. Er nahm sie bei der Hand und ging in Richtung der Toilettenräume.

»Komm.«

Er blieb erst stehen, als sie durch die Hintertür der Bar

gegangen und nach links abgebogen waren. Jodi fand sich in einem kleinen Hof wieder, in dem sich Fässer und leere Getränkekästen stapelten. Dort drückte er sie gegen die erstbeste Wand und strich ihr mit beiden Händen über den Körper, sein Blick war entschlossen und voller Begierde.

»Ich kann nicht länger warten, ich will dich gleich hier bumsen.«

Jodi stöhnte, als er ihr den Rock bis zur Taille hochschob, ihren Arsch umfasste und sie auf die harte Wölbung seines Schwanzes hob. Der Jeansstoff scheuerte über ihre geschwollenen Sexlippen, aber es war ihr egal, wie fest er sich an ihr rieb.

»Willst du es so? Willst du meinen Schwanz?«

Jodi nickte.

»Dann hol ihn raus, damit ich dich gleich hier an der Mauer ficken kann.«

Jodi musste erst mit der Metallschließe des Gürtels und dem Reißverschluss fertig werden, bis sie den dicken Schaft befreien konnte. Ein williges Stöhnen kam über ihre Lippen, und er hob sie hoch und ließ sie auf seine dicke, heiße Länge sinken. Sie schrie vor Lust an seinem Mund und krallte ihre Finger in seine Schultern, während er sich mit kurzen, heftigen Stößen in sie trieb.

»Ja, nimm ihn. Nimm meinen Schwanz in deine Pussy auf, lass mich in dir kommen.«

Jodi konzentrierte sich ganz auf das Hinein- und Hinausgleiten seines Schafts und auf die Gefühle, die die Bewegung in ihr auslöste. Sie schlang die Beine um seine stoßenden Hüften und genoss den wilden, ungezügelten Fick. Hatte sie überhaupt schon mal solchen Sex gehabt? Jedenfalls nicht mehr seit der Hochzeit und schon gar nicht nach der Geburt der Kinder. Sie spürte, wie seine Pobacken sich unter ihren Absätzen anspannten. Seine Stöße wurden kürzer und schneller, als versuche er, sich noch tiefer in sie zu treiben.

Er schob seine Hand zwischen ihre Körper und fand ihre Klitoris. Mit seinem kreisenden Daumen stimulierte er sie dort, bis sie in ihrem wilden Verlangen kam und spürte, wie sie seinen großen Schwanz mit ihren Pussymuskeln zusammendrückte. Er stöhnte an ihrem Mund und kam ebenfalls. Sein heißer Saft verströmte sich in ihrer zuckenden, fordernden Pussy.

Als Jodi die Augen öffnete, hielt er sie immer noch in dieser Stellung: Ihre Beine umschlangen seine Hüften, sein Schwanz war tief in ihr.

»Wir sind noch nicht fertig.«

Jodi entfuhr ein Keuchen, als er in Richtung Parkplatz losging.

»Du kannst mich runterlassen!«

»Wieso sollte ich?« Unbeirrt ging er weiter, und sie spürte, wie sein Schwanz wieder größer wurde. »Ich mag es, wenn du in dieser Position bleibst.«

»Aber wenn uns jetzt einer sieht?«

»Dann würde mir das auch gefallen.« Er hielt sie mit einem Arm fest und schloss den Pick-up auf. »Von mir aus können sie zugucken, wie ich dich ficke.«

In einer fließenden Bewegung öffnete er die Beifahrertür und setzte Jodi auf den Rand des Sitzes. Sein Schwanz schwoll weiter an und pulsierte in ihr. Der Mann war groß genug, um nicht zu Jodi in die Fahrerkabine steigen zu müssen. Stattdessen stellte er nur ein wenig die Beine auseinander, umfasste ihren Arsch und fing wieder an, sich in sie zu pumpen.

»Schön feucht, genau wie ich es mag.«

Als Jodi sah, dass sie die Hintertür der Bar im Blick hatte, schloss sie die Augen und ließ es geschehen, in der Hoffnung, dass niemand sie in ihrer Zweisamkeit stören würde. Seine Zähne fuhren über ihren Hals, und sie schaute zu ihm auf.

»Hör auf, dir Gedanken zu machen, und konzentrier dich aufs Bumsen. Wir haben nicht die ganze Nacht Zeit.«

Da hatte er recht. Diese Freiheit hatten sie nicht mehr. Jodi küsste ihn, sog an seiner Zunge. Er veränderte den Rhythmus, bis sie nur noch das Schlagen ihrer Herzen hörte und sie sich nur noch auf ihren Kitzler konzentrieren konnte. Ihr Verlangen zu kommen war überwältigend. Als er zum Höhepunkt kam, folgte sie ihm innerhalb von Sekunden. Eng drückte sie sich an sein zerknittertes, verschwitztes Hemd, als er ihren Namen stöhnte.

Als er sich dann aus ihr zurückzog, murrte sie unwillig. Er gab ihr einen Kuss auf die Nase und schob Jodi so auf dem Sitz zurecht, dass sie nach vorn schaute. Dann legte er ihr den Gurt an, wobei er den Ansatz ihrer Brüste mit Küssen bedeckte.

Das Dröhnen des Motors erschreckte sie, und sie blinzelte in die Dunkelheit. Sie spürte einen Kloß im Hals.

»Ist es schon vorbei?«

Sie wollte einfach noch nicht in ihren Alltag zurückkehren. Für sie hätte es ewig so weitergehen können.

»Nein, verdammt, es ist noch nicht vorbei.« Er sah sie an, während er aus der Parklücke fuhr. Sie fragte sich, wie er bei ihrem wilden Gerangel an seinen Cowboyhut hatte denken können. Jedenfalls trug er ihn jetzt wieder. »Tu noch was für mich, Baby, bevor ich losfahre. Spreiz deine Beine, und reib über deinen Kitzler. Ich will, dass du sofort kommst, wenn ich gleich wieder in dir bin.«

Langsam öffnete sie die Schenkel, wobei ihr bewusst war,

dass er sie beobachtete. Seine verengten Augen ruhten auf ihrer Pussy. Sie fasste sich an die Klitoris und ließ ihren Zeigefinger sanft dort kreisen.

»Yeah, so ist's gut.« Seine Stimme klang nun rauer. »Und jetzt schieb dir den kleinen Finger in den Arsch, denn du weißt ja, dass ich dich auch da ficken werde, bevor wir für heute Schluss machen.«

Jodi badete den kleinen Finger in der Nässe zwischen ihren Schenkeln und schob ihre Hüften so weit vor, dass sie mit der Fingerspitze in ihr enges, hinteres Loch gleiten konnte. Sie stellte sich seinen Schwanz dort vor, der viel dicker und drängender sein würde. Sie würde ihn anflehen, aufzuhören, doch im Grunde wusste sie, wie sie es haben wollte: Er sollte sie so lange ficken, bis sie heiser war vom Schreien.

Sie waren kaum eine Minute unterwegs, als er den Truck schon wieder parkte.

»Bleib hier.«

Jodi war froh über die Anweisung. Sie war sich nicht sicher, ob sie sich überhaupt noch bewegen wollte. Sie fingerte weiter an sich herum, bis er die Beifahrertür öffnete und sie anstarrte.

»Verdammt«, murmelte er und beugte sich zwischen ihre Beine, um ihre Finger und ihre Klitoris zu lecken. Ihr Orgasmus war heftig, als sie ihre Pussy gegen seine forschende Zunge presste. Noch ehe ihre Lustschübe abgeklungen waren, hob er sie vom Sitz und trug sie zu einem schwach erleuchteten Gebäude. Nur kurz blieb er stehen, um die Tür mit einer Magnetkarte zu öffnen und mit dem Fuß aufzustoßen. Wortlos schaltete er das Licht an. Im Zimmer roch es nach Staub, Bleichmitteln und altem Teppich, aber das war ihr egal. Ihr Blick fiel auf ein Bett und eine Tür zum Badezimmer. Mehr würden sie ohnehin nicht brauchen.

Vorsichtig legte er sie aufs Bett. »Ich will dich nackt sehen. Weil ich dich kaum noch nackt zu sehen bekomme.«

Sie half ihm dabei, sie auszuziehen, und dann schob er sich auch schon über sie und verschlang ihre Brüste mit seinem heißen Mund. Er drückte ihr einen festen Oberschenkel zwischen die Beine und bereitete ihrer fast schon überreizten Klitoris weitere süße Qualen. Von hinten glitten seine Finger in sie und testeten ihren feuchten Eingang.

»Verdammt, hätte ich nur zwei Schwänze. Ich will dich ganz ausfüllen.« Er küsste sie auf den Mund. »Beim nächsten Mal bringst du deinen Vibrator mir, okay?«

»Klar.« *Wenn es ein nächstes Mal gab* ... Jodi knöpfte sein Hemd auf und brachte Stück für Stück seine muskulöse Brust zum Vorschein. Er brauchte nach der Arbeit nicht ins Fitnessstudio zu gehen. Das Leben auf der Ranch war hart genug. Sie machte sich daran, seine Gürtelschnalle aufzumachen, als er ihre Hand festhielt.

»Gib mir den Gürtel, wenn du ihn rausgezogen hast. Ich möchte etwas ausprobieren.«

Jodi schaute zu ihm auf, und ihr Mund war plötzlich ganz trocken. Sie reichte ihm den Gürtel, und ehe sie sich weiter seiner Jeans widmen konnte, stand er auf.

»Knie dich aufs Bett, und nimm die Hände hinter den Rücken.«

Sie befolgte seine Anweisungen und spürte, wie sie voll freudiger Vorahnung am ganzen Körper zu zittern begann. Er war immer schon abenteuerlustig im Bett gewesen, und sie liebte all die verrückten Einfälle, in deren Genuss sie bereits gekommen war.

Jetzt fesselte er ihr die Hände auf dem Rücken zusammen und zog den Gürtel stramm. »Knie dich hin.« Jodi positionierte sich neu, sodass er das lange Ende des Gürtels zwischen ihren Pobacken durchziehen konnte, bis es flach gegen ihre nasse Spalte drückte.

Dann stellte er sich vor sie, machte den Reißverschluss auf und hielt das Gürtelende fest. »Blas mir einen.«

Er führte ihren Kopf zu seinem aufragenden Schwanz, worauf sie ihn tief in den Mund nahm und lutschte. Die Hand in ihr Haar gewühlt, bewegte er die Hüften zu ihrem Rhythmus vor und zurück.

»So ist's gut, Süße.« Seine geraunten Worte machten sie nur noch schärfer. Aus den Augenwinkeln sah sie, wie er sich das Ende des Gürtels um die freie Hand wickelte. Als er daran zog, lief ihr ein Prickeln von der Pussy bis in die gefesselten Handgelenke. Wieder und wieder zog er an dem Gürtel und ließ Jodi aufstöhnen, während sie sich unter der Reibung wand. Sie vermochte nicht zu sagen, ob die Empfindungen nun schmerzhaft oder lustvoll waren, aber das war ihr auch egal. Es gab keinen Platz für Scham. Hier ging es nur darum, sich gegenseitig die Lust zu verschaffen, nach der sie sich so verzweifelt sehnten.

Seine Hand krallte sich fester in Jodis Haar. »Uns läuft die Zeit davon. Lass meinen Schwanz, und geh auf Hände und Knie.«

Nur widerwillig gab sie seinen Schwanz frei, und er half ihr, sich auf allen vieren aufs Bett zu knien, die Hände noch immer zusammengebunden. Ihr Arsch zeigte zu ihm. Sie zitterte, als sich der Gürtel von ihrer Muschi löste und mindestens vier Finger in ihre Spalte glitten.

»Bitte«, wisperte sie. »Fick meinen Arsch, bitte.«

Sein Lachen klang leise und angespannt. »Hast du Gleitmittel dabei? Ansonsten könnte es ein bisschen heftig werden.«

»Ist mir egal«, sagte sie schwer atmend. »Das weißt du. Aber ich habe Gleitmittel dabei.«

214

Er streckte die Hand nach ihrer Handtasche aus, öffnete sie und schüttete den Inhalt aufs Bett. »Hab es.«

Jodi verharrte in zitternder Erwartung, während er sich auf den Akt vorbereitete und ihr dann einen gut eingeriebenen Finger ins hintere Loch schob und ihn dort vor- und zurückbewegte. Er beugte sich von hinten über sie und flüsterte dicht an ihrem Ohr: »Ich bin ein Bastard. Ich mag es, dich zu ficken, wenn du nicht vollkommen scharf bist. Ich will dich Stück für Stück erobern und deine Nässe an meinem Schwanz spüren.«

Er schob einen zweiten und einen dritten Finger in ihr Loch und dehnte sie für seinen Schwanz. Sie schloss die Augen und genoss jeden Moment. Sicher, am nächsten Tag würde sie wund sein, aber dafür hätte sie ihre Wünsche ausgelebt und wäre dem langweiligen Alltagstrott für eine Weile entkommen. Er zog die Finger aus ihr, und sie spürte seine pralle Eichel an ihrem kleinen Eingang. Langsam schob er sich in ihren hinteren Tunnel, flüsterte ihr all seine schmutzigen und wilden Sexgedanken ins Ohr. Wie sie sich anfühlte, und wie hart er sie rannehmen würde, sobald er richtig in ihr wäre.

Und dann fickte er sie. Fickte sie, bis sie seinen Namen schrie und er ihre Klitoris so fest zwickte, dass es ihr den Atem verschlug und sie völlig in ihrer Lust eintauchte. Nach einer Weile, und einem Abstecher ins Bad, zog sie den Mann komplett aus und ritt wieder seinen Schwanz, bis er sie heiser bat, nie mehr damit aufzuhören.

Sie lag auf ihm, hatte die Augen halb geschlossen und lauschte auf das beständige Pochen seines Herzens. Beim schrillen Klingeln ihres Handys tastete sie instinktiv nach ihrer Handtasche. Als sie über die Bettdecke kroch, um das Gerät zu finden, sah sie auch schon das Display aufleuchten. Durch Jodis Bauch ging ein merkwürdiges Ziehen.

Doch ehe sie rangehen konnte, riss er ihr das Handy aus der Hand.

»Warum, zum Teufel, ruft der jetzt an? Haben wir denn nie Ruhe?«

Jodi wollte sich das Handy zurückholen, aber dafür war es schon zu spät.

»Was gibt's, Mikey?«

Sie versuchte, das aufgeregte Geplapper am anderen Ende der Verbindung zu verstehen, aber es ging ihr zu schnell. Seine Züge glätteten sich, und er sah sie mit hochgezogener Braue an.

»Möchtest du mit Mom sprechen?«

Er reichte ihr das Handy und sank zurück in die Kissen. Resignation zeichnete sich auf seinem Gesicht ab.

»Was ist los, Liebling?«, fragte sie.

»Die Babysitterin will wissen, ob ich *Dark Warriors* am Computer spielen darf. Kannst du ihr sagen, dass das okay ist?«

»Deswegen rufst du an, Mikey? Du bist dreizehn, das müsstest du doch allein regeln können.«

»Mom, sie meint, das ist nur was für ältere Kids und nichts für Darla und Tom.«

»Dann kannst du eben erst spielen, wenn die beiden im Bett sind. Wieso sind sie überhaupt noch wach?«

Sie wartete geduldig, während Mikey mit gedämpfter Stimme mit der Babysitterin sprach. »Sie gehen jetzt ins Bett. Und wann bist du mit Dad zurück?«

Jodi warf einen Blick auf ihren Mann. »Sobald wir hier fertig sind.«

»Habt ihr zwei euren Hochzeitstag nicht schon gefeiert? Wie lange dauert das denn noch?«

»So lange, wie es uns gefällt. Schließlich sind fünfzehn Jahre schon was, oder?«

Seufzen am anderen Ende. »Okay, dann also bis später.«

Das Gespräch war beendet. Jodi starrte auf das jetzt dunkle Display. Dann wandte sie sich dem großen, nackten Mann auf dem Bett neben sich zu. Er nahm ihre Hand.

»Ich hab dir doch gesagt, du sollst es ausmachen.«

Sie drückte seine Finger. »Ich konnte es einfach nicht.«

Er seufzte. »Ich weiß, wie du dich fühlst, aber ist eine einzige Nacht ohne die Kinder zu viel verlangt?«

»Nein, ist es nicht.«

Jodi hielt das Handy hoch und schaltete es vor seinen Augen demonstrativ aus. Diese Nacht hatte er sich verdient. Sie beide hatten sie sich verdient. Bei drei Kindern kam ihr Sexleben definitiv zu kurz. Vielleicht half ihnen ja diese Nacht, auf der Ranch wieder in ihren alten Sexrhythmus zu finden – zumal es jetzt dieses neue Schloss an ihrer Schlafzimmertür gab.

Er lächelte und fuhr sich mit der Hand über den anschwellenden Schwanz. »Dann komm her, und fick mich.«

Sie kroch zu ihm und beugte sich hinab, um seine schon feuchte Spitze zu lutschen. »Mit Vergnügen.«

Unser ganz privates Champagnerzimmer

Rachel Kramer Bussel

Ich kann gar nicht begreifen, dass ich schon seit zwei Jahren mit Derek verheiratet bin und erst jetzt von seiner Vergangenheit in Strip-Clubs erfahren habe. Vielleicht ist meine Reaktion ein bisschen übertrieben, da er nur ein Dutzend Mal in diesen Clubs war, aber ich entdecke da eine geheime Vergangenheit, von der ich bislang nichts wusste, und ich bin – ich gebe es zu – sogar ein bisschen eifersüchtig. Vielleicht mehr als nur ein bisschen. Auch wenn ich ihm glaube, dass er in keinem dieser Clubs mehr war, seitdem wir zusammen sind, so ist es dieses Geheimnis, das mich anmacht... mehr noch als die Vorstellung von schönen, fast nackten Frauen um ihn herum.

Ich bin eifersüchtig und irgendwie scharf, aber auch verwirrt. Doch ich mache mir eher wegen der Gegenwart Gedanken, nicht so sehr wegen der Vergangenheit. Außerdem bin ich bei seinen aktuellen Unternehmungen nicht dabei. Er fährt nämlich zur Junggesellenparty seines besten Freunds Greg, und plötzlich werde ich zu einer dieser argwöhnischen Ehefrauen, die sich fragen, was für Sachen ihre Männer dabei wohl aushecken – und was ihnen so im Kopf herumspukt.

Aber mehr noch als die Eifersucht quält mich die Neugierde. Als Derek mir also erzählt, dass er zu seiner Zeit als Single – wenn er geil war, aber kein Date hatte – einen Teil seiner üppigen Wall-Street-Boni in den sogenannten Champagnerzimmern der Strip-Clubs ausgegeben hat, fange ich an, mir auszumalen, was sich in diesen geheimnisvollen Orten der Lust tatsächlich abgespielt haben mag.

Mir steht sofort ein Bild vor Augen: Mein großer, kräftiger Mann sitzt in einem Plüschsessel, während sich eine hübsche, kleine Frau (natürlich mit großen Brüsten), die vor Schweiß und Verlangen glänzt, an ihm reibt. In meiner Fantasie ist sie manchmal blond gefärbt, dann wieder ist sie brünett, wie ich es bin, oder eine Rothaarige, aber immer hat sie tolles, glänzendes Haar. Ich sehe förmlich, wie sie mit ihrer heißen, blanken Pussy gegen sein Bein drückt und ihre perfekten Nippel auf und ab hüpfen, während er sich beherrschen muss, um sie nicht zu lecken. Je länger ich mir das vorstelle, desto schärfer werde ich, und die aufschießende Eifersucht macht einem Pulsieren tief in mir Platz.

Ich frage mich, ob sie ihn geneckt hat, ihm mit einem Finger über die Wange oder den Arm gestrichen oder ihm sogar verwegen über die Wölbung in seiner Hose gestreichelt hat, wusste sie doch, dass er sie nicht anfassen darf. So hätte ich es jedenfalls gemacht, wenn ich in ihren unglaublich hohen Stilettos gesteckt hätte. Und je mehr ich darüber nachdenke, desto klarer wird mir, dass ich nicht bloß mitansehen will, wie diese Frau vor meinem Mann mit ihrem Arsch wackelt, nein: Ich will diese Frau in all ihrer sinnlichen Herrlichkeit sein.

Allerdings behalte ich diese Fantasien für mich, weil ich selbst noch nicht weiß, was ich davon halten soll. Ich plaudere gelassen mit ihm, lächele so gut es geht, aber sobald Derek zu seinem Wochenende mit den Kumpels aufbricht, weiß ich nicht, was ich tun soll. Mich einer Freundin anvertrauen? Mich betrinken? Soll ich in einen Strip-Club voller Männer gehen? Mehr als alles andere wünsche ich mir, ich wäre bei ihm und könnte sehen, wie er den sexy Spaß genießt.

Da es nicht infrage kommt, ihn zu begleiten, kehre ich zu meiner letzten Option zurück, gehe ins Bad, ziehe mich aus und betrachte mich im bodenlangen Spiegel. Ich fange an, mich zurechtzumachen, merke dann, dass etwas fehlt, und eile zum Schrank, um mein Schuhsortiment durchzugehen. Die Schuhregale sind sortiert, von den hochhackigsten Stöckelschuhen bis zu den Pumps mit kleinen Absätzen. Heute brauche ich so etwas wie Stripper-Schuhe, daher entscheide ich mich für meine auffälligsten Highheels mit sechzehn Zentimeter hohen Absätzen, die ich noch nie getragen habe. Es war eher ein Witz, als ich sie gekauft habe, aber als ich mit meinen bloßen, fünfunddreißig Jahre alten Füßen hineinschlüpfe, lache ich nicht. Ich schmiede Pläne.

Denn ich möchte unbedingt wissen, wie es für Derek war in den Champagnerzimmern. Ich möchte daran teilhaben, obwohl es zu seiner Vergangenheit gehört. Aber ist es nach einer Heirat nicht so, dass man Vergangenheit, Gegenwart und Zukunft miteinander in Einklang bringt, damit man so gut es geht eins werden kann? Nein, ich habe ihn nicht nach jeder Beziehung gefragt, die er vielleicht mal hatte, und auch er hat mich nicht ausgehorcht. Doch manchmal erzähle ich ihm eine Begebenheit aus Highschool-Tagen, die Jahre zurückliegt, und dann versetzt er sich in die Situation und bringt sie zu einem Ende, als wäre er dabei gewesen – so etwas gefällt mir. Auf diese Weise ruft er mir wieder Dinge in Erinnerung, die ich ihm schon mal irgendwann erzählt, aber wieder komplett vergessen habe.

Ich habe also nichts gegen das Strippen an sich, sondern ärgere mich, dass ich nicht dabei sein konnte. Klar, wir könnten natürlich zusammen in einen Strip-Club gehen, aber sobald ich mir die schöne, nackte Frau vorstelle, die sich an meinem großen Mann reibt, ahne ich, dass sie bestimmt jünger und schlanker ist und besser mit ihrem Arsch wackeln kann als ich … und dann bin ich frustriert. Aber das heißt nicht, dass ich dagegen nichts unternehmen könnte. Ich schalte das Radio im Bad ein, suche den passenden Musiksender und fange an, vor dem Spiegel zu tanzen, während Britney Spears mich antreibt.

Ich schaue an mir herab, kritisch, aber wohlwollend. Ich mag mein langes, seidiges braunes Haar mit den blonden Sonnenlichtern, und ich bin froh, dass ich die beste Hair-Stylistin auf der Welt gefunden habe, die es schafft, dass mein Haar wunderbar glänzt und weich bleibt, auch wenn ich mich nicht viel darum kümmern kann. Auf meine Brüste war ich schon immer besonders stolz. Sie sind groß genug, dass ich beim Joggen einen Sport-BH brauche, aber nicht so groß, dass es in eng anliegenden Sportsachen obszön aussieht. An Hüften, Bauch, Oberschenkeln und Hintern habe ich vielleicht ein bisschen zu viel, aber ich achte schon auf meine Linie. Derek findet es sowieso okay und liebt es, mich überall dort anzufassen, zu lecken und zu kneten, wo ich schön üppig bin. Manchmal quetscht er meine Hüften so fest, dass Striemen bleiben, aber das stört mich nicht.

Wenn ich an meinen Körper denke, dann gibt es mal gute Tage, mal schlechte Tage. Heute ist jedoch definitiv ein guter Tag, und morgen, wenn Derek zurückkommt, wird ein ganz besonderer Tag sein.

Ich stütze mich einen Moment lang am Waschbecken ab, damit ich mein Gleichgewicht nicht verliere, schüttele mein Haar vor und zurück, beuge mich ganz tief vor, und als ich mir dann zwischen die Schenkel fasse – ich unterbreche den Blickkontakt im Spiegel nicht – bin ich feucht. Als der Song ausklingt, entledige ich mich meiner Highheels, bin begeistert und erregt. Ich ziehe mich aus, gehe unter die Dusche und stelle mich unter den heißen Strahl, bis meine Haut rot wird. Wenn ich mit Derek zusammen dusche, mache ich das Wasser nicht so heiß, aber da er nicht da ist, lasse ich es ein bisschen wilder angehen: Während mir der Duschstrahl über das Gesicht rinnt, fasse ich mich an und stelle mir vor, was ich alles mit ihm machen will und wie ich mich an ihm reibe. Ich stelle mir vor, welche Laute er von sich gibt, wenn ich den Champagner über uns beiden ausgieße. Bei all diesen Bildern komme ich heftig, zittere in der Dusche und verbrauche jede Menge Wasser, während ich dem Gefühl nachspüre. Ich brauche diese Einstimmung für den Fall, dass ich im letzten Moment nervös werde, wenn's ums Ganze geht.

Als ich losfuhr, um etwas zu trinken zu kaufen, kam mir mein Vorhaben gewagt vor. Ich suchte nach der perfekten Flasche Champagner und hatte das Gefühl, etwas Verbotenes zu tun, als würde ich jemanden betrügen. Vielleicht lag es daran, dass ich Derek gegenüber nichts durchblicken ließ, als er zwischendurch anrief, um zu hören, ob bei mir alles in Ordnung sei. Ich verriet ihm nichts von meinen Plänen. Zu viel Vorfreude könnte alles verderben. Wir überraschen uns kaum noch gegenseitig, selten bringt er Blumen mit, und ungezogene Notizen schreiben wir uns auch nicht mehr so oft. Es ist nicht so, dass wir kein tolles Sexleben hätten. Es ist eher so, dass jeder von uns genau weiß, was er zu erwarten hat Als ich nun nach dem teuren Champagner frage, habe ich Schmetterlinge im Bauch. Ich frage mich, ob die Verkäuferin sieht, wie meine Nippel hart werden. Ich trage nämlich einen durchscheinenden BH.

Ich kaufe gleich zwei große Flaschen und ein paar Sektgläser, fahre nach Hause und stelle den Champagner kalt. Dann ziehe ich mich aus und gehe nackt durchs Haus, um in die richtige Stimmung zu kommen. Allerdings habe ich keine Ahnung, ob professionelle Stripper auch privat gern nackt sind, aber für mich ist es im Augenblick das Richtige. Ein bisschen ungewohnt ist es schon. Denn selbst im Urlaub, wenn alle anderen sich gehen lassen, habe ich nicht nur meinen Badeanzug an, sondern hülle mich noch dazu in mein Handtuch. Aber im Augenblick habe ich etwas von Britney Spears oder Christina Aguilera in mir, und jede Menge Mut pulsiert durch meine Adern. Ich habe nicht vor, den Champagner allein zu trinken. Denn das passt nicht zu meinem Vorhaben.

Den Champagner soll Derek genießen – wenn er sieht, wie ich ihn über mich gieße. Ich höre mir ein paar Britney-Titel an, dann Songs von Aguilera und Rihanna, wackle mit dem Arsch, schüttele mein Haar aus, strecke die Brüste vor und bringe mich weiter in Stimmung. Ich probe barfuß, später in Highheels, beuge mich weit zurück wie ein Gogo-Girl, streiche mir mit den Händen über den Körper. Mir ist heiß, und ich bin erfüllt von einer völlig neuen Art sexueller Energie. Später schlüpfte ich in das weiche, pfirsichfarbene Nachthemd und drehe Lockenwickler in mein Haar. Ich habe zwar noch eine Stunde Zeit, aber ich will absolut fantastisch aussehen, wenn Derek nach Hause kommt. Ich will, dass er spürt, wie sehr ich ihn begehre, nicht nur heute Abend, sondern immer. Wie viel ich für ihn tun würde, mit ihm zusammen.

Es dauert nicht lange, und ich sehe echt klasse aus. Ich stecke mein Haar teilweise hoch und frisiere mich so, dass die warmen Locken meinen Hals umspielen. Normalerweise begnüge ich mich mit Lipgloss und ein bisschen Rouge. Einmal pro Woche gönne ich mir eine Pedi- und Maniküre, um wenigstens ein bisschen Glamour zu leben. Aber das bedeutet nicht, dass ich nicht schon ein paar Mal die angesagten Parfümerien geplündert hätte, und daher entdecke ich in meinem Schrank einen ganzen Berg von Make-up. Ich trage es zwar nicht oft auf, aber ich weiß trotzdem, wie der perfekte Lidschatten aussieht. Ich nutze den Kajalstift, lege einen glitzernden, roten Hauch von Puder auf meine Wangen und greife zu den falschen Wimpern, die ich mir für besondere Anlässe aufbewahrt habe.

Ich reibe mich mit Bodylotion ein, stolziere in meinen Lieblings-Highheels durchs Haus und versuche, mich zu beherrschen. Schließlich kann ich mich nicht schon wieder befingern, denn sonst würde ich Derek die sexhungrige, nymphomanische Seite in mir womöglich vorenthalten. Als ich höre, wie sich der Schlüssel im Haustürschloss dreht, achte ich auf meine Atmung und versuche, mich zu beruhigen. Ich bin jetzt die vorbildliche Ehefrau, die in die verruchte Welt der Clubs abtaucht. Mit einem letzten Blick in den Spiegel vergewissere ich mich, dass ich wirklich als Stripperin durchgehen könnte.

Er will rufen »Ich bin wieder da!«, kommt aber über das »Ich...« nicht hinaus, als ich auf ihn zugehe und ihn umarme. Er kommt mir noch schärfer vor als sonst.

»Süße, ich...« Er steht mit offenem Mund da und ist nicht in der Lage weiterzusprechen.

»Wie war euer Junggesellenabend?«, frage ich.

»Hat Spaß gemacht«, antwortet er mit einem leicht argwöhnischen Unterton und schaut sich um. »Störe ich ... bei irgendwas?«

Mir wird klar, dass er glaubt, mich mitten in einem heimlichen Schäferstündchen erwischt zu haben. Hat er ja auch in gewisser Weise, aber eben nicht so, wie er denkt. »Nein, du kommst genau richtig. Die Show wird jeden Moment beginnen«, schnurre ich und streiche ihm mit der Hand über die Brust.

»Die Show?« Er klingt verdutzt, aber da ziehe ich ihn schon die Treppe nach oben, drehe mich zu ihm und gehe rückwärts, um sicherzugehen, dass er mir auch folgt. Derek starrt mich immer noch so verblüfft an, als frage er sich, was mit seiner Frau passiert sein mag. Doch als ich mir mit einem angefeuchteten Finger über meine Brustspitze fahre, sodass die Knospe sich unter dem dünnen Stoff meines Negligés wölbt, weiß ich, dass ich mir seiner Aufmerksamkeit sicher sein kann. Mit einer Hand suche ich Halt am Treppengeländer und nehme mit meinen Highheels langsam eine Stufe nach der anderen. Ich sehe, dass er einen Steifen hat, doch mich begeistert nicht allein seine Erektion, sondern die Vorstellung, dass es zwischen uns knistert. So eine erotische Spannung zwischen uns hat viel zu lange gefehlt.

Ich habe unseren Lieblings-Kuschelsessel, der uns beide aushält – das weiß ich, weil ich dort schon oft auf Dereks Schoß gesessen habe –, vom Gästezimmer in unser Schlafzimmer geschoben. Und jetzt ziehe ich Derek ins Zimmer und drücke ihn in den Sessel.

»Lehn dich zurück, entspann dich, und genieße die Show. Aber denk dran: Anfassen ist verboten. Sonst fliegst du raus. Nur ich darf dich berühren, wenn ich das will«, erkläre ich ihm mit einer sexy Stimme und bin mir nicht sicher, ob ich mit ihm oder sonst jemandem schon einmal so gesprochen habe. Die Stimme flog mir einfach so zu ... mir oder eher Ginger, dem Mädchen, das in meiner Vorstellung schon ein Dutzend Mal für meinen Mann getanzt hat.

Ich fange an, die Songs von meiner Liste zu spielen, und spare mir den Champagner für später auf. *Closer* von Nine Inch Nails dröhnt durch unser schickes Schlafzimmer, und ich hoffe, dass der laute, rockige Sound ihn ein wenig auf das Folgende vorbereitet. Ich hebe mein Bein und stelle meinen hochhackigen Schuh auf die Stuhlkante.

Derek schluckt schwer. »Sar–«, versucht er meinen Namen auszusprechen, aber ich lege einen Finger auf meine Lippen und bringe Derek zum Schweigen. Kurz lasse ich meine bloße Pussy aufblitzen, lasse den Stoff meines Negligés wieder fallen, nehme den Fuß vom Stuhl und drehe mich um. Ich tanze für ihn, für mich, für uns. Ich tanze für all die Tage, als ich Derek noch nicht kannte, aber lieber schon an seiner Seite gewesen wäre als an der seiner Vorgänger. Ich tanze mit Leib und Seele nach einem Song von Trent Reznor. Als *I'm a Slave 4 U* von Britney läuft, greife ich nach der kleinen scharlachroten Reitgerte, die ich mir erst gestern zugelegt habe, und lasse sie durch die Luft sausen. Ich streiche mir damit über die Brüste und lasse sie auf meinen Arm klatschen. Dann nehme ich seine Hand, drehe die Handfläche nach oben und schlage ihn leicht. Ich lächele, als ich ihn stöhnen höre. Ich schlage mir auf den Hintern, aber als Derek den Arm ausstreckt und mich anfassen will, drücke ich seine Hand weg. Mag Britney eine Sklavin für irgendjemanden sein, hier habe ich im Moment das Sagen.

Als der Song ausklingt, werfe ich die Gerte auf den Boden, steige zu Derek auf den Sessel und drücke meine blanke Pussy gegen ihn, Designerhose hin oder her. Ich atme an seinem Hals, raune in sein Ohr, lecke über die Bartstoppeln auf seiner Wange. Dann opfere ich das Negligé und reiße die zierliche Spitzenverzierung oben auf, sodass meine Brüste freiliegen. Währenddessen singt Madonna *Justify My Love.*

Allerdings ist das nicht genau das, was ich im Augenblick tue. Ich rechtfertige mich nicht für meine Liebe, ich erkunde sie. Ich sage ihm, dass er nichts vor mir zu verbergen braucht. Ich lege ihm eine Hand auf die Stirn und streiche dann mit ihr nach unten, sodass Dereks Augen verdeckt sind. Genau in diesem Moment greife ich unter das Bett und hole die sündhaft teure Flasche Champagner hervor, die perfekt gekühlt ist. Ich halte das kalte Glas an sein Handgelenk.

Dereks Lider flattern auf, und er sieht mich aus seinen haselnussbraunen Augen an und scheint mir mit seinem Blick sagen zu wollen: »Du bist verrückt, Frau, aber ich muss dich unbedingt bumsen«. Ich lasse den Korken knallen, sehe, wie die Blasen hochsteigen, wie der Champagner sich schäumend über den Flaschenhals ergießt. Keiner von uns könnte diese Anspielung missverstehen. Ich werfe ihm einen verführerischen Blick unter halb gesenkten Lidern zu und schließe zu einem weiteren Song von Madonna meine Lippen um den Flaschenhals. Mit beiden Händen halte ich die Flasche, nehme einen kleinen Schluck von dem sprudelnden Schaum, lasse etwas Champagner auf meine Brust tröpfeln. Das, was von meinem Negligé übrig ist, wird nass, ehe der Schaumwein über meinen Venushügel und schließlich auf Dereks Beine läuft. Ich werfe den Kopf in den Nacken, fahre mit den Fingern durch mein langes Haar und gieße dann die kalte Flüssigkeit über meinen Körper.

Ich stelle die Flasche ab, setze mich rittlings auf meinen Mann und biete ihm eine von meinen champagnerfeuchten Brustspitzen an. Gierig saugt er sie in den Mund. Er hält mich so fest, als hätte er mich seit Jahren nicht berühren dürfen. Seine Lippen, seine Hände und sein Schwanz drücken gegen mich und erinnern mich daran, wie ich uns beide sehen will. Das Feuer ist nicht erloschen, aber es ist kleiner geworden. Doch als ich jetzt spüre, wie Derek mit wildem Verlangen mein Negligé nach unten zieht, wird mir klar, wie sehr ich dieses Feuer beim Sex mit ihm vermisst habe.

Er spricht kein Wort, versucht gar nicht erst, mir irgendetwas sagen zu wollen. Stattdessen hebt er mich hoch, sodass sich meine Beine wie von selbst um seine Hüften schlingen, während der dünne Stoff des Negligés auf meiner Haut klebt. Er trägt mich nicht zum Bett, sondern presst mich gegen die Wand. Dort hält er mich fest und macht seine Hose auf. »Ist es das, was du willst, Sarah? Willst du mich hier und jetzt, ja?«

»Ja, ja, ja!«, rufe ich, als er mich in die richtige Position bringt und mit seiner Schwanzspitze in mich eindringt. Er entzündet den Funken, der unsere Lust explodieren lässt, der alles knacken und knistern und brennen lässt, wie es sein sollte. Während er sich in mich stößt, mich festhält und sein Gesicht an meinen Hals drückt, weiß ich: Ganz gleich, was in den Hinterzimmern der Clubs abgegangen ist, es war nie so wie jetzt in diesem Augenblick. Derek pumpt sich in mich, raubt mir fast die Luft zum Atmen, während ich mich an ihn klammere, die Schenkel anspanne und ihm mit meinen Nägeln über den Rücken fahre.

Er fickt mich, anders kann ich es nicht nennen, aber in gewisser Weise ist dieser Fick ein echter Liebesbeweis. Es ist die Art von Fick, in die sich ein Paar fallen lassen kann, wenn jeder der Partner weiß, dass niemand anderes für sie infrage kommt. Erst dann können die Liebenden so bumsen, stoßen, klammern, schreien, hämmern und beißen, weil sie sicher sind, dass der Partner ihre wilde, ungezügelte und fast schon orgiastische Energie teilen wird.

Derek sagt immer noch nichts, nicht mal meinen Namen.

Er stöhnt nur an meinem Ohr, und diese Laute sind so schön, dass ich fast ein bisschen weinen muss, als ich komme. Er hat mir mal gesagt, ich solle beim Sex nicht weinen, aber jetzt weiß er, dass es nur deshalb geschieht, weil ich nicht bloß von meiner Leidenschaft überwältigt werde, sondern auch von unserer Liebe und dem Gefühl, dass alles richtig und vollkommen ist. Ich erzittere unter meinen Lustschüben und komme noch einmal, als Derek mich weiter voller Leidenschaft nimmt. Dann hört er auf zu stoßen, bleibt aber noch in mir und bedeutet mir so, dass ich ihm gehöre.

Erst später, als wir aus der Dusche kommen und ich ihm ein Glas mit Champagner reiche, fragt mich Derek, was eigentlich los ist.

»Nun, diese Sache mit dem Champagnerzimmer, die hat mich neugierig gemacht. Und auch ein bisschen eifersüchtig. Ich habe mir vorgestellt, wie du von all den schönen Mädchen umgeben bist, die alles Mögliche machen. Und diese Atmosphäre wollte ich wieder aufleben lassen. Ich weiß auch nicht genau, warum.«

Die letzten Worte hatte ich eher geflüstert.

»Baby, du weißt doch, dass du die schärfste Frau bist, die ich je gesehen habe. Und vertrau mir, nichts von all dem, was sich je in den Champagnerzimmern abgespielt hat, war auch nur annähernd so heiß wie deine Show gerade. Aber du brauchst nicht extra für mich so einen Auftritt hinzulegen. Es sei denn, du möchtest es.« Er sieht mir tief in die Augen, und ich lächele.

»Und wenn es mir gefällt? Ich meine, ich habe gleich zwei Flaschen Champagner gekauft . . .«

»Dann sag mir, wo ich die Stripper-Stange montieren soll.« Er lacht, merkt aber, dass ich eine Braue hochziehe. »Was für Geister habe ich da nur gerufen?«, fragt er.

Ich setze mich rittlings auf ihn und nehme seine Unterlippe zwischen meine Zähne. Ich werde ihm schon zeigen,
was er da angerichtet hat. Ein sexhungriges Monster hat er
erschaffen! Und daher benehme ich mich auch für den Rest
der Nacht wie eines.

Bis der Sturm vorüber ist

Erobintica

Krabbencocktailgläser gefüllt mit Veuve Clicquot Champagner. Makkaroni und Käse in Plastikschalen. Sturmkerzen in Gläsern als Beleuchtung. Kissen und ausgebreitete Decken vor dem Kaminofen. Schneetreiben vor den Fenstern. So hatten wir uns die Silvesternacht dann doch nicht vorgestellt.

Meine Freundin Teresa suchte in einem Schrank nach ein paar Gläsern. »Wow, hört euch nur an, wie der Wind heult. Ich wundere mich, dass wir noch Strom haben. Ah, hier sind passende Gläser mit Stil.« Sie hatte tatsächlich Gläser gefunden, in denen irgendwann mal Krabben in Cocktailsoße serviert worden waren. »Das edle Kristall!« Sie war gut drauf, was bei diesem Wintersturm nicht unbedingt zu erwarten war. Allerdings lag es auch an Teresas grenzenlosem Optimismus, dass ich sie überhaupt eingeladen hatte. Eine Freundin wie Teresa hat man immer gern um sich, und gerade in diesem Moment brauchte ich jemanden, der für gute Laune sorgte.

Ich stand am Herd, rührte gelegentlich im Topf herum und passte auf, dass die Makkaroni nicht überkochten. Eigentlich hatte ich mir für den Abend etwas anderes vorgenommen. Ich hätte mich längst in Schale werfen müssen, mein neues rotes Kleid anziehen sollen und bis in den Morgen in dem schicken Strandhaus abtanzen sollen, das meinem unverschämt reichen und unverheirateten Schwager Greg gehörte. Dinner mit Hummer und Gourmet-Whoopie-Pies. Zumindest hatten wir noch den edlen Champagner, den Teresa unbedingt hatte mitbringen wollen.

Dieser Trip war meine Idee gewesen. Ein Schritt heraus aus meiner Komfortzone, *unserer* Komfortzone. Jedes Jahr lud Greg Tim und mich zu Silvester in sein Domizil ein, und jedes Jahr erfanden wir eine Ausrede, um nicht hinzugehen. Vielleicht sollte ich besser sagen, dass Tim immer eine neue Ausrede parat hatte. Mir war nie richtig klar geworden, warum er die Einladung nicht annehmen wollte. Ich vermutete Rivalität zwischen den Brüdern. Denn Greg wohnte in einem zwei Millionen teuren Architektenhaus mit Blick auf den Ozean, während Tim und ich nur in einer einfachen Eigentumswohnung in der Vorstadt lebten.

Oh, und dann gab es da noch dieses kleine Haus am See, das schon seit Jahrzehnten im Besitz von Tims Familie war. Es war nichts Aufregendes, hatte keinen besonderen Charme. Sagen wir, es erfüllte seinen Zweck, mehr nicht. Im Erdgeschoss gab es einen größeren Wohnraum mit Küchenzeile und Kaminofen. An einer Wand standen ein Sofa und ein Couchtisch, gegenüber ein Esstisch mit Stühlen. Unter der Treppe befand sich ein kleines Bad mit Dusche. Das Dachgeschoss war offen und bot eigentlich nicht mehr als einen Dielenboden. Wenn wir dort oben schlafen wollten, nahmen wir immer eine Luftmatratze mit.

Meistens blieben wir Silvester zu Hause oder gingen mit ein paar von Tims Bürokollegen und deren Frauen aus – eine Truppe von Langeweilern, um ehrlich zu sein. Ich hatte die Nase voll von alldem. Ich war Anfang vierzig, unsere Tochter ging aufs College, mein Job bot auch nichts Aufregendes, und daher brauchte ich dringend irgendeine Abwechslung. Aber was genau sollte das sein? In diesem Jahr nahm ich Gregs Einladung an, ehe Tim die Chance hatte, sich eine Ausrede zurechtzulegen. Er war irritiert gewesen und noch ein bisschen verwirrter, als ich ankündigte, dass auch Teresa mitkommen würde. »Jetzt erzähl mir nicht, dass du sie mit Greg verkuppeln willst. Das hast du doch nicht etwa vor, oder?«

Daran hatte ich tatsächlich nicht gedacht. Okay, Greg war noch solo – so war's ihm lieber, wie er betonte –, schien aber immer eine Menge attraktive Frauen zu kennen, mit denen er seine Zeit verbrachte. Daher hatte ich nicht den Eindruck, bei ihm etwas einfädeln zu müssen. Teresa war übrigens frisch geschieden und »nicht zu haben«, wie sie manchmal so schön sagte. Ich hatte sie auf einem Schreib-Wochenende kennengelernt. Wir hatten festgestellt, dass wir sozusagen Tür an Tür wohnten, denn sie wohnte gleich im nächsten Ort. Sie war erst nach ihrer Scheidung dorthin gezogen, und deshalb waren wir uns auch vorher nie über den Weg gelaufen. Teresa war ein paar Jahre älter als ich, aber mir erschien sie viel vitaler, und ihr Naturell färbte angenehm auf mich ab, wenn wir zusammen waren. Ich glaube, Tim mag sie auch. Er ist sehr eingefahren in allem, was er macht, und oft amüsiert ihn meine Neigung, etwas Neues auszuprobieren. Ich habe ihn wirklich zum Fressen gern, aber manchmal glaube ich, es könnte mehr Schwung in unserer Beziehung geben.

Tim schürte das Feuer im Kaminofen und murmelte vor sich hin, dass er wünschte, wir wären früher losgefahren. Denn vor ein paar Tagen, als wir hier am See eingetroffen waren – als eine Art Zwischenstopp auf dem Weg zu Greg –, hatte es im Wetterbericht geheißen, zu Silvester müsse man mit Schneefällen rechnen. Zunächst waren nur ein paar Zentimeter gefallen, und der See war zugefroren. Später wurde eine Sturmwarnung ausgegeben, zuletzt eine Blizzard-Warnung.

Tim rief seinen Bruder an, um ihm mitzuteilen, dass wir es

nicht schaffen würden, und verbrachte den Rest des Tages damit, Vorbereitungen für den Sturm zu treffen. Er schaffte Brennholz heran, füllte Eimer mit Wasser, stellte sicher, dass der Schneepflug genügend Sprit hatte und fuhr noch schnell zum kleinen Supermarkt, damit wir genügend zu essen hatten. Cheddar-Käse, Chips und Salsa-Sauce, ein bisschen Milch, Donuts und die in Zellophan eingewickelten Whoopie Pies, die direkt neben der Kasse standen.

Ich probierte eine Nudel. Noch nicht ganz durch. Ich beobachtete, wie die Blasen an die Oberfläche stiegen und platzten. *Das war es also mit meinen Plänen. Pläne, mich flachlegen zu lassen.* Ich hatte mich nämlich schon auf die Gästesuite in Gregs Haus gefreut: mit Whirlpool und bodenlangen Fenstern mit Blick aufs Meer. Ich stellte mir vor, wie Tim den Reißverschluss meines roten Kleids aufmachte, während ich unser Spiegelbild in den Scheiben betrachtete. Ich liebe es, Sex zu haben, wenn wir nicht zu Hause sind. Hotelzimmer mit Doppelbetten. Abgelegene Bed-and-Breakfast-Zimmer mit Quilts auf alten Betten mit Messingpfosten. Oder Sex auf dem Boden in Tims Elternhaus, weil die Eltern sich immer noch nicht vom alten Etagenbett der Jungs getrennt hatten. Sex beim Zelten. Oder hier in unserem kleinen Haus am See. Aber nicht diesmal.

Schließlich schliefen wir oben auf dem offenen Dachboden und Teresa auf dem ausklappbaren Sofa. Klar hätte ich meine Hand in Tims Pyjamahose schieben können, um ihn vom Schlafen abzuhalten, aber ich wusste, dass Tim nicht mitmachen würde, weil Teresa unten schlief. Er ist und bleibt der Typ, der nicht viel ausprobieren will und es auch beim Sex am liebsten »normal« mag. Sexfantasien oder Wünsche, die über das Gewöhnliche hinausgehen, sind nicht so sein Ding. Aber ich liebe ihn, und er scheint meine Bemühungen, etwas mehr Pep in unser Sexleben zu bringen, zu genießen. In diesem Augenblick spürte ich, dass ich ein bisschen erregt war. So geht es mir immer, wenn ich nur lange genug über Sex nachdenke.

»Hey, wie sieht's aus, sind die Nudeln fertig?« Teresa schaute mir über die Schulter. Ich stach in eine der Makkaroni, nahm sie heraus und hielt sie ihr zum Probieren hin. »Sind die gut?«

Sie lächelte und nickte, und ich sah, wie ihr rotes Haar bei der Kopfbewegung mitschwang. Plötzlich verspürte ich ein eigenartiges Kribbeln, als mir bewusst wurde, dass ihre Brüste gegen meinen Arm drückten. Ich wollte mich eigentlich nicht bewegen, musste aber die Nudeln abgießen. Ich stellte den Herd ab und schüttete die Nudeln in ein Sieb im Spülbecken. Dampf quoll auf, die Scheiben beschlugen. Genau in dem Moment begann das Licht zu flackern.

»Oh«, entfuhr es Teresa, »vielleicht sollten wir vorsichtshalber eine Kerze anzünden ...«

Schon waren wir von Dunkelheit umgeben. Tim hatte gleich seine Taschenlampe parat, derweil fand ich die Streichhölzer und machte die Kerzen an, die wir zuvor in den Gläsern verteilt hatten. Der Kerzenschein tauchte den Raum in ein warmes Licht. Ich war froh, dass die Nudeln noch vor dem Stromausfall fertig geworden waren, gab jetzt Butter und Milch dazu und riss die Packung mit dem geriebenen Cheddar auf. Wow. Spezialrezept. Ich stellte die Plastikschalen auf den Tisch, holte Gabeln und servierte die Nudeln.

»Na dann, haut rein.«

Offenbar merkte man mir am Tonfall an, dass ich mit der Wendung der Ereignisse nicht ganz zufrieden war. Jedenfalls meinte Teresa: »Zeit, die erste Flasche Champagner zu öffnen! Ich glaube, unsere Köchin braucht jetzt ein Glas!« Sie legte ein Küchenhandtuch um den Flaschenhals, entkorkte die Flasche leise und goss die schäumende Flüssigkeit in die Gläser.

»Auf den Schneesturm, die Freundschaft, auf Makkaroni mit Käse und den Champagner!«

Wir lachten und genossen unser Essen, während Teresa uns immer schön nachschenkte. Bald war mir der wütende Blizzard draußen vollkommen egal. Irgendwie kamen wir in unserem Gespräch auf Sex, und mit einem Mal fühlte ich mich wieder wie zu College-Zeiten, als ich mich leise mit meiner Mitbewohnerin über Blowjobs und dergleichen unterhalten hatte. Es war aufregend und natürlich auch ein bisschen peinlich. Bei der zweiten Flasche rückten wir ein wenig näher zum Kaminofen. Ich breitete eine Decke auf dem Boden aus, denn der Teppich kam mir zu kalt vor, und ich wollte es bequem haben. Während ich noch Kissen vom Sofa holte, kam Teresa mit der Flasche und den Whoopie Pies.

Eine Weile nippten wir stumm an unseren Gläsern, weil wir spürten, dass sich neben dem Platzwechsel auch die Stimmung verändert hatte. Schließlich war es Teresa, die das Schweigen brach – und sie beendete es mit einem Paukenschlag.

»Hattet ihr schon mal Sex mit einem anderen?«

Ich war erst mal sprachlos und verstand nicht recht, warum sie das fragte. Denn Teresa und ich hatten uns schon mal darüber unterhalten, wie unser Sexleben vor der Hochzeit ausgesehen hatte.

Tim geriet ein bisschen ins Stottern, als er antwortete: »Natürlich gab es da andere, bevor wir uns kennenlernten.«

»Nein, ich meinte, hattet ihr beide schon mal Sex mit jemand anders? Ihr wisst schon, ein flotter Dreier.«

Zu diesem Zeitpunkt hielt ich uns alle drei offiziell für

betrunken. Tim blieb der Mund offen stehen, wie bei einer Comicfigur, und sein Glas schwebte in der Luft. Na, prima, dachte ich. Bis jetzt war er ganz gut drauf gewesen, aber ich wusste, dass es ihm unangenehm war, über Sex zu reden. Später würde ich was von ihm zu hören bekommen.

Aber als er schließlich auf Teresas Frage einging, nahm ich einen neuen Unterton in seiner Stimme wahr. Ich sah ihn erstaunt an, als er sagte: »Nein, haben wir noch nicht. Soll das ein Angebot sein?«

Hatte ich das richtig gehört? Hatte ich wirklich zu viel Champagner gehabt? Oder er? Dann spürte ich Teresas Blick, der auf mir lag, und mir fiel ein, was ich empfunden hatte, als sie so dicht hinter mir am Herd gestanden hatte. Oh, Mist. Sie meinte es ernst!

Aber sie lachte nur, goss uns noch Champagner nach und packte die Whoopie Pies aus. Ich war froh, dass uns der Schokoladenkuchen mit seiner klebrigen Süße eine Weile ablenkte, nahm aber dennoch wahr, wie erregt ich inzwischen war. Immer wieder warf ich scheue Blicke in Teresas Richtung und war mir ihrer Körperlichkeit mehr denn je bewusst. Es ist ja nicht so, dass ich noch nie darüber nachgedacht hatte, wie es wohl mit einer Frau sein mochte, aber diese Idee blieb eben immer im Abstrakten. Nie hatte ich ernsthaft überlegt, eine Frau anzufassen – also beim Sex –, doch jetzt musste ich die ganze Zeit daran denken.

Ich sah Tim an, als Teresa ihm gerade ein Stück Kuchen hinhielt, und beobachtete, wie mein Mann das Dargebotene in den Mund nahm. Es war wie bei der Zeitlupe im Film: Seine Lippen schlossen sich um ihre Fingerspitzen, sein Blick haftete auf ihrem Mund, ihr Lächeln blieb, als sie ihren Finger von seinem Mund zurückzog. Ich wartete auf ein Gefühl wie Wut oder Eifersucht, auf den Impuls, sie beide hinaus in den Schneesturm jagen zu wollen. Aber alles, was ich fühlte, waren Hitzeschübe zwischen meinen Schenkeln. Mein Herz schlug schneller, mein Atem kam stoßweise. Ich war so erregt, dass es mir unheimlich war. Aber plötzlich wusste ich genau, was ich wollte. So etwas hatte ich noch nie gemacht, wusste ja nicht mal, was mich wirklich erwartete. Aber ich wollte, dass wir alle zusammen bumsten. Die ganze Nacht durch. Ficken, bis der Sturm nachließ.

Teresa bedachte mich mit einem eindeutigen Blick, in dem die offensichtliche Frage lag. Durfte sie anfangen?

Ich nickte schließlich und deutete mit einer Kopfbewegung auf Tim. »Nur zu, ich möchte euch eine Weile zuschauen.«

Ich erschrak bei meinen eigenen Worten. Ich war zwar keine echte Pornoguckerin, aber wenn es etwas zu sehen gab, schaute ich hin. Nein, dachte ich, da werde ich doch nicht wirklich zusehen? Hätte ich das doch bloß nicht vorgeschlagen! Aber jetzt schaute ich zu, sah die beiden live und in Farbe. Und auch wenn sie nur angefangen hatten, sich zu küssen, wurde mein Slip bereits feucht.

Er umschloss ihre Brüste, rieb mit der Handfläche über ihre Nippel. Sie streckte die Brüste vor und seufzte, streichelte über seine übereinandergeschlagenen Beine. Ich ahnte, wie stark sein Schwanz jetzt gegen die Hose drückte. Ich wollte ihn da anfassen. Wollte, dass sie ihn anfasste. Sie küsste seinen Hals, küsste ihn dort, wo er sich am Morgen nicht rasiert hatte. Meine Lippen wussten, was ihre Lippen fühlten, während sie eine Spur aus Küssen auf seinem Hals zeichnete. Und ich wollte ihre Lippen kennenlernen.

Ein wenig unsicher kroch ich zu ihnen. Der Champagner entfaltete seine Wirkung, und daher kicherte ich, als ich die beiden erreichte. Teresa lächelte und griff mir ins Haar. Glattes, braunes und nicht besonders auffälliges Haar, aber sowie sie sich einige Strähnen um die Finger wickelte, fühlte ich mich unbeschreiblich sexy. Sie zog mich zu sich, und unsere Münder trafen sich. Ich wollte, dass die Zeit stehenblieb, damit ich dieses neue Gefühl erforschen und mich ganz auf den Geschmack konzentrieren konnte. Aber da war ihre Zunge schon in meinem Mund, ihre Hand umfasste meine Brust, und jegliches Denken setzte aus. Ich spürte noch eine Hand auf meiner anderen Brust: Es war Tim, und ich berührte erst ihre, dann seine Hand. Zitternd vor Verlangen, öffnete ich die Augen und fing Tims Blick ein. Sah die Lust in seinen Augen. Nicht nur die Lust, es mit Teresa zu machen, auch die Lust auf mich ... diese Glut hatte ich schon länger nicht mehr bei ihm gesehen.

Nach diesem kurzen Moment des Innehaltens fegten wir die Kissen fort und fielen übereinander her, küssten und streichelten uns ohne Unterlass. Unsere Hände waren überall, und als wir uns – als hätten wir uns heimlich abgesprochen – auszogen, warf Tim noch schnell ein paar Scheite in den Kaminofen, damit wir es schön warm hatten. Ich zog mir den Pullover über den Kopf aus und spürte seine Lippen an einem meiner Nippel, während Teresa den anderen Nippel zwickte. Keuchend schleuderte ich den Pullover über die Sofalehne und riss Tim das Hemd vom Leib. Dann griff ich nach Teresas Hand und legte sie auf Tims Schoß. Ich wollte, dass sie seinen Reißverschluss aufmachte, seinen Schwanz herausholte ... ich wollte sie küssen, während sie eine Hand um seinen steifen Schaft schloss. Ich sah zu, wie Tim sie auszog, beobachtete, wie sein Schwanz zuckte beim Anblick ihrer rasierten Pussy. Ich bin dort nicht rasiert, und schon bald verglich er, befingerte uns beide.

Kurz flammte die Frage in mir auf *Findet er ihre blanke Muschi besser als meinen Busch?*, aber als er mit seinen Fingern in meinem krausen Haar war und sich dann zu meiner Muschi herabbeugte, waren all meine Bedenken verflogen. Teresa schaute zu und fuhr sich mit den Fingern durch ihre Spalte, die im Kerzenschein nass glänzte. Ich legte ihr eine Hand auf den Oberschenkel und zog sie zu mir, sodass ich meinen Kopf in ihren Schoß senken konnte. Sacht erkundeten meine Finger sie. Ihr Duft war anders als meiner, aber ich konnte den Unterschied nicht beschreiben. Langsam drückte ich meine Zunge zwischen die unglaublich weichen Sexlippen. So schmeckte es also, wenn Tim mich dort leckte?

Tim nahm sich die Zeit, zu beobachten, wie ich über Teresas Spalte leckte. Ich spielte an ihren Sexlippen, schob sie auseinander, drückte sie wieder ein wenig zusammen. Sie stöhnte und begann, sich an meiner Hand zu reiben. Dann schob ich einen Finger in sie und dachte, es würde sich so wie bei mir anfühlen, wenn ich mich selbst anfasste, aber auch das war anders. Ich war überrascht und zufrieden und noch erregter als zuvor. Ich streichelte ihr Geschlecht und drückte gegen den kleinen Knopf, der ihr ein Keuchen entlockte. Tim rückte näher heran und legte seine Hand auf meine. Zusammen fickten wir Teresa mit den Fingern, bis sie mit den Hüften zuckte. Schon lange hatte ich mich ihm nicht mehr so nah gefühlt.

»Fick sie«, sagte ich zu ihm, außer Atem. »Ich möchte sehen, wie dein Schwanz in ihr verschwindet. Ich will zusehen, und ich will meine Finger in ihr haben, wenn sie kommt.«

Woher kamen all diese Worte? Doch der Gedanke war verschwunden, als ich sah, wie sein harter Schwanz in ihrer nassen Muschi versank. Teresa stöhnte wie in einem gut gemachten Porno. Meine Pussy brauchte etwas, und daher schob ich die Finger in meinen Tunnel und rieb mich an meiner Hand, während ich sah, wie mein Mann meine Freundin wie verrückt bumste. In meinem Kopf überschlugen sich meine lustvollen Sehnsüchte, und kurz darauf kam ich, schrie auf und sackte nach vorn.

Teresa wisperte mir atemlos zu: »Deine Hand, leg deine Hand hier hin.«

Ich wusste, was sie wollte. Ich rückte hinter Tims vor- und zurückstoßenden Körper und schob meine Hand genau an die Stelle, wo sein Schwanz in ihre Muschi glitt. Dort drückte ich und spürte, wie sie beide kamen ... spürte das Pulsieren und die fließenden Säfte.

Atemlos lagen wir übereinander. Das Feuer war erloschen, und unsere schweißnassen Körper kühlten rasch ab. Wir lösten uns voneinander. Teresa nahm eine der Decken und legte sie erst um mich, dann um sich. Tim holte noch ein bisschen Holz, schürte das Feuer und kam dann zu uns.

»Wow.« Mehr konnte ich nicht sagen. Dann musste ich kichern.

Tim lächelte und gab mir einen Kuss. »Ich liebe dich so. Ich habe dir noch nie erzählt, dass das eine Fantasie von mir ist ... ich mit zwei Frauen. Ich hatte Bedenken. Aber das war unglaublich. Danke euch.«

Teresa lächelte. »Ihr beide könnt wirklich von Glück sagen, dass ihr euch habt!« Draußen tobte noch immer der Blizzard. »Wir haben noch nicht mal Mitternacht! Wer möchte noch Champagner?«

Die Rundung ihres Bauchs

Kristina Wright

Brynn weinte. Wieder mal.

Als Paul die Haustür hinter sich zuzog und das Schluchzen aus dem Bad hörte, spürte er, wie ihn ein Gefühl der Verzweiflung überkam. Sie hatten beschlossen, ein Kind zu bekommen, und Brynn war begeistert gewesen – sie war freiberufliche Werbetexterin, arbeitete zu Hause und konnte es gar nicht abwarten, Mutter zu werden. Ja, sie war begeistert gewesen, bis sie nach acht Wochen Schwangerschaft anfing, sich morgens, mittags und abends zu übergeben.

Jetzt, nach sieben Monaten und einem Gefühl, dass es nie aufhören würde, weinte Brynn aus heiterem Himmel. Alles Mögliche brachte sie an den Rand der Tränen: eine Werbung für Vitamintabletten, der Supermarkt hatte ihren Lieblingssaft nicht mehr, ein Welpe tapste über den Gehweg. Paul ging schon wie auf rohen Eiern, damit er sich nicht den Vorwurf anhören musste, unsensibel zu sein. Und das war er doch auch gar nicht, wie er Brynn immer wieder zu erklären versuchte. Er wusste einfach nicht mehr, was er noch tun sollte, damit es allen besser ging. Und genau das frustrierte ihn zutiefst.

Gegen sechs Uhr an diesem Montagabend nahm er all seine verbliebene Geduld zusammen, ging den Flur bis zur Badezimmertür hinunter und klopfte leise an. »Bist du okay, Baby?«

»Nein, ich bin hässlich!«

Paul seufzte und lehnte den Kopf an die Tür. »Kann ich reinkommen?«

Er hörte Wasser rauschen, und dann ihre Stimme. »Meinetwegen.«

Er öffnete die Tür und hielt den Atem an. Brynn saß in der Wanne, ihr langes blondes Haar hatte sie zu einem Knoten hochgesteckt, ein Gebirge aus Schaum umgab ihren weißen, nackten Leib. Die einzige Lichtquelle war das abnehmende Sonnenlicht, das über der Wanne durch das Fenster fiel. Brynn schien in diesem goldenen Licht zu glühen. Wären da nicht ihre rot verweinten Augen und die triefende Nase gewesen, hätte man glauben können, dass eine Nixe im Wasser planschte. Eine sexy Meerjungfrau. Paul spürte, dass sich etwas in ihm regte – er lächelte liebevoll. Er liebte diese Frau, ganz gleich, wie sehr sie ihn manchmal auf die Palme brachte. Ja, er liebte sie und begehrte sie.

»Das Wasser ist nicht zu heiß«, beeilte sie sich zu sagen. Vor dem Einschlafen lasen sie immer die Babyratgeber – eigentlich das Einzige, das sie noch gemeinsam im Bett machten.

»Ich weiß, es ist bestimmt alles bestens.«

Brynn sank tiefer in die Wanne, sodass ihr Bauch gerade noch über der Wasseroberfläche aus dem Schaum ragte. »Guck nicht so genau hin, ich sehe grässlich aus.«

Paul setzte sich auf den Rand der Wanne und betrachtete seine Frau. »Nein, tust du nicht. Du siehst toll aus.«

Doch sie schüttelte bloß hartnäckig den Kopf und zeigte auf ihren Bauch. »Ich habe Schwangerschaftsstreifen entdeckt. Da reibe ich mich all die Monate mit Kakaobutter ein, und meine Haut sieht trotzdem furchtbar aus.«

»Wo denn? Ich sehe gar nichts.«

Brynn deutete auf einen kleinen Fleck, der sich unter ihrem Bauchnabel abzeichnete und im Schaumwasser verschwand. »Da. Wie hässlich. Das ist wie graue Haare kriegen. Ist erst mal eins da, kommen auch die anderen. Bald habe ich überall diese Streifen.«

Frische Tränen flossen, aber Paul konnte sich nicht beherrschen, er musste glucksen.

»Wieso lachst du überhaupt?« Brynn setzte sich aufrecht hin und sah ihn entrüstet an. »Das ist nicht lustig. Ich sehe aus wie ein Wal.«

»Du siehst wie eine Meerjungfrau aus.«

»Versuch nicht, mich zu trösten«, hielt sie ihm vor. »Ich weiß genau, wie ich aussehe.«

Paul ging neben der Wanne auf die Knie, und das Wasser, das über den Rand geschwappt war, drang durch seine Hose. »Nein, du weißt nicht, wie du aussiehst. Du reagierst viel zu emotional und hast Angst, in den Spiegel zu schauen. Denn dann würdest du sehen, wie dein Körper sich verändert hat, und das ist überhaupt nicht schrecklich.«

Er umschloss ihr Gesicht mit beiden Händen. »Hör mir zu. Du bist schön. Ich liebe es, wie dein Körper sich verändert.«

Um seinen Worten Nachdruck zu verleihen, wanderte er mit der Hand von Brynns Wange hinab zu ihren vollen, dunkel umrandeten Brustspitzen. Sie waren größer, als er sie in Erinnerung hatte. Paul verspürte etwas, was er sich seit Langem aus Rücksicht auf Brynn und ihre Stimmungen versagt hatte: Verlangen. Heißes und brennendes Verlangen. Ohne nachzudenken, umfasste er ihre Brüste. Mit den Daumen strich er über die langen Nippel und beobachtete, wie sie unter seinen Liebkosungen härter wurden.

»Was machst du da?«, fragte Brynn mit einem Zittern in der Stimme.

Paul sah ihr in die himmelblauen Augen, die so gut zu

244

einer sexy Meerjungfrau passten. »Ich zeige dir nur, wie schön du bist.«

Sie wand sich unter seinen Berührungen, ihre Pupillen waren geweitet. »Das fühlt sich … herrlich an.«

Paul drückte die Spitzen zwischen Daumen und Zeigefinger und zog sacht daran. »Ja? Gefällt dir das, Baby?«

Sie nickte, und ihre Nasenflügel bebten. Blonde Strähnen lösten sich aus ihrem hochgesteckten Haar und legten sich um ihr Gesicht. Sie sah unschuldig und im selben Moment lüstern aus.

Paul wanderte mit der Hand tiefer, strich über die Konturen von Brynns wachsendem Bauch. Er war fest und angespannt, und manchmal konnte er das Baby spüren, wenn es trat. Dann lachten sie beide, aber jetzt ging es nicht ums Baby. Er schob ihr die Hand zwischen die Beine und streichelte zart durch ihr helles Schamhaar.

»Halt. Ich hasse diese Haare da«, meinte sie.

Paul ignorierte ihre Worte und streichelte sie weiter. Vor der Schwangerschaft hatte Brynn sich immer rasiert, weil sie es glatt und weich wollte, aber dafür war ihre Haut jetzt zu empfindlich. Paul mochte es, wenn er das seidige Haar ihrer Scham spürte. Er zog leicht an den blonden Locken und beobachtete, wie Brynn darauf reagierte. Ihre Augen wurden groß, sie hielt den Atem an.

»Ein sonderbares Gefühl«, sagte sie.

»Ist es gut?«

Sie nickte. »Ja, ich denke schon. Es kitzelt.«

Paul lächelte. Er schob ihr einen Finger zwischen die Sexlippen und tastete nach ihrem Kitzler. Ein Keuchen aus Brynns Mund belohnte ihn. Weiter wollte er nicht gehen, und so ließ er seinen Finger auf ihrem empfindlichen Knopf und übte leichten Druck auf ihren Venushügel aus.

Als er ihr in die Augen sah, spürte er, dass Brynn einen inneren Kampf focht. Da sie sich in ihrer Haut nicht wohlfühlte, hatte sie sich von Paul nicht mehr auf diese Weise anfassen lassen. Paul sehnte sich danach, Sex mit ihr zu haben, aber er wollte sie nicht drängen. Er wollte sie entscheiden lassen.

Brynn brachte kein Wort hervor, aber das brauchte sie auch nicht. Sie sank in das lauwarme Wasser und legte eine Hand auf Pauls Hand. Dann drückte sie seinen Finger fest auf ihre Pussy und gab ein leises Stöhnen von sich, als Paul aktiv wurde und über ihren Kitzler rieb.

Brynns stilles Einverständnis löste eine Hitzewelle in Paul aus. Er wollte Brynn. Jetzt. Er wollte sie so bumsen, wie er es vor der Schwangerschaft getan hatte. Ihr Körper würde sich an seinem reiben, beide wären sie schweißnass und so erregt, dass sie einfach nicht genug voneinander bekommen würden.

Er drückte ihr einen Finger in die Pussy und fühlte, wie heiß und nass sie dort war ... es fühlte sich anders an als das lauwarme Badewasser. Brynn keuchte, umklammerte Pauls Handgelenk und rutschte leicht vor und zurück, bis das Wasser über den Wannenrand schwappte.

»Langsam, Baby«, beruhigte Paul sie. »Ich gebe dir, was du brauchst.«

Brynn sah ihn an, und ihre blauen Augen verschwanden halb unter den vor Lust gesenkten Lidern. Ihre Miene verriet ihm, dass sie ihm voll und ganz vertraute. »Das weiß ich.«

Paul glitt mit dem Finger tiefer in sie und spürte, wie Brynns Sexmuskeln sich um ihn schlossen. »Hast deinen Beckenboden trainiert, wie ich sehe«, raunte er.

Brynn kicherte und nickte. »Yeah.«

»Braves Mädchen.« Paul schob ihr einen zweiten Finger in

die nasse Höhle und ertastete die Stelle, die er so gut kannte. »Und wie ist das?«

»Oh!«, entfuhr es ihr. Das Wasser rann wieder über den Wannenrand, als Brynn Pauls Finger tiefer in sich aufnahm. »Jaaa!«

Inzwischen waren Pauls Sachen klitschnass, aber das war ihm egal. Ihm ging es nur darum, Brynn Lust zu verschaffen. Er drehte die Finger in ihrer Muschi, fühlte die Nässe der Erregung. Dadurch wuchs seine eigene Begierde weiter an, und er erschauerte vor Leidenschaft. Er zwickte Brynns Brustspitze und genoss es, die feuchte, leicht raue Haut der Vorhöfe zu berühren.

»Du bist so verdammt sexy«, sagte er und erkannte seine eigene Stimme kaum.

Brynn umschloss ihre vollen Brüste mit beiden Händen und legte den Kopf zurück auf den Wannenrand. »Fick mich mit deinen Fingern«, wisperte sie. »Ich muss kommen.«

Ihre Aufforderung machte ihn fast verrückt vor Verlangen. Er nahm einen dritten Finger dazu, um ihre Pussy auszufüllen. Wieder verdrehte er die Finger, als er die Hand vor und zurück zog und Brynns Muskeln spürte. Er wollte nicht mehr rücksichtsvoll sein, wusste nicht einmal, ob er sich überhaupt noch beherrschen konnte. Jetzt wollte er Brynn einfach nur noch ficken – hart. Er suchte in ihrem verlangenden Blick nach Zustimmung.

»Bist du sicher, dass du das aushältst?«

Brynn nickte. »Oh, ja. Ich will es. Mach es.«

Mehr Ermunterung brauchte er nicht. Er blendete alles andere um sich herum aus und konzentrierte sich ganz auf seine Finger, die in Brynns Sextunnel glitten, und fing an, sie fester zu ficken. Das Wasser spritzte in alle Richtungen, sodass der gefliese Boden schon schwamm. Brynn hatte längst nicht mehr so viel Wasser in der Wanne wie zuvor. Die rechte Hand leicht über Brynns gewölbten Bauch gespreizt, fickte er sie mit den Fingern der linken Hand. Es war, als fickte er eine schöne und doch vertraute Fremde. Und das erregte ihn in einer Weise, die er sich nie erträumt hätte.

»Du bist so nass, Baby«, raunte er und ließ seine Finger tief in sie gleiten.

Langsam schloss sie die Lider und seufzte erwartungsvoll, während Paul den Rhythmus beibehielt. Er konnte spüren, wie Brynns Pussy sich um seine Finger krampfte und sie bereit war zu kommen. Paul strich mit dem Daumen über die Klitoris. Brynn wäre fast aus der Wanne gesprungen und schrie, während sie sich am Rand festhielt.

»Ich schätze, das magst du«, murmelte er und machte weiter.

»Du bringst mich um den Verstand.«

Die Finger in ihrer Spalte vergraben, rieb Paul weiter über ihre Kuppe. »Ich kenne das Gefühl. Weißt du, was ich will, Baby?«

Ihre Augen flatterten auf, und sie versuchte, sich auf Pauls Gesicht zu konzentrieren. »Hm?«

Sein Daumen verharrte auf ihrem Kitzler. »Ich will, dass du mir sagst, dass du schön bist.«

Sie rutschte ruckartig vor. »Was?«

»Sag mir, dass du schön bist«, wiederholte er und ließ seine Finger in ihrer Pussy zucken. »Sag mir, wie schön du bist.«

Sie starrte ihn an, als habe er sie um etwas Perverses gebeten. »Hör auf, mich aufzuziehen«, flüsterte sie.

Paul bewegte seine Hand wieder und fand in einen Rhythmus, der die Wellen in der Wanne höher schlagen ließ. Das Wasser lief ihr über den gewölbten Bauch.

»Oh, das fühlt sich toll an«, stöhnte Brynn und stieß sich gegen Pauls Hand, wodurch das Wasser sie noch wilder umspülte.

»Sag es«, drängte er. »Du bist schön. Sag es mir, und ich lasse dich kommen, Baby.«

Brynn wimmerte wieder, hatte die Augen geschlossen und den Kopf in den Nacken geworfen. Sie war kurz vor dem Orgasmus, das fühlte Paul an den Zuckungen in ihrer Pussy. Er fickte sie weiter mit den Fingern, glitt tief in sie und genoss es, wie Brynns Körper ihn gierig aufnahm.

»Du bist schön, Baby«, betonte er. »Schön und verdammt sexy, und ich kann es gar nicht abwarten, dich aus der Wanne zu heben und aufs Bett zu legen. Damit ich dich immer wieder kommen lassen kann.«

Seine Worte erregten ihn genauso stark wie Brynn. Sein Schwanz sehnte sich nach ihrer Berührung, nach Lippen, die sich um die Eichel schlossen, nach Brynns süßer Pussy, doch hier ging es um Brynn und um ihre Lust. Sie sollte sich endlich so schön fühlen, wie sie war.

Noch einmal verharrten seine Finger in der Bewegung. »Sag es mir, Baby. Du weißt, dass du schön bist. So weich und rund und sexy. Sag es mir.«

»Bitte«, stöhnte sie. »Lass mich kommen.«

Sanft stimulierte er ihren G-Punkt, fühlte die geschwollene Stelle unter den Fingerspitzen. »Das tue ich auch. Sag es endlich.«

Mit dem Daumen auf ihrer Klitoris und den Fingern in ihrem Sextunnel, fickte er sie langsam. Zu langsam, um sie kommen zu lassen, aber immer noch intensiv genug, um sie unmittelbar vor dem Orgasmus in der Schwebe zu halten. Brynn klammerte sich an den Rand der Badewanne, bis das Weiße an ihren Knöcheln hervortrat. Sie wollte unbedingt unter seiner Berührung kommen. Aber Paul kannte sie lange genug, um zu wissen, was sie dazu brauchte. Er enthielt ihr die Befriedigung vor, wartete und spürte, wie sein eigenes Verlangen in ihm schwelte.

»Ich habe Zeit, Baby«, flüsterte er, obwohl jede Faser seines Körpers vor Anspannung vibrierte. Er ahnte, dass er Brynn nicht mehr lange warten lassen konnte. »Sag mir, was für eine schöne, sexy Frau du bist.«

Brynn verschlug es den Atem, als Paul ihr fest mit dem Daumen über den Knopf strich. »Ja, Gott, ja, ich bin schön«, keuchte sie. »Ich bin so verdammt schön. Fick mich, bitte fick mich.«

»Mehr wollte ich doch gar nicht«, meinte er und streichelte sie intensiver. »Mein sexy Mädchen.«

»Sexy«, wiederholte sie. »Fick mich, fick dein schönes Mädchen. Ich bin so verdammt scharf. Fick mich.«

»Ja, Baby, ja.«

Er fickte sie fest, fester als beabsichtigt, aber es schien Brynn nichts auszumachen. Im Gegenteil, sie umfasste sein Handgelenk und führte seine Finger, schloss ihre Schenkel um seine Hand. Paul konnte kaum noch seine Finger in ihr bewegen und konzentrierte sich deshalb auf ihren Kitzler. Nach ein paar gezielten Strichen spürte er, wie Brynn die Schenkel zusammenpresste und von ihrem Orgasmus überwältigt wurde.

Ihr Körper spannte sich an, und das Haar fiel ihr über die Schultern, als sie den Rücken durchbog und Pauls Hand fast quetschte. Dann öffnete sie den Mund und stöhnte so laut, dass das Echo von den Badezimmerwänden widerhallte. Die viel zu lange aufgestauten Gefühle und unterdrückten Sehnsüchte brachen sich in einem erlösenden Schrei Bahn.

Es war, als schaute er einer Banshee aus der Sagenwelt zu. Paul konnte nur dasitzen und ihren Anblick genießen.

Er drehte die Finger in ihr, behielt den Druck auf ihrem Kitzler bei und begleitete sie durch ihren Orgasmus. Er starrte Brynn an und fand sie so sexy, er hatte noch nie eine tollere Frau gesehen. Sie kam für ihn.

Brynns Höhepunkt schien nicht enden zu wollen, und sie keuchte und stöhnte, als habe sie Wehen. Bei diesem Gedanken blieb ihm fast das Herz stehen, aber Brynn zeigte keine Anzeichen von Schmerz – nur Lust, die so intensiv war, dass Paul schon glaubte, dass sie beide nie etwas Vergleichbares erlebt hatten.

Schließlich ebbten die Laute ab, und Brynn schlug die Augen auf. Ihr Lächeln war so befreit und strahlend, dass Paul für einen Moment seine schwer zu zügelnde Begierde vergaß. Er hatte es geschafft. Er allein hatte ihr dieses Lächeln auf die Lippen gezaubert.

Brynn war im Begriff, etwas zu sagen, schloss den Mund aber wieder. Schließlich entwich ihr nur ein »Wow!«.

Sie lachten beide. Seine Finger waren noch in ihr, das meiste Badewasser hatte sich auf dem Boden verteilt. Brynn fror sichtlich und verzog den Mund, als sie versuchte, sich aufzusetzen. Vorsichtig zog Paul seine verkrampften Finger aus ihrer Muschi.

»Geht es dir gut? Habe ich dir wehgetan?«, fragte er und hatte ein schlechtes Gewissen. Vielleicht hätte er Brynn doch nicht so drängen sollen ...

Sie lachte. »Hast du das wirklich gemeint?«

»Was?«

»Dass ich schön bin?«

Mit einem Finger strich Paul über das Mal, das sich über ihren rundlichen Bauch zog. »Jede Stelle an dir, jede Rundung, jeder Fleck. Du bist die schönste Frau, die ich je gesehen habe.«

»Ich glaube dir.« Brynn legte eine Hand auf Pauls, die noch auf ihrem Bauch ruhte. »Und jetzt hilf mir aus der Wanne und trag mich ins Bett, damit du mich richtig ficken kannst.«

Paul grinste. »Was immer du willst, meine Schöne.«

Refrain in der Morgendämmerung

Nikki Magennis

Natürlich ist es unmöglich, sich ein ganzes Daunenkissen in die Ohrmuschel zu stecken, aber John probierte es trotzdem. Doch Baumwolle und Daunenfedern würden noch nicht reichen als Dämpfer. Er bezweifelte sogar, dass es genügte, wenn er sich Zement in den Gehörgang kippte oder den Kopf mit einem dicken, flauschigen Teppich umwickelte.

Das dumpfe Wummern des Basses war das Schlimmste. John spürte die Schübe bis ins Mark, jenes regelmäßige, vorhersagbare Dröhnen. Der Bass hämmerte durch den Boden, ließ das Fensterglas erzittern und erzeugte einen Schmerz in Johns Kopf, der in seinen gesamten Körper ausstrahlte. Und dann dieser misstönende, scheppernde Krach. Immer nach dem schiefen Jammern des dritten Refrains. Er wusste nicht, wie das Stück hieß, aber er kannte den Song schon auswendig – jeden Riff, jeden Gitarrenlick, jeden Schlagzeugwirbel.

Sie spielte es immer und immer wieder. Meistens nachts. Und immer zu laut. John knirschte so fest mit den Zähnen, dass es schon wehtat. Müde stierte er auf die Leuchtziffern seines Radioweckers. 3:10. Der Anblick trieb ihm die Tränen in die Augen. Verzweifelt drückte er sein Gesicht in die Matratze und stöhnte.

Tränen schillerten in Janes Augen, während sie zu dem knisternden Sound der LP mitsang. Gott, bei diesem Song kehrte sich ihr Innerstes nach außen. Sie hörte die Musik laut und bei geöffnetem Fenster, und die Nachtluft strömte in ihr

Studio-Apartment. Die dunkle Brise wehte Papier vom Tisch, verfing sich in den ungeöffneten Briefen, fuhr in den Vorhangstoff und hob den Saum ihrer Kleider an, die auf Bügeln hingen. Kerzen flackerten.

Sie drehte den Lautstärkeregler noch ein wenig mehr auf und trat an das offene Fenster.

»Gott, kannst du das hören?«, fragte sie in die Nacht. »Ist es nicht schön? Bringt es dich nicht dazu, verdammt noch mal zu weinen?«

Sein Anzug hing an der Schlafzimmertür. Er war nicht gebügelt, aber da er gut geschnitten war, würde es wohl reichen, wenn John ihn einfach so hängen ließ. Bis zum kommenden Morgen würde die Schwerkraft schon dafür sorgen, dass die Falten verschwanden.

Er brauchte keinen Anzug anzuziehen, um seiner teuflischen Nachbarin einen Besuch abzustatten. Es war ohnehin keine gute Zeit für Besuche. Aber eben auch keine passende Zeit, dass die Nachbarin ihre mexikanischen Rock-and-Roll-Platten hervorkramte, dachte er trübe. Aber genau das machte sie, wenn er den Krach richtig deutete. Er lauschte und hörte das dumpfe Scheppern und Klappern. Ihm entwich ein Seufzer.

Abgesehen von dem Bett stand recht wenig in seinem Zimmer. Eigentlich gab es dort nur den Anzug und den Radiowecker. John zog es vor, nur das Nötigste zu besitzen, um möglichst wenig Ablenkungen zu haben. Er hatte schon viel Zeit darauf verwandt, seine Ansprüche herunterzuschrauben und sein Lebensumfeld zu vereinfachen. In seinem Leben sollte es kein Durcheinander geben, nur die fabelhafte Anzahl der kleinen, alltäglichen Geräusche, die er so liebte, wenn nicht gerade unten auf der Straße die Autos ineinanderrasten.

Seine Nächte waren angefüllt mit aufdringlichem Lärm, der seine Nachtruhe regelrecht in Stücke riss. Es ging ja nicht nur um die Musik. Das theatralische Getue zwischendurch störte ihn ungemein. Sie brachte alles durcheinander in seinem Kopf. Gefühle wie Wut und Abneigung ergriffen von ihm Besitz, hinzu kam ein taubes, verwirrendes Verlangen, sich die eigenen Ohren abzuschneiden. Diese unwillkommenen emotionalen Aufwallungen spukten in seinem Kopf herum, genau so penetrant wie der verhasste Bass-Beat.

Vier Stunden, dachte er. Wenn er es noch weitere vier Stunden überlebte, dann könnte er aufstehen, Kaffee schlürfen und in die friedvolle Zelle seines Büros entfliehen.

Aber jetzt war er wütend.

Die unsägliche, hormongeschüttelte hysterische Frau unter ihm jaulte wieder, strengte ihre kehlige, rau-bis-honigsüße Stimme an, sodass Bomben in Johns Kopf zerplatzten. Schon malte er sich aus, wie er Löcher in den Fußboden bohrte, wie er mit dem Feuerlöscher durch den Briefkastenschlitz spritzte, wie er sie fesselte und zwang, Brahms bei einhundert Dezibel zu hören.

Sicher, er könnte die Polizei rufen. Die Jungs schauten nur selten in diesem Viertel vorbei und hatten vermutlich ohnehin nicht viel übrig für Nachbarschaftsstreitigkeiten. Es sei denn, Schusswaffen waren Spiel – aber John hatte keine zur Hand. Vielleicht wäre es gar keine schlechte Idee, sich eine zuzulegen . . .

Unten verstummte die Musik. John atmete auf. Stille schlich sich in seine Ohren wie ein willkommener Freund.

Und dann kamen die »Seufzenden Jungen Männer«, wie John sie getauft hatte. Der Song hieß *Last Night Love*. Man hätte es auch den letzten verdammten Strohhalm nennen können. Jedenfalls sorgte so ein Song dafür, dass ein sonst ruhiger und friedfertiger Mann aus dem Bett fiel und mit einem dumpfen Aufprall auf dem Boden landete – laut genug, um jeden normalen Menschen aufzuschrecken, aber bei dem Lärm-Freak im Stockwerk unter ihm war eben alles anders.

Unbekümmerte, jugendliche Gitarrenriffe begleiteten John, als er sich die locker sitzende Pyjamahose hochzog und zur Tür ging. Im Treppenhaus hallten die Töne matt herauf, und John, der im grellen Neonlicht die Augen zusammenkniff, fluchte wieder einmal, weil er es immer noch nicht geschafft hatte, aus diesem Wohnblock auszuziehen. Längst könnte er in einem klösterlichen Refugium in den Bergen wohnen, von dem er so oft geträumt hatte und das er sich hinter majestätischen Wolkengebilden vorstellte. Aber natürlich hätte es auch ein Vorort getan.

Die Betonstufen waren kalt unter seinen bloßen Füßen, aber er spürte es kaum. Er versuchte vielmehr, nicht auf die Stimme in seinem Kopf zu hören, die in ihren vertrauten Singsang verfallen war: die Litanei der Ungerechtigkeiten und alltäglichen Grausamkeiten, die ihn immer schon heimgesucht hatten, von der Jugend an bis hin zu den einsamen, verzweifelten Jahren des frühen Erwachsenenalters.

Die Musik wurde lauter, während Johns Ego tobte und sich darüber ereiferte, mit wie viel Schlafentzug er den nächsten Tag würde bestreiten müssen. Als er dann endlich ein Stockwerk tiefer vor der Tür des Apartments stand, war er bereit, die Hand zur Faust zu ballen und seine Zukunft mit Schlägen zu verteidigen.

Was sollte er tun? Wäre er in der Lage, sein stets freundliches Wesen und seine Neigung zu ausgesuchter Höflichkeit abzulegen, um endlich einmal ein kerniges, erzürntes Statement abzugeben? Ja, er könnte die Frau mit Flüchen überziehen. Ja, das könnte er. John klopfte an die Tür, fest.

Vier Minuten später klopfte er erneut.

Nachdem er sich eine Viertelstunde lang die Füße auf dem blanken, harten Boden abgefroren hatte, ging John wieder die Stufen nach oben, mit hängenden Schultern und verfolgt von den Klängen der Seufzenden Jungen Männer, die ihn zu verhöhnen schienen. Inzwischen sah er dunkle Sterne vor seinen Augen tanzen, untrügliche Anzeichen von wachsender Wut in einem Mann, der seit seiner Geburt versucht hatte, das Gefühl von Harmonie im Mutterleib wiederherzustellen.

Zurück in seiner Wohnung, verspürte er das Verlangen, alles um sich herum in Stücke zu schlagen. Aber ihm fehlten die entsprechenden Möbel, die er hätte malträtieren können. Er warf einen Blick auf das Fenster und spielte mit dem Gedanken, die Scheibe einzuschlagen. Er hätte den ohnehin unbenutzten Fernseher durchs Fenster schmeißen können. Dann hätte er vom Fenster aus zusehen können, wie das Gerät über die alte, rostige Feuertreppe gepoltert wäre.

Ein Gedanke formte sich in Johns Kopf, einfach und beängstigend verlockend.

Ja, bei diesem Gedanken lief ihm ein Prickeln über den Rücken und löste ein Zucken um die Mundwinkel aus. Ehe er es sich anders überlegen konnte, war er schon zum Fenster gegangen und öffnete es. Gerade so weit, dass er auf die Gitterstufen der Feuerleiter klettern konnte.

Die Nachtluft war ein wunderbarer Wachmacher, und die Kälte legte sich wie ein dunkler Umhang um ihn. Anstatt ihn zur Umkehr zu bewegen, spornte ihn die kühle Luft noch an.

Leichtfüßig stieg er die Stufen der Feuertreppe nach unten, auch wenn sich das kalte Metallgitter in seine Fußsohlen drückte. Unmittelbar vor ihrem Fenster blieb er stehen.

Dort war sie. Sie saß am Tisch, hatte das Kinn auf die Hand gestützt und den Kopf zum Fenster gewandt. Doch ihre Lider waren geschlossen. Mit einem rhythmischen Nicken lauschte sie der Musik. John hielt schon die Hand hoch, um an die Scheibe zu klopfen. Doch für den Bruchteil einer Sekunde hielt er inne und ließ den Anblick auf sich wirken, der sich ihm bot: Der Raum war nur schwach erleuchtet. Ein halbes Dutzend Kerzen brannte auf einem Teller, der neben ihrem Ellenbogen stand, und die goldenen Flammen zauberten weiche Schatten auf ihr Gesicht. Sie trug Jeans und eine Art leichten Kimono, der im Schein der Kerzen leicht glänzte und ihr fast von den Schultern rutschte.

Er schüttelte den Kopf. Wartete auf die Pause in dem Song, jene Pause, die auf den achten Takt folgte – wie er inzwischen nur zu gut wusste. Doch anstatt an die Scheibe zu klopfen, schlug er fest mit der flachen Hand dagegen.

Jane wurde aus ihrer Meditation gerissen. Der Anblick der dunklen Gestalt draußen vor ihrem Fenster traf sie wie ein Schlag ins Gesicht. Instinktiv streckte sie die Hand nach dem Teller aus, tastete die Krümel darauf, bis sich ihre Finger um den Griff der Gabel schlossen.

Sie hielt die Gabel vor sich wie einen Miniatur-Dreizack. Wo war das Telefon? Sie musste jetzt aufstehen und es suchen, aber ihr Blick haftete auf der Gestalt, die dort draußen vor dem Fenster zu schweben schien – ein dunkler Schatten vor dem fast schwarzen Himmel. Die Gestalt klopfte ans Fenster.

Jane zog die Stirn kraus. Wenn die Gestalt vorhatte, einzubrechen und sie zu vergewaltigen, sie auszurauben oder umzubringen, warum klopfte sie dann? Sie kniff die Augen zusammen und spähte in das Zwielicht. Trug die Person da wirklich einen Pyjama? Die Gestalt bewegte sich und schien ihr zuzuwinken.

War das nicht ihr Nachbar? Ja, als sie näher ans Fenster trat und die Hand mit der Gabel sinken ließ, glaubte sie, etwas Vertrautes in den Umrissen der Gestalt zu erkennen. Das sonst immer ordentlich gekämmte Haar stand ihm wirr vom Kopf ab. Aber sie erkannte ihn an den breiten, leicht nach vorn gebeugten Schultern. Im Schein der Kerzen sah sie sein finsteres Gesicht, ja, dieser leicht wütende Ausdruck war ihr vertraut.

Etwas zuversichtlicher ging sie die letzten Schritte und schob das Fenster nach oben, ganz so, als würden öfter Besucher um diese Zeit in ihr Apartment kommen.

»Entweder begeistern Sie sich für *Frühstück bei Tiffany*, oder Sie haben sich ausgeschlossen«, begann sie mit warmer Stimme, in die sich Erleichterung mischte. Natürlich könnte er ein psychopathischer Irrer sein, aber bislang war er ihr als fast schon lächerlich höflicher Mann aufgefallen. Sie hielt ihn für einen dieser einfarbigen Schatten, die sich an den Seitenrändern des Lebens herumdrücken. Wenn er ihr zufällig im Treppenhaus begegnete, drückte er sich meist flach gegen die Wand und murmelte ein »Guten Tag«, das sie kaum hören konnte.

»Tiffany?«, wiederholte er und riss die Augen auf. Er schüttelte den Kopf. »Ihre Musik.«

Jane warf einen Blick auf die Anlage, aus der es nach wie vor dröhnte. »Ach so, die Musik«, sagte sie und schenkte ihrem Mr. Pyjama einen einladenden Blick. »Ein echter Sirenenklang, nicht wahr? Kommen Sie doch rein.«

»Ich ...« John zögerte, dann nickte er und folgte der einladenden Bewegung ihres Arms. Irgendwie fühlte er sich wie unter Zwang. Er zog den Kopf ein, zwängte sich durch den Fensterspalt und fand sich in Janes Schlafzimmer wieder, auf dem afghanischen Teppich. Einen Moment lang tastete er mit beiden Händen um sich, als rechnete er mit weiteren Hindernissen.

Er war groß, wie Jane auffiel. Vielleicht ging er deshalb immer ein wenig nach vorn gebeugt. Und er errötete – Gott, wie lange hatte sie schon keinen Mann mehr gesehen, der rot wurde. Sein Gesicht begann, unter den Bartstoppeln zu leuchten.

»Setzen Sie sich doch.« Sie deutete auf den Futon in der Mitte des Zimmers. »Möchten Sie was trinken?«

Ehe John antworten konnte, ging sie bereits zu einer Anrichte und holte Gin. Sie schenkte ihm großzügig ein.

»Ich bin wirklich nicht gekommen, um etwas zu trinken«, sagte er.

»Oh, Sie brauchen bestimmt einen Schlüsseldienst, nicht wahr? Ich schau mal in den Gelben Seiten nach«, meinte sie und wollte schon davoneilen. Doch zuvor goss sie sich noch ein Glas Gin ein – schließlich hatte sie jetzt Gesellschaft. Allein zu trinken war nicht gut für die Seele. Als sie kurz darauf mit dem Telefonbuch zurückkehrte, saß John auf dem Futon und blickte nachdenklich drein. Sie ließ die Gelben Seiten in seinen Schoß plumpsen und hob ihr Glas.

»Cheers«, prostete sie ihm zu.

Er saß da und starrte sie an, wobei seine dunklen, rastlosen Augen auf einen Punkt links von ihrem Kopf fixiert waren.

»Und wie nennt man Sie?«, fragte sie und versuchte herauszufinden, wo genau er eigentlich hinsah. Doch da senkte er den Blick und räusperte sich.

»John«, sagte er. »Ich heiße John.«

Jane nickte. »Ich bin Jane.« Sie streckte ihm die Hand entgegen. »Schön, dich kennenzulernen, John.«

Sie schüttelten einander die Hand, und Jane spürte seine kühle, trockene Handfläche an ihrer. Offenbar gab es da wirklich etwas Interessantes hinter ihrer Schulter, denn sein Blick glitt immer wieder in diese Richtung. Eigenartig. Sie nutzte die Gelegenheit, um John eingehender zu mustern.

Er hatte wasserblaue Augen mit Wimpern, die so lang waren wie die einer Giraffe. Der Bartschatten verlieh seinem Gesicht eine raue Note und ließ die fein geschnittenen Züge seiner Wangenpartie dunkler erscheinen. Sein Körper unter dem gestreiften Pyjama war lang und ein wenig linkisch, als wüsste er nicht, wohin mit seinen Gliedmaßen. Er konnte eigentlich nur ein Buchhändler sein, dachte sie. Er hatte etwas Ernstes und zugleich Elegantes an sich. Sie warf einen Blick auf seine Hände. Helle, schmale Finger, keine Ringe. Ja, dachte sie, als sie beobachtete, dass sich seine Wangen rot färbten. Ja, er hat was.

O Gott, durchfuhr es John. *O gütiger Gott.* Hinter ihr an der Wand hing ein gerahmtes Bild, das einen tropischen Strand zeigte – ein altes Plattencover, das er nun eingehend studierte. Denn sonst müsste er ihr ja wieder in die Augen sehen. Derweil goss sie noch mehr Gin in sein Glas. Er wusste auch nicht, warum, doch sein Blick wurde wie magisch angezogen von dem unmerklichen Pulsieren an ihrem Hals, ihrer blassen Haut ...

»Ist alles in Ordnung mit dir?«, fragte sie.

John atmete hörbar aus. »Deine ... Bluse«, sagte er. »Sie ist ... offen.«

»Wie?« Jane schaute an sich herab und sah, dass der dünne Stoff ihrer Bluse gefährlich locker um ihre Brüste spielte. *Und dazu die Brise vom offenen Fenster*, sagte John zu sich selbst. *Bitte, Gott, hilf mir.*

»Ich versuche, nicht hinzusehen!«, platzte es aus ihm heraus. Er fuhr sich mit einer Hand durchs Haar und schüttelte den Kopf. »Ich weiß nicht mal, was ich hier will. Was mache ich eigentlich hier?«, murmelte er vor sich hin. Er fühlte sich wie ein Schlafwandler. Als wäre der ganze Zorn aus ihm geflossen, sodass er nun schlaff und dümmlich hier auf dem Futon dieser Frau hockte.

Allerdings war ihm durchaus bewusst, dass nicht *alles* an ihm schlaff war. Und ihm war, als drehte sich ihm der Magen wie in der Achterbahn, wenn es langsam die nächste Steigung hinaufgeht. Sein Schwanz regte sich, richtete sich auf und forderte Aufmerksamkeit. *Nein, nein, nein*, beschwor er sich selbst, aber sein Schwanz ignorierte die mahnenden Worte.

Der dünne Stoff des Pyjamas spannte sich wie ein Zirkuszelt.

Rasch griff er nach den Gelben Seiten und schlug sie auf seinem Schoß auf. Bei dieser hastigen Bewegung zuckte sein Schwanz erfreut. John drückte das schwere Buch in seinen Schoß und schaute verstohlen zu Jane auf.

»Hey«, meinte sie, wobei sie sich leicht in den Hüften wiegte.

»Ja?« Er sprach, als litte er Schmerzen.

»Tanz mit mir«, forderte Jane ihn auf und hielt ihm die Hand hin. »Ich liebe diesen Song.«

John runzelte die Stirn.

»Na, komm schon, Baby«, sagte Jane und schnippte mit den Fingern vor seinem Gesicht, das schon wieder auf den Boden gerichtet war.

John hob den Kopf. Seine Brauen zuckten, seine Wangen standen in Flammen. Energisch schüttelte er den Kopf.

»Dieser Song ist Mist«, brachte er schließlich hervor. »Dieser Song und der nächste Song, und auch der auf der anderen Seite der Platte, bei dem du deine entsetzlich krachigen Lautsprecher aufdrehst.«

Wie betäubt wich Jane einen Schritt zurück. Sie fasste sich unwillkürlich an den Hals. »Die Musik gefällt dir nicht?«

»Nein, sie gefällt mir nicht«, erwiderte er, warf die Gelben Seiten auf die Couch und stand auf. Der Stoff seiner Pyjamahose wölbte sich über seiner großen, wütenden Erektion, aber das war ihm egal. »Nein, ich mag weder den derben Text noch die Melodie oder den Refrain. Ich mag es nicht, die ganze Nacht dazusitzen und hören zu müssen, wie du krakeelst und kicherst oder in dein Kissen weinst . . .«

Jane verspürte ein Brennen in den Augen. Kurz fuhr sie sich mit dem Handrücken darüber.

». . . ich liege nicht gern wach im Bett und überlege, wie ich den Strom in deiner Wohnung abstellen oder dir Schlaftabletten ins Wasser schütten könnte. Manchmal bin ich so weit, dass ich in meiner eigenen Wohnung Feuer legen möchte, um die Versicherung in Anspruch zu nehmen, damit ich wegziehen kann . . . an irgendeinen Ort, an dem ich nie mehr . . .«

John trat einen Schritt vor. Er war ein ganzes Stück größer als Jane, aber das war ihr bislang gar nicht aufgefallen. Er kam ihr so nah, dass sie sah, wie sich das Kerzenlicht in seinen Augen spiegelte.

». . . deine kindische, verfluchte, beschissene Gossenmusik hören muss.«

Jane, das Mädchen, welches sich ihr Leben lang einen gesanglichen Wettstreit mit dem Universum geliefert hatte, wurde plötzlich ganz still. Ihr Blick lag auf Johns geweiteten Pupillen. Er hatte die Hände an seinen Seiten zu Fäusten geballt, öffnete sie und schloss sie wieder. Währenddessen wippte seine Erektion vor und zurück wie der Taktstock eines Dirigenten.

Sie biss sich auf die Lippe. Bedeckte ihre Augen mit einer Hand. Als sie zu zittern begann, streckte John die Hand nach ihr aus. Fast hätte er Jane berührt, aber dann traute er sich doch nicht. Hatte er ihr Angst gemacht? Wenn er sie jetzt in den Arm nähme, würde er alles nur noch schlimmer machen. Das konnte er unmöglich riskieren.

»O Gott«, sagte er. »Es tut mir leid.«

Jane gab einen unterdrückten, schwer zu deutenden Laut von sich.

John blies die Backen auf, atmete aus, biss dann die Zähne zusammen und nahm Jane bei den Schultern. Im selben Moment gaben ihre Knie nach, und sie sank in seine Arme. John versuchte noch, seinen Schwanz wegzudrehen, konnte aber nicht verhindern, dass er sich immer wieder zwischen ihn und Jane drängte.

»Gott, es war nicht meine Absicht, dir Angst einzujagen«, sagte er und legte die Hand um ihren Hinterkopf. Er nahm den Duft ihrer Haare wahr. Kaugummi und kalter Zigarettenrauch. Sie zitterte in seinen Armen und machte, dass er sich noch unbehaglicher fühlte.

Dann hob Jane das Gesicht aus Johns Armbeuge. Die Wimperntusche war verwischt, doch ihre Augen waren trocken. Sie grinste jetzt.

»Mir Angst einjagen? Sehr unwahrscheinlich, Mister John.«

Ihr Mund – wie Satin, saftig, weich und zart – war ihm so nah, dass er ihren Atem auf der Haut spürte. Ihr Bild verschwamm vor seinen Augen, und schon glaubte er, eine Luftspiegelung vor sich zu haben. Es konnte doch unmöglich sein, dass sie ihm plötzlich so nah war, dass sie ihm so nah kam, um . . .

Mit einem Mal stand seine Welt auf dem Kopf. Ihre Lippen verschmolzen mit seinen. Die Spitze ihrer Zunge huschte in seinen Mund, und John entfuhr ein leises, erstauntes »Oh!«.

Sie rieb sich an ihm. Sein vorwitziger Schwanz drückte

freudig gegen Janes Bauch, drängte weiter vor mit einer Riesenlust, die ihm fast das Herz zerspringen ließ.

Sie verloren das Gleichgewicht, sackten beide gegen die Couch und bemühten sich, die Umarmung nicht zu unterbrechen. Johns Pyjama war ein äußerst dünnes Hindernis, und Jane brauchte nicht lange, um seinen Schwanz aus der Hose zu befreien. Stolz ragte er vor ihr auf. Gleichzeitig zupfte John an ihrem Kimono und zog ihn ihr von den Schultern, sodass ihre Brüste zum Vorschein kamen. Sacht drückte er sie zusammen, beugte sich hinab, um an den Spitzen zu saugen, sie leicht, aber nicht zu fest zu beißen.

»Ja«, entfuhr es ihr, »mehr, bitte mach weiter.« Er schaute auf und nahm die Uhr an der Wand wahr, die direkt neben dem gerahmten Plattencover hing.

Fünf Uhr morgens. Die Dämmerung kroch bereits über den Himmel. Die Titten seiner Nachbarin drückten in sein Gesicht, ihre Nippel waren noch feucht von seinem Mund. Und die Musik. Die Musik lief noch.

»Entschuldige«, sagte John und bettete Jane vorsichtig auf die Couch. Dann ging er zur Anlage und versuchte dabei, seinen Steifen zu verbergen, während Jane wohlig seufzte.

»Was hast du vor?«, rief sie ihm nach, als er die Nadel von der Platte nahm und dadurch den Sänger mitten im Song zum Schweigen brachte.

Stille breitete sich aus. Ihre Blicke trafen sich. Er sah das rastlose Sprühen in ihren Augen, aber auch eine namenlose Müdigkeit. Im nächsten Moment war er wieder bei ihr und ging vor der Couch auf die Knie.

»Du liebst Musik«, murmelte er, wisperte jetzt, während die Stille in seinen Ohren dröhnte. Jane nickte, als er ihr die Jeans auszog und ihr Schamhaar entblößte.

»Also lehn dich zurück«, meinte er und senkte den Kopf zwischen ihre Beine. »Und hör zu.«

Er eroberte ihr Geschlecht mit dem Mund, beugte den Kopf wie ein Mönch zum Gebet. Die Nerven in Janes Körper schienen alle zugleich zu erwachen, hier zwischen ihren Schenkeln. Jede Faser ihres Leibes prickelte und sehnte sich nach seiner Berührung. Und er war schnell. Seine Zunge glitt zielstrebig zwischen ihre Pussylippen.

Hätte sie das ahnen können? Bei jemandem, der sich an den Seitenrändern des Lebens herumdrückte, der sich fast unsichtbar machte, um ja nicht aufzufallen? Ja, dachte sie, als sie die Augen schloss und einen tiefen Seufzer ausstieß. Sein voller, kundiger Mund machte sich nun an ihr zu schaffen, zuckte, leckte, kostete. Sie hatte das Gefühl, als ob nur ein stiller Mann so intensiv bei der Sache sein konnte. Nur jemand, der zuhörte und hinhörte, der empfänglich war für das Auf und Ab der Dinge und dafür, wie alles im Fluss war.

Ohne den Schwall der Musik, den sie gewohnt war, strengte sich ihr Gehör an, den kleinsten Lauten zu lauschen. In der plötzlichen Stille vernahm sie eine ganz neue, einprägsame Melodie, die so ungewohnt war, dass sie sich erst darauf einstellen musste. An ihre Ohren drangen nur die Geräusche, die seine Zunge an ihrer nassen Muschi erzeugte. Und das leise Ächzen der Couch unter dem Gewicht ihrer Körper, die sich rhythmisch bewegten. Dazu noch ihr schneller Atem, der sich weiter beschleunigte, da er Johns stille Absichten willkommen hieß.

Sie wühlte ihre Hände in sein Haar. »Komm zu mir«, raunte sie.

Er nickte, gab ihrer Pussy einen letzten Kuss und schob sich über Janes Körper, ganz so, als wollte er die Rundungen eines Cellos mit seiner Haut polieren.

»Liebe mich«, wisperte sie. All die Freude und die Angst vor der Nacht schmolzen unter seinem warmen Leib dahin. Sie spürte den leichten Druck seiner Hüftknochen und wie seine Haare über ihre weiche Haut strichen und sie kitzelten. Sie gab ein Stöhnen von sich und lud ihn damit ein, in sie zu gleiten.

John bot ihr seinen Schwanz an, strich damit leicht über die Spalte ihrer Pussy und glitt schließlich in ihren feuchten Tunnel. Währenddessen hielt er Janes Blick gefangen. »Jane«, flüsterte er.

»Ja.«

Er tauchte in sie, fickte sie mit einer Entschlossenheit, die ihm den Atem raubte und ohne Hintergedanken war. Seine Hüften bewegten sich im gleichen Rhythmus wie das leise Ticken des Weckers, den er hörte, aber nicht sehen konnte. Er glitt in sie, immer und immer wieder, wie unter einem Zwang.

»Oh, oh, oh«, stöhnte sie bei jedem Stoß.

John hob den Kopf. Er holte tief Luft und lächelte. Er hatte eine Idee.

Er unterbrach den Rhythmus und hielt inne, damit sie beide spüren konnten, wie das Blut durch ihre Adern pulste. Ihr Herzschlag schien in seinem widerzuhallen. Draußen trällerte eine Amsel.

»Hör nicht auf«, sagte sie. »Ich könnte ewig so weitermachen.«

»Ja«, sagte er und stieß sich wieder in sie. »Aber mit Unterbrechungen, damit noch Zeit für andere Dinge ist.«

»Nein«, drängte sie. »Nur ficken.«

Er zögerte. »Du willst nicht mal, dass ich dich küsse?« Seine Lippen schwebten über ihren. »Etwa so?«

»Okay«, sagte sie, rieb mit ihrer Nasenspitze über seine,

knabberte an seiner Unterlippe. »Auch das. Aber bums mich weiter.«

»Kontrapunkt?«, kam es von ihm, als er ihren Mund eroberte und wieder langsam mit dem Ficken einsetzte.

Sie lachte in seinen Mund und ließ das Lachen dann in ein Stöhnen übergehen.

»Und noch mehr«, flüsterte er, schob einen Finger zwischen ihre Körper und rieb über ihren Kitzler. So geschickt wie ein Musiker. »Etwa so. Glissando.«

Als Antwort schlang sie die Beine um ihn, drückte ihm ihre Fersen in den Hintern, zog ihn enger an sich, seufzte und stöhnte und rief: »Ja, fick mich!« Sie ließ weitere Worte folgen, wie in Liebesliedern. Sie sagte sie immer und immer wieder und verlieh ihnen mit ihrer lustvollen Stimme einen weichen Klang.

»O Gott. Verdammt, ich komme!«, rief sie, und er fand, dass es wie aus ihren Plattensongs klang.

Sein Schwanz spannte sich sofort an. Für einen Moment sah sein Gesicht angestrengt aus. Jane hob und senkte ihre Hüften und wand sich unter ihrem Orgasmus. Da sich John nicht länger zurückhalten konnte, ergoss er sich in sie, unkontrolliert und überschwänglich und stieß dabei einen fremd klingenden Laut aus.

Als ihre Leiber sich dann langsam hin und her wiegten, während sie ihrer Lust nachspürten, murmelte sie immerzu ihre Beschwörungen, ihre vulgären Litaneien. »Fuck. O Gott. Oh, Baby.«

Er zog eine Braue hoch. Legte den Kopf schief, um ihren Worten zu lauschen. Schließlich nickte er. »In Ordnung«, sagte er. »Ja, ich denke, eine Zugabe wäre jetzt nicht schlecht.«

Draußen zwitscherten nun immer mehr Vögel. Ein Rotkehlchen und ein Zaunkönig wetteiferten miteinander, schlossen

sich dem Gesang der Amsel an. Der Buchfink ließ sein Träl-
lern erklingen, und all die anderen Vögel riefen einander zu
und vollführten ein wahres Konzert im Garten hinter dem
Haus.

Als Jane ein zweites Mal kam, war die Morgenluft erfüllt
von wundervollen, chaotischen Klängen.

Hoher Absatz garantiert

Madeline Moore
DIE SCHUHLIEBHABERIN
Erotischer Roman
Aus dem Englischen
von Jule Winter
336 Seiten
ISBN 978-3-404-16712-8

Amanda, eine Frau in den besten Jahren, erbt das Schuhimperium ihres Mannes - und übernimmt zugleich eine Reihe gutaussehender Angestellter. Diese sind begierig darauf, die neue Chefin zufriedenzustellen, und zwar in jeder Hinsicht. Während Amanda ums Überleben ihrer Schuhläden kämpft, findet sie reichlich Gelegenheit, sich zu amüsieren ...

Bastei Lübbe Taschenbuch

Eine Seefahrt, die ist lustig

Georgina Brown
DIE YACHT
Erotischer Roman
Aus dem Englischen
von Sandra Green
336 Seiten
ISBN 978-3-404-16711-1

Von der Liebe enttäuscht, heuert Antonia auf der Yacht von Philippe an, einem verheirateten Mann aus gutem Hause. Sofort fühlt sich die junge Frau zu dem adretten Yachtbesitzer hingezogen - und erfährt bald am eigenen Leib, wie stürmisch die Liebe auf hoher See sein kann ...

Bastei Lübbe Taschenbuch

Sag' mal was – Sprachförderung für Vorschulkinder

Zur Evaluation des Programms der Baden-Württemberg Stiftung

Sprachförderung im Spannungsfeld zwischen Wissenschaft und Praxis

Bibliografische Information der Deutschen Nationalbibliothek

Die Deutsche Nationalbibliothek verzeichnet diese Publikation in der Deutschen Nationalbiografie; detaillierte bibliografische Daten sind im Internet über http://dnb.d-nb.de abrufbar.

Sag' mal was, LiSe-DaZ und E-Lingo sind eingetragene Marken der Baden-Württemberg Stiftung

Bildquelle: Baden-Württemberg Stiftung

© 2011 Narr Francke Attempto Verlag GmbH + Co. KG

Schriftenreihe der Baden-Württemberg Stiftung, Nr. 57
ISSN 1610-4269

www.francke.de
www.bwstiftung.de

Druck: Gulde Druck GmbH, 72072 Tübingen
Printed in Germany

ISBN 978-3-7720-8400-3

INHALT

Vorwort der Baden-Württemberg Stiftung

Mit der Fachtagung „Sag' mal was – Sprachförderung im Spannungsfeld zwischen Wissenschaft und Praxis" hat die Baden-Württemberg Stiftung die Diskussion über die Wirksamkeit von Sprachfördermaßen bundesweit angeregt. Im Ergebnis wurden die zentrale Bedeutung von Sprachfördermaßnahmen und die wichtige Rolle der Qualifikation der Sprachförderkräfte herausgearbeitet. Gleichzeitig wurde die noch unzureichende Forschung im frühkindlichen Bereich deutlich sichtbar. Die Gäste der Fachtagung aus dem ganzen Bundesgebiet, den Niederlanden, der Schweiz und aus Österreich nahmen Teil an einer offen geführten Diskussion um die von der Baden-Württemberg Stiftung in Auftrag gegebene Begleitforschung zu ihrem Programm „Sag' mal was – Sprachförderung für Vorschulkinder". Der vorliegende Band nimmt seinen Ausgang bei den Vorträgen der Tagung und führt die Diskussion mit einigen Originalbeiträgen weiter.

Die Debatte um vorschulische Sprachförderung und deren Wirksamkeit entstand aus dem von der Baden-Württemberg Stiftung im Jahr 2002 initiierten Programm „Sag' mal was – Sprachförderung für Vorschulkinder". Dieses hatte die Zielsetzung, die sprachliche Bildung und den Spracherwerb von Kindern im vorschulischen Alter zu stärken. Der Aufsichtsrat der Baden-Württemberg Stiftung stellte dafür rund 7 % (39 Mio. Euro) der gesamten Stiftungserträge der ersten 10 Jahre zur Verfügung. Es ist also ein Programm, dem hohe Bedeutung zukommt. Fast 90.000 Kinder in Baden-Württemberg haben daran teilgenommen. „Sag' mal was" war und ist das erste flächendeckende Angebot für eine intensive Sprachförderung in Kindertageseinrichtungen in Deutschland.

Das Programm war von Beginn als „lernendes Programm" angelegt, aus dem Erkenntnisse aus der Praxis für künftige Maßnahmen gewonnen werden sollten. Instrumente dafür waren der wissenschaftliche Beirat, eine Projektgruppe und die wissenschaftliche Begleitforschung. Diese wurde von zwei Teams an den Pädagogischen Hochschulen Weingarten und Heidelberg durchgeführt. Sie untersuchten die laufenden Sprachfördermaßnahmen mit unterschiedlichen Fragestellungen. Auftrag und Grenzen der wissenschaftlichen Begleitforschung müssen berücksichtigt werden, um daraus angemessene Schlussfolgerungen ziehen zu können. Zu diesem Zweck haben wir den vorliegenden Band zusammengestellt und herausgegeben. Eine DVD als filmische Dokumentation der Tagung ist beigelegt.

Seit ihrer Errichtung im Jahr 2000 ist die Baden-Württemberg Stiftung Innovationswerkstatt des Landes. Sie trägt mit ihren Aktivitäten dazu bei, Baden-Württemberg auf seinem Weg als erfolgreiches, fortschrittliches und lebenswertes Land zu unterstützen und seine Vorreiterrolle auch in Zukunft zu behaupten. Sie investiert gezielt in zukunftsträchtige Schlüsseltechnologien, vielfältige Bildungsmaßnahmen und in die soziale Kompetenz der Bürgerinnen und Bürger. Sie ermutigt die Menschen im Land dazu, selbst zu aktiven Gestaltern ihrer Zukunft zu werden. Die Stiftung prägt nachhaltig: Schülerinnen und Schüler, Studierende, Forschende, Erzieherinnen und Erzieher, Lehrende, Künstlerinnen und Künstler, Baden-Württembergerinnen und Baden-Württemberger.

Wir danken allen unseren Partnern, die mit ihrem großen persönlichen und zeitlichen Engagement dazu beigetragen haben, das Programm „Sag' mal was" durchzuführen. Den Mitgliedern des Aufsichtsrats danken wir, dass sie sich für die Durchführung dieses Programms eingesetzt haben. Wir danken den Teams der Wissenschaftlichen Begleitforschung an den Pädagogischen Hochschulen Heidelberg und Weingarten. Als Programmträger haben die Kolleginnen und Kollegen der L-Bank und des Landesinstituts für Schulentwicklung die Umsetzung der Sprachfördermaßnahmen mit den Trägern vor Ort und den vielen Sprachförderkräften garantiert. Dafür danken wir allen ganz besonders. Eine Tagung wäre nicht realisierbar ohne den Einsatz und das Engagement der Referentinnen und Referenten und der Autorinnen und Autoren, die diesen Band mit einem Beitrag bereichern. Ihnen ist insbesondere auch für die Geduld zu danken, die sie dem langen Herstellungsprozess dieses Bandes entgegenbrachten. Dass das Buch schließlich zustande kam, ist dem unermüdlichen Einsatz von Martina Friemelt, Gudrun Raible, Rosemarie Tracy und Ulrike Vogelmann zu danken.

Wir wünschen uns, die interessanten und ertragreichen Diskussionen der Tagung über die richtige Sprachförderung fortzuführen und neue, weiterführende Aspekte zu beleuchten. Das Spannungsfeld zwischen Wissenschaft und Praxis, in dem sich die Sprachförderung befindet, wird auch weiterhin bestehen bleiben. Wir hoffen, mit dieser Publikation die Pole klarer definieren und Wege aus einem – auch emotional und politisch – aufgeladenen Spannungsfeld aufzeigen zu können. Allen Leserinnen und Lesern wünschen wir eine anregende Lektüre.

Christoph Dahl
Geschäftsführer
Baden-Württemberg Stiftung

Dr. Andreas Weber
Abteilungsleiter Bildung
Baden-Württemberg Stiftung

Gemeinsames Grußwort von Städtetag, Landkreistag und Gemeindetag

Das Beherrschen der deutschen Sprache ist ein Schlüssel für eine gelingende Bildungsbiografie jedes Kindes. Eine möglichst früh ansetzende Sprachbildung und Sprachförderung, die vom Elternhaus mitgetragen und unterstützt wird, ist deshalb ein wichtiger Schritt zur Verbesserung der Chancengleichheit und zur Überwindung herkunftsabhängiger Zukunftschancen. Die Kommunalen Landesverbände und die Kommunen stimmen deshalb mit der Kultusministerin darin überein, dass Kinder schon im Kindergartenalter systematisch und professionell gefördert werden müssen. Im Orientierungsplan für Bildung und Erziehung für die baden-württembergischen Kindergärten und Kindertageseinrichtungen ist „Sprache" ein zentrales Element, das alle sechs Bildungs- und Entwicklungsfelder umfasst. Gibt es über diese ganzheitlich ausgerichtete Sprachbildung hinaus Förderbedarf, muss es zusätzliche Angebote einer gezielten, intensiven Sprachförderung geben.

Mit ihrem von 2003 bis 2010 laufenden Programm „Sag' mal was – Sprachförderung für Vorschulkinder" hat die Baden-Württemberg Stiftung die in vielen Kindertagesstätten bereits vorhandenen Ansätze aufgegriffen und eine flächendeckende Einführung von Sprachfördermaßnahmen ermöglicht. Die Ergebnisse der wissenschaftlichen Begleitung, die zur Überprüfung der Wirksamkeit in Auftrag gegeben wurde, haben wichtige Anregungen zu den Voraussetzungen und zur Weiterentwicklung einer Erfolg versprechenden Sprachförderung gegeben. Diese Erkenntnisse der wissenschaftlichen Begleitung des Programms der Baden-Württemberg Stiftung wie beispielsweise die Notwendigkeit von alters- und sprachdifferenzierten Sprachförderkonzeptionen, das Ansetzen zu einem noch früheren Förderzeitpunkt sowie die Anforderungen an die Qualifikation der pädagogischen Fachkräfte und die Formen der Zusammenarbeit mit den Eltern müssen aufgegriffen werden. Mit der Übernahme der intensiven Sprachförderung durch das Land ab dem Kindergartenjahr 2010/2011 anerkennt das Land seine Zuständigkeit für die Fördermaßnahmen und entspricht einer langjährigen Forderung der Kommunalen Landesverbände. Diesem konsequenten Schritt müssen aber weitere folgen, um durch eine qualitative und quantitative Ausweitung der Sprachförderung dem unbestrittenen Handlungsbedarf gerecht zu werden.

Oberbürgermeister a. D.
Prof. Stefan Gläser
Städtetag
Baden-Württemberg

Prof. Eberhard Trumpp
Landkreistag
Baden-Württemberg

Roger Kehle
Gemeindetag
Baden-Württemberg

„Wir haben das Beste getan, was man tun konnte,
aber wir sind uns nicht sicher, ob es wirklich gut ist".
(Wolfgang Klein, während der Fachtagung am 29.4.09)

Einführung in den Band

Sprachförderung für Kinder im Vorschulalter ist seit Jahren ein hochaktuelles Thema. Sie steht im öffentlichen Interesse, da es um die Bildungschancen aller Kinder geht. Als zentrales „Werkzeug" der Kommunikation ist Sprache für alle Menschen grundlegend. Sie ist die Voraussetzung für jede Bildung.

Für ein rohstoffarmes Land wie Baden-Württemberg liegt der Schlüssel zum Erfolg in der guten Qualifikation seiner Menschen. Programme zur Verbesserung der Sprachfähigkeit, zur Erhöhung internationaler Kompetenz, zur Stärkung der Mehrsprachigkeit und zur gezielten Förderung von Talenten sind für eine Stiftung nur folgerichtig, um die individuellen Lebens- und Bildungschancen aller Menschen in Baden-Württemberg zu vergrößern. Ein Programm wie „Sag' mal was – Sprachförderung für Vorschulkinder" stellt letztlich eine zentrale Investition in die Zukunft der jungen Generation dar. Jede Investition muss aber im Hinblick auf ihren Nutzen kritisch betrachtet werden. Dabei geht es nicht um eine Zensur der Maßnahmen, sondern um die Herausarbeitung von Lern- und Entwicklungspotentialen, die dann für Verbesserungen fruchtbar und nutzbar gemacht werden können.

Ziel der Fachtagung „Sag' mal was – Sprachförderung im Spannungsfeld zwischen Wissenschaft und Praxis" am 29. und 30. April 2009 in Stuttgart war es, der Frage nachzugehen, was wir aus dem Programm „Sag' mal was – Sprachförderung für Vorschulkinder" lernen können. Einige wichtige Impulse und gleichzeitig neue Fragen wurden im Zuge der Diskussion herausgearbeitet. Insbesondere kommt in diesem Band die Praxis stärker als bei der Tagung zu Wort.

Was können der Leser und die Leserin erwarten? Wissenschaft ist kritische Prüfung von Aussagen, Daten, Erkenntnissen. Die Tagung hat in Verbindung mit der daraus entstandenen Publikation die Aufgabe, dies im Dialog zu ermöglichen und den Transfer in die Praxis zu gestalten. Das Spannungsfeld zwischen Wissenschaft und Praxis, in dem sich die Sprachförderung befindet, wird dadurch nicht aufgehoben.

Viele Beteiligte leisten Beiträge zu diesem Band. Zunächst eröffnen wir den Band mit einem Überblicksartikel, in dem wir das Programm „Sag' mal was" in seinem Gesamtkontext darstellen, damit die Stellung der wissenschaftlichen Begleitforschung darin deutlich wird. Dann folgen – entsprechend der Rhythmik der Tagung – fünf grundlegende Beiträge von Wolfgang Klein, Sabine Weinert, Hartmut Esser, Ingrid Gogolin und Rosemarie Tracy mit verschiedenen theoretischen Zugängen zum Spracherwerb. Neben grundlegenden Theorien werden hier auch die Bedeutung und die

Voraussetzungen eines erfolgreichen Spracherwerbs aufgezeigt. Daran anschließend stellen im 3. Kapitel die beiden Teams der Pädagogischen Hochschulen Weingarten und Heidelberg ihre wissenschaftlichen Begleitstudien zum Programm „Sag' mal was" vor. Sie bieten die Folie zum Verständnis der weiteren Beiträge. Das 4. Kapitel wird mit den Empfehlungen und Schlussfolgerungen der Wissenschaftlichen Begleitforschung eröffnet. Diese werden im Folgenden in drei verschiedenen Aspekten weiter ausgeführt. Zunächst liegt der Fokus auf den Impulsen für die Wissenschaft und Forschung. Hier werden auch die Herausforderungen einer Sprachstandsdiagnostik am Beispiel von LiSe-DaZ skizziert. Von der Diagnostik gehen wir zu Fragen der Praxis über: welche wichtigen Impulse für die Aus-, Fort- und Weiterbildung aus Blick einer Fachschule für Sozialpädagogik (Berufskolleg) und einer Hochschule ergeben sich? Und wie gehen andere Projekte in der Frühkindlichen Bildung vor? Einige erfahrene Praktiker ergänzen diese Perspektiven mit ihren Anregungen und Impulsen für die Praxis.

In einer Art Zwischenbetrachtung beschreibt Hans H. Reich, der unserem Beirat angehört, aus seiner Sicht, was aus „Sag' mal was" und der wissenschaftlichen Begleitforschung zu lernen ist. Dabei zeigt er einige Vorurteile auf, von denen wir uns befreien sollten. Das 6. Kapitel präzisiert die Transfermöglichkeiten und die Weiterentwicklung von „Sag' mal was". Dabei werden Projekte vorgestellt, die sich aus dem flächendeckenden Sprachförderprogramm entwickelt haben wie beispielsweise „Sprachliche Bildung für Kleinkinder" und ein Projekt, in dem es um ein Blended Learning-Konzept in der Fortbildung in Deutsch als Zweitsprache geht, das wir gemeinsam mit dem Goethe Institut durchführen.

Die beigefügte DVD bietet Ausschnitte aus der Tagung und insbesondere einen Sketch der deutsch-italienischen Amateur-Theatergruppe „Le Maschere". Die Vorträge und Diskussionen in den Workshops und Pausen werden durch das bewegte Bild miterlebbar. Das zweisprachige Theaterstück über die Schulsituation eines italienischen Jungen bringt das Thema Sprachförderung in anderer Weise auf den Punkt. Der dort gezeigte Umgang mit Sprachförderanlässen, der Umgang miteinander oder die Durchführung von Sprachstandserhebungen ist natürlich fiktiv! Ähnlichkeiten mit der Wirklichkeit sind jedoch leider nicht ausgeschlossen.

Wichtig bleibt anzumerken, dass im Buch aufgrund der Tatsache, dass die Personen, die in Kindertageseinrichtungen arbeiten, überwiegend weiblich sind, zur besseren Lesbarkeit in der Regel die weibliche Form „Erzieherin" verwendet wird. Soweit nicht ausdrücklich vermerkt, sind bei der Verwendung der weiblichen Form bei bestimmten Personengruppen grundsätzlich immer beide Geschlechter gemeint.

1 „Sag' mal was" – ein lernendes Programm

SAG' MAL W

Sprachförderung für Vorsch

wir machen mit!

SAG' MAL WAS

wir machen mit!

„Sag' mal was" – ein lernendes Programm

Andreas Weber und Suzan Bacher

I. Zum Beginn

Die folgenden Ausführungen sollen dazu dienen, die Facetten des Programms in seiner Gesamtheit vorzustellen und die Aufgabe der wissenschaftlichen Begleitforschung in diesem Kontext zu verdeutlichen. Wir wollen darin „Sag' mal was" aus Sicht von zwei dieser verschiedenen Instanzen beschreiben: Aus der Perspektive der Baden-Württemberg Stiftung als Initiatorin des Programms und des Landesinstituts für Schulentwicklung (LS) als inhaltlichem Programmträger. Es lohnt sich darüber hinaus, die differenzierten Aufgaben der Abwicklung zu vergegenwärtigen, die vor allem von den Programmträgern und Dienstleistern der Baden-Württemberg Stiftung – dem Landesinstitut für Schulentwicklung und der L-Bank – wahrgenommen wurden. Außerdem gilt es die Rolle des Beirats im Hinblick auf das Gesamtprogramm und die wissenschaftliche Begleitforschung zu klären. Schließlich geht es darum, den Veränderungsprozess der letzten fast 10 Jahre in der Sprachförderung herauszuarbeiten und den Anteil zu bestimmen, den das Programm „Sag' mal was" daran hatte.

II. Das Programm „Sag' mal was – Sprachförderung für Vorschulkinder"

Sprachkompetenz und Ausdrucksvermögen sind die „Schlüssel" zum Bildungserfolg für alle Kinder und eine wesentliche Voraussetzung für ihre Chancen in unserer Gesellschaft.

Mit diesen Worten formulierte der Aufsichtsrat der Baden-Württemberg Stiftung im Jahr 2002 die Motivation für den Beschluss über ein Programm zur Sprachförderung für Vorschulkinder. Zusammen mit den Beschlüssen der folgenden Jahre wurden von der Baden-Württemberg Stiftung insgesamt 39 Millionen Euro bereitgestellt. Das Programm „Sag' mal was – Sprachförderung für Vorschulkinder" unterstützte die Träger von Kindertageseinrichtungen in ihrem Ziel und ihrer zukunftsorientierten Aufgabe, die sprachliche Bildung und den Erwerb der deutschen Sprache von Kindern im vorschulischen Alter zu stärken und besonders zu fördern. Die Praxis stand im Vordergrund: In Abstimmung mit der zur Steuerung eingesetzten Projektgruppe wurden Sprachfördermaßnahmen in den Kindertageseinrichtungen ausgeschrieben und finanziert. Mit seinem Titel „Sag' mal was" ist dieses Programm in Baden-Württemberg zum Begriff für Sprachförderung in Tageseinrichtungen für Kinder geworden.

An der Entstehung, Durchführung und Weiterentwicklung des Programms „Sag' mal was – Sprachförderung für Vorschulkinder" waren viele Personen und Institutionen beteiligt. Ihr Zusammenspiel wird in folgender Grafik der Programmstruktur dargestellt:

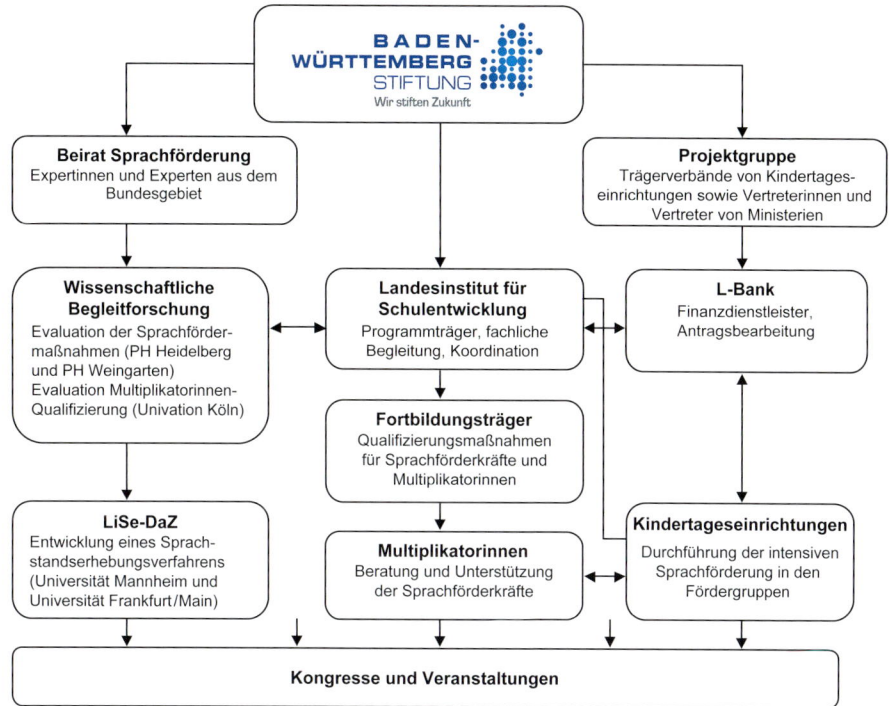

Abbildung 1: *Programmstruktur von „Sag' mal was"*

„Sag' mal was" sollte ein „lernendes Programm" sein, das Erkenntnisse aus der Praxis für die Praxis gewinnen sollte. Der Beirat „Sprachförderung" – bestehend aus Expertinnen und Experten unterschiedlicher Wissenschaftsdisziplinen aus der ganzen Bundesrepublik – unterstützte diese Zielsetzung u. a. mit der Auswahl zweier Institutionen für die wissenschaftliche Begleitforschung.

Die beiden wissenschaftlichen Begleitstudien zu den Sprachfördermaßnahmen wurden nach Start des Programms in Auftrag gegeben, um künftige Verbesserungspotentiale sichtbar machen zu können. Im Jahr 2009 stand der Abschluss dieser wissenschaftlichen Begleitforschung an.

Die ineinander verzahnten Elemente von „Sag' mal was" tragen und gestalten einen Veränderungsprozess, der sich in der Sprachförderung in den letzten Jahren vollzogen hat und noch vollzieht. Auf sehr unterschiedlichen, aber zusammenhängenden Ebenen wurden Maßnahmen verfolgt, die die Kompetenz der beteiligten Personen, die allgemeine Sensibilisierung für die Problemlage und Handlungsoptionen entscheidend beeinflusst haben. Diese sind:

1) die **Sprachfördermaßnahmen** in den Einrichtungen selbst mit den wichtigen ergänzenden Bestandteilen Sprachstandserhebung, Förderplanung und Dokumentation, Elternbeteiligung und Qualifikation von Förderkräften.
2) die Entwicklung und Evaluation von **Qualifizierungsmaßnahmen** für Multiplikatorinnen,

3) die im Jahr 2004 in Auftrag gegebene **wissenschaftliche Begleitforschung** des Programms durch die Pädagogischen Hochschulen Weingarten und Heidelberg,

4) die Entwicklung eines Verfahrens zur **Sprachstandserhebung** für mehrsprachige Kinder, das unter dem Namen **LiSe-DaZ** zum Einsatz kommen wird,

5) die Durchführung von **Kongressen und Veranstaltungen** zur Sensibilisierung und Information der (Fach-)Öffentlichkeit,

6) die Installation eines **Projektmanagements** mit einer **Projektgruppe** und einem **Beirat** „Sprachförderung" zur Begleitung und Steuerung des Gesamtprogramms.

Alle diese Maßnahmen haben Wirkungen auf sehr verschiedenen Ebenen erzielt. Sie sollen hier skizziert werden, damit die Ergebnisse der wissenschaftlichen Begleitforschung in diesen Kontext eingeordnet werden können.

„Wer so spricht, dass er verstanden wird,
spricht immer gut"
Jean Baptiste Molière

Im Herbst 2003 übernahm das Landesinstitut für Schulentwicklung (LS) die Programmträgerschaft für „Sag' mal was" und begleitet das Programm fachlich seit nun mehr sieben Jahren. Erkenntnisse aus der Praxis wie auch aktuelle wissenschaftliche Befunde zur Sprachförderung wurden am LS aufbereitet und für das Programm nutzbar gemacht. So vermittelte das LS schon zur ersten Ausschreibung im Jahr 2003/2004 wichtige fachliche Impulse: Die „Inhaltlichen Leitsätze", die für die Sprachfördermaßnahmen als fachlich-pädagogische Orientierung verbindlich waren, wurden vom LS ausgearbeitet.

Insgesamt hat das LS sieben Ausschreibungen für das Programm „Sag' mal was – Sprachförderung für Vorschulkinder" gemeinsam mit der Baden-Württemberg Stiftung vorbereitet und veröffentlicht. Zudem wurden jährlich mehr als 1.700 Einladungen zur Teilnahme am Programm „Sag' mal was" an kommunale und freie Träger von Kindertageseinrichtungen in Baden-Württemberg per E-Mail-Schreiben verschickt. Den Trägern und Kindertageseinrichtungen stand das Projektteam sowohl für Fragen zum Programm wie auch zur fachlichen Beratung und Begleitung zur Seite.

Für alle Teilnehmenden und am Programm Interessierten baute das LS im Auftrag der Baden-Württemberg Stiftung eine umfangreiche Internetseite auf, die neben zahlreichen Informationen und Materialien zum Programm und zur Sprachförderung auch alle Antragsunterlagen sowie Informationen zur wissenschaftlichen Begleitforschung enthält: www.sagmalwas-bw.de.

---

1) Die Sprachfördermaßnahmen

Die Sprachfördermaßnahmen von „Sag' mal was" waren ein zusätzliches Angebot für Kindertageseinrichtungen, das über die für alle Kinder angebotene allgemeine Förderung der Sprachentwicklung hinausging. Sie kamen Kindern, die 1 bis 2 Jahre vor der Einschulung standen und noch keinen altersgemäßen Sprachstand in Deutsch aufwiesen, zugute. In kleinen Gruppen konnten diese Kinder kontinuierlich und intensiv gefördert werden. Der Umfang betrug mindestens 120 Stunden im Kindergartenjahr, verteilt auf drei bis sechs Förderstunden pro Woche. Durchgeführt wurden die Maßnahmen von qualifizierten Fachkräften. Die pädagogischdidaktische Umsetzung der Sprachförderung lag in der Gestaltungsfreiheit der in den Einrichtungen tätigen Fachkräfte. Die aktive Einbeziehung der Eltern als wichtiger Bestandteil des Programms wurde zusätzlich honoriert. Von Sprachförderangeboten aus dem Programm „Sag' mal was" konnten mit Ende des Programms zum Kindergartenjahr 2009/2010 fast 90 000 Kinder in ganz Baden-Württemberg profitieren.

„Das Wort gehört zur Hälfte dem, welcher spricht, und zur Hälfte dem, welcher hört"   *Michel Eyquem de Montaigne*

Neben der fachlichen Begleitung des Programms führte das LS im Auftrag der Baden-Württemberg Stiftung in den Kindertageseinrichtungen kontinuierliche Praxisbesuche durch und konnte somit dem Programm auch „ein Gesicht geben". Es fanden 139 Besuche statt, die alle Regionen Baden-Württembergs erreichten. Bei den Vor-Ort-Besuchen konnte sich das LS einen Einblick in die praktische Umsetzung der intensiven Sprachförderung verschaffen, fachliche Anregungen zur Optimierung der Fördermaßnahmen geben und Impulse aus der Praxis aufgreifen. Fragen zu den Programmbedingungen wurden geklärt und deren Einhaltung vor Ort überprüft.

Die Vor-Ort-Besuche wurden durchweg positiv aufgenommen, wenngleich so manche Sprachförderkraft über die ein oder andere schlaflose Nacht berichtete, wenn der Termin des Vor-Ort-Besuches nahte. Seitens der Sprachförderkräfte wurden vor allem der direkte und persönliche Kontakt sowie die fachlichen Rückmeldungen und Anregungen begrüßt.

In den Einrichtungen zeigte sich ein sehr vielfältiges Bild der praktischen Umsetzung der Sprachförderung. Es wurden sowohl vorstrukturierte Programme wie auch ganzheitliche Sprachförderkonzepte umgesetzt. Vielfach fanden sich Kombinationen aus Programm und ganzheitlicher Sprachförderung.

Von der Freude, der Konzentration und dem Eifer, mit denen sich die Kinder an den verschiedenen sprachfördernden Aktivitäten beteiligten und dem hohen Engagement der Sprachförderkräfte konnten sich die Mitarbeiterinnen des Landesinstituts bei den Vor-Ort-Besuchen immer wieder überzeugen. Durch die positiven Rückmeldungen, die das LS in den letzten Jahren zum Programm „Sag' mal was" erhalten hat, vor allem aber durch die zahlreichen persönlichen Begegnungen und Kontakte im Zuge der Vor-Ort-Besuche, wurde deutlich, dass die Träger von Kindertageseinrichtungen in Baden-Württemberg der sprachlichen Bildung und dem Spracherwerb eine große Bedeutung beimessen.

2) Qualifizierungsmaßnahmen für Multiplikatorinnen und deren Evaluation

Mit der Qualifizierung von Multiplikatorinnen unterstützte die Baden-Württemberg Stiftung den Aufbau eines flächendeckenden Netzwerks in der Weiterbildung. Die Erfahrungen aus dem Programm zeigten, dass verschiedene Kompetenzen, wie z. B. der Umgang mit Verfahren zur Sprachstandserhebung, bei den Fachkräften der Fördergruppen in den Einrichtungen besser ausgebildet werden müssen. Zudem wurde die Notwendigkeit erkannt, regionale Anlaufstellen für die fachliche Unterstützung der Sprachförderkräfte zu schaffen. Dies sollten qualifizierte Personen sein, die zum einen aus der eigenen Praxis die spezifischen Schwierigkeiten und Herausforderungen kennen und zum anderen durch eine intensive Fortbildung die Arbeit reflektieren und Kolleginnen mit einem breiten Wissen unterstützen können. Damit die Einrichtungen und Sprachförderkräfte Multiplikatorinnen in ihrer Nähe finden können, wurden deren Kontaktdaten auf der Website www.sagmalwas-bw.de nach Regierungsbezirk und Ort sortiert eingestellt. Es ging der Baden-Württemberg Stiftung insbesondere um den Kompetenzaufbau bei den Anbietern, um ihre gewonnenen Kompetenzen langfristig ohne die Hilfe der Baden-Württemberg Stiftung nutzen zu können. Die Qualifizierungsmaßnahmen wurden auch evaluiert. Dabei zeigte sich, dass schon viele Kompetenzen erreicht und verbessert wurden. Jedoch wünschen sich die Sprachförderkräfte und Multiplikatorinnen noch weitere Fortbildungen, was wiederum ihre hohe Motivation widerspiegelt (vgl. Neugebauer, Schulz, 2007).

Das Landesinstitut für Schulentwicklung war an der Konzeption der Multiplikatorinnen-Qualifizierung beteiligt und diente u. a. auch als Kontaktstelle für die Fortbildungsträger und -teilnehmerinnen. Nach Abschluss der Qualifizierungsmaßnahmen wurden die Multiplikatorinnen um ihr Einverständnis angefragt, ihre Kontaktdaten zu veröffentlichen. Die Mehrheit, insgesamt 191 Multiplikatorinnen, waren dazu bereit.

Eine im Sommer 2010 vom LS durchgeführte Befragung bei diesen Multiplikatorinnen erbrachte ein sehr erfreuliches Ergebnis. Nach sieben Jahren waren noch über ein Drittel der Qualifizierten als Multiplikatorinnen für das Programm tätig.

Das LS war zudem beauftragt, das für die Evaluation zuständige Institut zu unterstützen. Es erstellte Verteilerlisten, und war bei der Fragebogenerhebung sowie der Veröffentlichung der Evaluationsberichte beratend tätig.

3) Die wissenschaftliche Begleitforschung

Die unmittelbare Unterstützung des Spracherwerbs der Kinder stand für die Baden-Württemberg Stiftung von Beginn an im Vordergrund. Entsprechend erfolgte die Beauftragung der wissenschaftlichen Begleitforschung der Sprachfördermaßnahmen mit unterschiedlichen Fragestellungen an die beiden Forscherteams der Pädagogischen Hochschule Weingarten und der Pädagogischen Hochschule Heidelberg erst in einem zweiten Schritt.

Der Zeitpunkt der Einbindung der wissenschaftlichen Begleitung markiert auch eine Grenze für das, was als Ergebnis zu erwarten war. Nach der „reinen Lehre" von Evaluationsverfahren hätte die Beauftragung der wissenschaftlichen Begleitung vor dem Start der Maßnahmen erfolgen müssen. Nur so wäre es (theoretisch!) möglich gewesen, alle Faktoren methodisch sauber zu kontrollieren. Eine vollkommene Kontrolle der Interventionssituation war und ist jedoch kaum machbar. Die wissenschaftliche Begleitforschung musste sich zudem auf einen Teil des Programms, nämlich die Sprachfördermaßnahmen selbst, sowie auf Stichproben daraus konzentrieren, um im verfügbaren zeitlichen und finanziellen Rahmen zu bleiben. Damit blieb als Hauptziel bestimmt, Verbesserungspotentiale in der Arbeit der Kindertagesstätten zu finden und zu isolieren. In den Untersuchungen konzentrierte sich das Team Jeanette Roos/ Hermann Schöler der Pädagogischen Hochschule Heidelberg auf den Vergleich der an Sprachförderkonzepten orientierten Sprachfördermaßnahmen in einer Region. Eine repräsentative Stichprobe von Sprachfördermaßnahmen in ganz Baden-Württemberg wurde vom Team Barbara Gasteiger-Klicpera / Werner Knapp / Diemut Kucharz an der Pädagogischen Hochschule Weingarten bearbeitet. Beide Studien bewegten sich auf Neuland. Es gab im Jahr 2004 kaum Vergleichbares, sodass Fragestellungen, eingesetzte Instrumente und Analysemethoden nicht auf Bewährtes aufbauen konnten. Dies bedeutet umgekehrt: Alle folgenden Studien können nun an diese wissenschaftlichen Erfahrungen und Erkenntnisse anknüpfen.

Über die eigenen Erhebungen der beiden Studien hinaus gibt es noch eine Fülle von Dokumenten, die bisher einer wissenschaftlichen Bearbeitung noch nicht zugänglich gemacht werden konnten. Die zahlreichen Selbstevaluationen von Trägern und Einrichtungen durch Abschlussberichte, Förderpläne und Rückmeldungen vor Ort konnten von den beiden Teams nicht systematisch berücksichtigt werden.

Im Zeitraum von 2003 bis 2010 unterstützte das LS alle am Programm beteiligten Personen und Institutionen auf vielfache Weise. Das Team beantwortete Anfragen zu den Sprachfördermaßnahmen, gab den Kindertageseinrichtungen fachliche Anregungen und Hilfestellung und stand Projektpartnern bei der Suche nach Lösungsstrategien bei. Die Träger und die pädagogischen Fachkräfte der Einrichtungen wurden bei Fragen zur pädagogischen Umsetzung der Sprachförderung wie z. B. zur Sprachstandserhebung, zur methodisch-didaktischen Gestaltung der Sprachförderung oder zur Umsetzung der aktiven Elternbeteiligung beraten. Dabei wurde sowohl bei den direkten Kontakten vor Ort wie auch bei den Telefon- und E-Mail-Kontakten die Möglichkeit, das LS bei fachlichen Fragen anzusprechen, häufig genutzt.

Die in den Einrichtungen erstellten Förderpläne und Abschlussberichte wurden am Landesinstitut insbesondere zur Vorbereitung der Vor-Ort-Besuche ausgewertet. Alle Unterlagen werden dort im Auftrag der BW Stiftung archiviert.

4) LiSe-DaZ – Linguistische Sprachstandserhebung für Kinder mit Deutsch als Zweitsprache

Als weiteres Element wissenschaftlicher Begleitforschung zu „Sag' mal was" hat die Baden-Württemberg Stiftung die Entwicklung eines Sprachstandserhebungsverfahrens für Kinder mit Deutsch als Zweitsprache („LiSe-DaZ – Linguistische Sprachstandserhebung – Deutsch als Zweitsprache") initiiert. Das von Petra Schulz, Frankfurt/Main, und Rosemarie Tracy, Mannheim, entwickelte Verfahren LiSe-DaZ schließt eine wichtige Lücke. Es beansprucht für sich, die Ungleichbehandlung von Kindern mit und ohne Migrationshintergrund durch besondere Erhebungsmethoden zu beheben. Das Verfahren erfasst Kinder im Alter von 3–7 Jahren und berücksichtigt die Dauer des Kontakts mit der deutschen Sprache und die wichtigsten in Deutschland vertretenen Migrantensprachen als Erstsprachen.

Der Auftrag zur Entwicklung des Verfahrens erfolgte fast parallel zum Beginn der Sprachfördermaßnahmen im Jahr 2003 vor dem Hintergrund, dass kein Diagnoseverfahren für mehrsprachige Kinder zur Verfügung stand, das wissenschaftlichen Ansprüchen genügt. Es gab und gibt wenige Verfahren, die eine vergleichbare Zielrichtung haben. Einzig für deutschsprachige Kinder gibt es normierte Sprachtestverfahren, z. B. SETK 3-5[1].

Wäre LiSe-DaZ bereits für die wissenschaftliche Begleitforschung von „Sag' mal was" zur Verfügung gestanden, hätte ein sehr viel präziseres Instrument für die Einschätzung des tatsächlichen Sprachstands genutzt werden können.

Voraussetzung für die Teilnahme am Programm war die Durchführung einer Sprachstandserhebung. Sie sollte einerseits dazu dienen, den intensiven Förderbedarf eines Kindes festzustellen, wie auch die Grundlage für die Förderplanung bilden. Die zu Programmbeginn zur Verfügung stehenden Verfahren eigneten sich nur für sprachliche Teilaspekte. Daher wurden mehrere Verfahren zugelassen. Den pädagogischen Fachkräften, die in der Regel die Sprachstandserhebung durchführten, empfahl das LS, das für ihre Situation vor Ort geeignete Verfahren auszuwählen und falls möglich, mehrere Verfahren ergänzend anzuwenden. Welche Verfahren vorzugsweise in den Einrichtungen eingesetzt wurden, zeigt die Auswertung aus dem Kindergartenjahr 2005/2006 in Abbildung 2 auf der folgenden Seite.

Über die gesamte Programmlaufzeit hinweg hat sich im Verhältnis der Anwendung von Beobachtungs- und Einschätzverfahren im Vergleich zu Testverfahren wenig geändert.

---

1 Der SETK 3–5 wurde vom Land Baden-Württemberg als Sprachstandsdiagnose im Jahr 2009 als Standardverfahren im Rahmen der Einschulungsuntersuchung eingeführt.

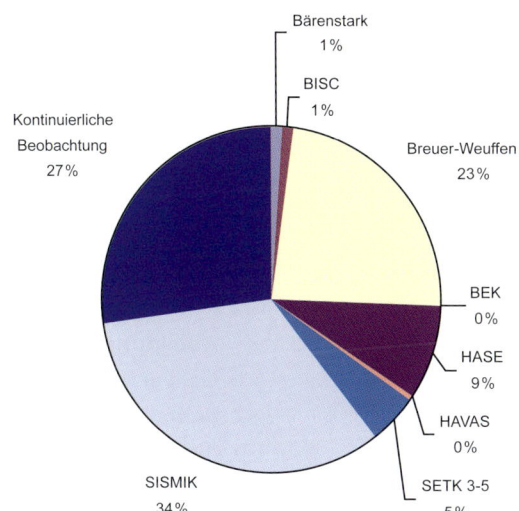

Sprachstandserhebungsverfahren

Abbildung 2:

*Eingesetze Sprachstands-
erhebungsverfahren*

5) Kongresse und Veranstaltungen

Während die Sprachfördermaßnahmen für die Kinder im Vordergrund des Programms standen, sollte die öffentliche Diskussion über das Thema Sprachförderung und insbesondere über die Chancen der Zweit- und Mehrsprachigkeit nicht vergessen werden. Sachgerechte Information und die Verbreitung der Erkenntnisse der internationalen Forschung zu Fragen der Sprachentwicklung standen im Fokus unserer Kongresse und Fachtagungen und unseres umfangreichen Informationsangebots auf der Website. Die Baden-Württemberg Stiftung hat durch das Programm „Sag' mal was" bis in die Ebene der Einrichtungen hinein die Diskussion über das Thema Sprachförderung und frühe Mehrsprachigkeit bestimmt.

Auf den Punkt gebracht wurde die Diskussion im hochkarätig besetzten Kongress *„Frühe Mehrsprachigkeit. Mythen – Risiken – Chancen",* der am 5. und 6. Oktober 2006 gemeinsam mit der Universität Mannheim unter der wissenschaftlichen Leitung von Rosemarie Tracy veranstaltet wurde. Über 300 teilnehmende Expertinnen und Experten aus Forschung und Praxis sprachen sich für eine möglichst frühe und gezielte Sprachförderung aus. Eine Kernaussage der 11 Punkte umfassenden **Mannheimer Erklärung zur frühen Mehrsprachigkeit,** die auf dem Kongress verabschiedet wurde: Kinder werden durch das Erlernen einer zweiten oder weiteren Sprache nicht überfordert. Sie können von Geburt an mit mehr als einer Erstsprache aufwachsen[2].

---

2 Vorträge, die zum Kongress erschienene Dokumentation sowie alle 11 Thesen der Mannheimer Erklärung auf:
   www.sagmalwas-bw.de/veranstaltungen/kongress-2006.html

„Du hast so viele Leben,
wie Du Sprachen sprichst"   *Aus Tschechien*

Welche große Bedeutung die Mehrsprachigkeit auch für das Programm hatte, zeigte nicht nur der Kongress „Frühe Mehrsprachigkeit", sondern auch die hohe Teilnehmerzahl von Kindern mit Deutsch als Zweitsprache: Ungefähr 2/3 aller Kinder, die am Programm „Sag' mal was" teilgenommen haben, waren Kinder mit Deutsch als Zweitsprache.

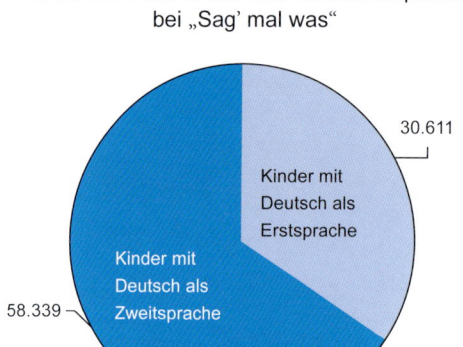

Kinder mit Deutsch als Erst- und Zweitsprache
bei „Sag' mal was"

Abbildung 3:
Gesamtzahl der teil-
nehmenden Kinder
mit Deutsch als Erst-
und Zweitsprache

Die Fachtagung *„Sag' mal was – Sprachförderung im Spannungsfeld zwischen Wissenschaft und Praxis"* in Stuttgart diente schließlich der Diskussion der Befunde zum Abschluss der wissenschaftlichen Begleitforschung mit einem Fachpublikum aus Wissenschaft und Praxis[3].

Das LS übernahm die Koordination der Planung und Organisation der Fachtagung im April 2009. Hierzu gehörte auch die Erstellung einer eigenen Internetseite zur Fachtagung, die ständig mit aktuellen Informationen und Materialien ergänzt wurde.
Im Rahmen der Öffentlichkeitsarbeit präsentierte das LS das Programm „Sag' mal was" im Auftrag der Baden-Württemberg Stiftung u. a. auf vielen Veranstaltungen und Tagungen. Dabei lernten die Teilnehmerinnen das Programm in seinen Grundzügen und fachlichen Anforderungen kennen und erhielten Hinweise, was in Bezug auf die Sprachförderung besonders berücksichtigt werden sollte.

---

3 Informationen zur Fachtagung in: *www.sagmalwas-bw.de/fachtagung-2009/*

6) Projektmanagement: Projektgruppe und Beirat „Sprachförderung"

Entscheidend für den Erfolg des Programms waren nicht zuletzt die Wahl der Programmstruktur und die ersten Umsetzungsschritte. Die Baden-Württemberg Stiftung verfolgte von Beginn an den Grundsatz, die an der Sprachförderung Beteiligten an einen Tisch zu bringen und das Programm gemeinsam mit ihnen im Dialog zu strukturieren und zu realisieren. Daneben sollten die üblichen Qualitätsmaßstäbe der Baden-Württemberg Stiftung mit Ausschreibung, Begutachtung, Einbeziehung eines unabhängigen und externen Beirats im Rahmen des Programms gelten und fest verankert werden.

Nach einem ersten Spitzengespräch mit den Trägerverbänden am 9. Dezember 2002 wurde eine Projektgruppe zur Umsetzung des Programms eingesetzt, an der die Trägerverbände der Kirchen, die freien Träger, die Vertreter der kommunalen Landesverbände, die Ministerien und andere mitwirkten. Darüber hinaus wurde ein Beirat „Sprachförderung", der gemäß den Qualitätsstandards der Baden-Württemberg Stiftung mit Expertinnen und Experten auch außerhalb Baden-Württembergs besetzt wurde, zur Programmbegleitung berufen. Diese brachten Expertise aus Wissenschaft und Praxis zur (Früh-)Pädagogik, Psychologie, Linguistik, Elternarbeit und zur pädagogischen Arbeit in Kindergärten ein:

- Dr. Mehmet Alpbek, Türkischer Elternverein Berlin-Brandenburg

- Prof. Dr. mult. Wassilios E. Fthenakis, Freie Universität Bozen

- Prof. Dr. Ingrid Gogolin, Universität Hamburg

- Prof. Dr. Hannelore Grimm, Universität Bielefeld

- Dr. Karin Jampert, Deutsches Jugendinstitut, München

- Dr. Hans-Joachim Laewen, Institut für angewandte Sozialisationsforschung/ Frühe Kindheit, Berlin

- Prof. Dr. Hans H. Reich, Universität Koblenz-Landau

- Prof. Dr. Monika Rothweiler, Universität Bremen

- Prof. Dr. Rosemarie Tracy, Universität Mannheim

- Anne Zehnbauer, Deutsches Jugendinstitut, München.

Dieses Gremium hat wesentlich zum Erfolg des Programms „Sag' mal was" beigetragen. Der essentielle Input des Beirats unterstützte das Ziel aller Beteiligten, ein „lernendes Programm" auf den Weg zu bringen und die Veränderungsprozesse positiv zu gestalten.

> *„Das Menschlichste, was wir haben,*
> *ist doch die Sprache"*
>
> *Theodor Fontane*

> Die Rückmeldungen aus der Praxis, des Beirats, der Projektgruppe und der wissenschaftlichen Begleitforschung bildeten die Grundlage für die inhaltliche Aktualisierung und Weiterentwicklung der Richtlinien und Ausschreibungsunterlagen des Programms. Gleichzeitig galt es, stiftungsbedingte, gemeinnützigkeitsrechtliche und steuerrechtliche Vorgaben zu berücksichtigen. Für diese Umsetzung, die häufig einem Spagat glich, konnte das LS als Koordinationsstelle und Dienstleister Lösungsvorschläge unterbreiten.

III. Veränderungsprozesse und wissenschaftliche Begleitforschung

„Sag' mal was" hat als ein „lernendes Programm" Anteil an einem Änderungsprozess in der öffentlichen Behandlung und Wahrnehmung von Sprachförderung. Dabei war die wissenschaftliche Begleitforschung ein bedeutender Faktor.

Um jedoch die Ergebnisse der wissenschaftlichen Begleitforschung angemessen beurteilen zu können, muss man sich die Ziele und Vorgehensweisen des Programms vor Augen führen. Zum anderen muss man sich mit den Möglichkeiten und Grenzen der Forschung zu Bildungsfragen vertraut machen, um die richtigen und keine überzogenen Erwartungen an die Ergebnisse formulieren zu können. Des Weiteren sind die Konsequenzen, die daraus gezogen werden können, von Interesse.

Es ist eine gängige und legitime Forderung, dass Projekte und Programme sich einer Evaluation oder einer wissenschaftlichen Begleitung stellen müssen. Man will schließlich wissen, ob die Ziele erreicht und ob das Geld effektiv und effizient ausgegeben wurde. Wenn keine Wirkungen gezeigt werden, will man wenigstens wissen, woran es lag und was bei einer Fortführung (oder Weiterführung) der Projektidee verbessert werden kann. Programme im Sozial- oder Bildungsbereich unterliegen einer besonderen Verantwortung, da es bei den Interventionen um die Lebens- und Bildungsverläufe von Menschen geht. Es existiert somit auch eine abzuwägende ethische Fragestellung. Es gilt abzuwägen zwischen den Erkenntnissen für mittel- und langfristige Verbesserungen und dem unmittelbaren Nutzen der Fördermaßnahmen. In dieser Abwägung zeigt sich, dass die wissenschaftliche Begleitung in jedem Fall einen Sinn hat. Sie muss aber richtig verstanden werden: Eine wissenschaftliche Begleitung ordnet sich der Wissenschaftslogik unter. Sie verteilt keine „Zensuren" für das durchgeführte Programm, sondern zeigt Verbesserungspotentiale in theoretischer und praktischer Hinsicht für die Zukunft auf.

Die wissenschaftliche Begleitforschung von „Sag' mal was" fand in einer Situation statt, die in mancher Hinsicht Pionierarbeit erforderlich machte. Zwar stand und steht die Bedeutung der frühkindlichen Sprachförderung außer Frage, doch insgesamt ist die Datenlage im frühkindlichen Bereich in Deutschland nicht besonders ausgeprägt: Hier liefern die von uns erhobenen Daten wertvolles neues Material für die Forschung. Ähnliches gilt für die Erhebungsinstrumente: Alle Fachleute sind sich einig, dass die vorliegenden Instrumente für eine Erhebung des Sprachstands von bi- oder multilingual aufwachsenden Kindern nicht zureichend sind.

Welche Erkenntnisse sind wichtig?

Einige Aspekte, die aus unserer Sicht von Bedeutung sind, möchten wir hervorheben, ohne den Beiträgen zur wissenschaftlichen Begleitforschung in diesem Band vorzugreifen:

Wir wissen aus der Summe aller Rückmeldungen, den Erfahrungen aus mehreren Jahren Sprachförderung und der wissenschaftlichen Begleitung: *Alle Kinder in der Förderung machen Fortschritte in der Sprachentwicklung.* Ohne die Sprachförderung wären viele Bildungschancen verloren. Diese wurden und werden genutzt. Dank der beiden Studien konnte ein umfassender Einblick in die Praxis von Sprachförderung gewonnen und die Komplexität des Untersuchungsfeldes genauer erfasst werden. Laut den Ergebnissen der wissenschaftlichen Begleitstudien von „Sag' mal was" erreichten die sprachförderbedürftigen Kinder in der Regel nicht das sprachliche Leistungsniveau der Kinder ohne Förderbedarf. Die Kinder konnten jedoch von der Förderung profitieren, auch wenn ihre Sprachentwicklung nicht vollständig parallel zu der von Kindern mit deutscher Muttersprache ohne Förderbedarf verläuft (vgl. Roos, Polotzek, Schöler, 2010).

Von einer ausreichenden Beantwortung der Frage, welche Maßnahmen zur Sprachförderung in Kindertageseinrichtungen unter welchen Bedingungen wirken, sind wir noch weit entfernt – wie auch in anderen Bereichen der Bildungsinterventionen. Die Evaluationsstudien zur Sprachförderung im Rahmen des Programms „Sag' mal was" sind deshalb ein wichtiger Meilenstein in der Wirkungsforschung von Bildungsinterventionen in der frühen Kindheit. Sie grenzen die Antworten auf die offenen Fragen ein.

Die Studien zeigen, dass Kinder mit Migrationshintergrund besonders von der Sprachförderung profitieren können. Mehrsprachige Kinder zeigen einen größeren sprachlichen Lernzuwachs, wenn ihre Familiensprache mit in die Förderung einfließt. Es ist anzunehmen, dass durch den Einbezug der Familiensprache in die Förderung auch der kulturelle Hintergrund der Kinder thematisiert werden kann (vgl. Gasteiger-Klicpera, Knapp, Kucharz, 2010). Dies sind letztlich gesellschaftliche Effekte außerhalb des unmittelbaren Lernfortschritts der Kinder, die zur Breitenwirkung des Programms beitrugen.

„Kinder brauchen eher das Vorbild als die Kritik"
Joseph Joubert

Das LS unterstützte die Baden-Württemberg Stiftung bei der konzeptionellen Arbeit und leistete fachliche Beratung. So wurde im Kindergartenjahr 2007/2008 die aktive Elternbeteiligung neu konzipiert. Die Zusammenarbeit mit den Eltern stellt ein wichtiges Instrument in der intensiven Sprachförderung dar, da die Familie die Entwicklung des Kindes maßgeblich beeinflusst. Bemühungen, die sprachliche Entwicklung des Kindes im Kindergarten zu fördern, wirken nachhaltiger, wenn sie in enger Kooperation und mit Unterstützung der Eltern erfolgen.

Neben den inhaltlichen Erträgen, die über die Wirkung der Sprachfortschritte bei den Kindern hinausgehen – Veränderungen bei den Eltern, den Trägern, den Erzieherinnen, dem Umfeld – wurden methodisch neue Wege im elementarpädagogischen Bereich eröffnet. Am augenfälligsten sind die Videoanalysen der Pädagogischen Hochschule Weingarten, die wichtige Erkenntnisse hinsichtlich der konkreten Sprachfördersituationen liefern. Sprachfördernde Verhaltensweisen von Sprachförderkräften sind nicht ausschließlich personenabhängig, sie werden auch durch Gestaltung und Arrangement der Situation beeinflusst. Tendenziell hängt der Erfolg der Sprachförderung auch vom Erfahrungsschatz der Fachkraft ab. Aus diesen Erkenntnissen sind vielfältige Aspekte für die didaktische Ausbildung ableitbar.

Das Bewusstsein für die Notwendigkeit zur Sprachförderung wurde als gesellschaftlich relevantes Thema in die Öffentlichkeit und in die Kindertageseinrichtungen getragen – damit wurde das Umfeld nachhaltig verändert. Dies gilt besonders für Einrichtungen, die sich an der wissenschaftlichen Begleitung beteiligt haben.

Was wurde evaluiert und in welchem Kontext?

Der Auftrag der wissenschaftlichen Begleitung von „Sag' mal was" war es, die Sprachfördermaßnahmen in den Einrichtungen zu untersuchen und verschiedene Umsetzungen zu vergleichen. Es handelte sich nicht um eine „Programmevaluation" als solche. Damit sind auch Rückschlüsse auf das Gesamtprogramm unzulässig, da dies gar nicht im Auftrag der Studien stand. Auf Basis der Studien lässt sich nur über die Maßnahmen und die Praxis in den Kindertageseinrichtungen sprechen.

Die Studien verfolgen nicht nur die Sprachstandsentwicklungen der Kinder, sondern unter anderem auch die Einstellungen der Eltern und die Kompetenz der Erzieherinnen. Wir rechnen es uns als Verdienst an, dass diese umfangreichen Daten erhoben wurden und der Wissenschaft weiterhin zur Verfügung gestellt werden.

Vorschnelle Rezeption

Im Vorfeld unserer Fachtagung 2009 wurden Teilergebnisse aus den Zwischenberichten der zwei Wissenschaftlergruppen öffentlich diskutiert. Dies führte zu unvollständigen und undifferenzierten Darstellungen in den Medien und zu verzerrten Interpretationen auf der Basis von Teilinformationen. Leider setzen sich oft diese vorschnellen Interpretationen als sogenannte „populäre Irrtümer" fest und werden damit selbst wieder zu einem Irrtum (vgl. Jacobs 2009), der leider immer wieder wiederholt wird (vgl. z.B. auch Baumert 2011 oder Stranz 2011). Eine differenzierte und informierte Betrachtung bleibt weiter erforderlich. Denn dem komplexen Sachverhalt werden Berichte, die behaupten, dass die über unser Programm durchgeführte Sprachförderung „keine substanzielle Verbesserung des Sprachniveaus der Kinder mit Förderbedarf bewirkt" hat, nicht gerecht. Glücklicherweise gibt es auch andere Stimmen (vgl. Esser 2009 und Tracy 2011). Und bei allen Aussagen über die angeblich festgestellte oder nichtfestgestellte Wirkungen muss in Erinnerung gerufen werden: wenn etwas nicht gezeigt werden kann, heißt es noch nicht, dass es nicht existiert. Das Programm „Sag' mal was" war aus vielen Gründen erfolgreich. Ein nicht unwesentlicher Effekt ergab sich beispielsweise auch durch die hohe Beteiligung der Kindertageseinrichtungen. Nur dadurch wurde ermöglicht, dass sich viele vorschulische Einrichtungen zum ersten Mal systematisch die Aufgabe der Sprachförderung zu eigen gemacht haben. Und damit kamen viele Kinder in den Genuss von Sprachförderung, die sonst gar keinen Zugang dazu gehabt hätten. Wie hoch die Beteiligung der Träger, Einrichtungen und Kinder über all die Jahre war, ist durch die folgenden Tabellen erkennbar. Insgesamt haben über 2.400 Einrichtungen von mehr als 850 Trägern mit fast 90.000 Kindern „Sag' mal was" in Anspruch genommen. Viele Einrichtungen und Träger haben mehrfach teilgenommen, 1.700 Einrichtungen mehr als 1-mal, mehr als 700 Einrichtungen haben 5-mal und öfter teilgenommen. Ohne das Programm wären die Kinder in diesen Einrichtungen mit der deutschen Sprache nicht in der intensiven Weise in Kontakt gekommen.

Programm-jahr	Kindergartenjahr	Teilnehmende Träger	Teilnehmende Einrichtungen	Fördergruppen	Geförderte Kinder	Davon Kinder mit DaE	Davon Kinder mit DaZ
1. Jahr	2003/2004	359	881	1.434	10.301	3.413	6.888
2. Jahr	2004/2005	434	908	1.184	9.478	3.423	6.055
3. Jahr	2005/2006	553	1.195	1.828	15.152	5.513	9.639
4. Jahr	2006/2007	628	1.363	1.810	17.618	6.227	11.391
5. Jahr	2007/2008	619	1.291	1.677	16.093	5.565	10.528
6. Jahr	2008/2009	555	1.227	1.330	12.139	3.901	8.232
7. Jahr	2009/2010	664	1.117	1.238	8.169	2.563	5.606
Summe				10.501	88.950	30.611	58.339
Schnitt / Jahr		545	1.140	1.500	12.707	4.373	8.334
Unterschiedliche Einrichtung /Träger		884	2400				

Zahlen zum Programm „Sag' mal was"

Anzahl der Durchläufe, an denen die Einrichtungen teilgenommen haben	Anzahl der Einrichtungen
1	683
2	387
3	322
4	284
5	285
6	273
7	161

Häufigkeit der Teilnahme von Einrichtungen

Das Programm wurde flächendeckend in Baden-Württemberg wahrgenommen; aus allen Stadt- und Landkreisen beteiligten sich Tageseinrichtungen (siehe folgendes Schaubild).

Stadt- und Landkreise in Baden-Württemberg

Stadtkreise
BAD = Baden-Baden
FR = Freiburg im Breisgau
HD = Heidelberg
HN = Heilbronn
KA = Karlsruhe
MA = Mannheim
PF = Pforzheim
S = Stuttgart
UL = Ulm

Abbildung 4:
Anzahl der Einrichtungen verteilt auf Stadt-/ Landkreise, die im Kindergartenjahr 2007/2008 teilgenommen haben.

Die meisten Wirkungen und Veränderungen durch das Programm „Sag' mal was" werden wahrscheinlich erst in den nächsten Jahren oder Jahrzehnten sichtbar. Es sind langfristige Wirkungen, die weit über den Bereich der einzelnen Sprachfördermaßnahmen hinausgehen. Zu diesen Wirkungen gehört auch die öffentliche Diskussion über Sinn, Ziel und Zweck der Maßnahmen.

Eine Gesamtbewertung der Ergebnisse geht nicht von heute auf morgen: „Vorschnelle Urteile sind gesellschaftspolitisch unverantwortlich", sagt dazu das Mitglied des Beirats Rosemarie Tracy. Auf der Fachtagung unterstrich Wolfgang Klein in einem Diskussionsbeitrag, dass „wir das Beste getan haben, was man tun konnte", aber wir können nicht sicher sein, welche Qualität es wirklich hat. Hartmut Esser hat grundsätzlich und aus wissenschaftstheoretischer Sicht hervorgehoben, wie das Programm „Sag' mal was" im „recht komplizierten Verhältnis zwischen Wissenschaft, Öffentlichkeit, Politik und der Praxis vor Ort" zu bewerten ist. Dabei hebt er hervor, dass für die wissenschaftliche Diskussion das Vorgehen der Baden-Württemberg Stiftung – einschließlich der öffentlichen, transparenten Diskussion der Ergebnisse – das einzig richtige war (vgl. auch Kapitel 2). Die Tagung wie auch die weitere Debatte der wissenschaftlichen Begleitforschung setzten Meilensteine, die in Fragen der Sprachförderung nicht mehr außer Acht gelassen werden können.

Zur Forschungsfrage der „Wirksamkeit" von Sprachförderung gibt es erst Anfangsbefunde. Dies entspricht den Erwartungen. Die Fragestellung der Wirksamkeit steht in der empirischen Bildungsforschung immer noch ganz oben auf der Agenda. Hier konnten keine Wunder erwartet werden. Der Erfolg ist nicht kurzfristig möglich, sondern an vielfältige Kriterien und Umstände geknüpft. Wir sehen, wo Sprachförderung gelingt (und wo nicht). Den Gründen muss verstärkt nachgegangen werden.

Es stellen sich damit viele Fragen – vom internationalen Forschungsstand, dem Forschungsdesign und den zu erwartenden Ergebnissen gar nicht zu sprechen – die für die Interpretation der Ergebnisse der wissenschaftlichen Begleitforschung gestellt und beantwortet werden müssen. Aus den Studien lernen wir etwas über die Rahmenbedingungen in den Einrichtungen: Wie sieht eine Sprachfördermaßnahme in der Praxis aus? Wie ist der Qualifikationsstand der Erzieherinnen und Erzieher? Was weiß man über die Einstellungen von Eltern gegenüber der Sprachförderung? Wie weit können sich die Eltern unterstützend verhalten? Wie weit und wie gut werden die Vorgaben des Programms umgesetzt? Zuletzt: Was kann über die „Sprachförderprogramme" gesagt werden, sofern sie im intendierten Sinne eingesetzt wurden?

IV. Folgerungen: Ein lernendes Projekt

Als „Ertrag" des Gesamtprogramms kann festgehalten werden, dass „Sag' mal was – Sprachförderung für Vorschulkinder" mit allen seinen Elementen einen wichtigen Meilenstein in der Sprachförderung in Baden-Württemberg – und darüber hinaus – darstellt. Es kann als „Lehrstück" für die Möglichkeit, aus Praxisprogrammen zu lernen, gesehen werden. Die Folgerungen, Ergebnisse und Erträge sind auf verschiedenen Ebenen zu finden. Das Programm hat einen wichtigen Veränderungsprozess angestoßen, selbst geprägt und nach vorne gebracht.

Aus der Gesamtschau aller Aspekte der Fachtagung im Frühjahr 2009 mit nationalen und internationalen Expertinnen und Experten ergeben sich Erkenntnisse, aus denen Perspektiven für die Zukunft von Sprachfördermaßnahmen entwickelt werden können. Eine der Zukunftsperspektiven, die von der Baden-Württemberg Stiftung selbst entwickelt wird, gilt der sprachlichen Bildung der Kinder unter 3 Jahren. Eine weitere besteht in der Zusammenarbeit mit dem Goethe Institut in der Entwicklung von Blended Learning-Elementen für die Fortbildung von Multiplikatorinnen und pädagogischen Fachkräften. Darauf werden wir in Kapitel 6 näher eingehen.

Forschen für den wissenschaftlichen Fortschritt und Forschen für die Praxis
Die 8. These der „Mannheimer Erklärung zur frühen Mehrsprachigkeit" vom Oktober 2006 besagt:
> „Effektive Sprachförderung setzt voraus, dass die Erkenntnisse der Spracherwerbs-Forschung in die Praxis umgesetzt und kontinuierlich wissenschaftsbasiert und praxisnah evaluiert werden." (vgl. Baden-Württemberg Stiftung 2007).
Genau dafür setzt sich die Baden-Württemberg Stiftung ein. Zu diesem Zwecke hat sie die wissenschaftliche Begleitforschung durchgeführt und wichtige Ergebnisse gewonnen, die für Sprachfördermaßnahmen fruchtbar gemacht werden können. Diese Erkenntnisse werden unter anderem auch in der Form von Tagungen unmittelbar von den Forschern weitergegeben. Mit Unterstützung der Stiftung Ravensburger Verlag wurden am 4. März 2010 in Weingarten die für die Praxis aufgearbeiteten

Ergebnisse der wissenschaftlichen Begleitforschung des Teams aus Weingarten an Akteure aus der Praxis (Erzieher und Erzieherinnen) weitergeben. Gleichzeitig erschien das Praxishandbuch „Sprache fördern im Kindergarten", das die Erkenntnisse der Begleituntersuchung berücksichtigt und diese in die tägliche Praxis des Kindergartenalltags überträgt (vgl. Gasteiger-Klicpera, Kucharz, Knapp, 2010).

Wie in vielen Feldern ist bei der Sprachförderung die „ganzheitliche" Gesamtschau wichtig. Sie zeigt, dass die Erträge vielfältig genug sind, um den Akteuren in der Wissenschaft, den Entscheidungsträgern in Politik und Verbänden sowie der Praxis genügend substantielle Anregungen zur Umsetzung und kontinuierlichen kritischen Reflexion der Implementierung mitzugeben.

Literatur

Baden-Württemberg Stiftung (Hrsg.): Frühe Mehrsprachigkeit: Mythen – Risiken – Chancen. Dokumentation zum Kongress am 5. und 6. Oktober 2006 in Mannheim. Schriftenreihe Baden-Württemberg Stiftung 28, Stuttgart 2007.

Baumert, J. et al.: Expertenrat „Herkunft und Bildungserfolg". Empfehlungen für Bildungspolitische Weichenstellungen in der Perspektive auf das Jahr 2020, 2011, in: www.kultusportal-bw.de/servlet/PB/menu/1284999/index.html.

Esser, H: Modell, Versuch und Irrtum, in: Frankfurter Allgemeine Zeitung, 21.07.2009, www.faz.net/artikel/C31373/migrantenfoerderung-modell-versuch-und-irrtum-30110784.html.

Gasteiger-Klicpera, B. / Knapp, W. / Kucharz, D.: Abschlussbericht der Wissenschaftlichen Begleitung des Programms „Sag' mal was – Sprachförderung für Vorschulkinder", 2010, in: http://www.sagmalwas-bw.de/sprachfoerderung-fuer-vorschulkinder/wissenschaftliche-begleitung2/

Gasteiger-Klicpera, B. / Kucharz, D. / Knapp, W.: Sprache fördern im Kindergarten. Umsetzung wissenschaftlicher Erkenntnisse in die Praxis (Beltz Verlag) Weinheim, Basel 2010.

Jacobs, C.: Die populärsten Irrtümer über das Lernen (Focus Schule) Freiburg 2009.

Neugebauer, U. /Schott, D.: Neues in der Sprachförderung für Vorschulkinder. Erkenntnisse aus der Evaluation zur Qualifizierung für Multiplikatorinnen in der Sprachförderung. Stuttgart. 2007, in: www.sagmalwas-bw.de/sprachfoerderung-fuer-vorschulkinder/wissenschaftliche-begleitung2/evaluation-multi-qua.html.

Roos, J. / Polotzek, S. / Schöler H.: EVAS. Evaluationsstudie zu Sprachförderung von Vorschulkindern. Wissenschaftliche Begleitung der Sprachfördermaßnahmen im Programm „Sag' mal was – Sprachförderung für Vorschulkinder", 2010, in: http://www.sagmalwas-bw.de/sprachfoerderung-fuer-vorschulkinder/wissenschaftliche-begleitung2/

Schulz, P. / Tracy, R. in Verbindung mit der Baden-Württemberg Stiftung: „LiSe-DaZ" – Linguistische Sprachstandserhebung für Kinder mit Deutsch als Zweitsprache (Hogrefe Verlag) Göttingen 2011.

Stranz, G: Kultusministerkonferenz setzt die Sprachförderung auf den Prüfstand – „unsinnige" Verfahren sollten ausgesetzt werden, in: www.bildungklick.de/blog/79122/kultusministerkonferenz-setzt-die-sprachfoerderung-auf-den-pruefstand-unsinnige-verfahren-sollten-ausgesetzt-werden/am 20.6.2011.

Tracy, R.: Sprachförderung im Kreuzfeuer, In: Frankfurter Allgemeine Zeitung, 31.03.2011, Seite 8 oder: Die Koexistenz der Sprachen als Herausforderung und Chance, in: Neue Züricher Zeitung, Sonderbeilage Bildung und Erziehung, 29.06.2011, Seite 5.

2 Theoretische Zugänge zum Spracherwerb

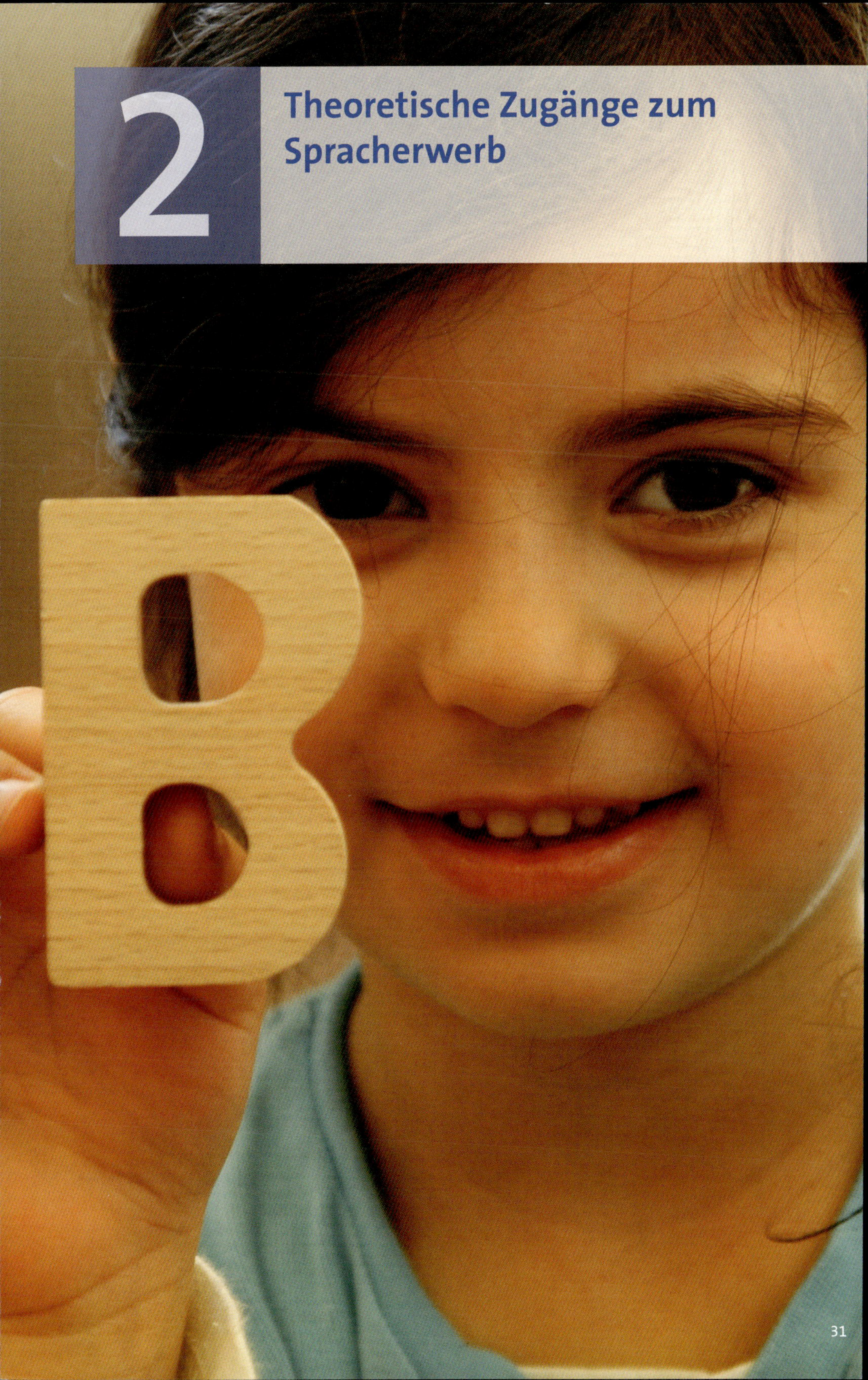

Was wissen wir über den Spracherwerb, und was können wir daraus für die Sprachförderung ableiten? Einige Bemerkungen zu einem schwierigen Thema

Wolfgang Klein

1. Eine Vorbemerkung

Wissenschaftler neigen nicht unbedingt zur Bescheidenheit. Gute Forschung ist kein leichtes Geschäft, und wer sich auf einem bestimmten Gebiet auszukennen oder gar ausgezeichnet zu haben glaubt, fühlt sich gern berufen, auch zu allen möglichen anderen Dingen etwas zu sagen, die in einem weitläufigen Zusammenhang zu diesem Gebiet stehen. Das gilt vor allem dann, wenn es um die Anwendung wissenschaftlicher Befunde auf die Praxis geht. Aber man würde nicht unbedingt einen Biochemiker fragen, wie man am besten einen Kochkurs macht, und ein Nobelpreisträger in den Wirtschaftswissenschaften ist nicht immer der beste Ratgeber, wenn es darum geht, wie man ein Unternehmen leiten soll. So sollte man, denke ich, sich als Wissenschaftler mit entsprechenden Empfehlungen und Kommentaren ein wenig zurückhalten und nicht zu apodiktischen Äußerungen verleiten lassen, sondern mit vorsichtigen Hinweisen begnügen. Auf der anderen Seite ist es auch für den Praktiker wenig hilfreich, wenn er nichts zu hören bekommt als: „Das ist alles sehr kompliziert, und überhaupt kommt es sehr darauf an!" Dieser Klemme kann man vielleicht am besten dadurch entgehen, dass man sich auf der einen Seite zwar deutlich äußert, auf der anderen Seite aber ebenso deutlich macht, wo die eigenen Grenzen liegen. Mein Arbeitsgebiet ist der Spracherwerb, und hier insbesondere der Zweitspracherwerb, und dazu, denke ich, kann ich etwas gut Begründetes sagen. Ich bin aber kein Experte für den Sprachunterricht, sei es den muttersprachlichen oder den fremdsprachlichen, noch ein Experte für Sprachtests, und vor diesem Hintergrund sollten auch die folgenden Bemerkungen gesehen werden.

2. Einige elementare Fakten

Es sei zunächst an einige Tatsachen erinnert, die eigentlich offenkundig sind, die man aber leicht vergisst, wenn man über den Spracherwerb und auch über den Sprachunterricht redet. Niemand beherrscht von Natur aus eine Sprache; aber wir alle werden mit der Fähigkeit geboren, jede beliebige Sprache zu lernen. Von dieser Fähigkeit machen die meisten Menschen mehrfach Gebrauch – zu unterschiedlichen Lebensaltern, unter unterschiedlichen Bedingungen, mit ganz unterschiedlichem Erfolg. Welche Gesetzlichkeiten liegen den verschiedenen Formen des Spracherwerbs – dem ein- oder mehrsprachigen Erstspracherwerb, dem Zweitspracherwerb in früher Kindheit, dem Zweitspracherwerb als Jugendlicher, als Erwachsener – zu Grunde? Das müsste man eigentlich wissen, wenn man den Sprachunterricht auf eine wissenschaftliche Grundlage stellen will, denn *eine Sprache zu lehren ist immer ein Versuch, in einen naturgegebenen*

Prozess einzugreifen, um ihn zu optimieren. Dies muss man sich immer vor Augen halten, wenn man den Sprachunterricht auf eine wissenschaftliche Grundlage stellen will.

Nun entwickelt sich das naturgegebene Sprachlernvermögen im Laufe des Lebens. Kinder gelten allgemein als bessere Sprachenlerner als Erwachsene. Das wird auch in vielerlei Hinsicht durch die Forschung bestätigt, und das hat zu dem Schlagwort geführt „Je jünger, desto besser". Ist dies wirklich so? Dies ist eines der beiden Kernprobleme, die man bedenken muss, wenn man Erkenntnisse aus der Spracherwerbsforschung in den Unterricht einbringen will. Das andere Kernproblem rührt aus einer gewissen Einseitigkeit dieser Forschung selbst: Sie betrachtet den Spracherwerb vor allem als die Aneignung einzelner lexikalischer und grammatischer Eigenschaften, die man „können muss" und deren Beherrschung man überprüft – durch Klassenarbeiten oder auch durch strenge wissenschaftliche Tests, die den Lernerfolg messen sollen. Dabei misst man vor allem, welche *Fehler* die Lernenden machen oder wie groß ihr *Repertoire* an Ausdrucksmitteln (z. B. an Wörtern) zu einer gegebenen Zeit ist, statt darauf zu schauen, wie sie die sprachlichen Aufgaben, vor denen sie stehen, mit den jeweils verfügbaren Mitteln lösen. Das aber ist es, was man letztlich von Natur aus lernt, wenn man eine Sprache lernt, sei es die Muttersprache oder eine weitere Sprache. Auf diese beiden Probleme will ich im Folgenden etwas näher eingehen.

3. Wie früh soll man mit dem Fremdsprachenunterricht beginnen?

Jeder weiß, dass man als Kind seine Muttersprache gleichsam nebenbei lernt, dass Kinder sich auch oft gleichermaßen gut eine zweite oder dritte Sprache aneignen, und auch das allem Anschein nach ohne besondere Mühe; schließlich ist in vielen Ländern der Welt die Mehrsprachigkeit der Normalfall. Umgekehrt hat man als Erwachsener die größten Probleme, eine zweite oder dritte Sprache „perfekt" zu lernen – perfekt in dem Sinne, dass man sie so gut kann wie ein muttersprachlicher Sprecher; manche bezweifeln sogar, dass das überhaupt möglich ist. Anders gesagt, die alltägliche Erfahrung spricht für einen massiven *Alterseffekt* beim Zweitspracherwerb. Vor gut vierzig Jahren hat der Biologe Eric Lenneberg diesen Effekt mit bestimmten, biologisch bedingten Veränderungen im menschlichen Gehirn in Zusammenhang gebracht. Demnach verliert das Gehirn etwa um die Pubertät die Plastizität, die erforderlich ist, um sich eine Sprache gleichsam von selbst anzueignen – so wie das ein Kind tut. Nach dieser sogenannten „kritischen Periode" kann man zwar immer noch Sprachen lernen, aber es funktioniert ganz anders, etwa so, wie man Kenntnisse in Algebra oder Geschichte erwirbt. Die genannten Alltagserfahrungen einerseits, gewisse Befunde aus den Neurowissenschaften andererseits haben zu der inzwischen sehr verbreiteten Vorstellung geführt, die man auf den Nenner bringen kann: „Je jünger, desto besser!". Sie verbindet sich mit der Forderung, man solle mit dem Fremdsprachenunterricht – gemeint ist damit meistens das Englische – schon in der Grundschule oder im Kindergarten anfangen. Lässt sich dies aus der Forschung zum Zweitspracherwerb begründen?

Nein. Es gibt zwar eine Reihe von Untersuchungen, die klar belegen, dass Kinder bessere Lerner sind als Erwachsene. Es gibt weiterhin Untersuchungen, die belegen, dass jüngere Kinder bessere Lerner sind als ältere Kinder (wobei „Kind" hier immer heißt „vor der Pubertät"). Aber ebenso gibt es Untersuchungen, die das genaue Gegenteil zeigen. Dies gilt insbesondere für die Entwicklung im Kindesalter: ältere Kinder schneiden oft besser ab als jüngere Kinder; dass Erwachsene besser lernen als Kinder, kommt aber durchaus auch vor. Es ist daher zwar beliebt, aber ganz sinnlos, einzelne Untersuchungen als Stütze für einen besonders frühen Zweitsprachunterricht zu zitieren: man muss den Wissensstand insgesamt betrachten. Den weitaus besten Überblick über das, was die Forschung zu den Auswirkungen des Alters auf den Spracherwerb bisher herausgefunden hat, geben David Singleton und Lisa Ryan in ihrem Buch *Language Acquisition: the Age Factor* (Multilingual Matters: Clevedon, 2004), in dem sie rund 1000 Veröffentlichungen zusammenfassen und kritisch diskutieren. Inzwischen sind einige Untersuchungen hinzugekommen, die das Bild aber nicht ändern, sondern nur weiter differenzieren. Im Fazit von Singleton und Ryan heißt es:

A. „Of the very young acquiring their mother tongue it can be uncomplicately asserted that their early major speech milestones occur in a predictable order and, in the case of normal development, within well-defined age ranges" (S. 226).

B. „Of the middle-aged and senescent embarking on the acquisition of an L2 one can say with some degree of confidence that they are likely to experience more difficulties with oral-aural aspects of that language than younger learners and that under pressure their memory work in this context will generally be not so good" (S. 226).

Dies sind die beiden *einzigen* relativ klaren und eindeutigen Befunde. Im Übrigen ergibt sich ein extrem gemischtes Bild, das man in zwei zentralen Punkten zusammenfassen kann:

C. „With specific regard to L2 acquisition, it is no longer possible to accept the view that younger L2 learners are in all respects and at every stage of learning superior to older learners, nor that older learners are in all respects and at every stage of learning superior to younger learners" (S. 226; das gilt selbst bei den unter B. genannten „oral-aural skills").

D. „With regard to [the desirability of teaching L2s at primary level], the currently empirical evidence on the age factor is not particularly helpful to those who advocate early L2 acquisition. The best one can say on this score is that, *given the right learning conditions*, learners exposed to early L2 instruction may have some advantage in the long run over those whose exposure begins later. Concerning L2 for the middle-aged and the elderly, there is every reason to believe that, again given suitable learning conditions, such learners can in many respects be as successful in acquiring an L2 as their juniors" (S. 227).

Mit anderen Worten: Wenn man den Forschungsstand insgesamt ins Auge fasst und sich nicht einige Veröffentlichungen herauspickt, die einem am besten ins Argument passen, gibt es keinerlei Stütze für die allgemeine Maxime *Je jünger, desto besser!*

Das heißt nun aber nicht, dass es überhaupt keinerlei Alterseffekte gäbe – ganz im Gegenteil, viele, wenn nicht die meisten Untersuchungen haben solche Effekte in der Tat gefunden. Es ist nur so, dass der Spracherwerb von einer ganzen Fülle von Faktoren abhängt, und je nachdem, wie die besondere Faktorenkonstellation ist, schneiden manchmal jüngere, manchmal ältere Lerner besser ab. Man kann sich das sehr leicht vergegenwärtigen, wenn man sich auch hier wiederum das Gesamtbild des Spracherwerbs vor Augen führt. Um eine Sprache zu lernen, sei es als erste, zweite, dritte, wie auch immer, müssen immer drei Voraussetzungen gegeben sein:

1. Man muss über ein bestimmtes *Lernvermögen* verfügen, wie es dem Menschen – und nur dem Menschen – angeboren ist; es ist ein wesentlicher Teil unserer genetischen Ausstattung. Zu diesem Lernvermögen zählen viele Einzelfähigkeiten, die teils von Anfang an gegeben sind, sich teils auch erst entwickeln

➜ etwa die Fähigkeit, Laute in einem bestimmten Spektrum wahrzunehmen und zu produzieren,

➜ Lautfolgen mit bestimmten Vorstellungen zu verbinden und das Ergebnis, die „Wörter", im Gedächtnis zu speichern und bei Bedarf abzurufen,

➜ die Fähigkeit, solche Wörter sinnvoll zu größeren Komplexen („Sätzen") zu kombinieren,

➜ das Ergebnis sinnvoll in den Kontext einzupassen,
usw. usw. Das Sprachlernvermögen ist nichts Einheitliches, es ist in sich sehr komplex und reich strukturiert, und diese Teile entwickeln sich auch in unterschiedlicher Weise.

2. Man muss einen *Zugang* zur zu lernenden Sprache haben – einen Input, wie man oft und vereinfachend sagt. Beim natürlichen Spracherwerb, jenem, der ohne einen besonderen Unterricht auskommt, ergibt sich dieser Zugang aus der zunehmend stärkeren Teilnahme an der Kommunikation mit der sozialen Umgebung: man hört bestimmte Schallfolgen und verbindet sie mit anderen Informationen in der betreffenden Redesituation. Beim Sprachunterricht ist der Zugang ein eher vermittelter: die Eigenschaften der zu lernenden Sprache werden in bestimmter Weise aufbereitet angeboten, als „Lernmaterial", und dies je nach Lehrmethode in ganz unterschiedlicher Weise.

3. Man muss einen Grund haben, diese Sprache zu lernen – einen *Antrieb* oder *Motivation*, wie man meist sagt. Beim Erwerb der Muttersprache ist dies der unbewusste, aber eminent starke Antrieb, ein Mitglied der betreffenden sozialen Gemeinschaft zu werden: man muss mit anderen kommunizieren, und zwar genauso wie die anderen, von denen man lernt. Beim Erwerb einer weiteren Sprache – und erst recht, wenn dieser

nicht durch soziale Kontakte, sondern im Unterricht erfolgt – ist der Antrieb oft ein ganz anderer. Nun kann beispielsweise der Wunsch, eine gute Note in Englisch oder Latein zu erzielen, sicher ein sehr lebhafter sein. Aber er ist selten so wirksam wie die auf jedem Kind lastende Notwendigkeit, ein Mitglied einer Sozialgemeinschaft zu werden.

Jede dieser drei Voraussetzungen kann, wie man sich leicht überlegen kann, höchst unterschiedlich ausfallen, und je nachdem sind Verlauf, Tempo und Endzustand des Spracherwerbs verschieden. Ein wichtiger Grund für diese Schwankungen bei Lernvermögen, Zugang und Motivation ist sicher das Alter des Lernenden. Aber es ist eben nur ein Grund von vielen, und es wirkt sich auf die drei Voraussetzungen auch ganz unterschiedlich aus. Deshalb ist es schlichtweg Unsinn zu sagen, man müsse, um mit dem Spracherwerb Erfolg zu haben, möglichst früh anfangen. Es gibt nach dem gegenwärtigen Stand kein biologisch vorgegebenes optimales Lernalter; vielmehr kommt es, um noch einmal Singleton und Ryan zu zitieren, auf „the right learning conditions" an.

4. Wie gut beherrscht man eine Sprache?

Sprachen sind überaus komplexe Ausdruckssysteme, die – jedenfalls bei den hochentwickelten Kultursprachen – hunderttausende von Wörtern oder zusammengesetzten Ausdrücken und viele grammatische Regeln umfassen. Wenn man eine Sprache lernt, dann lernt man unter anderem diese Ausdrucksmittel, oder zumindest einen relevanten Teil davon. Aber was man *eigentlich* lernt, ist, sich zu verständigen: man lernt, einen Gedanken, ein Gefühl, einen Wunsch in eine Lautfolge umzusetzen und umgekehrt, und zwar so, dass ein anderer es versteht und man umgekehrt ihn versteht. Dafür ist die Kenntnis der Ausdrucksmittel eine Voraussetzung, aber auch nicht mehr. Wenn man feststellen will, wie gut jemand eine Sprache beherrscht, dann genügt es nicht festzustellen, wie viele Wörter er kennt und ob er den Plural oder den Konjunktiv richtig bilden kann. Man muss vielmehr feststellen, was er mit diesen Ausdrucksmitteln macht. Einen guten Koch erkennt man nicht daran, ob das Gewürzregal gut gefüllt ist und die Messer scharf sind; man erkennt ihn daran, wie er kocht. Damit soll selbstverständlich nicht gesagt werden, dass die Mittel belanglos sind. Wer wenige Wörter kennt, wird manche sprachliche Aufgaben schlecht oder vielleicht gar nicht lösen können. Aber dieser Zusammenhang ist nur ein vermittelter. Um zu sinnvollen Aussagen über die tatsächliche Sprachbeherrschung zu kommen, muss man immer zweierlei in Rechnung stellen:

➜ Die Kenntnis welcher Ausdrucksmittel ist zur Lösung welcher sprachlicher Aufgaben von Bedeutung?

➜ Wie setzt jemand seine Mittel zur Lösung der betreffenden Aufgabe ein?

Beides muss bedacht werden, wenn man beurteilen will, ob irgendein Test in der Tat geeignet ist, etwas über die Sprachbeherrschung eines Lerners zu einem gegebenen Lernstadium zu sagen.

Ich will dies an zwei Beispielen kurz erläutern. Auf der Stuttgarter Tagung wurde lebhaft diskutiert, ob manche der bisherigen Fördermaßnahmen für Vorschulkinder in der Tat zu einer besseren Sprachbeherrschung bei den Geförderten – im Vergleich zu Nichtgeförderten – geführt haben. Einer von verschiedenen Tests galt der Fähigkeit der Kinder, einfache oder komplexe Sätze unverändert nachzusprechen („Satzgedächtnis"). Was die Kinder aber tatsächlich können müssten, ist einen Gedanken in einen Satz umzusetzen, und zwar so, dass er sinnvoll in den Redezusammenhang passt; derlei wurde aber nicht untersucht. Es ist sicher auch schwieriger zu messen; aber man muss ja messen, was beherrscht werden soll, und nicht, was man gut messen kann. In einem weiteren Test wurde untersucht, ob Kinder ihnen unbekannte Lautfolgen richtig aussprechen können („phonologisches Arbeitsgedächtnis für Nichtwörter"). Dies mag hilfreich sein, wenn es darum geht zu ermitteln, ob die Kinder eine Artikulationsstörung oder auch ein Hörproblem haben; es ist also durchaus ein nützlicher Test. Er sagt aber wenig darüber aus, wie gut sie sich mit anderen Kindern oder mit Erwachsenen verständigen können – mit anderen Worten, wie gut sie tatsächlich die Sprache beherrschen.

5. Ein Fazit

Das Bild, das die Spracherwerbsforschung bisher über das „beste Lernalter" zeichnet, lässt sich nicht auf den Punkt bringen „Je jünger, desto besser". Es ist sehr differenziert, muss es auch sein, weil mit dem biologischen Alter viele andere Faktoren schwanken: die Bedingungen, unter denen gelernt wird, die Motivation die einen veranlasst zu lernen, die Ziele, die sich die Lernenden bewusst oder unbewusst setzen. Es gibt daher kein – etwa durch die Reifung des Gehirns bedingtes – „optimales Alter" für den Zweitspracherwerb. Deshalb ist es auch falsch zu sagen, der Sprachunterricht müsse möglichst früh beginnen; vielmehr muss der Unterricht eine Reihe von Faktoren in Rechnung stellen, die den Spracherwerb in einer gegebenen Situation prägen: er muss, wenn man Schlagworte liebt, „altersadaptiert" sein.

Sprechen und verstehen zu können – das ist die Fähigkeit, einen komplexen Gedanken in eine Schallfolge (oder Buchstabenfolge) umzusetzen und umgekehrt. Dies, und nicht die Kenntnis bestimmter Formen und Regeln, macht die Sprachbeherrschung aus, und darauf zielt das Sprachvermögen, mit dem uns die Natur bedacht hat. Eine stärkere Fokussierung auf diesen Aspekt – wie lernen wir es, sprachliche Aufgaben zu lösen? – würde vielleicht auch einen anderen Blick auf die Zielsetzung des Sprachunterrichts, insbesondere auch auf die Verfahren, mit denen man den Lernerfolg überprüft, eröffnen. Während der Stuttgarter Tagung wurde auch der Erfolg oder Nichterfolg einiger Fördermaßnahmen lebhaft diskutiert. Nun bin ich kein Experte für Sprachtests. Sie wurden in diesem Falle, so glaube ich, durchaus nicht schlampig, sondern völlig *lege artis* durchgeführt. Aber nach all dem, was ich über den menschlichen Spracherwerb weiß, glaube ich nicht, dass sie uns sehr viel über die tatsächliche Sprachbeherrschung der getesteten Kinder sagen können, weil sie nicht das testen, was sie testen sollen, nämlich die Fähigkeit zu sprechen und zu verstehen.
Schließen möchte ich diese Überlegungen mit einer völlig subjektiven Bemerkung,

eigentlich eher einem Eindruck abschließen. Auf der Stuttgarter Tagung wurde neben vielem anderen auch ein Video gezeigt, in dem eine zweifellos engagierte und fähige Kindergärtnerin versucht hat, mit vier Kindern „Sprache zu üben". Es war sichtlich ein Fiasko. Keines der Kinder hat sich ernsthaft dafür interessiert. Es ist nicht ihre Art, Sprache zu lernen. Man mag sich fragen, ob es wirklich sinnvoll ist, Kinder in diesem Alter sprachlich zu fördern. Es gibt sicher keinen „biologischen Grund", so früh damit anzufangen, weil ansonsten das optimale Lernalter verpasst würde. Aber es mag sehr wohl andere, soziale Gründe geben. Und dann ist vor allem eines wichtig: muss man die entsprechenden „altersadaptierten" Lernbedingungen schaffen.

Entwicklungspsychologische und linguistische Aspekte frühkindlichen Spracherwerbs

Sabine Weinert

Der Spracherwerb in der frühen Kindheit stellt gleichermaßen ein alltägliches wie auch kompliziertes und schwer erklärbares Phänomen dar. So selbstverständlich wir Sprache nutzen, so komplex ist das sprachliche Regelwerk, über das selbst kompetente erwachsene Sprachnutzer kaum explizit Auskunft geben können. Spätestens ein Blick in einen Linguistik-Lehrgang macht deutlich, *wie* kompliziert, abstrakt und willkürlich die formalen und bedeutungsbezogenen Regeln der Sprache tatsächlich sind.

Trotz einer Reihe von Gemeinsamkeiten unterscheiden sich die zu erwerbenden Einzelsprachen sowohl in ihrer Lautstruktur und den konkreten Wörtern und Bedeutungsstrukturen des Wortschatzes, als auch in den formalen Regeln der Wort- und Satzbildung. Ein kompetenter Nutzer des Deutschen weiß – auch ohne Linguistik-Kurs –, dass eine sprachliche Äußerung wie etwa *„kratzen Katze Hund"* oder *„die Katze der Hund kratze"*, zwar inhaltlich verständlich, aber grammatikalisch falsch ist. Zugleich wird er den sinnfreien Satz *„Der Luch, der die Plabeln verummelt, krielt"* zwar als inhaltlich unverständlich, zugleich aber als grammatisch korrekt einstufen und wissen, dass man auch hätte sagen können: *„Es war einer dieser Luche, der gekrielt hat und der außerdem nicht eine Plabel, sondern mehrere Plabeln verummelt hat."*

Das komplexe formale und bedeutungsbezogene Regelsystem der jeweiligen Muttersprache oder sogar mehrerer Sprachen erwerben die meisten Kinder scheinbar mühelos in einem Alter, in dem sie sich – wie Professorin Grimm einmal formuliert hat – noch nicht einmal die Schuhe zubinden können.

Interessanterweise erweist sich der Erwerb von Sprache in der Kindheit aus entwicklungspsychologischer und linguistischer Sicht sowohl als sehr robust als auch – und zugleich – als besonders störungsanfällig.

So kann der Spracherwerb oftmals auch unter höchst widrigen Umständen in seinen Grundzügen gemeistert werden. Beispielsweise bilden gehörlose Kinder in Interaktion – auch ohne entsprechendes Sprachangebot – sprachähnliche Systeme, so genannte „home signs" aus (vgl. Gleitman, 1986; Goldin-Meadow & Mylander, 1998); blinde Kinder erwerben – obgleich ihnen die konzeptuelle Basis fehlt – Farbbezeichnungen und Verben des Sehens in etwa demselben Alter wie sehende Kinder (Landau & Gleitman, 1985); und schließlich gibt es, wenngleich extrem selten, Personen, die trotz erheblicher Intelligenzeinschränkungen bei geistiger Behinderung dennoch das formale sprachliche Regelsystem vergleichsweise gut beherrschen (Rondal, 1995).

Zugleich erweist sich der Spracherwerb aber auch als besonders störungsanfällig: Beeinträchtigungen des Spracherwerbs gehören zu den häufigsten Entwicklungsstörungen (vgl. z. B. Grimm, 2003); bei Kindern *ohne* Sprachstörungen zeigen sich zudem deutliche und bedeutsame soziale Disparitäten im Spracherwerb (Hoff-Ginsberg, 2000). Vor dem Hintergrund der herausragenden Bedeutung von Sprache und Spracherwerb für die kindliche Entwicklung stellt dies eine besondere Herausforderung für die sprachtherapeutische und pädagogische Praxis dar.

Im folgenden Beitrag wird zunächst ein kurzer Überblick über zentrale Leistungen und Meilensteine beim Spracherwerb gegeben. Dabei zeigt sich, dass Kinder – wie vor allem auch Studien zum Zweitspracherwerb belegen – im Grundsatz gute Sprachlerner sind. Vor diesem Hintergrund ist erstaunlich, dass dennoch viele Kinder die wichtige Aufgabe des Spracherwerbs – zumindest mit Blick auf ihre Bildungschancen – nur mit deutlichen Einschränkungen meistern. Daher werde ich mich im Weiteren unterschiedlichen Varianzquellen für interindividuelle Unterschiede im Spracherwerb zuwenden, um schließlich im letzten Teil einige Konsequenzen für Sprachstandsmessungen und insbesondere für Förderungen und gegebenenfalls therapeutische Interventionen zu ziehen.

1. Einige Leistungen und Meilensteine beim Spracherwerb

Die Forschung der letzten Jahrzehnte hat gezeigt, dass der Spracherwerb sogar schon vor der Geburt beginnt. Bereits im ersten Lebensjahr bauen die Kinder auf der Basis sprachlicher Interaktionen und angeborener Wahrnehmungs-, Lern- und Gedächtnisfähigkeiten ein differenziertes Wissen über die Laut- und Klangstruktur ihrer jeweiligen Muttersprache oder sogar mehrerer Sprachen auf (Weinert, 2006 für einen ausführlichen Überblick). Dieses Wissen hilft den Kindern, den Sprachstrom der Umweltsprache in sprachlich sinnvolle Einheiten, d. h. in Sätze, Teilsätze und Wörter, zu untergliedern, und stellt einen wichtigen Einstiegsmechanismus in den Wort- und Grammatikerwerb dar. Im Alter von etwa neun Monaten ist ein erstes Wortverständnis zu beobachten und mit 12 Monaten beginnen die Kinder selbst, erste Wörter produktiv zu nutzen.

Mit ungefähr 1 1/2 Jahren, wenn Kinder ca. 50 Wörter produktiv und ungefähr 200 Wörter rezeptiv verfügbar haben, ändert sich das Wortlernen; seine Geschwindigkeit steigt nun deutlich an. Jetzt lernen die Kinder etwa neun neue Wörter pro Tag hinzu und verfügen über Lernmechanismen, die es ihnen ermöglichen, oftmals nach einmaligem Hören eine erste, vorläufige Bedeutung eines neuen Wortes zu erschließen. Zugleich beginnen die Kinder nun, Wortkombinationen zu bilden.

Die Verfügbarkeit von weniger als 50 produktiven Wörtern mit 24 Monaten stellt einen Risikofaktor für den weiteren Spracherwerb dar. Dies ist bei ca. 14 % der Kinder, den so genannten „late talkern" zu beobachten, von denen etwa die Hälfte eine persistente Sprachstörung mit gravierenden Folgen für die Gesamtentwicklung ausbildet (Grimm, 2003; s. auch Weinert, 2005, 2006 für Überblicke).

Nur ein Jahr später, im Alter von drei Jahren, beherrschen *sprachunauffällige* Kinder bereits die wesentlichen Spielarten einfacher Sätze – teilweise bis zu einer Länge von mehr als 10 Wörtern. In den folgenden ein bis zwei Jahren wird die Kontrolle über zunehmend komplexere Satzgefüge (wie Relativsätze, Temporalsätze usw.) erworben. Die Kinder beginnen nun, über Sprache zu reflektieren und vermögen diese zunehmend aus der konkreten Situation zu lösen.

Dabei lässt sich der Spracherwerb nach heutigem Erkenntnisstand nicht als eine einfache, lineare Annäherung an die Erwachsenensprache beschreiben. Entwicklungstypische Fehler wie *gegeht, Tellers, er sehte, Männers* oder *verblättern* zeigen, dass die Kinder sprachliche Regelmäßigkeiten entdecken und verweisen auf schrittweise, systeminterne Reorganisationen und die Ausbildung entwicklungstypischer Zwischengrammatiken. Die nicht bewussten Analyseprozesse führen dabei oftmals zu Fehlern auf der Oberfläche nach anfänglich korrektem Gebrauch.

2. Kinder als gute Sprachlerner: Alterstypische Unterschiede im Spracherwerb

Heute gilt als unbestritten, dass Kinder auf den Spracherwerb vorbereitet und im Grundsatz gute Sprachlerner sind, die eine oder sogar mehrere Sprachen problemlos erwerben können. Keine andere Art außer dem Menschen ist in der Lage, ein vergleichbar komplexes Regelsystem wie das der menschlichen Sprache zu erlernen. Im Vergleich zu Erwachsenen erweisen sich Kinder dabei durchaus als besonders kompetente Sprachlerner. Studien zum Zweitspracherwerb machen dies nachdrücklich deutlich (vgl. z. B. zusammenfassend Weinert, 2003, 2004).

Allerdings variieren die alterstypischen Unterschiede des Sprachlernens in Abhängigkeit von den betrachteten Indikatoren: Wenn es um die *Geschwindigkeit* des Erwerbs einer neuen Sprache geht, so sind zunächst erwachsene Lerner in der Regel den Kindern überlegen; dies gilt aber nicht mehr, wenn man das erreichte *Endniveau nach mehreren Jahren* betrachtet. Während nämlich bei erwachsenen Lernern der Zweitspracherwerb oftmals vergleichsweise früh stagniert – man spricht hier anschaulich von Fossilierung – sind Kinder vergleichsweise leichter in der Lage, ein neues Sprachsystem bis zu seiner vollen Beherrschung zu erwerben. Letzteres gilt insbesondere für den Erwerb sprachlicher Formen, also für die Phonologie, d. h. den Erwerb der Lautstruktur einer Sprache, und für den Erwerb ihrer grammatischen Regeln. Im Bereich des Lexikons und der Bedeutung sind keine entsprechenden Nachteile erwachsener Lerner zu beobachten.

Die Gründe für die langfristige Überlegenheit der Kinder beim Erwerb von Sprachformen sind dabei vermutlich nicht einfach in einer biologisch bedingten sensiblen Phase der Gehirnreifung zu sehen – vielmehr sind hierfür vor allem auch verschiedene Aspekte der kognitiven, sozialen und motivationalen Entwicklung mitverantwortlich (vgl. hierzu ausführlich Klein, 1996; Weinert, 2003, 2004).

Vor dem geschilderten Hintergrund ist es überraschend, dass dennoch vielen Kindern der Spracherwerb nicht hinreichend gut gelingt, sodass ihre Sprachkompetenzen im Schulalter gerade mit Blick auf ihre Bildungschancen nicht hinreichend ausgebaut sind.

3. Varianzquellen im Spracherwerb

Fragt man danach, worauf interindividuelle Unterschiede im Spracherwerb zurückgehen, so liegt es nahe, nach Varianzquellen sowohl im Kind als auch in der Umwelt zu suchen.

Wie bereits erwähnt, weist eine nicht unerhebliche Anzahl von Kindern deutlich eingeschränkte Sprachlernfähigkeiten auf, die sich in Sprachentwicklungsstörungen niederschlagen (vgl. Grimm, 2003; Weinert, 2005 für Überblicke).

Beeinträchtigungen des Spracherwerbs entstehen entweder als sekundäre Folgen anderer Entwicklungseinschränkungen (z. B. bei Höreinschränkungen, frühkindlichem Autismus, geistiger Behinderung) oder als primäre spezifische Sprachentwicklungsstörungen. Von Letzteren sind ca. 6 – 8 % aller Kinder und damit nahezu jedes 14. Kind betroffen. Diese Kinder sind dadurch charakterisiert, dass sie eine Vielzahl von Entwicklungsaufgaben erfolgreich meistern, nicht aber den Erwerb der Sprache. Kennzeichnend ist, dass ihre nonverbalen Intelligenztestleistungen im Normalbereich liegen; darüber hinaus weisen sie weder sensorische Einschränkungen oder schwere neurologische Auffälligkeiten noch schwere sozio-emotionale Probleme auf, die erklärend für ihre Sprachlernprobleme sein könnten. Dennoch haben sie extreme und sehr spezifische Probleme beim Erwerb der Sprache, speziell beim Erwerb der Grammatik (vgl. ausführlich Grimm, 2003; Weinert, 2005).

Wir wissen heute, dass sich die Probleme dieser „spezifisch-sprachgestörten" Kinder – trotz immer wieder genährter Hoffnungen – nicht einfach auswachsen. Im Gegenteil: sie erweisen sich als sehr stabil und sind von sich ausbreitender Wirkung mit gravierenden Konsequenzen für die kognitive und schulische sowie auch für die sozial-emotionale Entwicklung der Kinder. Aus einem zunächst höchst umschriebenen Entwicklungsproblem entstehen damit häufig kumulierende, sich auf die gesamte Entwicklung ausdehnende Probleme, die eine erhebliche Belastung für die Kinder und deren Familien, aber auch für das Gesundheitssystem darstellen.

Für den hier interessierenden Zusammenhang ist es besonders bedeutsam, dass zahlreiche Studien zeigen, dass spezifische Spracherwerbsstörungen nicht infolge eines quantitativ oder qualitativ abweichenden Sprachangebots oder eingeschränkter sprachlicher Interaktionen entstehen. Vielmehr sind es die Kinder, die spezifische Sprachlernprobleme aufweisen (vgl. Leonard, 1998; Grimm, 2003; Weinert, 2005 für Überblicke).

Um nicht missverstanden zu werden: Der Befund, dass die Sprachlernprobleme dieser Kinder nicht auf geringe oder abweichende sprachliche Umweltanregungen zurückgehen, bedeutet nicht, dass Letztere unwichtig für diese Kinder wären. Sprachgestörte Kinder bedürfen vielmehr in besonderer Weise einer sehr systematischen, professionellen Anbahnung und Inszenierung des Sprachlernens, um ihre Sprachlerndefizite zu kompensieren. Dies kann nicht einfach im Kindergarten geleistet werden und erfordert eine gezielte störungsbildbezogene hypothesengeleitete Diagnose des heterogenen kognitiven und sprachlichen Entwicklungsprofils der Kinder und eine hierauf abgestimmte professionelle Intervention. Einfache Anreicherungen des Sprachangebots können hier sogar schädlich sein (s. auch Weinert & Lockl, 2008).

Anders sieht dies bei Kindern mit ungestörten Sprachlernfähigkeiten aus. Interessanterweise legt eine populationsgenetische Studie von Dale u. a. (1998) nahe, dass zwar 73 % der gruppenbezogenen Unterschiede bei 2-jährigen Kindern *mit extrem eingeschränktem Worterwerb* genetisch und nur 18 % umweltbedingt sind; umgekehrt waren aber 69 % der Wortschatzdifferenzen von 2-jährigen Kindern *ohne spezielle Sprachverarbeitungsprobleme* durch Umweltunterschiede verursacht. Hart und Risley (1995, 1999) haben in ihrer Längsschnittstudie, in der sie Kinder im Alter zwischen 9 Monaten und 2 1/2 Jahren verfolgt haben, eindrucksvoll gezeigt, dass diese je nach familiärem Hintergrund zwischen 215.000 Wörtern und lediglich 62.000 Wörtern pro Woche hörten. Zudem enthielt das Sprachangebot der Kinder aus Familien mit vergleichsweise höherem sozioökonomischem Status mehr verschiedene Wörter. Die Unterschiede im Sprachangebot kovariierten dabei deutlich mit dem Wortschatzumfang der Kinder.

In einer unserer eigenen Studien haben wir herausgefunden, dass entsprechende soziale Disparitäten nicht nur für den Wortschatzumfang, sondern auch für den frühen Grammatikerwerb gelten.

Dies ist insofern überraschend, als die Spracherwerbsforschung oftmals zwar die komplexe Syntax, nicht aber den Erwerb grundlegender Sprachfähigkeiten als bildungsabhängig betrachtet. In der interdisziplinären Forschergruppe „BiKS" beschäftigen wir uns in zwei großen Längsschnittstudien mit *Bi*ldungsprozessen, *K*ompetenzentwicklung und *S*elektionsentscheidungen im Vor- und Grundschulalter (vgl. zur Anlage der Studie: von Maurice u. a., 2007). In einer dieser Längsschnittstudien werden mehr als 500 Kinder aus 97 Kindergärten seit einem Alter von ca. 3 1/2 Jahren in ihrer Entwicklung verfolgt. Jährlich, teilweise sogar im Halbjahresabstand, werden umfängliche Messungen zur Erfassung der grammatischen Kompetenzen der Kinder, des Wortschatzes, der nonverbalen Intelligenztestleistungen, des Arbeitsgedächtnisses und spezifischer Fertigkeiten und Wissensbestände wie beispielsweise des Rechnens durchgeführt sowie zudem Indikatoren der Metakognition und der Theory of Mind-Entwicklung erhoben. Über die Kompetenzmessungen hinaus werden auch schulrelevante Einstellungen und Entscheidungsfindungen der Eltern erfasst und Beobachtungen sowie Befragungen zur Anregungsqualität in den Familien und Kindergärten durchgeführt.

Die Ergebnisse, die zurzeit längsschnittlich analysiert werden, zeigen klare soziale Disparitäten im Bereich der Grammatik schon im Alter von 3 Jahren. Diese bleiben auch über die nächsten zwei Jahre in ähnlicher Weise erhalten. Dabei ist zu betonen, dass soziale Disparitäten auch dann beobachtbar sind, wenn man nur diejenigen Kinder betrachtet, die rein muttersprachlich deutsch aufwachsen. Die größten Nachteile sind – mit Blick auf die deutsche Sprache – aber natürlich und erwartungsgemäß bei Kindern aus Familien mit zwei nicht deutschsprachigen Elternteilen zu beobachten (Dubowy, Ebert & Weinert, 2008).

Soziale Disparitäten im Spracherwerb sind nicht zuletzt deshalb so besorgniserregend, weil Sprache von zentraler Bedeutung auch für andere Entwicklungsbereiche und insbesondere für die Bildungschancen der Kinder ist. Sprache steuert die Aufmerksamkeit und begünstigt den Konzepterwerb; sie erleichtert viele Gedächtnis- und Problemlöseaufgaben, ist ein wichtiges, wenn nicht sogar *das* Mittel der Selbststeuerung und des Wissenserwerbs; zugleich ist sie bedeutsam für die soziale und sozial-kommunikative Entwicklung der Kinder (vgl. ausführlich Weinert, 2008).

Dies alles legt nahe, dass Förderungen nicht erst kurz vor der Schule und mit Blick auf bildungssprachliche Kompetenzen, sondern bereits möglichst frühzeitig stattfinden sollten, um frühe Konsolidierungen individueller Benachteiligungen zu vermeiden und die im Grundsatz guten Sprachlernfähigkeiten der Kinder zu nutzen.

4. Förderung des Spracherwerbs

Tatsächlich scheint die These, dass der frühe Spracherwerb vergleichsweise wenig abhängig von spezifischen Umweltanregungen und Förderungen ist, vor dem Hintergrund der geschilderten Befunde und einer Reihe von Förderstudien nicht haltbar (vgl. Weinert & Lockl, 2008 für einen Überblick). Zwar ist der Spracherwerb – wie bereits einleitend angesprochen – auf der einen Seite robust, in Teilen universell und die Erwerbsaufgabe hoch komplex; auf der anderen Seite scheint es aber gerade im frühen Spracherwerb optimierbare Passungen zwischen dem intuitiven Verhalten von Erwachsenen und älteren Kindern einerseits und den jeweiligen spracherwerbsbezogenen Entwicklungsaufgaben kleiner Kinder andererseits zu geben.

Hannelore Grimm (1995) unterscheidet und charakterisiert in diesem Zusammenhang
→ *die Ammensprache*, die mit übertriebener Sprachmelodie, klarer Pausensetzung und reliablen Dehnungen vor Satz- und Phrasengrenzen den Kindern im ersten Lebensjahr den Erwerb von Laut- und Klangstruktur der Muttersprache oder mehrerer Sprachen und damit den Einstieg in den Spracherwerb erleichtert (Ferguson, 1964);
→ *die stützende Sprache*, die durch das Herstellen gemeinsamer Aufmerksamkeit, durch ritualisierte Spiele und Sprachanregungen den frühen Worterwerb, den Erwerb von Wortlernprinzipien und ersten Wortkombinationen im zweiten Lebensjahr begünstigt (Bruner, 1978, 1985; Grimm, 1995, 2003);
→ sowie schließlich bei 2–3-Jährigen *die „lehrende Sprache"*, die z. B. in geeigneten Bilderbuchsituationen über Erweiterungen, Wiederholungen, Transformationen kindlicher und eigener Äußerungen den Ausbau der Grammatik unterstützt (Hoff-Ginsberg & Shatz, 1982).
→ Schließlich verweist u. a. eine Studie von Huttenlocher, Vasilyeva, Cymerman und Levine (2002) darauf, dass ein Jahr später, im Alter von vier Jahren, vor allem die *Komplexität* der Erziehersprache (z. B. der Anteil an Nebensätzen) hoch bedeutsam für die Sprachfortschritte der Kinder ist.

Dabei ist zu betonen, dass typisch entwickelte Kinder das Sprachangebot nicht einfach passiv rezipieren, sondern vielmehr als aktive Sprachlerner gekennzeichnet werden können, die selbst der Blick- und Aufmerksamkeitsrichtung des Interaktionspartners folgen, dessen Intentionen erschließen, Erwartungen über die Bedeutung neuer Wörter an die Wortlernsituation herantragen und, wenngleich nicht bewusst, Regularitäten im Sprachangebot ableiten.

Bei den kurz beschriebenen Passungen zwischen Sprachangebot und Erwerbsaufgaben des Kindes handelt es sich natürlich nicht um gezielte, bewusste Sprachlehrabsichten seitens der Erwachsenen und älteren Kinder; vielmehr erfolgen entsprechende Anpassungen intuitiv, vermutlich in dem Versuch, mit den Kindern zu kommunizieren, ihre Aufmerksamkeit und ihr Interesse zu erregen. Sie sind daher möglicherweise auf eine Homogenität von kognitivem und sprachlichem Entwicklungsstand auf Seiten der Kinder angewiesen. Bei eingeschränkten Sprachkompetenzen des Interaktionspartners senken wir – wie Hannelore Grimm (1994) für sprachentwicklungsgestörte Kinder gezeigt hat – möglicherweise das kognitiv-sprachliche Anspruchs- und Anregungsniveau unangemessen und in wenig förderlicher Weise ab.

Obgleich das Sprachangebot und die sprachlichen Interaktionen somit insgesamt keineswegs so unzureichend sind, wie teilweise in der nativistischen Perspektive des Spracherwerbs angenommen wurde, lassen sich selbst bei vermutlich gut geförderten Mittelschichtskindern die Sprachlehr- und -lernsituationen noch deutlich optimieren. Dies legen vorliegende Förderstudien, wie beispielsweise die inzwischen klassische Studie von Whitehurst u. a. (1988) nahe.

Whitehurst und andere realisierten ein Kontrollgruppendesign und trainierten die Mütter der Trainingsgruppe, indem sie diesen wichtige Prinzipien der Sprachförderung bei 2-jährigen Kindern erläuterten, vormachten und im Rahmen von Rollenspielen mit direktem Feedback einübten. Obgleich die Mütter der Kontroll- und jene der Fördergruppe etwa gleich häufig mit ihren Kindern Bilderbücher lasen, führten die vermittelten Techniken nach vier Wochen entsprechend angereicherter Interaktionssituationen zu klaren und auch nach 9 Monaten noch nachweisbaren Gruppenunterschieden im produktiven Sprachstand der Kinder. Die Fördergruppe war der Kontrollgruppe um 6 bis 8 Monate im Spracherwerb voraus, obwohl sich die Gruppen zu Beginn der Förderung nicht voneinander unterschieden hatten.

Zwar sind entsprechende Ergebnisse – und es gibt eine ganze Reihe hiervon – viel versprechend (vgl. Weinert & Lockl, 2008); dennoch wissen wir nach wie vor vergleichsweise wenig darüber, welche Art der Förderung bei welchen Kindern besonders effizient ist. So plädieren einige Förderprogramme für kurze Sätze und Vereinfachungen, andere heben die Bedeutung, die einer hohen Varianz der Komplexität des Sprachangebots zukommt, hervor. Für welche Kinder die Komplexität der Lehrer- oder Erziehersprache ein wichtiges *Angebot* im Sinne der erwähnten Studie von Huttenlocher u. a. (2002) ist, und unter welchen Bedingungen dieses möglicherweise eine Überforderung oder besondere Hürde für die Kinder darstellt, wie dies für die Bildungs- oder akademische Sprache der Schule vermutet wird (Cummins, 1984, 2000), ist eine empirische Frage, der wir zurzeit in der bereits erwähnten BiKS-Studie nachgehen.

Betrachtet man sowohl die vorgeschlagenen als auch die in Kindergärten tatsächlich realisierten Sprachprogramme, so unterscheiden sich diese in der Tat erheblich (vgl. z. B. Jampert u. a., 2005); hinzu kommt, dass die Schulungen für Erzieherinnen und/ oder Förderkräfte oftmals – trotz der Komplexität des Gegenstands – auf wenige Tage beschränkt sind, sodass zudem die konkrete Umsetzung und Ausgestaltung substanziell variieren dürfte. Am Rande sei vermerkt, dass keinem Psychologie-Studierenden (selbst in einem höheren Semester und bei guten psychologischen Vorkenntnissen) so wenig Zeit für den Erwerb der Grundlagen des Spracherwerbs, der Sprachdiagnostik und der Sprachförderung gegeben wird, wie dies in Erzieherinnen-Fortbildungen in der Regel der Fall ist!

Mit Blick auf Kinder, die Deutsch als Zweitsprache erwerben, ist die Sachlage noch komplizierter. So sind die Annahmen, die in verschiedenen Förderprogrammen über den Zweitspracherwerb gemacht werden, ebenso unterschiedlich und variantenreich wie die vorgeschlagenen Förderprinzipien und die dann tatsächlich in Kindergärten durchgeführten Förderungen. Vergleichende Evaluationen der Förderbemühungen und -programme sind hier aus theoretischen wie praktischen Gründen extrem wichtig und unverzichtbar, um zu prüfen, welche Fördermaßnahmen tatsächlich und bei welchen Kindern zu den erwünschten Erfolgen führen und welche keine der erhofften Wirkungen hervorbringen!

5. Fazit

➜ Kinder sind im Grundsatz gute Sprachlerner.

➜ Dies gilt aber nicht für alle Kinder. Sprachgestörte Kinder weisen spezielle Sprachlernprobleme auf, die eine störungsbildbezogene Diagnostik und Intervention erfordern, die nicht von Erzieherinnen geleistet werden können. Hier ist eine enge Zusammenarbeit zwischen Gesundheits- und Bildungssystem gefragt.

➜ Bei Kindern mit ungestörten Sprachlernfähigkeiten sind ebenfalls bedeutsame interindividuelle Unterschiede und soziale Disparitäten im Spracherwerb beobachtbar, die vor allem umweltbedingt sind.

➜ Förderungen sollten möglichst früh ansetzen, um soziale Disparitäten im Spracherwerb zu minimieren und die Sprachlernfähigkeiten der Kinder zu nutzen.

➜ Dabei sollte aber nicht übersehen werden, dass auch gut geförderte Mittelschichtskinder von einer effektiven Sprachförderung deutlich profitieren können – eine einfache Reduzierung von Ausgangsunterschieden ist also in Kindergärten mit hoher Förderqualität nicht zu erwarten und auch nicht zielführend.

→ Um zu prüfen, ob eine Fördermaßnahme überhaupt zu den erhofften Effekten führt und welche Maßnahmen für welche Kinder besonders geeignet sind, sind vergleichende Evaluationen theoretisch begründeter Förderungen erforderlich. Gerade an dieser Stelle wird oftmals von den Programminitiatoren mit dem Verweis gespart, dass die Mittel direkt in die Förderung der Kinder selbst investiert werden sollen. Dies ist fatal und nicht im Interesse der Kinder.

→ Die Umsetzung von Förderprinzipien ist nicht trivial und muss ausführlich vermittelt werden. Eine Qualifizierung von Erzieherinnen ist bedeutsam und muss aus meiner Sicht mit vergleichenden Evaluationen von Programmen verbunden werden.

Wer aus der Forschung kommt, ist gewohnt, seine Annahmen systematisch zu überprüfen. Soweit sie nicht trivial sind, werden diese teilweise bestätigt, teilweise aber auch widerlegt werden. Dies führt zu Erkenntnisfortschritten und praktisch nutzbarem Wissen. Entsprechendes wird auch für Evaluationen theoretisch fundierter praktischer Bemühungen in der Sprachförderung gelten. Wenn die Erfolge im einen oder anderen Fall nicht so sind, wie sie erhofft waren, so ist es zentral, dass aus den Erfahrungen gelernt wird und diese systematisch aufgearbeitet werden – im Interesse der Förderung der Kinder.

Literatur

Bruner, J. S. (1978). The role of dialogue in language acquisition. In: A. Sinclair, R. J. Jarvella & W. J. M. Levelt (Eds.), The child´s conception of language (pp. 241–256). Berlin: Springer.

Bruner, J. S. (1985). The role of interaction formats in language acquisition. In: J. P. Forgas (Ed.), Language and social situations (pp. 31–43). New York: Springer.

Cummins, J. (1984). Bilingualism and special education: Issues in assessment and pedagogy. Clevedon: Multilingual Matters.

Cummins, J. (2000) Language, power, and pedagogy: Bilingual children in the crossfire. Clevedon, England: Multilingual Matters.

Dale, P. S., Simonoff, E., Bishop, D. V. M., Eley, T. C., Oliver, B., Price, T. S., Purcell, S., Stevenson, J. & Plomin, R. (1998). Genetic influence on language delay in two-year-old children. Nature Neuroscience, 1, 324–328.

Dubowy, M., Ebert, S., von Maurice, J. & Weinert, S. (2008). Sprachlich-kognitive Kompetenzen beim Eintritt in den Kindergarten. Ein Vergleich von Kindern mit und ohne Migrationshintergrund. Zeitschrift für Entwicklungspsychologie und Pädagogische Psychologie, 40, 124–134.

Ferguson, C. A. (1964). Baby talk in six languages. American Anthropologist, 66, 103–114.

Gleitman, L. R. (1986). Biological dispositions to learn language. In W. Demopoulos & A. Marras (Eds.), Language learning and concept acquisition: Foundational issues (pp. 3–28). Norwood, NJ: Ablex.

Goldin-Meadow, S. & Mylander, C. (1998). Spontaneous sign systems created by deaf children in two cultures. Nature, 391, 279–281.

Grimm, H. (1994). Entwicklungskritische Dialogmerkmale in Mutter-Kind-Dyaden mit sprachgestörten und sprachunauffälligen Kindern. Zeitschrift für Entwicklungspsychologie und Pädagogische Psychologie, 26, 35–52.

Grimm, H. (1995). Sprachentwicklung - allgemeintheoretisch und differentiell betrachtet. In: R. Oerter & L. Montada (Hrsg.), Entwicklungspsychologie. Ein Lehrbuch (3. Aufl.) (S. 705–757). Weinheim: Psychologie Verlags Union.

Grimm, H. (2003). Störungen der Sprachentwicklung (2. Aufl.). Göttingen: Hogrefe.

Hart, B. & Risley, T. R. (1995). Meaningful differences in the everyday experiences of young American children. Baltimore, MD: Paul H. Brooks Publishing Co.

Hart, B. & Risley, T. R. (1999). Social World of Children Learning to Talk. Baltimore, MD: Paul H. Brooks Publishing Co.

Hoff-Ginsberg, E. (2000). Soziale Umwelt und Sprachlernen. In: H. Grimm (Hrsg.), Sprachentwicklung. Enzyklopädie der Psychologie C/III/3 (S. 463–494). Göttingen: Hogrefe.

Hoff-Ginsberg, E. & Shatz, M. (1982). Linguistic input and the child´s acquisition of language. Psychological Bulletin, 92, 3–26.

Huttenlocher, J., Vasilyeva, M, Cymerman, E. & Levine, S. (2002). Language input and child syntax. Cognitive Psychology, 45 (3), 337–374.

Jampert, K., Best, P., Guadatiello, A., Holler, D. & Zehnbauer, A. (2005). Schlüsselkompetenz Sprache. Sprachliche Bildung und Förderung im Kindergarten. Konzepte, Projekte und Maßnahmen. Weimar/Berlin: Verlag das Netz.

Klein, W. (1996). Language acquisition at different ages. In: D. Magnusson (Ed.), The lifespan development of individuals: Behavioral, neurobiological, and psychosocial perspectives (pp. 244–264). Cambridge: Cambridge University Press.

Landau, B. & Gleitman, L. R. (1985). Language and experience: Evidence from the blind child. Cambridge, MA: Harvard University Press.

Leonhard, L. B. (1998). Children with specific language impairment. Cambridge, MA: MIT Press.

Rondal, J. A. (1995). Exceptional language development in down syndrome. Cambridge: Cambridge University Press.

von Maurice, J., Artelt, C., Blossfeld, H.-P., Faust, G., Roßbach, H.-G. & Weinert, S. (2007). Bildungsprozesse, Kompetenzentwicklung und Formation von Selektionsentscheidungen im Vor- und Grundschulalter: Überblick über die Erhebungen in den Längsschnitten BiKS-3–8 und BiKS-8–12 in den ersten beiden Projektjahren. PsyDok [Online], 2007/1008. Verfügbar unter: URN: urn:nbn:de:bsz:291-psydok-10089; URL: http://psydok.sulb.uni-saarland.de/volltexte/2007/1008/.

Weinert, S. (2003). Lernen Kinder Fremdsprachen besser als Erwachsene? In: R. Ahrens, W. Hüllen & A. Raasch (Hrsg.), Europäische Sprachenpolitik – European Language Policy (S. 313–336). Heidelberg: Universitätsverlag C. Winter.

Weinert, S. (2004). Fremdsprachenerwerb in der Langzeitperspektive: Sind Kinder die besseren Sprachlerner? In: G. Faust, M. Götz, H. Hacker & H. G. Roßbach (Hrsg.), Anschlussfähige Bildungsprozesse im Elementar- und Primarbereich (S. 119–138). Bad Heilbrunn: Klinkhardt.

Weinert, S. (2005). Umschriebene Entwicklungsstörungen der Sprache. In: P. F. Schlottke, R. K. Silbereisen, S. Schneider & G. W. Lauth (Hrsg.), Störungen im Kindes- und Jugendalter – Grundlagen und Störungen im Entwicklungsverlauf. Enzyklopädie der Psychologie C/V/5 (S. 483–543). Göttingen: Hogrefe.

Weinert, S. (2006). Sprachentwicklung. In: W. Schneider & B. Sodian (Hrsg.), Kognitive Entwicklung. Enzyklopädie der Psychologie C/V/2 (S. 609–719). Göttingen: Hogrefe.

Weinert, S. (2008). Wie Sprache das Denken, Lernen und Wissen von Kindern beeinflusst. In H. Rieder-Aigner (Hrsg), Zukunftshandbuch Kindertageseinrichtungen/Bildungsarbeit im Mittelpunkt (59. Aufl., Kap. 4/19, S. 1–16). Regensburg: Walhalla Fachverlag.

Weinert, S. & Lockl, K. (2008). Sprachförderung. In: F. Petermann & W. Schneider (Hrsg.), Angewandte Entwicklungspsychologie (Enzyklopädie der Psychologie C/V/7) (S. 91–134). Göttingen: Hogrefe.

Whitehurst, G. J., Falco, F. L., Lonigan, C. J., Fischel, J. E., DeBaryshe, B. D., Valdez-Menchaca, M. C. & Caulfield, M. (1988). Accelerating language development through picture book reading. Developmental Psychology, 24 (4), 552–559.

Was ist praktischer als eine gute Theorie? Anmerkungen zur wissenschaftlichen Begründung und Evaluation von praktischen Maßnahmen (nicht nur) im Bereich der Modellversuche zur Sprachförderung

Hartmut Esser

Kaum jemand würde bestreiten, dass die mangelnde Integration vieler Familien mit Migrationshintergrund eine der gravierendsten gegenwärtigen gesellschaftlichen Fragen ist. Und ebenso dürften nur wenige in Frage stellen, dass vieles versucht und getan werden muss, um dem abzuhelfen. Zu den Schlüsselproblemen gehören dabei offensichtlich die sprachlichen Schwierigkeiten – nicht nur, aber in besonderem Maße – der Migrantenkinder schon in der Grundschule, die sich dann später immer gravierender auf den Schul- und Arbeitsmarkterfolg auszuwirken scheinen. Und so liegt es nahe, möglichst früh und daher schon in den *Vor*schulen und Kindergärten einzugreifen, d. h. den Förderungsbedarf festzustellen und dann gezielt an die Defizite mit Fördermaßnahmen heranzugehen. Das ist inzwischen – gottlob – allgemein akzeptiert und es wird auch schon einiges getan, vielleicht jedoch noch nicht genug. Wie eigentlich immer in solchen Fällen stellt sich sofort auch die Frage, welche der denkbaren, vorgeschlagenen und schließlich eingesetzten Maßnahmen denn auch tatsächlich wirksam sind, und zwar möglichst so, dass es bei der Umsetzung in der Praxis nicht schon auf kleinste Unterschiede in der Durchführung ankommt, sondern dass die Maßnahmen in ihren Wirkungen auch gegen größere Variationen möglichst robust sind. Das ist die Frage nach der „Evaluation" von solchen Programmen, aus deren Umsetzungserfolgen und -schwierigkeiten man etwas lernen will. Solche Evaluationen schließen eine Reihe von Aspekten ein, wie die praktische Umsetzung vor Ort oder die Unterschiede im Erfolg zwischen verschiedenen Programmen, vor allem aber die Ermittlung der *kausalen* Wirksamkeit, und das heißt zwingend: im Vergleich mit einer „Kontrollgruppe", Kindern also, die keinem der eingesetzten Programme ausgesetzt werden, sich aber ansonsten mit den untersuchten Gruppen vergleichen lassen. Das ist gerade im Zusammenhang mit Lernprozessen wichtig, weil es hier auch zu – oft: automatischen – „Entwicklungen" mit dem Alter kommt, die, wenn man sie nicht kontrolliert, als (Miss-)Erfolg einer Maßnahme gewertet werden können, es aber vielleicht nicht sind. Meist wird dies bei den „Evaluationen" gerade im (migrations- und sprach-)pädagogischen Bereich nicht beachtet, besonders bei Programmen, deren Funktion auch ist, irgendetwas zu tun statt nur abzuwarten. Aber erst *dann*, wenn man über solche Vergleiche die Wirksamkeit, vielleicht auch gewisse Nebenwirkungen, festgestellt und womöglich über Replikationen abgesichert hat, ließe sich an eine breitere Anwendung denken. Und es hat nicht an der Zeit und den Gelegenheiten gemangelt, es auf diese Weise und nach den Regeln der Kunst zu machen. Das von der Baden-Württemberg Stiftung durchaus großzügig finanzierte Programm „Sag' mal was" ist eines der ganz wenigen Projekte dieser Art, das eine derartige „Evaluation" auch der Wirksamkeit im Vergleich zu Kontrollgruppen bedacht und eingerichtet hat, und es liegt in der Natur der Sache, dass nicht von vorneherein feststand, welches Programm überhaupt einen messbaren Effekt haben würde. Das Ergebnis war dann aber nicht so, wie man es wohl erwartet hatte. So liest man in einem der Zwischenberichte unter anderem:

„Unabhängig von der Art des Vergleichs … werden spezifisch geförderte Kinder *weder* in ihren schulischen und sprachlichen Leistungen *noch* in ihrem Arbeitsverhalten besser von den Lehrkräften eingeschätzt als Kinder mit Förderbedarf, die unspezifisch gefördert wurden. Eine *spezifische* Konzeption einer Sprachförderung ist somit einer Förderung, wie sie im Rahmen des üblichen Kindergartenalltags erfolgt, *nicht* überlegen" (Polotzek, Hofmann, Roos & Schöler, 2008: 20).

Das hat, zunächst: verständlicherweise, eine große Aufregung in der Öffentlichkeit erzeugt und zu Nachfragen nach dem Sinn der ganzen Maßnahmen geführt. Aber ist die Aufregung wirklich gerechtfertigt? Darf denn ein Experiment über die Wirksamkeit bestimmter Sprachförderprogramme auf die Entwicklung von sprachlichen Kompetenzen, zumal bei Kindern mit Sprachförderbedarf, nicht auch scheitern? Lernt man nicht erst aus solchen Fehlschlägen besonders viel? Müssen sich die Wissenschaftler(innen), die ihre Hypothesen diesem Test und eines Risikos auch des Scheiterns ausgesetzt haben, derart schelten lassen? Soll man denn jetzt alles abblasen und den Prozess der Integration über eine konsequente Zweitsprachförderung wieder – wie viel zu lange Zeit vorher – sich selbst überlassen, nur weil sich einige pädagogische und sprachwissenschaftliche Hypothesen nicht haben belegen lassen?

Es ist ohne Zweifel nicht ganz einfach, die Zusammenhänge so auseinanderzuhalten, dass man erkennen und sehen kann, was gerade aus dem „Scheitern" des Experimentes zu lernen und zu gewinnen ist. Das Ergebnis ist, so viel kann auf jeden Fall gesagt werden, *kein* Grund zu sonderlicher Beunruhigung und schon gar nicht für Vorhaltungen, etwa an die Wissenschaftler(innen), die die Programme vorgeschlagen oder die Ergebnisse evaluiert haben, an die Verantwortlichen der Baden-Württemberg Stiftung, die sich dem möglichen Scheitern der Hypothesen ausgesetzt haben, oder auch an die vielen Kräfte vor Ort, die das alles in der Praxis haben umsetzen müssen. Ganz im Gegenteil: *Endlich* ist einmal so vorgegangen worden wie man es eigentlich immer tun müsste und eben *nicht* so wie es (leider) eine allzu weitverbreitete, schlechte Praxis ist: „Evaluation" als mehr oder weniger informativer Bericht darüber, was man gewollt hat, wie man das Geld ausgegeben und die Programme umgesetzt hat, wer alles mit wem „vernetzt" worden ist, wie man sich gefühlt hat, welche Unterschiede es zwischen den verschiedenen Einrichtungen in der Umsetzung und in den Ergebnissen vorher und nachher bei den Testpersonen gegeben hat – aber eben *nicht*, ob es alles was geholfen hat, und zwar im Vergleich zu Kindern und Einrichtungen, die das alles *nicht* mitbekommen haben.

Wir gehen die Dinge in zwei Abschnitten durch: zunächst ein wenig grundlegende Methodologie zu der Frage, was zu einer „richtigen" Evaluation eigentlich dazugehört und warum gerade erst eine gute, das heißt vor allem: eine präzise formulierte und empirisch-experimentell abgesicherte Theorie so eminent wichtig für eine wirksame und auch kostengünstige Praxis ist – und warum niemandem geholfen ist, wenn man bei diesen Tests nicht auch das Risiko des Scheiterns eingeht. Und dann ein wenig auch an substanziellen Hypothesen und aktuellen empirischen Ergebnissen zum Spracherwerb bei Migranten(-kindern) aus Projekten des Verfassers zum Thema der Integration insgesamt, speziell aber zur Erklärung des Spracherwerbs bei Migrantenkindern und der Wirkungen auf die schulischen Leistungen. Zum Schluss folgen dann noch ein paar Bemerkungen zu den angesprochenen Aufgeregtheiten der Öffentlichkeit und, vor allem, zu den Verdiensten der Baden-Württemberg Stiftung und der beteiligten Wissenschaftler(innen) – und manchen kaum zu verstehenden Versäumnissen anderswo.

Ein wenig Methodologie …

Der Hintergrund der Vorstellung, dass jede wirkliche „Evaluation" auch eine Kontrollgruppe benötigt, hat damit zu tun, dass es bei der Einrichtung von Maßnahmen zur Umsetzung politischer oder normativer Zielsetzungen im Hintergrund immer auch um Fragen des Nachweises von *kausalen* Beziehungen geht. Es ist die Anwendung des allgemeinen Erklärungsschemas (nach Hempel und Oppenheim) auf die Herstellung eines gewünschten Zielzustandes mit Hilfe von systematisch geprüftem theoretischem Wissen über die Wirkung bestimmter Ursachen auf einen als Effekt zu erwartenden Zielzustand. Eigentlich sollte man annehmen, dass es zu derartigen praktischen Umsetzungen erst dann kommt, wenn vorher ernsthaft, streng und systematisch geprüft wurde, ob der vermutete Kausalzusammenhang auch wirklich besteht. Das geschieht in der Regel über *vor*geschaltete empirische Tests, idealerweise über Experimente, bei denen alle anderen möglichen Kausaleinflüsse kontrolliert oder wenigstens gemessen werden und systematisch eine Gruppe mit der jeweiligen Test-Bedingung („Treatment"-Gruppe) und eine ohne sie (Kontroll-Gruppe) in ihren Ergebnissen miteinander verglichen werden. Und *nur* wenn sich dann zeigt, dass es systematische, „signifikante" und in Replikationen reproduzierbare Unterschiede (im gewünschten Sinne, versteht sich) gibt, könnte man daran gehen, es auch „praktisch" oder gar flächendeckend zu versuchen. Dabei kann es natürlich wieder zu Änderungen in den Ergebnissen kommen, etwa weil die Implementation nicht korrekt war oder sich sonst, auch unbemerkt und ungewollt, die Bedingungen geändert haben. Das aber wäre nur die Fortsetzung der Testphase unter neuen Umständen und oft genug auch mit zuvor nicht erkannten Störbedingungen, und hier können natürlich „Prozess"-Evaluationen wertvolle Hinweise liefern. Aber auch das geht letztlich nicht ohne Kontrollgruppen, allein weil man sonst wieder nicht weiß, ob die Änderung der Umstände und die Störungen sich auf den Effekt überhaupt auswirken oder nicht.

In allen diesen Fällen ist selbstverständlich damit zu rechnen, dass sich ein Effekt, den man theoretisch, pädagogisch, lebensweltlich, aus Gründen der Political Correctness, evtl. sogar aus recht materiellen Interessen heraus gerne hätte, auch bei aller Bemühung *nicht* zeigt. Das ist sogar der häufigere Fall, und weil man, einer guten alten methodologischen Regel zufolge, aus Fehlschlägen mehr lernt als aus leichten Erfolgen ist das auch kein Beinbruch, sondern eher Ansporn, der Sache dennoch auf die

Spur zu kommen. Meist wird man zunächst versuchen, die Gründe für das Scheitern in der schlechten Umsetzung zu suchen: unzureichende Messinstrumente, Störeinflüsse, keine richtige Umsetzung des „Treatments", unter anderem. Das kann man aber natürlich ändern: Entwicklung und Test besserer Messinstrumente, Kontrolle der Störeinflüsse, korrekte „Realisierung" der gemeinten Bedingungen. Klappt es dann: Ein großartiger Erfolg und nichts steht dem Einsatz in der Praxis mehr im Wege. Aber wieder kann es natürlich schiefgehen, und die Geschichte der Wissenschaften ist voll von solchen nicht enden wollenden Fehlversuchen. Leicht ist vorstellbar, dass eine Hypothese, wie etwa jene über die Wirkung muttersprachlicher Förderungen auf die schulischen Leistungen, nicht gerade an Überzeugungskraft gewinnt, wenn es immer und immer wieder nicht gelingt, den behaupteten Effekt zu finden oder auch wenn sich zeigt, dass der Erfolg nur unter sehr speziellen, in der Praxis kaum umsetzbaren, zusätzlichen Bedingungen eintritt. Und irgendwann müsste man schon auch in Betracht ziehen, dass vielleicht die Hypothese nicht richtig war und daher auch an ein flächendeckendes Programm nicht zu denken wäre, wenn man an dem gewünschten Erfolg interessiert ist. Jedenfalls dürfte es bei derartigen „degenerativen" Programmen auf die Dauer immer schwerer fallen, die nötigen Bereitschaften zu mobilisieren und die Mittel zu erhalten, und hoffentlich gibt man die Sache auf, bevor jemand ganz unbekümmert und von außen kommend offen ausruft, dass der Kaiser ja gar nichts anhat. Aber das wäre eigentlich ja auch nur mehr als erwünscht, weil der Aufwand, der in die offenbar wirkungslosen Maßnahmen gesteckt wird, für vielleicht vorhandene oder zu entwickelnde bessere Alternativen fehlt. Das Risiko für ein solches Scheitern kann man freilich leicht umgehen: Wenn man keine Kontrollgruppe vorsieht, *kann* nichts schief gehen. Und so wird es auch meist gemacht. Hoffentlich merkt das dann niemand.

So weit die allgemeine Logik des Verhältnisses zwischen experimentellen Tests von Kausaltheorien über die empirische Wirksamkeit von Programmen und den praktischen Konsequenzen. Im Hintergrund steht eines der wichtigsten und auch schwierigsten Themenfelder der (Sozial-)Wissenschaft: der Nachweis von Kausalbeziehungen und die Robustheit der Kausaleffekte bei der praktischen Umsetzung. Dazu gibt es – neben dem allgemeinen und unhintergehbaren Erfordernis der Kontrollgruppen – eine Reihe weiterer Bedingungen, die man im Auge haben muss, wenn man allzu voreilig gewisse Ratschläge umsetzt. Hier ist ein Auszug aus einer leicht zu verlängernden Liste.

Zunächst benötigt man, das wird oft übersehen, eine über den jeweiligen Fall hinausweisende, also: „allgemeine", Theorie darüber, wie der in Frage stehende Effekt *allgemein* hervorgebracht wird. Das wäre für den Fall des Spracherwerbs etwa die Lerntheorie allgemein und damit dann, dass es zum Spracherwerb eines entsprechenden Inputs oder eines „Exposure" bedarf, ohne den gar nichts läuft, aber auch einer gewissen „Effizienz", mit der ein bestimmter Exposure in einen Lernerfolg umgesetzt wird. Daraus allein schon lassen sich Effekte für andere Bedingungen abschätzen, wie etwa der Einfluss der Intelligenz oder der eines zu späten Lernalters. Erst mit der Ableitung und Formulierung präziser Hypothesen können die Experimente gezielt geplant werden. Und schon tun sich eine Reihe weiterer Probleme auf, die allesamt zwar lösbar sind und sich nicht immer alle gleichzeitig stellen, aber die man schon im Auge haben muss, um nicht gewissen Fehlschlüssen aufzusitzen, sei es, dass man Effekte zu finden glaubt, die es tatsächlich nicht gibt, oder sich keine Effekte zeigen, wo man sie doch hat. Das betrifft vor allem die „Realisation" der Experimentalbedingungen, also die tatsächliche Implementierung der „Ursachen-Konstellationen", die Stichproben, die Fallzahlen und die Ausfälle. Ein besonderes Problem ist die Kontrolle von möglichen Drittvariablen: Eine bestimmte Bedingung ist nur scheinbar die wirkliche Ursache für einen Effekt, wie etwa, dass es nicht ein bestimmtes Förderprogramm ist, was den Kindern hilft, sondern die mit dem „Modellversuch" insgesamt gestiegene Aufmerksamkeit und Qualitätsverbesserung des Unterrichts. Das wäre natürlich auch schon etwas, denn schließlich ist es egal, woran ein Effekt „wirklich" liegt, auch weil man nie sicher sein kann, was es gerade war, das die Wirkung erzeugte. Aber man sollte schon verstehen wollen, was genau passiert, denn nur dann kann man, wenn etwas schiefgeht, abschätzen, wo man eingreifen müsste. Die beiden wichtigsten Vorkehrungen für den Ausschluss von Scheinbeziehungen sind die sog. Randomisierung und die Messung und statistische Kontrolle alternativer Faktoren. Bei der Randomisierung werden die Versuchspersonen, die sich etwa nach der Familien- und Migrationsbiografie unterscheiden, zufällig auf die Treatment- und Kontrollgruppe verteilt und wenn es dann Unterschiede gibt, dann kann man einigermaßen abgesichert davon ausgehen, dass der Effekt substanziell ist. Die statistische Kontrolle von Drittvariablen leistet etwas Ähnliches, hat aber den zusätzlichen Vorteil, dass man die jeweiligen Einflüsse der kontrollierten Variablen auch noch kennt und so abschätzen kann, wie stark der Treatment-Effekt im *Vergleich* zu den anderen Umständen ist. Es könnte ja sein, dass z. B. ein Programm schon wirksam ist, aber im Vergleich zu anderen Umständen, etwa die ethnische Zusammensetzung der (Vor-) Schulklasse oder die Akkulturation der Eltern, kaum ins Gewicht fällt – und man daher auch an andere Maßnahmen denken könnte, wie etwa an die ethnische Mischung und den möglichst frühzeitigen interethnischen Kontakt in den Vorschulen statt an die Sprachförderungen. Von der Robustheit der Ergebnisse gegen Variationen in der Umsetzung war oben schon die Rede: Wenn der Erfolg einer Maßnahme daran hängt, dass eine Vielzahl von zusätzlichen (Rand-)Bedingungen immer jeweils mitrealisiert werden müsste und es daher darauf ankommt, dass z. B. das Personal in den Einrichtungen peinlich genau gewissen Vorgaben folgt, dann ist das schon ein Hindernis, das nicht allein dem Personal oder der Organisation insgesamt anzulasten ist. Auch ist zu beachten und zu prüfen, ob die evtl. nachzuweisenden Effekte in Wirklichkeit nicht mit dem inhaltlichen Programm, sondern mit der Tatsache, dass überhaupt etwas geschieht, zusammenhängen. Derartige „Hawthorne"-Effekte sind seit Langem bekannt, ebenso wie das Nachlassen dieses speziellen (Placebo-)Effekts, wenn die Routine (wieder) einsetzt und das Interesse nachlässt. Das führt zu einem weiteren Punkt: Wie nachhaltig sind eigentlich die Effekte, auch über den Zeitpunkt der Maßnahmen hinaus? Das kann man eigentlich nur in entsprechenden Langzeituntersuchungen herausfinden, die es aber auch oft genug nicht gibt. Schließlich ist, wenngleich nicht an erster Stelle, auch an die Kosten zu denken, besonders dann, wenn wie oben beschrieben evtl. andere und stärker wirksame

Mechanismen beteiligt sind und damit wirksamere und kostengünstigere Maßnahmen denkbar wären, auf die man aber nicht kommt, wenn man die Wirkungen nicht auch systematisch und mit dem Risiko des Scheiterns überprüft. Das gilt auch dann, wenn sich die Öffentlichkeit und auch die Politik daran gewöhnt haben (und es vielleicht nicht anders kennen), dass „Evaluation" meist nur heißt: ein Bericht über „vorher" und „nachher" – aber nicht darüber, welche Unterschiede es *zwischen* der Experimentalgruppe mit der Maßnahme und der Kontrollgruppen ohne sie gibt.

... und auch etwas Substanzielles!

Das so irritierende Ergebnis der Evaluation war, dass es wohl gleichgültig erscheint, ob man Kindern mit Sprachförderbedarf eine besondere Förderung zukommen lässt oder sie einfach nur dem „Sprachbad" alltäglicher Kommunikation in den Kindergärten aussetzt. Die Einwände gegen eine unbedachte und voreilige Übernahme dieses Ergebnisses liegen auf der Hand, wie etwa die nicht immer korrekte Implementation vor Ort, Mängel bei den Skalen und Messfehler oder andere Störeinflüsse, aber das müsste sich auch wieder nachweisen und beheben lassen. Ohne entsprechende Änderungen in der Anlage und Durchführung der Versuche lässt sich das nicht weiter beurteilen, aber es lassen sich durchaus schon so einige Vermutungen formulieren, warum – vielleicht! – in der Tat mit gezielten Fördermaßnahmen gerade bei Kindern, die es besonders nötig haben, nur relativ wenig bewegt werden kann und warum die Einbettung in alltägliche Sprachumwelten das Problem des Förderbedarfs schon weitgehend lösen könnte noch bevor es entsteht.

Erste Hinweise gibt bereits der Blick auf die grundlegenden Mechanismen des Spracherwerbs (s. dazu oben). Vier Bedingungen sind danach für einen erfolgreichen Spracherwerb bedeutsam (vgl. dazu ausführlich Esser, 2006: Abschnitt 3.1): Es muss eine gewisse Motivation und einen „Exposure" zu sprachlichen Anregungen und Rückmeldungen geben, der jedoch nur in Abhängigkeit der „Effizienz" eines bestimmten Sprachlernvermögens in einen Lernerfolg umgesetzt werden kann, und der Aufwand darf nicht zu groß werden. Für die Effizienz gibt es drei wichtige konkrete Bedingungen: eine, wohl angeborene, (Sprach-)Intelligenz, das Lernalter und die kulturell-linguistische Distanz zwischen Alltagssituation und der entsprechenden Sprachumgebung. Im frühen Lernalter wäre also, unabhängig von den anderen Umständen, noch alles möglich, sodass für die verbleibenden Unterschiede speziell die (Sprach-)Intelligenz und die kulturell-linguistische Distanz bedeutsam wären. Bei Erwachsenen sind (für den *späten* Zweitspracherwerb) alle vier Konstrukte wichtig: die Motivation, etwa in Abhängigkeit der Verwendbarkeit einer Sprache auf dem Arbeitsmarkt, der Exposure, etwa in Abhängigkeit der Chancen für den Kontakt mit Sprechern der jeweiligen Sprache am Arbeitsplatz oder im Wohnbereich, die Effizienz, bei Migranten vor allem im Zusammenhang mit dem Einreisealter, und auch die Kosten, etwa des Zeitaufwandes für einen Sprachkurs. Bei Kindern (und beim Erstspracherwerb bzw. beim *frühen* Zweitspracherwerb) sind die Motivation und die Kosten dagegen praktisch bedeutungslos: Kinder lernen, einen entsprechenden Exposure vorausgesetzt, eine Sprache praktisch automatisch und als kostenfreies Abfallprodukt alltäglicher Interaktionen. Es kommt bei ihnen also vor allem auf den Exposure an, und erst *dann*, wenn es diesen gibt, wird die Effizienz noch wichtig. Eine Erklärung für das Ausbleiben des Lernerfolges gerade bei den förderungsbedürftigen Kindern wären so gesehen eine möglicherweise geringere (Sprach-)Intelligenz und höhere kulturell-linguistische Distanzen, die evtl. nicht nur den Förderbedarf erzeugt haben, sondern auch für die geringere Wirkung der Maßnahmen gesorgt haben.

Dafür gibt es empirische Hinweise. Beispielsweise zeigte sich in Ergebnissen des Projekts „Erwerb von sprachlichen und kulturellen Kompetenzen von Migrantenkindern in der Vorschulzeit" am Mannheimer Zentrum für Europäische Sozialforschung der Universität Mannheim für den Zweitspracherwerb bei (türkischen) Vorschulkindern ein deutlicher positiver Interaktionseffekt zwischen dem Exposure, gemessen über die Häufigkeit des Zweitsprachgebrauchs in der Familie, bei Verwandten und Freunden, und der Intelligenz der Kinder (vgl. Becker, 2007). Bei geringerer Intelligenz verringert sich die Effizienz eines gegebenen Exposure deutlich und es entsteht eine Art von Matthäus-Effekt: Von einem gegebenen Exposure profitieren die intelligenteren Kinder weitaus mehr. Wenn man davon ausgeht, dass Kinder mit Förderbedarf auch – im Vergleich und im Durchschnitt – geringere Intelligenzwerte haben, ist ein Ergebnis, das die relative „Erfolglosigkeit" eines spezifischen Exposure bei „Förderbedarf" zu belegen scheint, keine sonderliche Überraschung.

Entsprechendes kann man für den Effekt des Einreisealters und der kulturell-linguistischen Distanz auf die Effizienz annehmen: Je später der Exposure erfolgt und je höher die kulturell-linguistische Distanz ist, umso geringer ist der Effekt des Exposure. Wie wichtig dabei wiederum auch Eigenschaften der sozialen Umgebung sein können, zeigt ein zweites Ergebnis aus der Studie. Danach nimmt zwar bei einheimischen wie bei türkischen Kindern der Wortschatz (in Deutsch) mit der zunehmenden Dauer des Vorschulbesuchs zu, aber für deutsche Kinder weitaus stärker als für die türkischen Kinder, und darüber hinaus kommt es auch noch sehr auf die „Qualität" des Kindergartens an (vgl. auch für Einzelheiten der Operationalisierung Becker & Biedinger, 2009). Die Qualität des Kindergartens wirkt offenbar wie die Intelligenz, das Einreisealter und die kulturell-linguistische Distanz auf den Spracherwerb: Von einer guten Qualität haben gerade die Kinder etwas, die weniger Probleme und eine geringere Distanz haben, wie verständlicherweise besonders die einheimischen Kinder, und in der Kombination von schlechter Qualität und Migrantenstatus geht es mit dem (Zweit-)Spracherwerb kaum voran. Es ist ein weiterer Hinweis auf einen Matthäus-Effekt beim Spracherwerb.

Es zeigt sich in einer weiteren Studie aus dem Kontext des Projekts aber auch, dass erst bei einem längeren Vorschulbesuch nennenswerte Effekte zu erwarten sind und dass, wenn der betreffende Exposure lang genug ist, nämlich 3 Jahre und möglichst noch mehr, alle Unterschiede in den Sprachdefiziten zwischen den ethnischen Gruppen (hier: türkische Kinder und Kinder von Aussiedlern) verschwinden (Becker, 2006; Biedinger, Becker & Rohling, 2008). Besonders erwähnenswert ist aus dieser Untersuchung, dass es bei den türkischen Kindern auch sehr darauf ankommt, wie gut oder schwierig das Anregungspotential und die Qualität des Kindergartens waren, gemessen über den *durchschnittlichen* Förderbedarf in den jeweiligen Vorschulen.

Abbildung 1: *(Zweitsprach-)Defizite, Dauer des Vorschulbesuchs, durchschnittlicher Förderbedarf in den Vorschulklassen und Herkunft von Migrantenkindern (nach Becker, 2006: 458)*

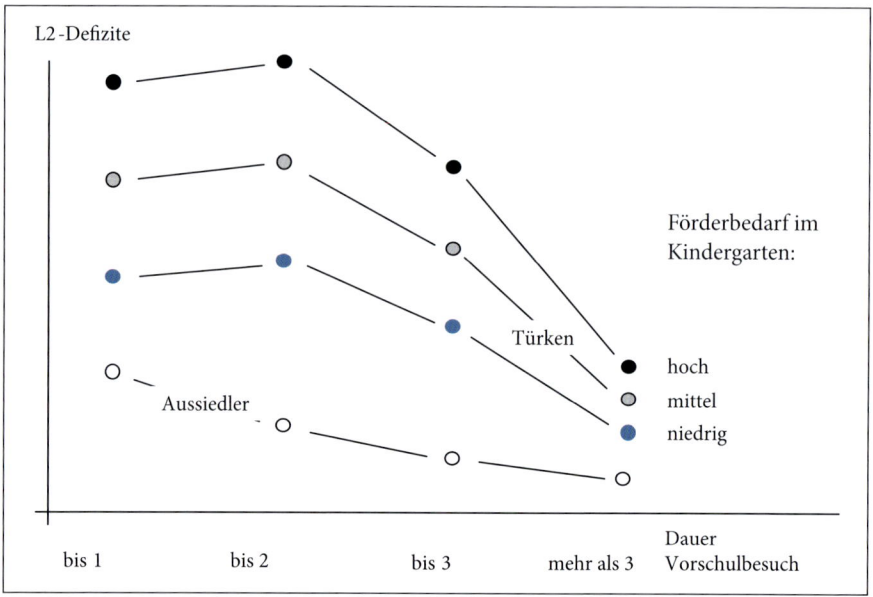

Hier zeigte sich *kein* Matthäus-Effekt: Gerade die Kinder mit den größeren Defiziten und in den schlechteren Kindergärten profitierten von den vorteilhafteren Bedingungen und konnten so den Vorsprung der anderen aufholen. Ist das nicht aber ein Widerspruch oder nicht schon wieder eine der gewohnten Inkonsistenzen in den Ergebnissen wie man sie in dem Feld der Migrations- und Integrationsforschung nicht selten findet? Vielleicht. Aber es könnte auch an einem methodischen Detail liegen: Die Sprachbedarfe waren in dieser (Teil-)Studie nur recht grob und über subjektive Einschätzungen erhoben worden und nicht über validierte Tests, und die Kompetenzeinschätzungen hatten damit nur eine geringe Varianz nach unten. Das sieht man daran, dass den Aussiedlerkindern schon von Beginn an fast keine „Defizite" bescheinigt wurden und sie sich auch durch noch so gute Umstände nicht weiter verbessern konnten. Diese „Deckelung" nach unten in der Messung verhindert, dass es zu dem eigentlich auch hier zu erwartenden Matthäus-Effekt kommen *kann*: Weniger als „keine" Defizite kann es eben nicht geben. In den beiden anderen Untersuchungen gab es dagegen validierte, „objektive" Messungen mit reichlich Varianz in den Leistungen nach oben, sodass sich dort ein positiver Interaktionseffekt zeigen konnte. Das aber belegt erneut, wie wichtig es ist, bei Untersuchungen dieser Art eine möglichst präzise und gut begründete theoretische Richtschnur zu haben, die auch Hinweise darauf geben kann, wann ein Ergebnis einmal nicht zu eigentlich gut abgesicherten theoretischen Hypothesen „passt", eventuell mit Mängeln der Methode zu tun hat und man noch einmal besonders darauf achten muss, dass auch die anderen Bedingungen einer angemessenen Kausalanalyse nicht verletzt sind. Immerhin kann aber nun auch gesagt werden, dass eine längere Besuchsdauer der Vorschulen das Erreichen wenigstens eines gewissen Mindestniveaus ermöglicht und darin auch anfängliche Defizite in den Startchancen und anderen Bedingungen auszugleichen vermag. Nur ganz nach „oben" geht es offenbar nicht, und für diese zusätzlichen, dann später besonders bedeutungsvollen Kompetenzstufen gilt wohl der Matthäus-Effekt – zum Nachteil speziell der Migrantenkinder. Es sei auch noch erwähnt, dass eine solche längere Besuchsdauer der Vorschule schon logisch bedeutet, dass die Kinder schon recht früh kommen müssen, und wenn die positiven Exposure-Effekte erst ab drei Jahren Besuchsdauer merklich zunehmen, dann hieße das: Kindergarten und Vorschulbesuch spätestens ab einem Alter von drei Jahren, womöglich noch früher.

Die Ergebnisse sind insgesamt eindeutig: Es kommt vor allem auf den *frühen* Exposure in einer *anregenden* (und das heißt: zwanglosen und heterogenen) Umgebung an, und unter Nachteilen darin leiden besonders die (Migranten-)Kinder, die ohnehin schon Probleme mit dem Exposure im Alltag haben. Mit einem besseren und vor allem einem längeren (Zweitsprach-)Exposure kann freilich schon einiges erreicht werden, aber die anfänglichen oder auch grundlegenderen Nachteile für das Erreichen wirklich guter Kompetenzniveaus sind kaum auszugleichen, und dies gilt in besonders verschärftem Maße für Kinder mit geringerer Intelligenz, einem schwierigeren sozialen Umfeld oder auch einer höheren kulturell-linguistischen Distanz. Hier würden nur der möglichst frühzeitige interethnische Kontakt und Vorschulbesuch helfen. Die theoretischen Zusammenhänge und vor allem die empirischen Ergebnisse gemahnen aber auch, nicht allzu optimistisch in der Hoffnung zu sein, dass sich gewisse Defizite mit allerlei Zusatzmaßnahmen leichthin auflösen ließen, und die etwas ernüchternden Ergebnisse der Evaluation kommen vor diesem Hintergrund auch keineswegs überraschend. Optimistischer stimmt freilich auch das Ergebnis, dass bereits wenn die Besuchsdauer länger wird, wenn es interethnische Kontakte gibt und wenn die Kindergärten eine bessere Qualität insgesamt haben, sich das Kompetenzniveau merklich hebt – und das wohl auch, wenn es sich um keine speziellen Fördermaßnahmen handelt und niemand genau sagen kann, woran das denn liegen mag. Ergänzt sei noch, dass sich in diesen und anderen damit zusammenhängenden Studien wieder *keine* Hinweise auf Effekte *mutter*sprachlicher Kompetenzen ergeben haben (vgl. dazu speziell Dollmann & Kristen, 2010), ein Ergebnis, das nur noch weiter belegt, was bisher so gut wie immer gefunden wurde: Die „Bilingualität", verstanden als Muttersprachkompetenz, ist für den Zweitspracherwerb (und den Erwerb anderer Kompetenzen) praktisch bedeutungslos – anders als das bisher oft für selbstverständlich gehalten, zur Grundlage mancher der Maßnahmen gemacht und auch kaum einmal richtig „evaluiert" wurde (vgl. dazu auch Esser, 2009).

Zu guter Letzt

Die Reaktionen auf den „Fehlschlag" des Programms der Baden-Württemberg Stiftung sind ein bemerkenswertes Beispiel für das recht komplizierte Verhältnis zwischen Wissenschaft, Öffentlichkeit, Politik und der Praxis vor Ort. Es gab natürlich sofort Stimmen, die der Regierung und der Baden-Württemberg Stiftung „Versagen" vorwarfen und, aus welchen Gründen auch immer, eine Einstellung der Förderungs- maßnahmen verlangten. Die betroffenen Wissenschaftler(innen) reagierten selbst- verständlich auch: mit Kritik an den Vorgehensweisen und Bewertungen derjenigen, deren Hypothesen sich nicht bestätigt hatten, und mit Kritik an den Evaluations- projekten selbst. Und es war das große Verdienst der Baden-Württemberg Stiftung, daraus über den einzig nur denkbaren Weg herauszukommen zu versuchen, nämlich über die offene Diskussion der verschiedenen Ergebnisse und Standpunkte und, so kann man nur hoffen, die weitere wissenschaftliche Untersuchung der Effektivität der Maßnahmen unter Einschluss der jetzt sichtbar gewordenen Erkenntnisse – evtl. bis zu dem Punkt, an dem man vielleicht wirklich festzustellen hat, dass man nicht viel machen kann. Dafür können die Baden-Württemberg Stiftung und die beteiligten Wissenschaftler(innen) nicht genug gelobt werden, auch nicht die politischen Stellen, die sich in dieser Sache hinter sie gestellt haben. Es ist ja nichts ehrenrührig oder gar skandalös daran, dass sich wissenschaftliche Hypothesen experimentell und prak- tisch einmal nicht bewähren.

Erstaunlich ist vielmehr eher etwas anderes: Dass politische Stellen an verschiedenen Orten sozusagen auf Zuruf und mit viel Gottvertrauen die Maßnahmen gleich großflächig eingerichtet haben, ohne dass man *vorher* das getan hat, was notwendig gewesen wäre und was man vielleicht im Prozess der begleitenden Evaluation sozu- sagen nebenher erledigen wollte: die Überprüfung der Effektivität der vorgeschlage- nen Maßnahmen. Das ist zwar die absolut gängige Praxis und trifft etwa auch wieder für das große, soeben abgeschlossene BLK-Förderprogramm „FörMig" zu (vgl. zum Evaluationskonzept des FörMig-Programms: Schwippert & Klinger, 2008), aber auch schon für die Sprach- und Integrationskurse in den Niederlanden oder Schweden, die hierzulande als Vorbild gedient haben und in entsprechende Maßnahmen des Bundesamtes für Migration und Flüchtlinge (BAMF) gemündet sind, auch ohne dass – bis heute – jemand gewusst hätte, ob diese Maßnahmen überhaupt etwas bringen: Es gibt, anders als man das erwarten müsste, bei der Einrichtung keine wirklich belastbaren wissenschaftlichen Befunde für die Effekte der vorgeschlagenen und implementierten Maßnahmen und weil sich die Evaluationen nicht auf die kausale Effizienz beziehen können, weil sie keine Kontrollgruppe haben, weiß man auch hin- terher nichts darüber. Da hilft es auch wenig, eine „Best Practice" herauszufinden, also jene Einrichtung, die das Programm am genauesten umgesetzt hat, oder jene Maßnahme, die im Vergleich mit anderen Maßnahmen noch am meisten gebracht hat. Für den (gänzlichen) Verzicht auf Kontrollgruppen und andere methodische Vorkehrungen kann es eigentlich, wie das gelegentlich vorgebracht wird, auch keine „pragmatischen", „finanziellen" oder gar „ethischen" Gründe geben (vgl. dazu für das FörMig-Programm etwa Schwippert & Klinger, 2008: 18, 26): Wenn es vor allem auf die Wirksamkeit ankommt, die für die Bewertung aller späteren Maßnahmen und den entsprechenden Aufwand das wichtigste Kriterium sein sollte, dann muss das auch umgesetzt und finanziert werden (können), weil es doch das zentrale Ziel von allem wäre und immer in Konkurrenz zu anderen Maßnahmen stünde.

Auf diese Weise hat sich seit Langem und bis heute im Bereich der Migrations- und Sprachpädagogik – und anderswo – vieles einrichten, ausprobieren und halten können, von dem man immer noch nicht weiß, ob es denn überhaupt etwas nutzt. Und auf der Strecke geblieben sind dann die eher wichtigeren Fragen nach den möglichen anderen Bedingungen und Mechanismen, die dafür sorgen können, dass (Migranten-)Kinder Schwierigkeiten mit dem Spracherwerb haben, wie etwa die Situation in Familie und Wohnumfeld oder auch in den vorschulischen Einrichtungen selbst, etwa die soziale, ethnische oder sprachliche Segregation und die Chance, auf eine Umgebung zu treffen, in der das alles kein sonderliches Problem darstellt, weil sich die Anregungen und Rückmeldungen, die für das Sprachlernen nötig sind, sozusagen nebenbei und kostenlos und ganz ohne besondere Programme ergeben. Diese – seit Jahrzehnten gängige – Praxis der „Evaluation" ohne Wirkungskontrolle ist daher der eigentliche Grund zur Unruhe – und nicht dass ein Experiment schiefgegangen ist, das genau diesen Fehler nicht gemacht hat.

Für den Mut kann die Anerkennung nicht hoch genug ausfallen. Und es ist nur zu hoffen, dass man nun auch in Politik, Öffentlichkeit und bestimmten Teilen einer bestimmten „Wissenschaft", die diese Praxis so lange mitgetragen und auch legitimiert haben, die richtigen Lehren daraus zieht: keine Praxis ohne eine präzise Theorie und ohne die *vorherige* experimentelle Prüfung der Effektivität der Maßnahmen. Und keine daran anschließende „Evaluation" ohne eine Kontrolle der Ergebnisse nach allen Regeln der Kunst. Ob das dann etwas bringt, kann niemand wissen. Aber man macht sich wenigstens nichts vor.

Literatur

Becker, Birgit, Der Einfluss des Kindergartens als Kontext zum Erwerb der deutschen Sprache bei Migrantenkindern, in: Zeitschrift für Soziologie, 35, 2006, S. 449–664.

Becker, Birgit, Exposure Is Not Enough: The Interaction of Exposure and Efficiency in the Second Language Acquisition Process. in: The International Journal of Language and Culture, 23, 2007, S. 1–9. (http://www.educ.utas.edu.au/users/tle/JOURNAL/issues/issue23-07.html).

Becker, Birgit, und Nicole Biedinger, Ethnische Bildungsungleichheit zu Schulbeginn, in: Kölner Zeitschrift für Soziologie und Sozialpsychologie, 58, 2006, S. 660–684.

Becker, Birgit, und Nicole Biedinger, Ergebnisse aus dem Projekt „Erwerb von sprachlichen und kulturellen Kompetenzen von Migrantenkindern in der Vorschulzeit" (ESKOM-V), unv. Manuskript, Mannheimer Zentrum für Europäische Sozialforschung, Mannheim 2009.

Biedinger, Nicole, Birgit Becker und Inge Rohling, Early Ethnic Educational Inequality: The Influence of Duration of Preschool Attendance and Social Composition, in: European Sociological Review, 24, 2008, S. 243–256.

Dollmann, Jörg, und Cornelia Kristen, Herkunftssprache als Ressource für den Schulerfolg? Das Beispiel türkischer Grundschulkinder, in: Zeitschrift für Pädagogik; 55. Beiheft, 2010: S. 123–146.

Esser, Hartmut, Sprache und Integration. Die sozialen Bedingungen und Folgen des Spracherwerbs von Migranten. Frankfurt/M. und New York 2006 (Campus).

Esser, Hartmut, Der Streit um die Zweisprachigkeit: Was bringt die Bilingualität?, in: Ingrid Gogolin und Ursula Neumann, Hrsg., Streitfall Zweisprachigkeit, Wiesbaden 2009 (VS Verlag für Sozialwissenschaften), S. 69–88.

Polotzek, Silvana, Nicole Hofmann, Jeanette Roos und Hermann Schöler, Evaluationsstudie zur Sprachförderung von Vorschulkindern. Wissenschaftliche Begleitung der Sprachfördermaßnahmen im Programm „Sag' mal was – Sprachförderung für Vorschulkinder“, Bericht Nr. 4: Wirkungen der schulischen Sprachförderungen in Mannheim und Heidelberg auf die schulischen Leistungen am Ende der
1. Klasse, Zwischenbericht August 2008, Pädagogische Hochschule Heidelberg, Heidelberg 2008.

Schwippert, Knut, und Thorsten Klinger, Das Evaluationskonzept von FörMig. Anlage und Durchführung
– eine Zwischenbilanz, in: Thorsten Klinger, Knut Schwippert und Birgit Leiblein, Hrsg., Evaluation
im Modellprogramm FörMig. Planung und Realisierung eines Evaluationskonzepts, Münster u. a.
2008 (Waxmann), S. 11–28.

Durchgängige Sprachbildung an bildungsbiografischen Übergängen

Ingrid Gogolin

1. Eine Vorbemerkung

Dic Baden-Württemberg Stiftung hat das Programm „Sag' mal was – Sprachförderung für Vorschulkinder" zur Förderung des Spracherwerbs im Elementarbereich aufgelegt und hiermit einen Beitrag zu den Anstrengungen geleistet, die zur Verbesserung der Bildungsqualität in Deutschland beitragen wollen. Damit ist sie auch ein Wagnis eingegangen, ist doch die Verwandlung der Elementarerziehung in einen Bildungsraum für Deutschland etwas Neues. Neu ist zumal die Herausforderung, dass in Kindertagesstätten substanzielle Beiträge zur sprachlichen Bildung, die in heterogen zusammengesetzten Kindergruppen erfolgt, geleistet werden. Diese Aufgabe wird erst seit dem Jahr 2000 öffentlich eingefordert (soll heißen: von der allgemeinen und politischen Öffentlichkeit; aus wissenschaftlicher und fachpraktischer Sicht ist auf die Notwendigkeit schon lange zuvor hingewiesen worden). Es handelt sich, wie vieles in der derzeitigen deutschen Bildungslandschaft, um eine Reaktion auf die schockierenden Ergebnisse der ersten PISA-Studie. Durch Mitgliedschaft im Wissenschaftlichen Beirat des Programms „Sag' mal was" und durch die wissenschaftliche Begleitung eines länderübergreifenden Modellprogramms mit dem Titel ‚Förderung von Kindern und Jugendlichen mit Migrationshintergrund FöRMig' hatte ich das Privileg, zwei Ansätze zur Innovation sprachlicher Förderung und Bildung ganz aus der Nähe beobachten zu können. In beiden Projekten wurde das Wagnis eingegangen, praktisches Handeln anzuregen, das wissenschaftlich untermauert und begleitet ist, aber aus der Praxis selbst heraus seine Form gewinnt.

Das damit verbundene Risiko vernünftig einschätzen zu können, ist ebenfalls beiden Projekten gemeinsam. Folgerichtig haben sowohl die Baden-Württemberg Stiftung als auch die wissenschaftliche Begleitung von FöRMig eine Evaluation der Projekte in Gang gesetzt – eine Maßnahme, die (nicht nur) in Deutschland bei solchen Vorhaben zu wenig vorkam in der Vergangenheit. Für die Evaluation von „Sag' mal was" wurden Wissenschaftlerinnen und Wissenschaftler – in diesem Fall: aus dem Land Baden-Württemberg – eingeladen, die Maßnahmen einer Prüfung zu unterziehen. Zwei Evaluationen wurden finanziert; ihre Ergebnisse werden in diesem Band breit diskutiert.

Mein Beitrag zu dieser Diskussion beruht auf den Erfahrungen und Ergebnissen der wissenschaftlichen Begleitung und Evaluation des Modellprogramms FöRMig, das 2004 bis 2009 in zehn Bundesländern durchgeführt wurde. Kernelement dieses Programms war die Fundierung des Konzepts einer „durchgängigen Sprachbildung", verbunden mit der Erprobung einer Praxis im Sinne des Konzepts und mit der Evaluation der Anstrengungen. Die wissenschaftlichen Grundzüge dieses Konzepts stelle ich nachfolgend vor. Hier werden auch Unterschiede angesprochen, die sich zwischen der Evaluation für das Programm „Sag' mal was" und dem in FöRMig verfolgten

Ansatz zeigen. Mit einem Einblick in das Evaluationskonzept für das Modellprogramm FörMig und einem Ausblick auf das laufende Programm FörMig-Transfer schließt mein Beitrag.

2. Das Bemühen um eine Besserung der Bildungslage für Kinder und Jugendliche mit Migrationshintergrund

In Deutschland bestand und besteht die Absicht zur Lockerung der Abhängigkeit zwischen sozialer, sprachlicher, kultureller Herkunft und Bildungserfolgschancen – die Schülerinnen und Schüler mit Migrationshintergrund sind davon nicht ausgenommen. Bei einer rückblickenden Betrachtung tritt zutage, dass es seit den 1960er Jahren zahlreiche Anstrengungen gegeben hat, die Nachteile Zugewanderter im hiesigen Schulsystem zu verringern. Das Bekenntnis dazu, Kindern aus Migrantenfamilien gute Bildungschancen zu ermöglichen, findet sich allenthalben: in Richtlinien und Lehrplänen; in Empfehlungen der Konferenz der Kultusminister der Länder; in Reden auf Bildungsgipfeln. Ganz im Sinne dieses Bekenntnisses wurden zahlreiche Projekte initiiert, die die Lage bessern sollten. Allein in den 1970er und 1980er Jahren wurden insgesamt 85 länderübergreifende Modellversuche gefördert, die sich die „Förderung und Eingliederung ausländischer Kinder und Jugendlicher in das Bildungssystem" vorgenommen hatten. Im 1987 publizierten Abschlussbericht über diese Maßnahmen heißt es:

> „Wenn heute von offizieller Seite davon gesprochen wird, daß sich die Bildungsverhältnisse für Kinder und Jugendliche aus Migrantenfamilien deutlich gebessert haben, so ist dieser Sachverhalt neben einer sich anbahnenden Normalisierung der Schullaufbahn der sog. zweiten und dritten Migrantengeneration in hohem Maße der Förderwirkung der zahlreichen und vielgestaltigen Modellversuche im Ausländerbereich zu verdanken." (Esser and Steindl 1987)

Inzwischen ist klar, dass diese Einschätzung zu optimistisch war. Die Erzeugung ungleicher Bildungschancen und einer – gemessen an den Leistungen bzw. der Leistungsfähigkeit – unfairen Steuerung von Bildungsbiografien im deutschen Bildungssystem ist nicht überwunden. Dies gilt generell mit Blick auf die soziale Herkunft von Schülerinnen und Schülern; es gilt in besonderem Maße für Kinder und Jugendliche aus Migrantenfamilien, in deren Lebenslage die Merkmale, die sich auf Bildungschancen ungünstig auswirken, überdurchschnittlich gehäuft auftreten. In den Ergebnissen der Studie PISA 2009 kann zwar ein leichter Aufwärtstrend gesehen werden; Schülerinnen und Schüler mit Migrationshintergrund haben insbesondere bei der Lesekompetenz höhere Werte erreicht als in PISA 2006. Dennoch sind die Leistungsdifferenzen zwischen diesen Schülerinnen und Schülern und den Gleichaltrigen ohne Migrationshintergrund kaum geschrumpft (Klieme, Artelt et al. 2010).

Es lohnt sich also, weitere Ursachenforschung zu betreiben und den Versuch zu unternehmen, in der Praxis die Lage zu verbessern. Dass beides gleichzeitig geschehen muss, versteht sich angesichts des Anrechts auf bestmögliche Bildung *einer jeden* Kindergeneration, nicht nur der zukünftigen, von selbst. Ein Handlungsmoratorium zu empfehlen, bis durch wissenschaftliche Forschung eindeutige Ergebnisse zur Wirksamkeit des Handelns vorliegen, verkennt die Komplexität der Einflussgrößen auf die Praxis, die im real existierenden Bildungssystem herrschen; diese machen es unwahrscheinlich, dass jemals ein Resultat vorliegt, das allen Eventualitäten gerecht wird, denen die Praxis begegnet. Und es ignoriert das Anrecht auf Verbesserungsbemühungen, das diejenigen besitzen, die im gegebenen Augenblick unterrichtet und gebildet werden. Dies ist ein ethischer Standpunkt, kein wissenschaftlich begründeter. Davon unbenommen ist es, dass praktisches pädagogisches Handeln und seine Folgen der sorgsamen, methodisch soliden Prüfung unterzogen werden müssen – oder auch: der wissenschaftlichen Evaluation –, damit abgeschätzt werden kann, ob die gewünschten Ziele erreicht werden. Hierfür ist eine gute Theorie erforderlich; ob eine Theorie gut (oder im gegebenen Zusammenhang gut genug) ist, muss sich unter anderem daran bemessen lassen, wie relevant ihre Anwendung für die real existierende Praxis ist.

3. Bildungssprache – Konzept und Begründung

In erheblichem Maß sind Merkmale der Lebenslage – sie können im Begriff der Armut zusammengefasst werden – für die Verringerung von Bildungschancen verantwortlich; in weiten Teilen entziehen sich die daher rührenden Ursachen für Bildungsungleichheit dem Eingriff durch die Institutionen der Bildung. In der Zuständigkeit erziehungswissenschaftlicher Forschung und Entwicklung liegt es (neben anderem), Ursachen für die Erzeugung von Bildungsungleichheit zu identifizieren, die sich auf Merkmale des Bildungssystems oder der Bildungspraxis selbst zurückführen lassen, und vor diesem Hintergrund die Praxis dabei zu unterstützen, dass der Handlungsspielraum zur Verbesserung der Lage so weit wie möglich ausgenutzt wird.

Der Auftrag des Modellprogramms FörMig, des letzten von der Bund-Länder-Kommission für Bildungsplanung und Forschungsförderung (BLK) initiierten länderübergreifenden Modellprogramms[1], war gegenüber dieser Prämisse noch deutlich fokussiert. Er lautete, kurz gefasst, Ansatzpunkte für die pädagogische Praxis zu finden, die der Verbesserung der Bildungschancen der Kinder und Jugendlichen mit Migrationshintergrund zuträglich sind, aber zugleich die systemischen und sonstigen Rahmenbedingungen in den beteiligten Bundesländern und Bildungseinrichtungen unangetastet zu lassen. Eine weitere Engführung des Auftrags für das Programm bestand – im Vorfeld der Auseinandersetzungen über die Föderalismusreform – darin, dass die Gestaltung des Unterrichts selbst nicht Gegenstand der Aktivitäten sein sollte. Hierin hätten die beteiligten Länder einen zu starken Eingriff in ihre Auto-

---

1 Diese Institution, in der Bundesregierung und Länder gemeinsame Verantwortung für die Bildungsplanung und -entwicklung trugen, ist im Zuge der Föderalismusreform aufgelöst worden, zu deren Kernpunkten die Alleinzuständigkeit der Länder für die Gestaltung des Bildungssystems – mit Ausnahme der Hochschulzulassung und der Bildungsforschung – gehört; vgl. http://www.blk-bonn.de/ (Zugriff November 2010).

nomie gesehen, deren Stärkung politisch anstand. Der dem Programm gegebene Auftrag lautete vor diesem Hintergrund wie folgt:

„*1*: Aufbau auf vorhandenen Erfahrungen, Kompetenzen und Ressourcen auf Grundlage einer jeweiligen Bestandsaufnahme,

2: Qualitätskontrolle und Transferstrategien,

3: Vernetzung und Erfahrungsgewinn aus geeigneten europäischen Bildungssystemen,

4: Verzahnung des schulischen mit dem außerschulischen Bereich,

5: Qualifizierung des beteiligten Personals,

6: lokale/regionale Anlage der Maßnahmen und institutionenübergreifende Kooperation und Vernetzung (einschl. Eltern und Migrantenorganisationen und Gemeinschaften),

7: interdisziplinäre wissenschaftliche Begleitung, Evaluation und Forschung."[2]

Der Einrichtung des Modellprogramms war eine Expertise vorausgegangen, in der der internationale Forschungsstand zur Frage aufbereitet war, welche Faktoren die Erfolgschancen für Schülerinnen und Schüler mit Migrationshintergrund in einem Bildungssystem erhöhen (Gogolin, Neumann et al. 2003). Im Ergebnis der Analysen stand die Empfehlung der Konzentration eines Modellprogramms auf *Sprachbildung*, da hier sowohl ein besonderes Defizit vorheriger Anstrengungen in der deutschen Bildungslandschaft identifiziert wurde als auch ein Bereich, in dem den Bildungsinstitutionen tatsächlich ein großer Handlungsspielraum zur Verfügung steht. Zugleich ergab die Analyse des internationalen Forschungsstands, dass der Fokus der Sprachbildung, für die im Programm Ansätze entwickelt werden sollten, sehr spezifisch sein musste: Erforderlich war die Konzeptionierung von Fördermaßnahmen und Unterricht, die sich speziell auf die Förderung *bildungsrelevanter* sprachlicher Fähigkeiten richten.

Mit dem Modellprogramm FörMig sind zwei Begriffsprägungen untrennbar verbunden: „Durchgängige Sprachbildung" und „Bildungssprache". Beide Begriffe hängen eng zusammen – „Durchgängige Sprachbildung" rekurriert auf Prozessmerkmale des Bildungsprozesses; mit „Bildungssprache" ist auf den Gegenstand und die Zielperspektive des Prozesses angespielt (Gogolin, Dirim et al. 2011).

Der Begriff der „Bildungssprache" wurde eingeführt, um auf etwas aufmerksam zu machen, das in der hiesigen fachlichen und allgemeinen Öffentlichkeit vordem keinen rechten Widerhall fand: auf das Faktum nämlich, dass Bildungserfolg mit der Beherrschung eines *bestimmten* sprachlichen Repertoires eng verknüpft ist. Nicht die Redeweisen des Alltags und der Freizeit, nicht das Schulhofdeutsch ist es, was der erfolgreiche Schüler, die erfolgreiche Schülerin beherrschen muss; es nützt Kindern und Jugendlichen in ihrer Bildungskarriere nichts, wenn sie in diesen Jargons brillieren – aber in jenes Register nicht überzutreten vermögen, das wir mit Bildungssprache bezeichnet haben.

---

2 Aus der Ausschreibung der BLK zur Beteiligung von Ländern am Modellprogramm, 2004.

Der Begriff Bildungssprache hat eine doppelte Bedeutung. Zum einen bezeichnet er die Sprache, in der Bildung in Einrichtungen und Institutionen gestaltet wird. In Deutschland ist dies in der Regel Deutsch. Gleichzeitig, und in enger Verschränkung damit, wird damit auf eine spezielle Ausprägung der Sprache verwiesen, die im Bildungskontext gebräuchlich ist: Es handelt sich um ein Register, das im konzeptionellen Modus der Schriftlichkeit gestaltet ist (Halliday 1985). Dem Begriff liegt ein sprachfunktionales Theorieverständnis zugrunde; es besagt, dass sich grammatische Strukturen und weitere Merkmale des Sprechens oder Schreibens je nach Thema, Beziehung der Gesprächspartner und dem Modus, in dem Äußerungen geschehen (also im Schriftlichen oder mündlich) in beschreibbarer Weise unterscheiden. Die Unterschiede lassen sich abtragen auf einem Kontinuum, das von der kontextabhängigen, mündlich vollzogenen Äußerung bis zur kontextentbundenen Äußerung im Modus der Schriftlichkeit reicht (Halliday [2]1994). Für das Englische sind die strukturellen, pragmatischen und semantischen Unterschiede, die sich zwischen alltäglich-mündlicher und bildungsrelevanter Verständigung identifizieren lassen, bereits sehr detailgenau empirisch untersucht und beschrieben (Schleppegrell 2004). Für das Deutsche liegen erste Näherungen vor (Gantefort and Roth 2010; Lengyel 2010), aber eine umfassende, empirisch fundierte Beschreibung des Registers steht noch aus.

Je weiter eine Bildungsbiografie voranschreitet, desto mehr unterscheiden sich sprachliche Anforderungen im Bildungsprozess vom Repertoire der alltäglichen mündlichen Sprache. Die Schule verlangt von ihren Schülerinnen und Schülern die Auseinandersetzung mit neuen, unbekannten und abstrakten Themen, die zugleich eine gedankliche Ordnung sprachlicher Beiträge und sprachliche Genauigkeit im Detail erfordert. Spezifische sprachliche Fähigkeiten sind notwendig, um die Aufgaben des Verstehens, Verarbeitens, Durchdenkens und Formulierens zu bewältigen, mit denen sich die Kinder und Jugendlichen in ihrem Bildungsprozess auseinanderzusetzen haben (Lange and Gogolin 2010). Mit dem Begriff der Bildungssprache ist mithin auf eine Art der Sprachverwendung verwiesen, die durch Traditionen, Auftrag und Intentionen der Bildungseinrichtungen selbst geprägt ist. Die Verwendung des Registers dient der Vermittlung fachlicher Kenntnisse und Fähigkeiten, und sie dient zugleich der Einübung in anerkannte Formen der formalen öffentlichen – z. B. beruflichen und staatsbürgerlichen – Kommunikation.

Eine Auseinandersetzung mit jüngeren Sprachbildungstraditionen in der deutschen Schule zeigt, dass hier Bildungssprache in der Regel nicht explizit vermittelt wird. Vielmehr beruht das alltägliche Handeln auf der Annahme, dass alle nötigen sprachlichen Grundlagen „normalerweise" außerhalb der Schule erworben werden, und dass das sprachliche Wissen und Können, was noch fehlt, durch die Unterrichtsprozesse hindurch *implizit* hinzugewonnen werde. Diese Annahmen sind in unserem Bildungssystem tief verwurzelt, und sie gehören aller Wahrscheinlichkeit nach zu den Mechanismen, die die soziale Selektivität des Bildungssystems mit hervorbringen und stützen (Gogolin 1994; Cummins 2008b).

Zu den bedeutendsten Innovationsleistungen des Programms FörMig gehört es,[3] dass mit diesem sprachlichen Selbstverständnis der Bildungsinstitutionen, in erster Linie der Schule, gebrochen wird. Mit FörMig wurde der Anspruch formuliert und begründet, dass die Vermittlung von Bildungssprache als *explizite Aufgabe* des Bildungssystems zu verstehen ist. Das bedeutet, dass Sprache als Medium des Lehrens und Lernens bewusst wahrgenommen, bewusst verwendet und bewusst unterrichtet wird, und zwar grundsätzlich in allen Lernbereichen, im Unterricht aller Fächer (Gogolin, Dirim et al. 2011).

4. Durchgängige Sprachbildung

Entsprechend dem Auftrag an das Modellprogramm FörMig, der Unterrichtsentwicklung explizit ausschloss, war es die Aufgabe der Beteiligten, Rahmenbedingungen zu entwickeln, die eine bessere Förderung bildungssprachlicher Fähigkeiten erlauben sollten. Diese Rahmenbedingungen sind im Konzept der „durchgängigen Sprachbildung" zusammengefasst. Es stützt sich einerseits, wie das Konzept der Bildungssprache, auf wissenschaftliche Erkenntnisse über Spracherwerb und Sprachentwicklung im Kontext von Mehrsprachigkeit. Andererseits liegen der Entwicklung des Konzepts generelle Erkenntnisse über Bildungsqualität (Klieme, Jude et al. 2008) und spezielle Forschungsergebnisse über erfolgreiche „multilinguale" Schulen zugrunde (Gogolin, Lange et al. 2011). Die zentralen Begründungen und darauf gestützten Kernmerkmale des Konzepts sind die folgenden:

Aus der linguistischen Forschung über die Zeitdauer, die für den Aneignungsprozess bildungssprachlicher Redemittel bei Schülerinnen und Schülern zu veranschlagen ist, die in der Zweitsprache lernen, ist evident, dass kurzfristige Interventionsmaßnahmen – wenn überhaupt – nur zu kurzfristigen, nicht nachhaltigen Erfolgen führen können. Untersuchungen, die sich dem Vergleich von Zeitspannen zugewendet haben, die bis zur Aneignung von alltagssprachlichen oder bildungssprachlichen Redemitteln vergehen, kommen zu folgendem Schluss. Es müssen etwa zwei Jahre bis zum Erreichen einer akzeptablen alltagssprachlichen Kompetenz angesetzt werden. Für bildungssprachliche Redemittel aber ist – je nach Kontext der Aneignungssituation – mit einer Aneignungsdauer von zwischen vier und acht Jahren zu rechnen, bis Fähigkeiten erreicht sind, bei denen die in der Zweitsprache lernenden Kinder oder Jugendlichen nicht mehr von den monolingualen Mitlernenden unterscheidbar sind (Cummins 2008a). Bei der gegebenen Struktur des deutschen Bildungssystems, in dem die in einer Institution verbrachten Lernzeiten kürzer sind als die für die Aneignung bildungssprachlicher Fähigkeiten zu veranschlagende Lernzeit, ist es erforderlich, Strategien zu entwickeln, durch die Störungen oder gar Unterbrechungen des Aneignungsprozesses an Übergangsstellen im Bildungssystem vermieden werden.

---

3 Dass dies eine Erfolgsgeschichte ist lässt sich u. a. daran erkennen, dass der mit den ersten Schriften zum Modellprogramm FörMig in den hiesigen Sprachgebrauch neu eingeführte Terminus „Bildungssprache" inzwischen nicht nur in den fachlichen Diskurs eingegangen ist, sondern auch in öffentliche Debatten und politische Verlautbarungen (so beispielsweise in Konzepte des Bundesamts für Migration und Flüchtlinge, siehe http://www.bamf.de/nn_442764/ SharedDocs/Anlagen/DE/Integration/Downloads/Veranstaltungen/20081121-evak-bildungssprache__deutsch.html.)

Für das Modellprogramm FöRMiG wurde anknüpfend an diesen Erkenntnissen das Prinzip der „vertikalen Kooperation" etabliert: der Zusammenarbeit zwischen den pädagogischen Einrichtungen an den Schwellen im Bildungssystem – am Übergang vom Elementarbereich in die Grundschule; von der Grundschule in die Sekundarstufe und von der Sekundarstufe in die Berufsbildung.

Der Übergang vom Elementarbereich in die Grundschule spielt hier eine besondere Rolle, weil sich an dieser Schwelle eine sehr grundlegende Veränderung der Sprachaneignungsmechanismen vollzieht, die Kinder für ihren weiteren Spracherwerb einsetzen. Während Kinder im vorschulischen Alter primär intuitive Strategien der Sprachaneignung benutzen, sich also ganzheitlich aus dem gesamten sprachlichen Angebot bedienen, das sie umgibt, verlagern sich die Aneignungsmechanismen mit der Annäherung an das Schulalter immer mehr in Richtung auf kognitive Strategien. Je weiter der Sprachaneignungsprozess fortschreitet, desto mehr sind Kinder auf systematische, explizite Informationen über das Funktionieren von Sprache angewiesen, um ihr Sprachvermögen weiterzuentwickeln (List 2006). Wenn sie solche Informationen – die in einer ihrem Lernalter angemessenen Weise gegeben werden – nicht erhalten, bilden sie sich ihre eigenen Regeln und Vorstellungen über Gesetzmäßigkeiten der Sprache(n), in der oder in denen sie sich bewegen (Tracy 2007). Zur Aneignung bildungsrelevanter Register zumal benötigen sie ausdrücklich angebotenes Wissen über die Funktionsweisen und Differenzen der unterschiedlichen Redeweisen als Voraussetzung dafür, dass sie bewusst und zielgerichtet zwischen den Redeweisen auswählen lernen (Gibbons 2006).

Für die Gestaltung von Sprachbildungsangeboten am Übergang vom Elementarbereich in die Grundschule bedeutet dies: Es ist nicht nur für das Bereitstellen von Redemitteln zu sorgen, sondern es geht vor allem darum, den Prozess der Veränderung der Aneignungsstrategien sorgsam zu begleiten. Anders gesagt: Ein zu frühes Angebot von systematisierter Förderung und von „Regeln", die hauptsächlich das kognitive Potential der Lernenden ansprechen, ist ebenso wenig zielführend wie ein Angebot, das sich zu lange auf die intuitiven Strategien der frühen Kindheit verlässt.

Im Modellprogramm FöRMiG wurden solche Erkenntnisse in das organisatorische Modell der „Basiseinheiten" übersetzt, die dazu gedacht waren, die Zusammenarbeit zwischen abgebenden und aufnehmenden Bildungseinrichtungen an den Übergängen im Bildungssystem zu ermöglichen. Am Übergang vom Elementarbereich in die Grundschule wurden Basiseinheiten in der Regel aus einer Grundschule und den Kindertageseinrichtungen gebildet, aus denen sie Kinder aufnimmt. Die Basiseinheiten sollten den Raum für Kooperation bieten: für gemeinsame Planung der inhaltlichen und methodischen Gestaltung des Übergangsprozesses und, damit verbunden, für die gemeinsame Qualifikation des beteiligten Personals. Die konkreten Lösungen bei der Realisierung dieses Anspruchs waren vielfältig[4] – ebenso wie die Hindernisse,

---

4 Beispiele für die entwickelten Konzepte sind den Websites der FöRMiG-Projekte zu entnehmen. Sie sind zugänglich über www.foermig.uni-hamburg.de.

die sich in der Praxis auftaten. Zu den höchsten Hürden, die an der Schwelle vom Elementarbereich in die Grundschule zu überwinden waren, gehören diejenigen, die sich aus den Unterschieden der Träger und Zuständigkeiten ergeben. Sie erschweren es, gemeinsame Zeiten und Räume für die Zusammenarbeit freizulegen – etwa dafür, dass Pädagoginnen und Pädagogen aus den kooperierenden Kindertageseinrichtungen und Schulen gemeinsame Qualifikationsangebote wahrnehmen können oder garantierte gemeinsame Zeit dafür haben, Förderung und Unterricht zu planen und nachzubereiten. Für die Realisierung der „durchgängigen Sprachbildung" an dieser Schwelle im Bildungssystem sind augenblicklich die strukturellen Hindernisse noch höher als die günstigen Gelegenheitsstrukturen (Gogolin, Dirim et al. 2011).

Zu den weiteren Kernmerkmalen des Konzepts „durchgängige Sprachbildung", die sich auf Erkenntnisse über Bildungsqualität stützen, gehört ferner das Prinzip der „horizontalen Kooperation". Die hier zugrundeliegenden Forschungsergebnisse heben zum einen die generelle Bedeutung motivationaler Aspekte für das Lernen hervor, also beispielsweise den Stellenwert eines ermutigenden, herausfordernden Schulklimas (Prenzel and Allolio-Näcke 2006). Sie deuten zum anderen auf die Wichtigkeit von grundlegenden Übereinkünften über die intendierten Ziele und die Gestaltung von Lerngelegenheiten zwischen den beteiligten Pädagoginnen und Pädagogen (Helmke and Klieme 2008). Mit spezifischem Blick auf Kinder und Jugendliche mit Migrationshintergrund wird überdies die Bedeutung der Kooperation zwischen Bildungseinrichtungen und anderen Partnern – in erster Linie: den Eltern – für die Gestaltung einer erfolgversprechenden Lernumgebung hervorgehoben (Bourne 2011).

Die Umsetzung solcher Erkenntnisse in ein Organisationsmodell erfolgte im Programm FÖRMIG unter zwei Überschriften: zum einen wurden die Grundideen des Programms in Ansätze der Institutionenentwicklung übertragen, insbesondere der Schulentwicklung, denn sie sind nur in einem solchen Rahmen realisierbar; Beispiele für die Umsetzung sind auf der FÖRMIG-Website dokumentiert (Hawighorst 2010). Zum anderen richteten sich die Anstrengungen auf die Etablierung von „Regionalen Sprachbildungsnetzwerken": Zusammenschlüssen von Kindertageseinrichtungen oder Schulen einer Region, in die weitere Sprachbildungspartner eingebunden wurden. Dies waren – vor allem für den Elementarbereich und die Grundschule – in erster Linie die Eltern der geförderten Kinder; es wurden unterschiedliche Strategien erprobt und etabliert, durch die die Eltern in das Bildungsangebot der Institutionen einbezogen werden konnten.

Bei aller Verschiedenheit der Lösungen im Detail haben die in FÖRMIG entwickelten Ansätze folgende Merkmale gemeinsam: Sie sind niedrigschwellig gestaltet, erleichtern also beiden Seiten die Kontaktaufnahme und Zusammenarbeit (z. B. Einrichtung von Elterncafés in Kindertageseinrichtungen und Schulen), und sie beruhen auf dem Grundsatz des Respekts vor der Kompetenz der Partner. Es handelte sich also durchweg nicht um Angebote mit dem Ziel der „Erziehung" oder Kontrolle der Eltern, wie sie oftmals im Vordergrund der Zusammenarbeit stehen. Vielmehr handelte es sich um Entwicklungs- und Bildungspartnerschaften, in die die Eltern mit ihrem Wissen und ihren Fähigkeiten aktiv eingebunden wurden. Hier bot sich in besonderer Weise Anlass, Praktiken der Wertschätzung und Aktivierung von Mehrsprachigkeit in den Alltag der Bildungseinrichtungen einzubeziehen, bei denen die Eltern als kompetente und willkommene Partner für die Gestaltung eines guten Lernklimas und eines Bildungsangebots, das der mehrsprachigen Zusammensetzung der Bildungseinrichtungen Rechnung trägt, zur Verfügung stehen.[5]

Zur Realisierung „Regionaler Sprachbildungsnetzwerke" gehört neben der Einbeziehung der Eltern die Aktivierung und Einbindung von solchen Personen oder Institutionen in das Sprachbildungskonzept der Kindertageseinrichtungen und Schulen, von denen man sich zusätzliche Expertise und Unterstützung erhoffen kann. Auch hier ist das Spektrum der in FörMig erprobten Lösungen breit; es reicht von der Einbeziehung ehrenamtlicher Lesepartner über die Zusammenarbeit mit lokalen Bibliotheken, Zeitungen, Theatern bis zur Kooperation mit Firmen oder Migrantenvereinen, Letztere insbesondere mit Blick auf die Gestaltung eines mehrsprachigkeitsförderlichen Bildungsklimas.

5. Wissenschaftliche Prüfung: Modellevaluation des Programms FörMig

Ganz im Sinne des Grundsatzes, dass jeder Innovationsansatz im Bildungswesen einer wissenschaftlichen Überprüfung unterzogen werden sollte, wurde im Modellprogramm FörMig eine Programmevaluation durchgeführt.[6] Das Modellprogramm war mit dem Anspruch angetreten, eine Förderung sprachlicher Fähigkeiten zu erreichen. Soweit dies im gegebenen Rahmen möglich war, mussten sich die Aktivitäten der teilnehmenden Projekte an diesem Anspruch auch messen lassen. Es lag also nahe, Sprachstandsmessung in den Mittelpunkt der Evaluation zu stellen. Größtes Hindernis für die Realisierung dieser Absicht war, dass inhaltlich angemessene und nach den Regeln der Kunst geprüfte Instrumente, die für die Sprachstandsmessung unter den gegebenen Bedingungen adäquat sind, bei Beginn des Modellprogramms nicht zur Verfügung standen (Reich 2005). Ein Teil der Evaluationsaufgabe bestand daher in der Entwicklung und empirischen Prüfung entsprechender Verfahren. Das Resultat dieser Entwicklungsarbeit sind drei erprobte Testverfahren: HAVAS5 (das auf Vorarbeiten im Land Hamburg beruht); ferner FörMig-Tulpenbeet und FörMig-Bumerang (Reich and Roth 2004; Lengyel, Reich et al. 2009).

Das Design der FörMig-Programmevaluation war auf die spezifischen Handlungsbedingungen eines Modellprogramms zugeschnitten, das in vielerlei Hinsicht – und so gewollt – die reale Bildungspraxis im Bereich der sprachlichen Förderung von Kin-

---

5 Beispiele für solche Aktivitäten, die in ansprechende Handreichungen für die Praxis transferiert wurden, bietet etwa das FörMig-Projekt Berlin (vgl. http://www.foermig-berlin.de/, Zugriff: November 2010).

6 Hierneben haben die meisten beteiligten Bundesländer spezifische Fragestellungen in ländereigenen Evaluationen überprüft. Eine Übersicht enthält der Band Klinger, T., K. Schwippert, et al., Eds. (2008). Evaluation im Modellprogramm FörMig. Planung und Realisierung eines Evaluationskonzepts. FörMig Edition. Münster, New York, Waxmann.

dern und Jugendlichen mit Migrationshintergrund abbildet.[7] Zu den Rahmenbedingungen gehört die erwähnte Heterogenität des Programms – es sollte *per definitionem* auf Erfahrungen und Praxis der sprachlichen Förderung aufbauen, die auf sehr unterschiedliche Weise und unter unterschiedlichen Bedingungen in den Bundesländern, Regionen und Schulen praktiziert wurde, und sich nicht auf den Unterricht, sondern auf die Gestaltung von Rahmenbedingungen richten. Ausgangspunkt des Programms war also nicht eine starke Hypothese und ein darauf beruhendes, für alle beteiligten Einheiten verbindliches *Treatment*. Es gehört vielmehr zu den Besonderheiten von FörMig, dass die Mittel und Wege der Förderung bildungssprachlicher Fähigkeiten selbstbestimmt und verantwortlich in den einzelnen beteiligten Einrichtungen festgelegt wurden: Sie sollten auf die konkreten Praxisbedingungen zugeschnitten sein, die sich den Basiseinheiten stellten. In diesem Sinne war FörMig – wie im Übrigen die meisten Modellprogramme – kein Interventionsprogramm; es nahm erst in der Umsetzung selbst konkrete Gestalt an.

Dieses Merkmal des Programms war auch, aber nicht nur wissenschaftlich begründet.[8] Die wissenschaftliche Begründung stützt sich im Wesentlichen auf zwei Argumente:

→ Erstens darauf, dass ein Modellprogramm, das auf Veränderungen der Praxis zielt, die Bedingungen der Praxis berücksichtigen soll. Zu diesen Bedingungen zählt die faktische Heterogenität der Ausgangslagen und Handlungsvoraussetzungen in den beteiligten Projekten. Dazu gehören zum Beispiel die unterschiedlichen Migrationskonstellationen – von Basiseinheiten mit weniger als 10% Kindern oder Jugendlichen mit Migrationshintergrund bis zu solchen mit 100% – oder die unterschiedlichen Erfahrungen des beteiligten Personals mit Migration und ihren Folgen für die sprachliche Bildung. Solche Handlungsbedingungen schließen eine „one size fits all"-Lösung für die pädagogische Praxis aus.

→ Zweitens auf die Erkenntnis, dass an die Übertragbarkeit von Praxis über Bildungseinrichtungen hinweg nur sehr vorsichtige Erwartungen gerichtet werden können – zumindest dann, wenn es sich nicht um schlichte, enggeführte Rezepte handelt, sondern um komplexe Innovationsansätze (Prenzel 2010).

Den gewollt „unübersichtlichen" konkreten Handlungsbedingungen trug die Programmevaluation von FörMig Rechnung, indem sie einen spezifisch erziehungswissenschaftlichen Ansatz zugrunde legte. Seine Stärke ist, dass er nicht zugeschnitten ist auf experimentelle Laborbedingungen, wie sie im Falle von Modellprogrammen *à la* FörMig nicht gegeben sind.

Die Evaluation von Bildungsangeboten nach diesem Verständnis wird als kriteriumsorientierte, d.h. auf sachliche Ziele gerichtete Untersuchung von Prozessen oder Ergebnissen beschrieben. Hier werden neben dem Untersuchungsgegenstand selbst

---

7   Die Darstellung hier beruht auf dem Abschlussbericht zum Modellprogramm, der 2011 als Buchpublikation erscheinen wird; vgl. Gogolin, Dirim et a. 2011, Kapitel 7).

8   Zur politischen Begründung, die mit der Kulturhoheit der Bundesländer und der sie stärkenden Föderalismusreform zusammenhängt, habe ich oben bereits etwas ausgeführt.

auch Rahmenbedingungen mit in den Blick genommen. Intention eines solchen Evaluationskonzepts ist es, Informationen zur Verfügung zu stellen, die in einem späteren Entscheidungsprozess als Grundlagen für die Auswahl zwischen Handlungsalternativen genutzt werden können.

Nach Nutzenüberlegungen werden in Evaluationen in methodischer Hinsicht verschiedene Wege eingeschlagen. So wird das Interesse an einer quantitativ untermauerten Merkmalsbeschreibung zum Einsatz von statistischen Methoden führen, die beispielsweise auf der Auswertung von Testergebnissen beruhen. Die in einem solchem Zusammenhang genutzten Verfahren zielen auf objektiv, reliabel und valide erfasste Merkmale. Wenn eher prozessbezogene Informationen gewünscht sind, führen die Nutzenüberlegungen dazu, sich bevorzugt auf qualitativ erhobene Informationen zu stützen. Der Begriff der Evaluation steht dann dafür, nicht ein Einzelresultat, eine spezielle Momentaufnahme als Entscheidungsgrundlage heranzuziehen, sondern Serien prozessbegleitender Informationen. Im Falle von FÖRMIG ist ein gemischtes Methodenrepertoire zum Einsatz gekommen: Quantitative Verfahren (Sprachstandsmessung; Erfassung von Hintergrundvariablen), wo es um das Gewinnen eines Gesamtüberblicks geht; qualitative Verfahren, wo es darum geht, Interpretationshilfen für die Ergebnisse zu gewinnen.

Evaluationen, die eine komplexe Praxis in den Blick nehmen, sind in der Regel nicht als klassische experimentelle Interventionen angelegt, wie sie in psychologischen Evaluationen die Regel sind. Das bedeutet: Das Interesse gilt nicht der Frage, ob eine Intervention als solche im Vergleich zu *unterlassener* Intervention Effekte zeigt. Das Interesse von Evaluationen im Rahmen von Feldstudien, für die die FÖRMIG-Evaluation ein Beispiel ist, liegt vielmehr in der regelgeleiteten Dokumentation faktischer Vielfalt der Praxis im Gegenstandsbereich einer Maßnahme – hier: der Sprachbildung –, die *der Intention nach* einer einheitlichen und expliziten Zielbestimmung folgt. Zweck der Überprüfung ist es, aus empirischen Beobachtungen Merkmale herauszuarbeiten, die darauf deuten, ob und warum einzelne Maßnahmen dem erklärten gemeinsamen Ziel näher kommen als andere. Die ermittelten Merkmale können im Anschluss als Hypothesen weiteren empirischen Prüfungen zugänglich gemacht werden – nicht zuletzt: auch der Prüfung in einem klassisch experimentellen Design.

In dieser Form der Evaluation, in der eine Vielfalt unterschiedlicher Praxen unter einem Kriterium miteinander verglichen wird, liegt ein Kontrollgruppendesign, wie es in klassischen Interventionsstudien die Regel wäre, nicht nahe. Die trennscharfe Zuweisung zur Experimental- oder Kontrollgruppe setzt ein klar definiertes Treatment voraus, und sie setzt voraus, dass in der Kontrollgruppe kein Treatment erfolgt. Diese Voraussetzung lässt sich im Falle von Sprachförderung schwerlich erfüllen. Es ist weder plausibel noch wünschenswert, dass Kinder oder Jugendliche in pädagogischen Institutionen angetroffen werden, in denen jegliche Sprachförderung unterbleibt, und es widerspräche ethischen Maximen, auf die Konstruktion solcher Kontrollgruppen zu dringen.

Die FörMig-Programmevaluation war vor diesem Hintergrund auf die Beantwortung zweier Leitfragen gerichtet:

1) Gelingt es den beteiligten Einrichtungen über die Laufzeit des Programms, ihre Sprachbildungsziele besser zu erreichen?[9]
2) Welche Merkmale der Sprachbildungsansätze lassen auf eine Erfolgswahrscheinlichkeit schließen, die höher ist als die anderer Ansätze?

Der spezifische Ertrag der Modellevaluation von FörMig sind Ergebnisse, die einer heterogenen Praxis entstammen – also dicht an der Bildungsrealität gewonnen wurden. Sie ermöglichen einen *fairen* Vergleich der Resultate der pädagogischen Aktivitäten, denn sie berücksichtigen sehr genau die Ausgangslage und Bedingungen, unter denen die beteiligten Einrichtungen arbeiteten. Sie enthalten Hinweise auf solche Ansätze, die dem von allen Beteiligten geteilten expliziten Ziel der Förderung (bildungs-)sprachlicher Kompetenz zuträglicher sind als andere Ansätze. Mit Hilfe von Mehrebenenanalysen sowie durch eine zusätzliche qualitative Betrachtung wurden Merkmale der Maßnahmen ermittelt, die für den relativen Erfolg mitbestimmend sind. In Teilbereichen konnte darüber hinaus neben FörMig-internen Vergleichen auch ein externer Vergleich angestellt werden. Es wurden Leseverständnistests am Übergang von der Grundschule in die Sekundarstufe und von der Sekundarstufe in den Beruf eingesetzt, die den (Querschnitts-) Untersuchungen IGLU und PISA entstammen.

Die Ergebnisse der Evaluation sind im Detail in der Abschlusspublikation dargestellt (Gogolin, Dirim et al. 2011). Hier seien nur Tendenzen angedeutet.

Die erste Leitfrage der Evaluation lässt sich mit „ja" beantworten. Es ist den meisten beteiligten Einrichtungen gelungen, die Kinder oder Jugendlichen in der letzten Phase des Programms besser zu fördern als zu Beginn der Programmlaufzeit. Ein Ziel der Einrichtung des Modellprogramms wurde also erreicht: die Verbesserung der Fähigkeit der beteiligten Einrichtungen zur Sprachbildung. Überdies gibt die vertiefte Analyse der Merkmale von Einrichtungen, die den gewünschten Effekt nicht erreichten, weitere Hinweise auf förderliche oder hemmende Rahmenbedingungen für erfolgreiche Sprachbildung.

In Bezug auf die zweite Leitfrage lassen sich folgende Tendenzen erkennen:

➡ Erfolgreiche Fördergruppen haben selten isoliert agiert. Sie waren nach unseren Analysen eingebunden in schulische oder einrichtungsübergreifende Netzwerke, in denen sehr konkret und systematisch an Förderkonzeptionen und ihrer Umsetzung gearbeitet wurde. Dabei scheint es unter anderem auf den Grad der Verbindlichkeit des gemeinsamen Vorgehens anzukommen, die sich nicht not-

---

9 Die Beantwortung dieser Frage wurde möglich durch die Realisierung von zwei Meßzeitpunkten: der erste im ersten Jahr nach Einrichtung des Programms, der zweite im Jahr vor der Beendigung der Laufzeit.

wendig auf Unterrichtsinhalte, aber auf Lernziele und die entsprechende Methodik erstreckt, verbunden mit regelmäßigem Austausch und Feedback im Kollegium.

➜ Die erfolgreichen Fördergruppen verankerten ihre Maßnahmen zumeist im normalen Unterricht. Dieser wurde teilweise ergänzt um vertiefende zusätzliche Angebote, deren Inhalte sich sehr konkret auf den Unterricht beziehen. Das ist keine Erfolgsgarantie, denn es gibt auch Beispiele dafür, dass integriert geförderte Gruppen geringere Erfolge als additiv geförderte erzielt haben. Aber der Tendenz nach, die sich in den Ergebnissen von Mehrebenenanalysen anzeigt, konnten integriert fördernde Basiseinheiten in ihren Fördergruppen unter vergleichbaren Randbedingungen größere Lernzuwächse erreichen.

Die Ergebnisse unserer Analysen legen es aber gleichzeitig nahe, dass Evaluationen von Innovationsansätzen sich sehr dicht an die jeweils einzelne Praxis heranwagen müssen. Wie dies auch in anderen Untersuchungen ermittelt wurde, verdecken Resultate, die auf aggregierten Daten beruhen, teilweise die Identifizierung praxisrelevanter Einflussfaktoren. In unserer Evaluation zeigte sich dies anhand vertiefter Analysen. Sie ergaben unter anderem, dass Fördergruppen mit identischen Förderzielen und -konzepten sich nicht nur im Grad der praktischen Realisierung unterscheiden, sondern auch in der Qualität der Zielerreichung. Es ist eben nicht so, dass alle Basiseinheiten mit einem gemeinsamen Schwerpunkt der Förderung auch gute Ergebnisse damit erzielen. Dazu kann der persönliche Unterrichtsstil der Lehrenden ebenso beitragen wie die jeweils besondere Situation in der Fördergruppe.

Die Ergebnisse unserer Evaluation schließen hier sehr gut an die Resultate von Untersuchungen zur Schul- und Unterrichtsqualität an, in denen sich die hohe Bedeutung der Qualifikation und des Handelns der Lehrenden erwies (Lipowsky and Pauli 2007; Künsting, Billich et al. 2009). Wir werten die in dieser Hinsicht gewonnenen Ergebnisse auch als deutliche Hinweise darauf, dass Innovationsansprüche, die an Modellprogramme gerichtet werden, genauer mit dem Faktor „Zeit" zu verbinden sind. Im Kontext von FÖRMIG befanden sich viele Akteure ganz am Anfang des Wegs zu konzertiertem Vorgehen und zu Ansätzen, die tatsächlich in der erwünschten Weise (bildungs-)sprachförderlich wirken können. Die Herausforderung an sie war groß, und die zur Verfügung gestellte Zeit für die Bewältigung der Herausforderung war zu gering.

6. Fragen an „Sag' mal was"

Sowohl die berichteten theoretischen Grundlagen als auch die Erfahrungen der Evaluation des Programms FÖRMIG geben Anlass zu etlichen Rückfragen an das Programm „Sag' mal was", und insbesondere: an seine Evaluation. Es können nur zwei hier angedeutet werden:
Die erste bezieht sich auf das Wissen über Spracherwerb und Sprachentwicklung, insbesondere im Kontext von Zwei- oder Mehrsprachigkeit, das der Konstruktion des

Konzepts „durchgängige Sprachförderung" zugrunde liegt. Es ist unstreitig, dass insbesondere in der frühen Kindheit eine rasante Sprachentwicklung vonstattengeht – die Geschwindigkeit, mit der sich Sprache angeeignet wird, wird in späteren Aneignungsprozessen nicht mehr erreicht (vgl. auch den Beitrag von Klein in diesem Band). Dieser Umstand wirft ein Licht auf zu erwartende Ergebnisse von Evaluationen in diesem Lebensalter. Es ist – abgesehen von der Situation, dass es keinen sprachlichen Input in der zu erwerbenden Sprache gibt, oder bei Erkrankung eines Kindes – davon auszugehen, dass in jedem Fall Sprachentwicklung in einer Sprache, mit der Kontakt besteht, *geschieht*. Wenn also über differenzielle Effekte von Sprach*förderung* durch eine Evaluation Aussagen zustande kommen sollen, dann kann sich dies nicht auf die Aneignung allgemeiner Redemittel beziehen, denn es ist nach Lage der Dinge im frühen Kindesalter zu erwarten, dass diese, *grosso modo*, mit oder ohne spezifische Förderung vonstattengeht (sofern Sprachkontakt besteht). Vielmehr müsste sich das Augenmerk der Evaluation darauf richten, ob die Förderung die von ihr intendierten *spezifischen* Ziele erreicht. Um dies prüfen zu können, sind Instrumente erforderlich, die sich auf die Untersuchung der Entwicklung eben jener speziell geförderten Redemittel richten – im anderen Falle ist davon auszugehen, dass in einer Evaluation nicht das geprüft oder gemessen wurde, was gemessen werden sollte.

Die zweite bezieht sich auf das in FörMig bestätigte, in Untersuchungen zur Bildungsqualität wiederkehrend gewonnene Ergebnis, dass Resultate einer Förderung oder des Unterrichts in hohem Maße von den Kontextbedingungen abhängig sind, unter denen die Maßnahme geschieht. Die Aufdeckung entsprechender Zusammenhänge macht es erforderlich, dass relevante Kontextbedingungen in Evaluationen mit erhoben werden und dann, selbstredend, in die Interpretation von Daten einfließen. Im Falle der „Sag' mal was"-Evaluationen wäre es vor diesem Hintergrund unter anderem erforderlich gewesen, Auskünfte zu der Frage zu gewinnen und zu berücksichtigen, ob die untersuchten Kinder überhaupt eine Förderung erhalten haben, die den jeweiligen Modellvorstellungen entsprach. Wäre das nicht der Fall gewesen – und darauf deuten einige Ergebnisse der Evaluationen[10] – so besäßen die vorliegenden Evaluationsergebnisse einen Aussagewert im Hinblick auf die eventuell bestehende Diskrepanz zwischen Anspruch und Wirklichkeit der Sprachförderung; eine weitergehende, gar allgemeine Aussage über die Wirksamkeit von Sprachförderung aber ließen sie nicht zu.

Die Evaluation von „Sag' mal was" hat uns damit das beschert, was wir von vielen wissenschaftlichen Studien kennen: neue Fragen, aber auch neue Ansatzpunkte für die weitere Forschung. Auch wenn wir dabei bei der Frage der Wirksamkeit von Sprachförderung nur kleine Schritte vorwärts gekommen sind: wir haben mehr über die Realität von Sprachförderung gelernt und so neue Erkenntnisse für Forschung und Praxis gewonnen.

---

10 z. B. Ergebnisse der Videostudien, die im Evaluationsprojekt Weingarten durchgeführt wurden; siehe den Beitrag von Gasteiger-Klicpera, Knapp und Kucharz in diesem Band.

7. Von FörMig zu FörMig-Transfer

Diskontinuität gehört zu den wiederkehrend beobachteten Merkmalen der Bildungs-reform in Deutschland. Dieses Merkmal trifft auch auf die mit FörMig angestoßene Reform zu. Die Konferenz der Kultusminister der Länder, die nach der Auflösung der BLK die alleinige Verantwortung für länderübergreifende Reformanstrengungen besitzt, konnte sich nicht auf ein gemeinsames Transferprogramm einigen, mit dem mindestens die als erfolgreich identifizierten Teile des Modellprogramms hätten wei-terentwickelt werden können. Dennoch gibt es Transferansätze im Anschluss an För-Mig in der Einzelregie einiger Bundesländer und anderer Partner, und hier kann es gelingen, den in der fünfjährigen Laufzeit des Modellprogramms erreichten „Auf-bruch in eine neue Kultur der Sprachbildung in Deutschland" systematisch weiterzu-entwickeln.[11]

Die am Transferprogramm beteiligten Projekte wenden sich zwei Arbeitsschwer-punkten zu:

1) der prozeßbegleitenden Entwicklung von bildungssprachförderlichem Unter-richt im Kontext von Institutionenentwicklung;
2) der Etablierung regionaler Sprachbildungsnetzwerke und dem Abbau von Hürden für die institutionenübergreifende Kooperation.

Fortgeführt wird der Fokus auf die „vertikale Kooperation" an Schwellen der Bil-dungsbiografie. Hier liegt ein besonderes Augenmerk bei der Etablierung von Koope-rationsmodellen für den Übergang vom Elementarbereich in die Grundschule – nicht zuletzt, weil an dieser Schwelle aufgrund der Heterogenität der Trägerschaft und des historisch unterschiedlich entwickelten Selbstverständnisses der beteiligten Instituti-onen besondere „Übersetzungsarbeiten" zu leisten sind. Das FörMig-Transferprojekt Hamburg beispielsweise wendet sich diesem Thema zu. Hier sind Partnerschaften zwischen Grundschulen und zwei bis drei Kindertageseinrichtungen gebildet wor-den, die den Übergang zwischen den Institutionen gemeinsam bearbeiten. Sie ferti-gen gemeinsame Stärken-Schwächen-Analysen an und ermitteln auf diese Weise die bereits vorhandenen und fehlenden Kompetenzen oder Ressourcen, verständigen sich auf Verfahren der entwicklungsbegleitenden Sprachdiagnostik als Grundlage für die Förderung und einigen sich auf Vorgehensweisen, die bei der Förderung im Anschluss an die Ergebnisse der Diagnostik bevorzugt werden. Hierbei werden sie von einer Arbeitsgruppe der Universität Hamburg wissenschaftlich begleitet und von einer länderübergreifenden Arbeitsgruppe unterstützt. Eine Evaluation der Maßnah-men obliegt dem Landesinstitut für Lehrerbildung und Schulentwicklung Hamburg, Abteilung Qualitätsentwicklung und Standardsicherung (http://www.foermig.uni-hamburg.de/web/de/all/lpr/hamburg/index.html). – Andere Projekte im FörMig-Transferprogramm konzentrieren sich auf andere Übergänge im Bildungssystem. Allen gemeinsam ist das Augenmerk darauf, „durchgängige", lernbereichs- oder

---

11 Ein Überblick findet sich auf der Website des Transferprogramms: www.foermig.uni-hamburg.de

fächerübergreifende kooperative Ansätze der Sprachbildung zu entwickeln, für die Realisierung solcher Ansätze angemessene Strukturen zu finden und die beteiligten Akteure prozessbegleitend zu unterstützen und zu qualifizieren.

Die FÖRMIG-Transferprojekte haben erst im Herbst 2010 ihre aktive Arbeit aufgenommen. Sie verfolgen hartnäckig das Ziel, eine weitreichende Reform sprachlicher Bildung in Deutschland voranzubringen – die ersten Schritte auf dem Weg dahin, die im Modellprogramm FÖRMIG gegangen werden konnten, haben sich ja bewährt. Und dabei hat nicht zuletzt der Dialog mit dem unterschiedlichen Ansatz von „Sag' mal was" fruchtbare Impulse gegeben.

Literatur

Bourne, J. (2011). Making the Difference: Teaching and learning strategies in multi-ethnic schools. Herausforderung Bildungssprache. I. Gogolin, I. Lange, U. Michel and H. H. Reich. Münster, New York, Waxmann: in Vorbereitung.

Cummins, J. (2008a). Total Immersion or Bilingual Education? Findings of International Research Promoting Immigrant Children's Achievement in the Primary School. Chancenungleichheit in der Grundschule. Ursachen und Wege aus der Krise. J. Ramseger and M. Wagener. Wiesbaden, VS Verlag: 45–55.

Cummins, J. (2008b). "Review of Where immigrant students succeed: A comparative review of performance and engagement in PISA 2003 (Petra Stanat & Gayle Christensen, eds., 2006)." Curriculum Inquiry**30**(493-499).

Esser, H. and M. Steindl (1987). Modellversuche zur Förderung und Eingliederung ausländischer Kinder und Jugendlicher in das Bildungssystem. Bericht über eine Auswertung im Auftrag der Bund-Länder-Kommission für Bildungsplanung und Forschungsförderung. Bonn, BLK.

Gantefort, C. and H.-J. Roth (2010). "Sprachdiagnostische Grundlagen für die Förderung bildungssprachlicher Fähigkeiten." Zeitschrift für Erziehungswissenschaft (ZfE)**13**(4): in print.

Gibbons, P. (2006). Unterrichtsgespräche und das Erlernen neuer Register in der Zweitsprache. Die Macht der Sprachen. Englische Perspektiven auf die mehrsprachige Schule. P. Mecheril and T. Quehl. Münster u. a., Waxmann: 269–290.

Gogolin, I. (1994). Der monolinguale Habitus der multilingualen Schule. Münster u.a., Waxmann.

Gogolin, I., I. Dirim, et al. (2011). Förderung von Kindern und Jugendlichen mit Migrationshintergrund. Bilanz und Perspektiven eines Modellprogramms. - Mit einem Gastbeitrag von Christoph Gantefort. Münster, New York, Waxmann.

Gogolin, I., I. Lange, et al., Eds. (2011). Herausforderung Bildungssprache. . FörMig edition. Münster, New York, Waxmann.

Gogolin, I., U. Neumann, et al. (2005). "Förderung von Kindern und Jugendlichen mit Migrationshintergrund. Expertise für die Bund-Länder-Kommission für Bildungsplanung und Forschungsförderung." BLK- Materialien zur Bildungsplanung und Forschungsförderung**107**.

Halliday, M. A. K. (1985). Spoken and Written Language. Victoria, Australia, Deakin University (1989: Oxford University Press).

Halliday, M. A. K. (²1994). An introduction to Functional Grammar. London, Edward Arnold.

Hawighorst, B. (2010) FörMig-Modellschulen im Portrait.

Helmke, A. and E. Klieme (2008). Unterricht und Entwicklung sprachlicher Kompetenzen. Unterricht und Kompetenzerwerb in Deutsch und Englisch. DESI-Konsortium. Weinheim u.a., Beltz: 301–312.

Klieme, E., C. Artelt, et al., Eds. (2010). PISA 2009. Bilanz nach einem Jahrzehnt. Münster, New York, Waxmann.

Klieme, E., N. Jude, et al. (2008). Alltagspraxis, Qualität und Wirksamkeit des Deutschunterrichts. Unterricht und Kompetenzerwerb in Deutsch und Englisch. DESI-Konsortium. Weinheim u. a., Beltz: 319–344.

Klinger, T., K. Schwippert, et al., Eds. (2008). Evaluation im Modellprogramm FörMig. Planung und Realisierung eines Evaluationskonzepts. . FörMig Edition. Münster, New York, Waxmann.

Künsting, J., M. Billich, et al. (2009). Der Einfluss von Lehrerkompetenzen und Lehrerhandeln auf den Schulerfolg von Lernenden.

Lehrprofessionalität. O. Zlatkin-Troitschanskaia, K. Beck, D. Sembill, R. Nickolaus and R. Mulder. Weinheim u. a., Beltz: 655-667.

Lange, I. and I. Gogolin (2010). Handreichung Durchgängige Sprachbildung. Unter Mitarbeit von Dorothea Grießbach. Münster, New York, Waxmann.

Lengyel, D. (2010). "Bildungssprachförderlicher Unterricht in mehrsprachigen Lernkonstellationen." Zeitschrift für Erziehungswissenschaft (ZfE)13(4): in print.

Lengyel, D., H. H. Reich, et al., Eds. (2009). Von der Sprachdiagnose zur Sprachförderung. FörMig Edition. Münster, New York, Berlin, Waxmann.

Lipowsky, F. and C. Pauli (2007). "Umgang mit Heterogenität im Spiegel der Unterrichtsforschung." Unterrichtswissenschaft35(2): 98–100.

List, G. (2006). Wie kommt das Kind zur Sprache? Sprachliche Förderung in der Kita. Wie viel Sprache steckt in Musik, Bewegung, Naturwissenschaften und Medien. K. Jampert, K. Leuckefeld, A. Zehnbauer and P. Best. Weimar, Berlin, Verlag das Netz: 13–21.

Prenzel, M. (2010). "Geheimnisvoller Transfer? Wie Forschung der Bildungspraxis nützen kann." Zeitschrift für Erziehungswissenschaft (ZfE)13(1): 21 - 37.

Prenzel, M. and L. Allolio-Näcke, Eds. (2006). Untersuchungen zur Bildungsqualität von Schule. Abschlussbericht des DFG-Schwerpunktprogramms. Münster u.a., Waxmann.

Reich, H. H. (2005). Forschungsstand und Desideratenaufweis zu Migrationslinguistik und Migrationspädagogik für die Zwecke des „Anforderungsrahmens". Anforderungen an Verfahren der regelmäßigen Sprachstandsfeststellung als Grundlage für die frühe und individuelle Förderung von Kindern mit und ohne Migrationshintergrund (= Reihe Bildungsreform Band 11). BMBF. Berlin, BMBF: 121–169.

Reich, H. H. and H.-J. Roth (2004). Hamburger Verfahren zur Analyse des Sprachstandes bei 5-Jährigen. Hamburg, Behörde für Bildung und Sport.

Schleppegrell, M. J. (2004). The language of schooling: a functional linguistics perspective. Mahwah, NJ, Erlbaum.

Tracy, R. (2007). Wie Kinder Sprachen lernen. Und wie man sie dabei unterstützen kann. Tübingen, Francke.

Was uns „Sag' mal was" sagen kann: Impressionen einer Bildungsreise

Rosemarie Tracy

0. Einleitung

Als die deutsche Bundeskanzlerin Angela Merkel im Juni 2008 die Vision einer „Bildungsrepublik" heraufbeschwor, lagen die ersten internationalen Vergleichsstudien im Bildungsbereich mit ihren für Deutschland alarmierenden Ergebnissen schon länger zurück (vgl. Deutsches PISA-Konsortium 2001). Die durch diese Ergebnisse angestoßene Diskussion über die Bildungsbenachteiligung von Kindern mit und ohne Migrationshintergrund und die sich daran anschließende Erforschung der Ursachen und Folgen sozialer Disparitäten haben die Dringlichkeit des Handlungsbedarfs durchweg bekräftigt (Bade/Bommes/Münch 2005; Hopf 2005; Esser 2006, dieser Band; Baumert/Stanat/Watermann 2006; Dubowy/Ebert/ Maurice/Weinert, 2008; Wößmann/Piopiunik 2009; Köller/Knigge/Tesch 2010). Angesichts des persistierenden Bildungsnotstands liegt das euphemistisch verpackte Ziel einer „Bildungsrepublik" bis zum heutigen Tag in weiter Ferne. Allerdings – so die Argumentation meines Beitrags – verstehen wir mittlerweile besser, warum der Weg dorthin mühsam ist und beachtlicher idealler und finanzieller Anstrengungen bedarf.

Während die zentrale Rolle sprachlicher und kommunikativer Kompetenzen für den individuellen Bildungsweg und die gesellschaftliche Teilhabe außer Zweifel steht, fallen die Antworten auf die Frage, welche Maßnahmen geeignet sind, um entsprechende Defizite möglichst zuverlässig identifizieren und angehen zu können, wesentlich kontroverser aus. Weder die Diagnose sprachlicher Mängel im Bereich Deutsch als Zweitsprache noch die Förderung und schon gar nicht die Wirksamkeitsüberprüfung sind Unterfangen, die auf bewährte, in der benötigten Breite einsetzbare Instrumente und Forschungstraditionen zurückgreifen können. Dies mag die Ratlosigkeit erklären, welche die aktuelle Diskussion über Sprachförderung und Sprachdiagnostik prägt. Das Problem wird paradoxerweise da besonders deutlich, wo vergleichsweise zügig gehandelt und investiert wurde, um Fördermaßnahmen auf den Weg zu bringen, ohne dass sich erwünschte Erfolge einzustellen schienen, wie im Fall des Programms „Sag' mal was – Sprachförderung für Vorschulkinder" der Baden-Württemberg Stiftung. Was also können Forschung, Bildungspolitik und Praxis aus dieser vermeintlichen Pattsituation lernen?

Dieser Frage nach dem Erkenntnisgewinn werde Ich in dem folgenden Beitrag nachgehen. Um mein Fazit vorwegzunehmen: Ich halte das Gesamtergebnis der evaluierten Förderrunde in den Köpfen der beteiligten Kinder in der Tat für unbefriedigend, den Wissenszuwachs für die Bildungspolitik jedoch für beträchtlich, und ich sehe den Erkenntnisgewinn auch im Einklang mit der sprachwissenschaftlichen und spracherwerbstheoretischen Grundlagenforschung. Wir lernen viel über die Gelingensbedingungen bzw. über das vorprogrammierte Scheitern von Fördermaßnahmen, und wir erfahren auch eine Menge über theoretische und methodische Fallstricke auf dem Terrain der Evaluationsforschung.

In Abschnitt 1 werde ich zunächst exemplarisch darlegen, worin meiner Ansicht nach zentrale Erkenntnisse bestehen, die wir aus dem Programm „Sag' mal was – Sprachförderung für Vorschulkinder" ziehen können. Abschnitt 2 unterstreicht die potentielle Signalwirkung der vorliegenden Evaluationsergebnisse für die Verbesserung der Förderbedingungen in den vorschulischen Einrichtungen und zur Weiterqualifizierung und Professionalisierung von pädagogischen Fachkräften. Abschnitt 3 verweist auf einige grundlegende Ergebnisse der Spracherwerbsforschung, die den fundamentalen Widerspruch zwischen angeborener Sprachfähigkeit auf Lernerseite und unserer Unfähigkeit, den Zweitspracherwerb angemessen zu unterstützen, deutlich hervortreten lassen. Mein Fazit (Abschnitt 4) fasst meine Überlegungen zusammen und weist auf die Notwendigkeit hin, Wissen über Sprache insgesamt stärker im Bildungssystem zu verankern, und zwar sowohl in den Köpfen von Lehrkräften als auch möglichst früh in den Köpfen der Kinder selbst, von denen – sofern sich die bereits umgesetzten und weiterhin notwendigen Reformen des Bildungssystems denn bewähren – nicht wenige Berufswege einschlagen könnten, auf denen sie ihrerseits einmal bildungspolitische Entscheidungen fällen oder umsetzen müssen.

1. Ein Lehrstück aus Baden-Württemberg

Es ist in erster Linie vielen großen und kleinen Stiftungen, privaten und privatwirtschaftlichen Initiativen und der Entschlossenheit einzelner Gemeinden und Städte zu verdanken, dass wir heute über eine Fülle von Erfahrungen mit Sprachförderprojekten im Vorschulbereich verfügen. Wirklich aufschlussreich wurde es vor allem dort, wo nicht nur in die Förderung selbst sondern auch in die Begleit- und Evaluationsforschung investiert werden konnte. Angesichts der beachtlichen finanziellen Ressourcen, die im Lauf der Zeit in die Förderung flossen (vgl. dazu Bacher/Weber, dieser Band), ist der Schreck über Ergebnisse, wie sie in den letzten Jahren von den beiden baden-württembergischen Evaluationsprojekten in Weingarten und in Heidelberg vorgelegt wurden, gut nachvollziehbar (vgl. Hofmann/Polotzek/Roos/Schöler 2008; Gasteiger-Klicpera/Knapp/Kucharz 2010; Roos, Polotzek/Schöler 2010; die Beiträge in diesem Band). Das Resultat der Förderung blieb anscheinend weit hinter dem zurück, was man sich erhofft hatte. Die geförderten Kinder unterschieden sich in ihren Testleistungen nicht signifikant von gleichaltrigen ungeförderten Kindern mit vergleichbarem Sprachstand, und der Abstand zwischen Kindern mit Deutsch als Muttersprache/Erstsprache (DaM) und Kindern mit Deutsch als Zweitsprache (DaZ) konnte sich im Zeitraum der Förderung nicht signifikant verringern. Presseartikel mit Überschriften wie „Deutschkurse ohne Nutzen" (Süddeutsche Zeitung, Frühjahr 2009) brachten Beteiligte in Erklärungsnot und führten in den involvierten Kindertagesstätten, in denen sich viele Erzieherinnen mit hohem persönlichen Engagement auf den Weg gemacht hatten, um Sprachfördermaßnahmen zu planen und in ihren Alltag zu integrieren, zu Enttäuschung und Verärgerung.

In der öffentlichen Diskussion blieben dabei einige wichtige Gesichtspunkte, die dazu beigetragen hätten, das Ergebnis der Evaluation besser einzuordnen und auch zu relativieren, unberücksichtigt. Vor allem war die Erwartung, Kinder mit Deutsch als Zweitsprache könnten innerhalb des *de facto* verfügbaren Förderzeitraums von etwa sieben Monaten unmittelbar vor Schulbeginn den sprachlichen Entwicklungs-stand von gleichaltrigen Kindern mit Deutsch als Muttersprache erreichen und damit ein Niveau, das ihnen eine problemlose Unterrichtsbeteiligung ermöglicht, von Anfang an unrealistisch. Die Absurdität einer solchen Erwartung kann man sich leicht klarmachen: Lehrerinnen und Lehrer einer schulischen Fremdsprache kämen kaum auf die Idee, das Englisch oder Französisch ihrer Schüler und Schülerinnen nach einem halben oder dreiviertel Jahr Unterricht daran zu messen, was französi-sche und britische Kinder und Jugendliche gleichen Alters in ihren Erstsprachen ver-stehen und produzieren können. Eine Beurteilung des Leistungsstands würde sich vielmehr an anvisierten Lernzielen und – fairerweise – an der Lerngelegenheit, d.h. an dem, was im Fremsprachenunterricht oder im Rahmen von Hausaufgaben innerhalb des verfügbaren Zeitraums tatsächlich bearbeitet wurde, orientieren. Die Frage, was angesichts der im Rahmen von „Sag' mal was" gebotenen Lerngelegenheit prinzipiell erwartbar gewesen wäre, hätte eine stärkere Orientierung an der Zweitspracher-werbsforschung, d.h. an dem, was über den Erwerbsverlauf von Kindern mit Deutsch als Zweitsprache bekannt ist, erfordert.

Um das enttäuschende Evaluationsergebnis nachvollziehen zu können, muss man sich sowohl die Rahmenbedingungen der Förderung (und hierzu leisten die bei-den Studien einen wertvollen Beitrag) als auch einige Einschränkungen der Evaluati-onsstudien selbst vor Augen führen. Verstehen muss man auch, dass sowohl die Förderung als auch die Evaluation von jenen kontrollierten Laborbedingungen weit entfernt waren, die man für eine aussagekräftige Wirkungsstudie braucht.[1] Anders als etwa in der medizinischen Forschung gab es kein reglementiertes Treatment, ver-gleichbar dem kontrollierten Verabreichen eines Medikaments oder eines Placebos. Unter dem Dach von „Sag' mal was" versammelte sich vielmehr eine Fülle von Maß-nahmen, deren Bezug zu spezifischen Aspekten der Erwerbsaufgabe nur in wenigen Förderprojekten eruierbar gewesen wäre. Im Rahmen der Evaluation war es auch nicht möglich zu untersuchen, ob die in den Einrichtungen laufenden Maßnahmen tatsächlich im intendierten Sinn durchgeführt wurden. So lässt sich nicht klären, ob die bei der Testung überprüften sprachlichen Merkmale überhaupt Teil des verfügba-ren Inputs waren, der den Kindern im Rahmen der Förderung angeboten wurde. Diese Erkenntnislücke ist freilich kein Alleinstellungsmerkmal der baden-württem-bergischen Evaluation, sondern ein generelleres, schwer zu lösendes Problem der Bildungs- und Evaluationsforschung im Bereich Sprache.

Ungeachtet dieser prinzipiellen Einschränkungen sind die Ergebnisse der Evalu-ationsstudien zweifellos sehr aufschlussreich (vgl. dieser Band). Beide Teams zeich-nen ein Bild von außerordentlicher Komplexität und Heterogenität. Die an der Evaluation beteiligten Kitas unterschieden sich erheblich im Umfang der durchge-führten Förderstunden und blieben in der Regel (mit durchschnittlich 80 Förderstun-den pro Kind), bedingt durch Krankheit und sonstige Ausfälle, weit hinter dem ursprünglich vorgesehenen Förderpensum (120 Std.) zurück. Als heterogen erwies sich auch der Erfahrungshintergrund pädagogischer Fachkräfte. Für viele unter ihnen

---

1 Dieses Problem ist allerdings nicht den beiden Forscherteams anzulasten, da sie erst nach Beginn der Förderung mit ihren Erhebungen starten konnten und ein strenges Kontrollgruppendesign mit einer Zufallsverteilung von Kindern auf Interventions- und Kontrollgruppen nicht möglich war.

fiel das Jahr der Evaluation mit dem Zeitraum zusammen, in dem sie überhaupt zum ersten Mal mit Sprachförderaufgaben betraut waren. Inwieweit sie dafür speziell geschult wurden, welche Kenntnisse über den Spracherwerb bei Kindern mit DaZ und DaM und über die Zielsprache Deutsch auf ihrer Seite vorhanden waren und welche kommunikationsförderlichen Strategien sie sich bei Weiterbildungen aneignen konnten, ist leider nicht bekannt. Bei den Befragungen der Erzieherinnen durch die Evaluationsteams stellte sich heraus, dass es der Kindergarten-Alltag ihnen im Grunde nicht erlaubte, Fördermaßnahmen im Rahmen ihrer normalen Arbeitszeit vorzubereiten und zu dokumentieren. Vor- und Nacharbeiten gingen mithin in der Regel zu Lasten der Freizeit. Bedenkt man weiterhin, dass die Fördergruppen aus durchschnittlich 9-12 Kindern im Alter von fünf bis sechs Jahren bestanden, liegt die Frage nahe, wie es einer einzelnen Fachkraft überhaupt gelingen sollte, Förderszenarien zu arrangieren, in denen alle beteiligten Kinder ihren Aufmerksamkeitsfokus immer wieder auf die gleichen Ereignisse, Dinge und Gesprächsinhalte richten. Bei einer Gruppengröße von 9-12 Kindern ist es auch höchst unwahrscheinlich, dass eine Förderkraft gleichzeitig mehreren Kindern Gehör schenken und systematisch auf einzelne Lerneräußerungen mit korrektivem Feedback reagieren kann. Sobald zwei oder mehr Kinder gleichzeitig oder unmittelbar nacheinander reden, wird das pädagogische Bemühen einer Fachkraft, die von einzelnen Kindern initiierten Themen aufzugreifen und kommunikationsfördernd weiterzuführen, ad absurdum geführt. Eine an den Fähigkeiten einzelner Kinder anknüpfende, individualisierte Förderung, wie sie von Bildungs- und Orientierungsplänen vorgesehen ist (vgl. Ministerium für Kultus, Jugend und Sport Baden-Württemberg 2007), ist unter diesen Rahmenbedingungen schlicht und einfach nicht möglich. Die in der Weingartener Studie erhobenen Videodaten unterstreichen dieses Dilemma besonders nachdrücklich (vgl. Gasteiger-Klicpera et al., dieser Band).

Ein nicht zu unterschätzendes Problem für die Evaluationsprojekte selbst bestand darin, dass es zum Zeitpunkt der Prä- und Posttests an normierten diagnostischen Instrumenten fehlte, welche neben dem chronologischen Alter der Kinder auch den Beginn und die Dauer des Kontakts mit Deutsch als Zweitsprache berücksichtigen. Die von der Heidelberger Gruppe eingesetzten Instrumente waren ursprünglich für die Identifikation therapiebedürftiger monolingualer Risikokinder entwickelt worden, d. h. zur Differenzierung von sprachlich typisch entwickelten Kindern und Kindern mit einer spezifischen Sprachentwicklungsstörung (Grimm/Schöler 1991). Dabei wurden teilweise sprachliche Bereiche überprüft, mit denen Kinder mit Deutsch als Zweitsprache unter den gegebenen Rahmenbedingungen der Förderung kaum in Berührung kommen können (z. B. Passiv- und Relativsätze, diverse Wortbildungsregeln, spezifische Wortrelationen).

Warum Fragen nach einer prinzipiellen Eignung diagnostischer Verfahren für die Zielgruppe von Kindern mit DaZ nicht trivial sind, kann man sich schnell klarmachen (vgl. auch Schulz/Tracy/Wenzel 2008, Wenzel/Schulz/Tracy 2009, Schulz/Kersten/Kleissendorf 2009, Schulz/Tracy 2011). In einem Untertest des HSET (Grimm/Schöler 1991), der in der Heidelberger Evaluationsstudie zum Einsatz kam, wird u. a. das Verstehen von Sätzen unterschiedlicher Komplexität überprüft.[2] Kinder

---

2 Im Weingartener Projekt wurde die Einschätzung des Sprachstands von Seiten der Erzieherinnen mit Hilfe der SIS-MIK- und SELDAK-Fragebögen vorgenommen (Ulich/Mayr 2003; 2006).

sollen dabei ein durch einen Satz beschriebenes Ereignis mit Figuren nachspielen – eine gut etablierte psycholinguistische Methode. Vorgegeben werden Sätze wie *Das Mädchen wird von dem Jungen gewaschen* oder *Die Mutter wird von dem kleinen Kind gewaschen*. Überprüft wird hier, wie gut Kinder in der Lage sind zu erkennen, dass das zuerst genannte Argument zwar Subjekt des Satzes ist, aber nicht Agens der Handlung. In anderen Untertests sollen Kinder Passivsätze wortgetreu reproduzieren, z.B. Items wie *Der Teppich wird von dem Vater ausgeklopft*. Um diese Sätze zielsprachlich interpretieren und wiederholen oder nachspielen zu können, muss man wissen, was einzelne Wörter bedeuten, und man muss vor allem auch ggf. das eigene kulturell geprägte Weltwissen außer Kraft setzen, z.B. Annahmen dahingehend, wer wen normalerweise waschen kann oder waschen darf. Kinder, die einzelne Wörter solcher Sätze nicht verstehen, haben kaum eine faire Chance, ihre möglicherweise vorhandenen Grammatikkenntnis zu demonstrieren. Erschwerend kommt hinzu, dass in einem Untertest des HSET zum Satzverständnis anstatt der generischen Bezeichnung von Referenten (*Katze, Pferd, Elefant*) Eigennamen wie *Pussi* (Katze), *Mümmel* (Hase), *Waldi* (Hund) eingeführt werden, die für nicht-deutschsprachige Kinder in hohem Maße intransparent sind. Somit wird manche ohnehin schon anspruchsvolle syntaktische Aufgabe durch vorgeschalteten Wortschatzerwerb verkompliziert.[3] Um eine Konfundierung von Wortkenntnis und Beherrschung grammatischer Regeln zu vermeiden, müsste der Wortschatz separat überprüft werden. Eben diese unabhängige Überprüfung wird übrigens auch explizit in dem Manual des ELFE 1-6 angemahnt, mit Hilfe dessen im Evaluationsverfahren aus Heidelberg das Leseverständnis der Kinder überprüft wurde, d.h. „Ein schlechtes Testergebnis darf nicht auf einen ungenügenden Wortschatz zurückführbar sein" (Lenhardt/Schneider 2006, S. 18).

Ein weiteres Problem für die Evaluation bestand darin, dass Förder- und Vergleichsgruppen nicht immer hinreichend parallelisiert werden konnten. Beispielsweise überwog in den Fördergruppen der Anteil mehrsprachiger Kinder. Das bedeutet auch, dass die Förderkinder mit hoher Wahrscheinlichkeit weniger Gelegenheit hatten, innerhalb ihrer Kitas mit Kindern mit Deutsch als Erstsprache zu interagieren; die Rahmenbedingungen waren für die geförderten und die nicht-geförderten Kinder also nicht vergleichbar, und zwar mit klarem Nachteil für die Förderkinder. Angesichts des Alters der geförderten Kinder – sie waren übrigens um einige Monate jünger als die Kinder ohne Förderbedarf – ist es auch sehr wahrscheinlich, dass sich in Kitas mit hohem Anteil von Kindern mit DaZ in den vorangegangenen Kitajahren bereits ethnolektal geprägte Mischstile ausgebildet hatten. Die Frage, zu welchen Varianten des Deutschen Kinder mit DaZ Zugang haben und was sie untereinander sprechen (einen lokalen Dialekt des Deutschen als *lingua franca*, gleiche Erstsprachen, Ethnolekte etc.), ist nicht unerheblich, wenn es darum geht, Einrichtungen oder Kinder für Kontroll- oder Vergleichserhebungen zu identifizieren.

Schließlich müssen sich Evaluationsstudien generell der Frage stellen können, ob die eingesetzten Testverfahren prinzipiell in der Lage sind zu erfassen, was laut Interventionskonzept der Einrichtungen (sofern vorhanden) gefördert wurde. Die Rele-

---

3 Die Motivation für die Wahl von Eigennamen ist berechtigt, weil man die Notwendigkeit einer Verwendung von Artikeln umgehen wollte. Für viele Kinder aus dem süddeutschen Raum, in dem der Artikel auch vor Eigennamen üblich, wenn nicht oblogatorisch ist, wurden diese Sätze dadurch ungrammatisch.

vanz dieser Frage lässt sich anhand eines pointierten Beispiels verdeutlichen: Wenn eine Lehrerin Thema X unterrichtet, so tut sie gut daran, bei der folgenden Leistungsmessung X-artige Inhalte zu überprüfen und nicht etwas anderes. Ein Musiklehrer etwa, der für Gitarrenunterricht zuständig ist, würde sich dagegen verwahren, wenn man die Wirksamkeit seines Unterrichts daran messen wollte, wie gut seine Schüler und Schülerinnen ein ihnen bisher unvertrautes Instrument, sagen wir eine Querflöte, handhaben. Im Fall des Musikunterrichts kann man zwar mit Fug und Recht bestimmte Transfereffekte erwarten, insbesondere dann, wenn ein Kind bereits Noten lesen und den Takt halten kann. Aber welche Transfereffekte zwischen dem eigentlichen Geschehen während der Sprachförderung und den in den Tests überprüften Fähigkeiten hätte man denn innerhalb des Förderzeitraums überhaupt erwarten können? Diese Antwort bleiben die Evaluationsprojekte des „Sag' mal was"-Programms schuldig.[4]

Um es in aller Deutlichkeit zu sagen: Natürlich können wir nicht ausschließen, dass das Ergebnis der Evaluation auch im Fall passgenauer, für die Zielgruppe der Kinder mit DaZ normierter, validierter Erhebungsinstrumente und eines perfekten Kontrollgruppendesigns, bei dem Kinder mit gleichem Förderbedarf nach dem Zufallsprinzip auf Interventions- und Kontrollgruppen verteilt worden wären, ähnlich deprimierend ausgefallen wäre wie im vorliegenden Fall. Evidenz dafür erhalten wir aber nicht.

Interessanterweise zeigen sich bei der vorliegenden Evaluation dort, wo tatsächlich getestet wurde, was Gegenstand der Förderung war (z.B. die Pluralbildung in einem Heidelberger Förderprojekt), überzufällig positive Ergebnisse. Vergleichbare Wirkungsnachweise wurden übrigens auch in anderen Studien erbracht, sofern sie in der Lage waren, anvisierte Förderziele mit Hilfe spezifischer Tests an den Ansprüchen und dem Ziel der Intervention zu messen, z.B. bezüglich des Erwerbs bestimmter Wortfelder oder spezifischer morphosyntaktischer Phänomene.[5]

Über die Dokumentation der insgesamt sehr problematischen Rahmenbedingungen hinaus, unter denen die Fördermaßnahmen stattfanden, lassen sich den Evaluationsberichten aus Heidelberg und Weingarten auch uneingeschränkt gute Nachrichten entnehmen. So räumen sie mit der in der Öffentlichkeit immer noch verbreiteten Meinung auf, dass Eltern mit Migrationshintergrund geringes Interesse am Bildungsweg ihrer Kinder hätten. Die insgesamt positive Einstellung der Eltern gegenüber den Bildungsinstitutionen und ihre hohe Erwartung an diese Einrichtungen zeigen sich übrigens auch indirekt in der Statistik der Gesundheitsämter deutscher Großstädte. Die aktuelle Statistik des Gesundheitsamts der Stadt Stuttgart (vgl. Erb 2011) belegt beispielsweise, dass mittlerweile gut 98% der im Rahmen der Einschulungsuntersuchung gesehenen Kinder im Alter von vier Jahren eine Kita besu-

---

4 Interessant ist auch, dass sich eine nicht zu unterschätzende Anzahl von Kindern in sprachtherapeutischer Behandlung oder sonstiger Therapie befand (vgl. Roos et al. 2010, S. 19). Ihre Testwerte sollten im Grunde nicht in die allgemeine Statistik eingehen. Denn wenn bei einem Kind eine spezifische Spracherwerbsstörung vorliegt, ist eine zügige Entwicklung der Zweitsprache auch unter guten Inputbedingungen so gut wie ausgeschlossen.

5 So wurde in einer vom Bundesfamilienministerium in Auftrag gegebenen Evaluation von Fördermaterialien (ESSE-Studie, vgl. Hopp/Frank/Tracy 2009) überprüft, inwieweit es Erzieherinnen möglich ist, den in bestimmten Fördermaterialien enthaltenen Wortschatz zu vermitteln. Vgl. auch eine kleinere Vergleichsstudie, die in Rheinland-Pfalz im Rahmen von *Sprache macht stark!*, einem Projekt der Offensive Bildung, im Hinblick auf sehr spezifische Merkmale der deutschen Satzstruktur durchgeführt wurde (Krempin/Mehler/Tracy 2009), ebenso Kaltenbacher 2011.

chen; bei den Kindern zwischen drei und vier Jahren liegt der Anteil bei etwa 70 %. Dies bedeutet, dass die Eltern ihren Part bei der Erziehungspartnerschaft zunehmend ernst nehmen und viel Vertrauen in frühkindliche Bildungseinrichtungen setzen. Umso wichtiger ist es, alles daran zu setzen, dieses Vertrauen durch Optimierung von Förderangeboten zu rechtfertigen.

Insgesamt lernt man aus der Evaluation in Baden-Württemberg, wie aufwändig und schwierig Evaluationsforschung im Bereich der Sprachförderung ist. Nicht zuletzt liegt manche Komplikation bereits im Gegenstand selbst begründet. Sprachen sind nun einmal komplexe Systeme, die sich durch das Zusammenspiel einer Vielzahl unterschiedlicher Teilkompetenzen auszeichnen. Daher gibt es weder eine Diagnostik *light*, noch ein Hauruck-Verfahren der Förderung selbst, das alle bildungssprachlich relevanten Bereiche gleichermaßen auf ein muttersprachliches Niveau befördern könnte. Sprachförderung muss – so eine wichtige Botschaft beider Projekte – früher beginnen und langfristig ausgelegt sein. Darüber hinaus bedarf es vor allem gut qualifizierter und in ihrer Berufpraxis unterstützter pädagogischer Fachkräfte.

2. Praxis und Forschung im Schulterschluss

Auf dem Weg zur Bildungsrepublik sehen sich pädagogische Fachkräfte mit einer Fülle neuer und anspruchsvoller Aufgaben konfrontiert, auf die sich die wenigsten von ihnen während ihrer Ausbildung vorbereiten konnten. Laut baden-württembergischem Orientierungsplan (2007:47) gehört zu den Aufgaben von Frühpädagogen und -pädagoginnen die „Wahrnehmung, Beobachtung und regelmäßige Dokumentation des Entwicklungsstandes bzw. der Entwicklungsfortschritte jedes Kindes." Nun ist Sprachkompetenz aber grundlegend beobachtungsfern, d.h. man kann sie nicht direkt wahrnehmen wie etwa den kompetenten Umgang mit einem Brotmesser oder einer Pincette, und entsprechend schwierig gestaltet sich die Feststellung des jeweiligen Entwicklungsstands (vgl. Schulz et al. 2009, Reich/Roth 2009; Schulz/Tracy 2011, Kany/Schöler 2007; Redder/Schwippert/Hasselhorn/Forschner/ Fickermann/Ehlich 2011). Um aus sprachlichen Äußerungen oder aus Verstehensreaktionen auf Merkmale von Lernersystemen schließen zu können, bedarf es eines theoretischen Rahmens, relevanter diagnostischer Fragen (bzw. eines geeigneten Tests) und nicht zuletzt einer Metasprache, um Einschätzungen kommunizieren und dokumentieren zu können.

Zweifellos besitzen Erwachsene, sofern sie selbst die Zielsprache, die sie Kindern nahebringen möchten, gut beherrschen, die wichtigste Voraussetzung für die Sprachförderung. Dank ihrer Sprachbeherrschung verfügen Erwachsene auch über Intuitionen und Inferenzstrategien, die es ihnen ermöglichen, mit Hilfe des Kontextes und ihres Weltwissens zu erraten, was Kinder ihnen wohl sagen wollen, auch wenn die diesen zur Verfügung stehenden sprachlichen Mittel noch sehr rudimentär sind. Und obwohl Erwachsene ihre Sprachen hoch automatisiert und mit rasanter Geschwindigkeit verarbeiten, können sie bei Bedarf, zum Beispiel bei Gesprächen mit Lernern und Lernerinnen viele Eigenschaften ihrer Äußerungen und Sätze bewusst kontrollieren. Dieses Bündel von Fähigkeiten gilt es in den Dienst der Sprachförderung zu stellen.

Die intuitive Fähigkeit, Hypothesen dahingehend zu entwickeln, was uns Kleinkinder in bestimmten Situationen sagen wollen, und kindliche Äußerungen „gedacht" entsprechend zu erweitern, wird in der Spracherwerbsforschung als Methode der „reichhaltigen Interpretation" (rich interpretation, vgl. Brown 1973) bezeichnet. Brown (1973:106) wies darauf hin, dass das Erwachsenengehirn, wenn es eine fragmentarische Kinderäußerung hört, im Grunde nicht anders kann, als diese Äußerung zu einer möglichen Erwachsenenäußerung zu expandieren.[6] Das folgende Beispiel illustriert dies anhand einer natürlichen Interaktionssequenz zwischen einem Kind und einer Erwachsenen (=E.) (aus Tracy 1991:383).

(1) Florian 2;8 schiebt einen Spielzeugzug und stoppt ihn plötzlich.

E. fragt	Da hält er da an?
Florian schiebt einen weiteren Zug an	Ja, ane (= andere) Zug weggefahren is
E.	Ach so, der muss warten, bis der andere Zug weggefahren ist.
Florian schiebt Zug	Guck mal, der Zug wegfahrt, Wasser weg, dann die Eisenbahn fahrn
E.	Die Eisenbahn muss warten?
Florian	Ja
E. RT	Und wie lange muss sie warten?
Florian	Wasser weggegangen is

Das Kind erfindet hier ein Szenario, bei dem Züge durch imaginierte Wassermassen am Fahren gehindert werden und nach Abflauen des Wassers nacheinander weiterfahren können. Es befindet sich in einem Erwerbsstadium, in dem es völlig normal ist, Konjunktionen, die Nebensätze einleiten, auszulassen (vgl. Fritzenschaft/Gawlitzek-Maiwald/Tracy/Winkler 1990, Rothweiler 1993), das heißt, in den Äußerungen des Kindes fehlen bislang noch Wörter wie *bis* und *wenn*. Dennoch funktioniert die Kommunikation dank des gemeinsam erlebten Kontexts. Die erwachsene Gesprächspartnerin liefert dem Kind durch ihre Reaktionen außerdem wichtige Signale, die über das in Worten Mitgeteilte hinausgehen, z.B. *Ich habe dir zugehört. Stimmt denn meine Interpretation dessen, was du sagen wolltest?* Und letztlich auch: *Mich interessiert, was du dir ausgedacht hast.* Diese Art der Rückmeldung und Verständnissicherung muss möglich sein, wenn man mit der individuellen Förderung ernst machen und Kindern zu erkennen geben will, dass man an ihnen als Gesprächspartner interessiert ist.

Das bisher Gesagte gilt sehr generell und ist Teil der intuitiven Didaktik, die Erwachsene im Umgang mit Kleinkindern einsetzen können, aber für eine professionelle Umsetzung von Fördermaßnahmen im Bereich DaZ reicht dies nicht aus (vgl. auch Jampert/Best/Guadatiello/Holler/Zehnbauer 2007; Tracy/Lemke 2009; List 2010). Dafür benötigen pädagogische Fachkräfte mehr als ihre intuitiven, impliziten Sprachkenntnisse. Sie brauchen außerdem explizites Wissen über das erwünschte Erwerbsziel, z. B. über die Grammatik des Deutschen und über typische Erwerbsphasen und spezifische Stolpersteine. Sie benötigen dieses Wissen auch um zu erkennen, wann Probleme vorliegen könnten, die über die für Erst- und Zweitsprachlerner nor-

---

6 "Researchers cannot help doing it. The adult mind receiving a telegraphic utterance in a given context automatically expands it into an appropriate sentence." (Brown 1973:106)

malen Erwerbsphasen hinausgehen, weil etwa eine Spracherwerbsstörung vorliegen könnte, die einer logopädischen Therapie bedarf (vgl. Grimm 2003, Schulz et al. 2009).

Welche konzeptuellen Orientierungshilfen benötigen Fachkräfte also um zu erkennen, was Kinder in bestimmten Entwicklungsphasen bereits beherrschen (Kompetenzperspektive), anstatt nur wahrzunehmen, was noch fehlt oder falsch erscheint (Defizitorientierung)? Letzteres, das Erkennen von Mängeln, liefert die eigene Intuition gewissermaßen „gratis" und spontan.[7] Um einschätzen zu können, wie weit sich Kinder einem zielsprachlichen System bereits angenähert haben, bedarf es ganz klar eines theoretischen Orientierungsrahmens. Mindestens rudimentäre fachwissenschaftliche Grundlagen sind notwendig, um relevante Beobachtungen zu einzelnen Kindern festhalten und gegebenenfalls anderen Mitgliedern eines Teams oder hinzugezogenen ExpertInnen, z.B. LogopädInnen, mitteilen zu können.

Problematisch ist freilich – und auch hier zeigt sich der Wert der baden-württembergischen Evaluation –, dass selbst eine theoretisch hervorragend ausgebildete Erzieherin ihre Expertise nicht zur Anwendung bringen kann, wenn sie im Alltag keine Chance hat, dieses Wissen umzusetzen, weil die Rahmenbedingungen in ihrer Kita dies nicht erlauben. Pädagogische Fachkräfte, die prinzipiell gut verstanden haben, welche Strukturen der Zielsprache sie in ihren eigenen Äußerungen für Lerner modellieren sollten und welche Diskursstrategien sich als kommunikationsförderlich erweisen, benötigen außerdem mindestens anfangs noch Freiraum und Übungsmöglichkeit, um Handlungssicherheit im Umgang mit gezielter sprachlicher Förderung zu gewinnen und sich darüber mit anderen, idealerweise während eines Coachings, auszutauschen. Die Umsetzung und vor allem die Sicherung der Regelmäßigkeit von Fördermaßnahmen ist keine Aufgabe von Einzelkämpfern. Förderexpertise sollte sich auf möglichst viele Köpfe verteilen, damit im Krankheitsfall oder bei sonstigen organisatorischen Krisen die Verantwortung für die Förderung leichter umgeschichtet werden kann. Die vielen im Rahmen der Evaluation von „Sag' mal was" monierten Ausfälle von Förderstunden hätten sich auf diese Weise möglicherweise minimieren lassen.

Gut informierte Praxiskräfte sind auch in der Lage dazu, die Rahmenbedingungen in ihren Einrichtungen kritisch zu hinterfragen, z.B. durch die Beantwortung von sehr einfachen, aber grundlegenden Fragen, wie beispielsweise die in (a)-(c).

(a) Können mich Kinder, die ich sprachlich fördern soll, unter den in der Kita oder der Fördergruppe vorherrschenden Bedingungen (z.B. trotz des jeweiligen Geräuschpegels) überhaupt hören? Kann ich meinerseits die Kinder rein akustisch verstehen?

(b) Können die Kinder sehen, was ich sprachbegleitend tue? Gelingt es uns überhaupt, einen gemeinsamen Aufmerksamkeitsfokus herzustellen? Kann ich meinerseits erkennen, wohin/worauf Kinder schauen, wenn sie mit mir sprechen?

(c) Lasse ich den Kindern, lassen sich die Kinder untereinander ausreichend Zeit, um sich zu äußern und einander zuzuhören? Haben wir Zeit, um einen Gedanken einmal über mehrere Sprecherwechsel hinweg zu entwickeln?

---

7 Das spontane Erkennen einer Abweichung bedeutet freilich nicht, dass man sie im Erwerbszusammenhang deuten kann. Dafür benötigt man wiederum theoretische Grundkenntnisse, vgl. Tracy 2010, in Druck.

Wenn diese Fragen, inbesondere (a) und (b), überwiegend negativ beantwortet werden, ist dies schon ein deutlicher Hinweis darauf, dass es um die Förderung schlecht bestellt ist.

Auch wenn die Begleituntersuchungen, wie im Fall von „Sag' mal was" auf den ersten Blick ein überwiegend besorgniserregendes Bild von den institutionellen Rahmenbedingungen der Förderung und vom Kenntnisstand insbesondere unerfahrener Fachkräfte zeichnen, so schlagen sie im Grunde mit ihren Verbesserungsvorschlägen in die gleiche Kerbe wie die Praktiker selbst: Die pädagogischen Teams von Kitas und Schulen – mindestens von Einrichtungen in Brennpunkten – benötigen mehr und besser qualifiziertes und durch Praxisberatung/Coaching unterstütztes Personal. Diese Übereinstimmung von Einschätzungen der Praxiskräfte selbst und der Evaluationsstudien wird hoffentlich dazu führen, dass pädagogische Fachkräfte zunehmend ihre Berührungsängste in Bezug auf Begleitforschung verlieren und auch in einer auf den ersten Blick negativen Bilanz eine Argumentationshilfe zur Optimierung der Sprachförderung und der Qualität ihrer Bildungsarbeit insgesamt wahrnehmen.

3. Was können wir aus Widersprüchen zwischen Potential und Realität lernen?

Chomsky, einem der wichtigsten Linguisten der letzten fünfzig Jahre, haben wir die Formulierung zweier erkenntnistheoretischer Kernprobleme zu verdanken. Das erste Problem wird in der Spracherwerbsforschung und in der Linguistik im Allgemeinen als Lernbarkeitsproblem bzw. *Chomskys Problem* (auch als *Platons Problem*) bezeichnet (vgl. Pinker 1984, Chomsky 1986, Guasti 2004). Dabei geht es um eine Beantwortung der Frage, wieso ein Mensch in der Lage ist, sich Sprachen ohne Unterricht anzueignen und bereits in der frühen Kindheit potentiell unendliche und nie gehörte Sätze zu verstehen und zu produzieren, obwohl seine tatsächliche Erfahrung mit Sprache endlich und fragmentarisch ist. Das zweite Problem wird von Chomsky als *Orwells Problem* bezeichnet. Hierbei geht es darum zu erklären, "why we know so little, even though the evidence available is so rich." (Chomsky 1986:xxvii) Während Chomsky hier – daher die Anspielung auf den Schriftsteller George Orwell – auf die Machenschaften politischer Regime anspielt, vor denen man oftmals leichtgläubig die Augen verschließt, kann man dieses Zitat wie folgt auf unseren aktuellen Bildungsnotstand ummünzen (vgl. auch Tracy 2011): Im Grunde wissen wir bereits eine Menge darüber, warum der Zweitspracherwerb noch nicht so funktioniert, wie es eigentlich aufgrund der natürlichen Sprachfähigkeit des Menschen möglich sein sollte. Warum also tun wir uns so schwer damit, entsprechend zu handeln und die Erwerbsbedingungen und Förderangebote zu optimieren? In diesem Sinne erhoffe ich mir von „Sag' mal was" weitere Impulse für die konsequente Behebung erkannter Mängel. Sprachförderung kann nicht unter beliebigen Bedingungen funktionieren, auch wenn Menschen im Prinzip hervorragende Sprachlerner sind.

Aus der internationalen Spracherwerbsforschung wissen wir, dass es sich mindestens beim Erstspracherwerb um einen sehr „robusten" Prozess handelt (vgl. die Aufsätze in Grimm 2000, Guasti 2004). Damit ist gemeint, dass sich sprachlich typisch entwickelte Kinder unter normalen Interaktionsbedingungen die Grundstrukturen ihrer

der insgesamt und bei manchen Einrichtungen extrem geringe Förderumfang, die Überforderung von Fachkräften durch die Gruppengröße, durch mangelnde Erfahrung und unzureichende Unterstützung im Kollegium und fehlendes Coaching zeigen, wo Verbesserungen am dringlichsten sind.

Optimierungsbedarf besteht offensichtlich auch auf Seiten der Evaluation, um die Passung von Fördermaßnahmen und Leistungsmessung sicherzustellen. Aufgabe künftiger Forschung wird es daher sein, unterschiedliche Förderszenarien unter wesentlich strenger kontrollierten Bedingungen zu vergleichen, beispielsweise um die Relevanz der Gruppengröße oder des Expertenwissens seitens der Fachkräfte belastbar nachzuweisen. Zwingend ist auch der Einsatz von diagnostischen Testverfahren, die für die Zielgruppe und die Erwerbsaufgabe geeignet sind und wissenschaftlichen Gütekriterien folgen.

Handlungsbedarf zeichnet sich auch auf anderen Ebenen ab, denn explizites Basiswissen über Sprache, insbesondere über die Zielsprache, gehört im Grunde zu denjenigen Kenntnissen, die man sich bereits im Verlauf der Grundschulzeit und in den ersten Jahren weiterführender Schulen aneignen sollte. Pädagogische Fachkräfte, Studienanfänger und viele Lehrer tun sich ausgesprochen schwer im Umgang mit elementarer grammatischer Terminologie und Klassifikation, z.B. bei der Unterscheidung von Wortklassen oder der Beantwortung der Frage, an welchen Merkmalen man das Subjekt eines Satzes erkennen kann. Aber ohne analytische Grundkenntnisse lassen sich weder Beobachtungsbögen ausfüllen noch Sprachstandstests durchführen und gezielte Fördermaßnahmen motivieren. Rudimentäres explizites Wissen über Sprache, Kommunikation und Mehrsprachigkeit ist auch Voraussetzung für den Umgang mit verantwortungsvollen bildungspolitischen Entscheidungen. Aber einmal ganz abgesehen von dieser praktischen Relevanz gehören Grundkenntnisse über die menschliche Sprache sicher zu den Kompetenzen, die eine moderne Wissensgesellschaft allen abverlangen sollte, die ihre Bildungsinstitutionen durchlaufen.

Literatur

Bade, Klaus J./Bommes, Michael/Münz, Rainer (Hg.) (2004). Migrationsreport. Fakten – Analysen – Perspektiven. Frankfurt.

Baumert, Jürgen/Stanat, Petra/ Watermann, Rainer (Hg.) (2006). Herkunftsbedingte Disparitäten im Bildungswesen: Differenzielle Bildungsprozesse und Probleme der Verteilungsgerechtigkeit. Wiesbaden.

Birdsong, David (Hg.) (1999). Second language acquisition and the critical period hypothesis. Mahwah (NJ).

Brown, Roger (1973). A first language. Cambridge (MA).

Cenoz, Jasone/Genesee, Fred (2001). Trends in bilingual acquisition. Amsterdam/Philadelphia.

Chomsky, Noam (1986). Knowledge of language. New York.

de Houwer, Annick (1990). The acquisition of two languages from birth: a case study. Cambridge.

Deutsches PISA Konsortium (Hg.) (2001). PISA 2000 – Basiskompetenzen von Schülerinnen und Schülern im internationalen Vergleich. Opladen.

Dittmann, Jürgen (2010). Der Spracherwerb des Kindes. Verlauf und Störungen. München.

Dubowy, Minja/Ebert, Susanne/Maurice, Jutta v./Weinert, Sabine (2008). Sprachlich-kognitive Kompetenzen beim Eintritt in den Kindergarten - Ein Vergleich von Kindern mit und ohne Migrationshintergrund. In: Zeitschrift für Entwicklungspsychologie und Pädagogische Psychologie, 40(3), 124-134.

Erb, Jodok (2011). Die Entwicklung der Mehrsprachigkeit in Familien und die Sprachförderbedürftigkeit von Vorschulkindern. Ergebnisse aus der Einschulungsuntersuchung. Fachvortrag Stuttgart 23.3.2011.

Esser, Hartmut (2006). Sprache und Integration. Die sozialen Bedingungen und Folgen des Spracherwerbs von Migranten. Frankfurt a.M./New York.

Fritzenschaft, Agnes/Gawlitzek-Maiwald, Ira/Tracy, Rosemarie/Winkler, Susanne (1990). Wege zur komplexen Syntax. In: Zeitschrift für Sprachwissenschaft 9, 1-40.

Gasteiger-Klicpera, Barbara, Knapp, Werner/Kucharz, Diemut (2010). Abschlussbericht der Wissenschaftlichen Begleitung des Programms „Sag' mal was – Sprachförderung für Vorschulkinder". http://www.sagmalwas-bw.de/media/WiBe%201/pdf/PH-Weingarten_Abschlussbericht_2010.pdf (20.11.2010).

Genesee, Fred/Nicoladis, Elena (2006). Bilingual First Language Acquistion. In: Hoff, Erika/Shatz, Marilyn (Hg.). Blackwell Handbook of Language Development. Oxford, 324-342.

Grimm, Hannelore (2003). Störungen der Sprachentwicklung: Grundlagen - Ursachen - Diagnose - Intervention – Prävention. Göttingen.

Grimm, Hannelore/Schöler, Hermann (1991). Der Heidelberger Sprachentwicklungstest H-S-E-T. Göttingen.

Guasti, Maria T. (2004). Language Acquisition. Cambridge.

Haznedar, Belma/Gavruseva, Elena (2008). Current Trends in Child Second Language Acquisition. Amsterdam.

Hofmann, Nicole/Polotzek, Silvana/Roos, Jeanette/Schöler, Hermann (2008). Sprachförderung im Vorschulalter – Evaluation dreier Sprachförderkonzepte. In: Diskurs Kindheits- und Jugendforschung 3, S. 291-300.

Hopf, Diether (2005). Zweisprachigkeit und Schulleistung bei Migrantenkindern. In: Zeitschrift für Pädagogik 51, 236-251.

Hopp, Holger/Frank, Sebastian/Tracy, Rosemarie (2009). Evaluationsstudie – Sprachförderung mit dem Elefanten: Abschlussbericht. Bundesministerium für Familie, Senioren, Jugend und Frauen. Berlin.

Hopp, Holger/Thoma, Dieter/Tracy, Rosemarie (2010). Sprachförderkompetenz pädagogischer Fachkräfte: Ein sprachwissenschaftliches Modell. In: Zeitschrift für Erziehungswissenschaft 13(4), S. 609-629.

Jampert, Karin/Best, Petra/Guadatiello, Angela/Holler, Doris/Zehnbauer, Anne (2007). Schlüsselkompetenz Sprache. Sprachliche Bildung und Förderung im Kindergarten. Konzepte - Projekte - Maßnahmen. Berlin.

Kaltenbacher, Erika (2011). Zur Problematik der Evaluation von Sprachfördermaßnahmen. In: FADAF 85, 163-178.

Kany, Werner/Schöler, Hermann (2007). Fokus: Sprachdiagnostik - Leitfaden zur Sprachstandbestimmung im Kindergarten. Berlin.

Köller, Olaf/Knigge, Michel/Tesch, Bernd (Hg.) (2010). Sprachliche Kompetenzen im Ländervergleich. Münster.

Köpke, Barbara/Schmid, Monika/Keijzer, Merel/Dostert, Susan (Hg.) (2004). Language attrition: Theoretical perspectives. Amsterdam.

Krempin, Maren/Mehler, Kerstin/Tracy, Rosemarie (2009). Sprache macht stark! Ludwigshafen am Rhein.

Lenhardt, Wolfgang/Schneider, Wolfgang (2006). ELFE 1-6. Ein Leseverständnistest für Erst- bis Sechstklässler. Göttingen.

List, Gudula (2010). Frühpädagogik als Sprachförderung. Qualifikationsanforderungen für die Aus- und Weiterbildung der Fachkräfte [Electronic Version]. WiFF-Reihe, 2 from http://www.weiterbildungsinitiative.de/uploads/media/wiff_list_langfassung_final.pdf.

Meisel, Jürgen M. (2004). The bilingual child. In: Bhatia, Tej K./Ritchie, William C. (Hg.). The handbook of bilingualism. Malden, 91-113.

Meisel, Jürgen M. (2007). Mehrsprachigkeit in der frühen Kindheit: Zur Rolle des Alters bei Erwerbsbeginn. In: Anstatt, Tanja (Hg.). Mehrsprachigkeit bei Kindern und Erwachsenen. Tübingen, 93-113.

Ministerium für Kultus, Jugend und Sport Baden-Württemberg (2007). Orientierungsplan für Bildung und Erziehung für die baden-württembergischen Kindergärten. Berlin.

Müller, Natascha/Kupisch, Tanja/Schmitz, Katrin/Cantone, Katja (2007): Einführung in die Mehrsprachigkeitsforschung. Tübingen.

Redder, Angelika/Schwippert, Knut/Hasselhorn, Marcus/Forschner, Sabine/Fickermann, Detlef/Ehlich, Konrad (2011). Bilanz und Konzeptualisierung von strukturierter Forschung zu „Sprachdiagnostik und Sprachförderung". Hamburg.

Reich, Hans H./Roth, Hans-J. (Hg.) (2009). Von der Sprachdiagnose zur Sprachförderung. Münster.

Roeper, Tom (2007). The Prism of Grammar. How Child Language Illuminates Humanism. Cambridge (MA).

Roos, Jeanette/Polotzek, Silvana/Schöler, Hermann (2010). EVAS. Evaluationsstudie zu Sprachförderung von Vorschulkindern. www.bwstiftung.de

Rothweiler, Monika (1993). Nebensatzerwerb im Deutschen. Tübingen.

Rothweiler, Monika (2006). The acquisition of V2 and subordinate clauses in early successive acquisition of German. In: Lleó, Conxita (Hg.) (2006). Interfaces in Multilingualism. Amsterdam, 91-113.

Schulz, Petra (2007). Erstspracherwerb Deutsch: Sprachliche Fähigkeiten von Eins bis Zehn. In: Graf, Ulrike/Moser Opitz, Elisabeth (Hg.). Diagnostik am Schulanfang. Baltmannsweiler, 67-86.

Schulz, Petra/Kersten, Anja/Kleissendorf, Barbara (2009). Zwischen Spracherwerbsforschung und Bildungspolitik: Sprachdiagnostik in der frühen Kindheit. In: Zeitschrift für Soziologie der Erziehung und Sozialisation 29, 122-140.

Schulz, Petra/Tracy, Rosemarie, in Verbindung mit der Baden-Württemberg Stiftung (2011). Linguistische Sprachstandserhebung – Deutsch als Zweitsprache (LiSe-DaZ). Göttingen.

Stolberg, Doris/Tracy, Rosemarie (2008). Nachbarn auf engstem Raum. Koexistenz, Konkurrenz und Kooperation im mehrsprachigen Kopf. In: Eichinger, Ludwig/Plewnia, Albert (Hg.). Das Deutsche und seine Nachbarn. Über Identitäten und Mehrsprachigkeit. (= Studien zur Deutschen Sprache 46). Tübingen, 83-107.

Thoma, Dieter/Tracy, Rosemarie (2006). Deutsch als frühe Zweitsprache: zweite Erstsprache? In: Ahrenholz, Bernt (Hg.). Kinder mit Migrationshintergrund - Spracherwerb und Fördermöglichkeiten. Freiburg im Breisgau, 58-79.

Tomasello, Michael (2003). Constructing a language: a usage-based theory of language acquisition. Cambridge (MA).

Tracy, Rosemarie (1991). Sprachliche Strukturentwicklung: Linguistische und kognitionspsychologische Aspekte einer Theorie des Erstspracherwerbs. Tübingen.

Tracy, Rosemarie (2008). Wie Kinder Sprache lernen - Und wie wir sie dabei unterstützen können. Tübingen.

Tracy, Rosemarie (2010). Pädagogik und Sprachwissenschaft – Not- oder Interessensgemeinschaft? In: Krüger-Potratz, Margret/Neumann, Ursula/Reich, Hans H. (Hg.): Bei Vielfalt Chancengleichheit. Münster, 213-226.

Tracy, Rosemarie (im Druck). Mehrsprachigkeit: Realität, Irrtümer, Visionen. In: Plewnia, Albert et al. (Hg.). Sprache und Integration. Tübingen.

Tracy, Rosemarie/Gawlitzek-Maiwald, Ira (2000): Bilingualismus in der frühen Kindheit. In: Grimm, Hannelore (Hg.). Enzyklopädie der Psychologie. Band 3: Sprachentwicklung. Göttingen, S. 495-535.

Tracy, Rosemarie/Lemke, Vytautas (Hg.) (2009). Sprache macht stark. Berlin.

Tracy, Rosemarie/Thoma, Dieter (2009). Convergence on finite V2 clauses in L1, bilingual L1 and early L2 aquisition. In: Dimroth, Christine/Jordens, Peter (Hg.): Studies on Language Acquisition - Functional Categories in Learner Language. Berlin/New York, 1-43.

Ulich, Michaela/Mayr, Toni (2003). Sismik – Sprachverhalten und Interesse an Sprache bei Migrantenkindern in Kindertagesstätten. Freiburg.

Ulich, Michaela/Mayr, Toni (2006). Seldak – Sprachentwicklung und Literacy bei deutschsprachig aufwachsenden Kindern. Freiburg.

Wößmann, Ludger/Piopiunik, Marc (2009). Was unzureichende Bildung kostet: eine Berechnung der Folgekosten durch entgangenes Wirtschaftswachstum. Gütersloh.

Die wissenschaftliche Begleitforschung von „Sag' mal was – Sprachförderung für Vorschulkinder"

29. und 30. April 2009
Haus der Wirtschaft Stuttgart

LANDESSTIFTUNG
Baden-Württemberg

Die wissenschaftliche Begleitforschung durch die Pädagogische Hochschule Weingarten

Barbara Gasteiger-Klicpera, Werner Knapp und Diemut Kucharz

Einleitung

Ein so umfangreiches landesweites Programm wie „Sag' mal was" wissenschaftlich zu begleiten, stellt eine Aufgabe mit hohen und komplexen Anforderungen dar. Zum einen soll diese wissenschaftliche Begleitung verdeutlichen, ob die für die Sprachförderung eingesetzten Mittel den erwarteten Erfolg bringen, zum anderen soll das bestehende Konzept weiterentwickelt werden. Dieser Weiterentwicklung sind jedoch enge Grenzen gesetzt, da die Sprachförderung bestimmten Rahmenbedingungen und Vorgaben unterliegt und in ihrer Organisation und Durchführung eine Reihe an Institutionen und Personen involviert sind.

Den hohen Anforderungen stehen auf der anderen Seite eine Reihe von methodischen Problemen und grundsätzliche Fragen bezüglich Evaluation gegenüber. Hier ist zunächst die Frage danach zu beantworten, was denn als Erfolg in der Sprachförderung zu sehen ist. Ein Erfolg könnte schon allein der Nachweis dafür sein, dass die Kinder in dem geförderten Zeitraum Lernfortschritte machen, d. h. dass sie sprachlich dazulernen. Auf der anderen Seite steht der Anspruch, dass der Lernzuwachs in der Sprachförderung zumindest den allgemeinen Entwicklungsfortschritt, der bei Kindern im Lauf eines Jahres erwartet werden kann, übersteigt. In diesem zweiten Fall kann die zu erwartende allgemeine sprachliche Entwicklung nur durch einen parallelen Vergleich mit einer altersentsprechenden Gruppe von Kindern erfasst werden. Die Gegenüberstellung einer Vergleichs- und Fördergruppe ist jedoch aus verschiedenen Gründen problematisch. Zum einen sollten auch weitere allgemeine Indikatoren, wie die Allgemeinbegabung, Alter und Geschlecht vergleichbar sein, und zudem sollte die soziale Schicht ähnlich sein, die ja auf die Leistungsentwicklung von Kindern immer einen nicht unbeträchtlichen Einfluss hat. Daher wurde in der vorliegenden Studie sowohl eine Untersuchung von Vergleichs- und Fördergruppe als auch eine Parallelisierung von Kindern nach zusätzlichen Kriterien durchgeführt. Die folgenden Ergebnisse stützen sich also auf eine Reihe von unterschiedlichen Analysen, die jedoch alle im Wesentlichen zu ähnlichen Befunden führten (siehe dazu Gasteiger-Klicpera, Knapp, Kucharz et al., 2010).

Ziele und Fragestellungen

Die Ziele dieser wissenschaftlichen Begleitung bestanden im Wesentlichen darin festzustellen, ob die Sprachförderung die erwarteten Effekte zeigte, sowie zu erfassen, welche Faktoren in besonderer Weise zum Erfolg der Sprachförderung beitrugen. In Bezug auf die erwarteten Effekte war in erster Linie die Frage zu klären, welcher zusätzliche Lernzuwachs der Kinder in der spezifischen Sprachförderung bewirkt wurde. Diese Frage sollte durch den Vergleich der Entwicklung geförderter und nicht geförderter Kinder beantwortet werden. Es wurde erwartet, dass durch die zusätzliche Maßnahme die sprachlichen Fähigkeiten der Kinder an die Leistungen der Vergleichskinder herankommen.

Des Weiteren ging es um die Klärung von differentiellen Effekten der Förderung. Hier soll der Zusammenhang zwischen individuellen Faktoren, den sprachlichen Voraussetzungen der Kinder, dem Migrationshintergrund, der allgemeinen kognitiven Leistungsfähigkeit sowie dem Alter und den Effekten der Förderung eruiert werden.

Zudem erschien es notwendig, den Einfluss von organisatorischen Aspekten (Zusammensetzung der Gruppen, Qualifikation der Fachkräfte, Vielfalt an Erstsprachen, etc.) auf den Fördereffekt zu klären, sowie, wenn möglich, die eingesetzten Programme nach inhaltlichen und methodischen Aspekten zu evaluieren und damit Empfehlungen und allgemeine Richtlinien für die Förderung zu erarbeiten.

In einem Programm, das über Jahre angelegt ist und in dem viele unterschiedliche Einrichtungen und Personen involviert sind, kann angenommen werden, dass sich die Erfahrungen über die Jahre akkumulieren. Dies gilt sowohl für die Erzieherinnen, die sich in diesem Bereich durch Fortbildungen qualifizieren, als auch für die Einrichtungen, in denen Material angeschafft wird und Förderpläne gemeinsam diskutiert werden. Daher kann angenommen werden, dass das Programm insgesamt zu einer Erhöhung des Wissensstandes über Sprachförderung bei den Erzieherinnen, den Einrichtungen und deren Trägern führt. Diese Annahme sollte durch einen Vergleich unterschiedlicher Jahrgänge untersucht werden.

Schließlich ist die Nachhaltigkeit der Förderung sowie die Frage, ob das Programm dazu beiträgt, Kindern mit Migrationshintergrund bessere Startchancen in der Schule zu ermöglichen, eine weitere wichtig Frage, die beantwortet werden muss.

Untersuchungsmethode

Um die Ziele und Fragestellungen der Untersuchung beantworten zu können, wurde ein gemischtes methodisches Design geplant, das sowohl quantitative als auch qualitative Verfahren umfasste.

Untersuchungsdesign: Im Vordergrund stand das Anliegen, die sprachlichen Fortschritte der Kinder zu erfassen und eventuelle Wirkfaktoren zu eruieren. Daher wurden im Rahmen einer sequenzierten Längsschnittuntersuchung die Kinder in zwei Kohorten und mehreren Untersuchungswellen sowohl sprachlich getestet als auch ihre kognitive Leistungsfähigkeit erfasst. Zudem wurden Erzieherinnen, Sprachförderpersonen (SFP), Eltern und die Leiterinnen der Einrichtungen um die Beantwortung einer Reihe von Fragen gebeten. Die Fragebögen erfassten Informationen über die familiären Verhältnisse, die sprachliche Entwicklung der Kinder, deren Sozial- und Aufmerksamkeitsverhalten, die Konzepte und Rahmenbedingungen der Sprachförderung sowie die der Sprachfördergruppen.

Um genauer verstehen zu können, wie denn die Sprachförderung abläuft, wurden Videoaufnahmen von einzelnen Sprachfördereinheiten angefertigt, die mit Hilfe eines systematischen Beobachtungssystems analysiert wurden.

Schließlich wurden Interviews mit einer Reihe von betroffenen Personen durchgeführt. Zu diesen gehörten sowohl Eltern von Kindern in der Sprachförderung als auch Erzieherinnen und Sprachförderkräfte von Kindertageseinrichtungen.

Stichprobe: Für die Längsschnittstudie wurden insgesamt 1150 Kinder (606 in der ersten Kohorte; 544 in der zweiten) zu drei bzw. zu vier Zeitpunkten getestet. Den Kindern wurde im Kindergarten zweimal (vor und nach dem Förderjahr) das Sprachscreening für das Vorschulalter (SSV; Grimm, 2003) vorgegeben, um den Sprachentwicklungstand zu erheben, sowie die Coloured Progressive Matrices (CPM; Bulheller & Häcker, 2002) zur Überprüfung der kognitiven Fähigkeiten. Des Weiteren wurden die Kinder am Ende der ersten und am Ende der zweiten Klasse (nur die erste Kohorte) mit dem Salzburger Lese- und Rechtschreibtest (SLRT; Landerl, Wimmer & Moser, 2006) hinsichtlich ihrer Fähigkeiten im Lesen und Rechtschreiben getestet.

Die Kinder der ersten Kohorte waren zum ersten Testzeitpunkt im Mittel 62,12 Monate (s=7,05), jene der zweiten Kohorte 60,75 Monate (s=7,46) alt. Ein Drittel der Fördergruppen kam aus einer Großstadt, ein Drittel aus mittelgroßen Städten und das letzte Drittel aus ländlichen Gebieten. 867 Kinder, das heißt ca. drei Viertel der getesteten Kinder, nahmen an einer Sprachförderung teil. 627 Kinder hatten Deutsch als Erstsprache, die anderen Sprachen der Kinder verteilten sich auf Türkisch (201 Kinder), Russisch (65 Kinder), Italienisch (38 Kinder), Bosnisch, Kroatisch, Serbisch (35 Kinder), Albanisch (33 Kinder), asiatische Sprachen (26), Arabisch (20), Portugiesisch (17), Griechisch (11), Englisch (10), Kurdisch (9), Rumänisch (8), Polnisch (7) sowie eine Reihe weiterer Sprachen.

Ergebnisse der Längsschnittstudie

Ergebnisse zu den Sprachfördergruppen: In den beiden Kohorten wurden insgesamt 108 Sprachfördergruppen untersucht. Die Anzahl der Kinder in den Gruppen lag zwischen sechs und zwölf Kindern. Die Förderung fand in sehr unterschiedlichen zeitlichen Abständen statt, je nach Sprachfördergruppe zwischen ein- bis fünfmal wöchentlich. Etwa die Hälfte der Gruppen (47 %) führte die Sprachförderung viermal in der Woche durch.

In Bezug auf die konzeptionelle Gestaltung arbeitete lediglich die Hälfte der Sprachförderpersonen situationsorientiert, ein Viertel gelegentlich und die übrigen Erzieherinnen arbeiteten gar nicht situationsorientiert. Ein relativ großer Teil der Sprachförderpersonen (ein Sechstel der Personen) gab an, es mangele an Gelegenheiten, sich mit anderen Personen auszutauschen, die ebenfalls Sprachförderung durchführten. Des Weiteren fehlte es vielen an Erfahrung. So konnte etwa die Hälfte der Sprachförderpersonen auf weniger als drei Jahre und ein Viertel auf weniger als zwei Jahre Erfahrung in der Sprachförderung zurückblicken. Die geringe Erfahrung wiederum hatte zur Folge, dass viel Zeit für Vor- und Nachbereitungsarbeit verwendet werden musste und dies von einem Großteil der Erzieherinnen in der Freizeit geleistet wurde.

Ein Drittel der Sprachfördergruppen bestand ausschließlich aus Kindern mit Migrationshintergrund. Dennoch wurde nur in etwa der Hälfte der Sprachfördergruppen die Familiensprache in die Förderung integriert, obgleich die Untersuchung zeigte, dass der Zuwachs an Sprachkompetenz der Kinder mit dem Einbezug der Familiensprache in die Förderung zusammenhing.

Entwicklung der sprachlichen Kompetenzen der Kinder: Generell zeigen die Mittel-
wertsvergleiche zu den sprachlichen Fähigkeiten der Kinder im „Satzgedächtnis"
(SG) und „phonologischen Gedächtnis für Nichtwörter" (PGN), dass sich die Kinder
in beiden Kompetenzbereichen über die Zeit signifikant verbesserten. Dieser Zuwachs
war jedoch unabhängig davon, ob die Kinder an einer Sprachförderung teilgenommen hatten oder nicht. Anzumerken ist zudem, dass sich das Ausgangsniveau von
Vergleichs- und Fördergruppe in allen Fällen deutlich unterschied. Kinder in der Förderung begannen bei einem deutlich geringeren Ausgangsniveau ihrer sprachlichen
Fähigkeiten (siehe Abbildung 1 und 2).

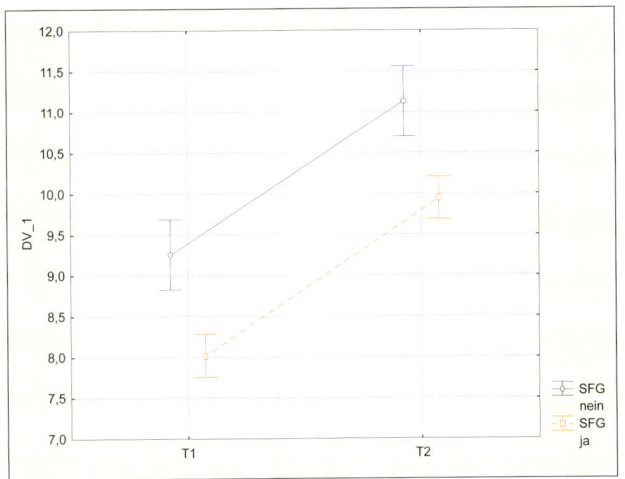

Abbildung 1:

*Entwicklung der Leis-
tung im „Phonologi-
schen Gedächtnis für
Nichtwörter" der geför-
derten und nicht geför-
derten Kinder (SFG=
Sprachfördergruppe)*

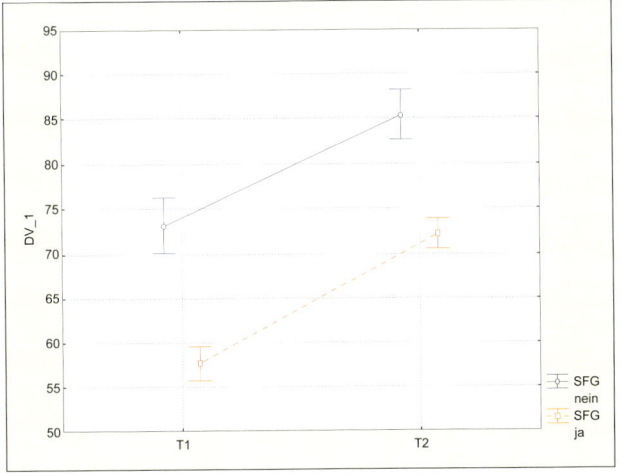

Abbildung 2:

*Entwicklung der Leis-
tung im „Satzgedächt-
nis" der geförderten
und nicht geförderten
Kinder (SFG= Sprach-
fördergruppe)*

Während sich bei der Entwicklung des phonologischen Gedächtnisses für Nichtwörter kein Einfluss der Sprachförderung nachweisen ließ, auch nicht, wenn man die
regionale Herkunft und den Migrationshintergrund mit berücksichtigte, zeigte sich
für das Satzgedächtnis bei der Gesamtgruppe neben dem signifikanten Leistungszuwachs über die Zeit auch ein schwacher Effekt ($F(1,864)=5.17$, $p<.05$, $\eta^2=.05$) der

Sprachförderung: Kinder, die an einer Sprachförderung teilgenommen hatten, hatten einen etwas stärkeren Zuwachs über die Zeit als Kinder, die nicht gefördert wurden. Dieser Zuwachs ist in der Stadt deutlicher sichtbar als auf dem Land. Bei der Überprüfung von Unterschieden zwischen erster und zweiter Kohorte zeigten sich keine Unterschiede im phonologischen Gedächtnis für Nichtwörter. Für das Satzgedächtnis zeigte sich eine signifikante Interaktion mit der Sprachförderung, die jedoch nur auf die Kohorte 2 zurückzuführen ist ($F(1,376)=7.19$, $p<.01$, $\eta^2=.19$).

Berücksichtigt man bei der Gesamtgruppe den Förderbedarf, indem man die Kinder nach ihren Ausgangstestwerten in zwei Gruppen einteilt, nämlich förderbedürftige und nicht förderbedürftige, dann zeigt sich neben dem Effekt der Zeit auch eine signifikante Interaktion zwischen Zeit und Förderbedarf. Das bedeutet, dass anfangs schwache, also förderbedürftige Kinder einen höheren Leistungszuwachs über die Zeit hatten, unabhängig davon, ob sie tatsächlich gefördert wurden oder nicht. Dies galt für das phonologische Gedächtnis für Nichtwörter und das Satzgedächtnis gleichermaßen.

Eine Ausnahme stellten im phonologischen Gedächtnis für Nichtwörter förderbedürftige mehrsprachige Kinder und Kinder, die nicht an einem sozialen Brennpunkt lebten, dar. Deren Leistungszuwachs unterschied sich nicht von jenem der guten, d. h. nicht förderbedürftigen Kinder. Dies bedarf in beiden Gruppen wahrscheinlich unterschiedlicher Erklärungen. In der Stichprobe der Kinder außerhalb von sozialen Brennpunkten könnten sich auch einige Kinder mit spezifischen Sprachentwicklungsstörungen befunden haben, bei denen eine rasche Verbesserung nicht erwartet werden kann. Bei den mehrsprachigen Kindern könnten sich der sozioökonomische Hintergrund der Familien und die mangelnde Gelegenheit, die deutsche Sprache zu üben, auswirken.

Für die nach den Kriterien Alter, Geschlecht, Intelligenz, soziale Schicht und Ein- sowie Mehrsprachigkeit parallelisierte Stichprobe von 152 Kindern zeigten sich ähnliche Effekte: neben einem signifikanten Haupteffekt der Zeit hatten die anfangs schwächeren Kinder einen stärkeren Anstieg ihrer Sprachkompetenz, Effekte der Sprachförderung konnten aber nicht aufgezeigt werden.

Ergebnisse im Lesen und Rechtschreiben am Ende der ersten Klasse: Um die längerfristigen Auswirkungen der Sprachförderung zu überprüfen, wurden die Ergebnisse des SLRT im Lesen und Schreiben am Ende der ersten Klasse herangezogen. Auch in diesen schulischen Fähigkeiten konnten keine Effekte der Sprachförderung nachgewiesen werden, weder in der Gesamtstichprobe noch in den spezifischen Gruppen (sozialer Brennpunkt, kein sozialer Brennpunkt; einsprachig, mehrsprachig). Die zusätzliche Berücksichtigung des Förderbedarfs der Kinder zeigte ebenfalls keine Effekte der Sprachförderung.

Ergebnisse des Elternfragebogens: Nach den Angaben der Eltern wurde ein Großteil der Kinder, die an der Untersuchung teilnahmen, in Deutschland geboren oder lebte bereits lange Zeit in Deutschland. Die Eltern kamen aus sehr unterschiedlichen Ländern mit einer Vielfalt an sprachlichen und kulturellen Unterschieden. In vielen der Migrationsfamilien wurde Deutsch nicht als Erstsprache gesprochen.

Die sozioökonomische Situation der Familien war unterdurchschnittlich. Einem Großteil der Familien der Fördergruppe stand wenig Geld zur Verfügung (im Mittel pro Person etwa 350 Euro im Monat). Der Wohnraum, der für jede Person zur Verfügung stand, betrug meist zwischen 17 und 24 Quadratmeter, im Schnitt waren es 22,5 Quadratmeter pro Person für die Kinder der Fördergruppe. In der Gesamtgruppe hatten 5 % der Mütter keinen und weitere 35 % einen Hauptschulabschluss, bei den Vätern waren 3 % ohne Schulabschluss und 43 % hatten einen Hauptschulabschluss.

Die Eltern neigten dazu, ihre Kinder zu überschätzen und es war ihnen nicht immer bewusst, welche Bedeutung der Beherrschung des Deutschen für den Erwerb des Lesens und Schreibens zukommt.

Betrachtet man die Angaben der Eltern zur Erstsprachkompetenz ihrer Kinder, so fällt auf, dass deutschsprachige Kinder einen früheren und differenzierteren Sprachgebrauch aufwiesen. Dies kann dadurch begründet sein, dass in vielen Migrationsfamilien die Erstsprache nicht ausreichend gefördert wurde.

Schließlich wurde die Sicht der Eltern auf den Kindergartenbesuch und die Sprachförderung in der Kindertagesstätte betrachtet. Der Besuch der Kindertageseinrichtung war den Eltern sehr wichtig, ebenso äußerten vor allem Eltern mit Migrationshintergrund große Zustimmung zum Angebot der zusätzlichen sprachlichen Förderung in der Einrichtung. Auch die Sprachfördermaßnahme der Baden-Württemberg Stiftung wurde von 99,5 % der Eltern der Förderkinder als sehr wichtig bzw. wichtig eingeschätzt.

Ergebnisse der Interviewstudie

Für die Interviewstudie wurden 14 Interviews ausgewählt und im Sinne einer Typenbildung ausgewertet. Ziel war es in Erfahrung zu bringen, wie die Sprachförderpersonen die Sprachförderung sahen, was ihnen wichtig war und welche Schwierigkeiten ihnen begegneten. Die Auswertung konnte zwei Typen von Sprachförderpersonen identifizieren, deren Sichtweise der Sprachförderung sich deutlich unterscheiden ließ: *einen versierten Typus vs. einen unsicheren Typus*. Das Vorgehen des *versierten Typus* zeichnete sich dadurch aus, dass die Gestaltung der Sprachförderung theoriegeleitet vorgenommen und vorhandene Konzepte entsprechend erweitert wurden. Schwierigkeiten wurden nicht nur in organisatorischen Rahmenbedingungen gesehen, sondern unter Einbezug der besonderen Fördersituation. Entsprechende Lösungsmöglichkeiten wurden aufgezeigt. Auch für die Zusammenarbeit mit den Eltern wurden deutlichere Akzente gesetzt. Vor allem zeigten sich Unterschiede im vorherrschenden Interaktionsmuster: Während der *unsichere Typus* sich selbst als Sprachförderperson im Zentrum des Geschehens und jeglicher Interaktion sah, gelang es dem *versierten Typus* eher, Kinder und Eltern aktiv in die Kommunikation einzubeziehen. Dadurch gelang es diesen Sprachförderpersonen nach eigener Auskunft auch besser, auf die individuellen Voraussetzungen der Kinder einzugehen. Ausschlaggebend für die unterschiedliche Zuordnung erwiesen sich Art und Umfang der besuchten Fortbildungen zur Sprachförderung.

Erkenntnisse aus der Videostudie

Um die Interaktionen in der Sprachförderung möglichst genau zu beschreiben, wurden Videoaufnahmen von 30 Sprachfördereinheiten angefertigt, transkribiert und mithilfe eines eigens dafür entwickelten Beobachtungssystems analysiert. Insbesondere wurde erfasst, welche Aktivitäten in den Fördereinheiten durchgeführt wurden, in welchen Sozialformen diese arrangiert waren sowie vor allem, welche sprachlichen Lernbereiche in der Förderung fokussiert wurden. Die Analyse machte deutlich, dass organisatorische Sequenzen innerhalb der Fördermaßnahmen einen hohen Anteil einnahmen. So entfielen durchschnittlich etwa 20 % der Förderzeit auf Aktivitäten organisatorischer Art. In sprachlicher Hinsicht fanden Gespräche, Erklärungen, aber auch Übungen und Spiele zum Wortschatz und Aspekten der phonologischen Bewusstheit oftmals Berücksichtigung, wohingegen für grammatische Inhalte, aber auch für Erzählen und Vorlesen kaum Zeit verwendet wurde. Bezüglich der Sozialform waren die analysierten Sequenzen sehr gleichförmig organisiert: unabhängig von der jeweiligen Aktivität und/oder dem geförderten Sprachbereich waren beinahe 95 % der Sequenzen als Förderung in der Gesamtgruppe konzipiert (z. B. indem die Kinder gemeinsam ein Lied sangen oder ein Brettspiel durchführten), wohingegen Binnendifferenzierungen in der Gruppe (z. B. in Form von Einzel- oder Partnerarbeit) kaum stattfanden.

Als zweiter Schritt wurden die videografierten Sprachfördereinheiten einer Qualitätsanalyse unterzogen. Zu diesem Zweck wurde in einzelnen Sequenzen die Umsetzung ausgewählter Qualitätsmerkmale analysiert. Folgende Aspekte standen dabei im Vordergrund:

→ die Häufigkeit von Erweiterungen der kindlichen Äußerungen durch die SFP (Expansionen),
→ die Verteilung der Gesprächsanteile (Anzahl gesprochener Wörter),
→ die Einbettung des Wortschatzes in einen Satzkontext (Anzahl der linksständigen Erweiterungen in Nominalphrasen),
→ der Umgang der SFP mit Fehlern in Kinderäußerungen sowie
→ die Aufmerksamkeit der Kinder.

Aus den Analysen der Sequenzen sind zwei wesentliche Erkenntnisse zu ziehen: Zum einen wird deutlich, dass Sprache durch einen bewussten Umgang auch in spontan entstehenden Erzählbeiträgen der Kinder sowie in organisatorischen Planungsgesprächen gefördert werden kann. Wichtig ist allerdings, dass die Sprachförderkraft sich des förderlichen Potentials dieser Situationen bewusst ist und es entsprechend nutzt.

Der Vergleich zwischen Sequenzen, die denselben Sprachfördereinheiten entnommen waren und damit dieselben Kinder und dieselbe Sprachförderkraft zeigten, machten zudem deutlich, dass Sprachmerkmale wie die Anwendung von Erweiterungen kindlicher Gesprächsbeiträge oder das Rückmeldeverhalten nicht ausschließlich personenabhängig sind, sondern auch durch das Arrangement und die Gestaltung der Situation beeinflusst werden. Dies führt zu dem Schluss, dass Qualität in Sprachfördersituationen auch durch den jeweiligen Situationskontext bedingt wird, indem dieser sich auf das Vorkommen förderlicher Interaktionsmerkmale auswirkt. Entsprechend stand die Gestaltung der Situationen in den analysierten Sequenzen auch mit der Gesprächsbeteiligung der Kinder sowie deren Aufmerksamkeit im Zusammenhang. Insbesondere situativ verankerte und kontextgebundene Sequenzen, in denen neue Begriffe nicht nur genannt wurden, sondern in denen neuer Wortschatz in möglichst vielen (Satz-)Kontexten gebraucht wurde, konnten als förderlich identifiziert werden.

Zusammenfassung

Die Ergebnisse der Studie zeigen auf, dass die Effekte der Sprachförderung nur teilweise den Erwartungen entsprachen. Dies fällt insbesondere dann auf, wenn jene Kinder verglichen werden, die sich am unteren Ende des Leistungsspektrums befinden. Daher erscheint es nicht verwunderlich, dass auch im Längsschnitt bis in die zweite Klasse hinein keine längerfristigen Effekte nachgewiesen werden konnten.

Dennoch erscheinen manche Ergebnisse bedenkenswert. Zunächst sind die Unterschiede in den Ergebnissen zwischen den beiden Kohorten zu beachten. Die größeren Lernzuwächse der Kinder der zweiten Kohorte erscheinen hoffnungsvoll und würden den Schluss zulassen, dass es in der Zwischenzeit gelungen ist, die Qualifikation der Sprachförderpersonen zu verbessern, die Auswahl der Kinder präziser zu gestalten und vor allem bereits jüngere Kinder in die Sprachförderung zu nehmen, bei denen die Leistungszuwächse durchwegs höher sind. Diese positive Nachricht sollte jedoch nicht darüber hinwegtäuschen, dass noch eine Reihe von Aufgaben zu lösen ist, bevor wir wirklich annehmen können, dass die in der Sprachförderung eingesetzten Mittel auch die erwarteten Effekte zeigen. Detailliert zeigen die Videoanalysen, dass die Umsetzung der Sprachförderung in den einzelnen Gruppen noch große Schwierigkeiten verursacht. Die Aufmerksamkeitsspanne der Kinder ist gering, die eingesetzte didaktische Vorgehensweise zu wenig differenziert und individualisiert. Zudem ist die Sprachförderung häufig nicht ausreichend gut in den Alltag eingebettet und wirkt wie eine isolierte Übung von grammatischen Schwerpunkten oder von einzelnen Wortfamilien.

Aus den Interviews mit den Erzieherinnen, die die Sprachförderung durchführten, wurde deutlich, welcher Stellenwert der Qualifikation der Erzieherinnen zukommt. Nur wenn sich diese ausreichend auf diese komplexe Aufgabe mit einer sehr heterogenen Gruppe vorbereitet fühlen, kann die Sprachförderung auch so gestaltet werden, dass die Kinder davon deutlich profitieren können.

Literatur

Bulheller, S. & Häcker, H. (Hrsg.). (2002). CPM – Coloured Progressive Matrices. Frankfurt a. M.: Swets.

Gasteiger-Klicpera, B., Knapp, W., Kucharz, D., Patzelt, D., Ricart Brede, J., Schmidt, B. M. & Vomhof, B. (2010). Abschlussbericht der Wissenschaftlichen Begleitung des Programms „Sag' mal was – Sprachförderung für Vorschulkinder". Pädagogische Hochschule Weingarten.

Grimm, H. (2003). SSV. Sprachscreening für das Vorschulalter. Kurzform des SETK 3–5. Göttingen: Hogrefe.

Landerl, K., Wimmer, H. & Moser, E. (2006). Salzburger Lese- und Rechtschreibtest. Verfahren zur Differentialdiagnostik von Störungen des Lesens und Schreibens für die 1. bis 4. Schulstufe. Bern: Huber.

Die Ergebnisse des Projekts EVAS, der Evaluationsstudie zur Sprachförderung von Vorschulkindern in Heidelberger und Mannheimer Kindergärten

Hermann Schöler und Jeanette Roos

Um die Wirksamkeit der Sprachfördermaßnahmen im Programm „Sag' mal was" zu überprüfen, wurde von zwei Projektgruppen (Heidelberg und Weingarten) im Auftrag der Baden-Württemberg Stiftung eine wissenschaftliche Begleitung durchgeführt. In der folgenden Kurzfassung werden einige Ergebnisse der Heidelberger Projektgruppe dargestellt.[1]

Fragestellung

Folgende Fragen sollten im Rahmen des Projektes EVAS beantwortet werden:

→ Verbessern sich die sprachlichen Leistungen der Kinder mit einem Sprachförderbedarf nach Durchführung spezifischer Sprachfördermaßnahmen durch eigens geschulte Sprachförderkräfte? Sind Leistungsveränderungen durch Merkmale des Kindes (Geschlecht, Intelligenz) und/oder Faktoren des familiären und sozialen Hintergrundes (Familiensprache, Sozialstatus) (mit-)bedingt?

→ Sind die zu erwartenden Leistungsverbesserungen der geförderten Kinder auf die eingesetzten spezifischen Fördermaßnahmen zurückzuführen? Das heißt: Profitieren die im Programm „Sag' mal was" spezifisch geförderten Kinder hinsichtlich ihrer sprachlichen Leistungen mehr von den durch Förderkräfte durchgeführten, zusätzlichen strukturierten Maßnahmen im Vergleich zu den Kindern mit einem vergleichbaren Sprachförderbedarf, bei denen aber keine zusätzlichen, über die üblichen elementarpädagogischen Bildungskonzeptionen hinausgehenden Sprachfördermaßnahmen durchgeführt werden?

→ Haben die spezifisch geförderten Kinder gegenüber den unspezifisch geförderten Kindern Vorteile hinsichtlich ihrer schulischen Leistungen?

Erwartet wurde, dass spezifische Sprachfördermaßnahmen durch geschulte Sprachförderkräfte bei Kindern mit einem Sprachförderbedarf bewirken, dass (a) sie sich in ihrer sprachlichen Leistung deutlich verbessern und (b) sie von einer solchen Förderung insoweit profitieren, dass sie besser auf die Erfordernisse der Schule vorbereitet werden, d. h. ihre Startchancen günstiger werden, und sie in der Grundschule Leistungen und Lernergebnisse erzielen, die ihrer Begabung entsprechen. Darüber hinaus wurde angenommen, dass Vorschulkinder, die im letzten Jahr ihres Kindergartenbesuchs spezifische sprachliche Fördermaßnahmen im Programm „Sag' mal was" erhalten haben, nach der Förderung über bessere sprachliche Fähigkeiten verfügen als

---

1 Der Abschlussbericht ist unter http://www.sagmalwas-bw.de/media/WiBe 1/pdf/EVAS_Abschlussbericht_Januar_2010.pdf einsehbar. Dort finden sich auch Tabellen und Abbildungen, die die hier getroffenen Aussagen im Detail erläutern.

Kinder mit vergleichbarem Sprachförderbedarf ohne spezielle zusätzliche Förderung durch geschulte Sprachförderkräfte im Kindergarten.[2] Darüber hinaus wurde erwartet, dass sich die Sprachleistungen der spezifisch geförderten Kinder dem sprachlichen und schulischen Leistungsniveau von Kindern annähern, die keinen Sprachförderbedarf haben.

Da in den am Programm „Sag' mal was" teilnehmenden und in der EVAS-Studie einbezogenen Kindertageseinrichtungen drei verschiedene Sprachförderkonzepte[3] eingesetzt wurden: (1) das Programm von Penner (2003), (2) die Sprachförderung nach Tracy (2003) und das Programm von Kaltenbacher und Klages (2005), war zusätzlich die Frage möglich, ob sich differenzielle Effekte dieser verschiedenen Förderkonzepte zeigen. Die Konzepte unterscheiden sich u. a. hinsichtlich der Vorgaben, des Materials und der Umsetzung, sodass angenommen werden kann, dass sich die drei Förderkonzepte auch verschieden auf den Erwerb sprachlicher Leistungen auswirken, möglicherweise sind sie unterschiedlich wirksam auf den Erwerb der verschiedenen sprachlichen Strukturebenen wie Syntax, Morphologie, Semantik oder Wortschatz.

Methode

Design. Um Aufschluss über die Wirkung von Sprachfördermaßnahmen zu erhalten, sind bestimmte Standards einer Evaluation zu berücksichtigen, wie z. B. die Bildung von Vergleichsgruppen, die standardisierte Diagnose des Förderbedarfs sowie der Einsatz erprobter und den Gütekriterien genügender Untersuchungsverfahren. Aus ethischen Gründen sind eine randomisierte Zuweisung und die Bildung einer Kontrollgruppe mit Förderbedarf, die aber keine Förderung erhält, nicht möglich. Daher müssen andere Untersuchungsdesigns zur Anwendung kommen. Will man die Überlegenheit einer spezifischen Intervention überprüfen, ist eine vergleichende Evaluation vorzunehmen, bei der eine spezifische Fördermaßnahme mit anderen spezifischen Maßnahmen oder aber den Auswirkungen einer unspezifischen, aber ähnlichen Beschäftigung verglichen wird. Im Falle der Prüfung einer speziellen Sprachfördermaßnahme im Kindergarten, wie sie bei der wissenschaftlichen Begleitung des Programms „Sag' mal was" gegeben ist, besteht die Situation, dass die Kinder einer Vergleichsgruppe mit Förderbedarf – wie auch Kinder ohne einen Sprachförderbedarf – sprachliche Bildung im herkömmlichen Kindergartenalltag erfahren, während die „Förderkinder" eine über diese Bildung im üblichen Kindergarten hinausgehende zusätzliche sprachliche Förderung über einen definierten Zeitraum erhalten, welche es zu evaluieren gilt. Die Ausgangssituation vor der Förderung und etwaige Gruppendifferenzen müssen bei einem solchen Design kontrolliert werden.

Ein Vergleich verschiedener Gruppen muss ebenfalls interventionsunabhängige Faktoren in die Analysen einbeziehen, die einen Einfluss auf die Sprach- und Bil-

---

2 Im Folgenden wird von „unspezifischen Bildungsmaßnahmen" gesprochen, wenn keine zusätzlichen, durch geschulte Sprachförderkräfte durchgeführten Förderprogramme im Kindergarten eingesetzt wurden.

3 Die Sprachförderkonzepte entsprechen dem jeweiligen Entwicklungsstand im Jahre 2005. Für eine Kurzbeschreibung der Förderkonzeptionen s. Polotzek, Hofmann, Roos und Schöler (2008a) und Schakib-Ekbatan, Hasselbach, Roos und Schöler (2006).

dungsprozesse haben können. Als Einflussfaktoren gelten u. a. das Geschlecht, die Herkunftssprache und die kognitive Leistungsfähigkeit des Kindes sowie die familiären Lebensbedingungen und der sozioökonomische Status. Im Rahmen der Studie wurde der mögliche Effekt dieser genannten Faktoren auf Sprachentwicklung und Sprachförderung sowie die schulischen Leistungen geprüft.

Die Evaluation erfolgte daher nach einem Prä-Post-Design. Insgesamt nahmen 544 Kinder aus Kindertageseinrichtungen der Städte Heidelberg und Mannheim daran teil, die in der Entwicklung ihrer sprachlichen und schulischen Leistungen vom Beginn des Vorschuljahres 2005/2006 bis zum Ende der 2. Schulklasse längsschnittlich untersucht wurden. Davon erhielten 230 Kinder im Rahmen des Programms „Sag' mal was" eine spezielle Sprachförderung. Ihre Leistungen wurden mit 95 Kindern verglichen, die ebenfalls einen Sprachförderbedarf aufwiesen, aber nicht an den speziellen Maßnahmen teilnahmen, sowie mit 219 weiteren Kindern ohne Sprachförderbedarf. Die Förderung erfolgte durch Sprachförderkräfte nach den drei genannten Konzepten. Die nicht am Programm „Sag' mal was" teilnehmenden förderbedürftigen Kinder erhielten die im Kindergarten übliche sprachliche Bildung und keine zusätzliche Förderung durch geschulte Förderkräfte mittels eines speziellen und mehr oder weniger strukturierten Programms.

Abbildung 1: *Prä-Post-Design zur Prüfung der Wirksamkeit der Sprachfördermaßnahmen*

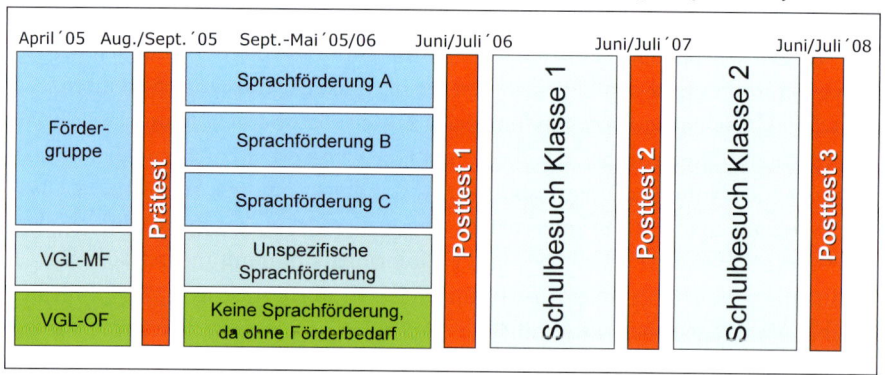

Legende:
Fördergruppe: Gruppe mit Förderung im Programm „Sag' mal was"
Vgl.-MF: Gruppe mit unspezifischer Förderung
Vgl.-OF: Gruppe ohne Förderbedarf
Sprachförderung A: Förderung nach Konzeption von Kaltenbacher und Klages
Sprachförderung B: Förderung nach Konzeption von Tracy
Sprachförderung C: Förderung nach Konzeption (Programm) von Penner

Einflussfaktoren (Kovariate). Um den Einfluss individueller Merkmale und sozialer Faktoren auf die sprachlichen und schulischen Leistungen kontrollieren zu können, wurden auch die kognitive Leistungsfähigkeit (Intelligenz) vor Beginn der Fördermaßnahmen (Prätest) und das Fähigkeitsselbstkonzept am Ende der 2. Klasse erhoben. Verschiedene Informationen über den familiären und sozialen Hintergrund wurden durch einen Elternfragebogen erfasst, darüber hinaus erhielten die Eltern einen ausführlichen Fragenkatalog zur Mediennutzung des Kindes und in der Familie. Der Sozialstatus wurde nach dem Mannheimer-Sozialhilfe-Index (Schäfer et al., 2003) gebildet, der sich aus der Schulbildung der Eltern und deren aktueller Erwerbstätigkeit zusammensetzt.

Verfahren zur Leistungsprüfung. Die Untersuchung der sprachlichen Leistungen erfolgte mit den vier Untertests *IS*, *VS*, *PS* und *WF* des *Heidelberger Sprachentwicklungstests HSET* (Grimm & Schöler, 1991), mit denen morphologische und syntaktische sowie semantische Leistungsbereiche erfasst werden. Zusätzlich wurde der Wortschatz (*WS*) mit einer Bildertafel aus den Ravensburger Materialien (Frank & Grziwotz, 2001) überprüft.

Die kognitive Leistungsfähigkeit bzw. Intelligenz wurde mit den *Coloured Progressive Matrices CPM* (Raven, 2002), die Wahrnehmung und Einschätzung der eigenen Leistungsfähigkeit (Fähigkeitsselbstkonzept) mit dem *Fragebogen zur Erfassung emotionaler und sozialer Schulerfahrungen von Grundschulkindern erster und zweiter Klassen FEESS 1–2* (Rauer & Schuck, 2004) untersucht.

Die schulischen Leistungen der Kinder im Lesen, Rechtschreiben und in Mathematik wurden zum einen über die Beurteilungen und Einschätzungen der Lehrkräfte, zum anderen durch vier Schulleistungstests erhoben: das Leseverständnis mit dem *Leseverständnistest für Erst- bis Sechstklässler ELFE 1–6* (Lenhard & Schneider, 2006), die Lesegeschwindigkeit mit der *Würzburger Leise Leseprobe* (*WLLP*; Küspert & Schneider, 1998), die Rechtschreibleistung mit der *Hamburger Schreibprobe HSP 2* (May, 2002), die Mathematikleistung mit dem *Deutschen Mathematiktest für 2. Klassen DEMAT 2+* (Krajewski, Liehm & Schneider, 2004).

Auswahl der Kinder und ihre Überprüfung. Die Auswahl der Kinder für die Fördergruppe erfolgte durch die Kindertageseinrichtungen selbst entweder mit Hilfe unterschiedlicher Verfahren oder durch die Einschätzung der Erzieherinnen. Bei der Überprüfung der Gruppenzuordnung durch das *Heidelberger Auditive Screening in der Einschulungsuntersuchung* (*HASE*; Schöler & Brunner, 2008) ergaben sich bedeutsame Unterschiede zwischen den Gruppen mit und ohne Förderbedarf in allen vier Aufgabengruppen (*NS: Nachsprechen von Sätzen*; *WZ: Wiedergabe von Zahlenfolgen*; *EW: Erkennen von Wortfamilien*; *NK: Nachsprechen von Kunstwörtern*): Kinder ohne Förderbedarf erzielen Leistungen im mittleren bis oberen Normbereich; das Leistungsniveau der Kinder mit Förderbedarf liegt hingegen im unteren Normbereich.

Die Förderbedürftigkeit der Kinder und deren Zuordnung zu den einzelnen Gruppen wurden anhand der sprachlichen Leistungen im Prätest überprüft. In allen vier Untertests des *HSET* ergaben sich bedeutsame Leistungsunterschiede zwischen den Gruppen mit und ohne Sprachförderbedarf. Die Gruppe ohne Förderbedarf erreicht jeweils durchschnittliche Leistungen, die Leistungen der Kinder mit Förderbedarf der drei unterschiedenen Fördergruppen sowie der Vergleichsgruppe mit unspezifischer Förderung (Vgl.-MF) sind dagegen unterdurchschnittlich oder liegen im unteren Normbereich. Die Differenzen zwischen den Leistungen der Gruppen mit und ohne Förderbedarf sind jeweils größer als eine Standardabweichung (vgl. Schakib-Ekbatan et al., 2006, S. 23 ff.).

Die Ergebnisse des Prätests bestätigen die Zuordnung der Kinder zu den Fördermaßnahmen.

Merkmale der Untersuchungsgruppen. Da die Förderung der Kinder im letzten Kindergartenjahr erfolgte, bestehen die Untersuchungsgruppen ausschließlich aus Kindern, die nach der Sprachförderung regulär eingeschult werden sollten. Im Juli 2005 waren die Kinder im Durchschnitt 5;3 Jahre alt, wobei das jüngste Kind 4;3 und das älteste 6;6 Jahre zählte. Das Durchschnittsalter der Kinder in den einzelnen Gruppen ist vergleichbar. Die Jungen sind in allen Gruppen überrepräsentiert (54.7 % bis 62.3 %). Auch lassen sich geringfügige Unterschiede zwischen den Gruppen hinsichtlich des Kindergarteneintrittsalters feststellen: Kinder ohne Förderbedarf besuchten den Kindergarten durchschnittlich drei bzw. vier Monate früher als Kinder mit Förderbedarf.

Erwartungsgemäß unterscheiden sich die Vergleichsgruppen mit und ohne Förderbedarf bedeutsam hinsichtlich des Anteils deutschsprachiger Kinder. Die Gruppe ohne Förderbedarf besteht zu 74 % aus deutsch-sprachigen Kindern, während deren Anteil innerhalb der Gruppen mit Förderbedarf nur bei 19.6 % bzw. 32.6 % liegt (s. auch Tab. 3 in Schakib-Ekbatan, Hasselbach, Roos & Schöler, 2007). Der Anteil der türkisch-sprachigen Kinder liegt in der Fördergruppe bei 28.7 %, in der Vergleichsgruppe mit Förderbedarf bei 19.5 % und in der Vergleichsgruppe ohne Förderbedarf bei 3.0 %. Eine detaillierte Aufschlüsselung der sonstig-mehrsprachigen Kinder nach dem ermittelten sprachlichen Hintergrund zeigt, dass die Anzahl der Kinder in allen weiteren Sprachgruppen weit unter der Anzahl der türkisch-sprachigen Kinder liegt (s. Tab. 3 in Schakib-Ekbatan et al., 2007). Am Posttest 1 nahmen insgesamt 490 Kinder teil. Die Follow-up Quote liegt somit bei etwa 90 %. Die Verteilung auf die Gruppen bleibt vergleichbar. Von den ursprünglich 544 Kindergartenkindern (bzw. 490 Kindern am Ende der Förderung) wurden 432 Kinder in eine 1. Grundschulklasse in Mannheim bzw. Heidelberg eingeschult. 112 Kinder fehlten demnach am Ende der 1. Klasse bei den Untersuchungen. Sie wurden entweder vom Schulbesuch zurückgestellt, waren umgezogen, konnten nicht ausfindig gemacht werden oder standen aus sonstigen Gründen nicht mehr für die Untersuchung zur Verfügung. Am Ende der 2. Klasse minderte sich die Zahl der teilnehmenden Kinder erneut: Insgesamt 336 Kinder (62.8 %) nahmen noch an den Untersuchungen teil. Die Analyse des Verbleibs der Kinder am Ende der 1. und 2. Klasse variiert deutlich zwischen den Gruppen: Der Anteil der zurückgestellten Kinder mit Förderbedarf beträgt knapp 14 %, während lediglich 5.5 % der Kinder ohne Förderbedarf zurückgestellt wurden. Ähnliches zeigt sich bei Klassenwiederholungen (inkl. Förderklasse): Während im ersten Schuljahr ca. 3 % der Kinder ohne Förderbedarf das Klassenziel nicht erreichten, waren es 18.3 % bzw. 13.7 % der förderbedürftigen Kinder. Ausschließlich Kinder ohne Förderbedarf haben eine Grundschulklasse übersprungen. Kinder mit Förderbedarf sind demgegenüber häufiger auf Förderschulen gewechselt als Kinder ohne Sprachförderbedarf. Trotz der Fluktuation der Kinder bleibt die Verteilung der Merkmale Geschlecht, Erstsprache, Intelligenz und sozialer Status in den drei Untersuchungsgruppen annähernd gleich.

Bildung von parallelisierten Gruppen. Um mögliche Effekte durch die Merkmale Geschlecht, Erstsprache, Intelligenz und Sozialstatus auf die Wirksamkeit der Sprachfördermaßnahmen zu kontrollieren, wurden die fünf Gruppen (Fördergruppen: SDF, Tracy, Penner) hinsichtlich dieser Merkmale parallelisiert. Jedem Kind einer der drei Fördergruppen wurde jeweils ein Kind der anderen vier Gruppen mit gleichem Geschlecht, gleicher Erstsprache (Deutsch vs. andere Sprache), annähernd gleicher Intelligenz und mit einem vergleichbaren Sozialstatus zugeordnet. Da nicht für jedes Kind vollständige Merkmalsdaten vorlagen und sich darüber hinaus immer nur eine begrenzte Anzahl Paarlinge auffinden ließen, verringerte sich die Anzahl der Kinder in den jeweiligen Gruppen deutlich, die parallelisierten Gruppen umfassen jeweils 22 Kinder.[4]

Zur Datenauswertung und -analyse. Bei den zur Auswertung der Prä-Post-Daten eingesetzten statistischen Verfahren handelt es sich überwiegend um Varianz- oder Kovarianzanalysen mit Messwiederholung und anschließenden post hoc-Mittelwertsvergleichen mittels Scheffé-Tests. Den Leistungsvergleichen liegen in der Regel Normwerte (*T*-Werte) zugrunde, ausgenommen ist die Wortschatzprüfung, bei der nur Rohpunktwerte gewonnen werden konnten. In Varianzanalysen, bei denen die Intelligenz als ein Hauptfaktor einbezogen ist, wird der Testwert in Terzile aufgeteilt (3-stufiger Faktor), sodass Gruppen mit „niedriger", „mittlerer" und „höherer" Intelligenz verglichen werden. Bei den Analysen der parallelisierten Gruppen wurde nach jeder Analyse die Verteilung der Merkmale, die zur Parallelisierung dienten, in den Gruppen erneut überprüft, um etwaige Gruppendifferenzen durch fehlende Werte auszuschließen. Aufgrund der Drop-outs wurde auf Vergleiche mit parallelisierten Gruppen am Ende der 2. Klasse (Posttest 3) verzichtet, da die Gruppengröße nur bei maximal $N = 11$ Paarlingen gelegen hätte.

Ergebnisse

Anwesenheitszeiten der Kinder. Die Kinder der Fördergruppe erhielten durchschnittlich 88 Stunden Sprachförderung. Die vorgesehene Förderzeit von 120 Stunden war somit für das einzelne Kind im Durchschnitt um mehr als ein Viertel reduziert. Interessant ist, dass auch bei der Förderung nach dem Programm von Kaltenbacher und Klages, bei dem 180 Förderstunden vorgesehen sind, ein einzelnes Kind ebenfalls nur durchschnittlich 88 Stunden gefördert wurde. In diesem Falle bedeutet dies, dass durchschnittlich nur die Hälfte der vorgesehenen Förderstunden einem Kind zur Verfügung stand.

Unmittelbare Effekte der Sprachfördermaßnahmen (Prä-Post1-Vergleich). Auch nach der Sprachförderung bleiben die sprachlichen Leistungen der Gruppen mit Förderbedarf zumeist unterdurchschnittlich bzw. liegen im unteren Durchschnittsbereich, während die Gruppe ohne Förderbedarf ein altersgemäßes Leistungsniveau erreicht.

---

4 Detaillierte Beschreibungen zur Parallelisierung und zu den Merkmalen der parallelisierten Gruppen finden sich im Arbeitsbericht Nr. 4 (Polotzek et al., 2008b).

denen keine spezifische Förderung durch Sprachförderkräfte und spezielle Programme durchgeführt wurde. Unabhängig von der Art der Förderung erreichen die Kinder mit Sprachförderbedarf zu keinem Zeitpunkt das Leistungsniveau der Kinder ohne einen Förderbedarf. Dieses Ergebnismuster findet sich sowohl unmittelbar nach den Fördermaßnahmen, also noch vor dem Schulstart, als auch am Ende des ersten sowie am Ende des zweiten Schuljahres. Vorteile einer durch geschulte Sprachförderkräfte durchgeführten speziellen Sprachförderung gegenüber einer unspezifischen sprachlichen Bildung können nicht beobachtet werden. Dies gilt für die Prüfung der sprachlichen Leistungen nach der Förderung am Ende des Vorschuljahres, als auch für die Schullcistungsbeurteilungen am Ende des 1. und 2. Schuljahres sowie die Ergebnisse von Schulleistungstests am Ende des 2. Schuljahres.

Der erwartete, über die normale Entwicklung hinausgehende Effekt einer gezielten zusätzlichen Förderung durch geschulte Kräfte war in dieser Untersuchung nicht beobachtbar, sodass sie mehr Fragen aufwirft, als sie Antworten geben kann. Es liegt daher nahe, u. a. detaillierter auf die Rahmenbedingungen von Sprachfördermaßnahmen zu fokussieren, um deren Wirksamkeit zu optimieren. Mögliche Faktoren für das Ausbleiben des Nachweises eines deutlicheren Effekts und Bedingungen erfolgreicher Sprachförderung werden in diesem Buch an anderer Stelle diskutiert.

Literatur

Frank, G. & Grziwotz, P. (2001). *Lautprüfbogen*. Ravensburg: Sprachheilzentrum.

Grimm, H. & Schöler, H. (1991). *Heidelberger Sprachentwicklungstest HSET* (2. Aufl.). Göttingen: Hogrefe.

Hasselbach, P., Schakib-Ekbatan, K., Roos, J. & Schöler, H. (2007). Die Bewertung der Sprachfördermaßnahmen aus der Sicht der Förderkräfte – Interviews. Verfügbar unter: http://www.sagmalwas-bw.de/media/WiBe1/pdf/EVAS_Bericht2.pdf [23.10.2008].

Kaltenbacher, E. & Klages, H. (2005). Sprachförderung im Vorschulalter. Entwicklung und Erprobung eines Programms zur sprachlichen Integration von Vorschulkindern. Heidelberg: Institut für Deutsch als Fremdsprachenphilologie.

Krajewski, K., Liehm, S. & Schneider, W. (2004). Deutscher Mathematiktest für zweite Klassen (DEMAT 2+). Göttingen: Hogrefe.

Küspert, P. & Schneider, W. (1998). Würzburger Leise Leseprobe (WLLP). Göttingen: Hogrefe.

Lenhard, W. & Schneider, W. (2006). ELFE 1–6: Ein Leseverständnistest für Erst- bis Sechstklässler. Göttingen: Hogrefe.

May, P. (2002). Hamburger Schreib-Probe 1–9 (HSP 1–9). Hamburg: Verlag für pädagogische Medien.

Penner, Z. (2003). Forschung für die Praxis. Neue Wege der sprachlichen Förderung von Migrantenkindern. Kon-lab GmbH: Berg.

Polotzek, S., Hofmann, N., Roos, J. & Schöler, H. (2008a). Sprachliche Förderung im Elementarbereich. Beschreibung dreier Sprachförderprogramme und ihre Beurteilung durch Anwenderinnen. Verfügbar unter: http://www.kindergartenpaedagogik.de/1726.html [26.08.2008].

Polotzek, S., Hofmann, N., Roos, J. & Schöler, H. (2008b). Wirkungen der vorschulischen Sprachförderungen in Mannheim und Heidelberg auf die schulischen Leistungen am Ende der 1. Klasse. Verfügbar unter: http://www.sagmalwas-bw.de/media/WiBe1/pdf//EVAS_Zwischenbericht_Nr.4.pdf [21.10.2008].

Rauer, W. & Schuck, K.-D. (2004). FEESS 1–2 – Fragebogen zur Erfassung emotionaler und sozialer Schulerfahrungen von Grundschulkindern erster und zweiter Klassen. Weinheim: Beltz.

Raven, J. C. (2002). Coloured Progressive Matrices (CPM). Bern: Huber.

Schäfer, P., Schöler, H., Roos, J., Grün-Nolz, P. & Engler-Thümmel, H. (2003). Einschulungsuntersuchung 2002 in Mannheim - Sprachentwicklungsstand bei Schulbeginn. Gesundheitswesen, 65, 676–682.

Schakib-Ekbatan, K., Hasselbach, P., Roos, J. & Schöler, H. (2006). Ziele, Design, Auswahl der Untersuchungsgruppen und Ergebnisse der Prätests. Verfügbar unter: http://www.sagmalwas-bw.de/media/WiBe1/pdf/EVAS_Bericht1.pdf [02.10.2008].

Schöler, H. & Brunner, M. (2008). HASE – Heidelberger Auditives Screening in der Einschulungsdiagnostik (2., überarb. u. erweit. Aufl.). Wertingen: Westra.

Tracy, R. (2003). Sprachliche Frühförderung – Konzeptuelle Grundlagen eines Programms zur Förderung von Deutsch als Zweitsprache im Vorschulalter. Mannheim: Universität Mannheim, Forschungs- und Kontaktstelle Mehrsprachigkeit.

4 Sprachförderung für Vorschulkinder – Erkenntnisse aus der wissenschaftlichen Begleitforschung

112

Schlussfolgerungen und Empfehlungen der wissenschaftlichen Begleitforschung

Diemut Kucharz, Barbara Gasteiger-Klicpera, Werner Knapp, Jeanette Roos und Hermann Schöler

Einleitung

Das Programm „Sag' mal was – Sprachförderung für Vorschulkinder" wurde und wird von der Baden-Württemberg Stiftung als „lernendes Programm" verstanden. Die nun folgenden Schlussfolgerungen orientieren sich an den im vorhergehenden Kapitel referierten Befunden der Untersuchungen und sollen Hinweise und Empfehlungen für eine erfolgreichere Sprachförderung geben. Gerade vor dem Hintergrund der Ergebnisse betrachten es die beiden Forschungsgruppen aus Weingarten und Heidelberg als ihre Aufgabe, verschiedene, auch darüber hinausgehende Anregungen zur Weiterentwicklung von Programmen zur Sprachförderung zu geben und deutlich zu machen, dass weitere Forschungen in diesem Bereich unbedingt notwendig sind.

Die Empfehlungen beziehen sich auf folgende Bereiche:
→ Anforderung an die Qualifikation der pädagogischen Fachkraft,
→ Formen der Interaktion zwischen pädagogischer Fachkraft und Kind sowie der didaktischen Gestaltung der Sprachförderung,
→ Auswahl der zu fördernden Kinder und Formen ihrer Förderung,
→ Formen der Zusammenarbeit mit Eltern,
→ Bedingungen erfolgversprechender Sprachförderungen.

Anforderung an die Qualifikation der pädagogischen Fachkraft

Die Planung und Gestaltung sprachlicher Lernsituationen erfordert sowohl ein hohes pädagogisch-didaktisches Können als auch gute Kenntnisse über die kindliche Entwicklung, insbesondere über den Spracherwerb des Kindes und die Möglichkeiten seiner Bildung und Förderung sowie über den Aufbau von Sprachen. Darüber hinaus muss die Sprachförderkraft selbst ein gutes und sprachlich flexibles sowie kompetentes Vorbild sein.

Die im Programm „Sag' mal was" eingesetzten Sprachförderkräfte unterscheiden sich in ihrer beruflichen Qualifikation und verfügen über unterschiedliche Fachkenntnisse bezüglich des Kompetenzbereichs Sprache und dessen Förderung, aber auch bezüglich des pädagogischen Umgangs mit Kindern. Die im Rahmen der jeweiligen Fördermaßnahmen angebotenen Fort- und Weiterbildungen können, nicht zuletzt aufgrund der kurzen Schulungszeiten, die erforderlichen expliziten Wissens- und Handlungskompetenzen meist nicht ausreichend vermitteln. Zwar weist der Unterschied zwischen den zwei Kohorten in der Weingartner Untersuchung darauf hin, dass sich die Förderkompetenzen der Sprachförderkräfte im zweiten Jahr verbesserten; dieser Kompetenzzuwachs scheint jedoch noch nicht ausreichend zu sein. Der große Bedarf an Wissen über eine qualifizierte Durchführung der Sprachförderung wird auch in den Video- und Interviewanalysen deutlich.

Viele mit der Sprachförderung befasste Fachkräfte wünschten auch eine Intensivierung der Aus-, Fort- und Weiterbildungsmaßnahmen im Bereich Sprachentwicklung/Sprachförderung sowie vor allem die Sprachfördermaßnahmen ergänzende Coaching- und Supervisionsangebote. In Anbetracht der Tatsache, dass gerade die Gestaltung sprachlicher Interaktionen in Fördersituationen, aber auch in alltäglichen Kommunikationssituationen u. a. ein hohes Maß an Sensitivität, professioneller Responsivität, sprachlichem und sprachwissenschaftlichem wie auch diagnostischem Wissen erfordert, erscheint dieser Wunsch nachvollziehbar.

Zusammengefasst ergeben sich folgende Forderungen:
→ Erweiterung und Intensivierung der Fortbildungsangebote zur Sprachförderung für Erzieherinnen und Sprachförderkräfte,
→ Stärkere Berücksichtigung in Aus- und Fortbildung von
  → sprachwissenschaftlichem, entwicklungspsychologischem, pädagogischem und sprachdidaktischem Wissen,
  → Wissen über Erst- und Zweitspracherwerb sowie deren Förderung,
  → kulturspezifischem Wissen,
  → Modellen der Zusammenarbeit mit Eltern und deren Beratung,
→ Beratung, Coaching und Supervision als notwendige Bestandteile der Aus- und Fortbildung von Sprachförderkräften.

Formen der Interaktion zwischen pädagogischer Fachkraft und Kind sowie die didaktische Gestaltung der Sprachförderung

Obgleich die Forderung nach einer bereichsspezifischen Förderung durch entwicklungs- und pädagogisch-psychologische Forschungsergebnisse gestützt wird, wurde die Förderung von Kindern in *spezifischen* Inhalts- und Bildungsbereichen von Seiten der deutschen Kindergartenpädagogik über lange Zeit abgelehnt und erfährt auch heute noch Widerstände. Für pädagogische Fachkräfte bedeutet die Anregung und auch Förderung eines bereichsspezifischen Kompetenzaufbaus eine Akzentverlagerung in ihrer bisherigen Kindergartenarbeit: nämlich von dem, was Kinder in ihrem Kindergartenalltag tun, den Spielsituationen, Kindergartenprojekten etc., auszugehen und in diesen Situationen die bereichsspezifischen Kompetenzen der Kinder systematisch zu erweitern und wenn möglich/nötig auch zu verbessern oder zu fördern. Dazu gehören Methoden, die zur Optimierung und Ausgestaltung von (sprachlichen) Interaktionen in der Gruppe, aber auch zwischen pädagogischer Fachkraft und Kind beitragen. Förderung in spezifischen Bildungsbereichen, wie z. B. der deutschen Sprache, bedeutet darüber hinausgehend den gezielten (und häufig auch standardisierten) Einsatz von inhaltlich passenden, altersangemessenen Förderprogrammen und/oder eine altersangemessene, die jeweilige Entwicklungsstufe des Kindes berücksichtigende und die Zone der nächsten Entwicklung im Blick habende didaktische Umsetzung relevanter Inhalte, eingebunden in Tätigkeiten und Aufgaben.

Vorschulische Sprachförderung ist nicht als verschultes Lernen zu verstehen. Nicht-sprachliche Rahmenhandlungen und Spielformate sind wichtige Vermittler beim Erwerb einer Sprache. Vorschulische Sprachfördersituationen sind daher möglichst alltagsnah, situations- und aufgabenorientiert zu arrangieren. Formale Abfrage-situationen, wie sie teilweise in den Videoaufzeichnungen von Sprachförderungen beobachtet wurden, bieten nicht nur einen eingeschränkten nicht-sprachlichen Handlungskontext und erschweren damit vielfältige Begriffsassoziationen der Kinder, sondern führen zudem zu einem weniger komplexen sprachlichen Output und scheinen auch das Sprachverhalten der Sprachförderperson in negativer Weise zu beeinflussen.

Zusammengefasst ergeben sich folgende Empfehlungen:
→ Alltagsintegrierung und Kontextgebundenheit der Sprachfördersituationen,
→ Davon ausgehende systematische Erweiterung der bereichsspezifischen Kompe-tenzen der Kinder,
→ Anregung der Kinder zu häufigem, umfangreichem und komplexem Sprechen,
→ Angemessenheit des sprachlichen Inputs der Sprachförderkräfte, um zur Weiter-entwicklung sprachlicher Kompetenzen beizutragen,
→ Individuelle Förderplanung, basierend auf dem Spracherwerbsstand und den Förderbedürfnissen des Kindes.

Auswahl der zu fördernden Kinder und Formen der Förderung

Zu Beginn der Sprachfördermaßnahmen im Programm „Sag' mal was" waren die Kinder zwischen fünf und sechs Jahre alt. International unbestritten ist, dass ein frü-herer Beginn der Förderung von Vorteil ist, da die sprachlichen Lernzuwächse bei jüngeren Kindern größer sind als bei älteren. Wenn Kinder mit nichtdeutscher Erst-sprache über eingeschränkte Kenntnisse in der Verkehrssprache verfügen, sollte nach entwicklungspsychologischen Erkenntnissen eine gezielte Sprachförderung bereits beim Eintritt in den Kindergarten, besser noch bereits im Krippenalter einsetzen. Je jünger Kinder sind, desto eher können sie auf mentale Systeme zurückgreifen, die den Erwerb der Erstsprache erfolgreich und effektiv machen. Mit einem frühen Erwerbs-beginn können zudem wenig selbstwertdienliche Misserfolgserlebnisse im Rahmen des (Zweit-)Spracherwerbs verhindert werden.

Die Altersspanne der Kinder mit Förderbedarf reicht von 4;6 bis 6;6 Jahre. Legt man die Prämisse zu Grunde, dass Spracherwerbsprozesse in Abhängigkeit vom Alter des Kindes unterschiedlich verlaufen, müsste sich dies in entsprechenden alters- und sprachdifferenzierten Förderkonzepten niederschlagen. Beachtenswert scheint in diesem Zusammenhang insbesondere das zunehmende Wissen über Sprache, denn um das fünfte Lebensjahr herum findet ein wichtiger Entwicklungsschritt hinsicht-lich des (meta-)sprachlichen Wissens statt.

Die Sprachförderkräfte sind mit einer heterogenen Gruppe förderbedürftiger Kin-der konfrontiert. Diese Heterogenität betrifft sowohl das Sozialverhalten als auch das kognitive Entwicklungspotential und schließlich das sprachliche Leistungsprofil bzw. das Profil der Schwierigkeiten der Kinder. Der Sprachförderbedarf kann in Abhängigkeit von der Erstsprache der Kinder unterschiedliche Ursachen haben: Während bei den deutsch-sprachigen Kindern eher spezifische Spracherwerbsprobleme (u. U. sogar Spracherwerbs-störungen) oder zu geringe sprachliche Anregungen vorliegen, ist bei Kindern, deren Erstsprache nicht Deutsch ist, der Förderbedarf häufig auf nicht ausreichenden Kontakt mit der deutschen Sprache zurückzuführen. Jedoch können auch in dieser Gruppe Kinder mit spezifischen Spracherwerbsstörungen zu finden sein. Darüber hinaus sind die sprachlichen Leistungen eines Kindes eng mit der familiären Sprachsituation verknüpft.

Angesichts dieser unterschiedlichen Formen der Spracherwerbsprobleme ist anzunehmen, dass es verschiedener Fördermaßnahmen sowie didaktischer Konzepte bedarf, die jeweils auch immer noch individuell anzupassen sind. Aber auch hier wäre eine wissenschaftliche Analyse und Evaluation dringend nötig, um zu empirisch geprüften wirksamen Konzepten zu gelangen.

Zusammengefasst ergeben sich folgende Empfehlungen:

➜ Frühest möglicher Beginn der Förderung eines Kindes, d. h. bereits im Krippenalter, spätestens aber zu Beginn der Kindergartenzeit im Alter von drei Jahren,
➜ Ausreichende Förderzeit, d. h. möglichst Förderung während der gesamten Kindergartenzeit und wenn notwendig auch noch Förderung in der Schule,
➜ Spezifische Förderung eines Kindes in Abhängigkeit von seinen Lernvoraussetzungen (Alter, kultureller Hintergrund, Art des Förderbedarfs).

Zusammenarbeit mit Eltern

Ein wesentliches Ergebnis der international vergleichenden Studien PISA und IGLU bestätigt sich auch in den wissenschaftlichen Begleitforschungen: Kinder mit höherem Sozialstatus erzielen in einer Vielzahl sprachlicher und schulischer Leistungsbereiche bessere Ergebnisse als Kinder, deren Familien einen geringeren Sozialstatus aufweisen. Besonders im häuslichen Umfeld zeigen sich im Kontakt mit der deutschen Sprache bedeutsame Unterschiede zwischen Kindern mit Migrationshintergrund mit und ohne Sprachförderbedarf. Da die familiäre Sprachsituation meist mit der Bildungsnähe der Eltern zusammenhängt, existiert für Kinder mit Migrationshintergrund zumeist eine multiple, systematische Benachteiligung.

Eltern benötigen Informationen über die Bedeutung von Mehrsprachigkeit, aber auch Ideen und Anregungen zu ihren eigenen Möglichkeiten der Unterstützung des Spracherwerbs ihrer Kinder sowie Hilfen für eine realistische Einschätzung der Kompetenzen ihrer Kinder insbesondere hinsichtlich schulischer Anforderungen. Eine intensivere Elternarbeit scheitert jedoch häufig, u. a. weil der Kindergartenalltag mit seinen Rahmenbedingungen pädagogischen Fachkräften kaum ausreichende zeitliche Ressourcen für eine intensivere Elternarbeit lässt. Daher benötigen sie weitergehende Unterstützung, um diese anspruchsvolle, aber äußerst wichtige Aufgabe erfüllen zu können.

Zusammengefasst ergeben sich folgende Empfehlungen:

➜ Herstellung und Intensivierung der Kooperation mit den Eltern,
➜ Information der Eltern über die Bedeutung der Mehrsprachigkeit,
➜ Erweiterung der zeitlichen Ressourcen der pädagogischen Fachkräfte für Elternarbeit,
➜ Förderung von Aktivitäten, die Kontakte zu deutschsprachigen Kindern oder Erwachsenen schaffen,
➜ Anregung zur sprachlichen Kommunikation im Zusammenhang mit der Mediennutzung.

Bedingungen erfolgversprechender Sprachförderungen

Die Durchführung der Sprachförderungen im Programm „Sag' mal was" unterlag Rahmenbedingungen, die von unterschiedlichen Seiten gegeben waren: den Trägern, den Einrichtungen selbst sowie dem Programm der Baden-Württemberg Stiftung. Im Programm „Sag' mal was" wurden die Kinder in Kleingruppen von sechs bis max. zehn Kindern gefördert. Die dort zur Verfügung gestellten zeitlichen, personellen und materiellen Ressourcen erlebten die Sprachförderkräfte als hilfreich und notwendig, um die Fördermaßnahmen umsetzen zu können. Für die Durchführung von intensiven Sprachfördermaßnahmen sind zumindest solche Ressourcen also weiterhin erforderlich.

Voraussetzung für einen erfolgreichen Erst- wie Zweitspracherwerb ist ein alltagsintegriertes kontinuierliches, intensives Sprachangebot. Eine hohe Anzahl an Kindern in den spezifischen Fördergruppen führt allerdings dazu, dass für das einzelne Kind sowohl die Häufigkeit als auch das Ausmaß an sprachproduktiven Tätigkeiten und Möglichkeiten gering ist. Mit zunehmender Zahl der Kinder steht dem einzelnen Kind weniger individuelle Lern- und Übungszeit im Rahmen der Förderung zur Verfügung. Für eigene, selbstgesteuerte Produktionen in der deutschen Sprache und längere kommunikative Sequenzen ist daher oft nur wenig Raum. Eventuell könnte bereits eine Fördergruppe mit geringerer Kinderzahl (z. B. drei bis fünf) eine Möglichkeit für mehr Sprachanlässe und reichhaltigere Kommunikationserfahrungen bieten.

Zusammengefasst ergeben sich folgende Empfehlungen:
➜ Verringerung der Gruppengröße,
➜ Ausweitung des Förderzeitraums,
➜ Bereitstellung ausreichender Verfügungs- bzw. Vor- und Nachbereitungszeiten.

Schlussfazit

Um die Qualität von sprachlicher Bildung und von Sprachfördermaßnahmen zu gewährleisten, scheint es notwendig zu sein, dass zum einen eine Sprachförderung so früh wie möglich beginnt und Kinder, die einen Sprachförderbedarf haben, auch so früh wie möglich eine Kindertageseinrichtung besuchen können. Zum anderen sind hohe Anforderungen an die fachliche Qualifikation der Fachkräfte im sprachlichen, kulturellen und pädagogischen Bereich zu stellen, damit diese in der Lage sind, die notwendigen sprachlichen Anregungen zu schaffen, so dass die Kinder hinreichende Deutschkenntnisse erwerben können. Aber auch weitere Forschung in diesem Bereich ist dringend erforderlich, um präzise Erkenntnisse über zentrale Einflussfaktoren auf wirksame Sprachförderung zu erhalten.

Im Folgenden werden diese Schlussfolgerungen und Empfehlungen in drei thematischen Schwerpunkten weiter ausgeführt:
➜ Forschungsdesiderata (siehe Kapitel 4.1)
➜ Professionalisierung Pädagogischer Fachkräfte: Konsequenzen für die Aus-, Fort- und Weiterbildung (siehe Kapitel 4.2)
➜ Relevanz der Ergebnisse aus den Evaluationsstudien für die Praxis (siehe Kapitel 4.3).

Forschungsdesiderata

Jeanette Roos, Barbara Gasteiger-Klicpera, Diemut Kucharz, Werner Knapp und Hermann Schöler

Der Erziehung, Betreuung, Bildung und Förderung von Kindern in Tageseinrichtungen kommt ein hoher Stellenwert zu. Aus diesem Grund bedarf dieser Praxisbereich einer systematischen empirischen Begleitforschung, wie auch einer stets aktuellen wissenschaftlichen Fundierung (vgl. Kalicki, 2003). Allerdings nimmt die Pädagogik der frühen Kindheit in der deutschen Hochschullandschaft etwa im Vergleich zur Schulpädagogik eine eher marginale Rolle ein, und die Belebung und Erweiterung dieses Forschungszweigs ist dringend erforderlich. Derzeit speist sich die Frühpädagogik in großen Teilen von Forschungsbeiträgen sehr unterschiedlicher Disziplinen, wie beispielsweise der Entwicklungspsychologie, die sich traditionell auch mit frühpädagogisch relevanten Fragestellungen beschäftigt. Stark ausbaufähig ist im früh- und elementarpädagogischen Bereich auch die Wirkungsforschung, die sich mit der Untersuchung von Effekten diverser Angebote in Kindertageseinrichtungen auf die Kompetenzen und Fähigkeiten von Kindern beschäftigt.

Sprachliche Bildung und die individuelle Unterstützung und Förderung in Form von professionellen Anregungen zur Gestaltung von Interaktionen zwischen Erwachsenen und Kindern, aber auch innerhalb von Kindergruppen, ist eine ausgesprochen wichtige und umfassende Querschnittsaufgabe pädagogischer Fachkräfte in Kindertageseinrichtungen. Der Stand der Forschung zum kindlichen Spracherwerb hat nach Grimm (2000) schon vor zehn Jahren sowohl im neuro- und entwicklungspsychologischen wie auch sprachwissenschaftlichen Bereich ein hohes Niveau erreicht. In den vergangenen Jahren konzentrierte sich die Forschung insbesondere auf die ersten drei Lebensjahre, einen Altersabschnitt, der in der Frühpädagogik ansonsten wenig untersucht ist. Der aktuelle Stand von Wissenschaft und Fachdiskurs der Grundlagenwissenschaften zu Prozessen des Spracherwerbs ist allerdings recht vielgestaltig. Die Variationsbreite bei der Setzung von Forschungsakzenten, bei den der Forschung zugrunde liegenden theoretischen Konzeptionen, beim Methodeneinsatz und bei den resultierenden Ergebnissen ist groß. Somit existiert „ein schwer überschaubares Spektrum von zunächst *unsortierten* Aussagen" (List, 2010, S. 6), deren Übertragung in die pädagogische Praxis Systematisierung und Auswahl geeigneter Informationen voraussetzt. Dabei sind auch Hinweise zur Verlässlichkeit der Aussagen sowie ihre Reichweite zu treffen und zudem eventuelle Differenzen und Widersprüche kenntlich zu machen.

Obgleich der Stand der Forschung zum Spracherwerb als gut bezeichnet werden kann, lassen sich, folgt man etwa List (2007), doch „spezifische Einseitigkeiten" (S. 7) verzeichnen. Verfügbare Studien zum Spracherwerb richten sich überwiegend auf einsprachig aufwachsende Kinder im angloamerikanischen Sprachraum, obgleich sich solche Kinder weltweit betrachtet eher in der Minderzahl befinden und das Aufwachsen in mehrsprachigen Umgebungen eher den Regelfall darstellt. Wenn kindliche Mehrsprachigkeit untersucht wird, beziehen sich die vorliegenden Studien meist auf die Dokumentationen eher als privilegiert zu bezeichnender mehrfach simultaner Spracherwerbssituationen (in der Regel zwei Sprachen in gemischtsprachigen Familien). In Einwanderungsländern wie Deutschland existieren aber insbesondere Erkenntnislücken beim sukzessiven Erwerb der jeweiligen Landessprache durch Kinder, deren Familien im häuslichen Umfeld eine andere Sprache nutzen. Untersuchungen zum sukzessiven Spracherwerb sind in der Mehrzahl im Bereich des gesteuerten Fremdsprachenlernens von Jugendlichen und Erwachsenen zu finden und auch zum ungesteuerten Spracherwerb im Erwachsenenalter infolge Migration liegen diverse Befunde vor. So stellt insbesondere der kindliche Spracherwerb unter weniger begünstigenden familiären Migrationsbedingungen im Altersbereich zwischen 0 und 6 Jahren ein Forschungsdesiderat dar. Inzwischen herrscht Einigkeit darüber, dass der Erwerb der mündlichen Verfügung über die Landessprache durch Kinder aus Elternhäusern mit Migrationshintergrund und nicht deutscher Familiensprache so früh wie möglich, unbedingt aber vor Beginn der Grundschulzeit stattfinden sollte. Schon aus diesem Grund vermisst man wirklich einschlägige und gesicherte grundlagenwissenschaftliche Erkenntnisse aus dem Bereich früher sukzessiver Sprachlernsituationen, die auch mehr direkte Hinweise zur Umsetzung von Fördermaßnahmen geben könnten. Solange diese weniger zahlreich vorhanden sind, müssen zusätzlich Erkenntnisse aus umliegenden Forschungsbereichen extrapoliert werden – dazu gehören der monolinguale Spracherwerb und seine Entwicklungsstörungen, der simultane Spracherwerb mehrerer Sprachen von Geburt an, das Fremdsprachenlernen sowie Befunde zur unterschiedlichen Bereitschaft sprachlicher und kultureller Akkommodation im Einwanderungsland.

Sprachförderung gehört inzwischen in vielen Kindertageseinrichtungen zum Kindergartenalltag. Vorhandene Konzepte sind vielgestaltig und selten explizit dargestellt oder verfügbar. Unter den inzwischen publizierten Konzepten existieren große „Akzent- wie Qualitätsunterschiede" (vgl. dazu List, 2010, S. 26). Jampert, Best, Guadatiello, Holler und Zehnbauer (2007) unternahmen den verdienstvollen Versuch, mehr als 25 vorhandene und dokumentierte Maßnahmen und Konzepte zur Sprachförderung im Kindergarten nach einem einheitlichen Kriterienraster vorzustellen. Viele dieser Sprachfördermaßnahmen scheinen auf den ersten Blick sinnvoll und wirksam. Ob sie tatsächlich einen Nutzen erbringen und finanzielle Mittel erfolgreich eingesetzt wurden, ist bislang kaum geprüft worden. Es existieren so gut wie keine Forschungsergebnisse zu den einzelnen Wirkfaktoren sowie der differenziellen Wirkung verschiedener (präventiver) sprachlicher Interventionen. Die Baden-Württemberg-Stiftung erkannte den vorhandenen, hinsichtlich der Ergebnisqualität von Sprachförderprogrammen bestehenden Forschungsbedarf und stellte ihr seit 2002 existierendes Programm „Sag' mal was – Sprachförderung für Vorschulkinder" auf den Prüfstand.

Die wissenschaftliche Begleitforschung zu „Sag' mal was" hat indessen mehr Fragen aufgeworfen, als sie beantworten konnte. In Teilen ungeklärt bleibt die Frage nach den ausschlaggebenden Wirkfaktoren von Sprachförderung. Weitere (praxisbegleitende) Evaluationen von Sprachfördermaßnahmen sind demnach erforderlich, um notwendige Voraussetzungen und Rahmenbedingungen für die Förderung sowie die relevanten Wirkfaktoren der Maßnahmen zu identifizieren. Hier empfiehlt es sich besonders, bei künftigen Evaluationen verschärft Kontrollmaßnahmen der Elimination und systematischen Variation zu praktizieren und Sprachförderbedingungen, soweit möglich, nicht vor der Planung der Evaluationsmaßnahmen festzulegen, wie bei dem Programm der Baden-Württemberg Stiftung geschehen. Auch scheint die theoriegeleitete Entwicklung und Weiterentwicklung von an der kindlichen Sprach- und Zweitsprachentwicklung orientierten und kultursensitiven Sprachfördermaßnahmen, die sich gut in den Kindergartenalltag fügen, bedeutsam. Hier sind zwar in den letzten Jahren Programme und Hilfen entstanden, aber es existiert so gut wie keine Überprüfung der Validität oder der Wirksamkeit solcher Maßnahmen.

Auch die Frage, ob Kinder in Abhängigkeit von der Ursache der Spracherwerbsproblematik unterschiedlich gefördert werden sollten, ist bislang unbeantwortet. Ob Kinder, die in ihrem Elternhaus nicht hinreichend in Kontakt mit der deutschen Sprache stehen und somit unzureichende Sprachkenntnisse aufweisen, von einem möglichst frühen und intensiven Kontakt mit der Zweitsprache sowie Sprachförderangeboten profitieren, ist aufgrund der Bilingualismusforschung zwar plausibel, eine Prüfung dieser Frage steht allerdings aus. Damit verbunden wäre zu klären, welche und wie viele sprachliche Angebote für eine nachhaltige sprachliche Interaktion wie Kommunikation erforderlich sind.

Die bisherigen Videoanalysen verdeutlichen, dass mittels dieses Mediums nicht nur sinnvolle Dokumentationen erstellt werden können, sondern diese Analysen auch sehr gewinnbringend in der Fort- und Weiterbildung von pädagogischen Fachkräften eingesetzt werden können. In Bezug auf die Generierung von Hypothesen über Wirkfaktoren der Sprachförderung scheinen sie sogar unabdingbar zu sein. Die zu erwartenden Ergebnisse rechtfertigen den hohen Aufwand, der mit solchen Analysen zunächst verbunden ist. Deshalb sollten weitere Videoanalysen begleitend zu Sprachfördermaßnahmen durchgeführt werden.

Wenn auch abschließend festgestellt werden muss, dass weiterhin Forschungsbedarf besteht, um die Wirkungsweise von sprachlicher Förderung zu beleuchten, ist es gleichermaßen bedeutsam darauf hinzuweisen, dass aufgrund der hohen Zahl von Kindern mit unzureichenden Deutschkenntnissen weiterhin dringender Interventionsbedarf besteht. Der Nutzen der im Auftrag der Baden-Württemberg-Stiftung durchgeführten Evaluation liegt unter anderem in einer verbesserten Entscheidungsgrundlage und Optimierung der Gestaltung künftiger Sprachfördermaßnahmen. Die Berücksichtigung der aus dieser Untersuchung hervorgegangenen Empfehlungen (siehe auch Kapitel 4) und die daraus folgende Modifikationen der Förderbedingungen gehören dazu.

Literatur

Grimm, H. (Hrsg.). (2000). *Sprachentwicklung. Enzyklopädie der Psychologie: Themenbereich C. Theorie der Forschung: Serie III. Sprache: Bd. 3.* Göttingen: Hogrefe.

Jampert, K., Best, P., Guadatiello, A., Holler, D. & Zehnbauer, A. (2007). *Schlüsselkompetenz Sprache. Sprachliche Bildung und Förderung im Kindergarten. Konzepte, Projekt, Maßnahmen* (2. Aufl.). Weimar/Berlin: Verlag das Netz.

Kalicki, B. (2003). Forschungsförderung. In Bundesministerium für Familie, Senioren, Frauen und Jugend (Hrsg.), *Auf den Anfang kommt es an!* (S. 223–229). Weinheim: Beltz.

List, G. (2007). *Förderung von Mehrsprachigkeit in der Kita.* München: Deutsches Jugendinstitut e. V.

List, G. (2010). *Frühpädagogik als Sprachförderung. Qualifikationsanforderungen für die Aus- und Weiterbildung der Fachkräfte. Weiterbildungsinitiative Frühpädagogische Fachkräfte (WiFF).* München: Deutsches Jugendinstitut e. V.

Herausforderungen der Sprachstandsdiagnostik LiSe-DaZ – Linguistische Sprachstandserhebung – Deutsch als Zweitsprache

Ramona Wenzel

„Der kann nicht allein raus, weil die ihn da eingesperrt haben" antwortet der sechs-jährige Merdin auf die Frage „Warum macht der Hund so ein trauriges Gesicht?", die ihm seine Erzieherin im Kindergarten stellt. Beide betrachten ein Bilderbuch, in dem zwei Kinder – LiSe und Ibo – und ihre „Abenteuer im Park" im Mittelpunkt stehen. In der Geschichte kann Ibo den Hund aus der Tonne befreien, und die Erzieherin stellt zum nächsten Bild (*Bild 2*) die Frage „Und was macht Lise hier?". Merdin ant-wortet *„Die nimmt den hoch und streichelt ihn."*

Bild 1

Bild 2

Während Merdin weiter blättert um zu erfahren, wie die Geschichte weitergeht, weiß die Erzieherin, dass sie schon mit diesen beiden Antworten erste wertvolle Informa-tionen über Merdins sprachliche Fähigkeiten gewonnen hat.

Die Äußerung *„Der kann nicht allein raus, weil die ihn da eingesperrt haben"* gibt bei-spielsweise Aufschluss darüber, dass Merdin in der Lage ist, die beiden wichtigsten Satz-strukturen des Deutschen zu produzieren: Hauptsätze, in denen sich das finite, mit dem Subjekt übereinstimmende Verb in der zweiten Position des Satzes befindet. Und einen Nebensatz, der mit einer Konjunktion (*weil*) eingeleitet ist und in der das finite Verb am Ende des Satzes steht. Mit der Äußerung *„Die nimmt den hoch und streichelt ihn"* bestätigt Merdin, dass er den Bauplan für Hauptsätze im Deutschen anwenden kann.

Zudem kann die Erzieherin erkennen, dass Merdin die Positionen des Verbs mit unterschiedlichen Verbtypen besetzt. Er verwendet sowohl Vollverben (*hochnehmen, streicheln*) als auch Modalverben (*können*) und das Verb *haben* als Hilfsverb in Kom-bination mit einem Partizip (*eingesperrt hat*).

Hinweise auf Fähigkeiten im morphologischen Bereich können der Flexion der Ver-ben entnommen werden. Merdin verwendet die Verben in der 3. Person Singular und

Plural kongruent zum Subjekt des jeweiligen Satzes. Des Weiteren sind morphologische Markierungen im nominalen Bereich erkennbar. Der Akkusativ wird sowohl am definiten Artikel als auch am Pronomen zielsprachlich markiert.

Am Ende der Geschichte wird die Erzieherin zahlreiche weitere Äußerungen von Merdin gehört haben, die ihr eine Fülle an Information zu den sprachlichen Kernbereichen geben. Ihre ersten Eindrücke werden anhand weiterer Belege untermauert und können ihr Hinweise darauf geben, in welchen Bereichen Merdin noch spezifischer Förderung bedarf.

Das Bilderbuch, das Merdin und seine Erzieherin betrachtet haben, gehört zu den Testmaterialien, mit Hilfe derer im Rahmen des förderdiagnostischen Verfahrens LiSe-DaZ (*L*inguistische *S*prachstand*e*rhebung – *D*eutsch *a*ls *Z*weitsprache) die produktiven Sprachfähigkeiten von Kindern überprüft werden. Neben der Sprachproduktion wird in drei weiteren Untertests auch das Sprachverständnis in zentralen linguistischen Bereichen erfasst. Dieses Verfahren wurde im Auftrag der Baden-Württemberg Stiftung im Rahmen des Programms „Sag' mal was – Sprachförderung für Vorschulkinder" in den Jahren 2005–2008 entwickelt und in Verbindung mit der Stiftung in den letzten zwei Jahren normiert. LiSe-DaZ (Schulz und Tracy) wird im Frühjahr 2011 in der Reihe ‚Vorschultests' bei Hogrefe verlegt.

Die Zielgruppe von LiSe-DaZ sind Kinder mit Deutsch als Zweitsprache im Alter von 3,0 bis 7;11 Jahren. Dass ein beachtlicher Teil dieser Kinder unzureichende Deutschkenntnisse aufweist und ihnen damit der Eintritt in das deutsche Bildungssystem und der weitere Bildungsweg erschwert werden, haben in den letzten Jahren zahlreiche Studien belegt. In der Folge wurden bundesweit vielfältige Förderinitiativen angestoßen. Einig ist man sich weitgehend darin, dass für eine Klassifikation förderbedürftiger Kinder und die Ableitung individueller Förderinhalte nur eine fundierte Diagnostik zuverlässige Grundlage sein kann. Während für den Erwerb des Deutschen als Erstsprache standardisierte und normierte Diagnoseverfahren existieren (SETK 2, Grimm 2000; SETK 3–5, Grimm 2001), lässt sich für den Erwerb des Deutschen als Zweitsprache immer noch ein Mangel an diagnostischen Instrumenten feststellen, die den Ansprüchen an Validität, Standardisierung und Normierung genügen (Redder et al. 2010; Ehlich et al. 2005; Fried 2004; Kany und Schöler 2007).

Das Verfahren LiSe-DaZ wurde entwickelt, um diese Lücke zu schließen. Es erfasst den sprachlichen Entwicklungsstand von Kindern mit Deutsch als Zweitsprache in zentralen regelgeleiteten Bereichen und erlaubt es, individuelle Förderinhalte abzuleiten. Bei LiSe-DaZ stehen vor allem diejenigen Strukturen des Deutschen im Vordergrund, die in der Erst- und Zweitspracherwerbsforschung hinreichend erforscht wurden und für die Einschätzung sprachlicher Kompetenzen besonders aufschlussreich sind. Es handelt sich um Sprachkenntnisse, die für die alltägliche Kommunikation benötigt werden und für die in natürlichen Situationen ein gezieltes Förderangebot entwickelt werden kann.

Untersucht werden Fähigkeiten zur Sprachproduktion und zum Sprachverständnis. Das Modul Sprachproduktion lässt durch die Elizitierung verschiedener Haupt- und Nebensätze zur Bildergeschichte „Abenteuer im Park" nicht nur fundierte Aussagen über den Entwicklungsstand der Satzstruktur (Untertest SK – Satzklammer) zu, sondern ebenso über die Fähigkeiten in den Bereichen Subjekt-Verb-Kongruenz (Untertest SVK), über das Repertoire unterschiedlicher Wortklassen (Untertest WK) und über die Beherrschung des Kasussystems (Untertest KAS). Die Untertests zum Sprachverständnis untersuchen das Verstehen von Verben (Untertest VB), einfachen w-Fragen (Untertest WF) und der Negation (Untertest NEG). Hier werden die aus der Spracherwerbsforschung bewährten Methoden von Satz-Bild-Zuordnung und Wahrheitswertaufgaben eingesetzt.

Auch mit der fünfjährigen Elin, die seit einem Jahr im Kindergarten ist, hat die Erzieherin LiSe-DaZ durchgeführt und konnte dabei beobachten, dass das Mädchen im Untertest zur Sprachproduktion häufig nur einfache Satzfragmente produzierte. Auf die Frage *„Warum macht der Hund so ein trauriges Gesicht?"* antwortete sie beispielsweise mit der Äußerung *„Angst hat."* Die Erzieherin erkennt anhand der Gesamtheit der von Elin produzierten Äußerungen, dass sie die Struktur deutscher Sätze noch nicht erworben hat. Die Förderung sollte demnach das Ziel haben, notwendige Erwerbsschritte anzubahnen, in dem Elin in natürlichen Gesprächssituationen relevante Information für den Strukturaufbau angeboten werden. Das Wissen, dass vor allem kontrastierende Strukturen die unterschiedliche Stellung des Verbs im deutschen Satz verdeutlichen, ermöglicht es der Erzieherin, den sprachlichen Input systematisch und variationsreich aufzubereiten. Dabei können die möglichen Positionen des Verbs (Verb-Zweit und Verb-End) mit unterschiedlichen verbalen Elementen besetzt sein. Ein denkbarer Dialog in einer Fördersequenz kann demnach folgendermaßen aussehen:

Förderkraft:	Was macht Lise hier?
Kind:	Arm genomme.
Förderkraft:	Du hast recht, Lise <u>hat</u> den Hund auf den Arm <u>genommen</u>. Meinst du, Ibo <u>will</u> den Hund auch mal <u>nehmen</u>? Vielleicht <u>nehmen</u> sie ihn ja zum Spielen <u>mit</u>. <u>Hast</u> du auch schon einmal einen Hund auf den Arm <u>genommen</u>?

Elin hat in dieser Sequenz die Möglichkeit, zeitnah verschiedene Strukturen zu hören, sie zu vergleichen und miteinander in Beziehung zu setzen. Die Erzieherin kann dabei beliebige Bilder und Situationen (bspw. auch die Bilder des LiSe-DaZ-Materials) für die Förderung nutzen und so gemeinsam mit dem Kind Geschichten weitererzählen.

Über eine gezielte und differenzierte Sprachförderung hinaus, sollte aber auch im Bewusstsein bleiben, dass ein kompetenter Sprecher des Deutschen in jeder intuitiven und natürlichen Kommunikation eine Modellfunktion für Lernende übernehmen und ihnen so den Input bieten kann, der für den Aufbau des sprachlichen Systems notwendig ist.

Literatur:

Ehlich, Konrad/van den Bergh, Huub/Bredel, Ursula/Garme, Birgitta/Komor, Anna/Krumm, Hans-Jürgen/ McNamara, Tim/Reich, Hans H./Schnieders, Guido/ten Thije, Jan D. (2004): *Anforderungen an Verfahren der regelmäßigen Sprachstandsfeststellung als Grundlage für die frühe und individuelle Sprachförderung von Kindern mit und ohne Migrationshintergrund. Eine Expertise.* München.

Grimm, H. (2000). *SETK–2 Sprachentwicklungstest für zweijährige Kinder. Diagnose rezeptiver und produktiver Sprachverarbeitungsfähigkeiten.* Göttingen: Hogrefe.

Grimm, H. (2001). *SETK3–5. Sprachentwicklungstest für drei- bis fünfjährige Kinder. Diagnose von Sprachverarbeitungsfähigkeiten und auditiven Gedächtnisleistungen.* Göttingen: Hogrefe.

Kany, Werner/Schöler, Hermann (2007): *Fokus: Sprachdiagnostik.* Berlin u.a.: Cornelsen.

Redder, A./Schwippert, K./Hasselhorn, M./Forschner, S./Fickermann, D./Ehlich, K. (2010). *Grundzüge eines nationalen Forschungsprogamms zu Sprachdiagnostik und Sprachförderung.* ZUSE-Diskussionspapier Nummer 1.

Schulz, P./Tracy, R., in Verbindung mit der Baden-Württemberg Stiftung (2011). *Linguistische Sprachstandserhebung – Deutsch als Zweitsprache (LiSe-DaZ).* Göttingen: Hogrefe.

Erkenntnisse aus der Evaluation zur Qualifizierung von Multiplikatorinnen in der Sprachförderung

Uwe Neugebauer

Als eine der fundamentalen Ursachen des deutschen PISA-Desasters gelten sprachliche Rückstände, die schon Grundschulkindern – ob sie Deutsch nun als Erst- oder Zweitsprache erlernt haben – den Weg zu einem erfolgreichen Bildungsabschluss verbauen können. Hier setzt das Programm „Sag' mal was – Sprachförderung für Vorschulkinder" an, das die individuellen Bildungschancen der Vorschulkinder durch gezielte Unterstützung beim Spracherwerb zu verbessern trachtet. Das Programm der Baden-Württemberg Stiftung zielt neben der Verbesserung von individuellen Bildungschancen der Kinder auch auf die Einbindung der Erziehenden in die frühe Sprachförderung ab. Die Kernkompetenzen für die Durchführung der intensiven Sprachförderung sollen seit dem Förderjahr 2004/05 von eigens ausgebildeten Multiplikatorinnen an die Kita-Fachkräfte vermittelt werden. Ob und wie die dazu geschaffene Qualifizierungsmaßnahme die Teilnehmerinnen bestmöglich auf die praktischen Anforderungen vorzubereiten vermag, wurde durch eine Befragung sowohl der Multiplikatorinnen als auch der Kita-Förderkräfte sowie durch eine Diskussionsrunde mit Referentinnen der Qualifizierung durch das Institut für Evaluation in Köln, Univation, evaluiert.

Qualifizierung von Sprachfördermultiplikatorinnen

Bei vorschulischen Sprachfördermaßnahmen kommt der Qualifikation der Förderkräfte eine zentrale Rolle zu (Bainski & Krüger-Potratz, 2008). Wird die Sprachförderung von den pädagogischen Kräften in den Kitas selbst geleistet, sind Weiterqualifikationen notwendig. Da spezifische Sprachfördermaßnahmen wie auch Sprachstandserhebungsverfahren überwiegend nicht Teil der Erzieherinnen-Ausbildung sind, wurde von der Baden-Württemberg Stiftung die Qualifizierung von Sprachfördermultiplikatorinnen ausgeschrieben, um den Kita-Sprachförderkräften kompetente Ansprechpartnerinnen zur Seite stellen zu können. Die Evaluation dieser Qualifizierungsmaßnahme ist Basis der vorliegenden Darstellung.

Die Teilnehmerinnen der Qualifizierungsmaßnahme, die durchschnittlich 15,6 Tage umfasste, sollten praktische Erfahrungen in der Sprachförderung von Kindern vorweisen. Theoretische Grundlagenkenntnisse der Sprachförderung oder auch Methoden der Erwachsenenbildung wurden eher dann vorausgesetzt, wenn darauf während der Qualifizierung nicht vertieft eingegangen wurde. Um den Schulungsbedarf jeweils regional abdecken zu können, wurden acht Fortbildungsträger in unterschiedlichen Regionen von Baden-Württemberg mit der Durchführung der Weiterbildung beauftragt. Nach Abschluss der Qualifizierungen sollten die Sprachförderkräfte in den Kitas über die Sprachfördermultiplikatorinnen auf ein flächendeckendes Netzwerk geschulter Fachkräfte zurückgreifen können. Die konkrete Konzeption der Qualifizierungsmodule oblag den Trägern, die dabei hinsichtlich der Dauer der Weiterbildung, der inhaltlichen Schwerpunkte wie auch der Aufnahmekriterien deutlich differierten. Während die kürzeste Qualifizierung elf Tage umfasste, beriefen andere Träger die angehenden Sprachfördermultiplikatorinnen an 25 Tagen ein. Komplementär dazu lag die Messlatte für Bewerberinnen tendenziell höher, wenn weniger Module unterrichtet wurden.

Ziele der Fortbildung für Sprachfördermultiplikatorinnen

Basierend auf den Richtlinien des Programms „Sag' mal was" wurden folgende Ziele der Qualifizierungsmaßnahme formuliert: Die Sprachfördermultiplikatorinnen …

➜ können Verfahren zur Sprachstandserhebung (kontinuierliche Beobachtung, SISMIK, BISC, Breuer-Weuffen DP und KVS I, HASE, SETK 3–5) nach ihren Stärken und Schwächen unterscheiden, sie adressatenbezogen einsetzen und auswerten;

➜ kennen Konzepte zur intensiven Sprachförderung und sind zur Planung, Durchführung, Auswertung sowie Dokumentation von Fördermaßnahmen befähigt;

➜ kennen Ansätze zur aktiven Elternarbeit und können zur Elternbeteiligung anregen.

Hinsichtlich der Kooperation zwischen Sprachfördermultiplikatorin und Kita wurden zwei Kriterien der Zielerreichung für das Projekt festgelegt: Sprachfördermultiplikatorinnen stehen den Fachkräften der Fördergruppen – insbesondere in Problemfällen – konstruktiv mit ihrem Fachwissen zur Seite, und das Fachwissen der Sprachfördermultiplikatorinnen ist den Kita-Beschäftigten eine Hilfe bei der Erreichung der Projektziele.

Die Kriterien der Erreichung der Fortbildungsziele dienten dazu, die Indikatoren zu operationalisieren und die erzielte Qualifikation einer Prüfung zugänglich zu machen. Im Verlauf der Evaluation kam die zusätzliche und über den Evaluationsgegenstand hinausgehende Vermutung auf, dass eine konzeptuelle Schwierigkeit darin bestehen könnte, dass die Qualifikationsmaßnahmen je nach Träger unterschiedlich effizient, aber keine davon ausreichend effektiv sein könnte, um das angestrebte Programmziel zu realisieren.

Evaluationsansatz

In der Evaluation der Multiplikatorinnen-Qualifizierung wurde ein Mix aus qualitativen und quantitativen Befragungsmethoden eingesetzt. Es wurden für die Kita-Sprachförderkräfte und die Sprachfördermultiplikatorinnen schriftliche Fragebögen erstellt und einem zweistufigen Pretest unterzogen. Die Fokus-Gruppe[1] mit den Referentinnen der Weiterbildung wurde durch einen Leitfaden strukturiert, die Auswertung erfolgte mit der Software MaxQData.

In die Auswertung konnten drei Interviews von Teilnehmerinnen an der Fokus-Gruppe eingehen und 295 ausgefüllte Fragebögen: 155 von Förderkräften in Kitas

---

1 Die Fokus-Gruppen-Methode ist eine interaktionstheoretisch und gruppendynamisch fundierte Methode zur Generierung qualitativer Daten. Sowohl Methode als auch Ergebnisse sind bei einer Fokus-Gruppe auch für Nicht-Professionelle der empirischen Sozialforschung leicht nachzuvollziehen.

unterschiedlicher Träger, 140 von Sprachfördermultiplikatorinnen. Bezogen auf die Sprachfördermultiplikatorinnen (insgesamt 216) lag die Beteiligung bei 65 %. Als weitere Datenquellen standen sechs Telefonkurzinterviews mit Referentinnen, die Förderkonzepte der Qualifizierungsträger sowie deren Zwischenberichte zur Verfügung.

Ergebnisse zu den Qualifikationszielen

Notwendige Sprachförderkompetenzen aus Sicht der Weiterbildenden
Nach den Ergebnissen der Fokus-Gruppe sollten Sprachfördermultiplikatorinnen folgende Kompetenzen an die Kita-Sprachförderkräfte vermitteln können, um ihrer Aufgabe gerecht zu werden: Diagnostik/Analyse des kindlichen Sprachstandes; individuell abgestimmte, kreative Sprachförderung (z. B. mit Geschichten und Liedern, Beschriftung von Gegenständen, Erlernen von Gedichten etc.); Dokumentation des Entwicklungsstandes; Spaß am sprachlichen Ausdruck und der Förderung desselben; Motivation und Einbindung der Eltern; Wertschätzung der Muttersprache der Kinder bei gleichzeitiger Vermittlung der Bedeutung des Deutschen für ihren weiteren Lebensweg.

Um den Kita-Sprachförderkräften diese Fähigkeiten und Einstellungen überzeugend nahebringen zu können, benötigen die Sprachfördermultiplikatorinnen fachliche, didaktische, persönliche und soziale Kompetenzen. Zu den fachlichen Kompetenzen zähle das Wissen über die deutsche Sprache, die Sprachentwicklung sowie eine kindgerechte und bedarfsgerechte Gestaltung der Sprachförderung. Mit Kindern mit Migrationshintergrund müsse anders gearbeitet werden als mit deutschen Kindern. Eine Befragte legt v. a. Wert auf *„das methodische Know-how für die Vermittlung von Wissen an die Kolleginnen unter Einbezug der bereits vorhandenen Kenntnisse der jeweiligen Sprachförderkraft"*. Die Sprachfördermultiplikatorinnen müssten hierfür auch über Präsentationskompetenzen verfügen, was den Teilnehmerinnen der Qualifizierung oftmals nicht bewusst sei. Einer der Fortbildungsträger hat deshalb beschlossen, dass *„die Übungsphase für Moderation und Beratung in den nächsten Ausbildungen ausgebaut wird"*. Auch müsse der Übergang von der Schulung in die Praxis für die Sprachfördermultiplikatorinnen besser flankiert werden, da er zu oft als „Sprung ins kalte Wasser" empfunden werde. Begleitete Erprobungsphasen, Coaching, Supervision – diese Komponenten sollen in kommenden Ausbildungsgängen deutlich ausgebaut werden. Aber auch sei, unabhängig von den Vorkenntnissen der Teilnehmenden, eine Dauer von 15 Tagen zu gering.

Die Ergebnisse aus den Kurzinterviews mit Referentinnen im Vorfeld untermauern die in der Fokus-Gruppe benannten Einsichten, allerdings werden auch kritische Aspekte genannt. So bemängelt eine Referentin eine zu enge Perspektive bei der Qualifizierung, wohingegen ein ganzheitlicherer Ansatz notwendig sei. Auch die Unterrichtung der Sprachfördermodelle komme zu kurz. Eine andere Befragte vermisst einheitliche Standards, an denen Auffälligkeiten bei der Sprachentwicklung festgemacht werden können – wenn diese Frage der Auslegung der regionalen Sprachförderkraft bzw. der Kita-Förderkraft überlassen werde, führe das zur Verunsicherung der Eltern. Dazu gehöre auch die Entscheidung, ab welchem Entwicklungsrückstand das Kind besser an einen Spezialisten überwiesen werden sollte. Weiterhin wird eine zentrale Koordinationsstelle vermisst, die Referentinnen, Sprachfördermultiplikatorinnen und Kita vernetzt. Ein grundlegenderes Defizit schließlich, das drei der Befragten nennen, ist die Eignung der angehenden Sprachfördermultiplikatorinnen: Es wird bezweifelt, dass Erzieherinnen grundsätzlich für diese Aufgabe geeignet seien. Da sich viele Teilnehmerinnen der Qualifizierung überfordert gezeigt haben, sollen die Voraussetzungen verschärft werden, indem z. B. eine Mindestausbildung und/oder praktische Erfahrungen in der Sprachförderung nachgewiesen werden müssen.

Ergebnisse der Befragung der Sprachförderkräfte

Neben der Notwendigkeit von Fortbildungen, von mehr Informationen und Material, eines Netzwerks und des Austausches sowie von Ansprechpartnern bei Problemen bezogen sich ein gutes Drittel der Nennungen auf unzureichende Rahmenbedingungen und Vorgaben. So bereitet die Sprachstandserhebung und -auswertung den Kita-Sprachförderkräften auf der inhaltlichen Ebene Schwierigkeiten, ebenso das Erkennen von Sprachdefiziten und die dafür nötige analytische Beobachtung der Kinder. Die Stundengestaltung fällt ebenfalls vielen Förderkräften schwer und auch der Dokumentationsaufwand wird z. T. kritisch gesehen. Fortbildungen in den genannten Bereichen werden dementsprechend von den meisten Förderkräften gewünscht.

Auch wird eine Austauschplattform gewünscht, die allen Akteuren offensteht und nötige sowie brauchbare Informationen bereithält, so z. B. Literaturhinweise, didaktische Arbeitsmaterialien, einen regelmäßigen Newsletter, *„bessere Netzwerkarbeit"*, *„mehr Austausch"*, etwa in *„Gesprächsgruppen"*. Als praktikabel erscheinen den Kita-Sprachförderkräften dabei regional zentrierte Verbünde mit jeweils einer Koordination.

Die Zusammenarbeit mit den Eltern bereitet einigen Kita-Sprachförderkräften Probleme, teils weil Motivation und Engagement der Eltern zu wünschen übrig lassen, teils weil organisatorische Probleme die Kommunikation (und häufig auch die regelmäßige Teilnahme der Kinder an der Fördergruppe) behindern. Daher fordern die Förderkräfte mehr Zeit für die Elternarbeit, außerdem eine ausgiebigere Information durch Elternabende oder Infobroschüren; z. T. wird auch eine Beratung über den Umgang mit problematischen Kooperationspartnern gewünscht.

Aber auch die Kinder selbst haben mit den erhöhten Anforderungen, die durch die Sprachförderung entstehen, zu kämpfen, da die Konzentrationsfähigkeit in der Förderstunde für viele in ungewohntem Maße strapaziert wird. Als Konsequenz daraus fordern einige Förderkräfte, die Unterrichtseinheiten auf 30 bis höchstens 45 Minuten zu verkürzen und die Anzahl der Förderstunden dem Alter der Kinder anzupassen.

Ergebnisse der Befragung der Sprachfördermultiplikatorinnen

Die Qualifizierungsmaßnahmen stellen zwei Drittel der Teilnehmerinnen nach eigener Aussage zufrieden; weiterempfehlen würden sie sogar 88 %. Die Dauer der Qualifizierungsmodule empfindet ebenfalls die knappe Mehrheit (60 %) der Sprachfördermultiplikatorinnen als angemessen. Den Praxisbezug beurteilen 63 % als (sehr) „hoch", nur 5 % bewerten ihn als „niedrig". Auch finden drei Viertel der Befragten, ihnen sei eine Herangehensweise für die Unterstützung der Kita-Sprachförderkräfte vermittelt worden – gleichwohl gibt nur die Hälfte der Befragten an, dass sich ihre praxisbezogenen Kompetenzen durch die Fortbildung verbessert haben.

Über die Qualifizierungsmaßnahme hinausgehend sehen 79 % noch Optimierungsbedarf, hauptsächlich in Bezug auf die Kommunikationsstrukturen. So wird die Gründung eines regionalen Sprachförderzirkels angeregt, der regelmäßig Fachtage organisiert, Workshops (z. B. zu Zeitmanagement und Moderationstechniken) anbietet und ein Internetportal einrichtet. Damit wäre ein umfassender Informationsaustausch möglich, so dass Verlautbarungen des Projektträgers ebenso wie neue Verfahren oder Probleme aus dem Berufsalltag ausgetauscht und diskutiert werden könnten. Außerdem wird für eine Übergangsphase Coaching gewünscht oder auch eine Hospitationsmöglichkeit bei Kolleginnen.

Knapp zwei Drittel der Sprachfördermultiplikatorinnen meinen, durch die Qualifizierung hinreichend auf den Wissensbedarf vorbereitet zu sein, dem sie auf Seiten der Kita-Sprachförderkräfte begegnen werden; etwa ein Fünftel ist hingegen der Auffassung, die Qualifizierung gehe zu sehr am Beratungsbedarf vorbei. Den Wissensbedarf vermuten die Teilnehmerinnen in den Bereichen

➜ Erhebung des Sprachstandes: Auswahl eines geeigneten Verfahrens und dessen Auswertung (51 Nennungen)
➜ Sprachförderung allgemein sowie deren Umsetzung (37)
➜ Sprachentwicklung allgemein: Was sollte das Kind wann können? (19)
➜ Elternarbeit (z. B. wenn die Eltern kein Deutsch beherrschen) bzw. Elterngespräche (16)
➜ Anregungen für die Praxis (10)
➜ Richtlinien/Finanzierung/Zielformulierungen (8)
➜ Zweitspracherwerb (7)

Diskussion und Fazit

Die Stoßrichtung einer Multiplikatorinnen-Qualifizierung zur Unterstützung von Sprachförderkräften vor Ort stellt eine mögliche und effektive Antwort auf lange vernachlässigte gesellschaftliche Probleme dar, die eine Vielzahl von Bundesländern verfolgt. Die Sprachförderkräfte weisen ein Problembewusstsein für die sensiblen Bereiche wie z. B. Sprachstandserhebung auf und zeigen sich für kompetente Hilfestellung offen, wenn deren Modalitäten klar geregelt sind.

Jedoch entsteht aus der Sprachförderpraxis in Kindertagesstätten die Frage, welche Kompetenzen bei Sprachförderkräften im Vorschulbereich für eine erfolgreiche Arbeit erforderlich sind, und wer einschätzen kann, ob sie diese Qualifikationen auch ausreichend aufweisen. In einer ausführlichen Untersuchung wird die Post-hoc-Hypothese geprüft, ob die Sprachförderkräfte selbst einschätzen können, ob sie eine erfolgreiche Arbeit leisten bzw. ob sie für objektive Erfolge ausreichend qualifiziert sind (Neugebauer, 2010).

Die Zahlen und dahinter stehenden individuellen Bildungsbiografien zum Zusammenhang zwischen sprachlichen Schwierigkeiten und schulischem Erfolg sind berechtigter Anlass für sofortiges und umfassendes Handeln. Mit dem evaluierten Programm wurden 90.000 Kinder in Kindertagesstätten gefördert, d. h. ein bis vier Stunden pro Woche stand die Sprachförderung in Kleingruppen im Vordergrund. Dieses Vorgehen weist eine hohe Plausibilität auf und ist sicher ein Schritt in die richtige Richtung. Dass das Programm von zwei Evaluationen in seiner Wirksamkeit geprüft sowie seine Ergebnisse öffentlich gemacht werden, ist in dieser Transparenz in Deutschland bislang leider einzigartig.

Die durch die Evaluation des Programms „Sag' mal was" entstehende Vermutung, dass Erzieherinnen nicht per se Sprachförderung durchführen können, entspricht der Komplexität der Herausforderung. Auch eine zusätzliche Fortbildung bei ausgewählten Erzieherinnen von 11 bis 25 Tagen zur Vermittlung der vertieften Qualifikation scheint nicht ausreichend, um die notwendigen Fachkenntnisse in die Breite zu tragen und eine nachweisbar erfolgreiche Arbeit als Sprachförderkraft zu ermöglichen. Diese Vermutung soll nicht die Arbeit der engagierten Erziehungskräfte in Frage stellen, sondern eher deren Ausbildung, in deren Curriculum Sprachförderung – insbesondere für Kinder mit Migrationshintergrund – bislang nur marginal enthalten ist.

Literatur

Bainski, C. & Krüger-Potratz, M. (Hrsg.) (2008). Handbuch Sprachförderung; Neue Deutsche Schule Verlagsgesellschaft; Essen.

Neugebauer, U. (2010). Keine Outcomes trotz Kompetenzüberzeugung? Qualifikationen und Selbsteinschätzungen von Sprachförderkräften in KiTa's. Empirische Sonderpädagogik (2), S. 34–47

Neugebauer, U. & Rutten, S. (2008). Sprachfördernetzwerke in Schleswig-Holstein. In: Klinger, T. et. al. (Hrsg.) FÖRMIG-Bandreihe „Evaluation", S. 101–109.

Evaluationsforschung in der Frühpädagogik

Wolfgang Tietze

Unter Evaluation soll im vorliegenden Kontext die Analyse und Bewertung (früh-) pädagogischer Maßnahmen verstanden werden. Analyse und Bewertung können sich dabei auf das (theoretisch und empirisch begründete) Konzept der Maßnahme, auf ihre Implementierung (Einführung in die Praxis) oder auf intendierte (und nicht-intendierte) Wirkungen erstrecken. Evaluationen können von den an einer Maß-nahme Beteiligten selbst vorgenommen werden, man spricht dann von Selbstevalua-tion. Sie können aber auch von externen Forschern, die mit der Maßnahme selbst nichts zu tun haben, durchgeführt werden. Man spricht dann von externer Evalua-tion. Weiterhin kann man danach unterscheiden, ob die Evaluation vorrangig der Verbesserung einer Maßnahme dienen soll oder einer Entscheidung darüber, ob eine Maßnahme beibehalten werden bzw. in großem Maßstab eingeführt werden soll. Im erst genannten Fall spricht man von formativer Evaluation; ihre Ergebnisse werden möglichst unverzüglich in den Verbesserungsprozess eingespeist. Im zweiten Fall handelt es sich um eine summative Evaluation: die Ergebnisse sollen eine Entschei-dungsgrundlage dafür liefern, ob eine Maßnahme fortgesetzt, allgemein verbreitet oder eingestellt werden soll.

In der Praxis der Evaluationsforschung werden Selbst- und Fremdevaluation bzw. formative und summative Evaluation zuweilen kombiniert. Gemeinsam ist allen Evaluationsansätzen, dass sie – im Gegensatz zum reinen Erkenntnisgewinn bei der Grundlagenforschung – auf die Analyse und den Nutzen konkreter Maßnahmen bzw. auf von Menschen beeinflusste Verläufe gerichtet sind. Sie sind damit von vornherein in menschliches, zumeist gesellschaftlich-politisches Handeln einge-bunden. Evaluationen müssen in ihrer Durchführung an die Standards und Metho-den erfahrungswissenschaftlicher (empirischer) Erkenntnisgewinnung rückge-bunden sein.

Geschichte, Entstehung

Die Analyse und Bewertung (früh-)pädagogischer Ansätze auf einer empirischen Grundlage ist relativ jungen Datums. Selbstverständlich werden schon seit Langem und bis heute andauernd neue (früh-)pädagogische Maßnahmen entwickelt und als besonders erfolgversprechend angepriesen. Die Frage nach der Angemessenheit ihrer Umsetzung und nach tatsächlichen Auswirkungen bei Kindern (evtl. auch ihrer Eltern) wurde und wird, wenn überhaupt, häufig nur spekulativ beantwortet.

Das Interesse an systematischen Evaluationen in der Früherziehung auf erfahrungs-wissenschaftlicher Basis entstand Mitte der 1960er Jahre in den USA. Im Rahmen der „War on Poverty"-Bewegung (Krieg gegen die Armut) wurden mit enormem gesell-schaftlichen Engagement soziale und pädagogische Programme kreiert und erprobt. Es ging darum, die rassisch und sozial bedingte Armut abzubauen, zur Chancengleichheit und Bildungsförderung aller Kinder beizutragen und zugleich die für das Gemeinwohl im Inneren und für den Systemwettkampf im Äußeren (Kalter Krieg) erforderlichen Humanressourcen zu aktivieren. Getragen wurde dieser Ansatz von der Vorstellung, in Analogie zum historisch so erfolgreichen Modell naturwissenschaftlich-technischer Gestaltung auch die soziale Wirklichkeit durch sozialwissenschaftlich fundierte Programme zielgerecht verändern zu können. Eine besondere Bedeutung wurde dabei der frühen kompensatorischen Förderung von Kindern, u. a. in den Bereichen Kognition, Sprache, Sozialverhalten, Neugier, Ausdauer, beigemessen (vgl. Head Start Program). Mit dem Aufbau und der Umsetzung der Früherziehungsprogramme war von Anfang an auch die Frage ihrer Wirkungen verbunden. Aus diesem Zusammenhang entwickelte sich sehr rasch eine pädagogische Evaluationsforschung als eine junge, mehr oder weniger eigenständige Wissenschaftsdisziplin, verbunden mit der Notwendigkeit, entsprechende Evaluations- und Erfassungsinstrumente bereitzustellen.

In Deutschland wurde die Frage nach der Evaluation frühpädagogischer Maßnahmen, Programme und Institutionen und die damit intendierte Förderung von Kindern virulent, als im Zuge der Bildungsreform Anfang der 1970er Jahre die Neugestaltung des Bildungssystems auf der gesellschaftlichen Tagesordnung stand und der Kindergartenbereich zur grundlegenden Elementarstufe des gesamten Bildungssystems erklärt wurde. Vorschulprogramme, unter anderem zur kognitiven wie zur sozialen Förderung, wurden aufgelegt und erprobt, die Förderung von Kindern in Modellkindergärten und Vorschulklassen vergleichend untersucht und verschiedene curriculare Ansätze evaluiert. Die politisch motivierten Evaluationen trafen auf eine Pädagogik der frühen Kindheit, die hinsichtlich Strategien wie auch Evaluations- und Erfassungsinstrumenten wenig vorbereitet war. Deshalb sind viele der Ergebnisse und Schlussfolgerungen dieser Epoche von zweifelhaftem Wert (vgl. Fried, Roßbach, Tietze & Wolf, 1992).

Neue Impulse sind seit Mitte der 1990er Jahre zu verzeichnen. Sie sind im Zusammenhang mit der Notwendigkeit zu sehen, ein quantitativ expandierendes Früherziehungssystem (u. a. in Folge des Rechtsanspruchs auf einen Kindergartenplatz) bei knappen Ressourcen effizient und auf einem möglichst hohen Qualitätsniveau zu steuern (vgl. Tietze, Roßbach & Grenner 2005, S. 271 ff.). Diese Tendenz verstärkte sich im Gefolge der Debatte um die pädagogische Qualität des deutschen Bildungssystems und seiner internationalen Anschlussfähigkeit. Seither wird der frühen Bildungsförderung und der generellen Verbesserung des Früherziehungssystems – wieder einmal – ein zentraler Stellenwert zuerkannt (Forum Bildung, 2001). Die Frage nach den Wirkungen hat für den gesamten vorschulischen Bereich an Aktualität gewonnen, seit der Bundesgesetzgeber für 2013 auch einen Rechtsanspruch auf eine öffentliche frühe Bildung, Betreuung und Erziehung auch für Kinder von einem bis unter drei Jahren vorgesehen hat. Vor diesem Hintergrund wird verständlich, dass sich gerade in den letzten Jahren Evaluations- und Feststellungsverfahren entwickelt haben und zunehmend Anwendung finden und dass groß angelegte staatliche Förderprogramme, wie zum Beispiel auch die Sprachförderprogramme „Sag' mal was" und „Sprachliche Bildung für Kleinkinder" ohne begleitende Evaluationsstudien kaum mehr denkbar sind.

Formen von Verfahren und Messgüte

Evaluationen und die dabei eingesetzten Mess- und Feststellungsverfahren in der Frühpädagogik lassen sich nicht durch ihre technischen Eigenschaften von entsprechenden Verfahren in anderen Pädagogikfeldern abgrenzen, auch wenn bestimmte Formen wie schriftliche Befragungen, Interviews, Papier- und Bleistifttests, soweit es sich um kleine Kinder als Respondenten handelt, kaum in Betracht kommen. Aufgrund der noch eingeschränkten Kommunikationsfähigkeit kleiner Kinder spielen Beobachtungsverfahren, bei denen das Verhalten der Kinder in natürlichen oder eigens arrangierten Situationen nach bestimmten Kriterien beobachtet wird, eine dominante Rolle, ebenso so genannte Reportverfahren, bei denen eine Person, die das Kind gut kennt (z. B. Erzieherin, Tagesmutter, Mutter), Auskunft über Verhaltensweisen oder Fähigkeiten des Kindes gibt. Prinzipiell kommt jedoch für Evaluations- und Feststellungsverfahren in der Frühpädagogik das gesamte Spektrum diagnostischer und empirischer Erhebungsverfahren in Betracht. Dazu gehören Entwicklungstests und Tests zur Erfassung bestimmter Kompetenzen bei Kindern ebenso wie Verhaltensbeobachtungen bei Kindern und pädagogischem Personal, Ratingverfahren zur Einschätzung von Personen (Kindern und Erzieherinnen) wie auch Situationen (pädagogischer Anregungsgehalt des Settings), Interviews und schriftliche Befragungen (z. B. von Erzieherinnen und Eltern zu Rahmenbedingungen des pädagogischen Geschehens, zu Einstellungen, zu pädagogischen Leitbildern), oder auch Inhalts-/ Dokumentenanalysen (z. B. pädagogischer Programme und Konzeptionen). Für alle Verfahren gilt, dass sie in hinreichendem Umfang den erforderlichen Messgütekriterien genügen müssen:

→ **Objektivität:** Die Verfahren sollten in ihrer Durchführung und Auswertung unabhängig vom jeweiligen Anwender sein; z. B. sollten zwei Personen, die unabhängig voneinander ein Kind in derselben Situation beobachten, zu demselben Ergebnis gelangen. Ebenso sollten zwei Personen, die eine pädagogische Konzeption einer Einrichtung inhaltsanalytisch auswerten, zu demselben Ergebnis kommen.

→ **Zuverlässigkeit** (Reliabilität): Die Verfahren sollten zu zuverlässigen, möglichst fehlerarmen Messungen führen. Wiederholte Anwendungen desselben Verfahrens sollten – bei zeitlich stabilen Merkmalen – weitestgehend gleiche Ergebnisse erbringen (Wiederholungszuverlässigkeit, Retest-Reliabilität); ebenso sollte die gleichzeitige Anwendung von *Teilen* komplexer Verfahren zu hinreichend gleichartigen Ergebnissen führen (Halbierungszuverlässigkeit, interne Konsistenz)

→ **Gültigkeit** (Validität): Die Verfahren sollten inhaltlich gültig sein. Ein Verfahren ist dann valide, wenn es das, was es messen soll, auch tatsächlich misst. Ein Sprachtest z. B. sollte Sprachfähigkeiten eines Kindes messen und nicht seine Aufmerksamkeit oder Ausdauer. Die Validität eines Verfahrens kann nach verschiedenen Richtungen hin überprüft werden: Einem Verfahren kann Validität zugesprochen werden, wenn seine Inhalte aufgrund theoretischer Erwägungen oder aufgrund von Expertenurteilen als gültig betrachtet werden können (Inhaltsvalidität), wenn es mit anderen Verfahren, die Gleichartiges zu messen beanspruchen, hoch korreliert (konvergente Validität) und niedrig oder gar nicht mit Verfahren, die andere Inhalte/Bereiche messen (divergente Validität). Eine weitere Möglichkeit ist die Überprüfung der Konstruktvalidität. Es wird überprüft, ob die theoretisch zu erwartenden Zusammenhänge des durch das Verfahren erfassten Konstrukts mit anderen Konstrukten empirisch bestätigt werden können (z. B. Zusammenhang Schulfähigkeit – Intelligenz).

Die Überprüfung der Messgüte von Instrumenten erfordert vielfältige Detailuntersuchungen, führt oft zu Revisionen von Verfahren und ist ein aufwändiger Prozess. Nicht selten werden in frühpädagogischen Evaluationen Verfahren eingesetzt, deren Messgüte nicht oder kaum überprüft ist. Dies hat zur Konsequenz, dass die gewonnenen Ergebnisse oft zweifelhaft sind und nur um den Preis der potentiellen Selbsttäuschung genutzt werden können.

Feststellungsverfahren, die in frühpädagogischen Evaluationen Anwendung finden, richten sich nicht nur auf bestimmte Kompetenzen der Kinder (z. B. sprachliche, soziale Kompetenzen), auch wenn eine solche Betrachtung besonders naheliegend sein mag. Sie können sich genauso z. B. auf Kompetenzen des pädagogischen Personals oder verschiedene andere qualitative Aspekte der pädagogischen Umwelt in einer Einrichtung oder Kindertagespflegestelle richten.

Im Zentrum stehen hierbei Fragen der Art: Wie ist die pädagogische Umwelt eines Kindes unter dem Gesichtspunkt des räumlichen, sozialen und handlungsbezogenen Anregungsgehalts beschaffen? Welche Entwicklungsstimuli erhalten Kinder, in welche Aktivitäten werden sie einbezogen, wie sind die Interaktionen zwischen Erwachsenen und Kindern beschaffen, wie diejenigen unter den Kindern? Dabei wird davon ausgegangen, dass sich hierdurch mehr oder weniger gute pädagogische Prozesse in der pädagogischen Umwelt eines Kindes unterscheiden lassen, die sich dann auf Wohlbefinden, Entwicklung und Bildungsförderung der Kinder auswirken.

Das im deutschsprachigen Raum am weitesten verbreitete Instrumentarium zur Erfassung der globalen pädagogischen Prozessqualität sind die Kindergarten-Skala (KES-R), die Krippen-Skala (KRIPS-R) und die Tagespflege-Skala (TAS) von Tietze et al. (2007 a, b, c). Mit der Skala für Hort- und Ganztagsschulangebote (HUGS) liegt ein entsprechendes Instrumentarium auch für pädagogische Umwelten älterer Kinder vor (Tietze et al., 2007 d). Die vier Skalen gehören zu einer gemeinsamen Familie und sind gleichartig aufgebaut. Sie gehen zurück auf amerikanische Skalen um die Autoren Harms, Clifford, Cryer (vgl. Cryer, 1999), liegen in verschiedensprachigen Adaptionen vor und werden weltweit genutzt. Die Skalen erfassen sieben größere Subbereiche pädagogischer Qualität: Platz und Ausstattung, Betreuung und Pflege der Kinder, sprachliche und kognitive Anregungen, Aktivitäten, Interaktionen, Strukturierung der pädagogischen Arbeit, Eltern und Erzieherinnen. Jeder dieser Qualitätsbereiche wird durch mehrere Qualitätsmerkmale repräsentiert. Jede Qualitätseinschätzung (z. B. allgemeiner Sprachgebrauch) erfolgt im Rahmen einer wenigstens dreistündigen Beobachtung durch einen gut trainierten Beobachter in Verbindung mit einem nachfolgenden Interview mit der zuständigen Erzieherin (bzw. Tagesmutter). Zusätzlich zur KES-R liegt mit der ECERS-E eine ergänzende Skala für den Kindergartenbereich vor (Sylva, Siraj-Blatchford & Taggart 2010), mit der im Engeren bildungsbezogene Merkmale der Prozessqualität erfasst werden. Eine deutschsprachige Version (KES-R) erscheint in Kürze (Roßbach &Tietze). Fried und Briedigkeit (2008) haben mit der DORESI ein strukturell gleichartiges Verfahren vorgelegt, das speziell auf die Erfassung einer sprachanregenden pädagogischen Umwelt gerichtet ist.

In der internationalen Forschung wurden weitere Verfahren zur Erfassung wichtiger pädagogischer Qualitätsdimensionen entwickelt. Dazu gehören beispielsweise die Caregiver Interaction Scale (CIS) von Arnett (1989), die das Erzieherinnenverhalten in den Dimensionen Sensitivität, Involviertheit und Akzeptanz erfasst, die CLASS von Pianta, et al. (2008), oder auch das ORCE-Instrument zur Erfassung des Betreuerverhaltens von Erzieherpersonen (vgl. Cryer, 1999).

Gültigkeit von Evaluationsergebnissen

Bei allen Evaluationsstudien ist die Frage der Gültigkeit der Ergebnisse – auch bei guten Messinstrumenten – genau zu prüfen. Die Gültigkeit von Ergebnissen kann durch vielfältige Bedingungen sehr begrenzt oder im Extremfall auch gar nicht gegeben sein. So wurde in einer Evaluationsstudie in den 1960er Jahren in den USA festgestellt, dass sich der IQ von Vorschulkindern aus ungünstigen Familienverhältnissen mit der Teilnahme an einem dreimonatigen Förderprogramm um 20 Punkte verbessert hatte. Man hatte leider versäumt, Kontrollmaßnahmen mit einzubeziehen. Wie weitere Untersuchungen zeigten, hatten die Kinder lediglich gelernt, besser mit Papier und Bleistift (Tests) umzugehen. Die Erstmessung hatte bei diesen Kindern aus ungünstigem Milieu deren IQ aufgrund der für diese Kinder ungewohnten Verfahren drastisch unterschätzt.

Effekte bei Kindern können durch vielfältige Gründe bedingt sein, nicht nur durch ein bestimmtes Programm. Um einen Effekt auf ein bestimmtes Programm zurückführen zu können, müssen mögliche andere Bedingungsfaktoren ausgeschlossen bzw. kontrolliert werden. Üblicherweise erfolgt dies über eine Zufallsauswahl: Einheiten (Gruppen), an denen eine Fördermaßnahme auf ihre Wirksamkeit überprüft werden sollen, werden zusammen mit Kontrolleinheiten (die die Förderung nicht erhalten) aus einer gemeinsamen Grundgesamtheit nach dem Zufallsprinzip gezogen. Der Anwendung des Zufallsprinzips liegt die Idee zugrunde, dass hierdurch alle – bekannten und unbekannten – potentiellen Einflussfaktoren kontrolliert werden können (vgl. Bortz & Döring 2009, S. 95 ff.).

Häufig lassen sich Evaluationen mit experimentellen Anordnungen im Feld nicht realisieren. Man wird in solchen Fällen durch nicht-experimentelle Vergleichsgruppen und statistische Kontrollmaßnahmen versuchen, Ergebnisse als verlässliches Resultat einer Fördermaßnahme oder Förderbedingung plausibel zu machen. Neben der Tatsache, dass Evaluationsergebnisse innere Gültigkeit (Schlüssigkeit, Anschluss von Alternativerklärungen) haben sollen, muss auch ihre äußere Gültigkeit immer mit bedacht werden: Ein Sprachförderprogramm, das von Wissenschaftlern eng begleitet und überwacht wurde und gute Ergebnisse bei den Kindern gezeigt hat, mag ohne Effekt sein, wenn es in breiter Form ohne entsprechend geschultes Personal und strikte Supervision, sozusagen nur „verwässert" angewandt wird. Vor diesem Hintergrund wird verständlich, dass Evaluationsstudien selber häufig Gegenstand wissenschaftlicher Debatten sind.

Evaluationen als Grundlage für Zertifizierungen

Evaluationen sind häufig auf die Erprobung und Beurteilung neuer Maßnahmen und Ansätze bezogen. Sie können sich aber auch auf existierende Systeme unter Normalbedingungen richten, indem z. B. nach der Qualität und ihren kurz- und mittelfristigen Effekten bei Kindern unter Normalbedingungen gefragt wird (vgl. z. B. Tietze et al. 2005). In den Umkreis von Evaluationen gehören auch die sog. Akkreditierungs- bzw. Zertifizierungsverfahren. Hierbei geht es nicht um die Wirksamkeit bestimmter Fördermaßnahmen, sondern breiter und allgemeiner um die Frage, ob eine Kindertageseinrichtung definierte (hohe) Qualitätsstandards einhält. Die empirische Evaluation der Einrichtung führt dann bei positivem Ergebnis zur Akkreditierung bzw. Zertifizierung, die durch ein Qualitätssiegel auch für Außenstehende, z. B. Eltern, sichtbar ist. Entsprechende Entwicklungen sind in verschiedenen Ländern gegeben. Seit Mitte der 1980er Jahre hat die National Association for the Education of Young Children (NAEYC), der größte frühpädagogische Fachverband in den USA, solche Akkreditierungen eingeführt; zahlreiche Bundesstaaten in den USA gehen vom Ziel her ähnliche Wege, auch wenn sich die Verfahren im Einzelnen unterscheiden.

Seit kurzem liegt mit dem „Deutschen Kindergarten Gütesiegel" ebenfalls ein fachwissenschaftlich begründeter Ansatz vor, pädagogische Qualität im Rahmen eines ganzheitlichen Feststellungsverfahrens differenziert zu erfassen. Pädagogische Qualität wird beim Deutschen Kindergarten Gütesiegel in vier Qualitätsbereichen (Orientierungs-, Struktur-, Prozessqualität, Qualität der Kooperation mit Eltern) mit jeweils mehreren Qualitätsdimensionen über standardisierte Erhebungsverfahren durch externe Evaluatoren erfasst (vgl. Tietze, 2008). Die Erhebungen liefern ein differenziertes Stärken-Schwächen-Profil. Über eine gewichtete Zusammenfassung der Einzelbefunde errechnet sich, ob insgesamt gesehen eine hohe Qualität im Sinne des Gütesiegels vorliegt. Die Standardsetzungen für hohe Qualität gehen dabei auf Empfehlungen (internationaler) Fachkommissionen und Experten zurück. Untersuchungen zeigen u. a., dass durch diese Qualitätsdimensionen Entwicklungsunterschiede von bis zu einem Jahr bei Kindern im Kindergartenalter erklärt werden können und dass sich hohe Qualität in diesen Dimensionen des Gütesiegels in besseren Bildungsergebnissen in der zweiten Grundschulklasse dokumentiert (Tietze, et al. 2005).

Ausblick

Evaluations- und Feststellungsverfahren, unabhängig davon, auf welcher Ebene, bei welchen Adressaten und auf welche Dimensionen bezogen sie eingesetzt werden, sind nicht mehr wegzudenkende Hilfsmittel in frühpädagogischen Handlungs-, Forschungs- und Überprüfungsprozessen. Die zunehmende Verwendung spiegelt die Wende von einer vorwiegend nur spekulativ orientierten hin zu einer auch empirisch unterfütterten Frühpädagogik. Nutzer von Evaluationen sollten bei der Beurteilung von Instrumentarien und Evaluationsansätzen darauf achten, dass es sich um wissenschaftlich gesicherte Instrumente und Ansätze handelt.

Ein langfristiger Nutzen von Evaluationen für Kinder, die Profession Frühpädagogik und die Gesellschaft wird sich nur einstellen, wenn nach wissenschaftlichen Standards überprüfte Verfahren eingesetzt sowie aussagekräftige Untersuchungsansätze realisiert werden und sich eine pädagogische und politische Nutzerschaft entwickelt, die in der Beurteilung von Evaluationsstudien geübt ist.

Literatur

Arnett, J. (1989). Caregivers in day-care centers: Does training matter? *Journal of Applied Developmental Psychology, 10,* 541–552.

Bortz, J. & Döring, N. (2009). *Forschungsmethoden und Evaluation (für Human- und Sozialwissenschaftler)* Lehrbuch. Berlin: Springer.

Cryer, D. (1999). Defining and Assessing Early Childhood Program Quality. *The Annals of the American Academy of Political and Social Science, 563,* 39–55.

Forum Bildung (2001). *Empfehlungen des Forums Bildung.* Bonn.

Fried, L., Roßbach, H.-G., Tietze, W. & Wolf, B. (1992). Elementarbereich. In K. Ingenkamp, R. S. Jäger, H. Petillon & B. Wolf (Hrsg.), *Empirische Pädagogik 1970–1990. Eine Bestandsaufnahme der Forschung in der Bundesrepublik Deutschland.* Bd. 1 (S. 197–263). Weinheim: Beltz.

Fried, L. & Briedigkeit, E. (2008). *Sprachförderkompetenz. Selbst- und Teamqualifizierung für Erzieherinnen, Fachberatungen und Ausbilder.* Berlin: Cornelsen.

Pianta, C. R., La Paro, K. M. & Hamre, B. K. (2008). *Classroom Asessment System CLASS.* Baltimore: Brookers Publishing.

Sylva, K., Siraj-Blatchford, I. & Taggart, B. (2010). *ECERS-E: The Early Childhood Environment Rating Scale Curricular Extension to ECERS-R.* Oakhill: Trentham Books.

Tietze, W. (2008). Qualitätssicherung im Elementarbereich. *Zeitschrift für Pädagogik, 53,* 16–35.

Tietze, W., Rossbach, H.-G., Stendel, M. & Wellner, B. (2007d). *Hort- und Ganztagsangebote – Skala (HUGS). Feststellung und Unterstützung pädagogischer Qualität in Horten und außerunterrichtlichen Angeboten.* Berlin: Cornelsen Scriptor.

Tietze, W., Bolz, M., Grenner, K., Schlecht, D. & Wellner, B. (2007a). *Krippen-Skala (KRIPS-R). Feststellung und Unterstützung pädagogischer Qualität in Krippen* (3. Aufl.). Berlin: Cornelsen Scriptor.

Tietze, W., Knobeloch, J. & Gerszonowicz, E. (2007b). *Tagespflege-Skala (TAS). Feststellung und Unterstützung pädagogischer Qualität in der Kindertagespflege.* Berlin: Cornelsen Scriptor.

Tietze, W., Roßbach, H.-G. & Grenner, K. (2005). *Kinder von 4 bis 8 Jahren. Zur Qualität der Erziehung und Bildung in Kindergarten, Grundschule und Familie.* Weinheim: Beltz.

Tietze, W., Schuster, K.-M., Grenner, K. & Rossbach, H.-G. (2007c). *Kindergarten-Skala (KES-R). Feststellung und Unterstützung pädagogischer Qualität in Kindergärten* (3. Aufl.). Berlin: Cornelsen Scriptor.

Professionalisierung pädagogischer Fachkräfte: Konsequenzen für die Aus-, Fort- und Weiterbildung

Jeanette Roos, Barbara Gasteiger-Klicpera, Werner Knapp, Diemut Kucharz und Hermann Schöler

Allgemeine Bemerkungen. Die Frühkindliche und Elementarbildung ist nicht zuletzt durch das rege Interesse einer breiten Öffentlichkeit sowie der Politik auf dem Weg, zu einem integralen Bestandteil unseres Bildungssystems zu werden. Insbesondere infolge der PISA-Ergebnisse entstand in ganz Deutschland erneut[1] eine Diskussion über die ungenutzten Bildungsmöglichkeiten der frühen Jahre sowie deren Bedeutung (vgl. auch Rauschenbach, 2005). Deutschlandweit wurden in Folge Bildungs- und Orientierungspläne entwickelt, beschlossen und (wenn auch in der Regel ohne Verbindlichkeit) implementiert. Die Anforderungen an den Beruf der Erzieherinnen sind komplexer, anspruchsvoller und differenzierter geworden. Das berufliche Anforderungsprofil unterliegt einem qualitativen Wandel, und der Bedarf an inhaltlich fundiert ausgebildeten Fachkräften steigt. Nicht zuletzt mit der Einführung von Bildungs- und Orientierungsplänen wurde deutlich, dass das bisherige Qualifikationsniveau von Fachschulen zur Umsetzung der teils neuen und anspruchsvollen Inhaltsbereiche kaum ausreicht. Die Berufsfach- und Fachschulen beginnen auf diesen Bedarf mit Veränderungen ihrer Curricula zu reagieren. Solange allerdings im Rahmen der Ausbildung pädagogischer Fachkräfte Modelle akademischer und nicht akademischer Ausbildungsstätten parallel existieren, ist insbesondere bei den nicht akademisch ausgebildeten Fachkräften dafür Sorge zu tragen, dass sie hinreichend mit Kenntnissen, Informationen und Materialien versehen sind, die dem aktuellen Stand von Wissenschaft und Fachdiskurs entsprechen; was bei einem in der Regel nicht eigens für die einzelnen Inhaltsbereiche und Disziplinen ausgebildeten Lehrpersonal nicht immer leicht fallen dürfte. Pädagogische Fachkräfte sollen nicht nur die Sprachentwicklung der Kinder und die Entwicklung in anderen Bereichen effektiv begleiten, sondern auch lernmethodische Kompetenzen fördern, naturwissenschaftliche Kenntnisse vermitteln, personale Ressourcen stärken, Entwicklungspotentiale wie -risiken möglichst frühzeitig erkennen und manches mehr. Doch erst mit zunehmendem Alter haben Kinder im deutschen Bildungssystem die Chance, in Bildungs-

---

1 Die ersten Diskussionen über die Bedeutung der Frühen Bildung und ihrer Integration in das Bildungssytem fanden bereits in den späten 1960er und 1970er Jahren statt (s. u. a. Bennwitz & Weinert, 1973; Garlichs et al., 1983).

einrichtungen auf höher qualifiziertes pädagogisches Personal zu treffen (vgl. etwa König & Pasternack, 2008). Dies bedeutet, dass Kinder, je jünger sie sind, d. h. zu Beginn ihrer Bildungsbiografien, von Personal betreut, erzogen, gebildet und gefördert werden, das in unserem Bildungssystem das geringste Ausbildungsniveau aufweist und in der Regel eine Ausbildung an Berufsfach- oder Fachschulen absolviert hat. Auch mittel- und langfristig werden diese Fachkräfte die größte Gruppe darstellen, die in den Kindertageseinrichtungen anzutreffen ist.

Die in der Phase bis zum sechsten oder siebten Lebensjahr durchlaufene Sozialisation und Bildung entfaltet eine prägende Wirkung für die nachfolgende Schul- und Ausbildungsbiografie; dies betrifft in besonderer Weise die Sprachkompetenz im Bereich der hiesigen Bildungssprache Deutsch. Fthenakis bemerkt dazu, dass versucht wird, „eine der wichtigsten und zugleich komplexesten Aufgaben im Bildungswesen" mit dem europaweit „formal niedrigsten Ausbildungsniveau" (2002, S. 15) zu bewältigen. Während im europäischen Ausland seit den 1970er Jahren sukzessive konzeptionelle und strukturelle Reformen durchgeführt wurden, finden sich in der BRD überwiegend temporäre Innovationsschübe mit eher geringer Nachhaltigkeit.

Zunehmend wird allerdings erkannt, dass pädagogische Fachkräfte, in der Begleitung von Bildungs- und Erziehungsprozessen, eine wichtige Schlüsselrolle innehaben, und so sind bundesweit inzwischen mehr als 50 akademische Ausbildungsgänge entstanden, welche versuchen, durch Vermittlung adäquater Inhalte dem qualitativen Wandel im Anforderungsprofil gerecht zu werden. Dennoch wird es noch sehr, sehr lange dauern, bis in den Einrichtungen des Früh- und Elementarbereichs hinreichend viele pädagogische Fachkräfte mit Hochschulausbildung tätig sein werden.

Abbildung 1: *Aktuelle Abschlusszahlen der Ausbildungsstätten im Vergleich mit frühpädagogischen Studiengängen in der Zukunft (Deutschland 2008; für 2014 geschätzt)*

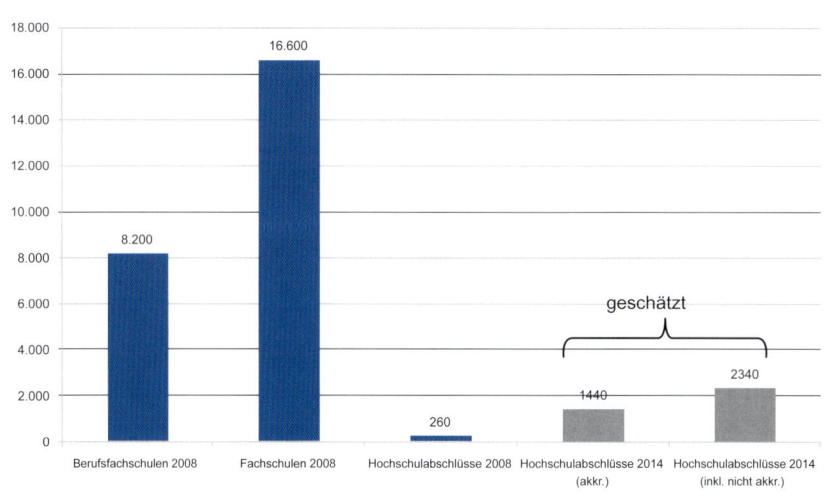

Quelle: Bundesamt für Statistik, Fachserie 11, Reihe 4.1 (2004-2009); eigene Berechnungen

Erschwerend kommt hinzu, dass bei der Einführung der Studiengänge arbeitsmarktspezifische Folgen unberücksichtigt blieben und gegenwärtig nicht vorhersehbar ist, in welchen Berufsfeldern die ersten Studienabgängerinnen ihr erworbenes Wissen anwenden werden. Fraglich ist, ob sie ihre Arbeit tatsächlich in Kindertageseinrichtungen verrichten werden, denn das Vergütungsniveau im Kindertagesstättenbereich zieht bislang nicht die Möglichkeit statushöherer Ausbildungen in Betracht und hat bisher keine Anpassung in diese Richtung erfahren.

An Fortbildungsangeboten mangelt es nicht, und es ist bekannt, dass Erzieherinnen eine Berufsgruppe darstellen, die von diesen Angeboten gerne, häufig und auch motiviert Gebrauch macht. Allerdings lässt sich im Bereich des Fortbildungsmarktes bislang ein eher unübersichtliches Nebeneinander und Dickicht verschiedenster Angebote finden. Neben dieser Unübersichtlichkeit ist das berufliche Fortbildungssystem für pädagogische Fachkräfte in Deutschland meist unverbindlich, unkoordiniert und inhaltlich wie strukturell eher beliebig. In Anspruch genommene Angebote haben zudem kaum Auswirkung auf die berufliche Laufbahn, professionelle Entwicklungs- und Aufstiegschancen oder gar die Entlohnung des Berufsstandes. Für Unermüdlichkeit und Motivation gibt es mitunter nicht einmal Lob und Anerkennung durch Träger, Kolleginnen oder Eltern, weil der Kindergartenbetrieb in Anbetracht des gegenwärtigen Erzieherinnen-Kind-Schlüssels nicht selten unter der Abwesenheit leidet und die Kolleginnen vor Ort die fortbildungsbedingte Abwesenheit durch Mehrarbeit kompensieren müssen. Wünschenswert wäre, dass Fort- und Weiterbildungskonzepte in strukturellen wie konzeptionellen Zusammenhängen mit Ausbildungskonzepten stehen. Benötigt wird ein (nationales) Qualifikationsprofil sowie ein Ausbildungscurriculum mit systematischer Verknüpfung von Aus-, Fort- und Weiterbildungsangeboten, abgestimmtem Modulsystem (Pflicht- und Wahlmodule), Anerkennung in allen Bundesländern und möglichst auch dem europäischen Ausland.

Aus- und Fortbildung im Bereich Sprache. Für viele kleine Kinder aus mehrsprachigen Familien sind Krippen und auch Einrichtungen des Elementarbereichs erste und entscheidende Orte vor der Schule, an denen sie regelmäßig mit der Verkehrssprache Deutsch in Berührung kommen; umgekehrt erhalten einsprachig deutsch aufwachsende Kinder dort häufig erstmals Kontakt zu anderen Sprachen und Kulturen, aber auch Anregung und Unterstützung, wenn Sie aus sprachanregungsarmen häuslichen Milieus kommen (vgl. Roos, 2010). Es besteht Einigkeit darüber, dass der Erwerb der mündlichen Verfügung der Verkehrs- oder Landessprache vor Schulbeginn angebahnt sein muss, sodass die Sprachbeherrschung den Erfordernissen schulischer Bildungsangebote genügt. Kindertageseinrichtungen ist damit, so List (2007), „eine entscheidende Bildungsaufgabe zugewachsen, nämlich die Förderung von Kommunikationsfähigkeit in der deutschen Sprache für *alle* Kinder, gerade aber auch für Kinder, deren Familiensprache nicht die deutsche ist" (S. 8). An anderer Stelle betont List (2010), dass die Begleitung beim Spracherwerb und auch die Förderung in diesem Altersbereich „keine Lehre" (S. 12) sein kann. Dennoch ist es unerlässlich, dass pädagogische Fachkräfte *explizites Wissen* über die Komponenten der Sprache ausbilden, die das Kind erwerben muss. Zwar haben deutschsprachige Fachkräfte die Regeln ihrer Erstsprache implizit erworben, das ist aber noch nicht gleichbedeutend damit, dass sie diese Regeln auch erklären und adäquat in alltagssprachliche Kommunikations- und Interaktionssituationen umsetzen können. Die pädagogischen Fachkräfte benötigen Wissen darüber, wie sie die Kinder beim Sprechen und Sprachverstehen anregen und den Erst- und Zweitspracherwerb insgesamt unterstützen und kompetent begleiten können. Dazu gehören in erster Linie Kenntnisse über die Sprachfördermöglichkeiten in den alltäglichen Situationen, wie u. a. Scaffolding-Techniken. Darüber hinaus zählen dazu

→ sprachwissenschaftliche und entwicklungspsychologische Kenntnisse;

→ didaktische Kompetenzen, um die Sprachlernsituationen kindgerecht, alltagssprachlich, situations- und kontextbezogen sowie differenziert und auf den jeweiligen Sprachstand des einzelnen Kindes bezogen zu gestalten;

→ Basiskompetenzen in der Feststellung des jeweiligen Sprachstandes und des sich daraus ableitenden Förderbedarfs, um die Sprachförderung dem unterschiedlichen Sprachstand und den Förderbedürfnissen der einzelnen Kinder auch jeweils anpassen zu können (vgl. Kany & Schöler, 2007);

→ Kenntnisse darüber, dass Kinder unterschiedlicher ethnischer und soziokultureller Herkunft unterschiedliche Sprachkulturen und Lebensformen in die Sprachfördersituation mitbringen, sowie dass Sprachförderung mit interkulturellem Lernen einhergehen sollte, wozu bei den pädagogischen Fachkräften ein ausreichendes kulturspezifisches Wissen aufgebaut werden muss;

→ ein Überblick über verschiedene Fördermöglichkeiten und -programme und deren jeweilige Implikationen, um die Passung der Intentionen und inhaltlichen Schwerpunktsetzungen erhältlicher Fördermaterialien beurteilen zu können und auf diese Weise die richtige Entscheidung bei der Auswahl des geeigneten Materials für die eigene Sprachfördergruppe/das zu fördernde Kind treffen zu können;

→ Beratungskompetenzen in der Kooperation mit Eltern, Vorstellungen und Ideen zur Einbeziehung der Eltern in den Kindergartenalltag und zur Frage, wie den Eltern im Zusammenhang mit der Sprachförderung im Kindergarten Anregungen zur Förderung der sprachlichen Fähigkeiten der Kinder zu Hause gegeben werden können;

→ Kompetenzen in der Zusammenarbeit mit anderen Fachdiensten.

Sollen Fortbildungen für pädagogische Fachkräfte in Hinblick auf diese Ziele effektiv sein, müssen sie sich über einen längeren Zeitraum hinweg erstrecken. Eine in der Regel dreitägige Schulung erweist sich als nicht ausreichend. Neben der Vermittlung von Wissen sollte unbedingt auch der Prozess der Implementierung einer Maßnahme ein Fortbildungsziel sein, d. h. Coaching, Supervision und Beratung der Fortzubildenden sollten integrale Bestandteile einer Fortbildungskonzeption sein.

Die Inhalte der Fortbildungen, nämlich sprachwissenschaftliche, sprachdidaktische und entwicklungspsychologische Inhalte für Erst- und Zweitsprache, Kenntnisse über die verschiedenen kulturellen Hintergründe sowie Beratungskompetenzen, sind bereits in der Ausbildung pädagogischer Fachkräfte verpflichtend anzubieten und zu verankern. Voraussetzung dafür ist, dass Auszubildende oder Studierende bereits über eine ausreichende sprachliche, literarische und mediale Bildung verfügen und auch Lehrende, gerade wenn sie an Berufsfach- oder Fachschulen unterrichten, über eine hinreichende Expertise (erworben im Rahmen einer akademischen Ausbildung) im Bereich Sprache, Sprachentwicklung und Sprachdiagnostik verfügen.

Die Qualität der Arbeit in Kindertageseinrichtungen hängt in hohem Maße von der Professionalität des dort tätigen pädagogischen Personals ab und die Ausbildung wie auch berufsbezogene Fort- und Weiterbildung pädagogischer Fachkräfte stellt ein zentrales Instrument der Qualitätssicherung im System der Kindertageseinrichtungen dar.

Literatur

Bennwitz, H. & Weinert, F. E. (Hrsg.) (1973). CIEL I – Ein Förderungsprogramm zur Elementarerziehung. Göttingen: Vandenhoeck & Ruprecht.

Fthenakis, W. E. (2002). Die Ausbildung von Erzieherinnen und Erziehern: Strategiekonzepte zur Weiterentwicklung von Ausbildungsqualität. In: W. E. Fthenakis & P. Oberhuemer (Hrsg.), *Ausbildungsqualität. Strategiekonzepte zur Weiterentwicklung der Ausbildung von Erzieherinnen und Erziehern* (S. 15–38). Weinheim: Beltz.

Garlichs, A., Knab, D. & Weinert, F. E. (Hrsg.). (1983). CIEL II – Fallstudie zu einem Förderprogramm der Stiftung Volkswagenwerk zur Elementarerziehung. Göttingen: Vandenhoeck & Ruprecht.

Kany, W. & Schöler, H. (2007). Fokus: Sprachdiagnostik. Leitfaden zur Sprachstandsbestimmung im Kindergarten. Berlin: Cornelsen.

König, K. & Pasternack, P. (2008). Elementar + professionell. Die Akademisierung der elementarpädagogischen Ausbildung in Deutschland. Hochschulforschung (HoF) an der Martin-Luther-Universität Halle-Wittenberg. Verfügbar unter: http://www.peer-pasternack.de/texte/HoF_AB5_2008.pdf

List, G. (2007). *Förderung von Mehrsprachigkeit in der Kita.* München: Deutsches Jugendinstitut e. V.

List, G. (2010). *Frühpädagogik als Sprachförderung. Qualifikationsanforderungen für die Aus- und Weiterbildung der Fachkräfte. Weiterbildungsinitiative Frühpädagogische Fachkräfte (WiFF)*. München: Deutsches Jungendinstitut e. V.

Oberhuemer, P. (2003). Professionalisierung der Fachkräfte. In: Bundesministerium für Familie, Senioren, Frauen und Jugend (Hrsg.), *Auf den Anfang kommt es an!* (S. 157–165). Weinheim: Beltz.

Rauschenbach, T. (2005). Erzieherinnen in neuer Höhenlage. Unbeabsichtigte Nebenwirkungen einer beabsichtigten Ausbildungsreform. *Erziehungswissenschaft, 1*, S. 18–35.

Roos, J. (im Druck). Sprache fördern von Anfang an. In: H. Keller (Hrsg.), *Handbuch der Kleinkindforschung* (4. Auflage). Bern: Huber.

Das Lernfeld „Sprache" in der Ausbildung von Erzieherinnen und Erziehern an Fachschulen für Sozialpädagogik

Renate Schwalb

Meine Ausführungen zum Stellenwert des Lernfelds „Sprache" beruhen ausschließlich auf den entsprechenden Lehrplänen und auf meinen Erfahrungen an meiner Schule, dem „Marianum" in Allensbach-Hegne am Bodensee, wo wir dem Bereich Sprache einen besonderen Platz einräumen. Da diese Lehrpläne zwar Inhalte und Stundenzahl vorgeben, aber keine Strukturen für deren Umsetzung, hängt es ganz von der Schule ab, wie dieses Lernfeld gestaltet und gewichtet wird.

Mit der Reform der Erzieher/innenausbildung im Jahr 2004 ergaben sich durch die Umstellung von auf Fächer bezogenem Unterricht auf Handlungsfelder ganz neue Konstellationen.

Das Lernfeld „Sprache" war im bis zum Schuljahr 2009/10 gültigen Lehrplan im zweijährigen 2BKSP (Fachschule für Sozialpädagogik – Berufskolleg) im Handlungsfeld „Förderung von Entwicklung und Bildung (FEB)" angesiedelt, zusammen mit den Lernfeldern Musik, Rhythmik, Motorik, Naturwissenschaften und Ästhetik. Für den Bereich „Sprache" waren in diesem Lehrplan sage und schreibe 25 Unterrichtseinheiten à 45 Minuten im Unterkurs und 12 im Oberkurs angesetzt, dazu kamen noch einige Vertiefungsstunden. In dem der eigentlichen Ausbildung vorangehenden einjährigen Berufskolleg für Praktikantinnen (1BKPR) wurde kein eigenes Lernfeld „Sprache" ausgewiesen.

Im Unterkurs sollten sich die Schülerinnen laut Lehrplan mit folgenden Themenbereichen auseinandersetzen:

1. theoretisches Wissen über Spracherwerb und Sprachentwicklung,
2. daraus abgeleitetes Wissen über Sprachförderung im Alltag,
3. das Sprache fördernde Potential von Kinderliteratur und audiovisuellen Medien,
4. das Wissen über die Rolle der Erzieherin als Sprachvorbild und als Begleiterin und Initiatorin sprachlicher Entwicklungsprozesse,
5. Kenntnis von Beobachtungsverfahren und speziellen Sprachförderprogrammen.

Hier sind wesentliche Themen abgedeckt, aber die vielfältigen Inhalte passten nicht zur mageren Stundenausstattung. Sicher findet sprachliche Bildung auch im Deutschunterricht statt. Doch dieser ist mit je einer Wochenstunde (45 Minuten!) im 1BKSP und 2 Wochenstunden im 2BKSP nicht gerade üppig ausgestattet. Außerdem unterliegt er dem Lehrplan aller berufsbildenden Schulen die auch zur Fachhochschulreife führen.

Es ist zu bedauern, dass angesichts der inhaltlichen Anforderungen im Bereich „Sprache" die dafür vorgesehene Stundenausstattung nicht umfangreicher ausfiel. Dies um so mehr, da gleichzeitig mit der Erstellung und Einführung dieses Lehrplans die Diskussion um Sprache als die Kompetenz, die entscheidend für schulischen Erfolg und Teilhabe am beruflichen, gesellschaftlichen und politischen Leben ist, geführt wurde. Der Pisaschock saß tief.

Durch das groß angelegte Programm „Sag' mal was" der Baden-Württemberg Stiftung wurden unzählige Erzieherinnen zu Multiplikatorinnen fortgebildet, und viele Kinder kamen und kommen in den Genuss sprachfördernder Maßnahmen. Doch all diese zusätzlichen Maßnahmen können die Spracherziehung im Alltag nur ergänzen, aber nie ersetzen.

Die Mehrzahl unserer Schülerinnen haben Real-, manche auch Werkrealschulabschluss. Im Lesen theoretischer, wissenschaftlicher Texte sind sie kaum geschult, und es leuchtet ein, dass bei dieser für „Sprache" angesetzten Stundenzahl nur oberflächliches Wissen vermittelt und auch nur ansatzweise handlungsorientiertes Wissen erworben werden kann.

Hinzu kommt, dass die sprachliche und literarische Sozialisation vieler Schülerinnen und Schüler als rudimentär bezeichnet werden kann, viele Kinderbuchklassiker kennen sie nur aus Zeichentrickfilmen. Auch hier genügt theoretisches Wissen nicht. Wer nicht selbst Zugang zu und Freude an Bilderbüchern, Kinderlyrik, Märchen und Geschichten hat, wer nicht selbst gelernt und ausprobiert hat, wie man ein Bilderbuch mit Kindern betrachtet, wie man Gedichte spricht, Fingerspiele inszeniert, Märchen erzählt und Geschichten vorliest, wie man mit Kindern sprachlich kreativ wird, wird dies auch in der Praxis nicht überzeugend vermitteln können und es somit vermeiden. Dass aber der Aufbau eines persönlichen Zugangs Zeit braucht, liegt auf der Hand. Hier sollen die Schülerinnen und Schüler außer der eigenen Freude an und Sensibilität für Sprache Kenntnisse in Didaktik und Methodik erwerben. Es geht um das Öffnen von Türen zu allen Formen von Sprache, um kreativen Umgang mit Sprache. Hier sind meiner Meinung nach Defizite. Im alten wie im neuen Lehrplan sind wichtige Aspekte zum Lernfeld Sprache enthalten, auch sehr viel Theorie, deren Wichtigkeit ich nicht bezweifeln möchte. Für die eigene sprachliche Bildung der Schülerinnen und Schüler bleibt aber zu wenig Zeit.

Als Schulversuch startete mit dem ersten Lehrplan von 2004 die Umstellung von der Fach- auf die Handlungsfelddidaktik. Dieser in manchen Punkten zu kritisierende Lehrplan läuft nun aus. Ein neuer Lehrplan trat für das 1BKPR im Schuljahr 2009/10 und für das 2BKSP im Schuljahr 2010/2011 in Kraft.

Eine wichtige Neuerung ist, dass das Lernfeld „Sprache" nun mit 25 Unterrichtseinheiten à 45 Minuten auch verstärkt im 1BKPR auftaucht, und zwar im Handlungsfeld „Bildung und Entwicklung fördern I (BEF I)". Das entsprechende Lernfeld heißt „Sprache als Zugang zur Welt verstehen."

Die Schülerinnen und Schüler erproben unterschiedliche Funktionen von Sprache als Kommunikationsmittel im beruflichen Umfeld. Sie reflektieren ihr eigenes Sprachverhalten in verschiedenen Gesprächssituationen. Sie untersuchen Kinderlyrik und setzen sie gezielt ein.

Bedeutung und Funktion von – Kontaktaufnahme – Bedürfnisäußerung	Krippe, Kindergarten, Hort
Sprechen mit Kindern – Sprechanlässe im Alltag – Kinderfrage – Sprachvorbild der Erzieherin und des Erziehers	Geplante Gesprächsimpulse, spontanes Sprechen Reflektion des eigenen Sprachverhaltens, Jugendsprache, Dialekt
Kinderlyrik – Merkmale – Bedeutung – Auswahlkriterien – sprachanregende Angebote	Volks- und Kinderkunstlyrik Kniereiter, Lieder, Reime, Gedichte, Rap

(aus Ministerium für Kultus, Jugend und Sport, Baden-Württemberg, Schulversuch 41-6623.1-01/29 vom 13.04.2010, Lehrplan für das Berufskolleg für Praktikantinnen und Praktikanten, Bildung und Entwicklung fördern I, S. 5)

Im 1BKPR fordert der alte wie der neue Lehrplan außerdem eine Unterrichtseinheit zur Kommunikationspsychologie. Das Lernfeld heißt „Angemessenes Kommunikationsverhalten entwickeln" und ist im Handlungsfeld „Erziehung und Betreuung gestalten, EBG" verankert.

Bei der Umsetzung dieser Themen wird es sich in dieser Stufe um erste Zugänge handeln, die sich sehr auf praktisches Handeln beziehen. Die Schülerinnen und Schüler verbringen im 1BKPR sehr viel Zeit in der Praxis und da ist es durchaus sinnvoll, wenn sie Reime, Finger- und Sprachspiele kennen – auch Bilderbücher sind wichtig –, wenn sie Wissen über Kommunikation im Allgemeinen und mit Kindern im Besonderen erwerben, ihr Sprachverhalten reflektieren und ihre Rolle als Sprachvorbild und als „Moderatorinnen" von Sprachentwicklungsprozessen kennen. Damit dies nicht nur auf einer praktischen Ebene von „Rezepten" bleibt, braucht es auch schon erstes Hintergrundwissen über „Bedeutung und Funktion von Sprache". Bei einer guten Strukturierung der im Lehrplan genannten Inhalte besteht also durchaus die Möglichkeit, erste Grundlagen im Lernfeld Sprache zu legen. Die konkrete Beschäftigung mit Kinderliteratur trägt natürlich auch zur eigenen sprachlichen Bildung bei.

Im 2BKSP ist „Sprache" nun im Lernfeld BEF I zusammen mit „Spiel" angesiedelt und die Stundenausstattung ist besser: Für das Lernfeld „Sprachliche Lern- und Bildungsprozesse planen, eröffnen und begleiten" sind 55 Einheiten vorgesehen, zusammen mit dem Lernfeld „Spiel", das ja auch viel mit „Sprache" zu tun hat, gibt es noch mal 35 Stunden für Leistungsfeststellung und Vertiefung.

Die Schülerinnen und Schüler erläutern den Verlauf der Sprachentwicklung. Sie begründen die Besonderheiten des Spracherwerbs von mehrsprachig aufgewachsenen Kindern. Sie stellen unterschiedliche Möglichkeiten zur Erhebung und Dokumentation der Sprachentwicklung dar und vergleichen kritisch verschiedene Sprachfördermodelle für Kinder. Sie planen geeignete Maßnahmen der ganzheitlichen Sprachförderung in pädagogischen Alltagssituationen. Sie überprüfen ihr eigenes sprachliches Verhalten in seiner unterstützenden Wirkung für die Sprachentwicklung von Kindern. Die Schülerinnen und Schüler wenden Möglichkeiten zur Unterstützung von Literacy-Erfahrungen und anderer Vorläuferkompetenzen des Schriftspracherwerbs an. Sie wählen Bereiche der Kinder- und Jugendliteratur zielgruppenorientiert aus und bieten sie methodisch vielfältig dar.

Entwicklung der Sprache und des Sprachverständnisses – Voraussetzungen	Sozial, emotional, körperlich
Förderung der Sprachentwicklung – Bewusstsein der eigenen Sprach- kompetenz – Sprechanlässe im Alltag – individuelle Förderung	Begrüßung, Handpuppenspiel, Erzählrunden, Kinderkonferenz
Sprachförderkonzepte	Kritische Bewertung und Einsatz von gezielten Förderkonzepten
Erhebung und Dokumentation des Sprachentwicklungsstandes	Bewertung und Einsatz von Sprach-standserhebungen, z. B. Heidelberger Auditives Screening (HASE), Sprach-entwicklungstest für Kinder (SETK), Sismik, Seldak
Mehrsprachigkeit – Zweitspracherwerb – Deutsch als Zweitsprache	Bedeutung der Erstsprache Vgl. HF 5
Abweichendes Sprachverhalten – Sprachentwicklungsstörungen – Sprachentwicklungsverzögerung	Vgl. HF 5
Literacy-Konzept	Vorläuferfähigkeiten zum Schrift-spracherwerb, z. B. Zeichen und Buchstaben, phonologische Bewusst-heit, Schreib- und Lesebereich
Kinder- und Jugendliteratur – eigene Lesebiografie – Bilder-, Kinder- und Jugendbuch – Märchen	Auswahl, Analyse, Darbietung, Medien, Kinder- und Jugendliteraturpreis, Ziel-gruppen: alters- und geschlechtsspezi-fisch Comics, Kinder- und Jugendzeit-schriften, Volks- und Kunstmärchen

(aus Ministerium für Kultus, Jugend und Sport, Baden-Württemberg, Schulversuch 41-6623.28/179 vom 08.09.2010, Lehrplan für das Berufskolleg, Fachschule für Sozial-pädagogik, Bildung und Entwicklung fördern I, S. 6)

ren Ansprüche, die an die Beschäftigten in der FBBE[1] gestellt werden, empfiehlt die Untersuchergruppe, dass die Ausbildung zukünftig auf Hochschulebene stattfinden sollte" (OECD, 2004, 72). Begründet wird diese Forderung über die genannten Argumente hinaus mit dem Zusammenhang zwischen Qualität und Ausbildungsniveau, mit der Notwendigkeit der Angleichung der Ausbildungsniveaus verschiedener (kooperierender) pädagogischer Professionen (u. a. Fachkräfte in Kindertageseinrichtungen und Schulen) und mit der Bedeutung des Ausbaus von Forschung im Bereich der frühkindlichen Bildung (vgl. OECD, 2004, 72 f.).

Diese und andere, hier nicht genannte Entwicklungen führten schließlich dazu, dass zeitgleich mit der Verabschiedung des Gemeinsamen Rahmens der Länder für die frühe Bildung in Kindertageseinrichtungen (vgl. JMK/KMK, 2004) in Deutschland seit 2004 entsprechende Studiengänge eingerichtet wurden. Mittlerweile bestehen bundesweit ca. 60 solcher Studiengänge[2]. Durch die Einrichtung dieser soll die Quote von akademisch qualifizierten Fachkräften vor allem auf Leitungsebene im Bereich von Kindertagesstätten angehoben werden. Diese lag 2008 bundesweit lediglich bei knapp 22 % (vgl. Fuchs-Rechlin, 2009, 18).

Im Zusammenhang dieses Beitrages rückt die Frage nach den positiven Effekten der Akademisierung der pädagogischen Fachkräfte und der Anhebung deren Sprachkompetenz auf die (sprachliche) Bildung von Kindern in den Mittelpunkt.

Die in England durchgeführte EPPE-Studie belegt die Bedeutung von gelungener Kommunikation mit Kindern und kommt zu dem Schluss: „Je höher die Qualifikation der Mitarbeiterinnen der Einrichtung – insbesondere der Leitung – ist, desto größere Entwicklungsfortschritte machen die Kinder" (Sylva et al., 2004, 159). Insbesondere wird hierbei auf die Entwicklung der Kinder im Bereich der sozialen Kompetenz und im Hinblick auf Basiskompetenzen für das Lesen verwiesen (vgl. Sylva et al., 2004, 159). Die Anforderung an die Fachkräfte besteht laut der Studie vor allem darin, feinfühlig und mit offenen Fragen, die zum „sustained shared thinking" einladen, in der Interaktion mit den Kindern zu agieren: „Gut ausgebildete Mitarbeiterinnen sind am effektivsten in ihren Interaktionen mit den Kindern; sie beteiligen sich häufiger an gemeinsam geteilten Denkprozessen mit den Kindern" (Sylva et al., 2004, 163).

Bezogen auf Deutschland zeigt sich in der Längsschnittstudie von Tietze, Rossbach und Grenner ein deutlicher Zusammenhang zwischen der Qualität in Kindertagesstätten und dem Stand der Sprachentwicklung der Kinder (vgl. 2005, 270). Die Autoren folgern mit Bezug auf amerikanische Studien, dass eine Anhebung des Ausbildungsniveaus der Fachkräfte die Qualität in der Einrichtung verbessern könnte (vgl. Tietze, Rossbach & Grenner, 2005, 275).

Auch die Ergebnisse der Studie von Albers bestätigen die Bedeutung der „sprachspezifischen Strategien der pädagogischen Fachkräfte" (Albers, 2009, 269) und die Forderung nach einer besseren Ausbildung (vgl. Albers, 2009, 267).

Nicht zuletzt sprechen auch die Befunde der wissenschaftlichen Begleitung von „Sag' mal was" dafür, dass nachhaltige Sprachförderung nur dann gelingen kann, wenn die Fachkräfte, die diese Förderung durchführen, sowohl über die entsprechen-

---

1 Abkürzung für frühkindliche Betreuung, Bildung und Erziehung

2 Vgl. das Internetportal „Frühpädagogik studieren" unter http://www.fruehpaedagogik-studieren.de/

den entwicklungspsychologischen, sprachwissenschaftlichen und didaktischen Kenntnisse verfügen (vgl. Gasteiger-Klicpera, Knapp & Kucharz, 2010, 206) als auch selbst ein „gutes und sprachlich flexibles wie kompetentes Vorbild" (Gasteiger-Klicpera, Knapp & Kucharz, 2010, 206) darstellen. Die Heidelberger Wissenschaftlergruppe verweist ebenfalls neben pädagogisch-didaktischen Kompetenzen explizit auf „fundiertes linguistisches Wissen" (Hofmann et al., 2008, 298) als bedeutsamen Faktor.

2. Die Konzeption des Studiengangs „Bildung und Erziehung in der Kindheit" an der Hochschule Esslingen

Der Studiengang setzt sich zum Ziel, die Qualität von Betreuung, Bildung und Erziehung von Kindern im Alter von 0–10 Jahren durch ein qualitativ hochwertiges, wissenschaftliches und vielseitiges Studium zukünftiger Fachkräfte, den Kindheitspädagoginnen und Kindheitspädagogen[3], zu erhöhen. Der Bachelor-Studiengang ist sozialpädagogisch ausgerichtet, berufsqualifizierend und im Umfang von sieben Semestern konzipiert. Er besteht aus folgenden Studienbereichen, die in modularisierter Form mit interdisziplinärem Zugriff gelehrt werden (vgl. Hochschule Esslingen, 2006, 2–3):
1. Kinder – Kindheit – Kinderwelten
2. Institutionen in öffentlicher Verantwortung für Kinder
3. Bildung und Erziehung: Arbeit mit Einzelnen und Gruppen
4. Kooperationen im Kontext des Gemeinwesens
5. Professionalisierung, Organisation und Management
6. Sozialpädagogische Arbeit als Profession und Wissenschaft

Der Studiengang qualifiziert im Hinblick auf zwei Schwerpunkte: Zum einen für die pädagogische Arbeit mit Kindern im Altersspektrum von 0–10 Jahren und deren Familien, zum anderen für den Bereich Bildungsmanagement in Leitungs- und Führungspositionen. Somit bereitet er die Studierenden auf ein breites Tätigkeitsspektrum im Feld von Betreuung, Bildung und Erziehung vor: Auf die direkte Arbeit mit Kindern in Kindertagesstätten, auf die schulische Ganztagsbetreuung und auf die außerschulischen Bereiche, auf entsprechende Leitungtätigkeiten, auf Aufgaben in der Eltern- und Familienbildung, auf Arbeitsfelder in der Qualifizierung von Fachkräften und auf konzeptionelle und planerische Aufgaben.

Das Studium an der Hochschule Esslingen zeichnet sich durch die reflektierte Verzahnung mit der Praxis an verschiedenen Stellen aus. Dazu zählen in erster Linie die drei Kurzpraktika innerhalb der ersten Semester und das daran anschließende praktische Studiensemester, das einen Umfang von 100 Tagen in der Praxisstelle aufweist und von einem Theorie-Praxis-Seminar an der Hochschule und von Supervision begleitet wird. Den Studierenden wird empfohlen, das praktische Studiensemester im Ausland zu absolvieren. Davon machten bislang, je nach Studienjahrgang, bis zu knapp 50 % der Studierenden Gebrauch. Die Evaluation der Erfahrungen des ersten Jahrgangs hebt die Bedeutung der Erweiterung der Sprachkompetenz der

---

3 Da bislang eine bundeseinheitliche Regelung der Berufsbezeichnung noch aussteht, schließen wir uns dem Beschluss der Bundesarbeitsgemeinschaft Bildung und Erziehung im Kindesalter (BAG-BEK) zur Berufsbezeichnung an, der im Rahmen der Frühjahrstagung vom 26.–28.4.2009 in Esslingen getroffen wurde.

Studierenden in einer interkulturellen Lernsituation hervor (vgl. Miedaner, 2009). Des Weiteren sind einige Lehrveranstaltungen so angelegt, dass sich aus ihnen Arbeitsaufträge ergeben, die in der Praxis durchgeführt werden, wie z. B. Beobachtungen oder die Durchführung diagnostischer Verfahren. Vertiefte Kooperationsmöglichkeiten mit der Praxis ergeben sich im Projektstudium, auf das an späterer Stelle noch genauer eingegangen wird.

3. Die curriculare Verankerung des Themas Sprache im Studiengang

Einen wichtigen curricularen Bestandteil des Studiengangs bildet der Bereich „Sprache, Kommunikation und Gesprächsführung". Die Bedeutung spiegelt sich darin wider, dass sprachliche Bildung – ebenso wie Interkulturalität, Inklusion und Gender – als Querschnittthema über das gesamte Studium hinweg eine wichtige Rolle spielt und in unterschiedlichen Lehrveranstaltungen aufgegriffen wird. Eine entsprechende Modulanalyse zeigt, welch vielfältige Anknüpfungspunkte in jedem Semester bestehen[4]. Damit begegnen die Studierenden dieser Thematik in unterschiedlichen Zusammenhängen, erkennen verschiedenste Situationen in der Praxis als Anlässe für sprachliche Bildung und lernen, sprachliche und kommunikative Aspekte stets mitzudenken. Die Verankerung als Querschnittthema bedeutet z. B. auch, dass sprachliche Bildung und Interkulturalität bedeutende Themen der systematischen Reflexion des praktischen Studiensemesters darstellen und dass die eigene sprachliche und kommunikative Kompetenz der Studierenden in vielfältiger Form erweitert und reflektiert wird.

Neben der Verankerung als Querschnittthema werden Sprache und Kommunikation unter systematischem Zugriff in Form von themenspezifischen Lehrveranstaltungen gelehrt. Das Lehrangebot nimmt die vielfältigen Ausdrucksformen der Kinder in den Blick und sensibilisiert die Studierenden für die „Hundert Sprachen" des Kindes (vgl. Lingenauber, 2002, 19 ff.; Malaguzzi, 1992, 17 ff.). Dabei geht es auch um Transformationsprozesse von einer Ausdrucksform in andere; der verbalen Sprache kommt darin eine Schlüsselfunktion zu.

Basisseminare befassen sich mit linguistischen und entwicklungspsychologischen Grundlagen sprachlicher Bildung, der Zwei- und Mehrsprachigkeit von Kindern und Familien, sprachdidaktischem Handeln und Ansätzen der Sprachförderung. Instrumente der Sprachbeobachtung und der Sprachdiagnose werden thematisiert und teilweise von Studierenden erprobt. Eine weitere Gruppe von Seminaren zielt darauf, mit Kindern, Eltern und Teams kompetent zu kommunizieren. So wird z. B. in „Gesprächsführung mit Kindern" u. a. die nonverbale Verständigung mit Kleinkindern und die Videoanalyse der Betreuerin-Kind-Interaktion zum Thema.

Neben der Verankerung als Querschnittthema und dem systematischen Zugang durch spezifische Lehrveranstaltungen bieten sich im Studium auch Möglichkeiten der eigenen Schwerpunktsetzung und Vertiefung im Bereich Sprache, z. B. durch entsprechende Themenstellungen in Bachelorarbeiten.

---

4 Vgl. „Querschnittthema Sprache und Kommunikation" – Modulanalyse von R. Morys, 2008; unveröffentlichtes Dokument

4. Besondere methodische Elemente im Studiengang und ihre Bedeutung für sprachliche Bildung

Ein weiteres Merkmal des Studiengangs ist die **Lernwerkstatt**[5]. Der thematische Ausgangspunkt war die Stärkung der mathematisch-naturwissenschaftlichen Bildung. Die Lernwerkstatt ist konzipiert für die Nutzung in der Lehre, der Weiterbildung von Pädagoginnen und Pädagogen und als Anlaufstelle für Kindertageseinrichtungen und Grundschulen. Sie bietet Studierenden die Möglichkeit, didaktische Materialien in Lehrveranstaltungen kennenzulernen, kritisch einzuschätzen, mit Kindern zu erproben und konzeptionell weiterzuentwickeln[6]. Ergebnisse der Weiterentwicklung aus dem Projektstudium sind die „Naturwerkstatt – Rucksäcke für die Natur", in deren Rahmen Erkundungsinstrumente und Experimentiermaterialien für Exkursionen mit Kindergruppen in die Natur ausgeliehen werden können, sowie Materialien zur Sinneswahrnehmung, zur ästhetischen und zur schriftsprachlichen Bildung.

Das **Projektstudium** im fünften und sechsten Semester bietet die Gelegenheit, in Kleingruppen, die von der Hochschule intensiv begleitet werden, ein Projekt in der Praxis durchzuführen. Das Projektstudium stellt für die Studierenden einen Meilenstein der eigenen Professionalisierung dar, indem längerfristig und zeitlich intensiv an einem Thema gearbeitet und alle Phasen eines Projekts – von der ersten Projektidee bis hin zur öffentlichen Projektpräsentation – im Team selbstständig gemeistert werden müssen. Im Rahmen des Projektstudiums entwickelte beispielsweise eine Kleingruppe eine Lernwerkstatt für „Schriftenentdecker" und evaluierte die Erprobung mit Vorschulkindern.

Einen methodischen Ansatzpunkt für die Erweiterung der Sprachkompetenz der Studierenden selbst bietet auch die Arbeit mit **Portfolios**. Die Dokumentation und Reflexion der Erfahrungen in den Kurzpraktika der ersten drei Semester in Lerntagebüchern bildet dabei die Vorstufe für die komplexere Arbeit mit Bildungsbereichs-, Praxissemester- und Projektportfolios. Die Portfolio-Arbeit knüpft dabei an Erfahrungen in der Erzieherinnen- und Lehrerausbildung an (vgl. Jansa, 2006). Dabei kann das Portfolio in der Ausbildung von Pädagoginnen und Pädagogen „individuell bedeutsame Schreibanlässe schaffen durch konkrete biografische Bezüge" (Bräuer, 2007, 51).

5. Fazit und Ausblick

Sicherlich ist ein Hochschulstudium nicht der einzige Weg, die hohen Qualifikationsanforderungen zu erfüllen und sicherlich genügt ein Studium alleine nicht, um all den Anforderungen, die die sprachliche Bildung von Kindern an die Fachkräfte stellt, zu genügen, sondern muss flankierend durch berufsbegleitende Fortbildungen unter-

---

5   Siehe dazu http://www.hs-esslingen.de/de/hochschule/fakultaeten/soziale-arbeit-gesundheit-und-pflege/studiengaenge/bachelor/bachelor-of-arts-ba-bildung-und-erziehung-in-der-kindheit/lernwerkstatt.html

6   Ein Teil dieser Materialien steht zum kostenlosen Verleih zur Verfügung. Näheres s. unter http://www.hs-esslingen.de/de/hochschule/fakultaeten/soziale-arbeit-gesundheit-und-pflege/studiengaenge/bachelor/bachelor-of-arts-ba-bildung-und-erziehung-in-der-kindheit/lernwerkstatt.html

stützt werden[7]. Es spricht allerdings vieles dafür, dass ein Hochschulstudium eine wichtige Basis legen kann und gerade im Hinblick auf die erforderlichen wissenschaftlichen Erkenntnisse, die Beobachtungs- und Reflexionsfähigkeit und die eigenen kommunikativen Kompetenzen eine bessere Chance dafür bietet. Vor allem ist zu erwarten, dass akademisch qualifizierte Leitungskräfte insbesondere über das Instrument der Teamentwicklung entsprechend förderlich in das Feld hineinwirken.

Die Analyse der Module des Studiengangs an der Hochschule Esslingen zeigt, dass alle Aspekte, die im Abschlussbericht von „Sag' mal was" im Hinblick auf die Qualifikation der Fachkräfte und deren interaktive, sprachliche und didaktische Kompetenz gefordert werden (vgl. Gasteiger-Klicpera, Knapp & Kucharz, 2010, 207–209; Roos, Polotzek & Schöler, 2010, 78–80), im Studiengang „Bildung und Erziehung in der Kindheit" an der Hochschule Esslingen verankert sind. Gleichzeitig muss das Studium angesichts der Bedeutung, die kommunikative und sprachliche Kompetenzen für die weitere Bildungslaufbahn und Teilhabechancen in der Gesellschaft darstellen sowie angesichts der zentralen Bedeutung der sprachlichen Entwicklung für die gesamte Denkentwicklung der Kinder (vgl. Rehbein & Meng, 2007), diesbezüglich ständig weiterentwickelt werden. Grundlage für die Weiterentwicklung sind neue wissenschaftliche Erkenntnisse und die regelmäßigen Evaluationen und Absolvierendenstudien. Im Bemühen um die Ermöglichung der besten Chancen für jedes einzelne Kind gilt es, unermüdlich an der Verbesserung der Qualifikation zu arbeiten – analog dem Eingangsmotto „Für die Jüngsten brauchen wir die Besten".

Literatur

Albers, Timm (2009): Sprache und Interaktion im Kindergarten. Eine quantitativ-qualitative Analyse der sprachlichen und kommunikativen Kompetenzen von drei- bis sechsjährigen Kindern. Bad Heilbrunn.

Bräuer, Gerd (2007): Portfolios in der Lehrerausbildung als Grundlage für eine neue Lernkultur in der Schule. In: Gläser-Zikuda, Michaela / Hascher, Tina (Hrsg.): Lernprozesse dokumentieren, reflektieren und beurteilen. Lerntagebuch und Portfolio in Bildungsforschung und Bildungspraxis. Bad Heilbrunn, S. 45–62.

Diller, Angelika (2010): Erzieherinnen, Kindheitspädagogen & Co. In: Der pädagogische Blick. 1/2010, S. 50–59.

Fuchs-Rechlin, Kirsten (2009): Akademisierung in Kindertageseinrichtungen – Schein oder Sein? In: Rauschenbach, Thomas: KomDat Jugendhilfe – Dortmunder Arbeitsstelle Kinder- und Jugendhilfestatistik -AKJ Stat., Ausgabe 01/2009, Dortmund, S. 18–19.

Gasteiger-Klicpera, Barbara / Knapp, Werner / Kucharz, Dietmut (2010): Abschlussbericht der Wissenschaftlichen Begleitung des Programms „Sag' mal was – Sprachförderung für Vorschulkinder", Pädagogische Hochschule Weingarten (unter Mitarbeit von Doreen Patzelt, Julia Ricart Brede, Barbara Maria Schmidt, Beate Vomhof), abgerufen am 22.05.2010 unter http://www.sagmalwas-bw.de/media/WiBe%201/pdf/PH-Weingarten_Abschlussbericht_2010.pdf

Hochschule Esslingen (2006): Modulhandbuch Bachelor of Arts (B.A.) Bildung und Erziehung in der Kindheit; 09/2006, Esslingen, abgerufen am 22.05.2010 unter http://www6.hs-esslingen.de/static/326/MHB_BBE_2010_02.pdf

---

7 Hier bietet die Weiterbildungsinitiative Frühpädagogische Fachkräfte (WiFF) einen guten Ansatzpunkt: http://www.weiterbildungsinitiative.de

Hofmann, Nicole / Polotzek, Silvana / Roos, Jeanette / Schöler, Hermann (2008) (= Hofmann et al. 2008): Sprachförderung im Vorschulalter – Evaluation dreier Sprachförderkonzepte. In: Diskurs Kindheits- und Jugendforschung Heft 3–2008, S. 291–300.

Jansa, Axel (2006): Portfolios als Begleitung eigener Bildungsprozesse in der Erzieherinnen-Ausbildung. In: Betrifft KINDER 03/04-2006, S. 48–57.

Jugendministerkonferenz / Kultusministerkonferenz (2004) (= JMK/KMK 2004): Gemeinsamer Rahmen der Länder für die frühe Bildung in Kindertageseinrichtungen, Beschluss der Jugendminister-konferenz vom 13./14.05.2004 / Beschluss der Kultusministerkonferenz vom 03./04.06.2004, abgerufen am 22.05.2010 unter http://www.kmk.org/fileadmin/veroeffentlichungen_beschluesse/2004/2004_06_04-Fruehe-Bildung-Kitas.pdf

Kahl, Reinhard (2002): Spitze – Schulen am Wendekreis der Pädagogik. DVD. Archiv der Zukunft, Hamburg 2002.

Lingenauber, Sabine (2002): Einführung in die Reggio-Pädagogik, Berlin.

Malaguzzi, Loris (1992):Eröffnungsbeitrag zur Fachtagung. In: Senatsverwaltung für Jugend und Familie: Hundert Sprachen hat das Kind. Berlin, S. 17–31.

Miedaner, Lore (2006): Die Zeit ist reif: „Erzieher/innen-Ausbildung" an Hochschulen. In: Textor, Martin: Kindergartenpädagogik-Online-Handbuch, abgerufen am 22.05.2010 unter: http://www.kindergar-tenpaedagogik.de/1472.html

Miedaner, Lore (2009): Lernen im Praxissemester. Unterschiede zwischen Inlands- und Auslandspraktika in Studiengängen zur Bildung und Erziehung in der Kindheit. Eine Studie an der Hochschule Esslin-gen. In: Textor, Martin: Kindergartenpädagogik – Online-Handbuch, abgerufen am 22.05.2010 unter: http://www.kindergartenpaedagogik.de/2008.html

OECD (2004): Die Politik der frühkindlichen Betreuung, Bildung und Erziehung in der Bundesrepublik Deutschland. Ein Länderbericht der Organisation für wirtschaftliche Zusammenarbeit und Entwick-lung (OECD), 26. November 2004, abgerufen am 18.05.2010 unter http://www.bmfsfj.de/bmfsfj/ge-nerator/RedaktionBMFSFJ/Pressestelle/Pdf-Anlagen/oecd-studie-kinderbetreuung,property=pdf.pdf

Rehbein, Jochen / Meng, Katharina (2007): Kindliche Kommunikation als Gegenstand sprachwissen-schaftlicher Forschung. In: Meng, Katharina / Rehbein, Jochen (Hrsg.): Kindliche Kommunikation – einsprachig und mehrsprachig, Münster et al., S. 1–38.

Roos, Jeanette / Polotzek, Silvana / Schöler, Hermann (2010): EVAS – Evaluationsstudie zur Sprachför-derung von Vorschulkindern. Wissenschaftliche Begleitung der Sprachfördermaßnahmen im Pro-gramm „Sag' mal was – Sprachförderung für Vorschulkinder". Abschlussbericht. Unmittelbare und längerfristige Wirkungen von Sprachförderungen in Mannheim und Heidelberg im Auftrag der Lan-desstiftung Baden-Württemberg, Pädagogische Hochschule Heidelberg.

Sylva, Kathy / Melhuish, Edward / Sammons, Pam / Siraj-Blatchford, Iram / Taggart, Brenda / Elliot, Karen (2004) (= Sylva et al. 2004): The Effektive Provision of Pre-School Education Project – Zu den Aus-wirkungen vorschulischer Einrichtungen in England. In: Faust, Gabriele et al.: Anschlussfähige Bil-dungsprozesse im Elementar- und Primarbereich. Bad Heilbrunn, S. 154–167.

Tietze, Wolfgang / Rossbach, Hans-Günther / Grenner, Katja (2005): Kinder von 4 bis 8 Jahren. Zur Quali-tät der Erziehung und Bildung in Kindergarten, Grundschule und Familie. Weinheim und Basel.

Frühkindliche Bildung in der Robert Bosch Stiftung

Günter Gerstberger

Vor dem Hintergrund sich wandelnder bildungs- und familienpolitischer Anforderungen an das gesamte Bildungs-, Erziehungs- und Betreuungssystem von Kindern hat die Robert Bosch Stiftung im Jahr 2003 den Schwerpunkt Frühkindliche Bildung eingerichtet. Ziel ist es, die Praxis in den Kindertageseinrichtungen nachhaltig zu verbessern. Durch aufeinander aufbauende Förderprogramme werden hierbei sowohl die Aus- und Weiterbildungschancen von frühpädagogischen Fachkräften in Kindertageseinrichtungen als auch die Qualifizierung von Nachwuchswissenschaftlern an Universitäten entscheidend unterstützt. Bisher wurden mehr als sieben Millionen Euro für den Schwerpunkt Frühkindliche Bildung zur Verfügung gestellt.

Komplementär dazu setzt sich die die Baden-Württemberg Stiftung vorrangig für die Sprachförderung der Kinder im Vorschulalter ein. Aus diesem Grund war die Robert Bosch Stiftung gerne bereit, bei der Fachtagung der Baden-Württemberg Stiftung mitzuwirken.

Die Professionalisierung der Frühpädagogik ist eine wesentliche Grundlage, um die Qualität der Aus- und Weiterbildung nachhaltig zu entwickeln. Der von den Bundesländern beschlossene Bildungsauftrag von Kindertageseinrichtungen erfordert eine wissenschaftliche Fundierung, die in enger Verzahnung von Forschung, Lehre und Praxis entwickelt werden muss. Im Gegensatz zu anderen europäischen Ländern hat es Deutschland in den letzten 30 Jahren versäumt, Frühpädagogen an Hochschulen zu qualifizieren. Aus diesem Grund ging im Jahr 2005 die Initiative „PiK – Profis in Kitas" als erstes Projekt im Programmschwerpunkt Frühkindliche Bildung der Robert Bosch Stiftung an den Start.

„PiK – Profis in Kitas"

Die Anforderungen an Frühpädagogen sind in Deutschland heute größer denn je: Die Einführung von Bildungsplänen, die Ausweitung familienunterstützender Angebote sowie der ab 2013 geltende Rechtsanspruch auf einen Betreuungsplatz für Kinder unter drei Jahren stellen die Fachkräfte vor immer neue Herausforderungen. Um diese neuen Aufgaben bewältigen zu können, bedarf es einer gezielten und umfassenden Ausbildung der Fachkräfte, die auf neuesten wissenschaftlichen Erkenntnissen der frühkindlichen Bildung basiert.

Erfreulicherweise ist mit den gewachsenen Herausforderungen an das Fachpersonal für Kindertageseinrichtungen in den letzten Jahren auch eine Verbesserung der Ausbildung in Gang gekommen. Inzwischen besteht weitgehend Konsens darüber, dass die Qualifizierung von Frühpädagogen nicht nur an Fachschulen sondern auch an Universitäten und Fachhochschulen ihren Platz haben muss. Mit der Ausschreibung des Projektes „PiK – Profis in Kitas" wurde ein entscheidender Impuls für die Einrichtung frühpädagogischer Studienangebote gegeben.

PiK entstand als Lerngemeinschaft von fünf Hochschulen aus ganz Deutschland, die gemeinsam Bildungsinhalte sowie Lehr- und Lernmethoden für frühpädagogische Studiengänge erarbeiten. Im Rahmen eines mehrstufigen Verfahrens wurden die fünf PiK-Partnerhochschulen aus über 30 Bewerbern ausgewählt. Der Schwerpunkt der ersten Förderphase von PiK-Profis in Kitas lag auf der (Weiter-)Entwicklung der frühpädagogischen Studienangebote an den Standorten. In enger Zusammenarbeit mit Praxiseinrichtungen haben die Partnerhochschulen an der inhaltlichen und organisatorischen Gestaltung sowie Umsetzung der Curricula ihrer Studiengänge gearbeitet. Zentrale Themen waren hierbei die curriculare Einbindung sowie Qualifizierung der Praxis und die Etablierung durchlässiger Bildungswege an den Standorten.

Die ersten Ergebnisse der Zusammenarbeit wurden im Herbst 2008 in Form des Orientierungsrahmens „Frühpädagogik studieren" veröffentlicht. Seither dienen sie der sich formierenden frühpädagogischen Hochschullandschaft als Orientierung bei der curricularen Entwicklungsarbeit und bieten Universitäten wie Fachhochschulen wichtige Unterstützung beim Aufbau frühpädagogischer Studiengänge. Mit Beginn der zweiten Förderphase im Jahr 2008 stand die Fundierung von Ausbildungsqualität durch die Bearbeitung von Schlüsselthemen im Vordergrund von PiK. Im Verbund mit weiteren Kooperationspartnern wurden an den PiK-Standorten transferfähige und inhaltlich ausgerichtete Modelle zu Themen wie die Bildung, Betreuung und Erziehung von unter Dreijährigen oder Elementardidaktik entwickelt.

Auch wenn alle 16 Bundesländer in den letzten Jahren Bildungspläne für die frühe Kindheit verabschiedet haben: Der deutsche Föderalismus führt dazu, dass politische und strukturelle Rahmenbedingungen für die frühkindliche Bildung und die Professionalisierung von Frühpädagogen von Land zu Land stark voneinander abweichen. Der Vielfalt dieser Ansätze Rechnung tragend hat sich die Stiftung bei der Auswahl ihrer Partner bewusst für ein breit gefächertes Portfolio sehr unterschiedlicher Standorte entschieden. Zu den Partnerhochschulen von PiK gehören zwei Universitäten und drei Fachhochschulen in insgesamt fünf Bundesländern. In ihrer Summe vertreten diese einen guten Teil des Spektrums der strukturellen Möglichkeiten, frühpädagogische Studienangebote an Hochschulen zu verankern. Die Projektpartner zeichnen sich vor allem durch ihre engen Kontakte zu regionalen Praxiseinrichtungen, Trägern von Kindertageseinrichtungen und Fachschulen aus und spielen damit für die Professionalisierung von Frühpädagogen auf allen Ebenen des Aus- und Weiterbildungssystems eine Vorreiterrolle.

Die Verankerung der curricularen Entwicklungsarbeit in den Projekten der fünf Standorte gewährleistet, dass Bildungsinhalte nicht nur entwickelt, sondern auch erprobt und im Rahmen konkreter Studienangebote umgesetzt werden.

Seit den Anfängen von PiK hat sich das Feld sehr dynamisch weiterentwickelt. Erfreulicherweise wurden in den vergangenen sechs Jahren an über 50 verschiedenen Einrichtungen über 90 neue elementarpädagogische Bachelor- und Masterstudiengänge konzipiert.

„Weiterbildungsinitiative Frühkindliche Bildung – WiFF"

Um die im PiK-Projekt erarbeiteten Professionalisierungsansätze auch auf Bildungs-gänge unterhalb des Hochschulabschlusses zu übertragen und damit anschlussfähige Aus- und Weiterbildungsinhalte für das gesamte Berufsfeld zu schaffen, hat die Stif-tung im Jahr 2008 die „Weiterbildungsinitiative Frühkindliche Bildung – WiFF" ins Leben gerufen. Dieses zweite große Programm des Förderschwerpunktes wird in Kooperation mit dem Bundesministerium für Bildung und Forschung und in Zusam-menarbeit mit dem Deutschen Jugendinstitut e. V. durchgeführt. WiFF erarbeitet eine nach unterschiedlichen Kompetenzstufen strukturierte, fachliche Grundlage für die Fort- und Weiterbildung von Erzieherinnen und Tagespflegekräften.

Die Weiterbildungsinitiative hat das Ziel, Transparenz, Qualität und Anschlussfähig-keit der Aus- und Weiterbildung für frühpädagogische Fachkräfte zu verbessern. Die vielfältigen Diskussionen im Vorfeld des Projektes haben deutlich gemacht, dass die politische und fachliche Akzeptanz der Weiterbildungsinitiative eine zentrale Voraus-setzung für den Erfolg des Projektes sind. Darauf basiert die Projektkonzeption, durch welche wissenschaftliche Erkenntnisse, politische Vorhaben und Praxisanfor-derungen von Anfang an miteinander verknüpft werden. Dies erfordert ein koope-ratives, prozessorientiertes Projektmanagement mit dem verbindlich definierte Projektaufgaben mit innovativen Kooperationsangeboten in Einklang gebracht wer-den. Ein Beispiel dafür sind die offenen, ressortübergreifenden Länderarbeitsgrup-pen. WiFF hat das Anliegen einiger Bundesländervertreter nach Austausch gerne aufgenommen und ein Konzept entwickelt, das differenzierten Austausch über fach-liche und politische Hintergründe ermöglicht.

Dieser kooperative Ansatz erfordert komplexe Vorgehensweisen und zeitaufwendige Arbeitsabläufe, die in den fünf Aufgabenfeldern „Empirische Erhebungen", „Qualifi-zierung und Kompetenzen", „Anschlussfähige Bildungswege", „Qualität der Weiter-bildung" und „Projektmarketing" handlungsleitend sind.

WiFF hat im Jahr 2009 in diesen fünf Aufgabenfeldern zahlreiche umfangreiche For-schungsarbeiten angestoßen, Netzwerke geknüpft, Gremien einberufen, mehrere Ver-anstaltungen vorbereitet, Dossiers erarbeitet und Expertisen vergeben.

„Das Forschungskolleg Frühkindliche Bildung"

Die Weiterentwicklung von Forschung und Lehre zur frühkindlichen Bildung hat in Deutschland mit der Entwicklung neuer Studiengänge nicht Schritt halten können. Da sich die Frühpädagogik noch nicht als eigenständige Fachdisziplin etablieren konnte, mangelt es an wissenschaftlichen Ergebnissen zu qualitativen und quanti-tativen Fragen der Bildung, Betreuung und Erziehung von Kleinkindern. Hierzu hat die Baden-Württemberg Stiftung mit der Beauftragung der wissenschaftlichen Begleitforschung zum Programm „Sag' mal was – Sprachförderung für Vorschul-kinder" einen wichtigen Schritt getan. Jedoch besteht noch weiterer Forschungsbedarf, der auch auf der Fachtagung der Baden-Württemberg Stiftung nachdrücklich bestätigt wurde.

Für die Robert Bosch Stiftung war ein weiterer Schritt auf dem Weg zur Professionalisierung der frühkindlichen Bildung ist das „Forschungskolleg Frühkindliche Bildung – Exzellenter Nachwuchs für die Wissenschaft".

Anders als in anderen westlichen Industrienationen wurde es in Deutschland in den 1970er Jahren versäumt, eine institutionen- und fachdisziplinenübergreifende Forschungsinfrastruktur aufzubauen und akademisch qualifiziertes frühpädagogisches Personal auszubilden. Hierbei wurde insbesondere die universitäre Ausbildung von Frühpädagogen im Vergleich zu anderen Ausbildungsebenen stark vernachlässigt. Bereits heute ist deshalb absehbar, dass es in den nächsten Jahren einen gravierenden Engpass an qualifizierten Nachwuchswissenschaftlern und qualifiziertem Lehrpersonal – vor allem an deutschen Universitäten – geben wird.

Um diesem Mangel entgegenzutreten, hat die Robert Bosch Stiftung im Jahr 2008 erstmals das „Forschungskolleg Frühkindliche Bildung" ausgeschrieben. Diese Exzellenzförderung ist ein Qualifikationsprogramm für hervorragende Nachwuchswissenschaftler, deren wissenschaftliche Ausbildung an entsprechenden Lehrstühlen oder Instituten im deutschen Hochschulraum unterstützt werden soll.

Mit dem Forschungskolleg wird die wissenschaftliche Ausbildung in der frühkindlichen Bildung an entsprechenden Lehrstühlen im deutschen Hochschulraum qualitativ verbessert und eine erste Elite von Wissenschaftlern für die Reform der frühkindlichen Bildung herangezogen. Auf diese Weise wird auch erreicht, dass die Frühpädagogik innerhalb der wissenschaftlichen Gemeinschaft der Pädagogik mittelfristig als interdisziplinär orientierte Fachdisziplin anerkannt wird.

Auf einen Blick: Frühkindliche Bildung in der Robert Bosch Stiftung

PiK – Profis in Kitas
www.profis-in-kitas.de/

WiFF - Weiterbildungsinitiative Frühpädagogische Fachkräfte
www.weiterbildungsinitiative.de/

Forschungskolleg Frühkindliche Bildung
www.bosch-stiftung.de/forschungskolleg_fruehkindliche_bildung

Die Robert Bosch Stiftung GmbH
www.bosch-stiftung.de

Für sprachliche Förderung qualifizieren. Erkenntnisse aus dem Bund-Länder-Projekt „Sprachliche Förderung in der Kita"

Karin Jampert und Anne Zehnbauer

Das Konzept: Sprachförderung als Querschnittsaufgabe in der Kita

Wie kommt das Kind zur Sprache? Wie viel Sprache steckt im Bildungsalltag der Kita? Welches Wissen und welche Handlungskompetenz brauchen Erzieherinnen für eine ganzheitliche sprachliche Bildung und Förderung, die theoriegestützt, systematisch und gezielt erfolgt?

Diese Fragen waren leitend für das Projekt „Sprachliche Förderung in der Kita", das vom Deutschen Jugendinstitut im Auftrag des Bundesfamilienministeriums (BMFSFJ) sowie von sechs kooperierenden Bundesländern aus Ost und West durchgeführt wurde. Als tragendes Konzept hat dieses Projekt einen Ansatz entwickelt, der die kontinuierliche und langfristige Begleitung und Unterstützung **aller** Kinder in ihrem alltäglichen Spracherwerb **vom *ersten Tag*** in der Kita an in den Mittelpunkt stellt. Ein wesentliches Merkmal der sprachlichen Bildung und Förderung der Kinder liegt dabei in der Verknüpfung mit den alltäglichen Aktivitäten und Angeboten quer durch den Bildungskanon der Kita. Wie viel Sprache im Alltag der Kita stecken kann, wurde im Projekt exemplarisch an den vier Bereichen Musik, Bewegung, Naturwissenschaften und aktive Medienarbeit bearbeitet und aufgezeigt (Jampert u. a., 2006 und 2009). Das Konzept „Sprachliche Förderung in der Kita" versteht sich somit als Querschnittsaufgabe für die pädagogischen Fachkräfte, die den gesamten Kindergartenalltag durchzieht. Grundlage für diese Arbeit ist eine differenzierte Wahrnehmung der Kinder und ihres sprachlichen Handelns in den unterschiedlichen Situationen des Kindergartengeschehens: Bei alltäglichen Abläufen, im Freispiel oder bei angeleiteten Spielen und Aktivitäten aus unterschiedlichen Bildungsbereichen lassen sich die individuellen Sprachkompetenzen und Aneignungsstrategien der Kinder entdecken, an denen eine ganzheitliche Bildung anknüpfen muss. Der Blick der Erzieherin wird gelenkt durch sprachwissenschaftliche Erkenntnisse zur Entwicklung von Lauten, Wortschatz und Grammatik sowie entwicklungspsychologisches und pädagogisches Wissen, das die Bedeutung der Sprache als Werkzeug der Kommunikation und des Denkens umfasst.

Für einen solchen umfassenden Blick auf Kindersprache wird in den Projektmaterialien (Jampert u. a., 2009) Hintergrundwissen zu den verschiedenen sprachlichen Ebenen sowie den Bildungsbereichen dargeboten, das jeweils mit Anschauungsbeispielen verknüpft ist und Möglichkeiten für die gezielte Förderung im pädagogischen Alltag aufzeigt. Als weiterer Baustein des Konzepts hat das Projekt differenzierte Beobachtungs- und Dokumentationshilfen („Orientierungsleitfäden") entwickelt, die in erster Linie der Qualifizierung von Erzieherinnen und einer Sensibilisierung für die Besonderheiten von Kindersprache dienen. Dieses systematische Vorgehen sowie der grundlegende (alltagsbezogene) Ansatz des DJI-Projekts kommt auch im Projekt „Dialoge mit Kindern führen" zum Tragen, das das Deutsche Jugendinstitut für die Baden-Württemberg Stiftung im Rahmen der neuen Initiative von „Sag' mal was – Sprachliche Bildung für Kleinkinder" durchführt.

Ergebnisse der projektinternen Evaluation

Die Erfahrungen in den elf im DJI-Projekt „Sprachliche Förderung in der Kita" beteiligten Kindertageseinrichtungen zeigen, dass der Ansatz Früchte getragen hat. Ergebnisse aus der projektbegleitenden Evaluation weisen darauf hin, dass die pädagogischen Fachkräfte ihr Wissen zu Sprache und Sprachentwicklung und ihre eigenen Kompetenzen nach dem Projekt höher einschätzen und über eine größere Sicherheit im Umgang mit mehrsprachigen Kindern verfügen. Die Erzieherinnen schätzen sich in Bezug auf sprachliche Äußerungen von Kindern sensibler ein und achten mehr auf die sprachlichen Kompetenzen der Kinder:

„Mein gesamter Blickwinkel auf Sprache hat sich sehr verändert. Mir wurde nochmals bewusst, wie komplex der Spracherwerb ist. Zuvor habe ich mein Augenmerk in erster Linie auf den Wortschatz und die Aussprache gelenkt. Jetzt höre ich den Kindern anders zu und bin oft sehr beeindruckt, über welche Kompetenzen die Kinder verfügen, welche Gedanken sie sich machen."

Und die Fachkräfte haben neue Ansatzpunkte für sprachliche Bildungsgelegenheiten entdeckt, sowohl in den Alltagssituationen der Kita als auch im Spektrum der Bildungsbereiche. Im Projekt ist es – im Austausch zwischen Wissenschaft und Praxis – gelungen, eine differenzierte Sichtweise auf die Kinder und ihre Sprachen zu verankern und Ansatzpunkte für eine systematische Sprachförderung herauszuarbeiten, die sich in einen ganzheitlichen Ansatz der Elementarpädagogik einfügt:

„Wir denken, dass wir nun gezielter handeln und dass damit die Chancen sich stark verbessert haben, im Rahmen der Bildungsbereiche die Kinder sprachlich zu fördern. Wir haben uns durch das Projekt angewöhnt die sprachlichen Ziele unserer Angebote zu erkennen und zu berücksichtigen."

Dass diese Art zu arbeiten neben dem Engagement der Erzieherinnen Zeit und entsprechende Rahmenbedingungen (z. B. kleinere Gruppen, Zeit für Vorbereitung, Dokumentation und Auswertung) braucht, darf für eine erfolgreiche sprachliche Bildungsarbeit nicht außer Acht gelassen werden. Die Wirkungen institutioneller Ressourcen und Rahmenbedingungen wurden auch durch die Erfahrungen im Programm „Sag' mal was" bestätigt, auch wenn sich die Herangehensweise der eingesetzten Sprachförderkonzepte unterscheidet.

Aus der Zusammenarbeit mit den Erprobungseinrichtungen im Projekt „Sprachliche Förderung in der Kita" sowie aus Fortbildungserfahrungen mit dem Konzept lassen sich einige zentrale Erkenntnisse für die Qualifizierung von Fachkräften ableiten. Die folgenden Ausführungen beziehen sich auf die drei Entwicklungsebenen des Projekts: Wissenstransfer, Beobachtung und Dokumentation sowie gezielte Förderung im Bildungsalltag.

Wissenstransfer: praxisnah aufbereitete wissenschaftliche Erkenntnisse zum kindlichen Spracherwerb

Es fehlt wirklich nicht an Wissen und Erkenntnissen zum kindlichen Spracherwerbsverlauf in der Fachöffentlichkeit. Und doch stellt man in Fortbildungen fest, dass vorliegende Erkenntnisse zum frühkindlichen Spracherwerbsprozess und zum sprachlichen Verhalten von Kindern bei vielen Fachkräften nur rudimentär und keineswegs in einer handlungsleitenden Weise angekommen sind. Im Projektverlauf zeichnete sich ab, dass ein Transfer wissenschaftlicher Erkenntnisse in die Praxis hinein noch zu leisten ist. Wissen zur Kindersprache muss zielgruppenorientiert für Fachkräfte aufbereitet werden, das heißt sowohl ihren Voraussetzungen (theoretische Vorkenntnisse) als auch ihrer spezifischen Perspektive (ihren praktischen Erfahrungen) entsprechend angepasst werden. Fachkräfte benötigen eine Verknüpfung zwischen den normgerechten Darstellungen des klassischen Spracherwerbsverlaufs aus der Wissenschaft und den sprachlichen Phänomenen, die ihnen aus ihrem Kita-Alltag vertraut sind.

Die Orientierungsleitfäden des Projekts zur Beobachtung und Reflexion von Kindersprache versuchen diesen Bedarf einzulösen. In Form verständlicher Begrifflichkeiten werden wissenschaftliche Erkenntnisse dargestellt und mit sprachlichen Phänomenen von Kindern, die Fachkräften vertraut sind, zusammengeführt. *Kindersprache entdecken* heißen diese Beobachtungsbögen, mit deren Hilfe Fachkräfte Kindersprache differenzierter wahrnehmen können und die ihnen zugleich ermöglichen, ihre Beobachtungen zu reflektieren und einzuordnen. Durch diese theoretisch fundierte Sensibilisierung können Fachkräfte aufmerksamer werden für die Bandbreite sprachlicher Phänomene, mit denen sie tagtäglich konfrontiert sind. Sie erkennen sprachliche Stärken von Kindern, wie zum Beispiel die Verwendung prosodischer Mittel zur Gestaltung spielerischer Dialoge und können dieses Verhalten in den Spracherwerbsverlauf einordnen. Und sie erkennen die Bedeutung eines spielerischen Sprachverhaltens von Kindern für den Spracherwerbsprozess, wie etwa den kreativen Umgang mit Lautfolgen und können aufgrund dessen Sprechanlässe schaffen oder Situationen aufgreifen, bei denen es ganz nebenbei auch um Lautbildung und Lautstabilisierung geht.

Die Arbeit mit den Orientierungsleitfäden hat gezeigt, dass es Sinn macht, sich der Kindersprache in kleinen Schritten zu nähern. Das heißt, Sprachbeobachtungen von Fachkräften sollten sich zunächst auf einzelne Sprachbereiche (wie z. B. Lauterwerb oder sozial-kommunikatives Sprachverhalten) begrenzen. So können sich Fachkräfte allmählich und ohne sich zu überfordern ein differenziertes Wissen zum Spracherwerb und Sprachverhalten von Kindern erschließen.

Beobachtung und Dokumentation: systematisch und differenziert die Sprache der Kinder beobachten, dokumentieren und reflektieren

Der sprachliche Aneignungsprozess von Kindern ist komplex und eng verbunden mit der Gesamtentwicklung von Kindern. Kinder eignen sich ja nicht nur die Sprache als Struktur an (also Laute, Wörter und die grammatischen Regeln). Vielmehr verändern sich im Kontext ihrer wachsenden sprachlichen Fähigkeiten auch ihre kognitiven und sozial-kommunikativen Kompetenzen.

Um diesen Prozess professionell zu begleiten und einzuordnen sind nicht nur regelmäßige Beobachtungen unerlässlich. Der Nutzen von Beobachtungen kann sich besonders dann entfalten, wenn die Sprache der Kinder punktuell immer wieder festgehalten und dokumentiert wird. Das schriftliche Festhalten der flüchtigen mündlichen Sprache sensibilisiert Fachkräfte und trägt dazu bei, dass sie neben Defiziten zunehmend aufmerksamer werden für die sprachlichen Fähigkeiten von Kindern und für die großen Unterschiede zwischen Kindern in ihrem jeweiligen Prozess der Annäherung an die Sprache. So entdeckte eine Fachkraft im Projekt: *„**Alle Kinder** haben sprachliche Kompetenzen!"*

Die Verschriftung kindlicher Äußerungen und das Festhalten mittels Ton- und Videoaufnahmen ermöglichen eine intensive und wiederholbare Betrachtung und Reflexion. Darüber hinaus bietet diese Form der Dokumentation die Chance, die Veränderung und Entwicklung der kindlichen Fähigkeiten im Verlauf des Kitabesuchs zu verfolgen. Vergleiche im Zeitverlauf sind möglich, die nachweisbar den sprachlichen Fortschritt oder auch Stillstand anzeigen.

Dokumentationen von Kindersprache sind eine gute Grundlage für die fachliche Diskussion im Team und können als aussagekräftiges und anschauliches Material für Entwicklungsgespräche mit den Eltern dienen. Mitschriften sind allerdings nur dann sinnvoll, wenn sie, neben Zeitpunkt und Situation, die originale Äußerung eines Kindes festhalten (dazu gehört auch die Beschreibung des nonverbalen Verhaltens) und keine von kindlichen Besonderheiten bereinigte ‚korrekte' sprachliche Formulierung.

Die professionelle Gestaltung schriftlicher Dokumentationen war ein zentraler Lernschritt im Projekt, denn nur so lassen sich kindliche Spracherwerbsstrategien und die Weiterentwicklung spezifischer sprachlicher Handlungsmöglichkeiten von Kindern entdecken.

Gezielte Förderung im Bildungsalltag: Situationen erkennen und gestalten, in denen Sprache für Kinder Handlungsrelevanz besitzt

Der kindliche Spracherwerb verläuft nach eigenen Regeln und Gesetzmäßigkeiten, was sich zum Beispiel dadurch ausdrückt, dass sogenannte Fehler zu diesem Lernprozess unweigerlich dazugehören. Kinder verfolgen nicht den Zweck sich Sprache anzueignen. Sie benutzen vielmehr das Medium Sprache für ihre sozialen Bedürfnisse und ihre spielerischen Aktivitäten. In diesen Zusammenhängen, also im Rahmen ihrer Interaktionen und bei ihren Spielen stabilisieren und erweitern Kinder ganz beiläufig auch ihre sprachlichen Fähigkeiten. Von dieser Prämisse ist auszugehen, wenn Kinder gezielt sprachlich begleitet und unterstützt werden sollen.

Sprachförderung als Querschnittsaufgabe, die im Rahmen alltäglicher Aktivitäten stattfindet, knüpft an den Themen und Interessen von Kindern an und sollte gleichzeitig bewusst geplant und gestaltet werden. Ein Erfahrungsbericht aus einer Erprobungseinrichtung kann verdeutlichen, welche neuen Anforderungen an Fachkräfte damit konkret verbunden sind. Mit einer Kleingruppe von vier- bis fünfjährigen, mehrsprachigen Mädchen wurde eine Bewegungslandschaft geplant, aufgebaut und ausprobiert:

„Wir begannen damit, uns selber den Fachwortschatz für den Bereich der Bewegungsbaustelle bewusst zu machen und ihn den Kindern vorzustellen. Wir erarbeiteten mit ihnen Substantive wie Balancierbalken, -brett, Holzbrett, Bank, Matte; Verben wie balancieren, springen, klettern, rutschen, runterfallen, sich weh tun oder auch Adjektive wie schnell, langsam, dick, gefährlich oder auch schräg. Wir waren beeindruckt, dass sie sich besonders durch schwierige Worte wie ,Trapezböckchen' herausgefordert fühlten und Freude daran hatten sie zu lernen."

Bei solchen planerischen Aktivitäten wird nicht nur der Fachwortschatz für Kinder attraktiv, sondern auch die Fachkräfte sind damit befasst, sich vorbereitend den pädagogischen Alltag unter sprachlichen Gesichtspunkten genauer zu erschließen. Über einen differenzierten Wortschatz hinaus geht es bei solchen Aktionen auch darum, das sprachlich-kognitive Potential zu entdecken (z. B. die Bewegungsbaustelle auf dem Reißbrett zu entwerfen) sowie Möglichkeiten zum Ausbau der sozial kommunikativen Fähigkeiten von Kindern zu erkennen und zu nutzen (wie etwa Aushandlungsprozesse in der Kleingruppe, Absprachen und Kooperationen zwischen den Kindern).

Sprachliche Fähigkeiten werden in solchen Situationen im Handlungszusammenhang relevant und Sprache erhält dadurch Bedeutung für die Kinder. Sie können sich selbst bei solchen Aktionen mit ihrer Sprache und ihrem Handeln als selbstwirksam und erfolgreich erleben.

Fachkräfte sollten im Bildungsalltag das sprachliche Potential der unterschiedlichen Situationen und Tätigkeiten im Alltag erkennen und Aktivitäten so gestalten, dass Kinder sprachlich aktiv werden können und die Sprache als ein wichtiges und lustvolles Handwerkszeug erleben.

Fazit

Die Fort- und Weiterbildung sollte für Fachkräfte im Elementarbereich ein systematisch aufbereitetes Wissen zur Struktur der deutschen Sprache sowie zum Spracherwerbsprozess von Kindern in Verbindung mit konkreten Anschauungsbeispielen von Kindersprache bereitstellen. Auf diese notwendige Erweiterung der Qualifikation von pädagogischen Fachkräften verweisen auch die Ergebnisse und Empfehlungen der wissenschaftlichen Begleitung im Rahmen des Programms „Sag' mal was – Sprachförderung für Vorschulkinder" (siehe Kapitel 4).

Der Zugang über eine differenzierte Beobachtung und Dokumentation von Kindersprache nach den einzelnen sprachlichen Ebenen – wie er im DJI-Projekt „Sprachliche Förderung in der Kita" entwickelt wurde – erhöht die Sensibilität der pädagogischen Fachkräfte für sprachliche Entwicklungsschritte der Kinder und stellt wichtiges Material zur Teamreflexion und zur Kooperation mit den Eltern bereit.

Sprachliche Bildung kann somit im Rahmen der alltäglichen Bildungsprozesse erfolgen – allerdings gezielt und systematisch. Denn Sprache wird für Kinder dann relevant, wenn sie Bedeutung besitzt für ihre Beziehungen und für ihre spielerischen Aktivitäten.

Literatur

Jampert, K./Leuckefeld, K./Zehnbauer, A./Best, P. (2006): Sprachliche Förderung in der Kita. Wie viel Sprache steckt in Musik, Bewegung, Naturwissenschaften und Medien? Weimar/Berlin

Jampert, K./Zehnbauer, A./Best, P./Sens, A./Leuckefeld, K./Laier, M. (Hrsg.) (2009): Kindersprache stärken! Sprachliche Förderung in der Kita: das Praxismaterial, Weimar/Berlin. Weitere Information unter: www.dji.de/sprachfo-kita

Relevanz der Ergebnisse aus den Evaluationsstudien für die Praxis

Werner Knapp, Jeanette Roos, Barbara Gasteiger-Klicpera, Diemut Kucharz und Hermann Schöler

In der Einleitung zu Kapitel 4 wurden bereits einige, für die Praxis relevante Schlussfolgerungen der wissenschaftlichen Begleituntersuchung gezogen. Darüber hinaus ergaben die Evaluationsstudien zu folgenden Themen praxisrelevante Erkenntnisse:

1. Aufbau von Sprachfördereinheiten
2. Gestaltung von Sprachfördereinheiten
3. Umgang mit Mehrsprachigkeit
4. Umgang mit und Einsatz von Förderprogrammen.

Aufbau von Sprachfördereinheiten

Im Rahmen der wissenschaftlichen Begleituntersuchung an der Pädagogischen Hochschule Weingarten erfolgte die Videografie und Analyse von Sprachfördereinheiten mit einer Dauer von ca. 30 bis 60 Minuten. In einem ersten Analyseschritt wurden die Sprachfördereinheiten nach Aktivitäten sequenziert, und den Aktivitäten Sozialformen sowie thematisierte sprachliche Bereiche zugeordnet. In einem zweiten Analyseschritt fand eine genauere Untersuchung der auf diese Weise gebildeten Sequenzen statt, wobei zum Teil kontrastiv je zwei Sequenzen miteinander verglichen wurden.

Die vorliegenden Ergebnisse zur Sequenzierung zeigen, dass Aufgaben mit Spielcharakter, Lieder und Verse sowie motorisch bestimmte Tätigkeiten knapp die Hälfte der Zeit in Anspruch nehmen. Aufgaben ohne Spielcharakter und die Arbeit mit Text und Bild weisen einen Anteil von etwa einem Fünftel auf. Die mündliche Kommunikation füllt knapp 10 % der Fördereinheiten. Für Organisatorisches sowie Begrüßung und Verabschiedung werden 22 % einer Fördereinheit benötigt. Dieser für die Förderung selbst nicht relevante Zeitanteil für organisatorische Sequenzen ist bemerkenswert umfangreich. Zu über 90 % findet die Sprachförderung mit der Gesamtgruppe der zu fördernden Kinder statt. Einzelarbeit kommt wenig, Partner- und Kleingruppenarbeit fast gar nicht vor.

Bei den behandelten sprachlichen Bereichen dominieren Wortschatz und Gespräche mit jeweils etwa 30 %. Übungen zur phonologischen Bewusstheit beanspruchen etwa 14 %. In den erwähnten organisatorischen Sequenzen überwiegen Gespräche und Erklärungen. Im Rahmen der Sprachfördereinheiten wird eine mit Gesprächen und Erklärungen flankierte Wortschatzarbeit geleistet. Vorlesen, das bewusste Umgehen mit oder gar das Thematisieren von Grammatik sowie Erzählrunden sind hingegen eher selten. Auffällig ist, dass wenig Zeit für die freie mündliche Kommunikation aufgewendet wird. Dies spiegelt sich bei den Sprachbereichen wider, innerhalb derer Erzählen nur zu etwa 5 % auftritt. Eine genaue Betrachtung der Wortschatzarbeit offenbart, dass häufig Benennungsübungen durchgeführt werden, im Rahmen derer versucht wird Substantive und die dazugehörigen Artikel im Nominativ zu vermitteln. Der Gebrauch von deklinierten Wörtern in der Alltagskommunikation kommt eindeutig zu kurz.

Empfehlungen, die sich aus den Analysen ergeben:

➜ Organisatorische Sequenzen sollten so kurz wie möglich gefasst werden und sofern sie tatsächlich notwendig sind, so gestaltet werden, dass sie ebenfalls sprachförderlich wirksam werden, indem z. B. bewusst mit Sprache umgegangen wird, Gegenstände benannt und Aktivitäten wie Handlungen sprachlich begleitet werden.

➜ Grammatikalische Aspekte sind kindgemäß zu thematisieren, um auf diese Weise Sprachbewusstheit und grammatische Kompetenzen zu fördern. Wichtig ist es, die Grammatikförderung möglichst gut in die alltägliche Kommunikation einzubeziehen und darauf zu achten, dass die Äußerungen der Kinder für kommunikative Absichten funktional sind.

➜ Der Kommunikation selbst und dem Erzählen sind mehr Raum einzuräumen. Gerade in der Kleingruppe kann Kindern Gelegenheit zum Erzählen und intensive Unterstützung durch Stimulierungs- und Modellierungstechniken gegeben werden.

➜ Auch das Vorlesen sollte zur Sprachförderung genutzt werden. Beim Vorlesen lernen die Kinder neue Wörter kennen, die ihren Wortschatz erweitern. Darüber hinaus werden ihnen sprachliche Strukturen in einer annähernd standardsprachlichen Form präsentiert.

➜ Der Anteil der Wortschatzarbeit ist zu beschränken und wenn diese durchgeführt wird, sind die Wörter in die Alltagskommunikation und somit in Sätze einzubetten. Isolierte Benennungsübungen oder gar Artikelraten sind zu vermeiden.

➜ Neben der Förderung in der Gesamtgruppe sind Alternativen für Einzel-, Kleingruppen und Partnerarbeit zu entwickeln.

Gestaltung von Sprachfördereinheiten

In den Analysen der einzelnen Sprachfördereinheiten wurden vielfältige Ergebnisse gewonnen, die aufgrund der Raumbegrenzung hier nicht referiert werden können; bedeutsam erscheinen insbesondere folgende Punkte:

→ Die Gesprächsanteile der Sprachförderkraft bewegen sich meist im Bereich zwischen zwei Drittel und drei Viertel aller in einer Fördereinheit gesprochenen Wörter. Gesprächsanteile der beteiligten Kinder sind dementsprechend klein; auch gibt es Kinder, die fast gar nicht sprechen.

→ Wortschatz kann im Situationskontext oder isoliert angeboten werden. Wird Wortschatz im Situationskontext gebraucht und vermittelt, dann äußern sich die Kinder häufiger und in längeren Sätzen.

→ Äußerungen der Kinder sind oft sehr kurz und wenig komplex, die Sätze häufig unvollständig. Die Anzahl der Morpheme, also der Wortbausteine pro Äußerung, bewegt sich bei den Kindern durchschnittlich zwischen vier und fünf; dies entspricht drei bis fünf Wörtern. Die Nominalphrasen (z. B. *der kleine Hund*) bestehen oft lediglich aus einem Nomen (z. B. „Hund") oder einem Nomen und einem Wort (z. B. „kleine Hund") als Erweiterung.

→ Die Sprache der Förderkraft ist gelegentlich stark umgangssprachlich bzw. dialektal geprägt, so dass insbesondere bei Flexionen zu wenige Muster korrekter Sprache präsentiert werden.

→ Die Sprachförderkräfte unterscheiden sich in der Art des Umgangs mit Fehlern und der Art des Feedbacks sehr deutlich voneinander.

Folgerungen aus den Videoanalysen der Sprachfördereinheiten:

→ Die Lernumgebung in der Sprachförderung sollte so gestaltet werden, dass die Kinder möglichst viel Gelegenheit zum Sprechen erhalten. In allen Situationen kann und soll intensiv kommuniziert werden.

→ Unbedingt ist darauf zu achten, dass sich alle Kinder in nennenswertem Umfang aktiv einbringen können und nicht einzelne Kinder „sprachlos" bleiben. „Sag' mal was" legt nahe, dass die Kinder im Rahmen der Sprachförderung sprechen.

→ Die Sprachförderung sollte so gestaltet werden, dass längere und komplexe Äußerungseinheiten evoziert werden.

→ Die Sprache der Sprachförderkraft sollte so weit an der Standardsprache orientiert sein, dass geförderte Kinder korrekte sprachliche Muster kennenlernen. Sprachförderkräfte müssen selbst gute Sprachvorbilder sein.

→ Vorschulische Sprachförderung sollte nicht als verschultes Lernen verstanden werden. Gerade jüngere Kinder benötigen die Kommunikation begleitende nicht-sprachliche Rahmenhandlungen und Spielformate als Hilfe bei der Erschließung von Sprache.

→ Sprachförderung sollte möglichst in Alltagssituationen verankert werden. Dies gilt insbesondere für die Vermittlung von Wortschatz.

→ Um Wörter zu lernen, sollten diese häufig und in verschiedenen Kontexten vorkommen. Durch den Gebrauch in verschiedenen Kontexten können Kinder eine differenzierte Bedeutung der Wörter erwerben.

→ Die Sprachförderkräfte sollten durch ihr Feedback die Kinder zu sprachlichen Äußerungen motivieren.

→ Unzulänglichkeiten und Fehler der Kinder sind nicht zu ignorieren. Allerdings sind auch explizite Korrekturen nicht angebracht. Sinnvolle Reaktionen sind beispielsweise die korrigierende Paraphrase oder die Erweiterung unvollständiger Äußerungen.

Umgang mit Mehrsprachigkeit

Ein wichtiges Ergebnis der wissenschaftlichen Studie an der PH Weingarten ist der Zusammenhang zwischen dem Einbezug der Erstsprache von Kindern mit Migrationshintergrund und dem Zuwachs im Sprachstand. Fördergruppen, in denen die Erzieherinnen nach eigenen Angaben die Familiensprachen der Kinder in die Förderung einbezogen, hatten häufiger einen höheren Zuwachs ihrer Sprachleistungen im Deutschen zu verzeichnen und umgekehrt. Der Einbezug der Herkunftssprache kann als Indikator für die Berücksichtigung und Achtung des kulturellen Hintergrunds der Kinder im Rahmen des Kindergartenalltags betrachtet werden. Vermutlich wirkt sich diese Art der Beziehungsgestaltung zwischen Kind, pädagogischen Fachkräften und Eltern positiv auf die sprachlichen Kompetenzen der Kinder aus. Um die Erstsprachen einbeziehen zu können, ist eine Sensibilität für Situationen erforderlich, in denen dies gut gelingt. Immer wieder kann gefragt werden, wie ein Wort in der Erstsprache heißt, wie man bittet oder sich bedankt, wie man zählt und sich begrüßt. Äußerungen in der Erstsprache sollten stets positiv aufgegriffen werden. Wird die nicht deutsche Erstsprache der Kinder als besondere Fähigkeit betrachtet und dies zum Ausdruck gebracht, verbessert dies deren Selbstkonzept. Anregend sind auch Spielmaterial und Bücher in den Herkunftssprachen der Kinder bzw. in verschiedenen Sprachen, sowie das Aufgreifen landestypischer Spiele.

Wird mehrsprachiges Aufwachsen von Anfang an bzw. möglichst früh ausdrücklich begrüßt und gefördert, muss es keineswegs mit Überforderung einhergehen. Bildung von Kindern in einer globalisierten Welt bedeutet, den Reichtum der Beherrschung verschiedener Sprachen und die Vielfalt zu betonen, die durch Mehrsprachigkeit entstehen. Dies kann allgemein zur Aufmerksamkeit für sprachliche Phänomene – in allen in der Einrichtung gesprochenen Sprachen – führen und für das sprachliche Lernen förderlich sein.

Umgang mit und Einsatz von Förderprogrammen

Die an der Pädagogischen Hochschule Heidelberg durchgeführte Evaluationsstudie zeigt, dass pädagogische Fachkräfte die eingesetzten Sprachfördermaßnahmen bzw. -programme wie auch die im Rahmen der Programme erfolgten Schulungen sehr unterschiedlich beurteilen. Fort- und Weiterbildungen unterschieden sich sowohl in Form wie auch Umfang deutlich. Die Schulungsdauer variierte zwischen 2 und 14 Tagen, je nachdem, ob nach den Schulungen noch weitere Zusammenkünfte der Förderkräfte vorgesehen waren oder nicht. Die Förderkräfte, die das Programm von Kaltenbacher und Klages (2005)[1] einsetzten, waren Studierende oder Graduierte des Studiengangs Deutsch als Fremdsprache am Seminar für Deutsch als Fremdsprachenphilologie der Universität Heidelberg, die speziell in das Programm und seine Anwendung durch die Programm-Autorinnen eingewiesen wurden. Diese Sprachförderkräfte, die keine Ausbildung zur Erzieher/-in

---

1 Die Aussage zu allen „Förderprogrammen" bzw. „Konzepten" beziehen sich auf die Versionen der mehr oder weniger ausgearbeiteten „Programme", die in der in Klammer angegebenen Jahreszahl vorlagen. Fast alle „Programme" liegen heute in einer überarbeiteten Form vor.

hatten, erlebten ihre geringere pädagogische Erfahrung als nachteilig für eine optimale Durchführung der Sprachförderung.

Bei dem Programm von Penner (2003) wurde beanstandet, dass die Sprachförderung in einigen Teilen für eher jüngere Kinder konzipiert sei. Hinsichtlich des offenen Förderkonzepts nach Tracy (2003) vertraten die Förderkräfte verschiedene Positionen: Einerseits wird das Konzept sehr gut akzeptiert, besonders von Erzieherinnen, die bereits seit längerem Sprachfördermaßnahmen durchführen. Andererseits fühlten sich Erzieherinnen mit weniger Fördererfahrung durch den Mangel an vorgegebenem Material und an Übungsaufgaben bei der Umsetzung des Förderkonzepts oft überfordert.

Viele Förderkräfte betonen, dass die Durchführung der Fördermaßnahmen in den Kindertagesstätten zu zeitlichen Engpässen führen würde. Die geforderte Anzahl der Förderstunden und die Dokumentationsvorgaben sowie die Vor- und Nachbereitung ließen sich nach Aussage der Förderkräfte nur schwierig umsetzen und einhalten. Über die grundlegende Elterninformation hinaus wurden daher auch nur vereinzelt weitere Aktivitäten hinsichtlich einer Elternbeteiligung und -arbeit als flankierende Maßnahme einer Sprachförderung durchgeführt.

Im Rahmen der Studie an der Pädagogischen Hochschule Heidelberg zeigten sich keine Unterschiede hinsichtlich der Wirksamkeit verschiedener Programme für die Sprachförderung. Die Sprachförderung mit einem spezifischen Programm war zudem nicht wirksamer als ohne spezifisches Programm. Man sollte daher sehr sorgfältig überlegen, ob der Einsatz eines Sprachförderprogramms sinnvoll und erforderlich ist. Falls die Kindergartenstruktur den Einsatz eines Sprachförderprogramms zulässt, ist zu bedenken, dass auch ein Sprachförderprogramm eine angemessene Sprach- und Förderkompetenz der Fachkräfte voraussetzt. Nur sehr qualifizierte Erzieherinnen mit entsprechender Sprachkompetenz sollten Sprachförderprogramme durchführen. Außerdem ist zu reflektieren, in welchem Verhältnis die Arbeit mit einem Sprachförderprogramm und die Alltagskommunikation stehen sollen. Sprachliche Bildung ist in jedem Fall eine Querschnittsaufgabe in den Einrichtungen. In den an der Pädagogischen Hochschule Weingarten videografierten Sprachfördereinheiten, in denen mit einem Programm gearbeitet wurde, kann man zum Teil unmotivierte Kinder sehen, die an den formalen – und für die Kommunikation funktionslosen – Übungen des Programms offensichtlich kein Interesse haben. Dies macht weiterhin deutlich, dass die Arbeit mit einem Sprachförderprogramm eine alltägliche Kommunikation nicht ersetzen kann, in welcher Handlungen und Vorgänge versprachlicht werden und in der jede Möglichkeit zum sprachlichen Dialog genutzt wird.

Kommunikations- und Kooperationsfähigkeit innerhalb der Teams von Kindertageseinrichtungen sowie mit den Kindern und zudem eigene vorbildhafte sprachliche Fähigkeiten in Dialog und Diskurs sind grundlegende Qualifikationen, über die Fachkräfte verfügen sollten, um sprachliche kindliche Äußerungen anzuregen, aufzugreifen, zu erweitern und sie zum Fragenstellen und zu eigenen Erklärungsversuchen zu ermuntern. Die Videografien von gezielten Sprachfördersituationen, die zeitlich (mitunter auch räumlich) und mit weniger Kindern vom sonstigen Geschehen der

Kindertageseinrichtung getrennt durchgeführt werden, lassen viele Schwierigkeiten und Probleme erkennen. Auch aus spracherwerbstheoretischer Perspektive spricht einiges für eine in den Alltag der Kindertagesstätten integrierte Sprachförderung, die mehr Spielraum für die Beachtung von Sprache in Handlungszusammenhängen ermöglicht. Ideal ist, wenn das Förderprogramm im Kopf der pädagogischen Fachkräfte abläuft, während sie spielerische Aktivitäten, Interaktionen aber auch Routinen im Tagesablauf durchführt und begleitet. Um das zu lernen, reichen Fortbildungen alleine nicht aus. Wissen über Sprache, über Mehrsprachigkeit, die kindliche Entwicklung sprachlicher Strukturen, Kenntnisse und Fertigkeiten im Bereich der Sprachentwicklungsdiagnostik sowie Sprachfördermaßnahmen sind bereits im Rahmen der Ausbildung zu vermitteln. Zudem müssen Pädagogische Fachkräfte bei ihrer täglichen Arbeit im Rahmen sprachlicher Bildung und Förderung in den Einrichtungen begleitet und gecoacht werden.

Die Bedeutung der Erziehungspartnerschaft mit den Eltern[1]

Klaus Fröhlich-Gildhoff

Einführung: Die Bedeutung der Zusammenarbeit zwischen Fachkräften in Kitas und den Eltern

Die Zusammenarbeit mit den Eltern und weiteren Bezugspersonen ist – neben der ‚direkten' pädagogischen Arbeit mit den Kindern und der Vernetzung – eines von drei wesentlichen Bestimmungsmomenten moderner Frühpädagogik; dies spiegelt nicht nur der fachwissenschaftliche Diskurs (z. B. Wolf, 2006; Kasüschke & Fröhlich-Gildhoff, 2008), sondern zeigt sich auch in den normativen Vorgaben des SGB VIII (§ 22, Abs. 3) und in fast allen Bildungs- bzw. Orientierungsplänen der Bundesländer für Kindertageseinrichtungen (vgl. die Zusammenstellung bei Textor, 2006 a).

Diese Zusammenarbeit hat eine hohe Bedeutung, weil

→ Eltern und Erzieherinnen im Sinne einer „Erziehungspartnerschaft" gemeinsam für das Wohl des Kindes in verschiedenen Lebensbereichen Verantwortung tragen.

→ Auch wenn Längsschnittuntersuchungen (vgl. z. B. Sylva et al., 2004) zeigen, dass familiale Sozialisationsbedingungen einen größeren Einfluss auf die Entwicklung von Kindern haben als die pädagogischen Fachkräfte in Kindertageseinrichtungen, so sind Eltern aufgrund der gesellschaftlichen Veränderungen und deren Auswirkungen auf das Familienleben zunehmend belastet und hinsichtlich ihrer Erziehungsvorstellungen verunsichert – und sie nehmen die Fachkräfte in den Institutionen der Frühpädagogik als Unterstützerinnen und Beraterinnen an.

→ Eltern über die Kindertagesstätten niedrigschwellig ‚erreicht', für Themen der Elternbildung sensibilisiert und zur Wahrnehmung entsprechender Angebote vor Ort motiviert werden können.

→ Eltern mit unterschiedlichem kulturellen und sozioökonomischen Hintergrund eine Atmosphäre des Willkommenseins und der Integration erfahren können (vgl. z. B. Textor, 2006 a, b; Fröhlich-Gildhoff et al., 2006; Wolf, 2006).

Erziehungspartnerschaft

In den letzten Jahren ist unter dem Begriff der „Erziehungspartnerschaft" oder „Bildungspartnerschaft" die Notwendigkeit beschrieben worden, dass sich Eltern und Erzieherinnen oder LehrerInnen gemeinsam im Interesse der Kinder austauschen und partnerschaftlich die Entwicklung des Kindes fördern. Die Vielfältigkeit sich rasch wandelnder, gesellschaftlicher Verhältnisse erfordert es, dass beide wichtigen Bezugssysteme der Kinder eng kooperieren, ihr Handeln und ihre Haltung gegenseitig austauschen und sich gemeinsam im Interesse der Kinder unterstützen. Textor beschreibt Erziehungs- und Bildungspartnerschaft wie folgt: „Die Grundhaltung ist

---

1 Ein Dank geht an Claudia Röser für die kritische Durchsicht und „Nachbearbeitung" dieses Artikels.

hier, dass die Erziehung und Bildung eines Kindes die ‚Co-Produktion' von Eltern, Erzieherinnen, LehrerInnen und dem Kind selbst ist. Daraus ergibt sich die Zusammenarbeit zwischen allen Erwachsenen, basierend auf einem intensiven dialoghaften Informations- und Erfahrungsaustausch. Je mehr die Familie als Co-Produzent von Bildung wahrgenommen und je intensiver die Kooperation mit ihr wird, umso mehr müssen Erzieherinnen und LehrerInnen ihre Erziehungs- und Bildungsziele mit den Eltern abstimmen und ihre Bildungsangebote in die Familie hineintragen" (Textor, 2009, S. 157 f.).

Die Interaktionen zwischen Eltern und pädagogischen Fachkräften beeinflussen die Lernatmosphäre, die Inhalte der Förderung und die Interaktionen mit dem Kind selbst (vgl. Larrá, 2005, S. 240). Die Qualität dieser Prozesse wirkt sich unmittelbar auf die Entwicklungsprozesse der Kinder aus (vgl. Viernickel, 2006; Strehmel, 2008; Ott et al., 2007).

Erzieherinnen sind nach den (Ehe-)PartnerInnen für die Eltern die wichtigsten Ansprechpersonen bei Erziehungsfragen wie die Studie von Fröhlich-Gildhoff et al. (2006) zeigte; sie sind wichtiger als Kinderärzte oder andere Verwandte. Besondere Wünsche nach Unterstützung zeigten sich bei Fragen hinsichtlich der Entwicklung des Kindes, bei der Erziehung oder auch beim Betrachten möglicher Verhaltensauffälligkeiten [Befragung von 1147 Eltern]. Eine ähnlich hohe Bedeutung der LehrerInnen und Erzieherinnen zeigte sich in der ifb-Elternbefragung 2002 (vgl. Smolka, 2006).

Die Bedeutung der Haltung der Fachkräfte

Nun fällt Erziehungspartnerschaft nicht vom Himmel. Nicht selten sehen sich Erzieherinnen und Eltern als Konkurrenten, schieben sich wechselseitig die Schuld für Probleme der Kinder zu etc. Eine wichtige Erkenntnis der breiten – von der Baden-Württemberg Stiftung im Rahmen des Projekts „Stärkung der Erziehungskraft der Familie durch und über den Kindergarten" geförderten – Studie von Fröhlich-Gildhoff et al. (2005, 2006) war, dass es für eine erfolgreiche Zusammenarbeit zwischen Eltern und Erzieherinnen nötig ist, dass sich die Haltung der Erzieherinnen gegenüber den Eltern ändert: „Dort wo Konkurrenz bestand, Berührungsängste den wechselseitigen Umgang prägten und/oder vorrangig die Defizite der Erziehungsberechtigten gesehen wurden, gelang es durch ein verändertes und gestärktes Selbstverständnis der Fachkräfte, den Blick vom einzelnen Kind zur gesamten Familie zu weiten. Die Erzieherinnen sahen, dass sie als Professionelle auf die Eltern zugehen und sich an deren Stärken und Interessen orientieren sollten. Dabei ist es wichtig, die je einzelne Familie mit ihren Ressourcen, aber auch Problemen in den Blick zu nehmen" (Fröhlich-Gildhoff et al., 2006, S. 14). Es ließ sich eine „Wirkungskette zur Gestaltung einer erfolgreichen Zusammenarbeit zwischen Eltern und Erzieherinnen" (ebd.) beschreiben:

An deren Ausgangspunkt stehen die Team-Weiterbildung der Erzieherinnen sowie die Entwicklung eines Leitbildes und eines Konzepts zur Zusammenarbeit mit den Eltern. Die damit beginnende Haltungsänderung ist gekennzeichnet durch eine Blickänderung vom Kind zur Familie, das aktive Zugehen auf die Eltern und das

Orientieren an den Stärken und Interessen der Eltern. Auf dieser Grundlage können dann Methoden und Angebote etabliert werden, die sehr spezifisch auf die Situation der Einrichtung und v. a. auf die Bedarfe der unterschiedlichen Elterngruppen zugeschnitten sein müssen. Beides, Haltungsänderung wie Methoden, führen zu einer stärkeren Öffnung der Eltern und damit zu einem sich gegenseitig positiv verstärkenden Kreislauf der partnerschaftlichen Zusammenarbeit.

Methoden der Zusammenarbeit zwischen Eltern und FrühpädagogInnen

Die Formen und Angebote in der Zusammenarbeit mit den Eltern sind vielfältig. Sie reichen von ersten Elternkontakten (Aufnahmegespräch, erste Hausbesuche bei der Aufnahme) über die Zusammenarbeit zu Beginn des ersten Kindergartenjahres im Rahmen der Einführungsphase bis hin zu den wichtigen Tür- und Angelgesprächen, aber auch darüber hinausgehende Angebote wie Elterncafé, Elternabenden u. ä. Eine besondere Bedeutung haben die Entwicklungsgespräche auf der Basis vorhergehender dokumentierter Beobachtungen, die den zentralen Anknüpfungspunkt der Kooperation darstellen. Daneben können Elternsprechstunden und Gruppenangebote für Eltern sowie gezieltere Maßnahmen der Elternbildung – wie Elternkurse (z. B. Fröhlich-Gildhoff et al., 2008) – angeboten werden. Diese Angebote sollten auf der Basis von Bedarfserhebungen und gezielten Analysen erfolgen und möglicherweise hinsichtlich der verschiedenen Elterngruppen differenziert werden – „die Eltern" als homogene Gruppe gibt es nicht! Es hat sich bewährt, dass sich Einrichtungsteams auf die Etablierung von eher wenigen Arbeitsschwerpunkten konzentrieren und diese dann entsprechend realisieren. Für spezifische Zielgruppen – z. B. die Einbindung von Vätern oder von Eltern mit Migrationshintergrund – müssen dann nochmals spezifische Konzepte entwickelt werden.

Im Rahmen des Programms „Sag' mal was" wurden von der Baden-Württemberg Stiftung gezielte Maßnahmen zur „Aktiven Elternbeteiligung", zum Einbezug der Eltern in die Sprachförderung der Kinder finanziell unterstützt. Als wichtiger Ausgangspunkt der „Aktiven Elternbeteiligung" wurde auch hier die „partnerschaftliche Zusammenarbeit" zwischen Fachkräften und Eltern angesehen: Die Eltern sollen „Wertschätzung erfahren – sowohl als Person als auch in ihrer Elternrolle" (Landesstiftung Baden-Württemberg, 2009, S. 2). Auf dieser Grundlage sollten dann „zielgruppenorientierte Beteiligungsformen überlegt" und realisiert werden. Hierzu wurde ein breiter Katalog von Methoden – von „individuellen Elterngesprächen" zur Sprachentwicklung des Kindes und die Förderung über „Spielnachmittage mit Eltern und Kindern" bis hin zum „Aufbau eines Sprachfördernetzes" – beispielhaft aufgeführt, die dann in den einzelnen Projekten auch verwirklicht wurden (ebd., S. 2 f).

Es ist eine besondere Aufgabe für die pädagogischen Fachkräfte, den Zugang zur Kindertageseinrichtung für Familien mit Migrationshintergrund zu erleichtern; folgende Arbeitsansätze fördern die interkulturelle Verständigung und das Erreichen der entsprechenden Eltern (z. B. Makey & Bayram, 2008; Textor, 2009):

- der Einsatz pädagogischer Fachkräfte mit Migrationshintergrund,
- die systematische Einbeziehung von aktiven Eltern mit Migrationshintergrund, damit diese eine Mittler- oder „Brücken"-Funktion – bis hin zum Anbieten von Elterngruppen – übernehmen können,
- integrierte Sprachförderung durch niedrigschwellige Angebote, z. B. Eltern-Kind-Gruppen, die von Sprachförderkräften begleitet werden oder parallele Eltern- und Kinderkurse mit abgestimmten Inhalten (z. B. „Rucksack-Projekt; vgl. RAA, o. J.), sowie
- gemeinsame Veranstaltungen (z. B. interkulturelle Feste) für Kita-Eltern mit und ohne Migrationshintergrund.

In einer Längsschnittstudie in 22 Einrichtungen mit 350 Kindern mit Migrationshintergrund konnten Hildenbrand und Köhler (2010) zeigen, „dass Kinder sprachlich kompetenter sind, wenn sich ihre Eltern an der Sprachförderung in der Kita interessiert zeigen. Zum Ausdruck kommen kann dieses Interesse beispielsweise durch eine rege Beteiligung an Elternabenden, Elterngesprächen oder sonstigen Aktivitäten der Kita. Wenn sich die Eltern häufiger beteiligten und auch Angebote der Kita wie zum Beispiel Elterncafés oder Deutschkurse wahrnahmen, entwickelten sich diese Kinder sprachlich besser als Kinder, deren Eltern sich weniger häufig beteiligten. […] Als unterstützend für den kindlichen Zweitspracherwerb erwies es sich, wenn Erzieherinnen immer wieder persönlich auf die Eltern zugehen und Vertrauensbeziehungen, die die Eltern möglicherweise zu einzelnen MitarbeiterInnen der Kita aufgebaut haben (z. B. infolge der gleichen Nationalität), nutzen" (ebd.).

Zusammenfassend lässt sich feststellen:
- Die Zusammenarbeit zwischen pädagogischen Fachkräften und Eltern ist ein wesentliches und für die Entwicklung der Kinder notwendiges Kernelement professioneller Arbeit in Kindertageseinrichtungen.
- Eine Grundvoraussetzung für eine gelingende Zusammenarbeit ist eine offene, auf die Eltern zugehende Haltung der Fachkräfte.
- Auf dieser Grundlage können dann zielgruppen- und bedarfsspezifisch Angebote für Eltern initiiert werden.
- Einzelne Elterngruppen benötigen sehr spezifische Zugehensweisen, um Vertrauen zu den Fachkräften und der Institution Kita entwickeln zu können; hier sind ein besonderer Aufwand, Kreativität und Geduld seitens der PädagogInnen nötig.

Literatur

Fröhlich-Gildhoff, K., Kraus-Gruner, G. & Rönnau, M. (2005). Abschlussbericht der Evaluation des Projekts „Stärkung der Erziehungskraft der Familie durch und über den Kindergarten". Freiburg: Evangelische Fachhochschule, Eigendruck.

Fröhlich-Gildhoff, K., Kraus-Gruner, G. & Rönnau, M. (2006). Gemeinsam auf dem Weg. Eltern und ErzieherInnen gestalten Erziehungspartnerschaft. In: *kindergarten heute*, H. 10/2006, S. 6–15.

Fröhlich-Gildhoff, K. Rönnau, M. & Dörner, T. (2008). *Eltern stärken mit Kursen in Kitas.* München: Reinhardt.

Hildenbrand, C. & Köhler, H. (2010, i. Dr.). Kooperation mit den Eltern als Bestandteil der Sprachförderung in Kindertageseinrichtungen. In: K. Fröhlich-Gildhoff, I. Nentwig-Gesemann & P. Strehmel (Hrsg.). *Forschung in der Frühpädagogik III – Sprachentwicklung und Sprachförderung* (erscheint Sept. 2010). Freiburg: FEL-Verlag.

Kasüschke, D. & Fröhlich-Gildhoff, K. (2008). *Frühpädagogik heute: Herausforderungen an Disziplin und Profession.* Köln: Link.

Landesstiftung Baden-Württemberg (2009): Programm „Sag' mal was – Sprachförderung für Vorschulkinder". Ausschreibungsunterlagen für das Kindergartenjahr 2009/2010: *Hinweise für die Gewährung eines erhöhten Entgelts bei aktiver Elternbeteiligung.* Stuttgart: Eigendruck der Landesstiftung (heute: Baden-Württemberg Stiftung).

Larrá, F. (2005). Ansätze zur Steuerung pädagogischer Qualität in vorschulischen Einrichtungen. In: Sachverständigenkommission 12. Kinder und Jugendbericht (Hrsg.), *Entwicklungspotenziale institutioneller Angebote im Elementarbereich* (S. 235–268). München: Verlag Deutsches Jugendinstitut.

Makey, N. & Bayram, V. (2008). Mit Familien auch mal zu Ikea fahren. Zusammenarbeit mit Eltern im interkulturellen Kontext. *Theorie und Praxis der Sozialpädagogik.* 6/2008, 32–33.

Ott, B., Käsgen, R., Ott-Hackmann, H. & Hinrichsen, S. (2007). *Die systemische Kita. Das Konzept und seine Umsetzung.* Weimar – Berlin: Verlag das Netz.

RAA – Regionale Arbeitsstellen zur Förderung von Kindern und Jugendlichen aus Zuwandererfamilien (o. J.). *Rucksack-Projekt. Ein Konzept zur Sprachförderung und Eltern-bildung im Elementarbereich.* http://www.raa.de/fileadmin/dateien/pdf/produkte/Info_Rucksack.pdf

Smolka, A. (2006). Welchen Orientierungsbedarf haben Eltern? In: K. Wahl & K. Hees (Hrsg.). *Helfen „Super Nanny" & Co.? Ratlose Eltern – Herausforderung für die Elternbildung* (S. 44–58). Weinheim: Beltz.

Strehmel, P. (2008). Frühe Förderung in Kindertageseinrichtungen. In: F. Petermann & W. Schneider (Hrsg.), *Angewandte Entwicklungspsychologie* (Enzyklopädie der Psychologie, Serie Entwicklungspsychologie, Bd. 7, S. 205–236). Göttingen: Hogrefe.

Sylva, K., Melhuisch, E., Sammons, P., Siraj-Blatchford, I. & Taggart, B. (2004). *The Effective Provision of Pre-School Education (EPPE) Project. Final Report.* London: Institute of Education (www.ioe.ac.uk/projects/eppe).

Textor, M. R. (2009). *Elternarbeit im Kindergarten. Ziele, Formen, Methoden.* Norderstedt: Books on Demand GmbH.

Textor, M.R. (2006a). Elternarbeit mit Migrant/innen. In Textor, M. (Hrsg.), *Kindergartenpädagogik Online-Handbuch.* Zugriff am 01.05.2010. Verfügbar unter www.kindergartenpaedagogik.de/1438.html

Textor, M. R. (2006b). *Erziehungs- und Bildungspartnerschaft mit Eltern. Gemeinsam Verantwortung übernehmen.* Freiburg: Herder.

Viernickel, S. (2006). *Qualitätskriterien und -standards im Bereich der frühkindlichen Bildung und Betreuung.* Remagen: Ibus.

Wolf, B. (2006). Elternarbeit. In: L. Fried & S. Roux (2006). *Pädagogik der Frühen Kindheit* (S. 168–172). Weinheim: Beltz.

Gute Rahmenbedingungen und gut qualifizierte Erzieherinnen: Voraussetzungen für gute Sprachförderung.

Susanne Hartmann und Georg Hohl

Es ist ein Verdienst der Baden-Württemberg Stiftung, dass sie mit ihrem Programm „Sag' mal was" entscheidend mit dazu beigetragen hat, dass die Diskussion und Auseinandersetzung über die Bedeutung, die Konzepte, die Systematik und die Qualität der frühkindlichen Sprachförderung im Arbeitsfeld Kindertageseinrichtungen in den letzten Jahren zu einem ausgesprochen exponierten Thema geworden ist. Dabei wurden Chancen und Grenzen von Förderprogrammen, die zusätzlich in den Alltag der Kindertageseinrichtungen integriert werden, deutlich.

In zahlreichen Kitas wurden im Kontext dieser Diskussionen die bisherigen Konzepte zur Sprachförderung überprüft und überarbeitet. Mit dem Orientierungsplan für Bildung und Erziehung für die Baden-Württembergischen Kindergärten sind auch neue Grundlagen für die Sprachbildung in den Einrichtungen gelegt worden. Tausende von pädagogischen Fachkräften aus Kindertageseinrichtungen haben in den letzten fünf Jahren Fortbildungen zum Thema frühkindliche Sprachförderung besucht. In kaum einem anderen Arbeitsfeld ist die Fortbildungsbereitschaft so groß wie im Kindertagesstättenbereich. Die Mitarbeiterinnen im Arbeitsfeld sind in hohem Maße motiviert und bereit, ihren Anteil dazu beizutragen, dass frühkindliche Sprachförderung in Kindertagesstätten qualifiziert und mit nachhaltiger Wirkung erfolgt. Die Trägerverbände mit ihren Fachberatungssystemen und weitere Fortbildungsträger haben auf dieses wache Interesse im Arbeitsfeld reagiert und bieten zahlreiche Fortbildungsmaßnahmen und Arbeitshilfen zur Qualifizierung der frühkindlichen Sprachförderung an und integrieren das Thema in die fachliche Beratung der Einrichtungen.

Grundlage der Beratungs- und Qualifizierungskonzepte der Fortbildungsträger sind die folgenden Anforderungen an eine qualifizierte Sprachförderung:

1. Sprachförderung beginnt so früh wie möglich, d. h. mit dem Eintritt der Kinder in den Kindergarten.
2. Sprachförderung in Kindertageseinrichtungen erfolgt regelmäßig auf der Basis eines einrichtungsspezifischen Sprachförderkonzeptes, das sicherstellt, dass Sprachförderung beständiger und integrierter Bestandteil des pädagogischen Angebotes ist.
3. Didaktisch und methodisch trägt das Förderkonzept elementarpädagogischen Standards Rechnung:
   → Sprachförderung im Kindergarten setzt an den Interessen und Themen der Kinder an, d. h. die Kinder erleben es als sinnvoll und nützlich zu sprechen. Sie erfahren, dass Kommunikation dazu beiträgt, dass sie ihre persönliche Situation und Umwelt mit gestalten können. Sprachförderung in Kindertageseinrichtungen ist deshalb kontext-, alltags- und kommunikationsorientiert und wird ergänzt um sprachstrukturell-orientierte Elemente der Förderung.

→ Sprachförderung im Kindergarten trägt der Erkenntnis Rechnung, dass das Spiel die zentrale Lernform in dieser Altersgruppe ist. Ebenso sind Lieder und Reime Bestandteil der Kindergartenkultur, die in besonderer Weise den kindlichen Spracherwerbsmöglichkeiten Rechnung tragen.

→ Sprachförderung im Kindergarten basiert auf der Erkenntnis, dass die Qualität der Beziehung zwischen Kind und pädagogischer Fachkraft in dieser Altersgruppe von entscheidender Bedeutung für die Motivation und das Engagement der Kinder in Lernsituationen, insbesondere in inszenierten Lernsituationen ist. Aus der Erfahrung der Segmentierung und möglichen Stigmatisierung erwächst erst recht keine Lernmotivation.

→ Die pädagogischen Fachkräfte in Kindertageseinrichtungen sind Sprachvorbild. Sie begleiten Alltagssituationen im Dialog mit Kindern und fordern Kinder zur sprachlichen Kommentierung heraus, geben ihnen Raum und Zeit auszusprechen, was sie beobachten und was sie bewegt.

→ Sprachförderung in Kindertageseinrichtungen trägt der Tatsache, dass Kinder auch von anderen Kindern lernen (peer-group-learning) Rechnung und achtet darauf, dass sich die Kindergruppen ausgewogen zusammensetzen aus Kindern mit altersentsprechend entwickelten Sprachkompetenzen und Kindern mit Förderbedarf.

→ Sprachförderung erfolgt nicht isoliert, sondern im Kontext eines integrierten Konzeptes der Förderung anderer Entwicklungsbereiche, insbesondere der motorischen Fähigkeiten und der sinnlichen Wahrnehmung.

→ Sprachförderung bezieht die Eltern der Kinder aktiv in die Förderung mit ein durch Elterngespräche, Elternabende und Elternbildungsmaßnahmen und berücksichtigt die soziokulturellen Bedingungen der Eltern. Die Herkunftssprache der Familie erfährt Achtung und Wertschätzung.

→ Auch explizite Sprachförderung in gesonderten Sprachfördergruppen berücksichtigt die Verschiedenheit der Kinder und die Gruppendynamik. Die elementarpädagogischen Prinzipien gelten auch in gesonderten Fördergruppen, die ihrerseits eng mit dem pädagogischen Alltag verknüpft werden.

4. Über Qualifizierungsmaßnahmen und regelmäßige Reflexion der pädagogischen Arbeit des Kindergartens sichert die Leitung der Kindertageseinrichtung ab, dass Sprachförderung als Querschnittsaufgabe systematisch, kompetent und regelmäßig im Alltag der Kindertageseinrichtung erfolgt.

5. Sprachförderung setzt voraus, dass Hören, Zuhören und Verstehen möglich ist. Durch konzeptionelle Maßnahmen, Raumgestaltung und bauliche Lärmschutzmaßnahmen muss sichergestellt werden, dass die akustischen Voraussetzungen gegeben sind, damit Kinder sprachliche Äußerungen auch unter alltäglichen Bedingungen bei Anwesenheit vieler Kinder in einem Raum differenziert wahrnehmen können.

Es gibt bislang noch zu wenig wissenschaftlich gesicherte Erkenntnisse, mit welcher Art der Sprachförderung im Kindergartenbereich, sowohl kindgerecht als auch effizient auf die unterschiedlichen Startchancen von Kindern reagiert werden kann. Es gibt ebenso wenig gesicherte wissenschaftliche Erkenntnisse darüber, mit welchem Umfang und mit welcher Form der Qualifizierungsmaßnahmen für pädagogische

Fachkräfte die bisherige Praxis der Sprachförderung in Kindertageseinrichtungen intensiviert und qualitativ verbessert werden kann. Wir brauchen hier deswegen weiterhin die Möglichkeit innovativ und experimentell Praxis zu gestalten. Die Beschränkung und Steuerung der Vielfalt durch landesweite oder bundesweite Vorgaben im Sinne der Definition von Sprachstandserhebungsverfahren oder der Vorgabe bestimmter Sprachförderprogramme oder -materialien ist derzeit deshalb kontraproduktiv. Elementarpädagogischen Standards, wie Kind-, Prozess- und Situationsorientierung, Berücksichtigung von Differenz und die stärkere Einbindung domainübergreifender Aspekte bei der Entwicklung von Sprachförderkonzepten/-programmen durch wissenschaftliche Institute, muss deutlich mehr Rechnung getragen werden. Notwendig sind integrierte leitliniengesteuerte Sprachförderkonzepte in den Kindergärten und eine finanzielle Fördersystematik aus einem Guss. Die Refinanzierung der Sprachförderung im Kindergarten einschließlich der damit verbundenen Fortbildungs- und Beratungskosten muss der Tatsache Rechnung tragen, dass Sprachförderung eine Regelaufgabe in Kindertageseinrichtungen ist und eine personelle Besetzung erfordert, die eine intensive Beschäftigung der Fachkräfte mit kleinen Gruppen oder einzelnen Kindern ermöglicht. Eine Finanzierung von Sprachförderung durch die Addition unterschiedlichster Förderprogramme und Projektfinanzierungen ist auf die Dauer nicht zielführend.

Sprachförderung in der Praxis – zwischen Anspruch und Realität

Elke Andersen

„Simone, Simone wir haben einen Gelbschnabelvogel gesehen!". Strahlend steht die fast fünfjährige Aylin vor ihrer Erzieherin. Simone kennt sich gut aus in der Natur, aber ein Gelbschnabelvogel? Die Begeisterung von Aylin macht sie neugierig und interessiert fragt sie Aylin, ob sie ihr den Vogel mal zeigen möchte. Im Garten entdecken sie den Vogel mit dem gelben Schnabel. Es ist eine Amsel. Aber Simone staunt über die sprachliche Kreativität von Aylin. Sie weiß, zu einem späteren Zeitpunkt wird Aylin den richtigen Namen des Vogels lernen. Jetzt aber freut sie sich über die Wortkonstruktion und bestaunt gemeinsam mit Aylin den gelben Schnabel und das schwarze Gefieder des Vogels.

Pädagogische Fachkräfte sind in der heutigen Zeit mehr als je zuvor gefordert, die sprachliche Entwicklung aller Kinder frühzeitig zu begleiten und zu unterstützen. Um dies effektiv umsetzen zu können, benötigen sie zunächst einmal eine reflektierende Auseinandersetzung mit dem eigenen Sprachverhalten. Denn Sprachfähigkeit und Sprachfertigkeit braucht nicht nur eine organisch gesunde Grundlage, sondern auch Praxis, Übung und Vorbild. Aus diesem Grund ist der tägliche Dialog, das sprachlich begleitende Handeln von alltäglichen Situationen eine elementare Voraussetzung in der Begegnung mit den Kindern. Insbesondere die Kinder mit Migrationshintergrund brauchen ein adäquates Vorbild. Als vor Jahren ein türkischsprachiges Kind den Stuhl als „Draufsitzer" bezeichnete, mussten sich die Erzieherinnen eingestehen, dass sie oft sagen „Setz dich da drauf" anstatt „Setz dich auf den Stuhl". Aus diesem Grund sind Qualifizierungen, wie sie in den letzten Jahren über den Orientierungsplan und über Sprachförderprogramme wie beispielsweise „Sag' mal was" der Baden-Württemberg Stiftung ermöglicht wurden, dringend erforderlich. Sich als eigenes aktives Sprachvorbild verstehen, aber auch Wissen über sprachliche Strukturen, Sprachentwicklung und Spracherwerb zu erlangen, ist eine Grundlage für pädagogische Fachkräfte, um einen gelingenden spracherwerbsunterstützenden Prozess beim Kind zu erreichen. Begriffe wie Lexikon, Semantik, Syntax sind heute in der Sprachstandserhebung für ein Kind zu finden. Darum geht es nicht mehr nur um die reibungslose Verwendung der Sprache, sondern um eine weitaus differenziertere Einschätzung der Sprachentwicklung. Mit der müssen sich auch pädagogische Fachkräfte erst einmal vertraut machen. Fortbildungen sind daher unumgänglich und diese müssen auch in Zeiten von Personalknappheit möglich gemacht werden. Denn Sprachförderung ist kein Zusatzangebot in den einzelnen Einrichtungen, sondern integraler Bestandteil von Bildungsförderung im Alltag und das vom ersten Tag an. Wenn es aber um die alltägliche Dialogqualität zwischen Erzieherin und Kind geht, wenn wir von bewusstem Einsatz von Sprachstrukturen und Sprachmustern reden, die am Sprachentwicklungsstand des einzelnen Kindes angepasst werden und wenn wir den Spracherwerb dann als wirkungsvoll erleben, wenn er inhaltlich und personell in den pädagogischen Alltag der jeweiligen Einrichtung eingebettet ist, dann können wir Sprachförderung nicht als am Defizit orientierte Förderstunde verstehen. Es ist daher in jeder Einrichtung eine wichtige Frage, wie der Einsatz von externen qualifizierten Sprachförderkräften die Ganzheitlichkeit des pädagogischen Alltags unterstützt. Unumstritten ist, dass kleinere Gruppen, sei es zur Bilderbuchbetrachtung oder für spezielle, an den Interessen der Kinder angesetzte Impulse und Aktionen für den Spracherwerb wirksam sind. Eine externe, für einzelne Stunden eingekaufte oder angestellte Fachkraft, die diese Aktionen durchführt, ist im ganzheitlichen Bildungsprozess der Kinder nicht eingebunden und daher ist es aus unserer Erfahrung heraus sinnvoller, der vertrauten Erzieherin zu ermöglichen, intensiv mit einzelnen Kindern in dieser Zeit in den Dialog zu treten. Ob wir zudem Sprachförderung in festen Kleingruppen zu vorbestimmten Zeiten, dazu am sprachlichen Defizit der einzelnen Kinder orientiert als effektiv erkennen, bedarf einer individuellen Betrachtung. Sprachförderung ist auf alle Fälle nicht als Zusatzangebot im Kita-Alltag zu verstehen, sondern begleitet die Kinder auf Schritt und Tritt.

Sprechfreude und Sprachverständnis können wir nicht von emotionaler Bindung, Vertrauen und Sicherheit trennen. Diese entstehen durch Beziehung zur pädagogischen Fachkraft und in den sozialen Kontakten untereinander. Darum benötigen Kinder interessierte und sensible Gesprächspartner. D. h. Fachkräfte, die weg von der Defizitorientierung, von Korrekturen und Aufforderungen in ganzen Sätzen zu sprechen, ihren Blick zur Sprechfreude hin wenden und für natürliche und anregende Gespräche sorgen. Fachkräfte, die Kindern trotz Sprachbarrieren eine Zugehörigkeit zur Gruppe ermöglichen und Sprachbrücken bauen. Zusätzlich die Kompetenzen der Zweisprachigkeit bei Kindern und ihren Familien ermutigend benennen und nicht zur Entmutigung werden lassen. All dies benötigt in der Vielfalt der alltäglichen Arbeit ein hohes Maß an Eigen- und Teamreflexion.

Hier müssen wir uns aber in der Realität die Frage gefallen lassen, wie viel Raum es in unseren Kitas gibt für individuelle und reflektierte Beobachtungen. Zudem wie viel Zeit besteht, genau hinzuhören und zu bemerken, an welchen Spracherwerbsaufgaben Kinder gerade arbeiten, um diese im Dialog mit Kindern zu unterstützen. Damit diese Entwicklung festgehalten wird, sollte zudem eine Einschätzung des individuellen Sprachstands des Kindes z. B. über Sismik bzw. Seldak regelmäßig erhoben werden. Ausreichende personelle Entlastung im Alltag zahlt sich daher auf alle Fälle nachhaltig aus und kleinere Gruppen führen zu einer besseren Aufmerksamkeit auf das einzelne Kind. Eine gesicherte Vor- und Nachbereitungszeit ist ein wirksamer Faktor für eine qualitativ gute Sprachstandserhebung für jedes Kind. Wer hier frühzeitig investiert, leistet einen wesentlichen Schritt für die sprachliche Bildung. Die Zuständigkeit ist nicht alleine in der Einrichtung und bei der jeweiligen pädagogischen Fachkraft zu suchen. Alle – von Politik über Tageseinrichtung bis zu den Eltern – sind aufgefordert, verantwortlich miteinander zusammenzuarbeiten und im Interesse des einzelnen Kindes zu handeln.

Bedingungen des Gelingens
Eine Orientierungssuche nach der Evaluation

Hans H. Reich

Die Ergebnisse der Evaluationen von „Sag' mal was" sind ein Schock. Dass die Kinder, die im Rahmen dieses Programms zusätzliche Förderstunden erhielten, keine größeren Fortschritte im Deutschen gemacht haben sollen als diejenigen, die „nur" im Rahmen der „normalen" alltäglichen Kita-Angebote gefördert werden, macht einen erst einmal stumm vor Trauer, es stellt unseren pädagogischen Glauben in Frage, „dass Förderung hilft".

Wir kommen auch nicht billigen Kaufs davon. Zwar ist es möglich, die Untersuchungsmethoden der beiden Evaluationsteams zu kritisieren: Die Erhebungsmethoden richten sich mehr auf allgemeine Sprachverarbeitungsmöglichkeiten als auf konkretes sprachliches Können, sie unterscheiden nicht zwischen ein- und mehrsprachigen Kindern, sie nehmen keine Rücksicht auf die konkret verfolgten Förderziele, die Dauer des Kindergartenbesuchs ist nicht erhoben worden und die Vergleichsgruppen sollten schon etwas passender sein, als sie es tatsächlich sind. Aber all diese Kritik hilft nicht darum herum, dass die Ergebnisse in so hohem Maße in sich konsistent und miteinander vergleichbar sind, dass man sie dennoch ernst nehmen muss. Wir müssen uns mit der deprimierenden Vorstellung auseinandersetzen, es könnte möglich sein, dass zusätzliche Förderung *keinen* zusätzlichen sprachlichen Fortschritt bewirkt und Rückstände nicht aufgeholt werden können.

Diese deprimierende Vorstellung widerstrebt aber nicht nur unserem pädagogischen Glauben, sie widerspricht auch vielen pädagogischen Erfahrungen und leuchtet insgesamt so wenig ein, dass wir nicht einfach aufhören können, Fragen zu stellen: Welche Unterschiede sind aufgrund der methodischen Anlage unsichtbar geblieben? Welche Einflussfaktoren stehen hinter den Streuungen der Durchschnittswerte? Welche Faktoren sollten näher untersucht werden?

Merkmale des Programms

Hauptcharakteristikum des Programms war die Finanzierung von 120 Stunden Deutschförderung im letzten Kindergartenjahr, in eigenen Gruppen von mindestens 6 Kindern, wobei eine vorangehende Feststellung der Förderbedürftigkeit der Kinder eine Bedingung für die Bezuschussung war; außerdem hat knapp die Hälfte der Förderkräfte an eigenen Qualifizierungsangeboten teilgenommen, die allerdings eher grundlegenden als aufbauenden Charakter hatten. Elternarbeit im Rahmen des Programms konnte unterstützt werden, doch wurden hierfür nur in geringem Umfang Mittel beantragt.

Aus der Praxis heraus wurden die Beschränkung auf das letzte Jahr, die vorgegebene Gruppengröße, die nicht ausreichende Qualifizierung und der häufige Einsatz externer Kräfte (der von den Finanzierungsmodalitäten her naheliegt) kritisiert. Es hat bisher keine Möglichkeit gegeben, diesen Kritiken wissenschaftlich nachzugehen. Wir sind noch einmal auf unseren Alltagsverstand und unsere pädagogischen Erfahrungen angewiesen, die uns sagen, dass hier in der Tat Schwachpunkte liegen könnten, auch wenn wir nicht imstande sind zu beweisen, dass diese Punkte insgesamt oder einer von ihnen die Ursache für das Ergebnis der Evaluation gewesen sind. Das letzte Kindergartenjahr könnte zu spät sein, das Zusammennehmen förderbedürftiger Kinder zu anregungsarm, die Zahl der zusätzlichen Stunden zu wenig, die Didaktik der Förderung zu unbedacht oder zu wenig geübt; mangelnde Koordination zwischen der regulären Sprachbildung und der zusätzlichen Förderung könnte eine Rolle spielen und im Zusammenhang damit eine ungenügende Absprache zwischen externen Förderkräften und regulären Erzieherinnen. Wie gesagt, das alles könnte sein. Da es weder Beweise noch Gegenbeweise gibt, sollten wir achtsam darauf sein, wenn wir nach den Bedingungen des Gelingens fragen.

Unterschiede im Erfolg

Die Evaluationsergebnisse sind Aussagen über *Durchschnittswerte*. Hinter der Aussage, es mache keinen Unterschied, ob zusätzliche Förderung angeboten werde oder nicht, können durchaus verschiedene Ergebnisse der einzelnen Kindergärten stehen. Um nicht missverstanden zu werden: Die Durchschnittswerte sind schlimm genug, aber die Unterschiede zwischen den einzelnen Kindergärten gibt es tatsächlich. Das Weingartener Evaluationsteam hat sich die Mühe gemacht, die Ergebnisse beim Merken von Sätzen für jede Einrichtung eigens festzustellen und mitzuteilen. Auch wenn der angelegte Maßstab nicht ganz unproblematisch ist – die festgestellten Unterschiede sind groß genug, um die Annahme sehr unterschiedlicher Fördererfolge der Einrichtungen zu stützen. Mit anderen Worten: es dürfte sich lohnen, den Merkmalen der Arbeit in den Kindergärten selbst nachzugehen, die für größeren oder geringeren Erfolg verantwortlich sein könnten.

Das Weingartener Team findet Anhaltspunkte dafür, dass nicht nur die sprachliche Ausgangslage der Kinder eine Rolle spielt, sondern auch die größere oder geringere Erfahrung der Erzieherinnen in der Sprachförderung und ihre größere oder geringere Neigung, auch die Erstsprachen der Kinder einzubeziehen. Auch hier keine Beweise, aber zwei bedenkenswerte Anhaltspunkte für mögliche Bedingungen des Gelingens.

Wie weiter?

Man kann dieses Ergebnis auch so formulieren: Das Programm ist kein Automat. Es leistet, was es möglicherweise leisten kann, nur bedingt, nur dann, wenn auch andere Faktoren stimmen. Welche Faktoren dies sind, kann vorerst nur hypothetisch erörtert werden. Zu sprechen ist über die Feststellung des Förderbedarfs, über die professionelle Verantwortung für die Sprachförderung, über die Qualifizierung der pädagogischen Kräfte, über die Didaktik der Sprachförderung, über Zwei- und Mehrsprachigkeit und über die Kontinuität der Förderung.

Feststellung des Förderbedarfs

Ein Kind eignet sich Sprache an, indem es sich dafür interessiert, was andere sagen, hinhört und mehr und mehr davon versteht, indem es das Gehörte und Verstandene verarbeitet, d. h. mit früher Gehörtem und Verstandenem und mit seinen anderen Erfahrungen in Verbindung bringt, indem es das Verarbeitete im eigenen Sprechen einsetzt und dabei Erfahrungen mit dem „Ankommen" dieses Sprechens bei anderen macht. Sprachförderung besteht darin, dem Kind diese Aneignungstätigkeiten leichter zu machen. In diesem Sinne können alle Kinder Sprachförderung brauchen, und so wird der Begriff ja auch von einigen Autoren verwendet. Gewöhnlich aber denkt man, wenn von Förderbedarf die Rede ist, nicht an alle Kinder, sondern an diejenigen, die sich mit der Sprachaneignung schwerer tun als der Durchschnitt, oder aber – was nicht dasselbe ist – die sich von einer bestimmten Sprache weniger angeeignet haben als ihre Altersgenossen.

Geringe sprachliche Fähigkeiten können von Störungen der Sprachentwicklung herrühren, wie man sie überall auf der Welt findet, bei einsprachigen wie bei zweisprachigen Kindern. Sie haben innere Ursachen, die sich in der ersten wie in der zweiten Sprache bemerkbar machen. Die Kinder, die davon betroffen sind, haben therapeutischen Bedarf, bei ihnen kann Sprachförderung nur etwas nützen, wenn gleichzeitig medizinische oder psychologische Hilfe geleistet wird. Bei wie vielen Kindern solche Störungen vorliegen – dazu werden etwas unterschiedliche Angaben gemacht, sie streuen um die Marke von 10 %. Davon zu unterscheiden sind Kinder, die geringe Deutschkenntnisse haben, ohne dass man von einer Sprachentwicklungsstörung sprechen könnte. Für diese Fälle sind äußere, soziale Ursachen verantwortlich zu machen, allgemein gesprochen: zu wenige und/oder zu kärgliche Sprachkontakte in der näheren sozialen Umwelt. Diese Fälle sind in der Regel gemeint, wenn von Sprachförderbedarf die Rede ist. Wie viele Kinder zu dieser Kategorie zählen, dazu werden extrem unterschiedliche Angaben gemacht: zwischen 20 und 60 % – je nach Bundesland. Die genannten Quoten beruhen auf mehr oder minder willkürlichen Setzungen und verdeutlichen zur Genüge, dass es eine klare Grenze zwischen Kindern mit und ohne Förderbedarf nicht gibt. Bitte nicht missverstehen! Wenn es um die Verwendung von Geldern, namentlich von öffentlichen Geldern geht, muss dafür gesorgt werden, dass sie in der Tat denen zugute kommen, die sie am meisten brauchen. Es genügt aber nicht, ein (beliebiges) Verfahren zu benutzen und punktuell einzusetzen, um die Zuweisung eines Kindes zu einer für alle Kinder einheitlichen Fördermaßnahme zu legitimieren. *Auszugehen ist von einem differenzierten Förderbedarf, auf den differenzierte Förderangebote antworten sollten.*

Das ist nicht einfach, führt aber doch zu einer ersten Schlussfolgerung: Entscheidungen über den Förderbedarf müssen letztlich pädagogisch verantwortet werden, darum gehören sie in die Hände der pädagogisch Verantwortlichen, im Elementarbereich also in die Hände der Erzieherinnen. Das ist nicht umstandslos zu verwirklichen. Die Arbeitsorganisation der Einrichtung muss darauf eingestellt sein und die Erzieherinnen müssen etwas von Sprachentwicklung, Zweisprachigkeit und Sprachbeobachtung verstehen. Doch ist beides herstellbar, wenn es nicht schon gegeben sein sollte.

Professionelle Förderung

Die zweite Schlussfolgerung schließt unmittelbar daran an, sie ist eigentlich in der ersten Schlussfolgerung schon enthalten: Feststellungen zum Sprachstand eines Kindes sind Instrumente in einem pädagogischen Prozess. Die Durchführung und Auswertung von Sprachbeobachtungen und die Förderung der Sprachaneignung des Kindes sollten nach Möglichkeit in einer Hand liegen. *Sprachförderung ist Sache der hauptamtlichen Erzieherinnen.* Sie sind es, die nächst den Eltern die Sprache des Kindes am besten kennen, die seine Entwicklung insgesamt verfolgen können, die mit den Eltern in Kontakt stehen, die ein professionelles Interesse daran haben müssen, die Verantwortung für die Sprachförderung als einer Kernaufgabe ihres Berufs nicht an andere abzugeben.

Wir wissen, dass die Finanzierungsmodalitäten in den Bundesländern einer solchen Entwicklung nicht günstig sind, und es soll anerkannt werden, dass man in einer Situation, als es rasch zu handeln galt, Maßnahmen bevorzugt hat, die rasch greifen konnten. (Es soll aber auch nicht vergessen werden, dass man zuvor mehr als zwei Jahrzehnte lang Zeit gehabt hätte, eine andere Politik mit ruhigerem Bedacht zu betreiben.) Es soll auch anerkannt werden, dass die raschen Maßnahmen vieles in Gang gesetzt haben, was zuvor kaum denkbar erschien, dass Bewegung in den Elementarbereich gekommen ist, dass sich das Bewusstsein wandelt und die Aufgaben der frühen Sprachbildung heute ganz anders diskutiert werden als noch vor wenigen Jahren. Trotzdem darf der Weg zu einem stabilen Normalzustand nicht verbaut werden, einem Zustand, in dem Sprachförderung „als zentrale und dauerhafte Aufgabe während der gesamten Kindergartenzeit" verstanden wird.

Durch die zusätzliche Finanzierung von Sprachfördermaßnahmen haben die Bundesländer anerkannt, dass hier eine neue Aufgabe, wenn man so will: eine neue Belastung im Arbeitsfeld der Erzieherin entstanden ist, die nicht einfach im zuvor vorhandenen Ressourcenrahmen abgedeckt werden kann. Die zusätzlichen Mittel der Bundesländer werden weiterhin dringend gebraucht. Sie sind aber um vieles besser angelegt, wenn sie in die Entlastung der hauptamtlichen Erzieherinnen von Betreuungs- und Organisationsaufgaben investiert werden, damit diese frei werden für differenzierte Sprachförderaktivitäten, für deren Vor- und Nachbereitung, für sprachbezogene Kontakte mit Kolleginnen und Eltern und für ihre eigene Weiterqualifizierung in Sachen Sprachbildung.

Fort- und Weiterbildung der Erzieherinnen

Die Qualifizierung für die Aufgaben der Sprachförderung ist der Dreh- und Angelpunkt unter den Bedingungen des Gelingens. Sie wird nicht durch kurzfristige Belehrung zustande gebracht. Sie verlangt von den Erzieherinnen, die eigene Sprache zu kontrollieren, ohne den Anspruch auf authentisches Handeln aufzugeben. Sie verlangt, sich Wissen über Sprachentwicklung und Zweisprachigkeit anzueignen, und dabei den Lernaufgaben aus dem Bereich der Grammatik und der Semantik nicht auszuweichen. Sie verlangt, die Sprachförderung mit Blick auf die Ergebnisse der individuellen Sprachbeobachtungen zu planen, sie verlangt überhaupt Planung, vielleicht mehr, als es in manchen Einrichtungen üblich ist. Sie verlangt nicht nur die Kenntnis, sondern auch die praktische Einübung vielfältiger Methoden. Sie verlangt, mit anderen Worten, eine ganze Menge an Selbstveränderung und das ist, wie man weiß, ein schmerzlicher Vorgang; er kostet Engagement und Zeit.

Eine wirksame Qualifizierung geht nicht ohne ein organisiertes Hin und Her zwischen Theorie und Praxis ab, ein kostengünstiger wissensvermittelnder Schnellkurs fernab vom Arbeitsplatz trägt für sich allein nicht viel dazu bei. *Gefordert sind arbeitsplatznahe Angebote der Qualifizierung*, möglichst mit dem gesamten Team, über einen längeren Zeitraum. Das ist teuer und kostet Zeit, und es ist nicht einmal sicher, ob genügend sprachdidaktisch ausgewiesene Fortbildnerinnen und Fachberaterinnen dafür bereitstehen – aber bevor man alles beim Alten belässt ...

Didaktik der Sprachförderung

Die Evaluationen von „Sag' mal was" lassen keine Unterschiede im Fördererfolg zwischen den didaktisch unterschiedlich ausgelegten Förderprogrammen erkennen. Das könnte aber vor allem der bereits eingangs erwähnten Tatsache geschuldet sein, dass sich die Erhebungsmethoden auf allgemeine Sprachverarbeitungsfähigkeiten, nicht auf konkretes sprachliches Können beziehen. Darum ist es trotz dieser Ergebnisse sinnvoll, auch einen Blick auf die Förderverfahren zu werfen.

Wie eine erfolgversprechende Sprachförderung didaktisch aussehen soll, ist in hohem Grade umstritten. Im Wesentlichen tobt der Streit um eine eher kommunikative oder eine eher sprachsystembezogene Anlage. Und da ist eine seltsame Art von Lagerbildung entstanden: Während die Bildungspläne der Länder ziemlich unisono eine kommunikative Anlage der Sprachbildung insgesamt empfehlen, die allenfalls durch gezielte Übungen zu ergänzen sei, beruhen die auf dem Markt angebotenen und für teures Geld in die Praxis verkauften Materialien und Materialpakete, sofern sie nicht einfach neue Sammlungen alter Ideen sind, auf sprachsystematischen Ansätzen.

Diese Materialien lassen wenig Raum für eigene Entscheidungen der Erzieherinnen und für differenzierte Sprachprofile der Kinder, sie konzentrieren sich oft auf wenige Aspekte von Sprache und bevorzugen vielfach einen kognitiven Zugang. Sie überfrachten damit eine kindliche Fähigkeit, die sich doch erst allmählich entwickelt. Gewiss, auch im Kindergartenalter können sich Kinder über Sprache unterhalten und der spielerische Umgang mit Sprache hilft ihnen dabei, sie können sogar, wenn der Erzieherin daran liegt, lernen, was ein Artikel ist und dass es drei Sorten davon gibt – aber von da aus bis zu dem Punkt, wo das Sprachbewusstsein zum Hauptinstrument der Sprachaneignung werden kann, ist noch ein langer Weg, der sich bis weit ins Schulalter hinein erstreckt. Unterrichtsartige Situationen im Kindergarten, wie man sie gerade im Kontext der Sprachförderung manchmal antreffen kann, führen aber eher zu einem sprachlich kärglichen Antwortverhalten der Kinder als zu vermehrtem Sprechen und interessiertem Zuhören. Sprachförderung sollte aber gerade mutigere sprachliche Aktionen der Kinder ermöglichen.

Daraus folgt nicht, dass man es einfach bei einem freundlichen sprachlichen Umgang miteinander belassen könnte. Das hat in der Vergangenheit nicht genügt, es dürfte mitursächlich für das Schulversagen von Migrantenschülern gewesen sein, es würde auch in Zukunft nicht genügen. Es gibt Grund genug, in der Sprachförderung genauer hinzuschauen und Erleichterungen der Sprachaneignung ins Auge zu fassen, die den sprachlichen Bedürfnissen und Möglichkeiten des einzelnen Kindes ebenso wie den Gesetzmäßigkeiten des (Zweit-)Spracherwerbs auch im Detail gerecht werden. Das verlangt eine bedachte Wahl der Fördersituationen (Sozialformen, Themen, Räume) ebenso wie eine klare Vorstellung von den Stufen der Sprachaneignung, die das Kind als nächstes erreichen kann. *Sprachförderung ist anspruchsvolle Kommunikation unter geschützten Umständen.*

Zu diesem Schutz gehört auch das sprachbewusste Handeln der Erzieherin, das hier gefordert ist, eine Synthese von kommunikativem und systematischem Vorgehen. Diese Synthese ist etwas anderes als ein bloßes Nebeneinander von sprachlichen Aktivitäten im Kindergartenalltag und irgendwie systematischen Einheiten der Sprachförderung zu extra Zeiten und in einem extra Raum. Das förderbedürftige Kind sollte in den Zeiten seiner Förderung sprachliche Erfolgserlebnisse einheimsen dürfen, die es voranbringen. Die überschaubare Kommunikation in der Kleingruppe, die Sicherheit gehört zu werden und bei Ausdrucksnot Unterstützung zu erhalten, die Möglichkeit, sich auch zwei- oder drei- oder viermal an einem Ausdruck zu versuchen, die vermehrte Kind-Kind-Kommunikation, die Verbindung von Sprache und Bewegung und vieles andere tragen dazu bei. Und die Erfolge sollten sich auszahlen, die sprachlichen Fortschritte des Kindes sollten auch in der Regelgruppe/im Regelbetrieb sichtbar und hörbar werden. Sprachförderung und reguläre Sprachbildung sollten gegenseitig durchlässig sein.

Zwei- und Mehrsprachigkeit

Einhellig sprechen die Bildungspläne von der „Wertschätzung" der Familiensprachen zwei- und mehrsprachiger Kinder und damit der Vielsprachigkeit in den Einrichtungen. Diese Zielsetzung enthält eine klare Absage an alle Formen von Verboten der Erstsprachen, an deren segensreiche Wirkung für den Erwerb der Zweitsprache inzwischen kaum noch jemand glaubt. Sie fordert sprachliche Toleranz und – mehr als das – die positive Wahrnehmung der Vielsprachigkeit als Element der Spracherziehung aller Kinder. Sprachförderung ist gewiss in erster Linie Deutschförderung, aber die *Deutschförderung sollte sich in einer Atmosphäre des Interesses an allen Sprachen und der Akzeptanz einer jeden Sprachbiografie vollziehen.*

Die Zusammenarbeit mit den Eltern, zu der alle Einrichtungen verpflichtet sind, ist auch ein gangbarer Weg zur Spracherziehungspartnerschaft unter Einschluss der Zwei- und Mehrsprachigkeit. Sie erlaubt einen konstruktiven Umgang mit den Familiensprachen auch dort, wo die Erzieherinnen selbst nur die deutsche Sprache beherrschen. Das sollte auch der Deutschförderung zugute kommen – zunächst, wie gesagt, im Sinne einer Bejahung der frühkindlichen Zweisprachigkeit in der Einrichtung wie im Elternhaus, aber weitergehend auch im Sinne einer bewusst herbeigeführten

Koordination sprachförderlicher Aktivitäten, so dass die Aneinungsprozesse in der einen und in der andern Sprache sich gegenseitig stützen können.

Kontinuität der Förderung

Mehrere Untersuchungen zum Erfolg von Migrantenkindern an der Grundschule kommen zu dem Schluss, dass der Besuch einer Kita ein Faktor des Gelingens ist, wenn er eine gewisse Mindestdauer erreicht. Bei einer Besuchsdauer von zwei, besser drei Jahren, ist der positive Einfluss auf die Deutschleistungen bis ins vierte Grundschuljahr hinein bemerkbar. Was für den Kita-Besuch im Allgemeinen gilt, gilt – auch wenn es bisher nicht empirisch bewiesen ist – mit hoher Wahrscheinlichkeit auch für die Sprachförderung: Kontinuität und eine gewisse Mindestdauer sind Bedingungen des Erfolgs.

Eine Förderung, die erst im letzten Kita-Jahr ansetzt, steht in der Gefahr, die Aufgaben der Vorbereitung auf den Übergang in die Schule, die allen Kindern im letzten Kita-Jahr aufgetragen ist, mit der Aufgabe einer spezifischen Sprachförderung zu vermengen und dabei die Sprachförderung sozusagen unter Zeitdruck zu setzen. Die Ergebnisse der Evaluation können darauf hindeuten, dass das, was in dieser Konstellation erreicht wird, nicht stabil genug ist, um die nachfolgenden schulischen Lernprozesse zu tragen. *Sprachförderung von Anfang an* ist die Vorstellung, die daraus abzuleiten ist. Schon die Eingewöhnungszeit bietet Gelegenheiten, das sprachliche Handeln des Kindes einschließlich seines Gebrauchs der Familiensprache kennenzulernen und mit den Eltern über die Spracherziehung zu sprechen. Ergibt sich daraus die Vermutung, dass eine intensivere Deutschförderung sinnvoll sein könnte, folgt eine Phase systematischer Sprachbeobachtung, deren Ergebnisse in einen Förderplan umgesetzt werden. Ob die Ziele des Förderplans erreicht worden sind, wird in etwa halbjährigen Abständen beraten, entsprechend den Beratungsergebnissen wird der Plan aktualisiert. So kann, wenn es angezeigt ist, Kontinuität gewährleistet werden, selbst wenn das Personal wechselt. Ein solches Vorgehen kann sogar eine Grundlage für Kontinuität über die Kindergartenzeit hinaus werden, wenn die Grundschule mit dem Kindergarten kooperiert und die gültigen Regelungen es gestatten.

Zusammenfassung

Sprachförderprogramme müssen qualitativen Kriterien entsprechen, wenn sie die Erfolge erzielen sollen, die so dringend von ihnen erwartet werden. Wir wissen nicht definitiv, welche Merkmale oder – wahrscheinlich richtiger – welche Merkmalskombinationen es sind, die uns dem Erfolg näherbringen. Vieles spricht dafür, dass es mehr als eine Lösung für diese Aufgabe gibt und dass die unterschiedlichen Bedingungen vor Ort eine Rolle dabei spielen. Es ist aber möglich, Kriterien zu benennen, auf die jedenfalls zu beachten wären:

Sprachstandsfeststellung und Sprachförderung stehen in *einem* pädagogischen Zusammenhang, bei dem die pädagogische Arbeit leitend ist. Sie sollten möglichst in einer Hand liegen. Die Sprachdiagnose darf sich nicht verselbstständigen wollen.

Sprachförderung ist eine Kernaufgabe der pädagogischen Fachkräfte in den Kindertageseinrichtungen. Sie sollte nicht als Zusatzaufgabe für Zusatzkräfte organisiert werden; die Finanzierungsmodalitäten müssten sich dahingehend ändern, dass Sprachförderung als hauptamtliche Tätigkeit zum Normalfall wird.

Die Didaktik der Sprachförderung muss eine Synthese kommunikativer und sprachsystematischer Ansätze anstreben. Sie sollte sich nicht weiter polarisieren lassen wie bisher. Im Rahmen der Förderprogramme könnte und sollte in Kooperation von Praxis und Theorie planvoll nach Wegen der Weiterentwicklung gesucht werden.

Sprache hängt mit der gesamten Lebenswelt des Kindes zusammen. Dass insbesondere bei den Kindern aus Migrantenfamilien die Familiensprachen dazu gehören, sollte wahrgenommen und in der pädagogischen Praxis zur Geltung gebracht werden.

Sprachaneignung braucht Zeit. Darum sollte Sprachförderung in ein Konzept sprachlicher Bildung von Anfang an eingebettet sein. Die altbekannten Situationen des Gesprächs, des Vorlesens und Erzählens, des Rollenspiels und des Spiels mit festen sprachlichen Formen müssen heute angesichts der Vielfältigkeit sprachlicher Voraussetzungen mit mehr Bewusstheit als in der Vergangenheit gestaltet werden. Dazu gehört auch die planvolle Förderung der Kinder, die Förderbedarf haben. Auch dieser Aufgabe muss Zeitraum gegeben werden.

Literatur

Jampert, Karin; Zehnbauer, Anne; Best, Petra; Sens, Andrea; Leuckefeld, Kerstin; Laier, Mechthild (Hrsg.): Kinder-Sprache stärken! Sprachliche Förderung in der Kita: das Praxismaterial, Weimar und Berlin: das netz 2009.

Kaltenbacher, Erika; Klages, Hana: Deutsch für den Schulstart: Zielsetzungen und Aufbau eines Förderprogramms, in: Ahrenholz, Bernt (Hrsg.): Deutsch als Zweitsprache. Voraussetzungen und Konzepte für die Förderung von Kindern und Jugendlichen mit Migrationshintergrund, Freiburg im Breisgau: Fillibach 2007, S. 135–151.

Knapp, Werner; Kucharz, Diemut; Gasteiger-Klicpera, Barbara: Sprache fördern im Kindergarten, Umsetzung wissenschaftlicher Erkenntnisse in die Praxis, Weinheim und Basel: Beltz 2010.

Lengyel, Drorit; Reich, Hans H.; Roth, Hans-Joachim; Döll, Marion (Hrsg.): Von der Sprachdiagnose zur Sprachförderung, Münster u. a.: Waxmann 2009.

List, Gudula: Frühpädagogik als Sprachförderung. Qualifikationsanforderungen für die Aus- und Weiterbildung der Fachkräfte, München: DJI 2010.

Penner, Zvi: Sehr frühe Förderung als Chance. Aus Silben werden Sätze, Troisdorf: Bildungsverlag EINS 2006.

Reich, Hans H.: Zweisprachige Kinder. Sprachenaneignung und sprachliche Fortschritte im Kindergartenalter, Münster u. a.: Waxmann 2009.

Reich, Hans H., unter Mitarbeit von Gerlinde Knisel-Scheuring: Sprachförderung im Kindergarten. Grundlagen, Konzepte und Materialien, Berlin: das netz 2008.

Tracy, Rosemarie; Lemke, Vytautas (Hrsg.): Sprache macht stark, Berlin und Düsseldorf: Cornelsen Scriptor 2009.

Ulich, Michaela; Oberhuemer, Pamela; Soltendieck, Monika: Die Welt trifft sich im Kindergarten. Interkulturelle Arbeit und Sprachförderung, Neuwied u. a.: Luchterhand, 2. aktualisierte Auflage, Weinheim und Basel: Beltz 2005.

Zur Weiterentwicklung von „Sag' mal was"

Gudrun Raible und Ulrike Vogelmann

Das Programm „Sag' mal was" der Baden-Württemberg Stiftung war als „lernendes Programm" angelegt. Eine sinnvolle Weiterentwicklung war deshalb immer vorgesehen und wurde über die gesamte Programmlaufzeit verfolgt. Das Programm wurde auf Grundlage wichtiger Impulse aus Forschung und Praxis verschiedentlich angepasst, einige dieser Anregungen führten zu neuen Projektansätzen der Baden-Württemberg Stiftung. Neben der Entwicklung der Sprachstandsförderdiagnostik „LiSe-DaZ", die in Kapitel 4.1. ausführlich beschrieben wird, sind dies das Projekt „Sprachliche Bildung für Kleinkinder" sowie das Projekt zur Entwicklung von Qualifizierungsmaßnahmen für Erzieherinnen im Bereich Deutsch als Zweitsprache (Arbeitstitel: „E-DaZ"), das derzeit in Kooperation mit dem Goethe-Institut München konzipiert wird. Diese Projekte haben sich unmittelbar aus dem Sprachförderprogramm „Sag' mal was – Sprachförderung für Vorschulkinder" der Baden-Württemberg Stiftung entwickelt und werden nachfolgend genauer beschrieben. Darüber hinaus hat das Programm als Impuls für die Einführung der „Intensiven Sprachförderung im Kindergarten" (ISK) des Landes Baden-Württemberg gewirkt. Auch darauf wird am Ende dieses Kapitels kurz eingegangen.

Sprachliche Bildung für Kleinkinder

Die frühkindliche Bildung und Sprachförderung ist für die Baden-Württemberg Stiftung nach wie vor ein wichtiges Betätigungsfeld. So wurden bereits im Verlauf von „Sag' mal was" neue, weiterführende Projekte initiiert und implementiert.

Die Erfahrungen aus dem Programm „Sag' mal was", die ersten Ergebnisse aus der wissenschaftlichen Begleitforschung sowie zahlreiche Rückmeldungen aus der Praxis und des Beirats „Sprachförderung" legten nahe, mit der Sprachförderung bereits bei jüngeren Kindern zu beginnen. Die Baden-Württemberg Stiftung hat daher seit 2007 über Perspektiven der Weiterentwicklung von „Sag' mal was" nachgedacht. Der Aufsichtsrat der Baden-Württemberg Stiftung ist einem entsprechenden Konzeptvorschlag gefolgt und hat der Umsetzung des Projekts „Sprachliche Bildung für Kleinkinder" im Rahmen von „Sag' mal was" zugestimmt. Als wichtigste konzeptionelle Eckpunkte des neuen Projekts wurden definiert:

→ Die Sprachförderung der Kinder soll so früh wie möglich beginnen.

→ Die Stärkung der Handlungskompetenz der pädagogischen Fachkräfte soll im Fokus der Bemühungen stehen.

→ Sprachförderkonzepte sollen vor der flächendeckenden Einführung erprobt und evaluiert werden.

Das Projekt „Sprachliche Bildung für Kleinkinder" zielt darauf ab, die sprachliche Bildung von Kleinkindern über die fachliche Begleitung der in den Kindertageseinrichtungen tätigen Fachkräfte zu stärken. Durch den Ausbau der Tagesbetreuungsplätze für Kinder unter drei Jahren werden an die Fachkräfte besondere Anforderungen in Bezug auf die sprachliche Entwicklungsförderung der Kleinkinder gestellt. Das Projekt richtet sich daher an Kinder unter drei Jahren und an die pädagogischen Fachkräfte in den Kindertageseinrichtungen.

Im Februar 2008 hat die Baden-Württemberg Stiftung das Projekt „Sag' mal was – Sprachliche Bildung für Kleinkinder" bundesweit ausgeschrieben. Nach Begutachtung der eingegangenen Anträge durch den Beirat „Sprachförderung" und eine eigens eingerichtete Arbeitsgruppe mit weiteren Expertinnen und Experten aus der frühkindlichen Bildung wurden zwei Forschergruppen mit der Projektumsetzung beauftragt:

➜ Eine Forschergruppe am Deutschen Jugendinstitut (DJI) in München unter der Leitung von Hans Rudolf Leu führt das Teilprojekt „Dialoge mit Kindern führen – Interventionsstrategien von Erzieherinnen zur Förderung des sprachlichen Verhaltens von Kindern unter drei Jahren" durch.

➜ Eine Gruppe an der Universität Koblenz-Landau unter der Leitung von Gisela Kammermeyer führt das Teilprojekt „Mit Kindern im Gespräch – Entwicklung und Evaluation eines Fortbildungskonzepts für Erzieherinnen zur Intensivierung der Erzieherin-Kind-Interaktion" durch.

Die beiden Forschergruppen entwickeln und erproben modellhafte Lehr-Lernkonzepte in enger Kooperation mit den Fachkräften, die sie gleichzeitig wissenschaftlich begleiten. Aus beiden Projekten werden die Erkenntnisse und Erfahrungen gebündelt und publiziert: Die Strategien aus dem Projekt „Dialoge mit Kindern führen" erscheinen als Handreichung für Erzieherinnen im Verlag das netz. Best-Practice-Beispiele aus dem Projekt „Mit Kindern im Gespräch" werden als Handlungsleitfaden auf DVD veröffentlicht.

Im Rahmen des Projekts „Sprachliche Bildung für Kleinkinder" wird darüber hinaus in Mannheim das von der Stadt Ludwigshafen am Rhein und der Universität Mannheim im Rahmen der „Offensive Bildung" der BASF SE entwickelte und bereits erprobte Sprachförderkonzept „Sprache macht stark!" unter der Leitung von Rosemarie Tracy implementiert. Die beiden Teilprojekte zur Intervention und die Implementierung von „Sprache macht stark!" werden intern und extern evaluiert. Hierfür wurde eine Forschergruppe der Freien Universität Berlin unter Leitung von Wolfgang Tietze beauftragt. Alle diese Maßnahmen dienen dem übergeordneten Ziel, die individuellen Lebens- und Bildungschancen von Kindern durch Unterstützung des Spracherwerbs zu verbessern und damit Zukunftsperspektiven zu erweitern.

Qualifizierung im Bereich Deutsch als Zweitsprache im Elementarbereich

Der Bedarf und die Notwendigkeit der weiteren Qualifizierung pädagogischer Fachkräfte für die sprachliche Bildung und Sprachförderung von Kindern – insbesondere im Bereich Deutsch als Zweitsprache – ist eine zentrale Erkenntnis der wissenschaftlichen Begleitforschung von „Sag' mal was" und vieler anderer Studien. Gemeinsam mit dem Goethe-Institut hat die Baden-Württemberg Stiftung deshalb eine Forschungskooperation ins Leben gerufen, in der ein Qualifizierungskonzept für pädagogische Fachkräfte im Elementarbereich als Blended-Learning-Angebot entwickelt werden soll. Methodisches und konzeptionelles Vorbild ist dabei das inzwischen abgeschlossene Projekt „E-LINGO", das in Kooperation der Pädagogischen Hochschule Freiburg, der Pädagogischen Hochschule Heidelberg und der Universität Gießen als Masterstudiengang „Didaktik des frühen Fremdsprachenlernens" im Auftrag der Baden-Württemberg Stiftung entwickelt wurde (siehe Beitrag am Ende von Kapitel 6). Im Projekt „E-DaZ" werden Ansätze aus zwei Programmen der Baden-Württemberg Stiftung – „Sag' mal was" und „E-LINGO" – sowie Angebote des Goethe-Instituts in der Vermittlung von Deutsch als Fremdsprache verbunden. Das Projekt wird voraussichtlich in der zweiten Jahreshälfte 2011 starten.

Impulse für das Land Baden-Württemberg

Seit Dezember 2008 wird im Rahmen der neu konzipierten und zeitlich vorgezogenen Einschulungsuntersuchung (ESU) im vorletzten Kindergartenjahr für alle Kinder eine Sprachstandsfeststellung (Sprachscreening) sowie in begründeten Fällen eine verbindliche Sprachstandsdiagnose (SETK 3-5) durchgeführt. Für die letzte Ausschreibungsrunde des Programms „Sag' mal was – Sprachförderung für Vorschulkinder" im Kindergartenjahr 2009/2010 hat die Baden-Württemberg Stiftung deshalb alle Programmrichtlinien soweit umgestaltet, dass die Ergebnisse daraus für die Kindertageseinrichtungen nutzbar wurden. Mit der Einführung der verbindlichen Sprachstandsdiagnose war der Weg zur Übergabe des Programms in die Verantwortung des Landes vorgezeichnet. Ende des Kindergartenjahres 2009/2010 hat die Baden-Württemberg Stiftung die flächendeckende Unterstützung von Tageseinrichtungen für Kinder zur Durchführung von Sprachfördermaßnahmen beendet und das Programm und die Erfahrungen in die Obhut des Landes gegeben. In einem nahtlosen Übergang wurde die „Intensive Sprachförderung im Kindergarten" (ISK) als Maßnahme des Landes erstmals im Kindergartenjahr 2010/2011 ausgeschrieben. Das Land hat ab dem Kindergartenjahr 2010/2011 dafür einschließlich Fortbildungen 10 Mio. Euro bereitgestellt. Das Konzept von ISK wurde auf der Grundlage der Evaluationsergebnisse der wissenschaftlichen Begleitung von „Sag' mal was" erstellt und ist auf die aktuellen Bedürfnisse ausgerichtet. So gibt es beispielsweise die Möglichkeit, kleinere Fördergruppen ab zwei Kindern zu bilden und auch Kinder mit Förderbedarf, die noch keine Einschulungsuntersuchung durchlaufen haben, oder auch jüngere Kinder in die intensive Sprachförderung einzubeziehen.

Weitere Beispiele für das Engagement der Baden-Württemberg Stiftung zur Förderung und Unterstützung der kindlichen (Sprach-) Entwicklung:

→ Das Programm „Komm mit in das gesunde Boot" bietet Module zu Ernährung und Bewegung für den Einsatz in Kindertageseinrichtungen an. Von der Baden-Württemberg Stiftung ausgebildete Ernährungs- und Bewegungsfachkräfte unterstützen die Tageseinrichtungen dabei, den Alltag der Kinder bewegungsfreundlicher zu gestalten und den Kindern auf spielerische Art Ernährungskompetenzen zu vermitteln. Dabei wird auch die kindliche Sprach- und Sprechentwicklung gefördert.

→ Die Stiftung Kinderland ist eine unselbstständige Unterstiftung der Baden-Württemberg Stiftung. Gemeinnützige Erziehungs- und Bildungsprojekte sollen dazu beitragen, dass Kinder und Familien optimale Lebens- und Entwicklungschancen in Baden-Württemberg vorfinden. Dazu gehören Projekte zur musisch-ästhetischen bzw. naturwissenschaftlich-technischen Bildung von Kindern in Kindertageseinrichtungen oder Programme, wie beispielsweise „Erzähl uns was! Kinder erzählen Geschichten und hören einander zu".

→ Mit dem Projekt „kicken und lesen" widmet sich die Baden-Württemberg Stiftung in Kooperation mit dem VfB Stuttgart 1893 e.V. insbesondere der Verbesserung von Bildungschancen von Jungen, die durch genderspezifische Ansätze zum Lesen motiviert und gleichzeitig durch nachhaltige Maßnahmen zur Stärkung der Sozialkompetenz sowie der Gewaltprävention unterstützt werden.

Literatur

Best, Petra / Laier, Mechtild / Jampert, Karin / Sens, Andrea / Leuckefeld, Kerstin (2011). Baden-Württemberg Stiftung (Hrsg.), *Dialoge mit Kindern führen*. Weimar/Berlin.

Das Projekt „Dialoge mit Kindern führen"
Wie pädagogische Fachkräfte durch eine offene Dialoghaltung und bewusste Interaktionen die sprachliche Entwicklung von jungen Kindern im Krippenalltag unterstützen und fördern können.

Hans Rudof Leu, Mechthild Laier und Petra Best

*Emil (2, 3) steht am Fenster und beobachtet, wie auf dem Nachbargrundstück ein Hubschrauber zur Landung ansetzt. Er zeigt nach draußen und ruft laut: „Oh ssau, Huber!".
Die Erzieherin schaut in die Richtung von Emils Zeigefinger: „Oh ja, da ist ein Hubschrauber, genau". Emil stellt fest: „Fliegt". Die Erzieherin ergänzt: „Und jetzt landet er".
Emil: „Dreht". Die Erzieherin bestätigt: „Ja, der Propeller dreht sich".*

Hubschrauber landen zwar nicht alle Tage in Nachbars Garten, dennoch ist dieser Dialog typisch für die vielen Gespräche, wie sie im Kita-Alltag stattfinden. Emils Gesprächsangebot nimmt die Erzieherin nicht nur feinfühlig wahr, sie signalisiert ihm auch, dass sie an dem, was er zu zeigen und zu sagen hat, interessiert ist. Zwischen den beiden entsteht ein authentischer Dialog, in dem Emil zu sprachlicher Aktivität angespornt ist, und in dem die Erzieherin sein Thema aufgreift, es ergänzt und erweitert: Hubschrauber fliegen nicht nur, sie landen auch. Und was sich da dreht, das ist ein „Propeller" (technisch korrekter Fachausdruck: Rotor). So ist diese kleine Sequenz aus dem Kita-Alltag auch ein Beispiel dafür, wie Kinder in beziehungsvoller Interaktion und für sie bedeutsamen Situationen ganz nebenbei in ihrer sprachlichen Entwicklung unterstützt und angeregt werden können.

Hintergrund und Konzeption

Mit dem Ausbau der Kindertagesbetreuung für Kinder unter drei Jahren hat die Erweiterung bzw. Neuformulierung pädagogischer Konzepte (inhaltlich und methodisch) für den Elementarbereich in der Fachöffentlichkeit an Bedeutung gewonnen. Für pädagogische Fachkräfte entsteht daraus für ihre Arbeit mit jungen Kindern ein breiter Bedarf an Qualifizierung. Dieser Bedarf betrifft auch Konzepte zur sprachlichen Bildung, zumal sich die Mehrzahl der Sprachförderprogramme im Elementarbereich bisher an die Altersgruppe der Drei- bis Sechsjährigen richtet.

Das DJI-Projekt „Dialoge mit Kindern führen" greift im Auftrag der Baden-Württemberg Stiftung diesen Qualifizierungsbedarf auf. Sein Ansatz zur sprachlichen Bildung knüpft an ein Vorläuferprojekt des DJI an. Auf der Basis sprachwissenschaftlicher und entwicklungspsychologischer Erkenntnisse zum kindlichen Spracherwerb erarbeitete das Projekt „Sprachliche Förderung in der Kita" ein Basiskonzept zur alltagsintegrierten sprachlichen Bildung und Förderung von Kindern der Altersgruppe drei bis sechs Jahre (Jampert u. a., 2006; Jampert u. a., 2009). Leitende Prinzipien des Konzepts sind Kompetenzorientierung, Handlungsrelevanz sowie ein weiter Blick auf

Sprache und Spracherwerb. Dieser Blick richtet sich zum einen auf die strukturellen Aspekte Laute & Prosodie, Wörter & ihre Bedeutungen und Grammatik mit Wortbildung und Satzbau, zum anderen auf die funktionelle Seite von Sprache, also auf ihre Bedeutung für das kindliche Denken und sozial-kommunikative Handeln (ausführlicher zum Konzept siehe Kapitel 4.2: *Für Sprachliche Förderung qualifizieren. Erkenntnisse aus dem Bund-Länder-Projekt „Sprachliche Förderung in der Kita").*

Mit dem Projekt „Dialoge mit Kindern führen" wird dieses Basiskonzept zur alltagsintegrierten sprachlichen Bildung und Förderung auf die Altersgruppe der 2-Jährigen übertragen und um den Blick auf die Interaktionsprozesse zwischen pädagogischer Fachkraft und Kind oder Kindern erweitert.

Erarbeitet werden dazu Handreichungen, deren Ziel es ist, die Handlungskompetenzen von Erzieherinnen für die sprachliche Bildung von Kindern zwischen 2 und 3 Jahren zu erweitern und zu stärken. Geeignet sind die Handreichungen außerdem für Fort- und Weiterbildung wie auch in der Ausbildung. Sie vermitteln

→ differenziertes Wissen zu Sprachentwicklung und kindlichen Sprachaneignungsstrategien,

→ Hinweise dazu, wie sprach- und sprechanregende Dialoge und Interaktionen zwischen Fachkraft und Kind gestaltet werden können,

→ Anregungen dazu, wie sich der Kita-Alltag zur sprachlichen Unterstützung und Anregung von Kindern nutzen lässt. Zum Beispiel in routinierten Situationen wie Wickeln, in gezielten Angeboten und im Freispiel.

Für die Entwicklung der Handreichungen arbeitete das DJI-Projektteam mit sechs Kindertageseinrichtungen aus dem Raum Ulm und Stuttgart zusammen. Dieser enge Austausch zwischen Wissenschaft und Praxis zielte, neben der Qualifizierung der beteiligten Fachkräfte, auf die Erprobung der im Projekt entwickelten Beobachtungs- und Reflexionsinstrumente sowie von Möglichkeiten für die sprachliche Bildung junger Kinder im pädagogischen Alltag. Dabei entstand auch reichlich Beispielmaterial zur Veranschaulichung förderlicher Interaktionen und zur Illustration der Handreichungen.

In der Projektarbeit wechselten sich Qualifizierungsmaßnahmen und Praxisphasen ab. Zum Tragen kamen Workshops, Hospitationen vor Ort, mediengestützte Beobachtungsverfahren und schriftliche Aufzeichnungen. Die Laufzeit des Projekts endet im Januar 2011.

Schlaglichter aus der Projektarbeit

Durch fundiertes Wissen zum Spracherwerb einen sensiblen Blick auf das kindliche Sprachhandeln entwickeln

Der im Konzept angelegte weite Blick auf Sprache und Spracherwerb ermöglicht es, Kinder und ihr Sprachhandeln sensibler und differenzierter wahrzunehmen, so beschreiben die Fachkräfte erste Erfahrungen aus der Projektarbeit. Sie entdecken die

Strategien, mit denen junge Kinder sich die Sprache erobern und erkennen dabei, dass Kinder kompetente Sprachlerner sind. Die Fachkräfte wissen, dass diese Strategien erwerbstypisch sind im Sprachaneignungsprozess junger Lerner.

So fällt bei den sprachlichen Äußerungen von Emil in der eingangs erzählten Situation beispielsweise auf der lautlichen Ebene eine typische Aussprachevereinfachung auf. Auf der Ebene der Wörter sehen wir an der Verwendung des Begriffs „Huber", dass Emil die Bedeutung sicher dem Gegenstand „Hubschrauber" zuordnet und an der lautlichen Struktur noch arbeitet. Seine kommunikative Kompetenz zeigt Emil dadurch, dass er mit „Oh ssau" die Aufmerksamkeit der Erzieherin auf sich lenkt und durch wechselseitige Beiträge das Gespräch aufrecht erhält. Mit Stimmeinsatz drückt er seine Begeisterung aus und zeigt der Fachkraft dadurch sein Interesse am Thema.

Durch kontinuierliche Beobachtung bemerkt sie, dass Emil eine Vorliebe für technische Geräte und Fahrzeuge hat, gerne darüber spricht und auf diesem Gebiet sich schnell neue Wörter aneignet. Diese Informationen wird sie für ihre (Sprach-) Angebote nutzen und dabei auf seinen sprachlichen Kompetenzen aufbauen.

Dialoge mit Kindern führen: Der Aufmerksamkeit des Kindes folgen

Aus der Eltern-Kind-Forschung wissen wir, dass junge Kinder Sprache dann besonders gut lernen, wenn sie aufmerksam sind für sprachlichen Input (Grimm, 1990; Szagun, 2006; Tomasello & Todd, 1983). Außerdem wissen wir, dass Kinder bis weit ins Kindergartenalter hinein Sprache implizit erwerben, also sozusagen nebenbei (List, 2006). Es ist darum wichtig, dass pädagogische Fachkräfte ihre Interaktionen auf die Kinder abstimmen und ihnen dabei sprachlich reichhaltigen Input anbieten. In Dialogen, die am Interesse des Kindes ausgerichtet sind, erfahren die Kinder über das angebotene Sprachwissen hinaus, dass Sprache ein wirkungsvolles Ausdrucksmedium ist und dass sich mit Sprache viel ausrichten lässt. So wie es beispielsweise unsere eingangs erzählte Szene zeigt: Emils Erzieherin folgt seiner Aufmerksamkeit, indem sie sein Thema aufgreift. Auf diese Weise entsteht ein authentischer Dialog, der Emil die Gelegenheit gibt, sein Interesse am Hubschrauber auszudrücken und seine Beobachtungen mit der Erzieherin zu teilen.

Die in der Projektarbeit angelegte Videografie und gemeinsame Reflexion ermöglichte den beteiligten Fachkräften ihr eigenes Interaktionsverhalten auf neue Weise kennen zu lernen, ihre Stärken zu sehen, aber auch auf Aspekte zu schauen, an denen sie noch arbeiten möchten. Dabei konnten sie am eigenen Beispiel feststellen, welchen Beitrag z. B. Stimme, Betonung und Körpersprache für die Verständigung leisten, welche sprachlichen und inhaltlichen Informationen auf diesem Weg vermittelt werden und wie wichtig es ist, mit eigenen Impulsen zu warten, so dass Kinder auch genügend Zeit finden, ihre Gedanken, Gefühle oder Beobachtungen in Worte zu fassen. Die anfänglich mit etwas Argwohn betrachtete Videografie stellte sich für die Fachkräfte als eine wirkungsvolle Methode heraus, um Situationen unter bestimmten Fragestellungen zu reflektieren und führte nicht nur einmal zur Neubewertungen erlebter Interaktionen.

Die sprachlichen Potentiale des Krippen-Alltags erkennen und nutzen

Neben der Interaktion als sprachbildende Kraft steckt auch im pädagogischen Alltag großes sprachliches Potential. So ist unser Dialogbeispiel mit Emil typisch für die vielen Gespräche, die im Krippenalltag stattfinden. Neben diesen sozusagen nebenbei entstehenden Sprachanlässen bieten alltägliche Tätigkeiten, z. B. wiederkehrende Situationen wie Wickeln, Essen und Anziehen und auch pädagogische Angebote eine gute Möglichkeit zur sprachlichen Begleitung und Unterstützung. Dabei sind Gestaltung und Rahmenbedingungen wichtige Einflussfaktoren für gelungene sprachpädagogische Interaktionssituationen. Unter diesem Blickwinkel stellten die Projekteinrichtungen ihren Tagesablauf und gewohnte Routinen auf den Prüfstand. So war es möglich durch – zum Teil auch kleine – Veränderungen Zeitdruck zu nehmen und neue Möglichkeiten zu schaffen, um mit Kindern ins Gespräch zu kommen.

Abschließend sei noch eine wichtige Erfahrung aus der Zusammenarbeit mit der Praxis genannt: Den perfekten Dialog mit Kindern oder das perfekte Angebot zur sprachlichen Bildung gibt es nicht. Das sollte auch nicht Ziel sein, das sich Fachkräfte stecken. Wichtiger ist vielmehr die Bereitschaft zur Reflexion. Dann kann sich das Bewusstsein für das eigene Interaktionshandeln erweitern und sich der Blick schärfen für die vielen Sprach- und Gesprächsanlässe, die sich im Alltag der Krippe anbieten.

Literatur

Grimm, H. (1990): Über den Einfluss der Umweltsprache auf die kindliche Sprachentwicklung. In: Neumann, K./Charlton, M. (Hrsg.): Spracherwerb und Mediengebrauch. Tübingen: Narr.

Jampert, Karin; Leuckefeld, Kerstin; Zehnbauer, Anne; Best, Petra (Hrsg.) (2006): Sprachliche Förderung in der Kita. Wie viel Sprache steckt in Musik, Bewegung, Naturwissenschaften und Medien? Weimar; Berlin: verlag das netz.

Jampert, Karin; Zehnbauer, Anne; Best, Petra; Sens, Andrea; Leuckefeld, Kerstin; Laier, Mechthild (Hrsg.) (2009): Kinder-Sprache stärken! Sprachliche Förderung in der Kita: das Praxismaterial. Weimar; Berlin: verlag das netz.

List, Gudula (2006): Die Funktion von Sprache und Spracherwerb für die kognitive und sozial-kommunikative Entwicklung. In: Jampert, Karin; Leuckefeld, Kerstin; Zehnbauer, Anne; Best, Petra (Hrsg.) (2006): Sprachliche Förderung in der Kita. Wie viel Sprache steckt in Musik, Bewegung, Naturwissenschaften und Medien? Weimar; Berlin: verlag das netz, 15–21.

Szagun, Gisela (2006): Sprachentwicklung beim Kind. Weinheim; Basel: Beltz.

Tomasello, M./Todd, J. (1983): Joint attention and early lexical acquisition style. In: First Language 4, 197–212.

Das Projekt „Mit Kindern im Gespräch" Erprobung eines Ansatzes zur Intensivierung der Erzieherin-Kind-Interaktion

Gisela Kammermeyer, Sarah King, Astrid Metz und Susanna Roux

Ziel des Projektes, das im Auftrag der Baden-Württemberg Stiftung durchgeführt wird, ist es, Erzieherinnen für die Sprachförderarbeit mit Zwei- bis Dreijährigen zu qualifizieren. Im Mittelpunkt stehen Sprachförderstrategien, die als Grundlage für qualitativ hochwertige sprachliche Erzieherin-Kind-Interaktionen stehen.

Empirische Untersuchungen zur Qualität im Kindergarten zeigen, dass Qualität substanziell mit anregenden Erzieherin-Kind-Interaktionen zusammenhängen (u. a. Sylva, Melhuish, Sammons, Siraj-Blatchford, Taggart & Elliot, 2004; Tietze, Meischner, Gänsfuß, Grenner, Schuster, Völkel & Roßbach, 1998), jedoch kommt sie auch in qualitativ hervorragenden Einrichtungen nur selten vor (u. a. König, 2008; Kontos & Wilcox-Herzog, 1997).

Zur inhaltlichen Konzeption des Projekts

Die einbezogenen Strategien zur Förderung der sprachlichen Entwicklung unter Dreijähriger lassen sich in *Modellierungsstrategien*, *formale Strategien* und *inhaltliche Strategien* unterscheiden. Sie entstammen vorrangig aus Forschungsarbeiten zur mütterlichen Sprachdidaktik, in denen die Wichtigkeit der Interaktion zwischen Erwachsenen und Kindern in den ersten Lebensjahren für die frühkindliche Sprachentwicklung betont wird.

Die *Modellierungsstrategien* beziehen sich auf Grundlagen der Gesprächsgestaltung, wie sie u. a. durch Weinert und Grimm (2008) bzw. Szagun (2008) für erste Mutter-Kind-Interaktionen berichtet werden.

Die *formalen Strategien*, die sich im Projekt vor allem auf Fragenformulierung und Rückmeldung beziehen, beruhen u. a. auf Studien zur „Entwicklungsproximalen Intervention" von Dannenbauer (1994) und zum „Dialogischen Lesen" von Whitehurst, Arnold, Epstein, Angell, Smith und Fischel (1994). Whitehurst et al. (1994) wiesen beispielsweise nach, dass dialogisch orientierte Formen der Bilderbuchbetrachtung zwischen Erwachsenen und Kindern zu sprachlichen Verbesserungen bei Kindern führen.

Die *inhaltsbezogenen Strategien*, die kontextbezogene sowie kontextübergreifende inhaltliche Herausforderungen anzielen, stammen u. a. aus Studien von Silverman (2007) und aus der „Distanzierungstheorie" von Sigel (2000). Die Distanzierungstheorie hilft, inhaltlich kognitiv herausfordernde Abstandsfragen von Nähefragen zu unterscheiden.

Die Wirkung der benannten Sprachförderstrategien ist zwar durch Studien belegt, jedoch gibt es bisher kaum Erkenntnisse zur Kombination dieser Strategien. Auch über die Bedeutung der Implementationsbedingungen ist noch wenig bekannt.

Überblick zu den Sprachförderstrategien

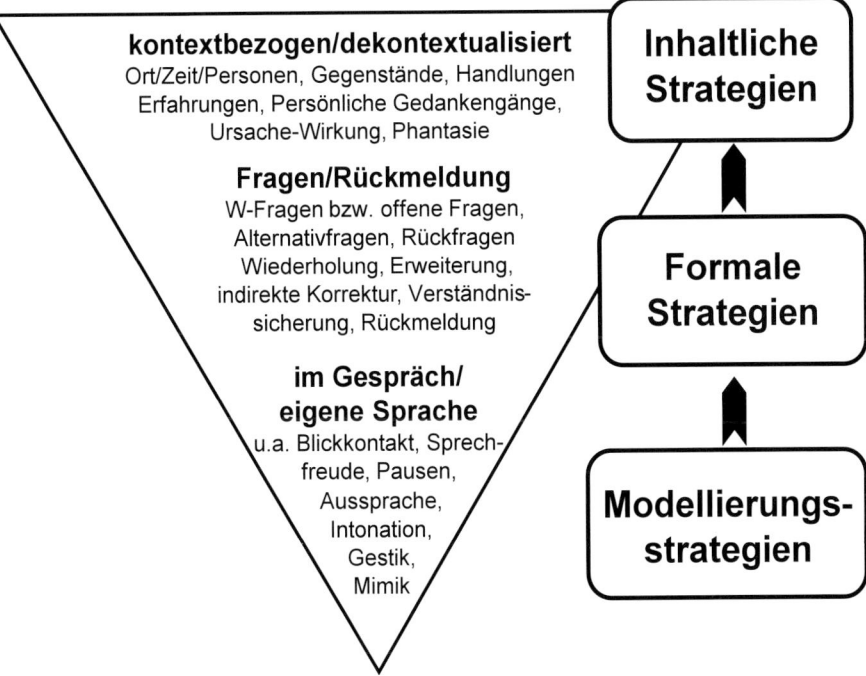

kontextbezogen/dekontextualisiert
Ort/Zeit/Personen, Gegenstände, Handlungen
Erfahrungen, Persönliche Gedankengänge,
Ursache-Wirkung, Phantasie

Fragen/Rückmeldung
W-Fragen bzw. offene Fragen,
Alternativfragen, Rückfragen
Wiederholung, Erweiterung,
indirekte Korrektur, Verständnis-
sicherung, Rückmeldung

**im Gespräch/
eigene Sprache**
u.a. Blickkontakt, Sprech-
freude, Pausen,
Aussprache,
Intonation,
Gestik,
Mimik

**Inhaltliche
Strategien**

**Formale
Strategien**

**Modellierungs-
strategien**

Die Basis der Qualifzierung sowie der anschließenden Förderarbeit in der frühpädagogischen Praxis bilden darüber hinaus die „human basic needs " (u. a. Krapp, 2005), die auf der Selbstbestimmungstheorie von Deci und Ryan (1993) aufbauen. Demnach spielen menschliche Bedürfnisse nach Kompetenzerleben, Autonomie und sozialer Eingebundenheit eine entscheidende Rolle in pädagogischen Kontexten.

Zum Interventionskonzept

Die Gestaltung der Qualifizierung orientiert sich an einem ko-konstruktivistischen Verständnis von Lernen, indem a) an den Erfahrungen und subjektiven Theorien der pädagogischen Fachkräfte angesetzt wird und b) jeweils zwei Erzieherinnen aus einer Einrichtung teilnehmen, die während des gesamten Projektverlaufs eine feste Partnergruppe bilden, welche den regelmäßigen Austausch und die gegenseitige Beobachtung und Beratung zum Ziel hat.

Didaktisch sind die Qualifizierungsmaßnahmen stufenartig aufgebaut: Sie gehen aus von *stark strukturierten Sprachfördersituationen* (z. B. Bilderbuchbetrachtung), über *geplante, strukturierte Angebote* (z. B. zusammen kneten) sowie *wenig geplante, wenig strukturierte Symbol- und Rollenspiele* (z. B. Kaufladen) bis hin zu *ungeplanten, unstrukturierten offenen Alltagssituationen* (z. B. Abholphase). Für alle Stufen werden die Sprachförderstrategien gemeinsam mit den Erzieherinnen erarbeitet und in der Praxis mit zwei- bis dreijährigen Zielkindern erprobt sowie anschließend u. a. mittels Videomitschnitten umfassend reflektiert.

Insgesamt finden in einem Zeitraum von eineinhalb Jahren 14 Fortbildungstage statt. Dazwischen erfolgen Praxisbesuche vor Ort durch die Projektmitarbeiterinnen.

Sie stellen ein wesentliches beratendes Element des Interventionskonzeptes dar und dienen der individuellen Reflexion.

Evaluation

Die Durchführung der Qualifizierungsmaßnahme wird begleitend formativ evaluiert. U. a. kommt ein in Anlehnung an das Classroom Assessment Scoring System (CLASS von Pianta, La Paro & Hamre, 2007) entwickeltes Sprachfördertagebuch zum Einsatz, das die tatsächlich realisierten Förderaktivitäten der beteiligten Erzieherinnen erfasst. Außerdem dient ein Fragebogen zur Erfassung der Lernausgangslage der Erzieherinnen. Zur formativen Evaluation zählt darüber hinaus die videobasierte Vor- und Nacherhebung einer standardisierten Bildbetrachtungssituation aller teilnehmenden Erzieherinnen mit ihren Zielkindern.

Darüber hinaus erfolgt eine externe Evaluation durch Prof. Dr. Wolfgang Tietze (FU Berlin).

Ausblick

Bereits im Projektverlauf zeigt sich, dass das didaktische und inhaltliche Konzept die Interessen der Erzieherinnen trifft. Insbesondere die Begleitung der Erzieherinnen über eine längere Zeit bewährt sich, ebenso wie der enge Kontakt vor Ort. Es ist angestrebt, die inhaltlichen und didaktischen Ergebnisse langfristig nutzbar zu machen, u. a. durch Weiterbildungsmaterialien.

Literatur

Dannenbauer, F. M. (1994). Zur Praxis der entwicklungsproximalen Intervention. In: H. Grimm & S. Weinert (Hrsg.), Intervention bei sprachgestörten Kindern. Voraussetzungen, Möglichkeiten und Grenzen (S. 83–104). Stuttgart: Fischer.

Deci, E. L. & Ryan, R. M. (1993). Die Selbstbestimmungstheorie der Motivation und ihre Bedeutung für die Pädagogik. Zeitschrift für Pädagogik, 39, 223–238.

König, A. (2008). Interaktionsprozesse zwischen ErzieherInnen und Kindern. Eine Videostudie aus dem Kindergartenalltag. Wiesbaden: VS.

Kontos, S. & Wilcox-Herzog, A. (1997). Teachers' interactions with children: Why are they so important? Young Children, 52, 2, 4–12.

Krapp, A. (2005). Das Konzept der grundlegenden psychologischen Bedürfnisse. Ein Erklärungsansatz für die positiven Effekte von Wohlbefinden und intrinsischer Motivation im Lehr-Lerngeschehen. Zeitschrift für Pädagogik, 51, 5, 626–641.

Pianta, R. C., La Paro, K. M. & Hamre, B. K. (2007). Classroom Assessment Scoring System. Manual K – 3. Baltimore: Brookes.

Sigel, I. E. (2000). Educating the young thinker model, from research to practice. In: J. L. Roopnarine & J. E. Johnson (Eds.), Approaches to Early Childhood Education (pp. 315–340). New Jersey: Prentice Hall.

Silverman, R. (2007). A comparison of three methods of vocabulary instruction during read-alouds in kindergarten. The Elementary Journal, 108, 2, 97–113.

Sylva, K., Melhuish, E., Sammons, P., Siraj-Blatchford, I., Taggart, B. & Elliot, K. (2004). The Effective Provision of Pre-School Education Project – Zu den Auswirkungen vorschulischer Einrichtungen in England. In: G. Faust, M. Götz, H. Hacker & H.-G. Roßbach (Hrsg.), Anschlussfähige Bildungsprozesse im Elementar- und Primarbereich (S. 154–167). Bad Heilbrunn: Klinkhardt.

Szagun, G. (2008). Sprachentwicklung beim Kind. Weinheim: Beltz.

Tietze, W., Meischner, T., Gänsfuß, R., Grenner, K., Schuster, K. M., Völkel, P. & Roßbach, H.-G. (1998). Wie gut sind unsere Kindergärten? Eine empirische Untersuchung zur pädagogischen Qualität in deutschen Kindergärten. Neuwied: Luchterhand.

Weinert, S. & Grimm, H. (2008). Sprachentwicklung. In: R. Oerter & L. Montada (Hrsg.), Entwicklungspsychologie (6. Aufl.), (S. 502–534). Weinheim: Beltz.

Whitehurst, G. J., Arnold, D. S., Epstein, J. N., Angell, A. L., Smith, M. & Fischel, J. (1994). Apicture book reading intervention in day care and home for children from low-income families. Developmental Psychology, 30, 679–689.

Die Implementierung von *Sprache macht stark!* in ausgewählten Kindertageseinrichtungen in Mannheim

Maren Krempin, Kerstin Mehler und Dieter Thoma

In Deutschland ist der Bedarf an Sprachfördermaßnahmen für Migrantenkinder im Vorschulalter unbestritten. Die Ergebnisse der Spracherwerbsforschung zeigen, dass zwei- bis vierjährige Kinder sich eine zweite Sprache sehr schnell und ohne explizite Unterweisung aneignen können – vorausgesetzt, sie finden eine sprachlich anregende Umgebung vor, in der sie reichhaltigen Input erhalten (Tracy, 2008). Um Kinder, die mit einer anderen Familiensprache als Deutsch aufgewachsen sind, beim Erwerb der deutschen Sprache zu unterstützen, existiert bundesweit ein breites Spektrum an Förderkonzepten. Diese unterscheiden sich allerdings deutlich in ihrer Struktur und Zielsetzung und bauen je nach ihrer pädagogischen, psychologischen oder linguistischen Motivation auf unterschiedlichen theoretischen Annahmen auf. Der empirische Nachweis positiver Effekte spezifischer Sprachfördermaßnahmen, die über altersbedingte Entwicklungsfortschritte der Kinder hinausgehen, stellt aufgrund der Vielzahl von teilweise schwer kontrollierbaren Variablen, die die Entwicklung beeinflussen, nach wie vor eine Herausforderung dar (Hopp, Thoma & Tracy eingereicht; Gasteiger-Klicpera et al., 2009).

Nachfolgend wird das sprachwissenschaftlich fundierte Konzept *Sprache macht stark!*[1] beschrieben, das im Dialog zwischen der Universität Mannheim und der Praxis in den Jahren 2006–2009 entwickelt und evaluiert wurde (Krempin et al., 2009; Lemke et al., 2007). Als Konsequenz aus den Ergebnissen der Evaluation des Programms „Sag' mal was – Sprachförderung für Vorschulkinder" führt die Baden-Württemberg Stiftung das Projekt „Sprachliche Bildung für Kleinkinder" mit dem Deutschen Jugendinstitut München (Laier, 2009) und der Universität Koblenz-Landau (Kammermeyer et al., 2009) durch. Das Projekt wird summativ evaluiert. Mit dem ebenfalls von der Baden-Württemberg Stiftung finanzierten Teilprojekt „Implementierung von *Sprache macht stark!* in Mannheimer Einrichtungen" konnte *Sprache macht stark!* als dritte Förderkonzeption in diese Evaluation einbezogen und mittlerweile erfolgreich in neun Mannheimer Kindertagesstätten umgesetzt werden.

Sprache macht stark! zeichnet sich durch einen frühen Beginn der Förderung (ab dem Alter von zwei Jahren), die Vernetzung von verschiedenen Förderkontexten, eine intensive Qualifizierung von pädagogischen Fachkräften, ausführliche Schulungen ganzer pädagogischer Teams sowie durch die feste Verankerung der Kooperation mit den Eltern der geförderten Kinder aus. Das Konzept richtet sich an Kinder mit Deutsch als Erst- und Zweitsprache und basiert auf drei parallelen, inhaltlich und organisatorisch aufeinander abgestimmten Säulen (vgl. Abb. 1): Sprachförderung in Kleingruppen von vier Kindern, Sprachförderung im pädagogischen Alltag und Sprachförderung unter Berücksichtigung von Erst- und Zweitsprache in Eltern-Kind-Gruppen (Lemke & Tracy, 2009).

---

1 *Sprache macht stark!* ist ein Projekt der Offensive Bildung. Die sieben Projekte der Offensive Bildung haben zum Ziel, die frühkindliche Bildung in Kindertagesstätten zu fördern und wurden trägerübergreifend in allen 90 Ludwigshafener Kindertagesstätten umgesetzt, von anerkannten Bildungsexperten begleitet und nachhaltig in den pädagogischen Alltag implementiert.

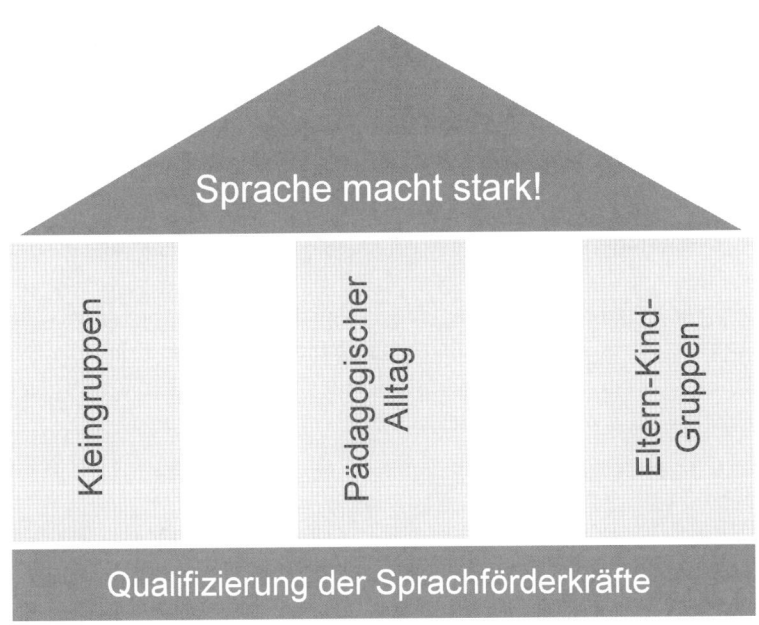

Abbildung 1: Drei Säulen des Sprachförderprogramms *Sprache macht stark!*

Die **Sprachförderung in Kleingruppen** bietet einen geschützten Rahmen für altersgerechte und abwechslungsreiche, spielerische Aktivitäten. In der kommunikativen Situation der Kleingruppe kann gewährleistet werden, dass sich Kinder und pädagogische Fachkräfte in Ruhe auf sprachliche Details konzentrieren und jedes Kind relevante sprachliche Strukturen erwerben kann. Die Kleingruppe findet dreimal in der Woche für je eine Stunde in der Einrichtung statt. Im **pädagogischen Alltag** wird an die Themen der Kleingruppenangebote angeknüpft. Dadurch wird Sprachförderung zur Querschnittsaufgabe für das ganze Kita-Team. In **Eltern-Kind-Gruppen**, die im Idealfall wöchentlich stattfinden, werden die Eltern als wichtige Partner in die Sprachförderung ihrer Kinder mit einbezogen. Ihnen werden Möglichkeiten aufgezeigt, wie sie ihre Kinder durch Schaffung von Kommunikationsanlässen im Alltag sprachlich unterstützen können. Sie werden so in ihrer Rolle als Sprachvorbild für die Erstsprache gestärkt und in Bezug auf die Bedeutung der deutschen Sprache sensibilisiert. Die drei Säulen orientieren sich an frei wählbaren, alltagsnahen Themenfeldern, wie z. B. *Kleidung, Essen und Trinken*. Bei der Vorbereitung sind die pädagogischen Fachkräfte nicht an starre Vorgaben gebunden, sondern können den Wortschatz sowie altersgerechte und abwechslungsreiche Aktivitäten selbst auswählen.

Ein zentrales Ziel des Konzeptes ist es, die Professionalität der pädagogischen Fachkräfte zu stärken. Aus jeder Einrichtung nehmen zwei bis drei Fachkräfte an den Qualifizierungsmaßnahmen teil und werden zu Expertinnen für die Sprachförderung ausgebildet. Das umfangreiche Qualifizierungskonzept beinhaltet eine Kombination von Workshops, kontinuierliche fachliche Begleitung durch individuelles Coaching bei der praktischen Durchführung sowie regelmäßige Supervision. Durch die Mischung aus Weiterbildung in der Gruppe und persönlicher Betreuung erwerben die Fachkräfte notwendiges Hintergrundwissen und Handlungskompetenzen zur erfolgreichen Umsetzung des Sprachförderkonzeptes. Aufbauend auf einer Basis-Teamschulung für das gesamte Kita-Team, bei der Grundlagenwissen zum Spracherwerb mehrsprachiger Kinder sowie Grundprinzipien sprachförderlichen Verhaltens vermittelt werden, geben die Multiplikatorinnen ihr Wissen zu Sprache und Sprachförderung an ihre Kolleginnen weiter und fungieren so als Multiplikatorinnen in ihren Einrichtungen. Neben der Durchführung von Klein- und Eltern-Kind-Gruppen ist die Stärkung der Handlungskompetenzen der Kolleginnen eine zentrale Aufgabe der Sprachförderkräfte.

Mit *Sprache macht stark!* liegt ein vielseitiges Sprachförderkonzept vor, das alle am Erziehungsprozess Beteiligten mit einbezieht und die sprachlichen Kompetenzen der Kinder vom Eintritt in die Kindertageseinrichtung an stärkt. Das Konzept legt einen Grundstein, auf dem weitere Fördermaßnahmen aufbauen können.

Literatur

Gasteiger-Klicpera, B., Knapp, W., Kucharz, D., Patzelt, D., Ricart-Brede, J., Schmidt, B., Vomhof, B., Roos, J., Schöler, H. (2009): Wissenschaftliche Begleitung des Programms „Sag' mal was – Sprachförderung für Vorschulkinder" der Landesstiftung Baden-Württemberg. Pädagogische Hochschule Weingarten und Heidelberg. Verfügbar unter: http://www.sagmalwas-bw.de/media/WiBe%201/pdf/PH-Weingarten_Abschlussbericht_2010.pdf

Hopp, H., Thoma, D. Tracy, R (eingereicht): Sprachförderkompetenz pädagogischer Fachkräfte: Ein sprachwissenschaftliches Modell. Zeitschrift für Erziehungswissenschaft.

Kammermeyer, G., Roux, S., King, S., Metz, A. (2009): Mit Kindern im Gespräch. Strategien zur sprachlichen Bildung von Kleinkindern in Kindertagseinrichtungen. Institut für Bildung im Kindes- und Jugendalter. Koblenz, Landau. Verfügbar unter: http://www.sagmalwas-bw.de/media/WiBe%202/Projektbeschreibung_Modell-Landau.pdf

Krempin, M., Mehler, K., Tracy, R. (2009): Sprache macht stark! – Wissenschaftliche Begleitstudie eines Konzepts für die Förderung sprachlicher und kommunikativer Kompetenzen bei zwei- bis vierjährigen Kindern. Ludwigshafen am Rhein.

Laier, M. (2009): Dialoge mit Kindern führen. Interventionsstrategien von ErzieherInnen zur Förderung des sprachlichen Verhaltens von Kindern unter drei Jahren. Deutsches Jugendinstitut München e. V. Verfügbar unter: http://www.sagmalwas-bw.de/media/WiBe%202/Projektbeschreibung_DJI-Modell.pdf

Lemke, V., Kühn, S., Long, J., Ludwig, G., Messinger, S., Wagner, B. (2007): Sprache macht stark! Konzepttext. Stadt Ludwigshafen am Rhein.

Tracy, R. (2008): Wie Kinder Sprachen lernen. Und wie wir sie dabei unterstützen können. 2. Auflage. Tübingen.

Tracy, R., Lemke, V. (Hrsg.) (2009): Sprache macht stark! Offensive Bildung. Berlin, Düsseldorf.

Die Evaluation von Teilprojekten im Programm „Sag' mal was – Sprachliche Bildung für Kleinkinder"

Irene Dittrich und Wolfgang Tietze

Die Baden-Württemberg Stiftung hat sich entschieden, im Rahmen des Programms „Sag' mal was – Sprachliche Bildung für Kleinkinder" die Durchführung und Erprobung der drei Sprachförderprojekte „Dialoge mit Kindern führen" (Deutsches Jugendinstitut, 2008), „Mit Kindern im Gespräch" (Kammermeyer & Roux, 2008) und „Implementierung von *Sprache macht stark!*" (Tracy & Lemke, 2009) im Rahmen eines weitgehend gemeinsamen Forschungsplans evaluieren zu lassen. In den ersten beiden Teilprojekten werden von den Instituten Sprachförderkonzepte entwickelt und in enger Kooperation mit den Fachkräften ausgewählter Modellgruppen für Kinder unter 3 Jahren erprobt. Im Rahmen des dritten Modellprojekts wird das von der Stadt Ludwigshafen am Rhein und der Universität Mannheim im Rahmen der Offensive Bildung entwickelte Sprachförderkonzept „Sprache macht stark!" in Modelleinrichtungen mit Kindergartenkindern implementiert sowie in Krippengruppen modellhaft erprobt. Die gemeinsame Evaluation der drei Sprachförderkonzepte wird dadurch möglich, dass alle drei Projekte auf dieselben Ziele gerichtet sind: auf eine verbesserte sprachliche Anregungsqualität in den Kindergruppen und auf verbesserte sprachliche Kompetenzen der Kinder.

Ziele und Design des Projekts

Die Erprobung bzw. Implementierung aller drei Konzepte wird mehr oder weniger zeitlich parallel durchgeführt. Die Evaluation ihrer jeweiligen Effekte erfordert empirische Untersuchungen auf der Ebene
➜ von Einrichtungen und Gruppen zur Erfassung sprachanregender Prozessqualität,
➜ von Eltern zur Erfassung allgemeiner Hintergrundvariablen und sprachanregender Aktivitäten in der Familie sowie
➜ von Kindern zur Erfassung ihres Sprachstands.
Die Evaluation für die beiden Projekte „Dialoge mit Kindern führen" und „Mit Kindern im Gespräch" ist als experimentelle Anordnung ohne Vortest angelegt (Bortz, 2005). Für beide Projekte wird aus einem Pool von Einrichtungen, die zur Teilnahme an den Interventionsprogrammen und der Evaluation bereit sind, nach dem Zufallsprinzip die Hälfte der Einrichtungen der Interventionsgruppe, die andere Hälfte der Kontrollgruppe zugewiesen. Die Evaluation des Projekts „Sprache macht stark!" (Tracy & Lemke, 2009) erfolgt auf der Grundlage eines quasi-experimentellen Designs. Bei diesem Projekt hatten bestimmte Einrichtungen das Sprachförderprogramm schon vor Beginn der Evaluation erhalten. Die Auswahl der Interventionseinrichtungen war von der Baden-Württemberg Stiftung vorgenommen worden. Für die Auswahl der Vergleichsstichprobe wird in enger Kooperation der Baden-Württemberg Stiftung und EduCERT zu jeder Interventionseinrichtung jeweils ein Vergleichs-„paarling" aus der Grundgesamtheit aller Tageseinrichtungen aus der Interventionsregion Mannheim zugeordnet. Bei allen drei Projekten gibt es damit für jede Interventionseinrichtung eine Kontroll- bzw. Vergleichseinrichtung. Die Anzahl der insgesamt zu berücksichti-

genden Interventionseinrichtungen ist für alle Projekte vorgegeben. Die Intervention richtet sich bei allen drei Projekten auf die Einrichtungen, wobei jeweils zwei Zielgruppen (Erzieherinnen) im Mittelpunkt der Intervention stehen. Dementsprechend werden pro Einrichtung (Interventions- und Kontroll-/Vergleichseinrichtungen) jeweils zwei Gruppen in die empirische Erhebung einbezogen.

Untersuchungsstichprobe

Die breiteren Regionen, aus denen die Interventions- und Kontrolleinrichtungen ausgewählt wurden, waren vorgegeben. Im Falle des Projekts „Dialoge mit Kindern führen" sind es die Regionen Ulm und Stuttgart, im Falle des Projekts „Mit Kindern im Gespräch" erstreckt sich das Versuchsfeld auf die Regionen Karlsruhe und Offenburg, das Programm „Sprache macht stark!" wird in der Stadt Mannheim implementiert bzw. erprobt. Die Auswahl der Interventions- und Kontrollgruppen berücksichtigt im Projekt „Dialoge mit Kindern führen" ausschließlich Krippengruppen, im Projekt „Mit Kindern im Gespräch" werden entsprechend der Bewerberlage auch altersgemischte Gruppenformen einbezogen. Die Stichprobe in Mannheim setzt sich aus Einrichtungen einer ersten und einer zweiten Erprobungswelle des Programms „Sprache macht stark!" (Kindergartenjahre 2008/2009 und 2009/2010) zusammen, in der ersten Welle wurden Kindergartengruppen einbezogen, in der zweiten Welle Gruppen mit Krippenkindern. Die Rekrutierung teilnahmebereiter Einrichtungen (Interventions- und Kontroll-/Vergleichseinrichtungen) für die Projekte „Dialoge mit Kindern führen" und „Mit Kindern im Gespräch" wurde vom Landesinstitut für Schulentwicklung vorgenommen. Die Einrichtungen sagten ihre Teilnahme unabhängig davon zu, ob sie letztendlich für die Interventions- oder Kontroll-/Vergleichsgruppe ausgewählt wurden. Die Zuweisung zu einer der beiden Gruppen erfolgt nach dem Zufallsprinzip. Innerhalb jeder Einrichtung werden zwei Untersuchungsgruppen ausgewählt, im Falle der Kontrolleinrichtungen nach dem Zufallsprinzip, im Falle der Interventionseinrichtungen werden die Gruppen ausgewählt, auf die sich die Intervention primär gerichtet hat. Innerhalb jeder Untersuchungsgruppe werden zufällig fünf Zielkinder ausgewählt und soweit möglich nach Alter und Geschlecht balanciert. Mit den Kindern ist zugleich die Elternstichprobe bestimmt. Damit wird eine Evaluation realisiert, die sich auf 66 Krippen- und Kindergartengruppen aus 33 Interventionseinrichtungen und 68 Krippen- und Kindergartengruppen aus 34 Kontrolleinrichtungen sowie 330 Kinder und deren Eltern aus Interventionsgruppen und 340 Kinder und deren Eltern aus Kontroll-/Vergleichsgruppen richtet. Ergänzend erfolgt eine Befragung der Träger(-organisationen).

Instrumente

Das Untersuchungsinstrumentarium differenziert sich entsprechend den drei Untersuchungsebenen Einrichtung/Gruppen, Familien sowie Kinder. Im Mittelpunkt der Erhebungen auf der institutionellen Ebene steht eine differenzierte Erfassung der pädagogischen, speziell der sprachförderrelevanten pädagogischen Qualität. Im Wesentlichen wird diese durch externe Beobachter unter Anwendung mehrerer standardisierter

Verfahren im Rahmen einer mehrstündigen Beobachtung in den Interventions- und Kontroll-/Vergleichsgruppen realisiert (Arnett, 1989; Fried & Briedigkeit, 2008; Tietze et al., 2007), die durch Befragungen des pädagogischen Personals ergänzt werden. Bezüglich der pädagogischen Interaktionen werden die Erzieherinnen auch zu sprach-förderrelevanten Aktivitäten in den Gruppen im pädagogischen Alltag sowie zu Merkmalen der Struktur- und Orientierungsqualität befragt. Auf die Kinder ihrer Gruppen bezogen geben sie eine Einschätzung der Sprach- und Kommunikationskompetenz der Zielkinder ab, es kommt die Subskala „Kommunikation" der Vineland Adaptive Behavior Scale (Sparrow et al., 2005) zum Einsatz. Auf der Ebene der Einrichtungen geben die Leiterinnen im Rahmen einer standardisierten Befragung zu Rahmenbedingungen ihrer Einrichtung Auskunft.

Die Erhebungen bei den Eltern der Zielkinder in den Interventions- wie Kontroll-/Vergleichseinrichtungen erfolgen über eine standardisierte schriftliche Befragung. Die Eltern werden zu Hintergrundfaktoren wie Bildungsstand, sozioökonomischem Status, Familienkonstellation, Erwerbsstatus, erwerbsbedingte Abwesenheit sowie Vielfalt und Umfang ihrer sprachanregenden und sonstigen Aktivitäten mit ihrem Kind im familialen Setting befragt. Parallel zur Einschätzung durch die Erzieherin nehmen die Eltern, genauso wie die Erzieherinnen, eine Einschätzung der Sprach- und Kommunikationskompetenz ihres Kindes vor, es kommt auch hier die Subskala „Kommunikation" der Vineland Adaptive Behavior Scale (Sparrow et al., 2005) zum Einsatz. Neben der Einschätzung der Sprach- und Kommunikationskompetenz der Kinder durch Erzieherinnen und Eltern wird jedes Kind sowohl mit dem Sprachentwicklungstest für zweijährige Kinder (Grimm, 2000) bzw. Sprachentwicklungstest 3- bis 5-jährige Kinder (Grimm, 2001) als auch mit dem Peabody Picture Vocabulary Test (Dunn & Dunn, 1981) auf seine Sprachkompetenz getestet.

Zeitrahmen

Die Evaluationsstudie wird im Zeitraum von September 2009 bis Juni 2011 durchgeführt.

Literatur

Arnett, J. (1989). Caregivers in Day-Care Centers: Does Training Matter? *Journal of Applied Developmental Psychology, 10*(4), 541–52.

Bortz, J. (2005). *Statistik für Human- und Sozialwissenschaftler*. Heidelberg: Springer Medizin Verlag.

Deutsches Jugendinstitut, D. (2008). *Dialoge mit Kindern führen - Interventionsstrategien von Erzieherinnen zur Förderung des sprachlichen Verhaltens von mehrsprachigen Kindern unter drei Jahren*: Projektbeschreibung.

Dunn, L. M., & Dunn, L. M. (1981). *Peabody Picture Vocabulary Test-Revised*. Circle Pines, MN: American Guidance Service.

Fried, L., & Briedigkeit, E. (2008). *Sprachförderkompetenz. Selbst- und Teamqualifizierung für Erzieherinnen, Fachberatungen und Ausbilder*. Berlin: Cornelsen Scriptor.

Grimm, H. (2000). *SETK 2. Sprachentwicklungstest für 2-jährige Kinder*. Göttingen: Hogrefe.

Grimm, H. (2001). *SETK 3–5. Sprachentwicklungstest für drei- bis fünfjährige Kinder*. Göttingen: Hogrefe.

Kammermeyer, G., & Roux, S. (2008). *Mit Kindern im Gespräch - Entwicklung und Evaluation eines Fortbildungskonzepts für Erzieherinnen zur Intensivierung der Erzieherin-Kind-Interaktion.* Universität Koblenz-Landau, Campus Landau, Institut für Bildung im Kindes- und Jugendalter.

Sparrow, S. A., Cicchetti, D. V., & Balla, D. A. (2005). *Vineland Adaptive Behavior Scale - II. Survey Forms manual.* Circle Pines, MN: American Guidance Service.

Tietze, W., Schuster, K.-M., Grenner, K., & Roßbach, H.-G. (2007). *Kindergarten-Skala (KES -R). Feststellung und Unterstützung pädagogischer Qualität in Kindergärten* (3. Aufl.). Berlin: Cornelsen Scriptor.

Tracy, R., & Lemke, V. (2009). *Sprache macht stark.* Berlin, Düsseldorf: Cornelsen Scriptor.

Erfahrungen mit der Qualifizierung von Fremdsprachenvermittlern für frühes Fremdsprachenlernen: das Projekt E-LINGO

Marita Schocker-von Ditfurth und Michael Legutke

1 Ausgangssituation

Es besteht nicht erst seit heute ein hoher Bedarf für Fort- und Weiterbildungsmaßnahmen in der Elementarbildung im Bereich Deutsch als Zweitsprache. Durch den weiter wachsenden Anteil von Kindern mit Migrationshintergrund und der unzweifelhaften Bedeutung von Sprachförderung für die Integration und Bildung bleiben der qualitative Ausbau von Fort- und Weiterbildungsmaßnahmen auf der gesellschaftlichen Agenda (vgl. Beitrag von Herrn Neugebauer in diesem Band).

Deshalb fassen wir im Folgenden einige Erfahrungen mit E-LINGO, einem akkreditierten, berufsbegleitenden Masterprogramm, zusammen, die unseres Erachtens für ähnliche Qualifizierungsprojekte zur Entwicklung berufsfeldbezogener Kompetenzen, beispielsweise gerade von DaZ-Vermittlern von Bedeutung sein dürften. E-LINGO realisiert neue Formen des Lehrens und Lernens, die sich sowohl aus Erkenntnissen der Ausbildungs- und Professionswissensforschung wie Forschungen zum *E-learning* ableiten lassen. Einsichten aus der kontinuierlichen Begleitforschung zur Lehr- und Lernpraxis machen einerseits deutlich, dass E-LINGO erfolgreich die angestrebten Kompetenzen entwickelt, markieren aber zugleich Brennpunkte, die weiterer Untersuchungen bedürfen (vgl. Legutke / Schocker-v. Ditfurth 2009). Das Programm war im Mai 2001 vom Aufsichtsrat der Baden-Württemberg Stiftung mit der Beauftragung eines Qualifizierungsprogramms für den frühbeginnenden Fremdsprachenunterricht (d.h. den Vorschulbereich und die Primarstufe) auf den Weg gebracht worden. Anlass für den MA Studiengang ‚E-LINGO – Didaktik des frühen Fremdsprachenlernens' im *Blended Learning* Format (vgl. Landesstiftung / Legutke / Schocker-v. Ditfurth 2008) war der enorm gestiegene Bedarf an qualifizierten Sprach- und Kulturvermittlern für diese Zielgruppen, bedingt durch die europaweite Einführung mindestens einer Fremdsprache als obligatorisches Bildungsangebot an Grundschulen. Denn Fremdsprachenlernen wird als Grundrecht aller Menschen verstanden, das sie zur Teilhabe an den vielfältigen Diskursen in Europa befähigt (vgl. Europäische Kommission 2003).

2 Die Entwicklung berufsfeldbezogener Lehrkompetenzen durch ‚reflektierte Unterrichtserfahrung' in einer *E-Learning* Umgebung

E-LINGO beansprucht, Fremdsprachenvermittler auf die qualitätsvolle Gestaltung von Sprachlernkontexten vorzubereiten, die extrem heterogen sind. Dazu müssen Lehrende in der Lage sein, Sprachlernprozesse so zu gestalten, dass sie den

Bedürfnissen ihrer jeweiligen Lerngruppen gerecht werden. Ein traditionell wissensvermittelnder, transmissionsorientierter Ansatz kann diesem Anspruch nicht gerecht werden. Vielmehr müssen Angebote ‚reflektierter Erfahrung' Grundlage einer Qualifizierungsmaßnahme sein. Nur so werden Sprachvermittler darauf vorbereitet, eine konkrete Lernumgebung (also beispielsweise eine Kindergruppe in einer Schule oder Vorschuleinrichtung) unter Einbeziehung aller Faktoren, die diese Gruppe prägen, zu verstehen und Entwicklungen unter Mitwirkung der daran Beteiligten (der Kinder, der Kolleg/innen, außerschulischer Expert/innen) zu planen, zu erproben, die daraus resultierenden Lernprozesse und -ergebnisse gemeinsam zu reflektieren und daraus Schlüsse für die weitere Arbeit zu ziehen. Eine besondere Herausforderung bestand u. a. darin, diesen Anspruch an die Entwicklung von Handlungskompetenzen im Rahmen eines *Fernlernangebotes* zu realisieren, nicht nur, weil es darum ging, das Potential der neuen Medien optimal und angemessen zu nutzen, sondern weil es für unsere Zielgruppe – häufig berufstätig oder mit familiären Aufgaben befasst – wichtig ist, ein Qualifizierungsangebot zeitlich und örtlich flexibel nutzen zu können.

Drei Komponenten von E-LINGO sind hier hervorzuheben:

a) *Vermittlungswissen:* Die Inhalte des Studiengangs, die die Studierenden über eine virtuelle Lernplattform erarbeiten, sind alle fachdidaktisch und nicht fachwissenschaftlich orientiert, d. h. sie beziehen sich immer auf das Vermittlungswissen, das immer praxisfeldorientiert ist. Dieses Vermittlungswissen wird durch Unterrichtsmaterialien (Lehrwerke, Aufgaben, Geschichten, usw.) und Lernertexte (Beispiele von Lehrer-Schüler-Diskursen, Lernertexten) illustriert.

b) *Praxiserfahrung:* Diese ist auf zweierlei Weise integriert:
   - als *dokumentierte Erfahrung* über eine Multimedia-Datenbank, auf der die Studierenden erfahrene Lehrende im Unterricht beobachten können, um aus den Erfahrungen anderer zu lernen und diese auf ihre Angemessenheit hin zu reflektieren (Prinzip des reflektierten Modelllernens);
   - als *eigene Erfahrung* in *Classroom Action Research Projects* (CARPs)[1], in denen Studierende gemeinsam in ihren Teams (Tridems oder Tandems) eigene Unterrichtsprojekte entwickeln, diese in ihren jeweiligen Praxiskontexten durchführen, ihre Erfahrungen nach einer Forschungsfrage auswerten und ihre daraus gewonnenen Erkenntnisse den anderen Studierenden bei den Präsenzphasen präsentieren und mit ihnen diskutieren.

---

1 Mit *Classroom Action Research Projects* (CARPs)- „Klassenzimmerforschung" wird ein bestimmter Forschungsansatz in der Unterrichtsforschung bezeichnet, der im schulischen Kontext seine Berechtigung hat. Wenn dieser Begriff im frühpädagogischen Bereich verwendet wird – also bezogen auf die Interaktionssituation der frühpädagogischen Fachkräfte mit den Kindern im vorschulischen Alter – sollte er nicht missverstanden werden. In Kindertageseinrichtungen spricht man nicht von Klassenzimmer und Unterricht. Der Ansatz kann jedoch auf den Lehr/Lernkontext im frühpädagogischen Bereich, z. B. als Handlungsforschung, übertragen werden.

<table>
<tr><td>

Dokumentierte Erfahrung
'Reflektiertes Modelllernen'

Lehrer in Aktion
Multimedia-Datenbank

</td><td>

Eigene Erfahrung
Handlungsforschungsprojekt

Studierende in Aktion
Blended Learning

</td></tr>
</table>

Abbildung 1: *Einbindung von Praxiserfahrung*

c) *Kooperatives Lernen*: Die Studierenden arbeiten durchgängig als Team zusammen. Durch dieses Erfahrungslernen entwickeln sie entsprechende Sozialkompetenzen, die ihnen zum selbstverständlichen Habitus werden, der es ihnen in ihren künftigen Tätigkeitsfeldern ermöglicht, Entwicklungen gemeinsam anzugehen.

3 Erträge und Herausforderungen

3.1. Forschendes Lernen und methodische (Teil)-Kompetenzen

Nimmt man die Abschlussarbeiten der mittlerweile fünf Kohorten zum Ausgangspunkt, wird nachweisbar deutlich, dass die Studierenden Problemlösungskompetenzen entwickeln, die sie befähigen, unter Einbezug fachdidaktischer Wissensbestände konkrete Fragen aus dem Klassenzimmer zu isolieren und angemessen zu untersuchen. Dabei werden von einer Mehrzahl der Studierenden die in den CARPs erprobten Verfahren aufgegriffen und differenziert. Sie erweisen sich somit als Sprachvermittler, die die eigene Praxis forschend begleiten können. Diese, aus den Abschlussarbeiten nachweisbare Kompetenz, lässt jedoch nur sehr begrenzt Schlüsse auf andere Teilkompetenzen zu, die wesentlich die didaktische Kompetenz von Sprachvermittlern ausmachen, wie z. B. die konkrete Gestaltung und Steuerung von Interaktionen im Klassenzimmer. Zwar werden in den Präsenzphasen Interaktionskompetenzen geschult und evaluiert, diese unterscheiden sich jedoch von Interaktionen in konkreten Situationen. Die Frage, mit Hilfe welcher Formen und Materialien diese praktischen Kompetenzbereiche in einem *Blended-Learning* Programm ausgebildet und verfeinert werden können, bedarf in Zukunft der Bearbeitung.

3.2. Kooperatives Lernen

Eine Analyse der Präsenzphasen, in denen die Studierenden die in Online-Partnerarbeit oder Online-Tridems geplanten und ausgewerteten CARPs präsentieren und mit allen Teilnehmenden erörtern, belegt überzeugend, dass E-LINGO die notorische

Vereinzelung von Lehrkräften bzw. Studierenden aufhebt und durch die Aufgaben-stellungen der Module zumindest erkennbar das kooperative Potential der Klein-gruppen mobilisiert. Noch nicht umfassend untersucht ist jedoch der Zusammenhang zwischen Gruppenbildung, Aufgabensteuerung und dem Erfolg kooperativer Grup-pen in einer solchen Lernumgebung. Dabei müsste u. a. den kulturell geprägten Vor-stellungen der Teilnehmenden zu Sprachvermittlung, die mittlerweile aus sehr unterschiedlichen Bildungskontexten stammen (u. a. aus Baden-Württemberg, Hessen, Belgien, Frankreich, Kanada, Kroatien und Österreich), Rechnung getragen werden. Eine explorative Fallstudie zu diesem Themenkomplex ist in Arbeit.

3.3. Online-Tutoren und Präsenzlehre

Wie Rösler und Würffel (2010) deutlich machen, müssen Lehraufgaben in und für digitale Lernszenarien neu bestimmt und differenziert werden. Die Erfahrungen mit E-LINGO bestätigen, dass Methoden der angemessenen Online-Betreuung nicht 1:1 aus den Methodiken des Präsenzunterrichts gewonnen werden können. Eine diffe-renzierte Bestimmung von Lehrkompetenzen für ein Qualifizierungsangebot im For-mat von E-LINGO steht noch aus. Gerade die erfolgreichen und beeindruckenden Präsentationen der Ergebnisse aus den CARPs und die Qualifikationsarbeiten werfen die Frage auf, wie die Aufgabenstellungen in den Theoriemodulen, die Tutorierung durch die Lehrenden, die Organisation und Realisierung der Präsenzphasen sowie die Verfahren der CARPs so zusammenwirken, dass sie der Professionalisierung dienen. Weil die Frage für die Weiterentwicklung von E-LINGO und den Transfer auf weitere Projekte, die Formen der Klassenzimmerforschung einsetzen, von entschei-dender Bedeutung ist, wird dieser Zusammenhang in einem eigenen Forschungs-projekt untersucht.

4 Perspektiven

E-LINGO als Qualifizierungsangebot, das in der Kombination von Fern- und Präsenz-lernen systematisch angeleitete Klassenzimmerforschung mit der Behandlung und Analyse von dokumentierter Unterrichtserfahrung sowie publizierten fachdidaktischen Wissensbeständen verschränkt, bietet Perspektiven für drei Handlungsbereiche:

(1) E-LINGO kann als Modell für ähnliche Masterprogramme dienen.

(2) E-LINGO kann für die zertifizierte Weiterbildung adaptiert werden. Die Einfüh-rung von Fremdsprachen in der Grundschule ist in allen Bundesländern erfolgt, ohne dass sichergestellt wurde, dass genügend qualifizierte Lehrkräfte zur Verfü-gung stehen. Der Bedarf an Nachqualifikation von Grundschullehrkräften ist enorm. Aus diesem Grund wurde in Hessen eine Adaption von E-LINGO zur Weiterbildung beauftragt, deren Erprobung bis 2011 abgeschlossen sein soll. Erste Ergebnisse der Erprobung zeigen, dass eine Adaption mit Modifikationen sinnvoll und angeraten ist. Das Konzept der CARPs sollte dabei nicht aufgegeben, wohl aber für den neuen Kontext modifiziert werden.

(3) E-LINGO kann als Fortbildung für andere Sprachvermittlungen und Zielgrup-pen adaptiert werden:

a) Dass den Erfahrungen mit E-LINGO erhebliches Transferpotential zugewiesen wird, zeigt die Entscheidung des Goethe-Instituts, die Fortbildung im Bereich Deutsch als Fremdsprache (DaF) weltweit unter Berücksichtigung zentraler Prinzipien und Formate von E-LINGO zu reformieren. Dabei sollen sowohl eine Datenbank dokumentierten Unterrichts als auch Praxiserprobungsprojekte nach dem Modell der CARPs eine Schlüsselfunktion übernehmen. Begleitstudien müssen erweisen, ob und in wieweit solche Elemente auf so heterogene Kontexte, in denen das Goethe-Institut tätig ist, im Sinne der Kompetenzentwicklung von DaF-Lehrkräften übertragen werden können.

b) Eine weitere Transfermöglichkeit ergibt sich im Bereich Deutsch als Zweitsprache. Diesen Weg geht die Baden-Württemberg Stiftung gemeinsam und in Kooperation mit dem Goethe-Institut. Der nachdrücklichen Erkenntnis aus „Sag' mal was", dass die Qualifikation der Erzieherinnen einen Schlüssel zu einer gelingenden Sprachförderung ist, soll mit einem blended-learning Angebot zur Qualifizierung in Deutsch als Zweitsprache unter Zugrundelegung und Verwendung der Materialien und Technologie von E-LINGO Rechnung getragen werden. Dieser doppelte Transfer der DaZ-Vermittlung im Vorschulbereich: Adaption des Studiengangs auf den Bereich Fort- und Weiterbildung und inhaltlicher Transfer vom Kontext „Schule/Fremdsprache" auf den Kontext Kindergarten/Zweitsprache zeigt das große Potential dieser Entwicklung.

Literatur

Europäische Kommission (2003). *Aktionsplan zur Förderung des Sprachenlernens und der Sprachenvielfalt.* http://europa.eu/scadplus/leg/de/cha/c11068.htm

Landesstiftung Baden-Württemberg / Legutke, Michael / Schocker-v. Ditfurth, Marita (Hrsg.2008). *E-LINGO Didaktik des frühen Fremdsprachenlernens. Erfahrungen und Ergebnisse mit Blended Learning in einem Masterstudiengang.* Tübingen: Gunter Narr.

Legutke, Michael / Schocker-v. Ditfurth, Marita (2009). „School-Based Experience". In: Anne Burns & Jack C. Richards (Eds.): *The Cambridge Guide to Second Language Education.* Cambridge University Press, pp. 209-217.

Rösler, Dietmar / Würffel, Nicola (2010). *Online-Tutoren. Kompetenzen und Ausbildung.* Tübingen: Narr.

Schocker-v. Ditfurth, Marita (2001). *Forschendes Lernen in der fremdsprachlichen Lehrerbildung.* Tübingen: Gunter Narr.

Autorinnen und Autoren

Elke Andersen

Einrichtungsleitung einer städtischen Tageseinrichtung für Kinder in Stuttgart und Bildungsreferentin für verschiedene pädagogische Themen im Elementarbereich.

Prof. Suzan Bacher

Frau Prof. Suzan Bacher leitet das Landesinstitut für Schulentwicklung (LS) in Stuttgart, das als Projektnehmer für die Baden-Württemberg Stiftung mit der Begleitung des Programms „Sag' mal was" betraut ist. Das LS ist zuständig für Projekte und Modellversuche zur Weiterentwicklung der vorschulischen Förderung, zur Weiterentwicklung von Schule und Unterricht, für Bildungsplanarbeit sowie für Qualitätsentwicklung und Evaluation von Schulen und sonstigen Bildungseinrichtungen im fachlichen Zuständigkeitsbereich des Kultusressorts Baden-Württemberg.

Petra Best

Kommunikationswissenschaftlerin (M.A.), seit 2002 Wissenschaftliche Mitarbeiterin am Deutschen Jugendinstitut. Ihre aktuellen Arbeitsgebiete: Kindliche Sprachentwicklung und Sprachförderung; Konzepte zur Verknüpfung von Sprachförderung mit Bildungsaufgaben des Elementarbereichs, insbesondere mit Aktivitäten und Angeboten der Medienerziehung. Kontakt: best@dji.de

Irene Dittrich

Dipl.-Päd. (Jahrgang 1968), ist seit dem Sommersemester 2011 Gastprofessorin an der Alice-Salomon-Hochschule Berlin im Studiengang Erziehung und Bildung in der Kindheit. Bis dahin war sie von 2009-2011 wissenschaftliche Mitarbeiterin der Educert GmbH und leitete den Arbeitsbereich empirische Evaluationsforschung. Von 2000 bis 2004 arbeitete sie in der Entwicklung und Implementierung der Nationalen Qualitätsinitiative des BMFSFJ und bildete von 2004 bis 2009 pädagogische Fachkräfte am Pestalozzi-Fröbel-Haus in Berlin aus.

Prof. Dr. Hartmut Esser

Emeritierter Professor für Soziologie und Wissenschaftslehre an der Fakultät für Sozialwissenschaften der Universität Mannheim.

Prof. Dr. Klaus Fröhlich-Gildhoff

ist hauptamtlicher Dozent für Klinische Psychologie und Entwicklungspsychologie an der Evangelischen Hochschule Freiburg und dort auch Leiter des Zentrums für Kinder- und Jugendforschung. Er gestaltet Forschung im Bereich Jugendhilfe, Pädagogik der Frühen Kindheit, Psychotherapie mit Kindern und Jugendlichen.

Prof. Dr. Barbara Gasteiger-Klicpera

Professorin für Integrationspädagogik und Heilpädagogische Psychologie, Universität Graz; Forschungsschwerpunkte: Inklusion von Kindern mit besonderem Förderbedarf, Prävention von Verhaltens- und Lernschwierigkeiten, Lese-Rechtschreibschwierigkeiten, Evaluation von Sprachförderung.

Günter Gerstberger

Günter Gerstberger, Jahrgang 1950, ist Leiter des Programmbereichs „Bildung und Gesellschaft" der Robert Bosch Stiftung. In seinen Bereich fallen Programme und Projekte zur frühkindlichen Bildung, Schulentwicklung, Talent- und Kreativitätsförderung sowie zu Familie und demografischem Wandel. Seit 1985 ist er für die Robert Bosch Stiftung auf den Gebieten der Völkerverständigung, Wohlfahrtspflege, Kultur und Bildung tätig.

Prof. Dr. Ingrid Gogolin

Frau Prof. Dr. Gogolin ist Professorin an der Fakultät für Erziehungswissenschaft, Psychologie und Bewegungswissenschaft der Universität Hamburg und war Mitglied des Akademischen Senats der Universität Hamburg. Sie ist Ko-Koordinatorin des Landesexzellenzclusters „Linguistic Diversity Management in Urban Areas" und Sprecherin des „FörMig-Kompetenzzentrums" der Universität Hamburg. Zu früheren Arbeiten gehören die wissenschaftliche Leitung des Modellprogramms „Förderung von Kindern und Jugendlichen mit Migrationshintergrund FörMig", Forschungsprojekte zum Mathematiklernen im Kontext sprachlich-kultureller Diversität und zur Qualität „Bilingualer Grundschulen" in Hamburg und Sachsen. Sie war Präsidentin der European Educational Research Association und der World Educational Research Association.

Susanne Hartmann

Dipl.-Soz. Päd. FH, Referentin für Tageseinrichtungen für Kinder im Caritasverband für die Erzdiözese Freiburg e.V.

Georg Hohl

Pfarrer, Geschäftsführer des Evangelischen Landesverbandes – Tageseinrichtungen für Kinder in Württemberg e.V., Vorsitzender der Bundesvereinigung Evang. Tageseinrichtungen für Kinder e.V. (BETA).

Dr. Karin Jampert

Dipl.-Päd., Studium der Sozialpädagogik (FH) und der Erziehungswissenschaften. Seit 1981 am Deutschen Jugendinstitut in unterschiedlichen Forschungsprojekten in der Abteilung „Kinder und Kinderbetreuung" tätig. Arbeits- und Forschungsschwerpunkte: frühkindlicher Spracherwerb und Mehrsprachigkeit, Entwicklung von Sprachförderkonzepten für pädagogische Fachkräfte im Elementarbereich, Kindheitsforschung, Interkulturelle Pädagogik.

Prof. Dr. Axel Jansa

ist seit 2007 an der Hochschule Esslingen im Studiengang „Bildung und Erziehung in der Kindheit" tätig und leitet diesen seit 2008. Er vertritt als Erziehungswissenschaftler insbesondere den Bereich der Elementarpädagogik. Arbeitsschwerpunkte sind u. a. Reggio-Pädagogik, Ästhetische Bildung; Beobachtung, Dokumentation und Portfolioarbeit. Als Leiter der Lernwerkstatt der Hochschule zuständig für die Weiterentwicklung hochschuldidaktischer und elementarpädagogischer Lernwerkstattkonzepte.

Prof. Dr. Gisela Kammermeyer

Professorin für Pädagogik der frühen Kindheit an der Universität Koblenz-Landau, Lehrerin, Schulpsychologin; Schwerpunkte: Übergang vom Kindergarten in die Grundschule, anschlussfähige Bildungsprozesse, Sprachdiagnostik und Sprachförderung.

Sarah King

Dipl.-Päd., Projektmitarbeiterin im Institut für Bildung im Kindes- und Jugendalter, Arbeitsbereich Pädagogik der frühen Kindheit der Universität Koblenz-Landau, Campus Landau. Forschungsschwerpunkt: Kindliche Sprachentwicklung.

Prof. Dr. Wolfgang Klein

geboren 1946 im Saarland, ist seit 1980 Direktor am Max-Planck-Institut für Psycholinguistik in Nijmegen. Er arbeitet über alles, wozu er Lust hat, meistens aber über Zweitspracherwerb, Textstruktur, den Ausdruck von Raum und Zeit in der Sprache, und neuerdings viel über Lexikografie.

Prof. Dr. Werner Knapp

Professor für Sprachwissenschaft und Sprachdidaktik an der Pädagogischen Hochschule Weingarten. Arbeitsschwerpunkte: Textproduktion, Zweitspracherwerb, weitsprachdidaktik und Sprachförderung, Erzählen.

Maren Krempin, M.A.

Wissenschaftliche Mitarbeiterin am Mannheimer Zentrum für empirische Mehrsprachigkeitsforschung (mazem) an der Universität Mannheim.
Arbeitsschwerpunkte: Wissenschaftliche Begleitung und Evaluation von Bildungsprojekten, Koordination verschiedener Sprachförderprojekte, Lehrtätigkeit.

Prof. Dr. Diemut Kucharz

Professorin an der Pädagogischen Hochschule Weingarten für Erziehungswissenschaft mit den Schwerpunkten Grundschulpädagogik und Anfangsunterricht; Studiengangsleiterin im Masterstudiengang Early Childhood Studies. Forschungsschwerpunkte: Jahrgangsgemischter Anfangsunterricht, Evaluation von Sprachförderung, Lernprozesse im frühkindlichen Bereich, Offener Unterricht, Evaluation von Bildungsregionen.

Mechthild Laier

Dipl.-Soziologin, seit 2003 am Deutschen Jugendinstitut in der Abteilung „Kinder und Kinderbetreuung" in unterschiedlichen Forschungsprojekten im Zusammenhang mit frühkindlichen Bildungsprozessen tätig. Ihr Schwerpunkt als Wissenschaftliche Mitarbeiterin liegt auf sprachlicher Bildung und Sprachförderung in Kindertageseinrichtungen. Kontakt: laier@dji.de

Prof. Dr. Michael Legutke

Emeritierter Professor für die Didaktik der Englischen Sprache und Literatur an der Justus-Liebig-Universität Gießen. Er leitete beim Goethe-Institut München das Projekt Fortbildungsdidaktik, war Fachberater für Deutsch im Pazifischen Nordwesten der USA und Lehrer an einer Gesamtschule. Er ist Mitglied des Beirats Sprache des Goethe-Instituts.

Dr. Hans Rudolf Leu

Deutsches Jugendinstitut e.V. München; Sozialwissenschaftliches Studium in Bern, Freiburg i. Br. (M.A.) und München (Dr. phil.). Bis April 2011 Leiter der Abteilung „Kinder und Kinderbetreuung" im DJI. Schwerpunkte: Frühkindliches Lernen, Praxisentwicklung zur frühpädagogischen Förderung von Bildungsprozessen; Bildungsberichterstattung zum Lernen vor und neben der Schule.

Kerstin Mehler, M.A.

Wissenschaftliche Mitarbeiterin am Mannheimer Zentrum für empirische Mehrsprachigkeitsforschung (mazem) an der Universität Mannheim.
Arbeitsschwerpunkte: Wissenschaftliche Begleitung und Evaluation von Bildungsprojekten, Koordination verschiedener Sprachförderprojekte, Lehrtätigkeit.

Astrid Metz

Dipl.-Päd., Erzieherin. Projektmitarbeiterin im Institut für Bildung im Kindes- und Jugendalter, Arbeitsbereich Pädagogik der frühen Kindheit der Universität Koblenz-Landau, Campus Landau. Forschungsschwerpunkt: Sprachdidaktik von Erzieherinnen.

Prof. Dr. Regine Morys

ist seit 2007 an der Hochschule Esslingen im Studiengang „Bildung und Erziehung in der Kindheit" tätig. Sie vertritt insbesondere die Schulpädagogik mit Schwerpunkt Pädagogik und Didaktik der Primarstufe. Arbeitsschwerpunkte sind u. a. Spracherwerb und Schriftspracherwerb, Kooperation von Schule und Jugendhilfe, Erziehungs- und Bildungspartnerschaft mit Eltern, Kooperation von Kindergärten und Grundschulen sowie innovative Schulkonzepte.

Dr. Uwe Neugebauer

ist Mitglied der Gesellschaft für Evaluation (DGEval) und hat im Auftrag der Baden-Württemberg Stiftung die Schulung der Multiplikatorinnen im Programm „Sag' mal was – Sprachförderung für Vorschulkinder" evaluiert.
Aktuell arbeitet er am Institut für Deutsche Sprache und Literatur II der Universität zu Köln und erstellt im Auftrag der Stadt Köln ein Konzept zur Evaluation der städtischen Sprachfördermaßnahmen.

Gudrun Raible

Dipl.-Päd., ist wissenschaftliche Mitarbeiterin und Referentin für den Elementarbereich am Landesinstitut für Schulentwicklung (LS) in Stuttgart. Sie ist dort Projektleiterin im Programm „Sag' mal was – Sprachförderung für Vorschulkinder" der Baden-Württemberg Stiftung, bei dem das LS die Projektträgerschaft übernommen hat.

Prof. em. Dr. Hans H. Reich

Professor für Deutsch mit dem Schwerpunkt Deutsch als Zweitsprache an der Universität Koblenz-Landau seit 1979, Institut für Bildung im Kindes- und Jugendalter, Arbeitsbereich Interkulturelle Bildung. Untersuchungen zur Bildungssituation von Migrantenschülern in mehreren europäischen Staaten, zu Mehrsprachigkeit und Sprachenpolitik, zur Didaktik der Zweisprachigkeit und zur zweisprachigen Entwicklung von Kindern im Elementar- und Primarbereich.

Prof. Dr. Jeanette Roos

ist seit 1998 Professorin für Psychologie an der Pädagogischen Hochschule Heidelberg. Sie lehrt dort im Bereich Entwicklungspsychologie, Psychologie in pädagogischen Handlungsfeldern (überwiegend Schule sowie Früh- und Elementarbereich), Diagnostik (Evaluation), Prävention und Intervention. In der Forschung beschäftigt sich eines ihrer von der BW Stiftung finanzierten Projekte (*PRISE 2*) mit dem Übergang von der Primar- in die Sekundarstufe aus Sicht der Lehrkräfte, ein anderes von der Stadt Heidelberg und der Tschira-Stiftung gefördertes Projekt, „*QUASI* Heidelberg" (*Qua*litätsentwicklung und -*si*cherung in Heidelberger Kindertageseinrichtungen), mit der Bildung im Früh- und Elementarbereich.

Dr. Susanna Roux

Erzieherin, Dipl.-Päd., Wiss. Mitarbeiterin im Institut für Bildung im Kindes- und Jugendalter, Arbeitsbereich Pädagogik der frühen Kindheit der Universität Koblenz-Landau, Campus Landau. Forschungsschwerpunkte: Sprachdiagnostik und -pädagogik, Pädagogische Qualität, Sozial-emotionale Entwicklung, Interaktionsforschung.

Prof. Dr. Marita Schocker-von Ditfurth

Seit 2001 Professorin für die Didaktik der englischen Sprache und Literatur an der Pädagogischen Hochschule Freiburg. Sie arbeitete davor 13 Jahre als Englisch- und Deutschlehrerin an Real- und Hauptschulen in Deutschland und war gleichzeitig Fachberaterin in der Lehrerfortbildung, Seminarlehrerin in der Referendariatsausbildung sowie wissenschaftliche Mitarbeiterin an der Pädagogischen Hochschule.

Prof. Dr. Hermann Schöler

ist Dipl.-Psychologe und seit 1982 Professor „Psychologie in sonderpädagogischen Handlungsfeldern mit dem Schwerpunkt Lern- und Entwicklungsstörungen und ihre Diagnostik" und für „Entwicklungspsychologie der frühen und mittleren Kindheit" an der Pädagogischen Hochschule Heidelberg. Seit 1972 ist der kindliche Spracherwerb, seine Störungen und seine Diagnostik einer seiner Forschungsschwerpunkte. Im Jahre 2007 übernahm er die Entwicklung des neuen Bachelor-Studiengangs „Frühkindliche und Elementarbildung", dessen Leitung er bis Juni 2010 innehatte.

Renate Schwalb

Renate Schwalb studierte Germanistik und Romanistik in Freiburg und schloss ihr Studium mit beiden Staatsexamen ab. Seit 1985 unterrichtet sie an der FSP Marianum, Allenbach- Hegne Deutsch und Kinder- und Jugendliteratur/ Medienpädagogik. Seit der Ausbildungsreform ist sie zuständig für das Lernfeld Sprache im Handlungsfeld Förderung von Entwicklung und Bildung.

Prof. Dr. Wolfgang Tietze

ist Geschäftsführer der PädQUIS gGmbH, Kooperationsinstitut der Freien Universität Berlin. Er war von 1994 bis 2010 Professor für Erziehungswissenschaft mit dem Schwerpunkt Kleinkindpädagogik an der Freien Universität Berlin. Zuvor hatte er von 1979 bis 1993 eine Professur für Erziehungswissenschaft mit dem Schwerpunkt Vorschulerziehung an der Westfälischen Wilhelms-Universität inne. Zu seinen Forschungsschwerpunkten gehören Fragen der Feststellung, Entwicklung und Sicherung pädagogischer Qualität in Kindertageseinrichtungen sowie Studien zu Effekten früher Bildung, Betreuung und Erziehung. Er war Mitglied der Sachverständigenkommission des 12. Kinder- und Jugendberichts und ist Koautor des Gutachtens für das BMFSFJ „Von der Tagespflege zur Familientagesbetreuung" und hat zahlreiche Veröffentlichungen zur Frühpädagogik vorgelegt.

Dr. Dieter Thoma

Dr. Dieter Thoma ist Akademischer Rat auf Zeit am Lehrstuhl für Anglistische Linguistik der Universität Mannheim und koordiniert die Forschungs- und Transferprojekte des Mannheimer Zentrums für Empirische Mehrsprachigkeitsforschung (MAZEM). Seine Forschungsschwerpunke sind die Angewandte Psycholinguistik und der Spracherwerb.

Prof. Dr. Rosemarie Tracy

Studium der Anglistik, Romanistik und Psychologie in Mannheim, Göttingen und den USA. Lehrtätigkeiten in Göttingen und Tübingen. Seit 1995 Professur für Anglistische Linguistik an der Universität Mannheim.

Ulrike Vogelmann M.A.

Seit 2002 Referentin bei der Baden-Württemberg Stiftung zunächst im Bereich Kunst und Kultur, seit 2007 in der Abteilung Bildung, dort u. a. Betreuung des Programms „Sag' mal was – Sprachförderung für Vorschulkinder".

Dr. Andreas Weber

Studium der Soziologie, Wissenschaftstheorie und Politischen Wissenschaften. Seit 2001 Aufbau und Leitung der Abteilung Bildung der Baden-Württemberg Stiftung. Dort unter anderem verantwortlich für das Baden-Württemberg-STIPENDIUM und „Sag' mal was – Sprachförderung für Vorschulkinder".

Prof. Dr. Sabine Weinert

Prof. Dr. Sabine Weinert hat Psychologie sowie ergänzend Mathematik, Germanistik und Pädagogik in Freiburg i.Br. und Bochum studiert und an der Universität Bielefeld in Psychologie promoviert und habilitiert. Nach Stationen in Münster und Erfurt hat sie derzeit den Lehrstuhl für Entwicklungspsychologie an der Otto-Friedrich Universität Bamberg inne. Ihre Forschungsschwerpunkte liegen im Bereich der Sprach-, Denk- und Lernentwicklung (einschließlich Diagnostik, Förderung/Intervention sowie Entwicklungsstörungen) im Kindesalter.

Ramona Wenzel

Dipl.-Patholinguistin, seit 2005 wissenschaftliche Mitarbeiterin im Projekt „LiSe-DaZ" – Entwicklung eines Diagnoseverfahrens zur Bestimmung des Sprachentwicklungsstandes im Deutschen bei Kindern mit Deutsch als Zweitsprache. Promoviert an der Goethe Universität Frankfurt Main zum Thema Erstspracherwerb und spezifische Sprachentwicklungsstörungen.

Anne Zehnbauer

Dipl.-Psychologin, ist seit 1975 als wissenschaftliche Mitarbeiterin am DJI tätig in verschiedenen Forschungsprojekten der Abteilung Kinder und Kinderbetreuung. Ihre Arbeits- und Forschungsschwerpunkte liegen im Bereich der Elementarpädagogik, insbesondere bei Konzepten zu Sprachförderung und Musik sowie interkulturelle Erziehung. Nebenberuflich war sie einige Jahre in der ErzieherInnenausbildung tätig.

Schriftenreihe der Baden-Württemberg Stiftung

Schriftenreihe der Baden-Württemberg Stiftung

Didaktik des frühen Fremdsprachenlernens

narr | VERLAG   *francke* | VERLAG   attempto | VERLAG

Landesstiftung Baden-Württemberg (Hrsg.)
in Zusammenarbeit mit Michael Legutke und
Marita Schocker-von Ditfurth

E-LINGO
Didaktik des frühen Fremdsprachenlernens

Erfahrungen und Ergebnisse mit *Blended Learning* in einem Masterstudiengang

Giessener Beiträge zur Fremdsprachendidaktik
2008, 209 Seiten, 32 farb. Abb.,
€[D] 28,00/SFr 49,00
ISBN 978-3-8233-6452-8

Der Band fasst die Erfahrungen mit der Entwicklung und Implementierung eines MA -Studiengangs zur Qualifizierung von Fremdsprachenvermittlern für die Primarstufe zusammen, der als Blended Learning angelegt ist (Verbinden von Präsenzphasen mit orts- und zeitunabhängigem virtualisiertem Lernen über eine E-Learning Lernplattform). Diskutiert werden die berufsfeldspezifischen Kompetenzen für Sprach- und Kulturvermittler dieser Lernstufe und es wird gezeigt, wie deren Entwicklung konzeptuell in der Lernumgebung umgesetzt wurde. Neben der Beschreibung der Lernplattform und der integrierten Videodatenbank geht es vor allem auch um die Möglichkeiten, kooperatives Lernen und reflektierte Unterrichtserfahrung durch Klassenforschungsprojekte in einen überwiegend virtualisierten Studiengang zu integrieren. Die unterstützenden Werkzeuge (Tagebuch, Portfolio, dreisprachiges Glossar) werden ebenso beschrieben wie Funktion und Rolle der E-Tutor/innen in den unterschiedlichen Kommunikationsformen, die die Lernplattform bietet.
Der Band endet mit einer Auswahl von fremdsprachendidaktischen Masterarbeiten, die im Zusammenhang des Studiengangs entstanden sind sowie einem Ausblick auf Entwicklungen, die sich für E-Learning aus den Erfahrungen mit E-LINGO ergeben.

Narr Francke Attempto Verlag GmbH+Co. KG · Dischingerweg 5 · D-72070 Tübingen

narr VERLAG francke VERLAG attempto VERLAG

Rosemarie Tracy

Wie Kinder
Sprachen lernen

Und wie wir sie dabei
unterstützen können

2., überarb. Auflage 2008
XII, 236 Seiten,
€[D] 19,90 / SFr 35,90
ISBN 978-3-7720-8306-8

Offensichtlich ist Spracherwerb ein Kinderspiel! In einem Alter, in dem wir Kinder nicht unbeaufsichtigt eine Straße überqueren lassen würden, erschließen sie sich zielstrebig die Strukturen ihrer Erstsprachen. Wie wir mittlerweile wissen, gilt dies nicht nur für den Erwerb *einer* Sprache, denn Kinder können von Anfang an mit mehr als einer Sprache aufwachsen. Auch der frühe Erwerb einer zeitversetzt hinzutretenden Zweitsprache ist ohne Risiko für die Entwicklung des Kindes möglich. Diese Kompetenzen gilt es zu nutzen, vor allem auch für die frühe Zweitsprachförderung von Kindern aus Einwandererfamilien, denen ohne ausreichende Sprachkenntnisse Bildungs- und Berufschancen verwehrt bleiben.
Dieses Buch bietet anhand vieler Beispiele einen verständlichen Überblick über den Spracherwerb und schildert die Rahmenbedingungen für eine erfolgreiche Unterstützung frühkindlicher Mehrsprachigkeit. Verdeutlicht wird auch, welche sprachlichen Bereiche für Zweitsprachlerner problematisch bleiben, wenn angemessene Unterstützung fehlt. Der Text enthält eine Anleitung für die gezielte Beobachtung von Kindern und eine Fülle von Anregungen für die Förderung. Darüber hinaus weckt er Interesse an Sprache im Allgemeinen und fördert den Spaß an der eigenen Sprachkompetenz.

Narr Francke Attempto Verlag GmbH+Co. KG · Dischingerweg 5 · D-72070 Tübingen

Sag' mal was – Sprachförderung für Vorschulkinder   Die DVD

Auf der mitgelieferten DVD finden Sie eine Zusammenfassung der Fachtagung.

INHALT

Intro und Begrüßung   3 Minuten

Impulsvorträge   7 Minuten

Wissenschaftliche Begleitforschung   6 Minuten

Zwischenbilanz und Kurzinterviews   6 Minuten

Theatergruppe "Le Maschere"   3 Minuten

Workshops 1 - 4   4 Minuten

Abschlussdiskussion   5 Minuten

Sprachförderung für Vorschulkinder   12 Minuten

Blick in die Praxis

Sprachliche Bildung für Kleinkinder   9 Minuten

Das Anschlussprojekt der Baden-Württemberg Stiftung

Fortbildung   4 Minuten

Feedback von Erzieherinnen und Erwartungen von Müttern

Bonusmaterial

Interviews mit Experten und Teilnehmern der Fachtagung   50 Minuten
Sketch der Theatergruppe "Le Maschere"   25 Minuten